리얼리티 재장전

문학과 현실이 가리키는
새로운 미래

리얼리티 재장전

강경석 평론집

창비

공개된 지면에 글을 쓰기 시작한 지 18년 만에 첫 책을 내놓는다. 거창한 뜻이 있어서라기보다 게을렀다고밖에 변명할 말이 없다. 몇군데 직장을 옮겨다니는 동안 틈틈이 힘닿는 대로 읽고 썼다. 문학과 현실의 상호연관과 모순이라는 화두가 일상과 글쓰기 사이의 어쩔 수 없는 간격을 메워주었다. 그런 가운데 2009년 두 전직 대통령의 서거는 우리 사회의 독특한 혼돈을 더 큰 틀에서 해명할 필요성을 절실히 느끼게 해주는 계기가 되었다. 그것이 87년체제와 한국문학의 구조적 상관관계에 대한 관심으로 이어졌다. 이 책 2부 첫 두편의 글에 그러한 관심이 더 집중적으로 표명되긴 했지만, 조금 넓게 보면 '민주화 이후의 한국문학'이 도달한 각성의 높이가 어디까지인가라는 물음은 글쓰기의 시작부터 지금까지 일관된 것이기도 했다.

그사이 개인적으로나 사회적으로나 크고 작은 변화들이 있었다. 특히 세월호참사가 충격적으로 불러일으킨 한국사회 대전환의 필요성과 그 응답 너머에서 촉발된 촛불혁명은 그때까지 조금은 어둡고 흐릿하던 시야를 한꺼번에 열어주었다. 어떤 역사의 조명 아래 이 책 1부에 실린 글들을 썼다. 이즈음부터는 정세를 직접 다루는 글들도 기회 있을 때마다 썼지만 이 책에는 문학평론 범주에 해당하는 글만 남겨 최근 발표순으로 배치했다. 그중에서 3·1운동 100주년을 계기로 쓴 「민족문학의 정전 형성과 3·1운동: 미당이라는 퍼즐」은 「도산의 점진혁명론과 그 현재성」이라는 글과 짝을 이루는 촛불담론인 셈인데, 후자는 문학론이 아닌데다 『개벽의 사상사』(공저, 창비 2022)라는 단행본에 실린 지 얼마 되지 않은 터여서 함께 수록하지 못했다.

3부는 비평에 대한 글들을, 4부는 주로 작가론·작품론을 모았다. 비평의 위축뿐 아니라 문학 자체의 왜소화를 말하는 목소리들이 적지 않고 실제로 나타나고 있는 현상 변화들을 억지로 부인할 필요는 없지만 누군가 말했듯 우리가 작아지고 있는 때일수록 역사는 더 크게 움직인다. 이 글들을 쓰기 위해 여러 시인, 작가, 비평가 들의 어깨를 빌리면서 나는 오히려 동시대 한국문학 내부에서 새로운 미래라고 불러도 좋을 모종의 역사가 커다란 진동을 시작했다고 느꼈다. 어느 한편도 그러한 감각에서 멀리 떨어져 쓰이지 않았지만 장르와 주제의 균형을 감안해 상대적으로 분량이 적은 글들과 근년에 쓴 소설집 해설들은 다음 책을 기약할 수밖에 없었다.

평론집 제목을 '리얼리티 재장전'으로 정한 것은 사실 또는 현실에 대한 존중으로부터 진실로 나아가는 힘이 나오며 그런 힘에 대한 신뢰가 언제나 문학 특유의 비밀을 푸는 열쇠이자 존재 이유라는 생각 때문이었다. 오래된 문장들을 고치고 다듬으면서, 그리고 최근의 문학과 현실을 골똘히 들여다보면서 그런 생각이 더 뚜렷해졌다. 낡은 세상의 막바지가 생각보다 길다. 그러나 눈을 제대로 뜨기만 한다면 다른 경개(景槪)는 마치 늘 그래오기라도 했던 것처럼 이미 가까이 펼쳐져 있을 것이다. 어딘가에는 있을 나의 독자들과도 그런 이야기를 나누고 싶다.

만사가 그렇지만 책을 내는 것도 혼자 할 수 없는 일이다. 많은 분들의 도움이 있었다. 창비의 독려와 세심한 손길에 힘입어 책을 내게 되었으니 첫인사를 올릴 수밖에 없겠다. 특히 문학출판부의 김가희씨와 정편집실 김정혜 실장께 감사드린다. 계간 『창작과비평』 편집위의 여러 선생님들께도 인사를 올린다. 얻고 배운 바가 너무 많았고 앞으로도 그럴 것이다. 최원식 선생님께서는 부족한 책에 추천사를 써주셨다. 벌써 20년도 더 지났지만 날마다 새로 태어나는 것 같았던 선생님의 문학사 강의실은 여전히 내 문학의 준거이자 원점이다. 끝으로 가족들에게 고마움을 전한다. 어머니가 아직 건강하셔서 다행이다. 이 책이 아내에게도 작은 선물이 될 수 있다면 바랄 나위 없겠다.

2022년 9월의 마지막 날에
강경석 씀

차례

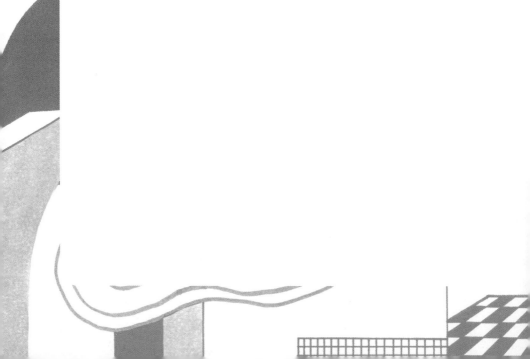

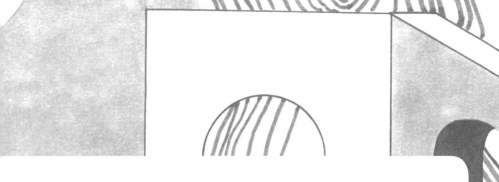

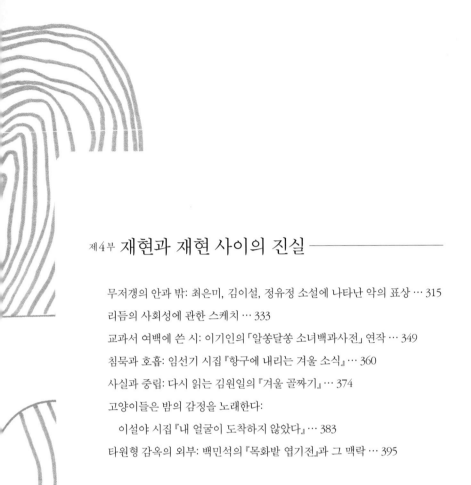

제4부 재현과 재현 사이의 진실 ─────

제1부

촛불
스펙트럼

진실의 습격

◆

민주주의와 문학 그리고 자본주의

1. 해체의 역설

발단은 서정시였다. "시를 일인칭 독백의 형식으로 간주하거나, 시 장르가 자아와 세계의 동일시를 통해 구성된다는 가정"[1]을 토대로 수립된 서정시론은 2000년대 들어 '미래파' 담론의 거센 도전에 직면했고 당시 등장한 많은 시인들이 이 '새로운' 물결에 호응했다. 미래파 기치의 최초 고안자였던 권혁웅(權赫雄)은 이 사태를 "시는 더이상 일인칭 독백의 형식이 아니"[2]라는 말로 요약했는데 2000년대의 시적 유산에 대한 신형철(申亨澈)의 관찰 또한 다르지 않았다. "2000년대의 어떤 시인들 덕분에 한국시는 '시인(일인칭)의 내면 고백으로서의 시'라는 일면적이면서도 지배적인 통념으로부터 완전히 자유로워졌다. 이제 시는 누구도 될 수 있고 무엇이건 말할 수 있다."[3] 그런데 최근에 등장한 한 신예 비평가는 2000년

---

1 권혁웅『시론』, 문학동네 2010, 23면.
2 같은 책 24면.
3 신형철「2000년대 시의 유산과 그 상속자들: 2010년대의 시를 읽는 하나의 시각」,『창

대 시 비평담론을 두고 "개개인의 자아가 젠더, 계급, 지역, 인종 등 다양한 위치성이 가로지르는 복합적인 장임에도 불구하고, 이에 대한 면밀한 관찰 없이 자아는 그 자체로 해체되어야 마땅한 권능함의 상징으로 여겨지는 데 일조"함으로써 '자아의 해체'를 마치 "좀더 윤리적이거나 혹은 미적인 것"[4]처럼 호도하는 오류를 범했다고 지적한다. 주목할 만한 견해다. 왜냐하면 미래파의 출현 이후 지금까지 진행된 시와 정치(또는 윤리), 페미니즘 '리부트' 그리고 최근의 '일인칭의 역습' 논의 등을 고려할 때 원칙적 수준에서 전제되는 자아의 해체는 자칫 다양한 소수자 '나'들의 목소리마저 일괄 배제해버릴 위험을 초래하기 때문이다. 그러나 그의 글에서 결론적으로 제시되는 새로운 자아의 면모 또한 의문을 낳는 마찬가지인 듯하다. "정체성이란 고정된 것이 아니며 관계 속에서 구축되고 허물어지고 새롭게 그려질 수 있는, 일종의 지도와 같은 것"[5]이라는 인식 아래 여성, 동물, 기계의 자리를 '새로이' 마련하는 것과 "발언권을 거의 가져본 적이 없는 존재들이 입을 열었다는 사실, 그것이 중요하다"[6]는 이전 비평담론의 강조 사이에는 보기보다 차이가 거의 없는 듯하기 때문이다. "폭력의 구조 안에서 여성은 자신을 재현할 언어를 갖지 못하는 위치에 자리하기도 한다"[7]는 있는 그대로 타당한 예시와 "요컨대 대의불충분성과 대의불가능성, 이것이 2000년대 한국의 정치적 조건이고 바로 그 무렵에 2000년대의 시들이 쓰이고 읽히기 시작했다"[8]는 '포착' 사이에서도

작과비평』 2013년 봄호 365면.

4 김보경 「인간의 가장자리로 걷기: 여성, 동물, 기계」, 『문학과사회』 2020년 여름호 420~21면. 시에서 '나'의 문제를 둘러싼 최근 논의의 흐름을 개관해주는 글로는 조대한 「'나'의 응답: 2000년대 시를 경유한 1인칭의 진폭」, 『자음과모음』 2021년 봄호를 참조.

5 김보경, 441면.

6 신형철, 368면.

7 김보경, 426면.

8 신형철, 374면.

본질적 거리를 발견하기는 어렵다. 그렇다면 우리는 탈서정에서 여성으로, 퀴어로, 동물로, 기계로 강세의 위치를 조금씩 옮겨왔을 뿐 끊임없이 다른 듯 같은 얘기를 반복하고 있는 게 아닐까.

　미래파의 탈서정이 서정의 지속적인 부활 없이 자립할 수 없고 이른바 포스트휴먼의 동물, 사이보그 또한 인간중심주의의 반복적 재생 없이는 정치적으로 의미화되기 어려운 것처럼 '나'라는 의제의 과도한 중심성은 그에 대한 해체주의적 열정이 낳은 역설에 의해 오히려 불식되지 못하는 측면이 있다. 그러니 '나'의 '정체'나 '위치'보다 그 존재조건들로 물음의 방향을 바꿀 필요가 있을 것이다. 지금까지의 논의들이 크게 보아 '문학과 정치'라는 범주에 속해 있는 만큼 그 조건들 중에서도 민주주의가 우선적인 관심의 대상이 되는 것은 자연스럽다. 그러나 그것은 어디까지나 오늘날 우리 사회의 민주주의를 갈수록 빈틈없이 규정해오는 자본주의라는 계기와의 관련 속에서일 것이다. 당연히 문제는 시에 한정되지 않는다.

2. 자아의 민주화: 이장욱의 소설론과 「복화술사」

　시인이자 소설가인 이장욱(李章旭)의 산문 「그러나…… 그럼에도 불구하고…… 그렇게」[9](이하 「그러나」)는 일종의 소설창작론이다. 그 자신이 미래파 관련 논의에 참여했던 비평가이기도 하기에[10] 더욱 주목되는 측면이 있는데 그는 우선 "인간은 어떤 경우에도 1인칭을 벗어날 수 없지만 동시에 무수한 1인칭들의 교차와 충돌과 이합집산에서도 역시 벗어날 수 없

---

9 『문학과사회 하이픈』 2019년 겨울호.
10 이장욱 「꽃들은 세상을 버리고: 풍자가 아니라 자살이다」, 『나의 우울한 모던 보이』, 창비 2005 참조. 이 글의 핵심은 "요컨대 문제는, 서정 자체가 아니라 서정의 '권위'이다"(38면)라는 문장에 담겨 있다.

다"(173면)고 선언한 다음, 한걸음 더 나아간다.

진실은 발언되는 것이 아니라 이질적 시선 사이에서 마치 에피파니처럼 자신을 힐끗, 보여주는 것이라고 배웠다. 이 경우 진실은 아름답거나 올바르거나 매력적인 문장으로 재현되지 않으며 대표되지도 않는다. 진실은 언제나 1인칭으로 재현 가능한 세계 너머에서, 건조하고 잔인하며 아름다운 방식으로 우리를 습격한다. (174면)

'진실'이라는 의제가 추가되었거니와 이것이 단순한 일인칭 부정론 또는 그와 연동하는 재현 부정론과 차별된다는 점은 분명히 감지된다. 진실이 "이질적 시선 사이에서" 문득 스스로를 드러낸다는 말은 진실이 서로 다른 '재현'과 '대표'들의 "교차와 충돌과 이합집산" 가운데서야 '비로소' 드러난다는 뜻일 것이다. '진실을 재현한다'는 것과 '재현을 통해서 또는 재현 가운데 진실이 드러난다'는 것은 명백히 다른 차원이다. 전자가 동일성의 원리라면 후자는 매개의 원리이기 때문인데 그는 '재현'과 '대표'라는 두 낱말을 은근히 겹쳐 씀으로써 자신의 창작론을 민주주의의 문제로 확장한다. 알다시피 두 낱말은 모두 '리프리젠테이션'(representation)의 역어이며 동시에 정치적 대의(代議)를 의미한다. 글의 시작과 끝에 작가 자신이 실제로 체험한 "소규모 공동주택에서 벌어진 이웃 간의 소송전"(178면, 이하 같은 면에서 인용)을 예화로 배치한 것 또한 이와 긴밀히 호응한다. 그 경험을 통해 그가 오늘날 소설 쓰기의 의미에 대해 새삼 성찰하지 않을 수 없었던 본질적 의문은 그러니까 다음과 같은 것이었다. "오늘날의 '공동'은 '코뮌'이 아니고 '커뮤니티'도 아니고 심지어 '커먼'도 아닌 것 같다. 이제 우리의 '공동'은 진영 논리와 확증편향과 적대적 공존의 재생산 속에서만 작동하는 것처럼 보인다. 한때 인문학에서 회자되었던 '공통체'나 '다중'은 대체 어디에 있는 것일까?" 작가는

"그럼에도 불구하고, 그렇게, 우리는 공동생활을 계속할 수밖에 없다"는 지극히 합당한 결론으로 사태의 윤리적 봉합을 서두르지만 우리는 여기서 질문을 더 밀고 나가보기로 한다. 진실의 드러남을 가로막고 은폐하는 "진영 논리와 확증편향과 적대적 공존의 재생산"의 근거지 또한 저 말도 많고 탈도 많은 '일인칭'이고 그에 기초한 '민주주의'이되 우리가 그것을 벗어날 수도 없는 운명이라면 도대체 그것은 어떤 '일인칭'이고 '민주주의'인가.

　종종 거론되듯 정체성이란 고정된 것이 아니어서 얼마든지 재구성할 수 있다면 이때의 일인칭 '나'는 늘 단수가 아니라 복수다. 그렇다면 '나'의 내부에 거주하거나 그곳을 드나드는 무수한 '나들' 사이에서의 민주주의도 상상해볼 수 있을 것이다. 국가나 공동체의 통치술로서 민주주의는 많은 경우 자명한 것처럼 받아들여지거나 이따금 의심되기도 하지만 개별자의 '자아통치'라는 차원에 대한 조명은 충분치 않았던 것 같다. '민주(民主)'를 글자 그대로 '저마다의 주인됨'이라고 푼다면 그야말로 비유에 지나지 않는 얘기일지는 몰라도 그 주인됨의 다양한 양식에조차 모종의 통치철학이 요구되는 셈이다. 거기서도 독재와 전제(專制)뿐 아니라 직접이든 대의든 하물며 숙의와 추첨에 이르기까지 다양한 형태의 민주 정체(政體)가 존재 가능할 것이다. 그러니까 관건은 자아 그 자체라기보다 어떤 '자아화'인가, 주체라는 관념 자체가 아니라 자아통치의 양식으로서 그것은 어떤 '주체화'인가이다. 고정된 자아에 대한 그릇된 집착을 일컫는 아상(我相)이나 배타적 자기애로서의 나르시시즘이 문제가 되는 이유는 그 모두가 저마다의 참된 주인됨을 가로막고 진실의 드러남을 은폐하는 일종의 '자아독재'에 다름 아니기 때문일 것이다. 그러므로 만약 우리의 '공동'이 "진영 논리와 확증편향과 적대적 공존의 재생산 속에서만 작동하는 것처럼 보인다"면 그것은 그만큼 우리 삶의 경험구조가 더 많은 자아독재를 요청하고 단련하는 방향으로 조형되어 있다는 뜻이 된다. 그리고 이때의 자아독재란 그것의 경제적 표현인 사적소유와 상호작용하는 가운데 자아를 하나의 사유재산으로 전락시키는 한편 사유재산은 자아의 반영으로 의미화하는 메커니즘을 작동시킨다.

산문 「그러나」의 논리를 염두에 두건대, 이러한 조건 가운데 문학과 예술의 역할은 그러한 경험구조의 고의적 교란이나 재배치에 다름 아닐 것이다. "만나고 사랑하고 충돌하고 파산하고 재생"되는 "소설 내부의 벡터들"이 "자신도 모르게 다른 가치들을 도입하고 다른 세계의 인간들을 소환하며 다른 종류의 사랑을 수립한다"(174면)는 진술은 그밖의 다른 뜻이기 어렵다. 이것이 작가 이장욱의 '문학의 정치'라면 그 가장 탁월한 소설화 사례로는 「복화술사」[11]를 들 수 있다.

이 소설은 화자인 복화술사가 숨은 청자인 소설가를 상대로 전하는 이야기다. "복화술은 배로 소리를 내는 것이 아니에요. 그를 둘러싼 세상의 공기를 몸 깊은 곳에 모아 소리를 내는 것입니다"(86면, 이하 86~87면에서 인용)라는 화자의 발언에서 연상할 수 있듯 복화술사는 소설가의 은유다. 따라서 이 작품은 소설로 쓴 소설론인 셈이다. 초점은 자연히 "세상의 공기"로 옮아간다. 그것이 뜻하는 바는 이를테면 화자가 자신의 아버지(집안 3대가 모두 복화술사다)를 회고하는 장면에서 우회적으로 드러난다. 1980년 5월 항쟁의 비극이 광주를 휩쓸고 지나간 어느 겨울, 충장로우체국 앞에서 화자의 아버지는 전래동화 「금도끼 은도끼」를 구연하다 산신령이 등장해 나무꾼을 만나는, 관객들의 입장에서는 "웃음이 터져야 할 대목"에서 느닷없이 울음을 터뜨린다. 더 놀라운 것은 "마치 전염이라도 된 듯" 구경꾼들과 행인들이 함께 울기 시작했다는 사실이다. "희극이 아니라 비극을 공연하는 복화술사라는 것이 가능할까요?" 화자는 짐짓 능청을 부려보지

---

11 이장욱 『에이프릴 마치의 사랑』, 문학동네 2019. 이 작품에 대한 분석은 졸고 「'세상의 공기'를 쓰는 복화술사로서의 소설가」(『한국일보』 2020.11.19)를 재구성하고 보완한 것이다.

만 희극과 비극을 가르는 것은 정작 복화술사(소설가)나 구경꾼(독자)들이 아니라 "세상의 공기"라는 점을 이 소설은 전한다. "세상의 공기"가 울고 있었으니 "그 울음바다를 아무도 멈출 수 없었"던 것이다. 그러니까 소설은 "세상의 공기"가 무엇인지를 직접 말하는 대신 복화술사와 청중의 모습을 충실히 재현함으로써 그 가운데 "세상의 공기"라고 부를 수밖에 없는 그 무엇의 존재를 감지할 수 있게 한다. 일반적인 일인칭소설에서와 달리 이 작품의 화자는 그가 제공하는 정보와 전언에 관한 한 독자들이 완전히 신뢰하기는 어려운 인물이다. 그의 목소리는 복화술사답게 이미 여럿이고 전하는 이야기는 대개 허구적 우연과 현실적 개연성 사이를 위태롭게 오간다. 그러나 화자에게 의미의 독점권을 부여하지 않는 바로 그러한 선택을 통해 "세상의 공기"는 한 시대의 분위기를 막연하게 가리키는 기호가 아니라 진실의 공유지가 될 수 있었던 것이다.

3. 선량한 자본주의 주체들의 우주: 김초엽과 오선영의 단편

하지만 복화술사와 청중이 함께 울었던 그 거리는 명백히 과거에 속한다. 작품이 끝나갈 즈음, "이제 자신은 더이상 사람의 목소리에는 관심이 없다"(115면)는 어느 은퇴한 원로 복화술사의 일화가 끼어드는 것도 어쩌면 과거와 현재 사이의 좁혀질 수 없는 간극을 드러내기 위함일 것이다. 80년대 광주에서라면 글자 그대로의 '민주'가 문제될지언정 '자본'은 아직 흐릿한 배경이었겠지만 이제 상황은 거의 정반대다. 이제는 세상의 공기가 희박해지는 곳으로 나가 앞서 말한 간극의 정체를 추적해보기로 한다. 예컨대 외계나 우주공간 같은 곳.

김초엽(金草葉)의 「최후의 라이오니」[12](이하 「라이오니」)는 제목에서 드러나듯 SF 재난서사이자 생존서사다. 태생적으로 고통과 두려움을 모르고 성장과정에서도 오직 강인함을 요구받는 '로몬'이라는 존재들은 일종의 복제인간이며 '나' 또한 그들의 일족이다. 그들은 주로 멸망한 행성에서 가용자원을 회수해 유통하는 사업을 담당하기에 '회수인'이라고도 불린다. 그러나 복제와 성장 과정에서 빚어진 어떤 시스템 오류로 인해 '나'는 다른 로몬들과 달리 불안과 공포에 민감하다. 멸망과 죽음을 상시적으로 목도해야 하는 로몬으로서 그것은 치명적 결함일 수밖에 없다. "평균은커녕 바닥에 밟히며 좌절하는 경험을 늘 하"던 '나'는 행성 3420ED의 조사 의뢰를 받고 자신이 "가진 결함의 근원"(24면)을 찾아, 그리고 동료들에게 스스로를 입증하기 위해 단신으로 회수 임무에 나선다. 작품의 주요 배경이 되는 3420ED는 한때 번성했으나 지금은 폐허가 된 행성으로 이곳에 살던 인간들은 모두 감염병으로 죽거나 떠났으며 현재는 소수의 기계들만이 "그들만의 소박한 문명을 구축하고 있"(15면)다. 거기서 '나'는 지능과 자의식을 갖춘 기계이자 3420ED의 시스템 오퍼레이터인 '셀'을 만나는데 셀은 '나'를 라이오니라는 인간으로 오인한다. 라이오니는 3420ED의 불멸인들이 이곳을 버리고 떠날 무렵 기계들을 인도해 함께 탈출하려 했던 인간 소녀의 이름이다. 그리고 결말에 이르면 '나'가 라이오니의 복제라는 사실이 드러난다. 에필로그로 들어가기 직전의 마지막 대목을 가져오기로 한다. 3420ED에 가까스로 잔존한 기계문명과 함께 셀 또한 최후를 앞두고 있다.

시간이 흐른 후에 나는 그 순간들을, 셀이 나에게 들려주던 이야기들을 다시 복기해본다. 셀은 정말로 내가 라이오니라고 믿었던 것일까, 아니면 믿지 않았지만 믿는 척 흉내 낸 것일까. 후자라면 그렇게 우스운 일도 없었던 셈이다. 나는 셀이 나를 라이오니라고 믿으리라 생각하며 라이오니를

---

12 김초엽 외 『팬데믹: 여섯 개의 세계』, 문학과지성사 2020.

연기하고, 셸은 그런 내가 라이오니가 아니라는 사실을 알면서도 라이오 니라고 믿는 척 연기하는 이중의 연기가 우리 사이에 존재했던 것이니까. (46~47면)

'나'는 "제대로 된 임무라고는 하나도 수행하지 못하는 형편없는 회 수인이었던 시절, 생계를 위해 네트워크에 여러 글을 기고했던 적이 있" (19면)을 뿐 아니라 어느 누구 못지않은 이야기꾼이기도 하다. "나는 열흘 간 셸의 옆에 머물렀다. 셸에게 내가 셸을 만나기 위해서 했던 수많은 일 에 관해 이야기해주었다. 도시를 탈출한 이후에 어떤 무시무시한 멸망들 을 마주했는지, 어떻게 터널을 넘었고 새로운 문명과 행성을 발견했는지, 그곳에서 셸과 기계들을 구할 방법을 찾기 위해 얼마나 분투했는지 (…) 대부분은 거짓말이었지만 나는 마치 그 일들을 직접 겪은 것처럼 말해줄 수 있었다. 적어도 나의 고통, 혼란, 슬픔과 두려움은 모두 실재하는 것이었 다. (…) 셸은 죽음을 두려워하고 있었고 나는 그를 다독여줄 수 있었다." (46면) 화자와 청자가 모두 소수자라는 사실을 염두에 둘 때 이 결말은 불 가항력의 재난 앞에 선 소수자들 또는 그와 유사한 방식으로 왜소화되고 위축된 주체들 사이의 공감과 연대를 초점화한다고 할 수 있을 것이다.

그러나 이 조그마한 위로의 공동체를 에워싸고서 그들의 최후를 무심 히 지켜보고만 있는 우주의 정체에 대해서도 한번쯤 물음을 던져볼 만하 다. 예컨대 이런 대목 때문이다. "행성 생태계에서 미생물들이 죽음을 다 시 삶의 원료로 되돌리듯이 우리(로몬─인용자)는 전 우주적 규모에서 순 환의 매개체를 자처하며, 이러한 삶의 방식에 자부심을 가진다. 우리는 타인의 죽음에 기생하여 살아가지만, 그것은 우주의 모든 삶에 적용되는 것이다."(20면) 또다른 진술을 참고할 수도 있다. "인공 생태계의 동물과 식물이 모두 죽었다. 기계들이 간과했던 것은, 라이오니에게는 다른 생물 이, 그리고 다른 생물의 죽음이 필요하다는 것이었다. 그것이 유기체의 존재 조건이었다."(41면) 이것은 "사회형태와 무관한 인간생존의 조건이며, 인간과 자연 사이의 물질대사, 따라서 인간생활 자체를 매개하는 영원한 자연적 필연성"[13]이라는 일반원리의 재천명이 아니다. 기계가 인간 노동을 반영하는 데서 인간이 기계를 반영하는 단계(로몬, 불멸인 등)로 일찍감치 도약한 난숙한 기계문명을 배경으로 상품 형태의 물질순환이 마치 '제2의 자연'처럼 표현되고 있기 때문이다. 이러한 우주는 자본주의 그 자체에 다름 아니다.[14] "우주에는 두 종류의 멸망", 즉 "가치 있는 멸망과 가치 없는 멸망"(19면)이 있다고도 했거니와 여기서 말하는 가치는 따라서 상품가치 외에 다른 것일 수 없다.

아울러 로몬으로서 '나'가 무한히 팽창하는 이 '우주적' 자본주의 시스템(작중 '시스템'의 역할은 언제나 결정적이다) 안에서 어떤 계급적 위치에 놓여 있는가도 흥미로운 주제이다. 맥락상 그는 생산수단을 어느정도로는 스스로 소유한 소(小)자본가에 가깝다. 하지만 그는 태생적 조건(공포와 불안, 연민을 느낌) 때문에 자기 일족들의 무정한 이윤추구에 동조하지 못할 뿐 아니라 "로몬들에게 소속감을 느끼지 않는다."(21면) 요컨대 그는 '선량한' 소자본가다. 그러므로 '나'가 자의식을 지닌 기계들(노동계급)과 함께 우주(자본주의 시스템) 가운데로 소멸하는 대신 가족과 동료들에 의해 극적으로 구출되어 "나에게 주어진 이 태생적 결함(선량함의 원천들 — 인용자)이, 사실은 결함이 아닐지도 모른다는 생각을"(48면) 하게 된다는 작품의 에필로그는 어떤 의미에서는 모순의 로맨스적 봉합에 지나지 않는다. 이는 자본주의가 만들어낸 문명의 위기를 자본의 도덕화를 통해 완화 또는 저지하려는 몽상처럼 보이기도 하기 때문이다. 앞서 살핀 대로라면 이

---

13 카를 마르크스, 김수행 옮김 『자본론 1』 상편(개역판), 비봉출판사 2015, 53면.
14 이 지점에서 작가의 근작 『지구 끝의 온실』(자이언트북스 2021) 또한 흥미롭다. 여기서 인류 문명은 완전한 붕괴 이후 재건되었다는 설정인데 그것이 여전히 자본주의적 사회상에 근사한 것으로 나타나기 때문이다.

소설에서 자본주의는 우주 그 자체이며 곧 '제2의 자연'처럼 나타난다. 그러나 자연은 처음부터 도덕의 대상이 아니다.

따라서 외계행성 3420ED 같은 곳에서라면 자의식을 지닌 주체나 그들 간의 민주적 연대 역시 난숙한 자본주의의 왜소한 반영물(수많은 복제인간들!)에 지나지 않게 될 것이며 예의 소자본가들의 운명 또한 그들 자신의 주관적 선의와 무관하게 소설을 시종일관 지배하는 파국의 예감 속으로 해소될 수밖에 없을 것이다. 가령 셀의 죽음 이후에는 다음과 같은 전철을 밟게 될지도 모른다. "이제 수탈의 대상은 자기 자신을 위해 일하는 노동자가 아니라 다수의 노동자를 착취하는 자본가다. 이 수탈은 자본주의적 생산 자체의 내재적 법칙의 작용을 통해, 자본의 집중을 통해 수행된다. 항상 하나의 자본가가 많은 자본가를 파멸시킨다."[15] 그러므로 「라이오니」에서 주목할 점은 작품이 표면적으로 제시하는 약자들 사이의 공감과 연대라는 비전보다 그러한 비전의 제시를 위해 구축된 하나의 가상이 자본주의 메커니즘과 맺은 적나라한 상동성이라고 해야 할 것이다.

그런데 자본주의의 이러한 작동원리들은 외계행성 3420ED에서만이 아니라 한국의 부산에서도 예외 없이 적용되고 있는 듯하다. 오선영(吳善映)의 단편 「호텔 해운대」[16]의 결말이다.

민우가 9급 공무원이 되어도 특급호텔에 편하게 올 수 없을 것이다. 민우도 나처럼 매달 카드값에 힘들어할 거고, 퇴직과 이직 사이에서 고민하다가 월요일이 오면 꾸역꾸역 출근을 하겠지. 우리가 잡을 수 있는 건 서로의 마른 손이지 호텔 카드키가 아닐 것이다. (…)
수정이 민우에게 팔짱을 껴도 반응이 없었다. 그 순간, 수정은 보았다. 민우

---

15 『자본론 1』 하편 1045면.
16 『문장 웹진』 2019년 10월호.

의 눈이 어떤 욕망과 야망으로 꿈틀거리고 있었다. 바다보다 더 멀리, 바벨탑보다 높게 솟아올랐다. 제가 가진 것보다 더 많은 것을 가지려는 눈. 수정은 자신이 한 생각을 민우도 할 수 있다는 사실을 짧은 순간 깨달았다. 그리고 민우가 원하는 것을 자신이 줄 수 없다는 것도. 수정의 손바닥이 얼음덩어리를 움켜쥔 것처럼 차가워졌다. 팔짱을 빼면서 한 발자국 물러났다. 그럼에도 민우는 아무런 반응을 하지 않았다.

이 소설의 뼈대는 간단한 편이다. 부산의 한 소규모 출판사에 다니는 주인공 수정은 어느 날 라디오의 퀴즈 이벤트에 당첨돼 공짜로 호텔 숙박권을 얻게 된다. 주말에는 추가요금이 붙기에 그는 어느 평일 하루 동안 취업준비생 신분인 오랜 연인 민우와 함께 '호캉스'를 즐기기로 한다. 그런데 "공부에 지친 민우에게 휴식과 힐링의 시간을 주고 싶"어 계획한 이벤트 주위에는 당첨의 행운만으로는 극복할 수 없는 난관들이 지뢰처럼 도사리고 있다. 그런 까닭에 정작 이 소설을 가득 채우고 있는 것은 1박 2일의 행운이 아니라 그로 인해 오히려 도드라지는 수정과 민우의 환경적 제약들이다. 그것들은 "능숙하고 세련되게, 모든 것이 익숙한 단골손님처럼 행동하고 싶었"던 수정의 몽상을 사사건건 교란하거니와 그들의 본질, 그들이 지방 도시에 거주하는 가난한 청춘들이라는 사실을 거듭 드러낸다. "평균은커녕 바닥에 밟히며 좌절하는 경험을 늘 하"(「라이오니」 24면)던 '나'들이 여기서도 어김없이 등장하는 것이다. "부산에 출판사도 있어요? (…) 그때마다 수정은 지역 문화예술계의 상황과 작은 출판사의 중요성, 문화의 획일화와 대형화에 저항하기 위한 여러 사례들을 나열하면서 제가 하고 있는 일의 필요성과 중요도에 대해 말하곤 했다. (…) 수정은 질문자의 변화된 태도를 보며 뿌듯해하다가, 문득 회사명 하나로 제 존재를 인정받고 싶다는 생각을 했었다. (…) 그러니까 이 땅의 콜라 역사를 바꾸기 위해 태어난 815콜라의 가치와 의의는 충분히 이해하고 납득하지만,

아무리 노력해도 815콜라가 코카콜라나 펩시가 되기는 어렵기 때문이었다." 그러나 앞서 인용한 소설의 결말에서 보듯 작품 안에서 시종 부차적인 위치에 놓여 있던 민우의 욕망이 어느새 수정의 현실타협적인 태도와 분열하며 한순간 비약한다. "바다보다 더 멀리, 바벨탑보다 높게 솟아"오른 그것은 어디를 향하고 있을까.

"in서울"이나 수도권 진출은 고사하고 "in부산", 그러니까 "살아온 터전에서 추방"되지 않으려는 경쟁에서조차 열세를 면치 못하는 듯 보였던 민우에게 그것은 당면 현실의 조건을 초과하는 무엇임에 분명하다. 따라서 민우를 충격한 모종의 각성이 아무리 강도 높은 것이었다 해도 그것이 나아갈 방향은 아직 추상적일 수밖에 없는데, 여기서 오히려 두드러지는 것은 지금까지 민우를 지탱해왔던 비전, 즉 "in부산"에 대한 부정의 에너지다. 말하자면 그는 "in부산"의 현실원칙들을 폐기함으로써 그것을 연료로 삼아 "바다보다 더 멀리, 바벨탑보다 높게" 타오르는 중인 것이다. 하지만 그것은 "in부산"의 현실원칙들을 가능하게 하는 근본조건, 이를테면 자본주의적 질서 그 자체의 부정으로 향한 것은 아니다. 등장인물들로 하여금 유한계급(leisure class)의 이미지를 모방하게 함으로써 한시적 만족감을 부여하는 '호텔 해운대'의 본질에 대해서는 소설 속에서 더이상 질문되지 않기 때문이다. 관점에 따라 이는 작품의 한계로 보일 수 있지만 "아무리 노력해도 815콜라가 코카콜라나 펩시가 되"지 못하는, 그러니까 자본주의의 내재화가 아직은 불완전한 단계의 심성구조를 비교적 정확히 반영한 것이기도 하다. 그 불완전성이란 계급 간, 지역 간의 상이한 발전 속도로 인해 만들어지거니와 어쩌면 그 낙차들의 생산과 재생산이야말로 자본주의의 본질적 기능 중 하나이다. 그러므로 "in부산"의 현실원칙을 폐기한 대가로 얻어낸 초월의 몽상은 그것을 글자 그대로 몽상에 지나지 않는 것으로 만드는 같은 논거에 의해 거꾸로 현실의 누추함을 환기한다.

오선영의 또다른 단편 「다시 만난 세계」[17]에서도 초월의 몽상은 주인공의 선택과 행위를 이끄는 원리가 되는데, 예의 낙차의 감각을 보여주는 데서도 충분한 요령을 얻고 있어 주목할 만하다. 학내 성폭력사건에 항의하는 성명서에 이름을 올렸다는 이유로 학생들에게 페미니스트로 지목되어 강의평가에서 경고를 받을 위기에 처한 "지역 대학의 박사 수료생인 젊은 여자 시간강사"(93면) '나'가 학부 시절 자신을 여성주의에 눈뜨게 했던 선배 유리를 회상하는 대목이다. "유리 언니처럼 하늘하늘한 몸매에 프라다 구두를 신고, 샤넬 향수를 뿌린 이도 없었다. 나는 유리 언니가 정말 좋았지만, 도통 언니의 세계를 이해할 수 없었다. 언니는 뜻을 모르는 러시아어 같았고, 무엇을 그렸는지 알 수 없는 추상화 같았다. 언니를 알지 못한 채 언니를 좋아하는 것만이 내가 선택할 수 있는 답인 듯했다." (99~100면) 이 대목은 결말에서 다시 부연된다. "유리 언니가 지키고 싶은 것이 무엇이었는지, 어떤 이야기를 하고 싶었는지, 프랑스가 아니라 대한민국의 한 지방 도시에 남아서 알게 되었다고 생각했다. 책 속 세계와 책 밖 세계를 통해서, 누가 알려주지 않아도 자연스레 습득했다고 여겼다." 하지만 그는 예의 '백래시' 사건에 맞닥뜨려 "그 모든 게 착각이었을지도 모른다는 의구심"(104면)에 빠져버리고 만다. 그러니까 "무엇을 그렸는지 알 수 없는 추상화"의 진면목은 시간의 흐름에 따라 "자연스레 습득"할 수 있는 성질의 것이 처음부터 아니었으며 자신이 발 딛고 있다고 믿었던 민주주의의 토대 또한 본래 균열투성이였던 것이다. 그것은 프랑스와 대한민국, 그 각각의 내부에서 다시 또 나뉘는 도시들 사이의 복합적 위계라는 이미 자연스럽지 않은 조건들에 켜켜이 둘러싸여 있어서 그로부터 비롯되는 수많은 제약들과 일일이 마주치는 고통 없이는 초월 불가능한 지평에 놓여 있기도 했다. 따라서 "울지 않게 나를 도와줘"(106면)라는 노래의 공동체를 형성함으로써 그 자체로 충분히 감동적인 결말도 약자들

---

17 『실천문학』 2020년 겨울호.

의 연대 이상으로는 나아갈 수 없게 되었다.

4. 호미를 쥔 자들: 정성숙 소설집 『호미』

외계행성과 지방 대도시를 거친 만큼 이제는 농촌으로 시선을 돌릴 차례다. 자본주의의 이른바 시초축적(primitive accumulation)이 농촌의 해체를 통한 도시 공업노동자의 확충에서 비롯된다는 고전적 통찰을 염두에 둔다면 농촌이야말로 자본주의의 위력을 자신의 트라우마적 본질로 간직한 장소가 아닐 수 없다. 그런데 문학의 차원으로 건너오면 그러한 전제는 농촌을 소외된 정체성이나 위치 바깥에서 보지 못하게 만드는 공식이 되기도 한다. 자본주의적 도시화 속에서 농촌의 사회적 입지가 줄어들수록 그로부터 산출되는 농민문학의 위상이 하강하는 것은 자명한 이치이거니와 작가와 독자의 압도적 다수가 도시민으로 구성된 오늘날 문학 생산·유통의 구조가 이를 더욱 촉진한다. 어쩌면 농민문학의 실종을 우려하는 목소리조차 실종되어가고 있는 지금, 농촌에 대한 관습적 이해를 가로지르는 소설집을 들고 홀연히 등장한 작가가 바로 정성숙(鄭成淑)이다. 그의 이름은 아직까지 낯설다. 전남 진도에서 32년째 농사를 짓고 있다는 것 외에 공개된 이력이 없을뿐더러 흔히 말하는 등단이나 공모전 따위의 절차를 거친 적도 없기 때문이다. 그는 이미 "십수 년 전에 쓴 소설들"을 서랍에 조용히 묻어두고 "변화무쌍한 요즘과는 시대성이 맞지 않는 것 같아서 출판을 포기"한 상황이었는데 "가만 생각해보니, 농민들의 삶의 내용은 크게 달라진 것이 없다는 판단이 들"어 출판을 결심했다고 '작가의 말'에서 담담히 밝히고 있다. "드론이나 자율주행트랙터가 등장했지만 호미로 풀을 뽑아야 하는 원시적인 고달픔은 여전합니다. 천한 일은 호미를 쥔 자들의 몫입니다."[18]

그의 소설집『호미』에는 문학 수업의 여부나 정도를 따지기가 무색할 정도로 완숙한 단편소설 여덟편이 수록되어 있는데, 우선은 호남 사투리의 일대 보고라고 해도 좋을 만큼 생동감 있는 언어 운용이 눈에 띈다. 가령 화자인 '나'(미자)와 동네 친구 창선의 우정을 중심으로 집을 나간 창선의 아내 미애의 사연을 엮은 「기다리는 사람들」은 도입부에서부터 생동감 이상의 상징성까지 획득하고 있어 인상적이다.

> "참말로 콤피터랑 연애했으끄나?"
> "아무리 한다고 그런 기계하고 연애가 되겠소. 나가고 없은께 이 말 저 말 나온 것이제!"
> "아따, 자네는 테레비를 건덕굴로 보는갑네. 할 일 없는 여편네덜이 콤피터랑 연애해갖고 서방이랑 갈라서는 것이 한둘이 아니라등마는."
> "그라믄 기계가 암놈 수놈 있다는 말이요?"(51면)

살아 있는 언어로 인물들의 성격과 관계, 그들을 둘러싼 환경을 고루 표현해주고 있는 이 작품의 결말은 특별히 주목할 만하다. 고추 시세의 폭락으로 처지를 비관한 나머지 일년 농사를 모조리 불태우는 창선과 본능적으로 그 불을 끄기 위해 "다람쥐처럼 뛰어다니며 물을 퍼"(83면)붓는 아들 민우의 대조적인 모습은 그 자체로 하나의 아이러니인데 고추가 "불에 타든 물에 젖든 아무짝에도 쓸모없기는 마찬가지"(84면)라는 점에서 그 아이러니는 중첩된다. 이 중첩을 통해 고추 시세와 수매를 둘러싼 농촌현실의 모순은 그 중요성이 끝내 감소되지는 않은 채 후경으로 물러나고 창선의 비관과 민우의 무구함은 그들 각자가 지닌 한계를 부정당함이 없이 있는 그대로 존중되는 것이다. 이는 앞서 논했던 대로 현실 또는 진

---

18 정성숙『호미』, 삶창 2021, 277면.

실을 그대로 빼닮은 재현이 아니라 '재현하는 가운데 진실의 드러남'이라는 차원의 훌륭한 예증이 된다.

하나하나 별도로 분석, 평가해야 할 작품들이지만 지금까지의 논의를 정리하는 맥락에서 표제작 「호미」에 집중하기로 한다. 이 소설의 주인공은 영산댁이라는 홀몸의 노인이다. "봉제공장 공장장이 되어 중국에 가 있는 큰아들"(23면)과 서울로 분가한 작은아들이 있지만, 그는 아무도 찾지 않는 골짜기의 소출도 형편없는 파밭 한뙈기를 자기 몫으로 일굴 뿐 대부분의 생계를 남의 농사 품팔이에 의지하고 있다. 그런데 그 파밭의 사연이 기구하다. 사실 그에게는 지금의 큰아들 위로 아들이 하나 더 있었는데 한센병에 걸리는 바람에 이웃들의 배척을 받았으므로 숨겨둘 수밖에 없었다. 채 성인이 되기도 전에 유명을 달리한 아들이 숨어 사는 동안 그 파밭을 일군 것이다. 이웃들에 대한 원망이 없을 수 없던 만큼 영산댁은 주민들 사이에서도 괴팍한 노인으로 소문이 나 있다. 인근으로 새 도로가 난다는 소문에 파밭을 팔아치우려는 둘째아들과의 갈등이 있지만 영산댁은 요지부동이다. 거기에는 자기 온 생애의 절실한 무엇이 오롯이 담겨 있기 때문일 것이다. 영산댁은 끝내 파밭에서 쓰러져 죽음의 위기를 맞는다. 영산댁이 마비된 몸을 끌고 기어서 산을 내려오는 예외적으로 긴 장면이 이 소설의 결말이다.

영산댁은 손과 발을 움직여봤다. (⋯) 오른쪽을 쓸 수 있다는 것이 천만다행이었다. 여기서는 자신이 죽어서 살이 썩고 뼈만 나뒹굴어도 동네 사람들은 모르리라. 해가 지기 전에 산을 내려가서 사람들 눈에 띄어야 한다. (⋯) 문득 호미만 있으면 깊은 샘이라도 팔 것인데… "호무, 그래 호무!", 영산댁은 오른발 근처에서 호미를 찾아내자, 어쩔 수 없이 까치밥이 될 모양이다 싶던 두려움을 다 물리칠 수 있었다. (⋯) 그러고는 호미 자루를 잡고 몸체를 이끌었다. 몸뚱이가 처음으로 산 아래를 향해 내려가기 시작했다.

(…) 반딧불 같은 불빛 두 개가 동네를 향해 날고 있었다. (42~46면)

영산댁이 이대로 죽음을 맞게 될지 아니면 극적으로 구조되어 목숨을 부지하게 될지는 미지수다. 죽음 쪽으로든 삶 쪽으로든 여전히 모든 가능성이 남아 있기 때문이다. 그런데 영산댁이 쓰러지는 것부터 산길을 포복으로 내려가 인부들을 태우러 온 승합차를 멀리서 발견하기까지 장면전환 한번 없이 이어지는 일곱면에 달하는 묘사는 그러한 궁금증이나 예측 자체가 부질없는 것임을 말해주는 가장 뚜렷한 근거다. 왜냐하면 이 장면이 보여주고자 한 것은 '영산댁의 살아 있음' 그 자체이며, 어느 면으로는 세 아들의 어머니이자 동네 사람들의 이웃이고 세상을 떠난 남편의 아내이자 무엇보다 농민인 영산댁 자신마저 넘어선 '살아 있음' 자체의 감지 가능성까지 열어주기 때문이다. 여기서 노동의 도구에 지나지 않던 호미는 영산댁에 의해 순간적으로 생존을 위한 신체의 연장으로 변모하지만 그렇다고 노동을 위한 도구로서의 본래 목적이 유실되는 것은 아니다. 이 말을 뒤집으면 호미라는 사물을 매개로 '노동'과 '살아 있음'이라는 두 차원이 통합될 가능성이 열린다는 뜻이기도 하다. 이렇듯 영산댁의 존재는 그 사회적 정체성과 위치를 기각하지 않은 채로도 정체와 위치의 자아중심적 구심력을 벗어나며 그의 삶을 속속들이 규정해오는 자본주의적 조건들을 부인함이 없이도 '저마다의 주인됨'이라는 차원에 고유한 방식으로 도달한다. 만약에 문학의 정치라는 차원이 엄연히 있고 또한 마땅히 있어야 하는 것이라면, 바로 여기가 진정한 출발점일 것이다.

혁명의 재배치

◆

황정은, 윤이형, 김성중의 눈

1. 반복되며 새로워지는 '오늘'

　황정은(黃貞殷)의 중편 「아무것도 말할 필요가 없다」(『디디의 우산』, 창비 2019. 이하 「아무것도」, 면수만 표기)는 화자인 '나' 김소영과 연인 서수경이 함께 사는 집에 김소영의 동생 김소리와 김소리의 어린 아들 정진원이 함께 있는 오후 장면으로 시작한다.

　정오가 지났다. 모두 잠들었다. 지난밤 잠을 설쳤기 때문에 어쩔 수 없었을 것이다. 그렇다고는 해도 신비한 오후다. 이런 시각에 이 집에 모여 자고 있다. 모두 모여 있는데 이 정도로 조용하다. 이런 일이 다시 있을까. (150면)

　'나'는 소설을 쓰기 위해 식탁 겸 책상으로 쓰는 테이블 앞에 앉아 있고 다른 이들은 모두 잠들어 있다. 그런데 이 장면이 "신비한 오후"로 선언되어야 할 이유를 독자들로서는 당장 알 길이 없다. 이는 사실 풍경 자체가 그러하다기보다 그것을 바라보는 '나'의 시선에 어떤 변화가 찾아왔다는 의미에 가까울 것이다. 그러나 그 때문에 정말로 "신비한" 무엇처럼 풍경이 갱신되는 듯한 느낌도 일정하게 받게 된다. 마지막에 가서야 명확해지지만 화자가 "오늘은 어떻게 기억될까"를 반복해 자문하지 않을 수 없었던 '오늘'은 2017년 3월 10일, "제18대 대통령 박근혜"가 "헌법재판소 재판관 전원의 찬성으로 대통령직에서 파면"(313면)된 날이다.

우선 작품의 독특한 형식에 접근해볼 필요가 있다. 이 작품의 첫 장면과 마지막 장면은 같은 날 같은 장소를 배경으로 하고 있지만 단순히 회상을 경유한 순환구조라 하기에는 어딘지 설명이 부족해 보이는 면이 있기 때문이다. 거칠게 요약하자면 그것은 하나의 겹침점 같은 것이다. 겹침점이되 마주 보며 서로를 지양하는 중인 두개의 '오늘'이라고 한다면 적절할까? 「아무것도」는 화자의 개인사적 회고와 타인의 전언, 역사적 사건 — 가령 홀로코스트, 6월항쟁, 한총련사건, 2008년 촛불시위, 세월호참사 등 — 의 기록과 논평, 젠더불평등 문제를 비롯한 사회비평, 독서수상(隨想) 따위로 채워져 있지만 이 모든 것은 '오늘'로 수렴되는 동시에 '오늘'로부터 새롭게 생성 중인 것이어서 뚜렷한 방향을 갖고 서사가 진행된다는 느낌을 거의 주지 않는다. 12개의 장은 화자가 떠올린 화제나 대상의 범주에 따라 구분될 뿐 시간 순서의 선형적 지배력은 상대적으로 약화되어 있다. 그럼에도 불구하고 이 작품을 끝까지 읽고 나면 처음과 달리 읽는 '나'가 다른 차원으로 한걸음 이동해 있다는 강한 실감에 휩싸이게 된다. 조금 길지만 좀처럼 생략을 허락지 않는 작품 막바지의 한 대목을 옮겨본다.

혁명이 도래했다는 오늘을 나는 이렇게 기록한다.

우리가 여기 모였다고.
간밤에 잠을 설친 사람들이 세수만 하고 이 자리에 모여 늦은 아침을 만들어 먹었다고. 김소리가 정진원에게 줄 간식으로 하룻밤 달걀물에 담근 식빵을 가져왔고 양이 넉넉해서 우리가 거기에 버터를 더해 토스트를 해 먹었다고. 오렌지도 잘라 먹고. 아무것도 아닌 일에도 깔깔 웃으며 서둘러 식사를 준비하고 다 같이 먹고 올리브잎 차도 한잔씩 마셨다고. 남자는 울지 않는 법이라며 구석에 숨어서 우는 아이를 말하고 그 아이에게 어떤 이야기를 들려주며 살아야 하는지를 걱정하기도 하면서. 쌤 스미스의 커밍아웃을 말하다가 보편성과 특수성에 대해 회원들과 작은 언쟁을 벌이고 만 일을 말하기도 하면서. 헌법재판소로 들어가는 재판관의 머리칼에 핑크색 헤어롤 두개가 말려 있는 것을 우리가 보았으나 그런 것은 하나도 중요하게 여겨지지 않아서 그것에 관해 별말을 하지 않았다고. (317~18면)

첫 장면의 반복과 부연에 불과한 이 대목이 어떤 새로운 조명 가운데 놓여 있다는 느낌은 착각이 아닐 것이다. 사람들이 함께 토스트와 오렌지를 먹고 차를 마시며 이야기를 나누는 흔한 일과가 모종의 유토피아적 광채를 발하는 동시에 상실의 예감이나 노스탤지어에 휩싸이는 듯한 이유는 그것이 "혁명이 도래했다는 오늘" "우리가 여기 모였다"는 예외적 계기에 의해 고양되고 있기 때문이다. 평범한 일과들이 전에 없던 생동감을 띠는 것은 물론 헌법재판소 재판관 같은 일견 특별해 보일 수도 있는 존재가 "핑크색 헤어롤 두개"의 자리, 그러니까 "그런 것은 하나도 중요하게 여겨지지 않아서"의 장소로 내려온다. 평범함이든 특별함이든 혹은 그것이 무엇이었든 이 자리에 오면 우리가 알고 있던 상투적인 무엇과는 분명 다른 것 — 단순한 위계 전도가 아니라 — 이 되고 만다. "혁명이 도래했다는 오늘"의 뉘앙스에 배어 있는 '혁명'에 대한 회의적 거리감은 일각에서 혁명이라고 일컬어지는 그것, 가령 탄핵심판의 인용 결정 따위가 혁명의 전부인 것처럼 여기는 부주의하고도 납작한 인식에 대한 거리감이다. 사람들이 함께 모여 토스트와 오렌지를 먹고 차를 마시며 "남자는 울지 않는 법이라며 구석에 숨어서 우는 아이"에 관해, "쌤 스미스의 커밍아웃을 말하다가 보편성과 특수성에 대해 회원들과 작은 언쟁을 벌이고만 일"에 대해 견해를 주고받는 행위들 없이는 그나마도 이루지 못했을 것이라고, 상투성을 벗어나는 일상의 바로 그러한 순간들로부터 '갈리아의 수탉 울음소리' 같은 것이 들려오기 시작한다고 「아무것도」는 말하는 듯하다. 요컨대 종래의 혁명이라는 관념을 지양하고 갱신하는 혁명(가령 '혁명의 혁명'), 그래서 읽는 이들을 언제나 새로운 출발점과 열린 가능성 ─ 고양감과 불안감을 동시에 선사하는 ─ 에 놓아두는 혁명, 적어도 이 작품이 말하는 촛불혁명은 바로 그런 것이 아닐까.

2. 진리공정으로서의 '열세번째 소설'

따라서 "퀴어 되기(「아무것도」 또한 이를 수행하고 있으므로 ─ 인용자)가 자신의 신체와 욕망을 응시하고 훈련하여 주변의 물질적 조건 및 인간관계와 자신을 조율해가는 순환적 과정에 가깝다면, '퀴어-쓰기'의 서사적 특성은 고정된 범주로의 안착이 아니라 그 '되기'를 재구성하는 갱신과정으로 독해될 때 나타[1]난다는 주목할 만한 원칙의 제시에도 불구하고 「아무것도」를 "여성이자, 레즈비언 커플이자, 양육자의 입장에서 동시대의 기점인 촛불혁명이 누락한 광장의 역사를 되짚는" 작품으로 파악하는 김건형의 독해는, 취지를 이해 못 할 바는 아니더라도 무언가 덜 말해진 것이라고는 해야 할 듯하다. 이는 「아무것도」가 말하는 혁명이 '혁명의 혁명'을 포함하는 개념임을 간과한 결과일 것이기 때문이다. 그가 "고작해야 남성

---

1 김건형 「지금, 교차하는 퀴어 서사들이 여는 시간」, 『문학동네』 2019년 겨울호 110면. 이 글은 최근 한국문학에서 퀴어-페미니즘의 교차성에 관련된 주요 쟁점들을 명료하고도 폭넓게 부각하고 있어 좋은 참고가 된다.

지배집단이 통치 순서를 교대하는 것이 혁명이라면 그것은 무슨 소용인 가"라고 반문할 수밖에 없었던 이유이기도 하다.[2] 그런데 만약 앞선 해명 과 무관하게 「아무것도」가 말하고자 한 혁명마저 "탄핵이 이루어진다면 혁명이 완성되는 것"(313면)이라는 "사람들의 말"(314면)을 준용한 데 불과 한 것이라면, 그래서 "촛불혁명이 누락한 "여성이자, 레즈비언 커플이자, 양육자의 입장"이 있는 그대로 촛불혁명의 결여나 공백 또는 구성적 외부 (constitutive outside)에 불과한 것이라면 이 작품은 사실상 달라진 것이 아무것도 없는 '지금 이대로'의 온존을 수행적으로 강화하거나 기정사실 화하면서 그러한 현실을 폭로하고 고발 ── 여기에 대해서는 뒤에서 다시 이야기하겠지만 ── 하는 작품에 머물고 만다.[3]

이러한 읽기는 「아무것도」의 연재(『문학3』 웹 2017.10~12) 직후 일찌감치 발표된 강지희(姜知希)의 글[4]에서 이미 자리 잡은 것이었지만 정작 강지 희 자신은 단행본 『디디의 우산』의 해설 「세상의 모든 존재들에게, 우산 을」에서 미묘한 선회의 흔적을 남긴다. "광장에서 누락된 목소리의 복원" 이라는 2018년의 명쾌한 단정을 유보하면서 그가 예민하게 포착한 것은 세월호참사 추모집회 장면에 끼어든 한 문장 "더 가볼까?"(290면)이다. 경 찰 차벽에 가로막힌 대열 가운데서 '나'는 문득 "더 가볼까?"라고 읊조린 다. 강지희는 「d」에서는 "이제 어떻게 할까"라는 말이 체념적인 중얼거림 이었지만, 「아무것도」에서는 이 말 다음에 "더 가볼까?"라는 말이 이어지

2 같은 글 124면.
3 김요섭 또한 "'우리'라는 하나로 묶여 있던 경험을 더는 믿을 수 없게 되었을 때, 우 리는 각자의 '나'로 돌아간다"라고 말함으로써 촛불혁명에서 '배제'된 존재들을 강조 한다. 「이후의 사람들: 한정현·황정은 소설과 다원화된 세계」, 『문학과사회 하이픈』 2019년 가을호 149면. 촛불혁명을 어떻게 해석하든 '우리/나' '공동체/개인' 같은 익 숙한 도식을 반복하는 것은 재고해볼 필요가 있다.
4 강지희 「광장에서 폭발하는 지성과 명랑」, 『현대문학』 2018년 4월호. 이 글은 연재본 「아무것도」를 "승리한 광장이 누락해버린 목소리들을 끌어올리며, 형식적인 전환점을 보여주는 소설"(339면)로 독해한다.

면서 "적극적인 질문과 대답을 구성한다"라고 분석한 뒤 "이 놀라운 차이는 작가가 어떤 가능성을 보고 있음을 말하는 것일까"(328면)라고 묻는다. "그 혁명이 야기한 도약의 흔적을 읽어내고자"(327면) 분투한 덕분에 다음과 같은 그의 결론은 전에 비해 한층 새로운 힘을 받게 되는 것이다. "혁명이 이루어진 날은 오늘이 아닐 것이다. 일상 속에서 사소하게 치부되어온 문제들과 지워져온 존재들을 위해 무한히 많은 혁명들이 계속되어야 하고, 정말 혁명이 도래하는 그날에는 '아무것도 말할 필요가 없'(316면)는 대신에 모두가 말하게 될 것이다."(342면)

전기화(田己和)가 날카롭게 간파했듯 "테이블은 언제나 이미 광장이다." 그것이 "상식이라는 이름으로 언제나 이미 침입하고 있는 광장의 영향에 관한 문제의식"에 힘입은 것임은 물론이다.[5] 이렇듯 「아무것도」의 해석과 평가에 있어 촛불혁명을 어떻게 보느냐는 관건적이라고 할 수 있는데 여기서 혁명이란 결코 탄핵이나 정권교체 같은 현실정치적 변화만을 가리키는 것은 아니며 작품의 "오늘"이 고양감과 불안감을 동시에 발산하는 데서 보듯 여전히 진행 중인, 그래서 아직은 그 한계가 지어지지 않은 무엇이라고 할 수 있다. 요컨대 "촛불의 현장이란 거대한 스펙터클로 우리 앞에 놓인 '객관적 상관물'이 아니라, 의식적인 차원의 성상을 깨뜨리면서 각자가 지금 필요하다고 판단하는 이야기와 이미지를 구축하는 자리, 그리고 그것이 서로 마주하고 갈등하고 경합하면서 새로운 사회가 수행적으로 만들어지는 자리"[6]인 것이다.

12개 장으로 배열된 「아무것도」의 구성적 외관 또한 그러한 혁명관을 일정하게 지지하는 요소다. 도입부에 등장하는 다음과 같은 화자의 고백은 무심코 지나치기 어렵다. "내게는 단편이 되다 만 열한개의 원고와 장

---

5 전기화 「황정은 다시」, 『창작과비평』 2018년 가을호 342면 및 각주8 참조.
6 양경언 「싸움과 희망」, 『안녕을 묻는 방식』, 창비 2019, 165면.

편이 되다 만 한개의 원고가 있다. (…) 열두개의 원고. 모두 미완이므로 종합 열두번의 시도, 그 흔적들이라고 말하는 것이 정확할지도 모르겠다."(151면) 작가 황정은의 「아무것도」가 거느린 12개의 장과 작중화자가 수행한 "열두번의 시도"는 묘한 유비를 이루며 상호연상을 자극한다. "그 흔적들"의 대리보충(supplement)으로서 12개의 장이 각기 제시된 것이라면 거기에 어떤 질서를 부여해 이들을 배열하고 총체화한 이야기, 즉 '열세번째 소설'이 「아무것도」라고 할 수도 있을 것이다. 「아무것도」는 그 자체로 수행성의 아날로지인 셈이다. "역사에서 새로운 질서의 수립은 급격한 정치적 변동과 함께 완료되는 것이 아니라 사건에 대한 공적 선언(주체화)과 사건적 충실성에 의해 지탱되는 진리공정을 통해서 실현"되지만 "사건-이후의 과정은 선형적 발전이 아니며 중단이나 심각한 퇴보도 겪곤 한다."[7] 「아무것도」가 "혁명이 도래했다는 오늘" 새롭게 시작하려는 이야기도 바로 그런 사건적 충실성에 의해 지탱되는 진리공정의 일환이며 그것은 그 "중단이나 심각한 퇴보"와의 싸움, 그리고 낡은 정상성에 대한 비판적 성찰을 포함한다. 작가가 촛불혁명의 자리에서 6월항쟁, 한총련사건, 광우병 촛불시위, 세월호참사 등을 소환하는 이유도 다르지 않았을 것이다. 따라서 「아무것도」는 "우리로 하여금 새로운 존재방식을 결정하도록 강요하는" 사건[8]으로서의 촛불혁명에 즉해 "여성이자, 레즈비언 커플이자, 양육자의 입장"이라는 문학적 사유와 실천의 새 플랫폼을 수행적으로 고안해내는 작품이라고 할 수 있다.

---

7 이남주 「3·1운동, 촛불혁명 그리고 '진리사건'」, 『창작과비평』 2019년 봄호 64면.
8 알랭 바디우, 이종영 옮김 『윤리학』, 동문선 2001. 이남주, 64면에서 재인용.

3. 고발의 자리, 도약의 순간

별로 주목되지 않은 사실이지만 「아무것도」의 화자인 '나'의 이름은 단 한번밖에 등장하지 않는다. 회사 동료인 K가 월차를 내고 쉬려는 '나'를 악의적으로 모멸하려는 장면에서다.('나'는 얼마 전 K의 구애를 거절한 적이 있다.) "K는 어제 내게 서류를 건네며 비웃는 듯한 표정을 하고 김소영 주임, 내일 쉰다고요? 굳이 왜요? 뭐 보러 가요? 그래서 뭘 하려고요 어쩌려고?라고 비아냥거렸다. (…) 그는 그걸 말하고 싶은 것 같다. 네가 얼마나 하찮고 무력하고 같잖은 존재인지를 알라."(197면) 이 장면이 일상화된 여성혐오와 젠더불평등의 현실을 겨냥하고 있는 것은 분명하거니와 여기서 처음이자 마지막으로 '나'의 이름이 호명되는 것은 예의 혐오와 차별이 '나'가 세상에 태어나면서부터 받아들일 수밖에 없었던 바로 그 이름에 이미 새겨져 있었음을 의미할 것이다. 그러나 이 장면을 이끌고 있는 직전의 두 문장에도 그 못지않은 주목이 필요하다. "오늘은 어떻게 기억될까. 나는 오늘을 기억해두려고 월차를 사용했고 내일은 오늘을 기억으로 간직한 채 내 책상 앞으로 출근할 것이다."(196면) '오늘의 기억'이라는 다른 지평의 조명을 받게 되었을 때에야 일상적 폭력의 반복조차도 한층 여실히 드러난다는 사실이 여기서 확인되기 때문이다. 그런 의미에서 앞에서 미뤄둔 '폭로와 고발'에 대해 좀더 들여다볼 차례이지만 그전에 '정치적 올바름'(political correctness) 문제를 잠시 거쳐가기로 한다.

이 말은 대개 불의한 현실의 직접적인 폭로와 고발이 문학 또는 예술의 영역에서 일으킬 수 있는 또는 일으킨다고 간주되는 역기능을 비판하기 위해 동원되는 편이어서 문맥상 '정치적 정답주의'에 가까운 뜻으로 쓰이곤 한다. 그런데 "'정치적 올바름' 프레임 내에서는, '쓰는 이'가 무엇을 위해 쓰는지, 또한 '읽는 이'는 왜 읽는지 등의 문제가 '미학을 위한 미학'의 문제 속으로 흡수되어 버린다. 정확히 말해, '기존의 언어로 포착되지 않아 온 미학 현상을 가늠하고 고민할 계기'를 놓쳐 버린다. 그리하여 이후 논의는 다시 '우리끼리의' 미학 vs. 정치, 자율성 vs. 사회 식으로 축소되고 공회전하는 양상을 보이기도 한다."[9] 바꿔 말하면 '정치적 올바름'은 거의 언제나 덜 말한다는 것이다. '정치적 올바름' 프레임의 미학적 불모성을 이와 같이 지적하며 김미정(金美晶)은 최근 논란이 되어온 『82년생 김지영』(조남주, 민음사 2016)을 적극 옹호한다. "이 소설의 독자들은 이제껏 대변되지 못해 온 자기를 읽고 싶은 것이다."[10] 독자의 변화에 착목한 그가 이 글에서 강조하고자 한 것은 점증하는 정치적/문학적 대의(代議) 불가능성이다. 그는 'representation'의 사전적 중의성에 기초해 정치적 대의와 문학적 재현을 과감히 겹쳐 쓴다. 대의정치제도와 직접민주주의적 요구들 간의 길항을 근거로 문학적 재현의 위상을 심문하는 일이 이론적 비약은 아닌지, 독자들이 "이제껏 대변되지 못해 온 자기를" 『82년생 김지영』에서 읽은 것이라면 이 작품이야말로 전형적인 대의/재현 장치가 아닌지[11] 의문을 제기할 수 있을 것이다. 무엇보다 여기서 말하는 "기존의 언어로 포착되지 않아 온"이나 "우리끼리" 같은 범주가 그가 전제하는 것만큼 자명하지 않을 수 있다는 신중함이 이 글에는 잘 보이지 않는다.

그러나 이런 반론들이 종종 정곡을 잃고 미끄러지는 듯 보일 수밖에 없는 이유는 일차적으로 그가 '누구도 나를 대변할 수 없다'는 집합적 각성으로서 '페미니즘 리부트'를 비롯한 "발밑의 동요"를 적극적으로 수용하며, "우리가 겪어 본 적 없는 변동의 시작"[12]을 예고하고 그 가운데 스스로를 기투(企投)하기로 '결정'했다는 사실에 기인한다. 그는 "발밑의 동요"

---

9 김미정 「흔들리는 재현·대의의 시간」, 소영현 외 『문학은 위험하다』, 민음사 2019, 238~39면.
10 같은 글 248면.
11 이러한 의문은 필연적으로 무엇이 더 나은, 재현다운 재현인지에 관한 물음을 소환한다.
12 같은 글 258면.

가 "비가역적 사실"임을 단호히 선포한다. "비가역적 사실들 앞에서 선택지는 무엇이 있을까. 아예 들리지도 보이지도 않는 것으로 여기며 주저하기에는 이미 놓친 시간이 짧지 않다."[13] 따라서 그 "발밑의 동요"는 어떤 차원 이동을 필연적으로 강제하는 면이 있다. 질러 말하면 사회적·문화적 자원과 권력의 혁명적 재분배 필요성 또는 그 임박한 필연성을 —— 특히 젠더불평등을 중심으로 —— 강조하고 있는 이 글에서 무엇을 말하느냐에 못지않게 중요한 쟁점은 어디에 서 있느냐이며, 대부분의 문맥에서 후자는 전자에 선행한다.

이러한 차원 이동에 동참하기로 한다면 최근 문학에 나타난 폭로와 고발의 직접성에 대해서도 '정치적 올바름'으로 미처 회수되지 않는 다른 토론의 가능성이 열린다. 대화 자체의 화용론적 조건과 상황이 달라지기 때문이다. 말하자면 「아무것도」에서 올라브 하우게(Olav Hauge)의 시 「새 식탁보」 또는 생떽쥐뻬리(A. Saint-Exupéry)가 "별 아래 펼쳐놓은 보자기"에 비유했다는 "편평한 고원"(205면)으로 암시하고자 한, 일종의 '리셋'을 통한 인식과 실천의 지평 전환은 예의 폭로와 고발에 대한 새로운 조명을 요청하는 계기가 되기도 하는 것이다. 발화자가 서 있는 사회적 위치에 주목한 윤이형(尹異形)의 단편 「작은마음동호회」(『작은마음동호회』, 문학동네 2019. 이하 면수만 표기)는 좋은 예다.

이 작품은 '작은마음 vol.1'이라는 책을 만들기 위해 모인 사람들, 책 읽고 글 쓰는 여자들에 관한 이야기다. 그들이 왜 책을 만드는가는 다음과 같이 분명하다. "우리의 첫번째 구체적 목표는 아이를 맡기고 나가고 싶은 정치적 집회에 나가는 것이었다. 그러기 위해 각자의 입장과 생각을 써서 모은 책이 필요했다. 그것을 우리의 집회 참여를 막는 사람들에게 주고 읽게 하자. 설득하자. 그들을, 그리고 '내가 이렇게까지 해서 꼭 거기

---

13 같은 글 259면.

나가야만 하나'라고 자꾸 중얼거리려 하는 우리 자신을."(12면) 작품 도입부에서 "각자의 입장과 생각"을 대변하는 '나' 김경희의 내적 독백은 이 단편을 힘차게 이끄는 백미의 하나다. 여성현실의 질곡을 고발하는 목소리는 직접적이고도 선동적이며 반론의 여지 없는 신념으로 충전되어 있다. 선동성과 신념이 곧바로 반(反)미학에 부쳐지는 것은 아니거니와 이 작품이 바로 그러한 예이기도 하다. 그리고 이 좌고우면하지 않는 문체 안으로 현실이 쇄도한다.

우리는 바이링궐이다. 우리의 말들은 반쯤은 자신의 것이지만 반쯤은 우리를 괴롭히는 사람들의 것이다. 우리는 종종 싸우려다 싸울 대상을 변호하며 주저앉는다. 그러고 나서는 성나고 괴로운 마음이 되어, 자신을 때려기어이 피를 내곤 한다. 아무리 싫어도 우리 입에선 자꾸만 '아줌마'라는 말이 흘러나온다. 우리가 우리 자신을 비하하는 그 말이.
그런 게 싫었다. 그래서 목표를 정했다. 이제 더이상 자신을 괴롭히지 말자. (같은 면)

'작은마음동호회'라는 이름, 책 또는 깃발은 광장의 어딘가 다른 곳에 '큰마음'으로 만들어진 본진이 따로 있으리라는 막연한 가정과 결별한 이들의 양식이자 결코 누락될 수 없는 자신의 위치 확인일 것이다. 그러나 "발밑의 동요"에 자신을 내맡긴 그들의 위치 확인이 순조로운 것만은 아니다. 그들은 말한다. "글로 써놓고 나니까 좀 이상해요. 내가 정말 이런 사람인가? (…) 내 언어로 정확히 '나'를 표현할 수가 없어요. 이렇게 해도 저렇게 해도 뭔가 좀 어색해요."(17면) 이 대목은 화자인 '나'가 옛 친구 강서빈과 결별하게 된 내력이 제시된 직후에 등장한다. 결혼해 아이를 가지면서 소설가의 꿈을 포기한 '나'는 일러스트레이터로 막 명성을 얻어가는 중이었던 비혼여성 강서빈에게서 초상화를 선물받는다. 그런데 보답을 하려는 '나'에게 서빈은 자신의 이야기를 담은 소설을 써달라고 요구했던 것이다. 이 사건은 '나'로 하여금 자신의 열악한 사회적 존재조건을 강렬하고도 아프게 환기하는 계기가 되었을 테지만 그렇다고 그들의 결별이 '나'의 열등감 때문이라고만 하기는 어렵다. 친구가 자신의 꿈을 되찾길 바란 강서빈의 선의는 사실상 자신이 생각하는 '나'의 모습을 실제의 '나'에게 강요하고 명령하는 행위처럼 작용했을 것이기 때문이다. 따라서 이들의 결별은 그들 각자의 삶이 지닌 경험적 차이를 구조적으로 위계화하는 사회문화적 역학과 그러한 역학이 애초에 존재하지 않았던 것처럼 이데올로기적으로 무의식화해버린 강서빈의 '선의'가 만나 이루어진 합작품이라고 해야 할 것이다. 하지만 강서빈 또한 '정상가족'을 추구하는 기혼여성들 사이에서 "나는 사실 늘 들러리에 불과했다는"(18면) 소외감에 고통받고 있었으므로 '나'는 그를 비난할 수도 없는 심리적 이중구속 상태에 속박되어버린다. "날카롭고 차가운 칼이 마음을 베고 지나가면, 따뜻한 스팀 타월이 거기서 흘러나오는 피를 계속 닦아주는 것 같았다"(19면)라는 문장 이상으로 그러한 이중구속 상태를 강렬하게 환기하기는 쉽지 않을 것이다.

우연하게도 강서빈이 '작은마음동호회'의 책 작업에 참여하게 되고 그의 결혼과 임신 소식을 듣게 된 '나'는 완성된 책과 함께 태어날 아이를 위한 선물을 건네지만 거기서 돌아오는 길 내내 여전히 이중구속에 시달린다. "서빈을 다시 봐서 정말 좋았고, 서빈이 정말 미웠다."(21면) 그런데 여기에 균열을 일으키는 계기는 어딘지 석연치 않은 면도 있다. 동료의 전언을 통해 강서빈의 계류유산 사실을 알게 된 것이다. 이런 설정이 왜 필요했을까? '나'는 "걸어가는 자리마다 핏자국이 남는 여자"(같은 면) 이야기를 소설로 완성해 마침내 서빈의 오래전 요청을 실현하지만 결혼 이후 '나'의 전철을 밟게 된 서빈은 결국 출산에 실패함으로써 이들 사이의 위상차는 지워지거나 전도된다. 어떻게 보면 이는 예의 사회체제의 아직 변경되지 않은 역학 내에서 작품의 무의식이 행하는 상징적 처벌처럼 보이기도 한다. 이제 둘 사이는 어느정도 공평해진 걸까? 그러나 이어지는 이야기는 다른 방향의 해석을 열어준다. 마지막의 집회 장면에서 둘은 결국 해후한다. 역시 화자의 목소리다.

> 세번째로 깃발을 발견하고 다가갔을 때, 거기 그 사람이 있었다. 칼바람에 붉어진 볼을 하고, 발을 동동 구르며, 다른 사람들과 함께. (…)
> 서빈이 웃으며 핫팩을 내밀었다.
> 나는 그것을 받아 두 손으로 감쌌다. 내가 추웠다는 걸, 많이 추웠다는 걸, 그제야 알 수 있었다. (23면)

작품은 마치 그런 상처를 겪지 않았다면 서빈이 '나'에게 진정으로 공감할 수는 없었을 것이라고, 혹은 반대로 '나'가 서빈을 받아들이긴 어려웠을 것이라고 가정하는 듯하다. 서빈에게 부여된 치유자로서의 자격은 다른 것과 비교하거나 교환될 수 없는 고유한 상처를 소유함으로써 주어진 것이다. 어떻게 보면 서빈과 '나'는 사회적 위치의 차이를 지움으로써 '공평'해졌다기보다 종래의 간격을 유지하고 보전하되 전혀 다른 원리의 개입을 통해 그렇게 되어가는 중인지도 모른다. 무엇보다 작품의 이러한 마지막 장면이 '정상가족'의 돌봄노동 가운데 자기실현의 기회를 박탈당한 기혼여성 '나'와 사회적 성취를 이룬 비/혼여성 서빈 사이를 가르는 위계 이데올로기를 치유받는 자와 치유자 사이의 상호인정과 신뢰의 네트워크로 교체하고 있기 때문이다. 작품은 겉보기엔 아무것도 달라진 게 없는 듯 보이지만 실은 근본적으로 달라져버린 각자의 위치와 관계를 말없는 행동으로 드러내거니와 촛불혁명의 현장을 배경으로 '나'의 마음에서 일어나는 도약의 순간을 다음과 같이 의미심장하게 보여준다.

누군가가 소리쳤다. 저쪽으로 갑시다! 사람들이 뛰기 시작했다. 질서정연했지만, 빨랐다. 내게는 너무 빨랐다.

깊이 생각할 겨를도 없이 나도 뛰었다. 이런 것이었나. 이런 것이었구나. 사실은 별것도 아니었는데, 그래서 별거였구나. 왠지 자꾸만 웃음이 났고 눈물도 나려 했다. 처음에는 이런 것이 이렇듯 낯설어질 때까지 방치해둔 나 자신에게 미안했는데, 구호를 함께 외치는 동안 점점 내가 정말로 대통령을 퇴진시키러 이 자리에 나온 것일까 궁금해졌다. 이것이 나의 한계일까. 허들일까. (22면)

「아무것도」의 "더 가볼까?"와 만나는 이러한 도약의 계기 앞에서 작품은 비로소 자신의 위치를 재구성하며 "사실은 별것도 아니었는데, 그래서 별거"였던 눈앞의 "허들" 하나를 넘어간다.

4. 긍지와 수치 그리고 다음

"존재를 결정짓는 어떤 연속적인 패턴은 이를테면 존재의 짜임새로서의 체질이라 하겠는데, 이때의 체질은 타고난 게 아니라 사회에서 습득한 것이다. 역으로 생각하면 개개인의 그런 체질이 사회의 체질 ─ 영어로 '체질'(constitution)에 '헌법'이라는 뜻도 있듯이 ─ 을 구성하는 것이기도 하다. 그러므로 이 맞물려 있는 체질을 바꾸는 것이 곧 혁명이 된다."[14] 이렇게 간단하고도 의미심장한 혁명의 정의를 마주하고 있자면 "사실은 별것도 아니었는데, 그래서 별거"였다는 표현의 함의가 해당 작품의 맥락 이상으로 풍부하게 다가오며 우리의 일상 곳곳에서 일어나고 있는 크고

---

14 한기욱 「주체의 변화와 촛불혁명」, 『창작과비평』 2018년 겨울호 24면.

작은 변화들을 새삼 주목하게 된다. 물론 거꾸로 "변화가 시작될 때 '지금 이대로'가 어떤 것인지 한층 분명해진다"[15]라고 말할 수도 있겠다. 이러한 때에 그 '맞물려 있는 체질' 또는 '지금 이대로'의 실상과 내력을 추적해보려는 문학적 시도들이 나타나는 것은 자연스럽고 그 또한 촛불혁명이 만들어낸 진리공정의 일환이 아닐 수 없다. 그러한 작업들의 시공간적 하한선이 대개 87년 민주화 무렵에 그어진다는 점 또한 납득할 만하다. 왜냐하면 오늘날 "촛불혁명의 특별한 의미는 과거의 민중항쟁·시민항쟁과는 달리 절차적·형식적 민주주의가 어느정도 정착되었다는 인식이 지배적인 상황에서 다시 민주주의와 국민주권을 소환하는 대규모 시민항쟁"[16]으로 진행되었다는 데 있기 때문이다. 요컨대 "절차적·형식적 민주주의가 어느정도 정착되었다는 인식이 지배적인 상황"이 아니었다면 아예 제기되지 않았거나 제기되었더라도 이만큼 강렬하게 제기되지는 않았을 의제들이 거꾸로 87년 민주화 이전 시기를 '역사'로 만들어버리는 경향이 있다는 뜻이기도 하다. 촛불혁명이 87년 헌정체제가 만들어놓은 테두리 안에서의 합헌혁명이었다는 사실도 이와 무관치 않음은 물론이다.

황정은의 「아무것도」 역시 최초의 정치적 목격담으로 "그해 6월의 며칠"(215면)을 생생하게 전한다. "눈이며 뺨이며 너무 문질러 빨개진 채로 부은 그들의 얼굴을 보고 김소리와 나는 엄마와 아빠가 어디서 몹쓸 일을 겪어 많이 울었나보다고 겁을 먹었지만 정작 두 사람은 즐거워 보였다. 그들은 걔네들, 걔네들이라고 말하며 배를 붙들고 웃었고 서로를 바라보며 웃고 당혹스러워하는 우리 자매를 보면서도 웃고 얼굴이 따갑다고 웃고 너무 세게 달려 종아리가 아프다고 웃었다."(216면) 작가는 이렇게 "그해 6월의 며칠"을 넘실대는 기쁨과 긍지의 날들로 그린다. 그러나 그밖의

---

15 황정아 「세상의 기준은 이미 변했다」, 『창작과비평』 2018년 봄호 2면.
16 이남주, 앞의 글 65면.

어떤 장면에서도 그런 기분, 감정은 재연되지 않는다. '나'의 정치적 원체험이라 할 만한 사건은 1996년 연세대 한총련사건이었고 그것은 기쁨과 긍지는커녕 수치와 모멸의 트라우마가 되었기 때문이다. 고립에서 풀려나온 '나'에게 아버지는 말한다. "니들이 데모할 일이 뭐가 있느냐고 그는 괴로워하며 말했다. 지금은 독재가 아니다. 전두환도 감옥에 가는 시대다. 명분이 없다. 깃발 들지 마라. 데모 따라다니지 마라. 북한 간다고 나서는 거 봐라. 빨갱이 짓이다."(217~18면) 긍지와 수치의 뚜렷한 대조 가운데 당시의 사회정세를 날카로운 음화(陰畫)로 드러내는 이 장면은 촛불혁명 이전까지 우리 사회에 존재했던 혁명적 상상력이 대체로 6월항쟁을 계기로 형성되어 90년대 중후반 업그레이드 또는 다운그레이드를 마친 버전이었다는 암시를 주기에 충분하다. 당시의 한총련을 여전히 지배하고 있던 전민(全民)항쟁 노선, 그러니까 학생운동이 전위에 서면 노동자, 농민이 연대하고 드디어 양심적 시민층이 후방 결합함으로써 혁명/투쟁을 완수하리라는 노선은 오히려 학생운동 조직의 내부 이완과 사회적 고립을 자초했다. 연세대에서 일어난 한총련사건은 이러한 약한 고리를 파고든 공안정권의 고의적 과잉봉쇄에 의해 수치와 외상의 기억으로 전락했거니와 이는 1998년 현대차노조의 정리해고 반대투쟁과 함께 '긍지의 시대'를 황혼으로 물들인 상징적 계기가 되었다.

김성중(金成重)의 최근 단편 「정상인」(『창작과비평』 2019년 여름호. 이하 면수만 표기)은 "한총련 끝물 세대"인 주인공을 내세워 90년대 후반과 현재를 마주 보게 하고 그 안쪽을 이상주의자였던 어느 선배에 대한 회고로 채워간다. 후일담계의 흔한 구성을 반복하는 듯하지만 단순한 복고적 향유는 아니다. 사회문화적 감수성의 아슬아슬한 분기를 예리하게 포착한 다음 장면은 흥미롭다.

한총련 끝물 세대인 주영은 강력한 예감에 사로잡혔다. 선배들의 무협지 같은 시절이 막을 내렸고 이 판을 기웃거려봐야 '오늘부로 깃발 내린다' 같은 소리밖에 들을 수 없음을. 마음속에 환멸인지 실망인지 모를 안개가 피어났는데, 주영은 그게 또 싫지 않았다. 그 와중에 캠퍼스를 '캠'이라고 줄여 부르는 선배의 말을 새겨들었는데 캠퍼스는 캠, 공산당선언은 공선언, 마르크스는 당연히 맑스. 이렇게 줄임말을 사용하면 뭐랄까, 그 세계를 친근하면서도 전문적으로 대하는 느낌이 든다. 캠퍼스를 캠으로 부르니까 평범한 대학가가 하나의 진지처럼 동그랗게 뭉쳐지는 것 같았다. (114면)

혁명적 이상주의의 잔여물이 오히려 소속감의 획득을 통한 자기계발 심리에 동기를 부여하는 이러한 어정쩡함 가운데 작품이 핵심적으로 탐구하고 있는 주제 역시 시대착오가 야기하는 '수치'이다. 사회과학 동아리에 참여한 주인공이 토론 시간에 라디오를 켜놓는 관행에 의문을 표하자 도청 때문이라는 대답이 돌아온다. "백화점에 틀어놓는 국민체조 음악만큼이나 부조리극 같다구요. 맑스 운운하면서 김건모나 녹색지대 노래를 듣는 게 얼마나 웃기는데요. 부자연스러운 건 말이죠, 수치스러운 거예요……"(123면) 아마도 그 수치에 관한 것일 선배의 원고 뭉치를 받아들고 주인공은 "또다시 바통을 물려받은 기분이" 되어 밖에서 들려오는 시위대의 함성 소리를 듣는다. "생각의 수초가 흔들리면서 주영은 저 함성 속에 들어 있는 다른 시위대의 모습을, 각자의 은하로 떠나는 시위대의 모습을 떠올려보았다. 주영은 가장 먼 미래로 날아가 그들을 바라보고 싶다는 생각을 했다가, 아무도 도청할 리 없는 이 마음을 누군가에게 들킬 것만 같아 자리에서 벌떡 일어났다."(133면) 작품은 90년대 이후 사회적으로 구조화된 수치와 무력의 체질이 지금 이곳에서 어떻게 갱신되고 있는지를 보여주기보다 그 모호한 계기들을 — 바깥의 시위대는 누구인가 — 낭만화하는 데서 멈춘다. 그것은 작품의 한계일 수도 있고 독자들 앞에 놓인 허들일 수도 있지만 어쨌든 그것은 그 수치가 우리에게 무엇이었는지,

그리고 그다음은 무엇인지를 다시 물을 수밖에 없게 만든다. 다음을 묻는다는 것, 언제나 그것이 가장 중요하다.

민족문학의 정전 형성과 3·1운동

◆

미당이라는 퍼즐

새로운 주인공

3·1운동 100주년이 한층 특별해진 이유는 촛불혁명이 현재진행형이기 때문이다. 광장을 떠난 뒤에도 촛불대오는 정권교체를 넘어선 '정치교체'를 통해 남북의 내부개혁은 물론 분단체제, 나아가 세계질서 재편을 견인하는 동력으로 진화를 거듭하는 중이다.[1] 그러나 아래로부터의 비폭력 평화시위로 출발했다는 공통점을 제외하면 한반도 남쪽의 촛불혁명이 어째서 3·1운동 100주년의 의미를 각별하게 만드는 사건인지는 얼른 눈에 들어오지 않는다. 문학의 자리에 오면 두 사건 사이의 관계는 더 묘연해지는 듯 보이기도 한다. 그런 의미에서 2018년 9월 능라도 5·1체조경기장에

---

[1] 19대 대선이 치러지기도 전인 이른 시기에 '촛불'의 혁명적 새로움을 간파하고 그 진화 경로를 정확히 예측한 글로는 백낙청의 「'촛불'의 새 세상 만들기와 남북관계」(『창작과비평』 2017년 봄호)를 들 수 있다. 그는 잇단 남북정상회담과 북미정상회담 이후의 한반도가 이미 '낮은 단계의 남북연합'에 돌입했음을 최근의 글 「어떤 남북연합을 만들 것인가: 촛불혁명시대의 한반도」(『창작과비평』 2018년 가을호)를 통해 명료하게 분석하기도 했다.

서 행해진 정전 이후 최초의 남한 대통령 연설을 되짚어보고 싶다.[2] 여기에는 15만 평양시민 앞에서 남북 정상이 비핵화와 전쟁 종식, 평화체제 건설에 대한 확고한 의지를 표명했다는 획기성 말고도 눈여겨볼 지점이 하나 더 있다. 2007년 민족문학작가회의가 한국작가회의로 명칭을 변경한 데서 드러나듯 문학담론에서조차 종적을 감추다시피 한 '민족'이 그날의 짧은 연설문에 열차례나 반복 등장한 사실이다. 촛불혁명이 다시 불러낸 '민족'을 어떻게 받아들여야 할까?

결론부터 말하자면, 냉전체제의 시발점이자 마지막 출구인 한반도에서 '민족'은 분단체제 변혁의 고리로 언제든 새롭게 환기될 수밖에 없는 운명이었다. 민족은 일단 언어와 역사를 공유해온 남북의 주민 대다수와 재외동포를 아우를 수 있는 가장 적합한 말이다. 물론 거기에 새겨진 이데올로기적 요철을 모르는 것은 아니다. '상상된 공동체'(imagined communities)나 신화적 민족주의로부터 그것은 얼마나 자유로운가. 더욱이 최근의 예멘 난민 사태를 떠올리면 '민족'은 편협한 아(亞)제국의 최후 바리케이드처럼 보일지도 모른다. 그러나 구체적 현실과 문맥에 대한 감안 없이 민족이라는 말만 나오면 차별과 배제의 민족주의나 파시즘적 대중동원을 떠올리는 것도 시급히 벗어나야 할 타성이다. 몇몇 조건이 필수적으로 고려되어야 한다. 평양 연설의 '민족'은 어디서 누구를 상대로 발화되었는가? "평양시민 여러분"과 촛불시민들이 받은 느낌이 같았을 수는 없지만 남과 북 어느 편에서나 그것이 달라진 세상에 대한 또렷한 실감을 운반하고 있는 말이라는 점에서는 공통된다. 요컨대 평양 연설의 '민족'은 세상이 변했다는 감각의 원인이 아니라 그 결과다. 분단 또는 분단체제라는 낡은 현실이 남북 주민들의 선택과 실천에 따라 얼마든지 변

---

2 최초로 평양에서 연설한 남한 대통령은 이승만이다. 그는 한국전쟁 발발 4개월 만인 1950년 10월 29일 평양시청 앞에서 5만여 군중이 모인 가운데 평양 수복(1950.10.20)을 자축하는 기념연설을 했다.

경 가능하다는 주체적 감각의 회복이야말로 '민족'이 함의하는 새로운 현실의 내용이다.

그런 의미에서 "우리 민족의 운명은 우리 스스로 결정한다는 민족자주의 원칙을 확인"한 평양 연설의 핵심은 망설임 없이 쓰인 합성어 '민족자주'에 있다. '민족'은 누구에게도 양보할 수 없는 주인공의 이름이고 '자주'는 앞으로 이 주인공들이 만들어나갈 새로운 이야기의 방향이다. 그것은 촛불광장에서 내내 외쳐진 '헌법 제1조'를 타고 시간을 거슬러 민족자결(民族自決)의 대세 아래 작성된 "오등(吾等)은 자(玆)에 아(我) 조선의 독립국임과 조선인의 자주민임을 선언하노라"라는 「독립선언서」(1919)의 장중한 첫 문장에 우리를 마주 세운다. 식민과 분단으로 한세기나 유예된 3·1운동의 비전은 촛불혁명을 통해 자기실현의 어떤 단계를 뒤늦게, 그리고 새롭게 맞이하는 중인 것이다.

3·1운동과 점진혁명

3·1운동이 민족해방을 우선순위로 두었던 것은 분명하다. 그러나 「독립선언서」가 웅변하듯 3·1운동은 민족해방 또한 "동양평화로 중요한 일부를 삼는 세계평화, 인류행복에 필요한 계단"임을 잊지 않음으로써 운동의 목표가 민족해방을 필수요건으로 하되 궁극적으로는 그것을 상회하는 차원으로 나아갈 수밖에 없음을 뚜렷이 하고 있었다. 아래로부터의 동학농민운동과 위로부터의 갑오개혁으로 1894년 들어 정점에 이르렀던 자주적 근대적응의 동력은 반외세·반봉건의 해방론에 머문 전자의 근시안과 개량주의를 벗지 못한 경장(更張) 내각의 외세의존적 오류로 일단 좌초되었지만 계몽주의 시대를 거쳐 3·1운동의 출현을 가능하게 해준 든든한 토대가 되었다. "인류행복"의 보편이상에 접속하면서 조선의 자주독

립과 동양평화 그리고 세계평화라는 구체적 매개항을 제시하고 그 불가분의 관계를 명시한 3·1운동은 1차대전 이후 변화된 국제정치적 조건에 대한 순진한 접근에도 불구하고 어떤 면에서는 1894년의 성취를 한 단계 넘어선 것이었다. 민족대표 33인의 인적 구성(천도교계 인사들과 만해萬海 한용운韓龍雲의 존재)이나 민중적 참여의 규모 그리고 시기적 인접성으로 볼 때 1894년은 3·1운동의 숨은 기반이었지만 전자에 비해 후자가 국제적 영향력을 한층 더 발휘할 수 있었던 것도 그런 진전이 뒷받침되었기 때문일 것이다.[3]

   그럼에도 3·1운동은 '온전한' 혁명이 되지 못했다. 원인에 대한 분석은 여러갈래지만 전망의 자주성을 뒷받침할 자력(自力)의 미비가 요점일 것이다. 물론 식민통치의 체질을 바꾸고 사회·문화·교육운동의 공간을 쟁취해낸 보기 드문 성과를 평가절하해서는 곤란하지만 일제의 이른바 문화통치가 혁명 예방 기획에 지나지 않았다는 본질은 직시하지 않을 수 없다. 여기서 신민(臣民)도 노예도 아닌 "자주민"의 염원은 민족개조와 실력양성이라는 열쇳말을 징검다리 삼아 점진혁명(漸進革命)의 현실주의로 전화 — 바로 이 지점이 민중적 각성과 그 발견을 중심으로 하는 3·1운동 최대의 성과적 측면을 반영한다 — 하거나 때로는 혁명을 괄호 친 수양(修養)의 타협주의에 물들어갔다. 실력양성론의 맥락에서 이 구분은 중요하다. 예컨대 전자의 노선을 이끈 도산(島山) 안창호(安昌浩)와 그의 영향 아래 있었으나 후자의 노선을 대변한 춘원(春園) 이광수(李光洙)의 차이는 적지 않다. 도산은 말한다. "왜 우리들은 그같은 목표(건전한 인격과 신성한 단결을 육성하는 — 인용자) 아래 굳게 맹약하여 모였을까요? 오로지 우리

---

3 3·1운동의 국제적 영향에 대해서는 김학재의 논의가 상세하다. 그는 3·1운동을 "세계사와 민족사가 결정적으로 조우하며 발생한 사건"으로 평가한다. 김학재 「3·1운동의 한세기: 20세기의 비전과 한반도 평화」, 이기훈 기획·백영서 엮음 『촛불의 눈으로 3·1운동을 보다』, 창비 2019, 242면.

한국의 혁명의 원기를 튼튼히 하여 그 역량을 증진시키기 위함입니다. 그렇기에 우리 흥사단은 평범한 수양주의로 이루어진 수양 단체가 아니라, 한국 혁명을 중심으로 하고 투사의 자격을 양성코자 하는 혁명 훈련 단체입니다."[4] 그는 안이한 단계론자가 아니었다. 흥사(興士)의 '사'는 비사회주의 — 반사회주의가 아니라 — 점진노선을 따르는 근대 혁명가의 은유였던 셈이다.[5] 그에 비한다면 춘원의 「민족개조론」(1922)은 도산의 점진론에 대한 타협주의적 아류에 불과했다고 해도 과언이 아닐 것이다.[6]

국외 무장투쟁 노선과 러시아혁명의 성공을 계기로 솟아오른 사회주의운동도 3·1운동 이후 본격적인 진용을 갖추었음은 물론인데, 잘 알려진 것처럼 계몽주의 시대와 결별한 우리 신문학운동이 근대문학으로서의 면모를 완성한 것 또한 이 시기다. 33인의 한 사람이기도 했던 한용운의 기념비적 전작시집 『님의 침묵』(1926)은 그 뚜렷한 마디의 하나다. "님의 침묵"을 "미(美)의 창조"(「이별은 미의 창조」)로 재구성하는 문학의 정치가 요체였다. 3·1운동은 민족해방에 이르지 못했지만 결코 이전으로는 되돌아갈 수 없는 획기가 되었고, 그것이 열어 보인 민족자주의 실현과 식민성 극복이 과제로 남아 있는 한 우리 근현대사가 언제나 되돌아가 스스로를

---

4 안창호 「미주에 재류하는 동지 여러분께」(1929.2.8), 『도산안창호전집 1』, 도산안창호선생기념사업회 2000, 254면. 박만규 「이광수의 안창호 이해와 그 문제점: 『도산 안창호』를 중심으로」, 『역사학연구』 69, 2018, 283면에서 재인용.

5 그는 1926년 7월 8일의 연설에서 다음과 같이 말함으로써 자신의 점진론이 흔히 자치주의의 유혹에 빠지곤 하는 단계론과 다르며 일종의 중도 좌우합작 노선임을 천명한 바 있다. "오늘날 우리의 혁명이란 무엇인고? 나는 말하기를 민족혁명이라 하오. 그러면 민족혁명이란 무엇인가? 비민족주의자를 민족주의자 되도록 하자는 것인가? 아니오. (…) 우리가 일본을 물리치고 독립하여 세울 국체 정체는 무엇으로 할고. 공산주의로 할까? 민주제를 쓸까? 복벽하여 군주국으로 할까? (…) 그러나 나는 말하기를 지금은 그것을 문제 삼아 쟁론할 시기가 아니오." 「오늘의 우리 혁명」, 『독립신문』 1926.9.3; 『도산안창호전집 6』 793면.

6 박만규, 앞의 글 참조.

조회할 준거로 성성히 살아 있게 된다. 그런데 여기서 말하는 식민성에는 1894년과 달리 ── 근본적으로는 일맥상통한다 하더라도 ── 자본의 포섭력 강화라는 자본주의 세계체제 차원의 계기가 추가되어야 한다. 브루스 커밍스(Bruce Cumings)를 경유한 최원식(崔元植)의 정리가 간명하다.

식민지 개발은 3·1운동 이후 토착부르조아지를 지배체제의 하위파트너로 더 적극적으로 수용하는 문화통치로 바뀌면서 더욱 촉진되었다. 요컨대 문화통치의 틈새에서 식민지 조선에 대한 자본의 포섭력이 일층 강화되었던 것이다. "식민주의자들이 '막강한 트리오'라고 부른 철도, 간선도로, 그리고 해운" 개발로 조선이 "일본뿐만 아니라 세계시장체제와 새로운 형태들의 교환 속으로 끌려들어가"면서 "조선의 전통적인 고립은 깨어졌다. 이제 백두산에는 검은 기차들이 높은 터널들을 통과하여 기적을 울리고 중국으로 달려갔다." 한국 프로문학의 국제적 동시성은 식민지 조선이 1920년대에 들어서 일본 및 세계 시장의 그물망 속에 더 깊이 얽혀든 점과 연관되는 것이다.[7]

넓게 보면 프로문학에만 국한되는 얘기는 아닐 것이다. 그런데 자본주의의 "국제적 동시성"이라는 차원을 염두에 둘 경우 식민성의 문제는 식민 종주국에 의한 물리적 지배와 그에 대한 예속이라는 좁은 의미를 넘어 "인종/종족차별주의, 관권주의, 성차별주의, 서구중심적인 지식구조 등 다른 형태의 온갖 지배와 배제 행위"를 포함하는 "근대 세계체제의 일부"[8]로 확장된다. 식민지 해방과 식민성 극복을 구분하는 이유이기도 하

---

7 최원식 「프로문학과 프로문학 이후」, 『민족문학사연구』 21, 2002, 21~22면. 인용문에 삽입된 커밍스의 발언은 김동노 외 옮김 『브루스 커밍스의 한국현대사』, 창비 2001, 235면 참조.
8 백낙청 「한반도에서의 식민성 문제와 근대 한국의 이중과제」, 이남주 엮음 『이중과제

다. 우리 근대소설사에서 "3·1운동 세대가 생산한 최대의 기념비적 업적"[9]으로 평가받곤 하는 중편 『만세전』(萬歲前, 초판 1924, 개정 1927)의 작가 염상섭(廉想涉)도 1차대전 종전과 빠리평화회의로 '세계개조'의 막연한 기대감에 젖어 있던 당시의 사회 분위기를 비판하며 다음과 같이 썼다.

  미후충비(微嗅衝鼻)하는 구도덕의 질곡으로부터 신시대의 신인을, 완명
  고루(頑冥固陋)한 노부형(老父兄)으로부터 청년을, 남자로부터 부인을, 구
  관누습(舊慣陋習)의 연벽(鍊壁)으로 당(撞)□한 가정으로부터 개인을, 노동
  과잉과 생활난의 견뇌(堅牢)한 철쇄(鐵鎖)로부터 직공을, 자본주(資本主)의
  채찍으로부터 노동자를, 전제의 기반(羈絆)으로부터 민중을, 모든 권위로
  부터 민주 데모크라시(democracy)에 철저히 해방하여야 비로소 세계는 개
  조되고, 이상의 사회는 건설되며, 인류의 무한한 향상과 행복을 보장할 수
  있다.[10]

자본주의근대를 극복하는 한층 본질적인 해방이 없이는 민족해방이나 '세계개조'도 "'권위'의 교대"[11] 이상이 되기 어렵다는 점을 통찰한 이 글은 3·1운동 불과 8개월 만인 1919년 11월 26일에 작성되어 이듬해 4월 발표되었다. 이 글에는 운동의 '실패'에도 불구하고 여전히 '세계개조'에 대한 기대를 놓지 못하는 당대 지식사회의 초상이 음각되어 있거니와 간간이 거론되곤 했던 '민족대표'의 한계도 어느정도 실감된다. 어쨌든 세계 자본주의의 전경화와 일제의 분리지배 전략이라는 새로운 조건 앞에

론』, 창비 2009, 30~31면.

9 최원식 「식민지 지식인의 발견여행」, 염상섭 『만세전』, 창작과비평사 1987, 181면.
10 염상섭 「이중해방(二重解放)」, 『삼광』 1920년 4월호; 한기형·이혜령 엮음 『염상섭 문장
   전집 1』, 소명출판 2013, 74면. '□' 표기는 판독 불능인 글자. 같은 책 '일러두기' 참조.
11 같은 면.

서 자주역량 또는 혁명역량을 확충할 필요성은 3·1운동 이전보다 한층 엄중해지는데, 이때 신문학운동은 그 저수조이자 거의 유일한 지상(地上)의 병참기지로서 위의를 획득하게 된다.

이는 예의 『만세전』의 탄생 배경이기도 하다. 토오꾜오에서 서울로, 서울에서 다시 토오꾜오로 이어지는 유학생 이인화의 여로를 통해 식민지 현실의 후진성을 가감 없이 고발한 이 작품의 첫 연재(『신생활』 1922.7.~9. 미완) 당시 제목은 '묘지'였다. 따라서 본처의 장례 이후 재혼을 권하는 큰집 형님을 향해 이인화가 "겨우 무덤 속에서 빠져나가는데요?"라고 반문하며 마무리되는 결말은 종종 '묘지＝식민지 현실'의 등식을 성립시키는 것으로 받아들여지곤 했지만, 그의 토오꾜오 귀환이 단순히 구습으로부터의 탈출만을 뜻하지는 않는다는 점에서 "무덤" 또한 식민지 조선의 현실에 국한될 수 없는 것이다. '만세전'으로의 개제는 그래서 중요하다. '묘지'라는 상징이 주관적이라면 '만세전'은 좀더 객관화되어 있다고도 볼 수 있는데 작품은 3·1운동 이후에 쓰였음에도 '만세 후'의 자리를 끝까지 비워놓음으로써 앞선 인용문의 '이중해방'이 가리키는 길을 오히려 열어놓는다. 환멸에 지핀 내면을 끝내 불식하지 못한 듯 보이기도 하는 주인공 이인화의 토오꾜오 귀환도 그러한 길을 어렴풋한 깨달음 속에서 선택한 결과일 것이다.

작가는 후일 그 핵심을 거재유생(居齋儒生)이라는 비유를 들어 요약한 바 있다. "샤벨(sabre — 인용자)과 군화로 둘러싼 무단의 표피가 한꺼풀 벗겨지고 문화정치라는 육피(肉皮)가 허울 좋게 나타났으나 그것은 결국에 모공(毛孔) 하나 없는 가장 강인한 유피(鞣皮)에 쌓인 것이었다. (…) 그러나 세계대전 직후인 만큼 일대 전환기임에는 틀림없었고 소위 '민족자결'이라는 구호에 속고 말았을망정 삼일운동의 전개로써 민족의 명맥이 질식 상태에서 소생되었던 것만은 사실이므로 이 내외의 재생(齋生) 기운을 타고 울연(蔚然)히 머리를 든 것이 신문학운동이었다."[12] 재생은 거재유생의 준말이다. 이는 "성균관이나 사학(四學) 또는 향교의 기숙사에서 숙식하며 학문을 닦던 선비를 이르는 말"[13]이니 자력양성의 '거재'라는 면에서 도산의 '사(士)'가 지닌 점진론적 함의를 일정하게 공유한다. 혁명을 괄호 친 실력양성론이나 자력양성을 건너뛴 사회주의혁명론이 걸었던 아픈 실패의 역사를 고려하면 그 안목의 현실주의가 더욱 빛난다. 자력양성과 혁명적 실천은 둘이 아닌 하나의 과제였던 것이다.

문학의 '자율성'과 '자치'의 역설

'신문학'은 오늘날의 문학인들과 독자들의 실감에도 현전하는 '현대문학'의 첫머리다. 이 시기에 완성된 문학생산 제도와 장르, 작품 형태가 우리 문학현장의 지속적 기초가 되었다. 그런데 "이 시대에 문학하는 사람들 중에는 본질적으로 절실한 욕구로서 문학한다기보다도 정치적·사회적으로 봉쇄되고 억압된 생명력·생활력의 발로·발산의 분출구를 문학에 구하려는 일종의 유행성적 성격을 띤 것도 사실이었고, 또 이러한 현상은 문학의 정당한 발전과 질의 향상에 좋은 결과를 가져오지는 못하였던 것"[14]이라는 염상섭의 회고를 주목할 필요가 있다. 이른바 근대문학의 '자율성' 명제가 여기서 도출된다.

'문학을 문학으로 만들어주는' 내재적 원리에 대한 의식은 3·1운동 이전 계몽주의 시대에 이미 뚜렷해지지만 그때까지의 문학은 결국 정치로 건너가는 예속 절차였다. 담론적 지위에서나 생산된 작품의 성과에 있어

12 염상섭 「3·1 전후와 문학운동」, 『신민일보』 1948.2.29; 한기형·이혜령 엮음 『염상섭 문장전집 3』 71면.
13 같은 면 편주37.
14 같은 책 73~74면.

서나 자율성이 정치성으로부터 독자적 지위 —— 물론 비대칭의 지속 가운데서 —— 를 획득한 것은 1920년대 신문학운동에 이르러서이지만 예의 회고가 암시하듯 처음부터 양자의 실천적 경계는 분명치 않았다. 식민지근대라는 조건이 둘 사이의 미분화를 끊임없이 압박한 것인데, 해방 직후는 물론 미구에 닥쳐올 전쟁과 분단으로 인해 한층 더 근원적인 수준의 식민성 문제가 "모공 하나 없는 가장 강인한 유피"처럼 민족문학사의 존재조건을 제약해 들어옴으로써 양자의 교착은 더욱 심화되었다.

그런데 "정치적·사회적으로 봉쇄되고 억압된 생명력·생활력의 발로·발산의 분출구를 문학에 구하려는" 흐름은 한국 현대문학이 구가해온 긍지의 역설적 기초가 되기도 했다. 자본주의근대가 자율성에 기초한 문학성과 정치성의 분립을 강제하는 원천이라면 그 분립을 허용치 않는 한반도적 현실의 불행한 조건은 오히려 둘 사이의 경합을 통해 근대 비판을 예각화하는 동인으로 작용한 면이 있었기 때문이다.('문협정통파'의 이른바 반근대주의야말로 하나의 반어다.)

염상섭은 단순한 자율성론자가 아니었다. 예의 발언 또한 식민지 조선의 신문학운동을 일구어온 당사자로서의 긍지 없이는 나올 수 없으며 회고 당시(1948)가 새로운 단계의 민족문학 건설기였다는 사실도 감안해야 한다. 오히려 그가 비판해 마지않은 정치적 억압의 탈출구로서의 문학은 "카무플라주"된 "민족운동·독립운동이나 사회운동"[15]으로서의 문학이라기보다 춘원 이래 혁명정치를 포기한 수양의 타협주의와 그 지류들에 훨씬 더 부합하는 면이 있다. 그것은 결국 정치적 차원에서 제국의 지배를 불가피한 조건으로 승인하는 자치론에 귀결될 수밖에 없었는데 '민족을 위한 친일'[16]이라는 이율배반은 거기에 둥지를 튼다. 설령 제국의 간섭이

---

15 같은 면.

16 이광수는 해방 후 반민특위에 체포되어 조사받는 과정에서 자신의 행위에 대해 "나는 민족을 위해 친일했소. 내가 걸은 길이 정경대로(正經大路)는 아니오마는 그런 길을

직접지배에 비해 현저히 덜한 자치가 성립 가능했다 하더라도 자본력의 비대칭으로 인한 예속성은 강화될 수밖에 없었으니 후일 식민지근대화론과 은밀히 짝하게 될 식민지자치론은 애초부터 투항의 합리화 명분이거나 제국의 이해를 대리한 자발적 순응, 아니면 제국 따라잡기의 불가능한 몽상이었다. 그것은 역사와 현실이라는 이름의 타율성을 온전히 자기화함으로써 극복하는, 중단 없는 고투 대신 그 '초월적' 부인(否認)을 선택한 결과였다.

다시, 미당 근처

1) 왜 미당인가

　자율성의 굴절은 한국문학 정전(正典, canon) 형성의 불안정성을 지속시키는 요인이 되었다. 적지 않은 수의 식민지 시대 시인들, 작가들이 정도의 차이는 있을지언정 일제 말의 전시체제에 영합한 사실과 분단이 낳은 문학사적 결손 그리고 그와 연동된 오랜 이념적 금제가 토대였다. 어쩌면 '신세대 문학'의 기치 아래 주기적으로 출몰했던 집단적 혁신의 요청들도 이러한 배경과 음으로 양으로 관계 맺고 있는지 모른다. 거기에 남한 국민문학으로서의 한국문학, 북한 인민문학으로서의 조선문학에 편향된 논의를 벗어나자는 의미에서 민족문학론의 시야를 도입한다면 예의 불안정성 — 역동성의 이면이기도 한 — 은 더욱 확산될 여지가 있다. 민족문학사, 특히 한반도 남쪽에서의 근대문학사 서술이 문학적 과거에 대한 체계적 기술인 동시에 미래를 향한 기투일 수밖에 없는 이유이기도 한데, 친일문학은 그 길목에 놓인 예민한 퍼즐의 하나다.

걸어 민족을 위하는 일도 있다는 것을 알아주오"라고 진술했다.

친일문학 전반을 검토할 능력도 여력도 충분치 않은 만큼 미당(未堂) 서정주(徐廷柱)에 대한 논의로 일반론의 추상화를 가능한 한 비껴가려 한다. 미당 시세계의 개괄적인 평가 가운데 그의 친일시에 대한 생각을 포함하는 방식이 최선일 것이다. 친일시는 어디까지나 미당 시세계의 일부이지 중심은 아니기 때문이다. 미당 문학을 거론하는 이유는 크게 두가지다. 첫째는 최근 미당문학상 폐지를 둘러싸고 벌어진 논란에서 엿볼 수 있듯 그의 문학과 삶에 대한 평가는 한국문학의 현재를 비춰주는 하나의 거울로서 의미가 있다. 둘째로는 많은 논란에도 불구하고 그가 생전에 이룬 문학적 성취가 만만찮은 수준에 이르렀다는 점이다. 후대의 여러 시인들이 그의 시적 유산을 연속적·불연속적으로 계승했다. 시인의 삶과 문학적 성취를 분리해 평가하는 것이 가능한지 여부를 두고 빚어진 오랜 소요가 여기서 발원한다. 그가 남긴 '좋은' 작품들의 '좋은' 이유에 핵심적으로 간여하는 요소가 '문학의 (미적) 자율성'이고 보면 미당 문학에 대한 구체적 평가를 경유함으로써 앞에서 거론한 자율성의 굴절과 '정전화'의 불안정성이라는 교착을 풀 실마리도 얻을 수 있을지 모른다.

미당 문학에 관한 논의는 어디까지 왔을까? 미당의 '대표작'들이 구가하는 '정전'적 위상을 일단 수용함으로써 주로 해석의 축적에 집중하는 흐름을 논외로 하면 김춘식(金春植)의 정리가 요긴할 것 같다. 그는 비교적 최근에도 미당론[17]을 썼지만 시각의 기본은 「친일문학에 대한 '윤리'와 서정주 연구의 문제점: 식민주의와 친일」[18]이라는 글에서 일찍이 요령

---

17 김춘식 「'신인(神人)'의 운명애에서 속인의 체념과 포기까지: 미당 시의 문제적 지점과 현재적 가치에 대한 단상」, 『시작』 2015년 봄호. 미당은 "니체적 호흡"이라는 표현으로 자기 시와 니체의 운명애(amor fati) 개념의 상관성을 설명한 바 있는데, 김춘식은 이 글에서 "(미당 시의 ─ 인용자) 체념, 종천순일 등은 니체의 운명애, 의지 등과는 아주 반대되는 양상을 지니고 있지만, 어떤 점에서는 서로 일맥상통하는 공통점을 지니고" 있으며 "이 둘은 모두 하나의 '포즈'이며 '태도'이고 궁극적으로는 하나의 형식으로 귀결"된다는 점을 지적하고 있다.

을 얻은 것이었다. 이 글에서 그는 미당의 친일문학과 관련된 시각들을 "오리엔탈리즘에 기초한 동양주의 비판"(김재용)과 "동양의 발견을 통한 국민으로의 길"(오성호) "식민주의 계보학에서 본 서정주의 미학주의에 대한 비판"(박수연)으로 요약하고, "그러나 이러한 선행연구에 대해서 서정주의 영원성 미학이나 전통주의가 동양주의, 대동아공영권 등에 영향을 받고 형성된 것이 아니라 그 이전에 이미 형성된 것이며 오히려 서정주의 미학주의적 탐구가 대동아공영권의 논리를 잠시 차용한 것일 뿐이라는 손진은의 비판도 주목할 만한 견해"[19]라고 덧붙이면서 기존 논의들에 의문을 던진다. 요컨대 "미당의 친일문학 작품의 발생 원인은 친일의 '내면화 논리'보다는 근대적 '미학주의의 한계'에서 찾을 수 있는 것으로 '내용 혹은 이념적 가치, 신념'을 괄호로 묶어 중립화한 채 형식미학과 탈역사적 미학에 집중한 결과"[20]라고 설명하면서 김재용(金在湧) 등의 '내면화된 동양주의로서의 친일'이라는 주장을 반박한다.

이러한 관점이 미당의 문학세계 일반을 '내면화된 파시즘'의 부산물로 연역하는 시각들을 상대화해주는 것은 사실이지만, 다른 한편으로 미당을 정치적·역사적으로 몽매한 무정견의, 어떤 의미에서는 '무구한' 존재로 가정함으로써 의도와는 달리 그의 문학을 내용 없는 형식주의로 단순화하는 결과를 낳기도 한다. 친일척결론의 삼엄한 법정에서라면 그것이 정상참작 또는 구제의 방편일지 모르지만 시인들의 나라에서라면 그는 '시 짓는 기술자' 즉 이등 시민으로 강등되고 마는 것이다. 어쩌면 그것은 "근대적 '미학주의'"의 의의를 단순화하는 효과마저 동반한다. 그렇다면 정치적·역사적으로 '몽매한' 시인이 말하는 니체의 운명애와 불교, 신라

---

18 김춘식 「친일문학에 대한 '윤리'와 서정주 연구의 문제점: 식민주의와 친일」, 『한국문학연구』 34, 2008.
19 같은 글 224면.
20 같은 글 232면.

정신, 민족, 조선백자의 미(美)는 다 무엇이었던 걸까? 미당 연구의 이러한 사상검증적 비판론과 구제론의 경향이야말로 "그의 작품에 대한 정확한 평가가 그의 추문 속에 숨는 형국"[21]을 지속시킨 동인이었는지도 모른다. 무엇보다도 이런 자리에서는 식민지자치론과 식민지근대화론, 그리고 문학적 자율성에 대한 왜곡된 전유의 복합체가 고려될 길이 없다.

사실 2000년대 이후 미당 문학에 대한 학계와 평단의 관심이 크게 늘어나게 된 발단은 미당 자신의 죽음은 물론, 한때 그의 후계를 자처하기도 했던 고은(高銀)의 논쟁적인 평문 「미당 담론」[22]의 등장이었다. 두 선후배 시인의 교유와 결별에 대한 사적 증언인 동시에 미당의 문학과 삶에 대한 진지한 비평적 탐구이기도 했던 이 글은 의미심장한 문제제기들에도 불구하고 문학적 부친 살해의 가십으로만 받아들여진 면이 없지 않았다. 때마침 불어닥친 탈민족주의·탈식민 담론의 바람을 타고 비평적 과제로서의 미당 문학은 탈근대 이론에 접목한 사상논쟁 아래 덮여버리고 만 것이다. "미당에 대한 시와 행적의 분리주의를 신비평이론을 강제 적용해서 묵인할 생각이 없는 것처럼 그의 시 전부를 깡그리 부정할 생각은 추호도 없다"[23]라는 다짐이 고은의 것만이 아니라 미당의 시와 삶을 하나의 문학적 사실로서 존중하려는 많은 이들의 생각이기도 하다면, 이 시점에서 가장 중요한 작업은 여전히 지속적인 다시 읽기, 실제비평의 활성화다.

2) '급진적' 순응주의

최근 완간된 『미당 서정주 전집』(은행나무 2015~17. 이하 『전집』)은 총20권의 방대한 분량이다. 이중 시전집에 해당하는 것은 앞의 5권까지인데, 미당 생전에 출간된 단행본 또는 전집·선집 수록 시 950편을 수습한 것으로

---

21 황현산 「서정주의 시세계」, 『말과 시간의 깊이』, 문학과지성사 2002, 456면.
22 고은 「미당 담론」, 『창작과비평』 2001년 여름호.
23 같은 글 305면.

시인 자신이 수록에서 제외한 많은 작품들이 시인의 생전 의도를 존중하는 차원에서 빠졌다. 친일시로 잘 알려진 「헌시」(1943)와 「항공일에」(1943, 일어), 「마쓰이 오장(伍長) 송가」(1944) 같은 작품과 전두환(全斗煥)의 56회 생일을 맞아 썼다는 낯뜨거운 축시 등도 당연히 이 전집에서는 볼 수 없다. 이 다섯권짜리 시전집과 이미 널리 공개된 친일시들을 함께 통독한 첫번째 소감은 그에 대한 옹호와 비판의 공통 근거로 자주 언급될 뿐 아니라 시인 스스로가 "종천순일파(從天順日派)"[24]라는 자기변호를 통해 고백한 바 있는 그 순응주의적 면모가 예외적—특히 식민지 시기의 작품들에서—인 성격을 지니고 있다는 점이다. 그것은 모종의 치열성이나 '진정성'을 동반하고 있어서 무정견 또는 수동적 자기기만을 뜻하는 글자 그대로의 순응과는 적잖은 차이가 있다. 가령, "그 어디 한 포기 크낙한 꽃 그늘/부질없이 푸르른 바람결에 씻기우는 한낱 해골로 놓일지라도 나의 염원은 언제나 끝가는 열락이어야 한다"[25]라는 시적 다짐에서도 드러나는 것처럼 그것은 수동적인 의미에서의 '종천'인 하늘 '따르기'라기보다 매우 적극적이고 능동적인, 그래서 어떤 면에서는 "끝가는 열락"의 급진성이기도 한 하늘 '찾기'에 가까운 듯하다.

참 이것은 너무 많은 하늘입니다. 내가 달린들 어데를 가겠습니까. 홍포(紅布)와 같이 미치기는 쉬웁습니다. 몇천 년을, 오—몇천 년을 혼자서 놀고 온 사람들이겠습니까.

종보단은 차라리 북이 있었습니다. 이는 멀리도 안 들리는 어쩔 수도 없는 사치입니까. 마지막 부를 이름이 사실은 없었습니다. 어찌하야 자네는

---

24 『전집 4: 시』 235면.
25 「역려」, 『귀촉도』, 『전집 1: 시』 107면.

나 보고, 나는 자네 보고 웃어야 하는 것입니까.

　　바로 말하면 하르삔 시와 같은 것은 없었습니다. '자네'도 '나'도 그런
것은 없었습니다. 무슨 처음의 복숭아꽃 내음새도 말소리도 병(病)도 아무
껏도 없었습니다.

　　　　　　　　　　　　　　　　　　　　　　　　——「만주에서」[26]

　　정착[27]에 대한 갈망과 그 좌절로 인해 거친 호흡을 내뿜고 있는 이 시의
고백체는 두 겹이다. '하늘' 아래에서의 무력감의 직정적 토로인 동시에
그 침묵에 대한 맹렬한 항의를 품고 있기 때문이다. "이마 우에 얹힌 시의
이슬에는/몇 방울의 피가 언제나 섞여 있어/볕이거나 그늘이거나 혓바
닥 늘어트린/병든 숫개마냥 헐떡어리며 나는 왔다"(「자화상」, 1939)라고 했
던 필생의 선언조차 이 시에서는 부정된다. "바로 말하면 하르삔 시와 같
은 것"도 "마지막 부를 이름"도 없었기 때문이다. 보기에 따라 미당 시의
전체적인 흐름에서 이질적(이 시는 뜻밖에 '모던'하다)인 듯한 이 작품이
"정치적·사회적으로 봉쇄되고 억압된 생명력·생활력의 발로·발산의 분
출구를 문학에 구하려는" 식민지문학의 보편적 동인에 접속하고 있음은
물론이다. 기회를 찾아 떠난 만주라는 구체적 공간과 "하르삔 시" 같은 소
재에서 암시되듯 미당 문학의 고질인 무시간적 기초를 일정하게 벗어남
으로써 아무것도 가진 것 없는 빈털터리 청춘의 서러운 방황에 실감을 더
해준다. 그 점이 이 시를 힘있게 만들어주는 한 요소다. 이 시의 파괴적인
부정은 끝내 역천(逆天)에 이르지 못하지만 『귀촉도』에 함께 수록된 "아
이 검붉은 징역의 땅 우에/홍수와 같이 몰려오는 혁명은/오랜 하늘의 소

---

26 같은 책 100면.
27 미당의 만주 체험에 대해서는 자전 연작시집 『팔할이 바람』(1988)에 수록된 「만주에
　서」(『전집 4』 208~12면) 참조.

망이리라"(「혁명」, 1946)와 같은 요령부득의 자기기만과는 비교할 수 없는 성취임에 분명하다.

정처 없는 '하늘 찾기'의 갈망이 싱싱하게 살아 있던 전반기의 작품들이 그 이후 방만해진 『질마재 신화』(1975) 같은 후반기 시집들에 비해 상대적으로 높은 성취를 보여준다. 잘 알려진 서시 「자화상」이 벌써 그렇지만 맹목적인 혈안(血眼)의 시정이 두드러진 『화사집』(花蛇集, 1941, 전집 1권)에서 시적 단련의 원숙미가 간간이 빛나는 『동천』(1968)까지가 아마도 미당이 일군 시적 자산의 거의 전부가 아닐까. 일생에 걸쳐 '떠돌이'를 자처한 그의 방황도 실은 『자화상』과 『귀촉도』의 젊은 미당에게 대부분 귀속된다. 『서정주시선』(1956)에만 와도 벌써 방황을 끝내고 안착한 자의 지루한 달관과 교훈조가 나타나기 시작하는데 그의 대표작으로 널리 회자되곤 하는 「무등을 보며」(1954)의 "어느 가시덤풀 쑥굴형에 뇌일지라도/ 우리는 늘 옥돌같이 호젓이 묻혔다고 생각할 일이요/청태(靑苔)라도 자욱이 끼일 일인 것"이라는 안이한 결구는 대표적이다.

예의 '하늘 찾기'의 급진성이 향하는 방향은 미당의 실제 삶에서 일정치 않았다. 그것은 상징주의라는 이름의 하늘이기도 하고 신라나 불교, 일제나 이승만 정권, 군부독재이기도 했기 때문이다. 그러나 추상 수준을 한 단계 높여 생각해보면 그것은 식민지와 분단으로 점철된 한반도의 독특한 근대에 대한 그 나름의 인식을 보여준다고도 할 수 있다. "너무 많은 하늘"은 그 예속으로부터 벗어날 도리 없는 주인의 기표이자 문학과 일제와 군부독재로 자꾸만 얼굴을 바꾸는 근대성 그 자체의 암시였는지도 모른다. 하필 그것이 '제국'의 진열장, 만주의 하늘이었다는 점도 거기에 가세한다. 그의 시세계를 가로지르는 근대 도시와 전근대적 시골의 비대칭적 긴장은 그래서 의미심장하다. 황현산(黃鉉産)이 『화사집』의 마지막 시 「부활」을 분석하면서 "이 시에서 주목해야 할 점은 그가 도시에서 고향을 본다는 것뿐만 아니라 도시만이 이런 방식으로 고향을 보여줄 수 있다"는 점이라고 한 것은 중요한 발견이다. 반면에 "미당은 이 시(「부활」—인용자)에서 근대시의 한 체험을 높은 수준에서 보여주지만, 그러나 그에게서 이런 종류의 체험은 실상 마지막 체험"[28]이라고 덧붙이는 대신 이 주제를 더 밀고 나갈 필요가 있었다. 「밤이 깊으면」(1940)도 좋은 예다. "밤이 깊으면 숙아 너를 생각한다"로 시작하는 이 작품의 종결부를 옮겨본다.

숙아!

이 밤 속에 밤의 바람벽의 또 밤 속에서
한 마리의 산 귀또리같이 가느다란 육성으로 나를 부르는 것.
충청도에서, 전라도에서, 비 나리는 항구의 어느 내외주점에서,

사실은 내 척수신경의 한가운데에서,
썻허연 두 줄의 이빨을 내여놓고 나를 부르는 것.
슬픈 인류의 전신(全身)의 소리로써 나를 부르는 것.
한 개의 종소리같이 전선(電線)같이 끊임없이 부르는 것.

뿌랙 뿔류(black blue — 인용자)의 바닷물같이, 오히려 찬란헌 만세소리같이,
피같이,
피같이,

내 칼끝에 적시여 오는 것

숙아, 네 생각을 인제는 끊고

---

28 황현산, 앞의 글 461~62면.

시퍼런 단도의 날을 닦는다.

——「밤이 깊으면」[29] 부분

"목포나 군산 등지 아무 데거나//그런 데 있는 골목, 골목의 수효를,/크다란 건물과 버섯 같은 인가를, 불 켰다 불 끄는 모든 인가를,/주식취인소를, 공사립 금융조합, 성결교당을, 미사의 종소리를, 밀매음굴을,/모여드는 사람들, 사람들을, 사람들을,"에서처럼 술어를 생략한 열거의 쇄도를 통해 도시 또는 근대 자본의 무차별적 진군을 섬뜩하게 형상화하고 있는 이 시의 요체는 고향 또는 "서러운 시굴"[30]을 상징적으로 대리하는 숙이의 자살과 "슬픈 인류의 전신(全身)의 소리로써 나를 부르는" 고향의 인력을 가차 없이 끊어낸 자의 내면 풍경이다. 부정의 과잉은 순응의 '급진성'과 만난다. 그의 "서러운 시굴"은 『질마재 신화』가 그렇듯이 자본주의근대 도시의 그림자에 불과한지도 모른다. 그가 목격하고 체험한 '근대'는 「만주에서」와 「밤이 깊으면」이 보여주는 것처럼 어떤 속수무책의 절벽이어서 전근대적 숙명론에 필적하는 무엇처럼 그려지고 있기 때문이다.

억새풀잎 우거진 준령을 넘어가면
하늘 밑에 길은 어데로나 있느니라
많은 삼등 객차의, 보행객의, 화륜선의 모이는 곳
목포나 군산 등지 아무 데거나

여기에도 '하늘'이 있다. 그리고 거기에 '~있느니라'라는 하향의 술어가 붙어 있다. 이 시 첫 행의 "생각한다"와 마지막 행의 "닦는다"를 제외

---

29 「밤이 깊으면」, 『귀촉도』, 『전집 1』 103~04면.
30 「무제」, 같은 책 74면.

하면 유일한 술어일 뿐 아니라 예외적 위상을 지닌다. 그것은 '하늘'과 "끝끝내는 끌려가야만 하는 그러헌 너의 순서"와 악착같은 등가관계를 맺는다. 그의 순응주의 체질이 급진성을 띠게 된 것은 식민지근대 또는 자본주의근대를 전근대적 숙명론을 통해 전유(專有)했기 때문일지 모른다. 역천을 모르는 그것은 주인 잃은 '해방노예'의 설움과 공포, 귀소본능에 가까운 것은 아니었을까. 그런 점에서 그의 친일시를 '동양주의' 또는 제국이데올로기의 내면화로 보는 것이나 근대적 미학주의의 귀결로 보는 것은 재고의 여지가 없지 않다. 동양주의의 내면화로는 미달이고 미학으로는 파탄인 지점에 그의 친일문학이 있으며 그것은 또한 그가 그토록 찾아 헤매던 세속적 정착, 안주의 결과이기도 하기 때문이다.

> 정면에서 눈을 돌릴 수는 없느니라.
> 그리움에 젖은 눈에 가시를 세워
> 사랑보단 먼저 오는 원수를 맞이하자.
>
> (…)
>
> 아무 뉘우침도 없이 스러짐 속에 스러져 가는
> 네 위엔 한 송이의 꽃이 피리라.
> 흘린 네 피에 외우지는 소리 있어
> 우리 늘 항상 그 뒤를 따르리라.
> ——「헌시: 반도학도 특별지원병 제군에게」[31] 부분

이 시의 화자는 어디에 있는가? 이 늘어지는 무갈등의 목소리에는 스

---

31 『매일신보』 1943.11.16.

러져갈 '너'에 대한 슬픔이 없다. 여기서 미학이 증발한다. '눈 돌릴 수 없는 정면'의 지배를 의심하지 않기 때문이다. 그렇다고 '눈 돌릴 수 없는 정면'을 자기화하지도 않는다. 따라서 사상도 실종된다. 이 시의 화자는 '눈 돌릴 수 없는 정면' 바로 아래에서 '스러져 갈 너' 위에 군림한다. 여기서 미당의 '급진적' 순응주의는 식민지자치론과 만나는지도 모른다.

미당 바깥

그럼에도 미당이 탁월한 언어적 재능을 타고난 시인이라는 점은 널리 인정된다. 미당 문학의 영욕이 거기에 다 있다. 『신라초』(1961)에 실린 「재롱조」[32] 이야기로 결론을 대신하려고 한다. 소품이라 인용하기 편리한 점도 있지만 미당 시세계의 본질을 압축적으로 보여주는 작품이기도 하다. 전문을 인용한다.

언니 언니 큰언니
깨묵 같은 큰언니
아직은 난 새 밑천이
바닥 아니 났으니
언니 언니 큰언니
삼경 같은 큰언니
눈 그리메서껀 아울러
안아나 한번 드릴까.

---

32 『신라초』, 『전집 1』 187면.

이 시의 소재는 시집간 큰언니와 시집 안 간 여동생의 해후다. "아직은 난 새 밑천이/바닥 아니 났으니"를 경계로 큰언니와 '나'는 갈라진다. "새 밑천"이라는 상스러운 표현도 시골스러운 입말의 리얼리티를 살린다. 그런데 큰언니에게 무언가 사연이 있는 듯하다. 평범하지만 깊고 푸근한 인상으로 제시된 큰언니가 "삼경 같은 큰언니"가 되어 온 것이다. 깊은 밤을 가리키는 옛 시간 단위일 뿐인 삼경(三更)이 직유로 등장하는 순간 "큰언니"가 겪고 있을 아픔의 현재성이 한꺼번에 쏟아져 들어온다. "삼경"을 이어받고 있는 "눈 그리메"(눈 그림자, 눈 그늘)가 그런 독해에 힘을 싣는다. 4·3조의 주술적 반복도 한몫할 것이다.

그런데 시는 한 단계 더 도약한다. 화자인 '나'는 8행짜리 이 시에서 내내 화자의 지위를 유지하고 있었음에도 마치 "눈 그리메서껀 아울러/안아나 한번 드릴까"에 와 비로소 얼굴을 내미는 것처럼 느껴진다. 큰언니의 사연에 기울어 있던 독자들은 그의 마음 곳곳을 샅샅이 알 리 없는 동생의 무구한 생각과 문득 마주치게 되는 것이다. 7, 8행에서 일어난 화자의 전경화로 정연히 진행되던 음률에 약간의 파문이 이는 것도 이 시의 매력이다. 큰언니가 구체적으로 어떤 상황에 놓여 있는지, 지금이 언제 어디인지는 끝내 알 길이 없다. 시인은 알았을까? 화자의 생각도 그저 생각에 그쳤을 뿐 아직 행위로 옮겨진 것은 아니다. 추상적이라는 비판을 가할 수도 있을 것이다. 하지만 그럼에도 이 시는 아름답다. 그것은 평범한 사람들의 구체적인 삶 도처에서 문득문득 고개를 드는, 있음직한 비의(秘義)들에 뿌리를 내리고 있기 때문이다.

"삼경"이 그렇게 한 것처럼 언어는 끝내 해명하기 어려운 삶의 심연들을 저도 모르는 사이에 가리키곤 한다. 그것은 자주, 아니, 대개는 시인의 손을 떠나 있는 것이기도 하다. 본질적으로 상업주의의 산물인 광고 문구조차 이따금 그 뿌리를 초과하는 아름다움과 위로의 힘을 발한다. 언어의 주술은 무서운 것이다. 그것이 문학 안에 그 스스로가 초래한 자립적 질서가 있다는 믿음을 뒷받침해온 근거일지 모른다. 문학이 고통스러운 현실을 무차별적으로 위로하는 아편인 듯 여기는 감각 또한 그와 무관하지 않을 것이다. 그 위험을 견제하는 다른 힘의 존재가 그래서 필요해진다. '자율성'은 어떤 형이상학적 전제로부터 연역되어 시작(詩作)의 어느 순간임하는 주술이 아니라 그때그때의 고통스러운 현실이 부과하는 제약들에 맞서는 싸움 가운데 이따금 성취되는 무엇일 것이다. 앞에서 길게 살펴본 것처럼 타율성을 제대로 통과하지 않은 자율성이 식민성을 낳는다.

남한의 국민문학으로서의 한국문학, 북한의 인민문학으로서의 조선문학이 아니라 달라진 세상의 감각이 새롭게 불러내는 민족 또는 민족문학의 차원을 상상할 때 미당의 위치는 어디쯤일까? 도산과 횡보를 따라 문학과 정치도 둘이 아닌 하나의 과제라고 할 수 있다면 말이다. 미당의 시는 오래 남아 기억될 것이다. 그러나 미당의 시가 '살아 있던' 세상은 이미 사라져가고 있다.

묵시록과 계급

◆

백민석의 '폭민'과 최진영의 여자들

1. 불가능한 변화?

의문의 바이러스나 재난이 세계를 휩쓸고 지나간 뒤 문명의 '그라운드 제로'에서 살아남으려는 자들의 처절한 생존투쟁을 그린 이야기들은 도처에 차고 넘친다. 까뮈(Albert Camus)의 『페스트』(1947)로 거슬러 올라갈 것도 없이, 소설과 영화로 세계적 이목을 끌었던 주제 사라마구(Jose Saramago)의 『눈먼 자들의 도시』(1995)나 코맥 매카시(Cormac McCarthy)의 『로드』(2006)를 위시해 국내에서도 편혜영(片惠英)의 『재와 빨강』(2010)이나 정유정의 『28』(2013) 같은 장편소설들, 여러편의 블록버스터 영화들이 만들어져 화제가 된 바 있다. 최근까지 지속적으로 재생산되는 묵시록 서사들의 온상이 사회주의권 몰락 이후 자본주의의 세계제패를 뜻하는 신자유주의적 지구화에 있다는 사실은 새삼 지적할 필요가 없을 것이다. 묵시록 서사는 거의 언제나 '세계감각'의 산물이기 때문이다. 경쟁체제의 심화와 기후변화로 인한 자연재해, 인적·물적 자원의 이동 확대에 따라 주기적으로 발생해온 글로벌 전염병의 존재도 이러한 상상력을 자극하는

데 한몫했을 것임은 물론이다.

그러나 대다수의 묵시록 서사들은 그것들이 종말의 직간접적인 원인으로 지목하곤 하는 관료제 국가기구나 자본주의체제를 극복이 불가능한 막다른 골목처럼 상상하는 경향을 보여왔다. 소영현(蘇榮炫)의 정리가 간명하다. "다분히 대중문화와 하위문화적 상상력에 뿌리를 두고 있는 이들의 종말에 대한 상상은, 변화에 대한 어떤 상상도 불가능한 폐색의 '현실-미래'와 거기에 갇혀 고립된 개인들에 관한 알레고리다." 그러나 이어서 그는 "이 소설들이 보여주는 상상력은 (…) 현실이 극단적으로 비인간화되는 현상을 포착해왔던 기존의 문명비판적이고 반자본주의적인 상상력과 그리 다르지 않다"[1]는 점도 놓치지 않는다. 과연 현대 관료사회와 실존의 위기에 착목한 카프카(Franz Kafka) 이래 그런 문명비판적 상상력은 얼마간 익숙해져버린 것이 사실이다. 그럼에도 불구하고 2000년대 중반 이후 한국의 재난서사가 종래의 그것들과 차별화된다면 그것은 "'일상'과 '정치'를 가로지르는 새로운 공공적 공간이 어디로부터 어떻게 생겨날 수 있는가"[2]라는 물음을 가능하게 만들어주기 때문이라는 것이다.

그러나 "종말에서조차 배제되는 이중/삼중의 배제"나 "살아남기 위해 스스로 시스템의 배제 논리를 강화해야 하는 비극적 운명을 살게 된다는 구조적 역설을 고발"하면서[3] "인류와 인간의 범주뿐 아니라 우리가 만들어낸 사회의 유용성에 대해 재점검할 시간이 도래했음"[4]을 환기하는 작품들이 그 물음을 얼마나 충실히 던지고 또 감당하고 있는지는 좀더 따져볼

---

1 소영현 「데모스를 구하라: 민주화의 역설과 한국소설의 종말론적 상상력 재고」, 『하위의 시간』, 문학동네 2016, 25면.
2 같은 책 30면.
3 소영현은 전자의 예로 배지영의 단편 「그들과 함께 걷다」와 김성중의 단편 「허공의 아이들」을, 후자의 예로 편혜영 장편 『재와 빨강』을 들고 자세한 분석을 시도한다. 같은 글 참조.
4 같은 책 36면.

일인 듯하다. 환기와 고발 자체가 전제하고 있는 수세적 현실인식의 한계도 한계려니와 이런 논리 아래에서는 "배제"의 메커니즘이나 "구조적 역설"의 배후일 '국가'와 '자본'이 여전히 도전받지 않는 관념으로 자연화되곤 하기 때문이다. 해당 작품들이 관찰 가능한 현실이라는 굴레를 벗어나 새로운 상상력에 접속한 듯 보이지만 거기서의 자유가 실은 허가받은 울타리 안에서의 자유에 불과한 게 아닌지 자꾸만 의심하게 되는 것도 그 때문일 것이다. 그러므로 진짜 문제는 "변화에 대한 어떤 상상도 불가능"한 '체제'가 아니라 어쩌면 그러한 불가능성 자체의 신앙화인지 모른다.

촛불혁명과 대선기간 앞뒤로 잇달아 출간된 백민석(白閔石)의『공포의 세기』(문학과지성사 2016)와 최진영(崔眞英)의『해가 지는 곳으로』(민음사 2017)는 그런 의미에서 묵시록 서사의 새로운 가능성을 열어 보인 개성 넘치는 작품들이다. 이제 막 출간된『해가 지는 곳으로』는 그렇다 쳐도『공포의 세기』에 대한 주목이 충분치 않았던 것은 아쉬운 일인데, 그것이 조금 뒤늦게 도착한 묵시록인 탓도 있지만 '가독성'에 저항하곤 하는 작가의 글쓰기 스타일에 원인이 있을지도 모르겠다. 이 소설은 재난이 걷잡을 수 없이 번져버린 현실이나 재난 이후에 관한 이야기가 아니라 일종의 전사(前史)다.

2. 폭민정동 네트워크: 백민석의『공포의 세기』

『공포의 세기』는 요약이 쉽지 않은 작품이다. 서사를 해체하고 있다거나 서사라고 부를 만한 것을 지니고 있지 않아서가 아니라 — 실은 그 반대다 — 분절된 이야기 단위들이 전체 서사의 일목요연한 파악을 어그러뜨리는 방식으로 배열되어 있기 때문이다. 어떻게 보면 연작소설 여러 편을 분해해 하나로 재조립해놓은 듯한 인상을 줄 정도인데, 부(部)의 구분

없이 이어지는 14개의 장은 매번 다른 초점인물들을 번갈아 내세울 뿐 아니라 경우에 따라서는 하나의 장 안에서 이같은 구성을 되풀이하기도 한다. 따라서 『공포의 세기』가 어떤 이야기인지 묘사하려면 번거롭더라도 중심인물인 모비를 비롯한 주요 등장인물 경, 심, 령, 효, 수 등의 생애를 몫몫이 추출해 요약하는 편이 효율적일 것이다. 무엇보다 이들은 작중현실에서 서로 한번도 마주치거나 관계를 맺지 않는다. 다만 모두가 "불의 혀"라 불리는 일종의 성령(聖靈)으로부터 계시를 받은 뒤 분신(焚身)테러로 삶을 마감한다는 초자연적 말로를 공유할 뿐이다. "공포의 왕"을 자처하는 모비의 짧은 일대기 ─ 그는 예수처럼 서른세해를 살다 간다 ─ 를 중심으로 각각 요셉과 마리아에 비견되는 그의 의붓아비와 생모 그리고 그에게 희생당한 인물들의 사연을 엮어 전하되 그와 무관해 보이는 다섯 광인의 이야기를 평행선처럼 덧대어놓음으로써, 작품은 전체적인 구도보다 인물들 저마다의 상황과 개별 삽화들에 시선을 집중시킨다.

그런데 전체적인 흐름을 떠난 내용의 세부 단위에서도 손쉬운 납득에 제동을 거는 장면들은 적지 않다. 예컨대 령은 아버지의 폭력과 어머니의 우울증을 피해 열여섯살에 가출한 뒤 이십대에 이르도록 유흥업소를 전전하며 애인인 망치와 함께 온갖 범죄를 일삼는 인물이다. 그는 작품의 클라이맥스에서 "불의 혀"의 계시를 받아, 색정광으로 소문난 어느 "주식투자의 귀재"를 대상으로 자살테러를 계획한다. 물론 둘은 생면부지의 관계다. "령은 사내가 낌새를 눈치 채고 도망갈 자세를 취하자 라이터를 당겼다. 그녀가 불의 혀로 타오르는 데 일 초도 걸리지 않았다. 그녀는 사내의 허리를 끌어안고 아래로 끌어당겼다. 아래로, 아래로, 그녀의 고통이 있는 곳으로. 그녀뿐만 아니라, 타락한 세상 전부가 반드시 가야 할 곳으로."(318면) 그러나 령의 과업은 예상치 못한 결과를 낳는다.

령은 자신의 센스가 틀렸을 수도 있다는 생각은 조금도 하지 않았다. 그녀는 확신이라는 병에 걸려 있었다. 불운한 그 사내는 주식투자의 귀재가 아니라 건너편 빌딩 보험회사에 근무하는 보험설계사였고, 오피스텔도 야근한 직원들을 위해 회사에서 마련해준 기숙사였다. 게다가 그는 이미, 그녀가 아니더라도 충분히 고통스러운 삶을 살고 있었다. (318~19면)

삼인칭 서술자의 진술을 통해 건조하게 전달되는 이런 장면들은 실소를 유발하는 지독한 블랙유머처럼 보이기도 하고 때에 따라서는 삶 자체에 대한 허무의식이나 모독처럼 받아들여지기도 할 것이다. 하기는 천주교 신부를 유혹해 살해한 또다른 등장인물 수의 꿈속에서는 신성모독조차 일종의 개그다. "모세는 석판 대신 자신의 머리통을 들고 있었다. 한껏 치켜든 두 팔은 화산보다 높았다. 머리통은 지상의 가장 높은 곳에서 재잘재잘 잔소리를 늘어놓고 있었다. 그녀는 꿈의 모든 게 즐거웠다. 뚜껑이 열린 활화산과 재앙이 덮칠 이 세상과 머리가 떨어져 나간 잔소리꾼 모세."(326면) 하지만 무엇이 되었건 이런 대목들의 의미가 어느 한쪽으로 간편히 수렴되기는 어려운데 주인공 모비가 드디어 '공포의 왕'으로 상징적 즉위식을 치르는, 어쩌면 두려운 위엄까지 갖추었어야 할 장면에서마저 80년대 어느 코미디 디너쇼의 단골 레퍼토리가 섞여든다. 마침 주인공이 요한계시록의 한 구절을 새기고 난 바로 뒤여서 분위기는 더 우스꽝스럽게 일그러진다. "모비는 눈물을 흘렸다. 자신의 말이 너무 비극적이고 감동적이었다. 그러자 어디선가 옹알이처럼 노랫가락이 들려왔다. 오, 수지 큐. 오, 수지 큐. 그가 한 번도 들어본 적이 없는 멜로디였다."(297면)[5]

---

5 세번째 장 '이주일 디너쇼'에 처음 나온 뒤 마치 주제가처럼 반복 등장하는 노래 「수지 큐」(Suzie Q)는 베트남전을 다룬 코폴라(Francis Coppola)의 걸작 영화 「지옥의 묵시록」(Apocalypse Now, 1979)에서도 위문공연 장면의 섬뜩한 아이러니를 부각하는 배경으로 긴요하게 쓰였다. '오늘날의 묵시록'쯤이 될 법한 영화의 원제 또한 『공포의 세기』가 그려내고자 한 바와 통한다.

이 살육과 광신, 실소와 망상의 피투성이 카니발을 관류하는 복잡한 감정선은 얼핏 무잡하게 파편화된 것처럼 보이는 작품의 외관에 대해 일종의 구성적 유비관계(analogy)를 이룬다. 따라서 막연하게 알려진 것과 달리, 그리고 백민석의 소설 대부분이 또한 그러하듯이, 이 작품은 폭력의 끔찍함과 그로 인한 공포 따위를 전시하고 감염시키는 데 머무르지 않는다. 무엇보다 망령에 사로잡힌 존재들의 이야기인 이 소설이 '사개가 어긋나버린 난장판의 세상'[6]을 '바로잡으려는' 의미심장한 경고문처럼 읽히기 때문이다.

그런 의미에서 『공포의 세기』에 나타나는 말세관(末世觀)은 독특한 데가 있다. 요컨대 그것은 신학적이라기보다 역사적이며, 상징(또는 알레고리)적이라기보다 '현실'적이다. 묵시록 서사들이 흔히 취해온 종말론적 상징이나 알레고리를 포함하지만 여기서는 그 또한 리얼리티 획득의 방편으로 수렴되고 있기 때문이다. 예컨대 "뉴밀레니엄이 시작되고 오 분쯤 지났을 때, 레스토랑의 문을 열고 밝은 와인 색상의 윈드브레이커를 걸친 어린 친구가 들어섰다"(9면)라는 문장으로 시작하는 소설의 첫 장은 이어서 '궁'이라는 이름을 단 천호동의 한 대형 레스토랑 내부를 예의 "어린 친구"의 팽팽하게 긴장된 움직임과 시선을 좇아 주도면밀하게 축조해나간다. 삼인칭서술임에도 화면의 중심과 주변은 위계적으로 구도화되거나

---

6 『햄릿』 1막 5장에 나오는 햄릿의 대사 "The time is out of joint"를 변용한 표현이다. 한기욱은 'out of joint'를 '어그러진'으로 번역하고, 같은 대목을 원용하여 "자본주의체제의 현재를 진단한" 슈트레크(W. Streeck)와 월러스틴(I. Wallerstein) 등의 핵심 논의를 다음과 같이 간명하게 정리한 바 있다. "현재의 세계체제는 평형상태로 되돌아올 수 없을 정도로 어그러졌고 하층계급은 물론 자본가에게도 더이상 득이 되지 않는 지점에 이르렀다는 것이다."(한기욱 「문학의 열린 길: 어그러진 세계와 주체, 그리고 문학」, 『창작과비평』 2016년 봄호 54~55면) 이 글은 백민석 소설에 나타난 '말세관'을 이해하는 데도 참조가 된다. 여기서는 본문의 흐름을 고려, 'out of joint'를 "지금 세상은 사개가 물러나서 난장판"이라는 최재서(崔載瑞)의 번역(1954)을 바탕에 두고 변용하였다.

일목요연하게 잡히기보다 인물의 동선을 따라 제한적으로 조각조각 포착된다. 이를 통해 직접적인 내면묘사 없이도 인물의 차고 메마른 성격과 긴장된 심리상태를 충분히 암시하고 있는데 이것은 앞서 말한 작품 구성상의 전체적인 특징을 미리 압축해놓은 유전자지도처럼 보이기도 한다.

이어지는 장면에서 벌어지는 잔인한 복수극 ─ 앞서 사장은 사소한 이유로 아르바이트생이었던 "어린 친구"를 해고했다 ─ 은 더없이 차갑고 사실적이다. "몇 초 뒤 사장의 두 눈이 돌아가고 팔뚝을 잡았던 두 손이 저절로 미끄러져 떨어졌다. 목구멍 안쪽에서 피거품이 끓어올라 입 밖으로 넘쳐흐르기 시작하자 그는 뼈칼을 빼냈다. 입천장에도 조금 구멍이 났을 수 있다. 하지만 그 정도 오버는 누구나 하고 그걸로 사람이 죽지 않는다."(17~18면) 이와 완벽한 대조를 이루는 「웰컴 투 마이 월드」나 「왓 어 원더풀 월드」 같은 밀레니엄 파티의 배경음악들이 차례로 흘러나오는 동안, 가해자는 스스로 경찰에 신고 전화를 걸고 곳곳에서 터져나오기 시작한 비명소리들을 뒤로한 채 레스토랑을 유유히 빠져나온다. '나는 아무도 아니다'라는 이 장의 제목은 신고자의 신원을 파악하려는 경찰 측의 물음에 대한 "어린 친구"의 답변 가운데서 따온 것이다. "나요? 내 이름이 왜 필요해? 아, 나는 아무도 아니에요."(15면) 뉴밀레니엄에 도취된 레스토랑의 이름이 궁이라면 혀가 갈라져 피투성이로 널브러진 사장은 그 주재자인 왕이며 "어린 친구"는 그를 시해한 반역자인 셈인데, 그가 아무도 아니라는 말은 무슨 뜻일까?

사실성의 차원에서 그것은 일단 자연스럽다. 그의 복수에는 처음부터 죄의식 따위가 끼어들 틈이 없었기 때문이다. 그런데 상징적 차원에서 그것은 세부의 '자연스러움' 너머로 나아간다. 사장이 실제로 죽은 것은 아니더라도 상징으로서의 왕은 이미 처형된 셈이며 "만왕의 왕, 만주의 주"인 "공포의 왕이 온다"(20면)는 선포가 가리키듯 비어버린 왕좌는 모비 ─ "어린 친구"의 이름은 이 장의 끝에서 처음 등장한다 ─ 의 차지가 될 것이다. 세상을 떠들썩하게 만들었던 종말의 예언들이 하나같이 빗나가고 파티에 참여한 모두가 뉴밀레니엄을 축복하며 실체 없는 희망에 마비되어갈 무렵, 오히려 '아무도 아닌 자'에 의해 하나의 완강한 질서를 갖춘 듯 보였던 세계가 무너지기 시작하는 것이다. 그리고 이어지는 장 '나는 모두다'가 웅변하듯 '아무도 아닌 자'들은 어디에나 존재한다. 파티장을 채우고 있는 무국적의 분위기와 거기에 도취된 '하이칼라'들의 모습이 상징하는 세계화의 이면에서 그것은 쉼없이 성장하고 있었는지도 모른다.

IMF외환위기로 대량실업이 줄을 잇기 시작하던 해에 모비가 중학생이 되었다는 사실(156~57면 참조)을 참조하면 뉴밀레니엄을 맞은 시점은 그가 자기 생애의 절반을 막 통과할 무렵이고, 서른셋으로 현생을 마감하던 때는 아마 이 소설이 출간된(2016) 여름일 것이다. 이런 정보들은 생각보다 중요한데 그것은 초자연적 외피에도 불구하고 작품이 실제 현실 또는 역사의 시간에 상당히 의식적이기 때문이다. 처음 나간 교회에서 전도사의 손을 물어뜯고 돌아온 모비가 혼전순결 강박에 시달리는 생모[7]의 품에 안겨 "열사의 나라를 연이어 덮친 재앙들에 대한 이야기"(95면)를 듣기 시작한 게 네살 때였으니 이 작품은 예의 "공포의 왕"이 자신의 운명에 최초로 눈뜬 이후 30년간의 이야기라고 할 수 있고, 그것은 우리가 통상 '민주화 이후' 또는 87년체제라고 지칭해온 기간과 거의 겹친다.

"『공포의 세기』의 인물들은""정신적 묵시록의 세계에서 살고 있는 사람들"이고 "우리 사회에서 정신이 핵심적인 문제가 되기 시작한 건 지난 세기의 말부터"이며, 우리는 "아직 세기말을 벗어나지 못했고, 오히려 좀

---

[7] 나중에야 밝혀지지만 모비의 생모는 어느 개척교회 목사와의 관계를 통해 모비를 잉태하게 되었으며 거기에 신앙을 빌미로 한 강압이 작용했을 것임이 암시된다. 반듯하고 내성적인 품성의 독실한 기독교도였던 그 어머니가 성령으로 잉태한 마리아에게 자신을 과잉 투사하게 되는 과정은 그래서 충분히 납득할 만하다.

더 심화된 세기말을 살고 있는"지도 모른다고 작가는 말한 바 있다.[8] 그가 "정신적 묵시록의 세계" 또는 "세기말"이라고 부른 지난 30년간을 작품은 망상에 지핀 존재들의 폭민화(暴民化) 과정으로 요약하는 듯하다. 민주화 이후 30년의 사회적 집단초상이긴 하되 그것을 과연 누구의 편에서 그려내고 있는가 하는 문제는 여기서 비교적 답이 분명해진다. 고향인 바닷가 마을에서 근친 성폭행의 상처를 안고 서울로 도망쳤지만 또다시 동거남 에이치의 폭력에 시달리게 된 비정규직 사환 경과 가출 이후 온갖 타락과 야만을 거쳐 존속살해범이 되는 령, 그리고 뚜렷한 정황은 나타나 있지 않지만 오빠의 실종과 연루된 미지의 사건 이후 남자들을 유혹해 살해하는 까페 주인 수가 여성인물들로서 한 축을 이룬다면, 비교적 안정된 가정과 직업을 가졌지만 사회적 약자들에 대한 원인 모를 적개심에 사로잡히거나 의처증에 잠식당한 뒤 자신이 이룩해온 거의 모든 것을 파괴해버리는 중년 남성 심과 효는 또다른 축일 것이다. 이들은 성별과 계급, 세대를 달리하면서도 자기가 속한 집단에서 자발적 혹은 비자발적으로 탈락한 존재라는 공통점을 지니며, 집단화되기보다는 끝내 개별적으로 머문다는 점에서 일종의 느슨한 네트워크를 형성한다. 그 구심점에 자리한 것이 "불의 혀"임은 물론인데, 무어라 간단히 정의 내리기 어려운 그것은 이들의 삶을 안으로부터 먹어들어가며 폭민화하는 지배적 정동(affect)의 다른 이름이기도 할 것이다.

　기독교에서 말하는 성령공동체의 뒤집힌 닮은꼴일 폭민정동 네트워크는 작품 후반부로 갈수록 무서운 속도로 증식해 소위 중간계급 이하의 몰락뿐 아니라 우스꽝스럽고 위선적이며 거북살스런 인상으로 등장하는 지배계급 구성원—주로 재벌이나 유력 정치인—들의 예기치 못한 무작위 파탄을 가져온다. 이를 뉴밀레니엄 파티 장면의 상징 맥락과 연결지어

---

8 백민석 「연재를 시작하며」, 『문학과사회』 2015년 봄호 218면.

보면 "현재의 세계체제는 평형상태로 되돌아올 수 없을 정도로 어그러졌고 하층계급은 물론 자본가에게도 더이상 득이 되지 않는 지점에 이르렀다"(주6 참조)는 진단은 더욱 강한 실감으로 다가온다.『공포의 세기』는 사실과 상징, 역사성이 겹으로 길항하고 이접하는 가운데 높은 강렬도의 리얼리티를 보여주지만 그것이 인물들의 폭민화 과정에 대한 합리적 이해를 부분적으로 희생한 결과일 수도 있다는 의구심을 끝내 떨치게 해주지는 않는다. 그러나 작품을 다 읽고 나면 살육이 난무하는 공포의 카니발 대신 자신이 겪는 고통의 진정한 원인을 스스로는 알 길이 없었던 평범한 사람들의 마지막 표정이 선연하게 떠오른다. 작가의 전작들에 비춰서도 이것은 괄목할 만한 변화다. 종교적 망상 가운데 자신을 소진시켜버린 모비의 생모가 그랬고 자신의 몰락에 순응한 령의 아비가 그랬으며 효에게 참살당한 이름 모를 청년이 또한 그랬을 것이다. 물론 이 무정한 '공포의 세기'가 그것을 알 리는 없다. 이 또한 다른 버전의 패배주의일 가능성이 없지 않지만 그렇게만 생각하고 말기엔 이 자리에서 울리는 경보음이 너무나 강렬하다.

3. 겨울의 심장을 걷는 여자들: 최진영의『해가 지는 곳으로』

최근의 국내외 정세변화는 비록 자본주의 세계체제의 파멸적 위기까지는 아니더라도 최소한 이 체제가 확고부동한 실체가 아니라는 사실에 뚜렷한 실감을 더해주는 계기가 되고 있다. 그런 의미에서 브렉시트(Brexit)나 '트럼프(Donald Trump) 현상'처럼 "글로벌 시스템의 취약성"을 드러내는 징후들이 등장을 거듭할수록 "자신들이 또한 그 시스템의 일부이기 때문에 모든 것을 무너뜨리는 행동을 취하는 데 두려움을 느끼기도 하는" 대다수 평범한 사람들의 "우리는 어디로 가야 합니까?"라는 물음은 더욱 절실해지는 것이다.[9] 최진영의 짧은 장편『해가 지는 곳으로』는 바로 그 문학적 응답의 일환이다. 작품은 끊임없이 묻는다. "이제 어디로 가지?" (12면) "우리는 어디로 가?"(24면) 무엇보다도 이 소설은 모든 것을 연결하고 흐르게 한다는 '지구화'가 실은 그보다 더한 규모의 봉쇄(blockage) 메커니즘에 의해 유지되고 있다는 통찰[10]을 뚜렷한 알레고리로 보여주면서 "새로운 시작에 대한 기대 없이 마지막에 관해 강박적으로 고민하는 묵시의 한 형태"[11]들과는 정반대에 가까운 길을 가는 작품이라 할 수 있다.

『해가 지는 곳으로』의 서사적 중심은 하루아침에 수십만명의 목숨을 앗아간 원인 모를 바이러스가 세계를 휩쓴 뒤, 한국을 벗어나 러시아로 탈출한 세 가족의 두달 남짓한 여정이다. 여기에 짧은 후일담인 프롤로그와 에필로그를 붙인 3부 구성인데 단일한 장으로 이뤄진 프롤로그를 제외하면 중심서사는 16개, 에필로그는 3개의 장으로 다시 나뉜다. 이 소설은 시종일관 일인칭시점으로 전개되지만 화자는 다섯명이나 되며 장이 바뀔 때마다 교대로 등장한다. 물론 서사 배분이 모두에게 고르지는 않다. 중심인물은 어디까지나 각자의 사랑을 안고 "겨울의 심장을"(58면) 횡단하는 도리와 지나, 그리고 류라는 여성 주인공들이어서 지나의 이웃 남동생 건지의 시점을 취한 장은 3개, 도리의 친동생인 미소가 화자로 나선 장은 에필로그의 첫번째 장 하나뿐이다. 하지만 다중초점을 취한 작품임에도『공포의 세기』와 달리 일직선적인 시간의 흐름에 비교적 순응적이어서 화자들은 마치 이어달리기를 하듯 배당된 구간의 이야기를 충실히 이끈다.『공포의 세기』가 서로 다른 서사적 평행선들의 산술적 합

---

9 Tessa Morris-Suzuki, "Rethinking the Cultural Politics of Globalisation: Where Do We Go from Here?" *Chinoiserie* 2016.8.29. 1절 1~5번째 문단 참조.

10 같은 글 4절 'Flows and Blockages: A Short History' 참조.

11 크리샨 쿠마르「오늘날의 묵시, 천년왕국 그리고 유토피아」, 맬컴 불 엮음, 이운경 옮김『종말론』, 문학과지성사 2011, 263면. 황정아「재앙의 서사, 종말의 상상: 근래 한국소설의 한 계열에 관한 검토」,『창작과비평』2012년 봄호 294면에서 재인용.

계를 통해 나름대로 세계를 '총체화'하려 했다면 『해가 지는 곳으로』는 일인칭 복수화자들의 협동과 분업이 만들어내는 하나의 서사를 통해 그 것을 시도한다.

이 작품에서 재난의 원인에 대한 탐색은 이뤄지지 않는다. 『눈먼 자들의 도시』의 집단적 실명(失明) 현상이나 『로드』의 세계 멸망 모티프처럼 그것은 완벽히 괄호에 묶여 있다. 그러나 평범한 일상인들을 일인칭 주인공으로 내세운 이 작품에서 재난의 원인을 밝히는 과정이 생략된 것은 당연한 일인지도 모른다. 해당 장르관습에서 거의 빠지지 않는 과학이나 의학 또는 기술 분야의 전문가들조차 등장하지 않는다. 여기서 재난은 '우리가 알고 있던 현실'을 강제 중단시키는 유력한 장치로서만 의미를 지니는 듯하다. 그런데 이 작품에서 그보다 더 중요한 요소는 '우리가 알고 있던 현실'의 중단이 겹으로 일어난다는 점이다.

그들은 쉬지 않고 서쪽으로 이동하면 유럽 어딘가에 더 안전한 곳이 있을 것이라는 막연한 희망—물론 그것은 끝내 이뤄지지 않는다—을 안고 끝도 없는 불모의 대륙을 헤맨다. 그것은 확실히 '역사의 시간'이 중단된 '다른 시간지평'의 이미지를 띠고 있지만, 이곳의 생리를 설명하고 전달하는 논리는 재난 이전의 실제 현실, 즉 '역사의 시간'의 그것과 근본적으로 다른 것은 아니다. 인물들마다 출신과 내력을 부여하고 그것을 재난 이후의 성격과 행동으로 연결짓는 작품의 자연주의적 밀도와 형상화는 상당한 수준이라서[12] 그 이상으로 독해를 진전시키지 않는 한 이 작품이

---

[12] 예컨대 무장단체에 끌려가 '위안부'로 성적 착취를 당하는 지나와 그 단체의 적극적 일원이 되어버린 지나 아버지의 조우 장면은 참혹하기 이를 데 없는 자연주의적 귀결의 하나다. "가장 강한 단체가 러시아를 접수하면 그게 바로 새로운 러시아가 될 것이다. (⋯) 그런 말을 늘어놓는 아버지는 분명 들떠 있었다. 헤어질 때 텅 빈 눈으로 나를 바라보던 아버지가 아니었다. (⋯) 그래도 굶지는 않잖아. 그렇지? 말만 잘 들으면 살 수 있지. 기다리다 보면 분명 좋은 날이 올 거야. 우리는 새로운 국가의 주인이 될 수 있어."(140면)

"변화에 대한 어떤 상상도 불가능한 폐색의 '현실-미래'와 거기에 갇혀 고립된 개인들에 관한 알레고리"(소영현, 25면)를 넘어설 가능성은 점차로 희박해진다. 작가가 이런 한계를 돌파하는 계기로 내세운 것이 바로 두개의 후일담, 곧 프롤로그와 에필로그다.

프롤로그의 유일한 화자는 류다. 가까스로 대학을 졸업하고 화장품 회사의 사원을 거쳐 여행사 상담원이 된 그는 단이라는 평범한 남자와 결혼해 슬하에 딸과 아들을 하나씩 두었지만 빠듯한 살림살이와 바쁜 직장생활, 힘겨운 육아에 지쳐 남편의 외도마저 방관하는 인물이다. 재난이 있기 전의 삶 또한 일종의 출구 없는 재난상태였던 그에게 "당신은 한국을 아는가?" "한국은 아직 그곳에 있는가?"라는 느닷없는 두개의 연속된 물음을 던지게 한 작가의 의도는 짐작되고도 남는 바가 있다. 그런데 이 물음들이 벌써 말해주고 있듯 프롤로그에서 이미 "일흔 살"을 넘어버린("아니, 여든 살인가", 13면) 류가 사는 곳은 한국이 아니다. 아들 해민이 가정을 꾸리고 산다는 바르샤바도 아니고 재난을 피해 헤매던 러시아도 아닌 이곳은 대체 어디일까? 재난 속에서 가까스로 화해 근처에 이르렀던 남편 단은 살아남았는가? 작품은 이런 의문들에 대해 아무런 답을 주지 않는다. 그 대신 "하루도 빠짐없이 당신들을 기억하고"(14면) 있다 말하는 단한 사람, 류의 자리를 마련해놓음으로써 '재난 이후'의 세계를 기억의 자리로 만든다.

한편 에필로그의 화자는 류를 제외한 나머지 넷이다. "하지만 나는 결국 어른이 되지 못했다"(179면)라는 고백에서 암시되듯 도리의 여동생 미소는 이미 세상을 떠난 존재다. 그러나 이 유령 화자의 독백에는 원한과 분노 대신 "보석이 된 내 (사랑의 —인용자) 약속은 영영 변치 않을 것"(180면)이라는 믿음이 들어서 있다. 뒤를 잇는 것은 건지의 장이다. 일행에서 떨어져나온 건지는 "가늠할 수 없을 만큼 걷고"(181면) 또 걸어서 지옥의 현실에서 그가 꿈꾸던 "따뜻한 바다"(134면) 비슷한 어떤 장소에 다

다른 듯하다. "이곳에 사람이 산다. 그 수는 아주 적다. 자연이 허락하는 것만을 취하며 산다. 사람들은 싸움을 피하고 적당한 무관심으로 서로를 보살핀다. 매일 수영을 하고 물고기를 잡는다. 열매를 먹고 씨를 뿌린다. 풍족하지도 아쉽지도 않다."(182면) 그렇게 "수천 일을 살고 더 살았다"(183면)고 했으니 재난 당시로부터 십수년이 지난 뒤다. 그런데 이쯤 되면 그것이 죽은 자의 것이건 산 자의 것이건 이상의 이미지들은 일종의 비전(vision)이 된다. "소리를 잃던 밤"엔 "하늘을 나는 꿈"을 꾸었지만 "숨을 잃던 밤엔 우주를 나는 꿈을" 꾸었다던 미소는 이어서 "우주를 나는 건 시간을 나는 것. 시간을 날고 날아 그 너머에 무엇이 있는지 보고야 말아서 나는 눈을 뜨지 못했다"(179면)고 말한다. 이것이 현생에서의 죽음과 영원한 구원에 대한 믿음, 즉 종교적 비전이라면 건지의 현재는 아마도 자연의 질서에 순종하는 생태적 비전에 대응할 것이다.

'우리가 알던 세계', 그러니까 "사회는 전쟁터라는 말. 함부로 사람을 믿지 말라는 말. 착하면 손해라는 말. 만만하게 보이면 안 된다는 말. 약육강식. 각자도생. 승자독식. 바이러스가 세상을 뒤덮기 전에도 숱하게 들어온 말들. 그런 말을 비난하면서도 이용하던 사람들"(123~24면)의 세상을 문득 중단시킨 것은 소설 속에서 종작없이 몰아닥친 재난이었다. 그리고 은유적 차원에서 그것은 불평등과 폭력이 난무하는 구제불능의 자본주의적 현실을 차라리 초기화(reset)해 새로 시작하고 싶다는 집합적 파괴욕망의 상관물이기도 했을 것이다. 그렇다면 미소와 건지의 비전은 '우리가 알던 세계'를 초기화한 세계("모두가 공평하게 불행한 지금이 차라리 홀가분하게 느껴질 때", 37면)마저 중단시킨, 새로운 시작일 수 있을까? "인류는 멸망하지 않았지만, 멸망하지 않을 것이라고 말할 수는 없다. 세상이 얼마나 넓은지 나는 모른다. 내가 어디에 있는지도 알지 못한다"(182면)라는 건지의 독백이 알려주듯 이들의 비전은 여전히 '우리가 알던 세계'를 초기화한 세계 안에 속해 있는 무엇인지도 모른다. 물론 작품은 여기에 대해 긍정도 부정도 하지 않는다. 다만 마지막에 '우리'를 등장시킴으로써 다른 차원의 암시로 나아간다.

에필로그의 마지막 화자들은 역시 지나와 도리다. 그러나 이 장은 누군가를 앞세워 일인칭주인공시점을 취하는 대신 '우리'라는 제목 아래 마치 희곡처럼 대화문으로만 구성되어 있다. 시공간의 묘사와 제시에 비교적 충실했던 작품은 여기서 돌연 무시간적으로 추상화되어 두 인물 사이의 대화가 현실인지 아니면 유령적 존재들의 그것인지조차 불투명해진다. 어느 쪽으로도 결론 내리기 어려운 무대 상황 위에서 두 인물은 "인간들이 자기가 죽은 걸 모르고 유령으로 계속 살아가는"(186면), 꾸고 나면 "이상한 기분에 빠져"버리곤 하는 꿈에 관한 이야기를 나눈다.

이상한 기분?
내가 유령인가 아닌가 의심하게 되거든. 이미 망해 버린 세상을 망한지도 모르고 살고 있는 거 아닌가.
……망하는 게 뭘까.
내가 내린 결론은, 우리가 망했다고 생각한다면 그건 진짜 망한 게 아니야.
진짜 망하는 건 뭐야?
망했다는 생각조차 못하는 거.
……유령처럼?
응. 망해야 할 순간에 망하지도 못하는 유령.
……망하는 게 뭔지 모르겠어. (187면)

인류가 멸망하는 꿈을 꾸는 것은 지나이고 도리는 그 꿈 이야기를 듣는다. 이 에필로그의 마지막 무대는 진정한 멸망의 의미가 무엇인지를 비중 있게 다루고 있지만 사실 이것은 일종의 맥거핀(MacGuffin)에 불과하다. "망했다는 생각조차 못하는" "망해야 할 순간에 망하지도 못하는" 것이 진정한 인류 멸망이라는 지나의 확신은 상식적으로도 그럴듯한데다 적어도 멸망의 의미에 관한 일차원적 해석에 머물지는 않는다는 점에서, 이 작품이 전하려는 모종의 메시지를 운반하고 있는 것처럼 보이기도 하지만 다른 한편으론 도리의 반문과 회의에 의해 지속적으로 상대화되고 있기 때문이다. 그러다 문득 화제는 건지가 "바다에 유리병을"(188면) 띄우는, 앞뒤가 지워진 꿈 이야기로 넘어갔다가 이렇게 마무리된다.

> 출발할까?
> 그래. 그만 일어나자.
> 지나야.
> 응?
> 사랑해. (189면)

여기에서 분명해지는 것은 '무엇이 진정한 인류의 멸망인가'가 아니라 아무것도 미리 정해진 것은 없다는 사실 자체다. 이 '아무것도 미리 정해진 것 없음'의 다른 이름이 마지막 문장에 등장하는 "사랑"이라면 어떤가. 알려지지 않은 비전으로서, 아직은 '사랑'이라고밖에 달리 부를 도리가 없는 그것은 "다르게 존재할 수 있다는 가능성"(165면)이자 "죽고 사는 것보다 중요한"(170면) 무엇이기도 하다. 당연히 "출발할까?"라는 제안 가운데 목적지의 자리는 비어 있을 수밖에 없다. 그리고 바로 이 자리에서 '우리가 알던 세계의 초기화'를 욕망하는 세계가 문득 중단되는 것이다. 프롤로그가 재난 이후의 삶을 빈 노트처럼 남겨둔 이유는 이제야 비로소 뚜렷해진다. 우리에겐 미래이기도 한 그것은 아무것도 정해지지 않은, 여전히 남아 있는 가능성의 세계이기 때문이다. 폭력과 야만으로 얼룩진 『해가 지는 곳으로』의 참혹한 '자연주의'는 이러한 가능성의 경지를 호흡함으로써 일종의 리얼리즘적 전회(轉回)를 이루는 것이다. 세부의 진실성이라는 측면에서 한두가지 의문을 제기할 수도 있겠지만,[13] 그렇다고 해도 두 여성 주인공의 사랑 이야기(이를 군이 '동성애'로 구분해 설명할 필요가 있을까?)가 지닌 아름다움이 훼손되거나 작품이 개시(開示)하는 비전의 힘이 퇴색하지는 않는다.

4. 여기서 어디로?

두 장편은 확실히 지난 겨울과 봄의 혁명적 열기를 복기하게 만드는 면이 있다. 지금이 평시인 줄로 착각하는 이들은 여전히 많지만 우리는 아직 그 열기의 연장선 위에 있고 앞으로도 상당 기간 그럴 수밖에 없을 것이다. 위기의 정점에서 출간된 『공포의 세기』와 일대 전환의 출발선상에 등장한 『해가 지는 곳으로』는 외형상의 차이에도 불구하고 많은 공통점을 지니고 있다. 이들은 우선 같은 '현실'을 목격하고 있다. "세상은 살아서 지옥이었다. 지옥이 아닌 삶을 사는 사람들은 극소수였다. 그리고 그 극소수가 자신의 삶을 지옥이 아닌 상태로 유지하기 위해, 다른 사람의 삶을 지옥으로 만들고 있었다. 어찌 보면 그녀의 몸에 손을 댄 에이치도, 친척들도 희생자일지 몰랐다. 어쨌든 그들의 삶도 지옥이었으니까"(백민석, 302면)라는 단락은 "살아남은 것도 죄고 살겠다고 도망치는 것도 죄라는, 너나 나나 몹쓸 인간이라는 자조와 책망이 눈빛에도 말투에도 깃들어 있었다. 안다. 불행해서 그렇다는 걸. 죽음에 억눌려 있다는 걸. 기억에서

---

13 우선 다섯명의 일인칭 화자를 내세웠음에도 목소리(문체)의 구분이 거의 이뤄지지 않는다. 삶에 대한 열정의 뜨거움을 냉정으로 통제하는 일관된 문체적 긴장은 얼어붙은 대륙이라는 그들의 환경과 생존에 대한 절박함을 제대로 반영하고 있지만 그것이 이만큼 획일화될 필요는 없을 것이다. 자주 등장하는 아포리즘적 문장들도 하루하루가 날카로운 깨우침과 터득의 순간일 수밖에 없는 것이 재난 상황임을 암시하기는 하지만 작품의 규모를 고려하면 절제가 아쉬운 면이 있다.

자유로울 수도 없고 미래를 전망하기도 힘들어서"(최진영, 36~37면)라는 대목과 맞바꿀 수도 있을 것이다. '사개가 어긋나버린 난장판의 세상' 여기저기서 들려오는 비명소리들은 그토록 서로를 닮아 있다.

이 비명소리들의 출처가 '전통적인' 계급적대와 결을 달리한다는 사실은 중요하다. 소수에 편중된 부와 다수의 고른 가난 혹은 자본가와 노동자라는 대립구도가 완전히 힘을 잃은 것은 아니지만 이들 작품에 나타난 그것은 계급적대라기보다 '만인의 만인에 대한 투쟁'에 더 가까운 듯하다. 계급적대가 '노동계급(working class)＝무산계급(proletariat)' 등식에 기초한 동일 계급 내의 결속을 전제로 한다면, 『공포의 세기』와 『해가 지는 곳으로』가 드러내는 '계급의식'은 계급 내의 결속과는 거의 무관할 뿐아니라 예의 기본등식이 들어설 자리조차 마련하고 있지 않기 때문이다. 그래서 작중인물들 간의 투쟁은 백민석이 그리는 폭민들의 세계나 최진영이 묘사하는 생존에 대한 맹목이 그런 것처럼 '동물적'이고 '본능적'인 범주를 대부분 벗어나지 않는다.

이제 노동계급은 무산계급과 점점 더 자주 불일치한다. 이들은 정도의 차이는 있을지언정 어느 만큼은 자산가이기도 하며, 반대로 부르주아의 일부 또는 상당 부분도 임금노동에 몸담지 않고는 삶을 영위할 수 없게 된 것이 오늘날의 현실이자 추세이다. 두 장편은 이러한 현실을 고스란히 담아내고 있다. 여기에 등장하는 주요인물들 중 계급적대의 공식에 들어맞는 인물은 아마 한 사람도 없을 것이다. 혹여 『공포의 세기』가 지배계급 구성원들을 겨냥한 분신테러로 마무리된다는 점을 들어 계급적대를 논의하는 경우도 있을 수 있겠지만 그 적대에 의한 테러라는 것이 대개 정해진 과녁을 빗나가곤 한다는 점을 놓쳐서는 곤란하다. 여기서의 계급적대는 오히려 풍자의 대상처럼 보일 정도이기 때문이다.

이 동물적 생존투쟁을 가속시키는 계급구도의 '어그러짐'은 지구화가 초래한 중간계급의 양극 분해가 가져온 결과일 것이다. 이 과정을 통해 계급상승을 이룬 경우보다 그렇지 않은 사례가 압도적으로 많을 것이라는 점에서 중간계급의 하방 분해라고 말할 수도 있겠다. 이것이 묵시록 서사의 재생산을 추동하는 또다른 동력의 하나임은 두말할 나위 없는데 다른 한편 이것은 우리가 살고 있는 바로 이곳의 구체적 현실에서 유추되었다기보다 세계적으로 '표준화된 현실인식'을 수용한 결과에 가까운 면도 있는 듯하다. 계급을 둘러싼 지금 이곳의 특수한 조건들에 대한 탐구가 상대적으로 취약한 것은 묵시록 서사가 동반하는 알레고리적 형상화의 한계인지도 모르겠지만, 이제 여기서 어디로 가야 할지 알기 위해서라도 우리는 그보다 더 오래 여기가 어디인지를 물을 수밖에 없다.

단지 조금 다르게

◆

김현의 시와 시대전환

1

    누군가의 등장 전후로 세상이 바뀌는 일 따윈 여간해서 일어나지 않는다. 다만 그렇게 보였거나 보인다고 말함으로써 발생하는 모종의 효능감이 한 시대와 만나 좀더 많은 이들 사이로 퍼져나가는 경우는 종종 있어왔다. 시대의 이행에 참여하는 계기들은 헤아릴 수 없이 많고 또 그만큼 복잡하게 얽혀 있기 마련이어서 그 총합을 묘사하려면 상당한 비효율을 감수할 수밖에 없다. 그것을 회피하는 방편으로 우리는 특정한 사건이나 한두 사람의 이름을 대명사처럼 빌려 쓰곤 했던 것이다. 문학사로 시야를 좁혀도 마찬가지다. 우리는 소월(素月)과 만해, 이상(李箱)과 정지용(鄭芝溶) 그리고 김수영(金洙暎) 같은 이름을 누누이 들어왔지만 그들의 이름이 각자의 시대를 직접적으로 만들어냈다기보다 한 시대가 그의 이름에 스스로를 맡겨두길 원했다고 보는 편이 한결 진실에 가까울 듯하다. 그렇다면 우리 시대는 어떤 이름을 빌려 '달라진' 자신을 드러내려 하는 중일까? 문학의 영역에서 가능한 여러 선택지 가운데 시인 김현(金炫)의 최근

작업들에 기대어 하나의 가설을 마련해보자.[1] 그래야 하는 이유를 묻는다면 우선은 그가 얼마 전 발표한 시「형들의 사랑」에 관한 이야기로 답변을 시작해볼 수 있겠다. 물론 약간의 사전답사는 필수다.

이른바 하위문화 또는 다른 예술장르의 여러 텍스트들을 뒤섞곤 했던 김현의 시세계는 외형적으로 주석을 빈번히 활용하는 특징을 보여왔다. 그런데 본문과 주석 사이의 연관이 고르지 않은데다 그들 각각의 내부에서조차 행간의 낙차가 작지 않다는 점에서 그의 시는 단숨에 읽히지 않는 편이다. 하지만 거의 당연하게도, 반드시 모든 시가 단숨에 읽혀야 할 필요는 없다. 때로는 음률이 명확히 구분되지 않는 소음과 비명으로만 구성된 음악도 있는 법이지 않은가. 아무래도 그의 지향은 처음부터 '다른 시'에 있었던 것 같다.[2] 그러나 이렇게 겉으로 드러난 특징들은 시집『글로리홀』(문학과지성사 2014)의 수록작들 — 시집 출간 한두해 전에 이미 발표되었을 — 이후 서서히 이완되어 때로는 상당한 정도의 가독성을 획득하거나 주석을 절제하는 등의 변화를 보이기도 했다. 예의「형들의 사랑」또한 그러한 사례의 하나다. 그러나 겉모습의 변화가 그의 '다른 시'를 다르지 않은 시로 되돌려놓는 것은 아니다. 이상한 얘기처럼 들릴지 모르지만, 그의 시는 단지 조금 더 다르게 달라지고 있는 중인 듯하다.

---

1 이 글의 본문과 주에서 골라 언급한 김현의 근작시 목록과 출전은 다음과 같다.「어떤 이름이 다른 이름을」(『현대시학』2015년 7월호)「노부부」(『파란』2016년 봄호)「자두나무 아래 잠든 사람」(『쪽지』2016년 4월호)「눈앞에서 시간은 사라지고 그때 우리의 얼굴은 얇고 투명해져서」(『현대시』2016년 6월호)「형들의 사랑」「두려움 없는 사랑」(『문학3』2017년 1~4월호).

2 그렇다면 어떻게 '다른 시'였는지가 관건이 될 텐데, 이 방면에 관한 한 지금까지 나온 가장 충실한 참고문헌은 시집『글로리홀』의 해설로 쓰인 박상수의「본격 퀴어 SF-메타픽션 극장」이라고 할 수 있다. 문맥과 행간의 출처를 밝히는 작업의 중요성을 이 글은 잘 보여주고 있다. 그러나 수소와 산소에 대해 설명하는 것과 그것들의 조합으로 구성된 물의 본질에 대해 말하는 것은 전혀 다른 차원일 수 있다. 당연하게도 독자들에겐 여전히 더 많은 입구와 출구가 열려 있을 것이다.

2

　가령 젠트리피케이션(gentrification) 이슈로 주목받았던 한남동 테이크
아웃드로잉에서 낭독(2016.4.28.)된 「자두나무 아래 잠든 사람」은 눈으로만
따라 읽는 경우 얼마간 늘어진다는 느낌을 받게 될 정도로 현장에서의 전
달력이 충실히 고려되어 있다. 자연히 주석은 설 자리가 없을뿐더러 읽는
속도의 완급이나 강세의 고저에 따른 의미의 진폭도 적정 범위 내에서 통
제되고 있다. 간단히 말해 메시지의 선명함이 상대적으로 문면에 두드러
진 작품인 셈이다. 지금까지의 시세계에서 이탈한, 이른바 '현장시'가 예
외적으로 끼어든 것일까? 일부를 옮겨본다.

　　눈이 와
　　자두나무 아래 잠든 사람이 있었다

　　(…)

　　눈이 와
　　그 사람은 꿈을 꾸었다

　　(…)

　　눈이 와
　　꿈은 낡은 여행가방 같고 수면에 뜬 운동화 같고 그슬린 개털 같고

　　눈이 와
　　꿈은 말해지지 않는 역사 같고 숨어버린 진실 같고 구전되지 않는 평화

같았다

　45연에 걸쳐 진행되는 이 시의 외피는 일단 인과의 연쇄다. 마지막 두 연에서 변주("밤이 와" "아침이 와")가 일어나긴 하지만 "눈이 와"라는 첫 행이 매 연마다 반복되면서 다음 행에 진술되는 모종의 '결과'들을 낳는다. 17연 2행의 "늙은 농부의 발자국 위에 탄부의 아들이었던 이의 발자국 위에 노래하는 고아의 발자국 위에 주먹을 쥔 환경미화원들의 발자국 위에 알바천국에 빚붙은 아이들의 발자국 위에 용역 깡패들의 발자국 위에 낭독회에 가는 이들의 발자국 위에 불이 켜졌다"에서 알 수 있듯 "눈이 와"라는 원인이 낳은 결과들은 내용적으론 개인사의 내밀한 기억과 사회사의 해소되지 못한 갈등들을 지시하며 켜켜이 얽혀 있고 스타일상으론 로르까(Federico García Lorca)의 「이그나시오 산체스 메히아스의 죽음을 애도하며」(1934)나 엘뤼아르(Paul Éluard)의 「자유」(1942)를 연상시키는 리듬과 톤에 접속해 있다. 바로 그렇기 때문에 김지하(金芝河)와 김남주(金南柱)의 어떤 작품들이 연상되기도 하는데, 이를 두고 주석이 사라졌다고 말하는 대신 본문 텍스트 안으로 스며든 것이라고 하면 어떨까. 문학작품 일반의 상호텍스트성으로 설명하면 될 것을 굳이 분별해 '주석의 내화'로 특정한 이유는 마치 두편의 시가 같은 장소에서 동시에 울리는 듯한 이 시의 이중공명 효과를 초점화하기 위해서이다. 앞서 말한 원인(각 연의 첫 행들)과 결과(각 연의 둘째 행들)가 인과관계의 필연성 안에서 위계화된다기보다 제가끔 일정한 자립성을 지닌 채 상호작용하고 있다는 점에서 이 시는 대위법적이라고도 할 수 있는데, 예를 들어 "눈이 와/조국과 민족의 무궁한 영광을 위하여, 그런 구호들이 유령처럼 떠돌고 먹고살던 이들이 하나둘 사라졌다" 같은 대목에서도 "눈이 와(와서/왔기 때문에 — 인용자)"와 구호들이 떠돌고 사람들이 사라지는 일 사이에는 문법적 외형과 달리 의미상으로는 이렇다 할 연관이 거의 없기 때문이다. 게다가 "눈이 와"는 방금처럼 '눈이 와서' 또는 '눈이 왔기 때문에'라고 읽을 수도 있지만 그저 눈이 온다는 사실을 적시한 평서문으로도 읽을 여지가 있다. 요컨대 이 시의 각 연 첫 행들과 두번째 행들은 서로가 서로의 주석처럼 작용하며 상대의 시적 울림을 증폭시켜준다.

상호텍스트성이 화성학적 용광로라면 주석의 내화는 대위법적 샐러드볼에 가깝다. 물론 이 둘 사이가 칼로 자른 듯 날카롭게 구분되지는 않겠지만 전자가 요소들 간의 위계를 바탕으로 하나의 주제를 향해 수렴되는 편이라면 후자는 각각의 요소들이 수평적으로 공존하며 서로에게 반응하는 대화적 성격을 띤다고 할 수는 있겠다. 그러고 보면 김현의 시에서는 주석이 문면에 드러나 있는 경우에도 둘 사이의 주종관계를 단정하기 어려울 때가 많다. 완전히 벌어지지도, 그렇다고 아예 지워지지도 않는 불가피한 공존의 간격에서 '동행'이 가능해진다.[3] 복잡하게 설명할 것도 없이 그것은 서로 구분되는 둘 이상의 존재가 같은 방향으로 나아가는 것을 뜻한다. 부연을 위해 연전에 발표된 다른 작품 한편을 더 읽어보기로 한다. 「눈앞에서 시간은 사라지고 그때 우리의 얼굴은 얇고 투명해져서」(이하 「눈앞에서」)라는 긴 제목의 작품으로 아래는 그 일부다.

> 두 사람이 걸어가는 것이다
> 그런 곳에서는
>
> (…)

---

3 예를 들면, 주석에 시작 노트에 가까운 산문을 배치한 「노부부」를 참고할 수도 있겠다. 늙은 게이 커플의 해변 산책을 그리면서 시간의 문제를 사색한 이 시의 본문은 "시간을 손에 쥐고/해변을 걷는다//시간의 오래된 내부는/단단하고 반짝인다//노부부를 따라/노부부의 발자국이 해변을 걸어간다//그런 걸 보는 것이다/여름 해변에서는"으로 시작되며 주석에는 본문의 화자이기도 할 '그'를 등장시키며("그는 혼자다. 그는 바다를 향해 있다.") 간격을 둔 동행의 이미지를 형식과 내용으로 분리해 제시하고 있다.

눈은 내리고
어둠 속에서 촛불 앞에 발가락을 모으고
두 사람은 두 사람밖에 보지 못하지만
끝없이 같은 곳을 바라본 후에
안도의 한숨을 내쉬고
그렇게 빤한 인생사를 시작했을 것이다

(…)

아무것도 없는 쪽을 보아서
슬픔에 눈을 뜨는 사람이 있고
그런 사람 때문에 탄생해
이쪽에 서 있게 되는 사람에 대하여

약속하지
남자는 말하고
약속할게
여자는 말하고
두 사람은 창문을 두 사람에게로 옮겨 왔을 것이다

그 깨지기 쉬운 것을

"이것이 부모의 사랑 이야기이고/부모에게서 만들어진 이의 사랑 이야기"라는 다음 연에서 이 시가 무엇에 대해 말하려고 하는지는 이미 뚜렷하게 제시된다. 따라서 문제는 주제 이전이나 이후가 될 텐데 여기서도 수직적 인과율("아무것도 없는 쪽을 보아서/슬픔에 눈을 뜨는 사람이 있고/그런 사람 때문에 탄생해/이쪽에 서 있게 되는 사람")의 힘은 이완되어 차츰 수평적 공존("두 사람이 걸어가는 것" "두 사람은 창문을 두 사람에게로 옮겨 왔을 것")의 이미지로 옮겨 간다. 남자와 여자의 출분과 그로 인해 태어난 화자의 시간이 다를 수밖에 없음에도 그들을 하나의 시적 현재에 놓아둠으로써 발생하는 효과 또한 마찬가지 맥락이다. 원인과 결과 사이의 순차에 따른 주종관계가 상당한 정도로 약화되고 있다는 뜻이기도 한데, 이렇게 시공의 제약에서 자유로워진다면 「어떤 이름이 다른 이름을」이라는 또 한편의 근작에서처럼 제2차세계대전의 패전국 독일에서 자행된 연합군 소속 병사들의 패륜 범죄와 제주 4·3항쟁 피해자의 이야기와 대통령 재임 당시 박근혜(朴槿惠)씨의 연설을 한자리에 몽따주하며 틈틈이 자기 목소리를 새겨넣는 것도 하나 어색할 게 없다.[4] 겉으로 무관해 보이는 둘 이상의 사건을 병치하거나 "두 사람이 걸어가는 것"(「눈앞에서」)에 개재하는 어쩔 수 없는 간격은 한편으론 서로를 구분해주고 다른 한편으론 끝내 떨어지지는 못하게 묶어주는 매듭 역할을 한다. 이러한 간격의 양가성이 행과 행, 연과 연, 주석과 본문 사이의 절합(節合)에서 오는 긴장 — 왜냐하면 그것은 "깨지기 쉬운 것"이기 때문에 — 을 만들고 그것들의 연쇄가 김현 시세계의 아슬아슬한 리듬을 조형하는 것이다.

---

4 독일에서 행해진 연합군의 범죄 행적은 본문에, 화자가 라디오에서 제주 4·3항쟁 피해자의 이름을 듣는 것과 전 대통령의 연설을 따와 이름이 지워진 존재들에 대해 환기하는 장면은 두개의 주석에 나뉘어 들어가 있다. 라디오를 켜놓은 채 독서 중인 상황을 그렸다고도 유추할 수 있지만 시간과 공간의 이쪽저쪽이 명확히 구분되어 대조를 이루면서도 책 또는 라디오 같은 매개를 통해 '망각된 이름' 일반의 문제를 근사하게 환기한 작품이다. 두번째 주석의 첫 문장을 남겨둔다. "이름. 우리는 언제 지워지지 않을 수 있나요?"

3

그러므로 김현의 시가 '다른 시'를 지향해왔다는 전제가 유효하다면 그 '다름'의 핵심은 하위문화나 다른 예술장르의 텍스트들, 그리고 주석 같은 의장들을 적극적으로 활용한 데에 있다기보다 방금 설명한 바와 같은―복수의 시편이 한 장소에서 동시에 울리는―시적 긴장과 리듬의 독특한 조형방식에 있다고 할 수 있다. 작품의 외관을 구성하는 의장들은 어디까지나 소도구일 뿐이어서 그때그때의 필요에 따라 얼마든지 탈착이 가능하며 적어도 겉보기에는 통상적인 서정시에 가까운 작품도 아예 없지는 않다는 점 또한 참작할 만하다. 그런데 다른 한편으로 우리는 그의 시가 좀더 '다르게' 달라지고 있는 중인지 모른다는 조심스런 관찰 결과를 내놓기도 했다. 어떤 의미에서 각각의 시적 요소들이 상대적 자립성을 유지하며 서로 조응한다는 것은 소위 미래파의 등장 이후 저마다 '다른 시'를 추구했던 젊은 시인들에게서 고루 나타나는 면모이기도 한 만큼 그의 시가 지닌 고유함을 충분히 묘사하기엔 조금 헐거운 감이 있는 것도 사실이다. 그의 '다름'은 어떻게 다를까? 우선 다음과 같이 단순화해보는 것도 나쁘진 않겠다. 일단의 '다른 시'들이 시적 주체의 복수화에 초점을 둔다면[5] 김현의 '다른 시'는 분절된 시편들 간의 동행과 대화를 우선시한다. 이제 「형들의 사랑」을 읽어볼 차례다.

5 여기에 관해서는 신형철 「2000년대 시의 유산과 그 상속자들: 2010년대의 시를 읽는 하나의 시각」(『창작과비평』 2013년 봄호)의 정리가 명쾌하다. "2000년대의 어떤 시인들 덕분에 한국시는 '시인(1인칭)의 내면 고백으로서의 시'라는 일면적이면서도 지배적인 통념으로부터 완전히 자유로워졌다. 이제 시는 누구도 될 수 있고 무엇이건 말할 수 있다. 이런 시들로는 시인의 퍼스낼리티를 짐작하기 어렵다. 이것은 일종의 위조 신분증이다. 위조 신분증이 있으면 많은 일을 할 수 있다. 누군가에게는 혼란이었겠지만 다른 누군가에게는 축제였을 것이다."(365면) 신형철이 염두에 둔 "어떤 시인들"은 김행숙과 황병승이다. 그러나 이 글이 전제하고 있는 것처럼 그들이 남긴 시적 유산이 무엇이었는지는 그 상속자들의 시세계를 평가하는 과정에서 충분히 조정될 여지가 있다.

그들은 서로를 사랑하지 않습니다
죽은 생선을 구워 먹고
살아남기도 하는 사이니까요

허나
형들의 사랑을 사랑이 아니라고 말하지 말아요

그들의 인생이 또한
겨울이 오면 눈사람을 만들고
눈싸움을 하는 것이며

그들의 인생이 또한
영혼의 궁둥이에 붙은 낙엽을 떼어주는 것이며

그들의 인생이 또한
자식새끼 키워봤자 아무짝에도 쓸모없다
속 깊은 것이기 때문이지요

하느님
형들의 사랑을 보세요

전문 66행에 이르는 「형들의 사랑」 첫 6연이다. 복잡하게 고려된 구조
와 장치들로 인해 의미 파악이 지체되곤 했던 첫 시집을 염두에 둘 때 이
작품의 상대적 투명함은 약간 낯선 느낌을 줄 정도이다. 내밀한 기억의
환기를 바탕으로 한 비애나 슬픔의 폭도 현저히 줄어 있을뿐더러 풍자

나 반어를 지닌 유머의 구사가 한결 앞으로 나와 있는 점도 주목된다. 물론 그러한 변화가 이 작품에 와서 느닷없이 이루어진 것은 아니지만 데뷔 무렵의 작품들을 떠올린다면 차이가 두드러지는 것만은 사실이다. 특히 주의할 부분은 어조다. 이 작품의 '~습니다'체는 대상을 상정한 직접 말하기의 방식인데 그 자체가 새로울 것은 없더라도 김현 시의 이력에서나 「형들의 사랑」이라는 해당 작품에서의 위상은 조금 특별한 데가 있다. "점심에 하기 싫으면 저녁 먹고 하자/당신에게 말하고 노래하며/살구를 씻었습니다/기다려 내 몸을 둘러싼 안개 헤치고/투명한 모습으로 네 앞에 설 때까지/살구를 깨물고/상자 속에서 튀어나온 아내라는 시를 윤문하였습니다/여름비 잠시 멈춤/어제 본 아내의 내면은 주먹과 보자기/아내는 미나릿과에 속하는 얼굴로 창가에 앉아 담배를 피웠습니다"로 이어지는 다음 연만 보더라도 이 시가 모종의 호소이자 일상의 기록이며 동시에 내면의 고백이기도 하다는 점이 여실해지는데, 바로 그렇게 중첩된 파동들(어른 목소리 같기도 하고 어린아이 또는 조숙한 소년의 그것 같기도 한)을 실어 나르는 데 있어 '~습니다'체의 이바지는 결정적이다. 숨김과 드러냄이라는 시적 구조 일반의 차원을 적용하면 그것은 숨김에서 드러냄으로의 초점 이동이라고 할 수 있고 화법의 차원에서라면 독백에서 대화로의 이동이라 할 수도 있겠다. 왜 이런 가시성의 증폭이 일어나야 했는가는 뒤따르는 대목들에 풍부히 암시되어 있다.

    그들은 21세기
    그들은 조선시대에 있습니다
    숯불을 사용하고
    돼지고기를 익혀 먹고
    푸른 군락이라는 방식에 엎드려 있고
    그런 생활사 속에서

헛수고를 물리치고

각자의 이불 속에서

역사적인 순간에 대하여 생각합니다

물러나십시오

광화문에서, 금남로에서, LA 한인타운에서

옆사람의 꿈나라

우리들의 천국

주저앉고 싶은 유혹도 많지만

존경과 사랑을 담아

등을 돌리고

들어봐

아내가 믿는 하느님의 나라는

미나리 한 상자

    서로 다른 목소리들의 오버랩 가운데 문득 "들어봐"가 놓여 있다. 그것은 이해받지 못한 이들이 스스로를 변호하고 주장하기 시작할 때 내놓는 첫마디일 것이다. 거기에 설득을 위한 지난한 절차들이 이미 각오되어 있음은 두말할 나위 없다. "그들은 서로를 사회합니다/겨울은 촛불잔치/영혼의 대자보는 떨어져나가도/없는 자식인 셈 치고/시간을 설득합니다/안개를 헤치고 먹고사는 노부모처럼/또한 그들의 투쟁이/살구 한알에서부터 시작되고요". 따라서 이 시는 모순의 역사("21세기" "조선시대")와 부정한 권력("물러나십시오"), 소수자("형들의 사랑")에 대한 뿌리 깊은 편견의 시간들에 맞서 "아내가 믿는 하느님의 나라"를 건설하려는 나지막하지만 당당한 투쟁선언이기도 한 셈이다. 물론 그 작은 나라는 '천년왕국'의 비장하고 숭고한 무엇 대신 살구 한알과 미나리 한 상자, 오래된 유행가와[6] 90년대 TV드라마 따위를 아랫배 나오고 머리숱 줄어드는 일상의 시간 속에 섬기는 '사랑'의 나라다. "형들의 사랑"을 부인해왔을 '낡은 신'이 빠져나간 자리에 새로운 신은 유행가처럼 평범한 얼굴로, 그러나 안개를 헤치며 더디게 온다. 그러한 전환을 가능하게 만들어준 배경에 촛불혁명 즉 "겨울은 촛불잔치"가 있다는 사실을 부정할 사람은 거의 없을 것이다. 분절된 시편들 간의 동행과 대화라는 시적 차원의 지향을 그와 꼭 닮은 사회적 내용 ── 촛불혁명의 창의적 광장민주주의 ── 과 마주쳐 울리게 함으로써, 이 시는 문학과 정치가 같은 중심을 향해 나란히 눈을 뜨는, 혁명적 감수성 또는 감수성 혁명의 새로운 경개(景槪)를 여는 중이다.

4

김현의 시세계에 관한 한 그 형식적 특징과 사회적 내용 사이에 위계를 설정하기 어렵다는 점에서, 그리고 시와 사회가 자립성을 지닌 채 수평적으로 상호작용하고 있다는 점에서 앞서 말한 대위법적 긴장은 시 바깥으로도 확장 적용될 가능성이 있을 것이다. 그렇다면 일정한 간격을 사이에 둔 문학과 정치가 함께 바라보는 '같은 중심'이란 무엇일까? "허나/형들의 사랑을 사랑이 아니라고 말하지 말아요"라는 이 시 마지막 연의 차분하지만 힘있는 요청이 가리키는 것처럼 '이질성들 사이의 자유롭고 평화로운 공존' 이상으로 그것을 잘 설명할 방법은 아직 없는 듯하다. 다만 지금까지의 논의에 기대어 문학과 정치의 관계에 대한 오랜 논쟁에 다른 이야기를 하나쯤 보탤 수는 있겠다. 문학과 정치가 근원에서 일치하느냐 아

6 이 시의 7연에서부터 이주원의 노래 「아껴둔 사랑을 위해」(1992)가 섞여 나온다. "기다려 내 몸을 둘러싼 안개 헤치고/투명한 모습으로 네 앞에서 설 때까지"와 같은 행들은 가사를 그대로 옮긴 것이다. 드라마 「우리들의 천국」(1990~94) 주제가.

니면 서로에 대해 자율적이냐의 대립을 조금 비껴난 자리에서 그것은 이른바 문정동심(文政同心)의 차원을 생각하게 해주기 때문이다.[7] 이는 문학과 정치의 몸은 각각이지만 마음은 하나라는 뜻이거니와 양자가 별개로 분리된 존재임을 부정하지 않으면서도 '이질성들 사이의 자유롭고 평화로운 공존'이라는 공동의 비전을 따라 양자의 동행을 가능하게 해주는 개념이다. 그러한 동행의 기초는 무엇보다도 양자 사이의 수평적 협업과 상호진화이며, 그 진전 가운데서 문학이 정치에 투항하는 정치주의나 그 반대인 탈정치주의의 공간은 점차로 소멸되는 것이다. 조심스럽게나마 우리가 '김현의 시대'를 말하고 상상해볼 수 있다면 아마도 그런 의미에서가 아닐까.

우리 노를 저어 가요
넓은 바다로
두려움 없는 곳으로

─「두려움 없는 사랑」 부분

---

7 원불교 정산(鼎山)종사의 정교동심(政敎同心)론을 빌린 얘기다. 정교동심론에 대한 해석으로는 백낙청 「변혁적 중도주의와 소태산의 개벽사상」, 『문명의 대전환과 후천개벽』(모시는사람들 2016) 참조. 핵심적 발언 일부를 옮긴다. "정교가 동심이라고 할 때는, 몸은 각각인데 마음은 하나라고 할 때 우리가 동심이라는 말을 쓰곤 하지요. 마찬가지로 정교동심은 일단 정치권력과 종교의 분리를 전제로 하고, 그런 점에서 옛날의 제정일치 체제가 아니고 오히려 근대 민주주의의 하나의 요건이라 되어 있는 정교분리를 인정합니다. 그러나 정치와 종교가 따로따로 놀고 마는 게 아니라, 그것이 한마음이 될 수 있도록 정치는 정치대로 종교는 종교대로 끊임없이 노력을 해야 한다는 가르침인 것입니다. (…) 그래서 제가 보건대 '정교동심'이야말로 인류 역사가 제정일치 시대를 넘어 정교분리의 원칙을 획득한 데서 또 한발짝 더 나아가는 다음 단계의 논리일 수 있다고 생각합니다. 결코 순응주의의 가르침일 수 없지요"(260~61면).

그가 내민 손을 잡고 더 멀리 가볼지 말지는 각자의 몫이지만, 조금 더 다른 세상은 늘 그렇게 왔고 또 올 것이다.

리얼리티 재장전

◆

다른 민중, 새로운 현실 그리고 '한국문학'

'민중적인 것'의 귀환

영어의 '피플'(people)에 상응하는 우리말로는 인간, 사람 같은 일상어 외에도 인민이나 민중이 떠오르고 경우에 따라서는 주민, 시민, 국민, 대중을 선택할 수도 있다. 이 말들 사이에는 이미 오래전부터 두터운 교집합이 형성되어 있지만 함의와 강조점, 놓여 있는 지평은 조금씩 다르다. 그러나 제각각의 내력을 지닌 수많은 '피플'들 가운데서도 오늘날 한국문학의 실상과 사회현실의 연관을 새로운 수준에서 재구성하고자 한다면, 더욱이 점증하는 사회적 불안과 정치적 무력감에 휩쓸리지 않는 문학적 실천을 도모하는 경우라면 '민중' 개념의 상대적 효용성과 불가피성에 새삼 주목할 수밖에 없을 것이다.

국민국가의 주권자이자 통치대상으로서의 국민은 물론이려니와 권리와 책임, 자격의 문제와 결부되곤 하는 '시민'은 다중(multitude), 하위자(subaltern), 소수자(minority) 그리고 난민(refugee) 등 달라진 현실을 반영하는 새로운 내포들과 구별된다는 점에서 쓰임새에 제약이 있다. 여기서 몰주체적인 어감을 지닌 군중이나 소비자로서의 대중을 논외로 하면 그나마 '인민'이 남지만 그 내부의 인간중심적 한계 말고도 분단 이후 한반도 남쪽의 언어생활에서 사실상 사상된 용어라는 점이 걸림돌이다.

그에 비해 1970~80년대의 반독재 저항운동에 의해 활성화된 '민중'은 민주화와 대중소비사회의 약진으로 세를 잃긴 했지만, 한반도 근현대사에서 내발적으로 성장한 변혁주체로서의 상징성을 여전히 지닌 개념이다. 나아가 처음부터 분석적 개념이 아니었기 때문에 세계 도처에서 가시성을 확장해가고 있는 현실적 존재들, 그러니까 소수자와 난민 같은 시민성의 타자들과도 상대적으로 접속이 용이하다. 민주주의 사회의 정치적 주체인 '민(民)'과 중생이라는 용례에서 보듯 생명을 지닌 모든 존재로서 '중(衆)'의 결합으로도 파악할 수 있는 민중은 "그 밑바닥에 인간만이 아니라 동식물 생태계 전체와 소위 이제까지 서양인들이 '유기물'에 대척적인 '무기물'이라고 불러온 산맥·바위·공기·물·흙·바람까지도 하나로 보는 시각"[1]까지 열어줄 수 있어 피플과 피플 너머가 맺는 관계를 총체적으로 재현하는 데 유리할 뿐 아니라 예술적 상상력의 근원에 관련해서도 풍부한 암시를 제공한다. 계급과 성별, 인종과 국적의 어느 하나만으로는 설명이 불충분해지는 복수의 사회·문화 현상들을 통합적 시야로 포착할 필요가 있다면 민중담론을 리부트(reboot)할 이유는 충분한 듯하다.

따라서 여기서는 민중을 특정 계급 또는 "국민, 민족, 시민의 위상을 획득하는 데 실패한"[2] 이들로 한정하지 않는다. "국민, 민족, 시민"도 계급과 마찬가지로 민중이 가시화되는 국면의 일부라고 보기 때문이다. 사실 민

---

1 김지하 「생명의 담지자인 민중」(1984), 『생명』, 솔 1992, 83면. 이러한 민중 개념은 동학 (東學)을 위시한 우리 근대종교·사상사에서는 이미 낯선 것이 아니다.
2 김진호 「격노 사회와 '사회적 영성'」, 『사회적 영성: 세월호 이후에도 '삶'은 가능한가』, 현암사 2014, 231면. 민중신학은 마가복음의 용례를 따라 이러한 존재들을 '오클로스' (ochlos)라고 불러왔다.

중은 "'소수의 지도자 또는 지배자가 아닌 다수의 국민' 정도로만 풀이해 놓으면 그 이상의 정의가 필요없이 된다."[3] 다시 말해 민중은 거주지나 계급 또는 성차 등에 따라 정체성과 이해관계를 달리하는 단위 공동체가 아니며 그렇다고 그중 몇몇의 연합으로 구성되는 것도 아닐 것이다. 그것은 차라리 특정 공동체 또는 특정 공동체를 통어하고 있던 규범이나 제도, 코드, 정체성의 동요로부터 소환되곤 해왔다. 산업화로 농촌공동체가 빠르게 붕괴되어갔던 70년대에 민중 개념이 본격적으로 요청된 사실이나 생산자본주의체제가 소비자본주의로 넘어가는 고비에서 87년 6월항쟁과 7·8월 노동자대투쟁의 거대한 물줄기가 민중의 이름으로 분출한 것은 결코 우연이 아닐 것이다.

그러므로 흔히 생각하듯 민중은 마땅히 누려야 할 보편적 권리를 박탈당한 피해자만을 뜻하지 않는다. 현실의 모순에 각성한 자들이 집합적으로 일어서는 연대의 순간에 더욱 또렷이 가시화될 뿐 민중은 없다가 생겨나거나 있다가 사라지는 존재들도 아니다. 이미 규범화된 민중들 사이의 연대가 아니라 거꾸로 연대와 네트워크로서 출현하는 '민중적인 것'이 민중이라는 '이름'을 새삼 요청하는 것이다. 그리고 그러한 요청이 새롭고 강하게 일어나고 있는 지금 — 세월호참사 이후 거리와 광장을 메운 '가만히 있지 않겠다'는 선언들이 분명히 보여주듯 — 민중적 대전환의 움직임은 이미 시작되었다. 온갖 사회적 수단과 자원을 장악한 수구기득권 세력의 조직적 날조와 훼방에도 참사를 둘러싼 진실은 차츰 얼굴을 드러내고 있으며[4] 민주화의 성과를 깡그리 무화시키려는 치밀한 되감기(roll back) 전략[5]에 맞서 '유권자혁명'에 준하는 승리를 일구어낸 지난 총선

---

3 백낙청 「민중은 누구인가」(1979), 『민족문학과 세계문학1/인간해방의 논리를 찾아서 (합본)』, 창비 2011, 554면.
4 박래군 「감추려는 자가 범인이다: 세월호특조위 2차 청문회를 주목하는 이유」, 『창비주간논평』 2016.3.23.

(2016)의 결과 또한 그러한 대전환의 분명한 일부인 것이다. 문제는 당장의 속력이나 규모가 아닌 전환의 방향이며 그것을 좌우하는 핵심은 바로 우리들의 끈기와 자세다.

가시권 밖의 안부[6]

오늘의 문학에 대해 말하려는 이 글에서 민중 개념의 함의를 재구성하는 선행 절차가 필요했던 까닭은, 앞서 말한 민중적인 것이 눈앞에서 아주 사라진 듯 보일 때조차 저마다의 고유한 형식으로 그것을 감지 가능하게 만들 뿐 아니라 지속적 현재로 '생동'하게 하는 데 문학 특유의 능력과 역할이 있기 때문이다. 연대와 저항의 에너지가 분출하는 시기는 말할 것도 없거니와 그것이 저류로 잠복한 듯 보이는 어려운 시기일수록 그 잠재력을 발굴하고 가시화하는 문학의 역할은 더 커질 수밖에 없다. 문학은 이러한 힘에 감응함으로써 사회적 연대의 자원을 생산하고 보전하며 축적한다. 문학이 어디서 어떤 식으로든 지금 여기의 삶을 황폐하게 만드는 고통과 질곡에 맞서 더 나은 '다른 세상'을 만드는 사업에 참여할 수 있다면, 그 가능성 역시 문학이 지닌 그러한 능력에서 올 것이다. 흔히 말하는 문학의 정치성이나 사회성도 민중적인 것의 존재에 대한 신뢰와 문학의 힘에 대한 믿음을 떠나서는 공허한 관념에 떨어질 뿐이다. 최근 첫 시집을 펴낸 안희연(安姬燕)은 문학에 대한 이러한 믿음을 다음과 같이 간명하게 시화한 바 있다.

---

5 이남주 「수구의 '롤백 전략'과 시민사회의 '대전환' 기획」, 『창작과비평』 2016년 봄호 참조.
6 안희연의 시 「백색 공간」에서 따왔다. 시집 『너의 슬픔이 끼어들 때』, 창비 2015, 10면.

그러나 우리에겐 노래할 입이 있고
문을 그릴 수 있는 손이 있다
부끄러움이 만드는 길을 따라
서로를 물들이며 갈 수 있다

절벽이라고 한다면 갇혀 있다
언덕이라고 했기에 흐르는 것

먼 훗날 염색공은
우리를 떠올릴 것이다
우연히 그의 머릿속 전구가 켜지는 순간

그는 휴지통을 뒤적여 오래된 실패를 꺼낼 것이다
스스로 번져가던 무늬들
빛을 머금은 노래를[7]

　그러나 전지구적 자본주의 시대가 도래하고 민중·민족문학운동이 회
의의 대상이 된 이래 문학에 대한 이러한 믿음은 지속적 도전에 직면해왔
다. 우리 사회에서 연대의 감수성이 적잖이 유실되었음을 수세적으로 반
영하거나 거스를 수 없는 대세로 기정사실화하는 온갖 '종언론'과 그 변
종들이 서구의 탈근대 이론과 접속해 출현해왔음은 주지의 사실이다. 문

---

7 「기타는 총, 노래는 총알」 5~8연, 같은 책 141면. 선언하고 예고하는 진술문의 연쇄가
　언뜻 메시지의 강요로 받아들여질 위험이 없는 것은 아니지만 이 시에는 그것을 적절
　히 통어하는 이지적 균제력이 함께 작동하고 있다. 선언하고 나아가려는 힘과 (주관의
　과잉을 경계하는) 성찰적으로 붙드는 힘 사이의 팽팽한 긴장에 힘입어 이 시의 불안한
　듯 절실한 리듬이 만들어진다. 특히 "손이 있다" "갈 수 있다" 등의 선언이 모종의 두려
　움을 통과해 가까스로 내려진 확신의 표현이라는 점에 주목할 필요가 있다.

학의 무력함을 호소하는 많은 말들은 그 주관적 선의야 어떻든 자신들이 문제 삼는 바로 그 위기를 가속하는 데 봉사하기 마련이며, 그야말로 '다른 세상'에 대한 불신을 가중하는 자본주의 논리의 답습에 지나지 않는다.

역사의 고비마다 분출해 자신의 건재를 알렸던 저 민중적인 것의 존재가 엄연하다면 곁에서 그 잠재력을 보존하고 배양했던 우리 문학의 움직임 또한 일시적 후퇴와 정체가 있었을지언정 아예 중단된 적은 없었다. 이른바 87년체제, 분단체제, 자본주의 세계체제가 초래한 '3중 위기'의 심화 속에서 민중적인 것의 가시성이 커져가는 만큼 문학의 자리에서도 현실지향의 자의식이 증대되고 있음은 도처에서 꾸준히 감지된다. 수구보수연합의 재집권 시기에 촉발되어 용산참사(2009) 이후 더욱 활발하게 전개된 '문학과 정치' 논의나 밀양과 강정, 쌍용자동차와 한진중공업 사태 앞에서 젊은 시인·작가들이 보여준 직접적인 현실참여만을 염두에 두고 하는 말은 아니다. 변화는 훨씬 내밀한 지점에서도 시작되었다. 주로 '현실에서 내면으로의 이행'으로 평가되었던 '90년대 작가'들이 오히려 그러한 변화의 흐름을 뚜렷이 실감케 하고 있는 점은 주목할 만하다. 주인공 일가의 평균적 삶을 통해 우리 사회의 압축적 근대화 과정을 전에 없이 큰 스케일로 조감한 성석제(成碩濟)의 『투명인간』(창비 2014)이나 소년 동호의 죽음을 축으로 광주항쟁의 민중적 위엄을 살아 있는 현재로 복원해낸 한강(韓江)의 『소년이 온다』(창비 2014)는 '90년대 문학'의 현실지향적 전회를 증거하는 뚜렷한 성취다. 이렇게 우리 현대사의 결정적 마디들을 새롭게 조명해 현재화하고 그 의미를 다시 묻는 작업들은 이기호(李起昊)의 장편 『차남들의 세계사』(민음사 2014)와도 공명하는데, '투명인간' '소년' '차남' 등이 이미 '민중적인 것'의 빼어난 상징들일 것이다.

그에 더해 주목할 만한 현상이 이른바 왕년의 민중문학운동을 주도하던 작가들의 현장 복귀다. 『활화산』(세계 1990)의 작가 이인휘(李仁徽)가 8년여 침묵 끝에 중·단편 작업으로 돌아온 뒤 이내 소설집 『폐허를 보다』

(실천문학사 2016)를 펴낸 것도 놀랍지만, 소설집 『우리의 사랑은 들꽃처럼』 (풀빛 1992) 이후 활동이 뜸했던 「쇳물처럼」(1987)의 작가 정화진이 지난해 단편 「두리번거리다」(『황해문화』 2015년 가을호)로 20여년을 건너 작단에 복귀한 사실은 그 자체가 시대전환의 작은 징후로서 손색이 없다. 지난해 나란히 새 시집을 펴냄으로써 건재를 입증한 백무산(『폐허를 인양하다』, 창비)과 김해자(『집에 가자』, 삶창)는 예나 지금이나 민중시 계열의 든든한 버팀목인데,[8] 이들이 수행해온 그간의 분투가 외롭지 않았음을 앞선 두 작가의 복귀가 증명해준 셈이기도 하다. 또한 세월호참사에 감응한 젊은 시인·작가들을 주축으로 기존의 문학생산제도 바깥에서 창작과 현장낭독의 새로운 플랫폼이 된 '304낭독회'는 문단 안팎의 꾸준한 호응 속에 벌써 20개월 이상 활동을 지속함으로써 문학운동과 사회운동 양 측면에 신선한 자극이 되고 있다.[9] 민중적인 것을 비가시화하려는 체제의 압력이 거세질수록 우리 시대의 '투명인간'들에게 목소리와 얼굴을 되돌려주려는 시인·작가들의 간단없는 싸움은 이렇게 세대와 출신, 장르와 문학이념의 차이를 막론하고 다양하게 전개되고 있다. 문학의 자리에서도 대전환은 이미 시작된 셈이다.

---

8 백무산, 김해자의 최근 시집에 대해서는 황규관 「날갯짓과 쇠사슬 사이에서: 민중시의 현재와 미래」, 『창작과비평』 2016년 봄호 참조.

9 이에 대한 비교적 자상한 소개로는 「돌아오지 못한 이름을 하나하나 불러본다」, 『시사 IN』 448호, 2016.4.16. 참조. 본고의 주제와 관련하여 한 대목을 옮겨둔다. "현장의 경험이 작가의 몸을 통과하면서 작품에도 영향을 미쳤다. '그날' 이후 글쓰기의 무력함을 체감한 문인들이 많다. 안희연 시인도 그중 하나다. 낭독회에 참석해 읽고 쓰고 공유하는 과정을 경험하며 다시 글을 써나갈 수 있었다. '목소리로 발화되고, 청자가 있고, 쓴 글이 공유되는 걸 목격하면서 감정적으로 영향을 많이 받았다. 내가 생각하는 것보다 글이 그렇게 무력하지 않구나, 말하고 들어야 하는구나 하는 자의식이 생겼다.'"

앨리스들의 신원

하지만 누구라도 느끼고 있듯이 이 싸움은 어느 때보다 복잡한 양상을 띤다. 궁극적으로는 앞서 말한 3중 위기의 복합성 때문이겠지만, 그것이 초래하는 사회적 감수성 또는 공통감각의 동요로 우리 시대의 시인·작가들은 이중 삼중의 고투에 나설 수밖에 없게 되었다. 싸움의 어려움은 그것대로 감당하면서 '미래를 도모하는' 새로운 실험을 지속하고 있는 우리 문학의 현장은 따라서 해답의 옳고 그름보다 물음의 간절함과 진실함에 한층 집중하는 단계에 와 있는 듯하다. 그러한 작업을 가장 절실하게 수행하고 있는 작가의 한 사람으로 황정은을 꼽는 데 주저할 이유는 없다. 특히 그의 중편 『야만적인 앨리스씨』(문학동네 2013)는 성석제의 『투명인간』 못지않게 '민중적인 것'의 새로운 가시화에 의식적인 경우다.

『투명인간』이 너무나 많아서 구별이 어렵고 눈에 잘 띄지도 않게 된 평균적 존재들을 마주하고 있다면 『야만적인 앨리스씨』는 예외적이라 할 정도로 강렬하고 특수한 고통과 불행을 제시함으로써 예의 가시성의 지평을 확장하고 있다. 전자가 통시적 조망 아래 펼쳐지는 시간적 형식이라면 후자는 '內' '外' '再, 外'라는 각 장의 소제목이 암시하듯이 공간적 형식을 취하는데 그것은 작품의 주요 배경인 고모리를 비롯해 공간/장소에 대한 서술적 배려가 유독 두드러지는 것으로 나타난다. 이는 황정은 소설 일반의 특징이기도 하다.[10] 평균성이라는 선행 관념의 제약 때문에 작의가 실감에 우선하는 부분도 없지 않은 『투명인간』에 비해[11] 예외적 형상의 '앨

---

10 황정은에 관한 최근 논의로는 한기욱 「야만적인 나라의 황정은씨: 그 현재성의 예술에 대하여」, 『창작과비평』 2015년 봄호 참조.

11 가령 주인공 김만수가 노동운동에 연루되는 대목이나 끝에 가서 교통사고로 추락사하는 장면 등에서 그런 기미를 엿볼 수 있다. 그러나 주인공 김만수가 한 가족뿐 아니라 도시화와 산업화, 민주화의 여정 전체를 감당한 인물임에도 그의 생애를 집합적으로 축조하는 다초점화 방식을 택함으로써 과부하의 느낌은 덜 받게 한다는 데에 이 작

리시어'가 지니는 강점은 일종의 '새로운 현실'을 포착한다는 데 있다.

> 내 이름은 앨리시어, 여장 부랑자로 사거리에 서 있다.
> 그대는 어디까지 왔나. 그대를 찾아 머리를 기울여본다. (…) 앨리시어의
> 복장은 완벽하다. 재킷과 짧은 치마로 한 벌인 감색 정장을 입었고 비둘기
> 가슴처럼 빛깔도 감촉도 사랑스러운 스타킹을 신었다. 그대는 (…) 불시에
> 앨리시어의 냄새를 맡게 될 것이다. 담배에 불을 붙이다가 동전을 찾으려
> 고 주머니를 뒤지다가 숨을 들이쉬다가 거리에 떨어진 장갑을 줍다가 우산
> 을 펼치다가 농담에 웃다가 라테를 마시다가 복권 번호를 맞춰보다가 버스
> 정류장에서 무심코 고개를 돌리다가 앨리시어의 체취를 맡을 것이다. 그대
> 는 얼굴을 찡그린다. 불쾌해지는 것이다. 앨리시어는 이 불쾌함이 사랑스
> 럽다. (…) 앨리시어의 체취와 앨리시어의 복장으로 누구에게도 빼앗길 수
> 없는 앨리시어를 추구한다. (…) 그대의 재미와 안녕, 평안함에 앨리시어는
> 관심이 없다. 계속 그렇게 한다. (7~8면)

『야만적인 앨리스씨』의 도입부다. 누차 얘기되었듯이 이 작품은 의문
투성이이다. 일인칭인지 삼인칭인지 혼란을 주는 앨리시어의 존재가 우
선 그렇지만 그가 제목의 앨리스씨와 동일 인물인지 아닌지부터 석연치
않다. 게다가 "그대는 어디까지 왔나"의 '그대'는 누구인가?

그러나 달리 생각해보면 우리가 공유하거나 공유한다고 간주하는 모
종의 식별체계가 이러한 의문을 만들어내는지 모른다는 심증을 갖게 되
기도 한다. 안[內]과 밖[外]의 구분으로 이루어진 각 장의 제목이 '다시,
밖[再, 外]'이라는 의외의 구획 개념에 도달하는 데서도 암시되듯이 앨리
시어의 존재는 기성 식별체계를 환기하면서 균열을 자극하는 면이 있다.

품이 주는 놀라움이 있다.

"여장 부랑자"란 설명만 해도 그렇다. 차림새는 여성이지만 실제 여성은 아닌 경우에 붙이는 수식이 여장이라고 할 때 앨리시어가 적어도 통념상의 여성은 아니라는 점이 분명해지지만──본문의 이야기도 이를 뒷받침한다──여장을 성적 지향의 표현으로 받아들이는 경우에는 달리 생각할 여지도 없지 않다. 따라서 그의 정체나 지향은 함부로 단정하기 어려운데 그렇다고 그러한 식별 자체의 근원적 불가능성을 주장하는 것 같지도 않다. 앨리시어는 아마도 그 자신이 기성 식별체계의 산물인 동시에 새로운 식별체계를 요청하는 존재일 것이다.

이로부터 여러 의문이 풀릴 여지가 생긴다. 앨리시어의 등장은 기성 식별체계가 초래한 여러 현실적 존재들의 고통을 두루 상기시킨다. 고모리에서의 폭력 아래 성장한 앨리시어의 삶은 고통이라는 말만으로는 설명이 부족할 지경이다. 따라서 기성 식별체계에 포섭된 공동체와 새로운 식별체계를 요청하는 존재들 중 어느 쪽이 '야만'에 해당하는지는 자명해진다. 단정하긴 어렵지만 제목의 '야만적인 앨리스씨'는 앨리시어와 동일한 존재가 아닐 것이다. 앨리시어의 입장에 설 때 '그대'들은 '이상한 나라의 앨리스'처럼 낯설고 불가해할 뿐 아니라 야만적이기까지 한 존재들이라는 해석도 가능하지 않을까. 앨리시어를 스쳐가는 수많은 '그대'들이 정지화면에 포착된 사물들처럼 건조하게 서술된 데서 그러한 느낌은 강화된다.

그렇다면 '그대'와 앨리시어는 영원히 서로를 배제할 수밖에 없는 관계일까. 그럴 리는 없다. 오히려 앨리시어는 그대를 기다리고 있기도 하다. "재미와 안녕, 평안함"에 포섭된 그대들 가운데는 끝내 "이것을 기록할 단 한 사람"(162면)이 될 그대도 포함되어 있기 때문이다. 그리고 여기서의 "단 한사람"이 글자 그대로의 단 한 사람만이 아니라 '자신의 자신됨', 그러니까 개체성을 유일한 식별체계로 받아들인 존재를 말하는 것이라면 "단 한사람"으로서의 '그대'야말로 공동체를 통어하고 있던 규범이나 정체성의 동요로부터 가시화되는 '민중적인 것'의 탁월한 형상화일 수 있다. 여기서의 기록이 무엇을 보존하는 기록인지는 긴 설명이 필요 없겠지만 그럼에도 의문이 풀리지 않는 대목은 "앨리시어는 이 불쾌함이 사랑스럽다"라는 문장의 의미다. 이를 해명하기 위해 한편의 시를 경유할 수밖에 없겠다.

'야만적인' 기성 식별체계의 폭력성에 대한 진지한 탐문이자 예의 '새로운 현실'의 시적 형상화 사례로는 김현의 『글로리홀』(문학과지성사 2014)도 주목할 만하다. 여러 시편들 중에서도 어느 게이 소년의 실연담을 소재로 한 「늙은 베이비 호모」는 사랑에 관한 소수자적 감수성의 독특한 깊이를 보여준다. 그것은 물론 기성 식별체계 아래서 잘 보이지 않았거나 흐릿했던 무엇이다.

자줏빛 비가 내리는 여름의 텅 빈 교실에서 처음으로 감정을 빨았네. 어금니를 깨물고 축구화를 구겨 신은 거무튀튀한 감정이었지. 무릎을 꿇은 창밖으로 시간의 좀들은 하얗게 피어오르고.

일렬횡대로 젖은 운동장을 행군해오는 두꺼비 떼의 구령에 맞춰, 녀석은 힘껏 달렸네. 나는 녀석의 반짝이는 드리블을 떠올렸지. 골을 넣을 때마다 퍽을 내뱉던 녀석의 입술은 퍽 신비로웠어. 침으로 범벅이 된 감정은 부드럽고 미끄덩하고.

곧 줄줄 흘러내렸네. 감정의 불알을 감추고, 녀석은 황량하고 사랑스러운 발길질로 나를 걷어찼지. 유리창 안에서 시간에 좀먹은 내가 늙은 신부처럼 나를 나처럼 바라볼 때. 녀석은 똥 묻은 팬티를 끌어올리고 사라지고 아름답고. 나는 면사포처럼 속삭였어. 안녕.

그리고 녀석들을 본 사람은 없네. 아무도. 그래, 아무도.

엉클스버거 냅킨으로 홈타운의 케첩을 닦아내던 우리는 왜 서둘러 늙었을까. 소시지 컬 가발을 쓰고 썩은 맥주를 마시는 오래된 밤. 나는 알 수 없이 노래하네. 카운트다운이 끝나기도 전에 소년의 궤도 밖으로 로켓을 쏘아 올린 녀석들을 위하여. 안녕, 지금도 축구화를 구겨 신고 자줏빛 여름에게서 도망치고 있을 글로리홀의 누런 뻐드렁니 호모들의 감정을 위하여. 그리고 건배.[12]

산문적으로 펼쳐진 듯하지만 비슷한 자질의 어미들을 반복하거나 조금씩 순서를 뒤바꿈으로써 리듬의 단조로움을 회피하며 전체적으로 부드럽지만 생생한 현재성의 호흡을 만들어내고 있다. 이 시는 하나의 완결된 후일담으로 이루어져 있는데 이야기의 내용은 아프기 이를 데 없다. 자신의 성적 지향에 눈뜬 소년 '나'가 있고 '나'가 사랑하는 다른 소년인 '녀석'이 있다. "비가 내리는 여름의 텅 빈 교실에서 처음으로" 나는 녀석의 성기를 입에 문다. 나에게는 명백한 사랑의 행위이지만 녀석은 어쩐지 "어금니를 깨물고" 있다. 거기엔 사춘기적 동요와 혼란이 있고 시선에 대한 공포와 숨 가쁜 충동이 동거하고 있다. 이 아슬아슬한 긴장과 열기의 시간을 서서히 잠식해 들어오듯 유리창은 부옇게 흐려오고 이윽고 그 찰나의 끝에서 녀석의 "황량하고 사랑스러운 발길질"로 모든 것은 끝난다.

그런데 이미 "나는 면사포처럼 속삭였어. 안녕."이라는 문장이 말해주듯이 나는 자신을 예식장에 홀로 남겨진 비운의 신부처럼 상상하면서도 모멸에 빠지지 않고 녀석의 아름다움을 재차 긍정하는 데까지 이르는데 그것은 어쩌면 나를 버리고 떠난 녀석과 함께 비참하게 버림받은 나 자신에게마저 "안녕"을 고함으로써 가능해진 일일 것이다. 그것은 『야만적인 앨리스씨』의 앨리시어가 자신의 체취를 맡고 불쾌해진 나머지 얼굴을 찡

---

12 이 시에 붙은 세개의 주석을 제외하고 본문 전체를 옮겼다.

그리는 '그대'들에 대해 "이 불쾌함이 사랑스럽다"고 말하는 맥락과 크게 다르지 않은 듯하다. 그것은 앨리시어와 '나'가 '그대' 또는 '녀석'이 끝내 속해 있길 원하는 세계의 "재미와 안녕, 평안함"에 거리를 둘 수밖에 없는 존재들이기 때문이다. 사랑이 기성 식별체계의 지배를 벗어나 있다면 사랑의 실패가 주는 좌절감이나 모멸감도 전혀 다른 형태를 띨 수밖에 없는 것이다. 다시 한번 물을 수밖에 없겠다. '녀석'이 도망쳐 들어간 세계와 '나'가 늙은 신부처럼 기다리고 있는 "자줏빛 여름", 둘 중 어느 쪽이 '야만'인가? 따라서 이해와 용서의 "자줏빛 비"[13]로 시작해 "지금도 축구화를 구겨 신고 자줏빛 여름에게서 도망치고 있을 글로리홀의 누런 뻐드렁니 호모들의 감정을 위하여" 축복의 건배를 올리며 끝나는 이 시는 에로스와 영성(靈性)을 함께 머금은 '새로운 감수성'의 발현이자 예의 '민중적인 것'의 생성에 기여하는 또 하나의 사례로 손색이 없을 것이다.

노동문학과 노동문학 이후

황정은의 소설과 김현의 시가 말하는 사랑은 '새로운 현실'을 가시화 하고 견인하는 힘을 내장하고 있지만, "그대는 어디까지 왔나"라는 물음 을 반복하거나 "나는 알 수 없이 노래하네"라고 고백할 수밖에 없었던 것 처럼 당면한 '낡은 현실'의 중력은 여전히 만만치 않다. 어쩌면 이 중력에 대한 역설적 존중을 잃지 않았다는 점이 이들의 성취를 더욱 빛나게 하는 지도 모른다. 그런데 이렇게 '낡은 현실'로부터 한발 비켜선 채 스스로가 질문이 됨으로써 거기에 균열을 내는 방식도 있지만 '낡은 현실'의 낡음

---

13 추정컨대 얼마 전 타계한 미국 가수 프린스(Prince Rogers Nelson)의 명곡 「퍼플 레인 (Purple Rain)」에서 온 모티프일 것이다. "자주색 비는 우리 모두를 용서하고 정화해주 는 세례수다." 투레 「가수 프린스의 '성스러운 욕망'」, 『중앙일보』 2016.5.4. 참조.

자체와 거의 아무런 매개 없이 대결하는 것도 가능하다. 그런 의미에서 이인휘의 소설집『폐허를 보다』는 이목을 집중시킨다. 이 소설집에는 다섯편의 중·단편이 실려 있는데 문제의식의 현재성과 성취 측면에서 먼저 눈에 들어오는 작품은「공장의 불빛」과「폐허를 보다」이다. 전자에 대해서는 한차례 해명을 시도한 바 있기 때문에[14] 여기서는 후자에 집중하기로 한다.

「폐허를 보다」는 IMF외환위기 사태로 촉발된 현대자동차 노조의 정리해고 반대투쟁(1998)을 소재의 밑변으로 삼고 그 위에 투쟁의 기억을 공유한 허구적 인물들의 인생유전을 쌓아올린 일종의 후일담소설이다. 작품은 어느 농촌지역의 소규모 냉동식품공장에 다니는 인물 정희가 울산의 거대한 자동차공장 굴뚝에 오르는 장면으로 시작한다. 남편을 여의고 홀로 자식을 키우며 살아가는 시골 마을의 비정규직 노동자 정희는 왜 그 굴뚝에 올라가야만 했을까?

정희의 남편 이해민은 87년 노동자대투쟁 이래 민주노조 건설에 헌신해온 강골의 노동운동가였지만 98년의 정리해고 반대투쟁이 회사 측의 구조조정안 일부를 수용하는 위원장 직권조인으로 사실상 패배에 이르자 "자동차 공장의 노동운동이 죽었다고 선언하듯"(308면) 그곳을 떠난 인물이다. 과거 그의 신념에 감복해 민주노조운동에 뛰어들었던 건달 출신의 칠성이 스스로 죽음을 택하고 뒤이어 이해민 또한 투병 끝에 죽음을 맞게 되는데, 사실 정희의 발심은 남편의 좌절이나 죽음을 통해서가 아니라 그 이후 냉동식품공장에서 직접 맞닥뜨린 해고 위협에서 비롯된다. 정희는 그때서야 비로소 해민을 엄습했던 환멸의 정체와 대면하게 되었던 것이다.

이 작품이 소재를 취한 현대자동차 노조의 98년 투쟁이 우리 노동운동

---

14 강경석「모더니즘의 잔해: 정지돈과 이인휘 겹쳐 읽기」,『문학과사회』2015년 가을호; 이 책 2부 참조.

사의 커다란 분기가 되었음은 널리 알려져 있다. 90년대 들어 이미 시민운동으로의 분화가 일어나고 각종 소수자운동들이 두각을 나타내기 시작했지만 전체 민중운동을 견인했던 노동운동의 상징성만큼은 이미 나타나기 시작한 내실의 위기에도 불구하고 어느정도 유지되었다고 할 수 있다. 이를 주도했던 것이 대공장의 조직노동이었음은 물론이려니와 98년의 타협 이후 정규직, 비정규직 노동의 급속한 분화와 더불어 전체 노동운동의 하강과 고립이 본격화되었던 것이다. 바로 이 고비에 직핍해 들어간 노동문학이 거의 눈에 띄지 않았던 사실이야말로 일종의 아이러니인데 노동문학의 쇠퇴가 노동운동의 쇠퇴를 선행했던 셈이다. 그 원인을 세밀히 따지는 작업은 여기서 감당하기 어렵지만 87년 이후 소비자본주의의 빠른 착근(着根)으로 노동자계층의 '신중산층화'와 같은 일종의 계급분화 현상이 지속되었고 그에 따라 계급감수성 자체에도 커다란 변화가 초래되었음은 충분히 고려해야 할 것이다. 그것은 현장 노동운동이 합법화, 제도화되는 것 이상으로 근원적인 수준의 변화인데 문학은 바로 그 근원에 관계하기 때문이다. 작품은 결말에 이르러 도입부의 굴뚝 장면으로 돌아온다. 물론 거기서 정희가 목격하는 것은 "자본의 세계에 태어나 자본이 가르쳐 준 세상만 보고"(318면) 죽을 수밖에 없는, 하나의 거대한 폐허다.

티끌 같은 희망이라도 잡고 싶어 굴뚝을 올라왔지만 황폐해져버린 인간의 삶이 눈에 가득했다. 정희는 절망으로 무너져 내리는 마음을 어찌지 못해 뒷걸음질 쳤다. 그러자 신기루처럼 장벽은 사라지고 광활한 초원이 울타리 밖으로 드넓게 펼쳐졌다. 눈부신 햇살, 드높은 하늘, 나무와 숲이 생명의 기운을 피워 올렸다. 온갖 생명체들이 자유롭게 뛰고 날아다니며 평화로웠다. 하지만 울타리 안 사람들은 울타리 밖으로 나가려고 하지 않았다. 그들은 자신의 삶이 울타리 안에 있다고 믿으면서 기를 쓰고 생존을 위해 발버둥치고 있었다. (319면)

여기서 보듯 이 작품에서 공장은 진정한 삶과 생명의 발현을 가로막는 제약들의 상징으로 등장하지만 역설적으로 삶과 생명의 기운이 가장 생동감 있게 피어나는 곳이기도 하다. 특히 핫도그와 감자떡을 만드는 공동작업 장면(273~74면)이 대표적인데 여기에는 육체노동의 반복이 가져온 고통만이 아니라 협업과 분업을 통한 동료들 간의 연대감과 노동 자체가 부여해주는 삶의 리듬 같은 것이 배어 있다. 이는 앞서 말한 낡은 현실에 속해 있기도 하고 그렇지 않기도 한 요소다. 그에 비해 인용문에 등장하는 '신기루처럼 광활한 초원'은 아직 막연한데 그것은 등장인물들에게 부여된 고통의 근원이었던 98년 투쟁 당시를 단순하게 처리한 데서 오는 예고된 결함일 것이다. 삶과 노동 자체가 주는 체험적 활기를 보기 드문 직접성으로 전달하고 있는 이 작품은 소재를 선택하는 문제의식이나 그것을 감당해내려는 진정성 면에서 뚜렷하게 빛나지만 다른 한편으론 우리 사회의 민중적 감수성에 닥쳐오기 시작한 더 큰 변화에 무심하다. 그래서 냉동식품공장의 또다른 동료들일 이주노동자들에겐 얼굴과 이름이 없고, 여성 등장인물들은 남성중심적 시각으로부터 아직 자유롭지 않다.

리얼리티: 세계를 인양하기

지금까지 '실감'이나 '현실'이라는 말로 까다롭고 말썽 많은 리얼리티(reality) 개념을 에둘러왔다. '민중적인 것'의 존재가 영영 사라진 듯 보일 때조차 저마다의 고유한 형식으로 그것을 감지 가능하게 만들 뿐 아니라 지속적 현재로 '생동'하게 하는 데 문학의 고유한 역할과 힘이 있다고 할 때, 감지 가능성과 생동성의 원천인 리얼리티는 어쩌면 가장 중요한 개념이다. 실은 있는 그대로의 삶 이외에 다른 뜻이 아닐 이 개념은 이론적으로나 철학적으로나 파고들수록 수렁에 빠지게 하는 측면이 있다. 통상적인 의미에서 비근한 느낌을 주는 사실적으로 핍진한 것(the verisimilar)과 리얼리티가 어떻게 겹치고 갈라지는지부터가 복잡한 문제일 수 있기 때문이다. 일단은 전자가 세부의 진실성이나 그럴듯함(개연성)과 두루 관계된 개념이라면 리얼리티는 그것을 포함하면서도 총체성 또는 총체적 진실성과 연결된 개념이라고 할 수 있는데, 총체적 진실을 구현함에 있어서도 사실적으로 핍진한 것의 중요성은 새삼 강조할 필요가 없느니만큼 이 둘은 애당초 서로 물고 물리는 습합(褶合)관계다.

그렇지만 우리가 문학작품의 리얼리티를 가늠하려고 할 때 우선적으로 고려할 사항이 당면 현실에 대한 존중의 개재 여부인 것만은 분명하다. 물론 그 존중이란 무비판적 수용이 아니라 앞서 황정은, 김현의 사례에서 살펴본 바와 같은 '사랑'에 근사한 무엇이며 "자본의 세계에 태어나 자본이 가르쳐준 세상만 보고 죽는" 삶의 바깥을 지향하는 어느 노동소설가의 치열한 모색과도 관련된다. 요컨대 낡고 파편화된 현실에 하나의 형식을 부여하는 데서 나아가 새로운 현실을 개시하는 데까지 이르는 것, 이렇게 해서 리얼리티는 작품 평가의 주요 기준일 뿐 아니라 심지어 당면 목표가 되는 것이다. 앞서 말했듯 '민중적인 것의 귀환'이 이미 시작된 것이라면 한국문학이 리얼리티 문제에 더욱 의식적이고 적극적이 되어야 할 필요 또한 커질 수밖에 없거니와 그러한 변화도 이미 일어나고 있는 중이다.

리얼리티와 마주한다는 것은 낡은 세계가 은폐하려 드는 진실과 정직하게 대면한다는 뜻이다. 그것은 때로 고통에 접속하는 절차를 요구하지만 문학에 주어진 소명은 언제나 현실적 고통의 단순한 해소에 있다기보다는 그 고통의 국면을 생생한 현재의 체험으로 지속하게 만드는 데 있었다. 지금까지와는 다른 삶, '다른 세상'을 여는 힘이 바로 거기에서 나오며 바로 그것이 이 글에서 말하는 '민중적인 것'의 요체이기도 하다. '다른 세상'에 대한 믿음은 그 무류성(無謬性)에 대한 맹신 때문이 아니라 그러한 가운데 만들어지는 오류까지도 현실의 엄연한 일부로 감당할 수 있고 극복해나갈 수 있다는 자신감에서 온다. 일체의 무기력과 체념, 냉소와 혐오는 투항의 사전절차에 불과하다. 보이지 않는 곳으로 가라앉고 있는, 우리가 마땅히 건져올려야 할 세계가 언제나 여기에 있었고 또한 여전히 있다.

제2부

민주화 이후의
한국문학

모든 것의 석양 앞에서

◆

지금, 한국소설과 '현실의 귀환'

1. 빈곤의 문학사회학

2000년대 들어 괄목할 만한 문학적 변모를 보여준 바 있는 작가 배수아(裵琇亞)는 장편『일요일 스키야키 식당』(문학과지성사 2003)으로 자기 문학의 새 출발을 알렸다. 그러나 많은 경우 이런 사실은 크게 주목받지 못했다. 이 작품의 후반부에는 작가의 직접기술처럼 보이는 에세이 한편이 종작없이 나타나 현실과 허구의 경계를 무너뜨리며 독자들을 당혹스럽게 만드는데, '예비적 서문―슬픈 빈곤의 사회'라는 제목의 이 장은 작가의 주된 관심사가 어디로 이동하고 있는지를 선명히 보여주고 있다. 의미심장하게도 그는 이렇게 썼다. "원래 처음 내 생각은 사람들의 초상화, 인간의 백서였다. 그러나 (…) 내가 느낀 것은 결국 빈곤에 의한 존재의 확인이었다. (…) 나는 빈곤이 모든 것의 시작점이며 동시에 모든 가능한 것들의 종말이라고 보여지는 것에 대해서 의심하지 않게 되었다."(260면) 그뿐 아니라 이어지는 문장들 속에는 이런 대목도 눈에 띈다. "그들(가난한 사람들―인용자)이 당장 두려워하고 있는 것은 굶주리는 것이 아니라 그들의 아이들이 이제 이 사회에서 더 이상의 기회를 갖지 못할 것이라는 공포였다. (…) 빈곤은 문화적인 소외를 유발시키는데 그래서 몰락하여 예전의 자신의 수준을 유지할 수 없게 된 사람들은 세습된 빈곤층보다 훨씬 더 절망에 빠지게 된다."(261면) 여기까지 쓰고 나서 작가는 비로소 의문을 품는다. "빈곤의 문제에 집착하여 몇 년 동안이나 그것을 들여다보고 있으면 과연 '공동체'라는 것은 진정 존재하는가,라는 의문을 갖게 된다. 민족이나 국가 말이다. 공동체가 유지되고 있는 것은 단 한 가지, 오직 외부의 위협 때문인 것으로 보인다."(같은 면)

민족이나 국가를 둘러싼 난제들은 잠시 접어두더라도 배수아가 "모든 것의 시작점이며 동시에 모든 가능한 것들의 종말"이라고 쓴 것을 동시대의 다른 작가가 "모든 것의 석양"으로 변주한 것 또한 우연만은 아닐 것이다. "언어와 함께 희랍 국가들 역시 쇠망을 맞게 되지요. 그런 점에서, 플라톤은 언어뿐 아니라 자신을 둘러싼 모든 것의 석양 앞에 서 있었던 셈입니다." 한강의 장편 『희랍어 시간』(문학동네 2011)에 등장하는 희랍어 강사의 대사다. 이 작품은 고통스러운 과거를 지닌 채 자폐적이고 고독한 삶을 살아온 두 남녀, 시력을 잃어버린 남자와 말을 잃어버린 여자가 가까스로 사랑의 연대에 이르는 이야기를 통해 타자와의 찰나적 만남과 영원한 어긋남을 시적으로 형상화하고 있다. 모든 가시적인 것, 발화 가능한 것들을 소실점의 검은 심연으로 데려가 침묵하게 만드는 작가의 정념이 문명사적 전환의 감각으로 도약하고 있는 차이가 있지만 개별자들의 정신적 빈곤[1]을 공동체의 위기에 접속시키고 있다는 면에서 이 작품은 배수아의 선례와 유사하다. 그런데 「예비적 서문 ─ 슬픈 빈곤의 사회」가 취하고 있는 현실인식의 구도는 우연찮게도 폴란드 출신의 영국 사회학자

---

1 이제 빈곤의 문제는 물질적 결핍에 국한되지 않는다. 『희랍어 시간』의 등장인물들이 겪고 있는 고독과 불안도, 따지고 보면 실존의 위기를 더 높은 차원에서 지양시켜줄 만한 생산공동체의 이상이 실종되어버린 데 따른 개별자들의 '문화적 결핍'에서 비롯된다.

지그문트 바우만(Zygmunt Bauman)의 그것과 공명한다. 배수아가 "공동체를 하나로 구속하는 이데올로기를 위해서, 빈곤의 문제는 초공동체적 성격을 갖지 않아야 하는 것이다. 또한 나는 그동안 소시민들이 흔히 가지는 세속적인 부자에 대한 경멸이나 증오, 주입되거나 의도적으로 받아들이거나 무비판적으로 수용된 온갖 종류의 편견들을 만나고 다닌 것"(앞의 책 261면)이라고 쓴 것을 바우만은 다음과 같이 썼다.

그러나 빈곤이라는 현상은 물질적 결핍과 신체적 고통으로 요약되지 않는다. 가난은 사회적이면서 심리학적인 조건이기도 하다. 인간 실존의 적절성이 그 사회가 정의하는 남부럽잖은 생활수준에 따라 측정될 때, 그 수준을 지키지 못하는 무능력은 그 자체로 괴로움과 고통, 굴욕의 원인이다. 그것은 '정상의 삶'이라고 인정되는 모든 것에서 배제되었음을 뜻한다. 그것은 '기준에 미치지 못함'을 의미한다. (…) 그 결과 분노와 적의가 생기고, 그것은 폭력 행위나 자기 경멸의 형태로, 또는 둘 다로 배출된다. (…) 소비자사회에서 가난한 이들은 행복한 삶은 말할 것도 없고 정상의 삶에 다가갈 수 없는 이들이다. (…) (그것은 ―인용자) 결함 있는 소비자가 된다는 뜻이다.[2]

바우만의 자상한 분석이 도달하고 있는 지점은 배수아가 "문화적 소외"라고 부른 것과 거의 일치한다. "결함 있는 소비자"란 결국 문화적으로 소외된 자, 삶을 향유할 능력을 부여받지 못했거나 기회를 박탈당한

---

2 지그문트 바우만, 이수영 옮김 『새로운 빈곤: 노동, 소비주의 그리고 뉴푸어』, 천지인 2010, 73~74면 참조. 이 책의 원제는 "Work, consumerism and the new poor"로 1998년에 초판이, 2005년에 개정판이 출간되었으며 국내에는 2010년에 번역 소개되었다. 그러나 배수아와 바우만의 공통점은 배수아가 바우만을 참조했기 때문이라기보다 각자의 현실체험이 유사한 데서 빚어진 우연일 가능성이 높다. 오히려 이 체험의 유사성이 더욱 암시적이다.

모든 것의 석양 앞에서   127

자에 다름 아니기 때문이다. 그는 이 "결함 있는 소비자"의 탄생 경로를 설명하기 위해 '노동윤리에서 소비미학으로'라는 명쾌한 구도를 제시하고 있는데, 생산자사회를 지배하던 윤리적 가치, 즉 "모든 노동은 인간의 존엄성을 높였고, 모든 노동은 도덕적 올바름과 영적 구원의 발단"(바우만, 같은 책 65면)이라는 생각이 소비자사회에 들어서면서 미학적 가치로 전환되었다는 주장이 그 핵심이다. "삶의 다른 활동과 마찬가지로 노동은 이제 우선적으로 미적 감독 아래에 놓인다. 그 가치는 즐거운 경험을 만들어내는 능력에 따라 평가된다."(같은 책 64면)

서구 자본주의 사회의 삶에 대한 바우만의 통찰이 2000년대 한국 작가의 그것과 닮은꼴이라는 사실은 여러모로 시사적이다. 그것은 우선 한국사회가 도달한 현대자본주의의 내면화 단계를 지시하는 듯 보이기 때문이다. "빈곤은 스스로 범위를 확장해나가고 점점 빈곤 아닌 다른 것의 이름을 차용하거나 데카당한 가면을 쓰고 있기도 하면서 그 모습을 변화시키고 있는 것이다."(배수아, 앞의 책 267~68면) 요컨대 소비미학의 시대에 빈곤의 바깥은 없다. 그렇다면 한국사회에서 노동윤리가 차지하던 영역을 소비미학이 본격적으로 대체하기 시작한 시점은 언제쯤일까? 혹자는「예비적 서문 ── 슬픈 빈곤의 사회」의 한 대목으로부터 성급하게 1997년의 IMF외환위기 사태를 유추해낼지도 모른다. "나는 단 한순간의 위기에도 처절하게 무너지는 아슬아슬한 소시민 계층의 삶을 너무 많이 알고 있는 것이다."(266면) 게다가 '작가의 말'을 통해 직접 밝힌『일요일 스키야키 식당』의 집필기간 또한 하필이면 IMF관리체제(1997~2001)의 후반기부터 2003년 초입까지다. 그러나 작가 자신이 직접적 언급을 회피하고 있기도 하거니와 "빈곤에 의한 존재의 확인"이라는 표현에서 감지할 수 있듯이 그는 외재적 계기보다 그 구조적 배후에 더 많은 관심을 기울이고 있지 않은가.

2. 예비적 서문 ─ 1987년과 1997년

2000년대 이후 뚜렷하게 나타난 한국소설의 현상적 변화들, 예컨대 고시원과 반지하 셋방을 전전하는 박민규(朴玟奎)와 김애란(金愛爛), 김미월(金美月)의 주인공들, 빈번하게 등장하는 실업자, 불안에 시달리는 신경증자 혹은 '무중력 공간의 글쓰기'(이광호)나 '무력한 자아'(김영찬) 들이 집단적으로 출현한 결정적 원인을 IMF외환위기 체험으로 볼 것인지의 여부는 상당한 논란거리이고 아직도 일정한 합의 단계에 이르지 못한 것이 사실이다. 정치사회학적 차원에서 빚어진 '97년체제'의 위상 논쟁이 문학사 버전으로도 나타났던 셈인데 여기에 한국소설의 탈(脫)국경화 현상을 배경으로 제출된 '6·15시대의 문학'(한기욱) 논의까지 더해져 상황은 한층 복잡해져 있다. 그러나 배수아와 바우만의 시야를 참조하건대 노동윤리(그것이 비록 집단가상의 형태였을지라도)를 기본원리로 하는 생산자사회에서 문화적 척도의 지배를 받는 소비자사회로의 이동에는 정치적 민주화와 시장자율화의 분수령이라고 할 수 있는 저 '1987년'이 훨씬 결정적이라 할 수 있는 만큼, '1997년'의 위상은 87년체제의 자기실현 절차의 하나로 하향조정하는 편이 합리적이다.

아래로부터의 6월항쟁과 위로부터의 6·29선언의 합작품인 87년체제는 알다시피 계급연합에 기초한 아래로부터의 개혁의지를 온전히 담아낼 그릇으로는 충분치 못한 것이었다. 바로 이 출생의 한계로부터 파생된 내부개혁의 불철저성(군부세력과의 타협으로 출발한 문민정부나 그 정부와 유착한 재벌경제의 구태)이 신자유주의 세계체제의 타율적 강제를 불러들인 화근이었다. 그러나 한편으로는 남북관계에 돌이킬 수 없는 수준의 변모를 가져온 2000년의 6·15공동선언이 증명하듯 '1987년'을 탄생시킨 시민적 역량은 그 발현을 가로막는 온갖 힘들의 건재에도 불구하고 성장을 지속해왔다. 벌써 여러차례 지적된 바 있듯이 그렇지 않고서야 촛불문화의 등장 경위를 설명할 수 있을까.

어떤 의미에서는 IMF관리체제 또한 87년체제가 드러내고 있던 자기실현의 방향과 본질적으로 상충하는 것이 아니었다. 87년체제는 어차피 '자본주의 이후'가 아니었기 때문이다. 그런 의미에서 6·15공동선언 또한 획기적 사건이긴 하되 그 역시 87년체제의 하위 프로그램의 하나다. IMF외환위기보다 6·15공동선언이 더욱 중요한 사회적 계기라고 한다면 그것은 "한반도 남녘 사람의 일상생활에 직격탄을 날린 쪽은 전자이지만 한반도 주민 전체의 장래에 더 결정적인 사건은 후자"[3]이기 때문만이 아니라 전자가 개혁 프로그램의 자기주도성과 역량의 결여를 드러낸 '사태'인 데 비해 후자가 그 내발성의 존재감을 유감없이 증명해낸 '사건'이기 때문일 것이다.

다시 말해 전자가 87년체제의 음지라면 후자는 그 양지에 해당한다고 할 수 있다. 따라서 '2000년대 문학'에 변별적 개성을 부여하는 사회적 계기가 IMF외환위기냐 6·15공동선언이냐를 선택의 문제로 접근하는 것은 현상에 치우쳐 본질을 흐리는 일이 될 소지가 다분하다. 더 나쁜 경우에는 평단의 이러한 논란 자체가 동시대 창작의 흐름을 일정하게 왜곡할 위험마저 떠안게 될지 모른다. 10년 단위로 탄생과 종언을 반복하는 '문학사'는 소재주의적 접근에 의해 상상된 것일 뿐 2000년대 이후 문학은 '1987년' 이래의 90년대 문학과 연속적이다. 그런 의미에서 당분간은 '새 시대'를 성급히 선포하기보다 87년체제의 전후, 그리고 그 실현 단계들을 좀더 큰 시야에 담아 분별하는 작업이 중요하다. 오히려 그편이 동시대 문학의 실상에도 충실히 부합하는 길일 것이기 때문이다.

2000년대의 대표적 작가 박민규도 단편 「갑을고시원 체류기」(『카스테라』,

---

3 한기욱 「한국문학의 새로운 현실 읽기」, 『문학의 새로움은 어디서 오는가』, 창비 2011, 105면. 물론 문학사 차원에서 6·15시대문학론은 "시대론과 문학론의 차이"에 대한 자기점검 과정에서 저자 스스로 잠정 유보한 바 있다. 같은 책 24~25면.

문학동네 2005)에서 이렇게 쓴다. "변화의 이유는 알 수 없다. 아무튼 1991년은 — 일용직 노무자들이나 유흥업소의 종업원들이 갓 고시원을 숙소로 쓰기 시작한 무렵이자, 그런 고시원에서 아직도 고시공부를 하는 사람이 남아 있던 마지막 시기였다. 그러니까 그곳을 찾는 사람에게도, 또 〈고시원〉으로서도 조금은 쑥스럽고 애매한 시기였던 셈이다."(278면)[4] 김연수(金衍洙)의 근작 장편 『파도가 바다의 일이라면』(자음과모음 2012)은 이에 대해 한층 의식적인 경우인데 주인공 카밀라의 출생에 얽힌 비밀을 추적하는 이 작품의 기본 플롯은 결국 카밀라가 태어난 해인 '1987년'의 원심력과 구심력을 탐사하는 방향으로 귀결된다. 박민규의 체험적 인식과 김연수의 관념적 접근 모두에 있어 '1987년'은 '1997년'에 선행한다.

사례를 열거하자면 끝이 없을 테니 이제 「예비적 서문 — 슬픈 빈곤의 사회」로 돌아가 미뤄둔 질문을 던질 차례다. "빈곤이 모든 것의 시작점이며 동시에 모든 가능한 것들의 종말"이라는 깨달음이 "문화적 소외"를 일으키는 소비미학 시대의 산물이고 한국사회에서 그 결정적 분기가 '1987년'이라고 할 때, 그것은 왜 2000년대에 들어와서야 비로소 의식되기 시작한 것처럼 보이는가? 여기에 대해서는 아마도 이런 답변이 가능할 것이다. "모든 사물은 그것이 야기하는 좌절을 통해서만 의식에 개시된다."(하이데거) '1987년'이 스스로에 가한 좌절, 즉 빈곤이라 불리는 "모든 것의 석양" 말이다. 그리고 그 가운데 "기발한 발상이나 차별화된 수식으로 완화 혹은 전환되지 않는 바로 그대로의 억압과 고통을 직시하는 방식으로 '문학의 정치'를 감행"[5]하는 작가, 작품 들이 출현하고 있다. 현실은

---

4 물론 이 작품은 '1987년'이 아니라 '1991년'을 말하고 있다. 그러나 '1991년'은 시기적으로도 '1997년'보다 '1987년'에 가까울 뿐만 아니라 내용적으로도 '1987년'의 후속 절차에 가깝다. 한편 그의 데뷔작 『삼미슈퍼스타즈의 마지막 팬클럽』(한겨레출판사 2003)이나 근작인 『죽은 왕녀를 위한 파반느』(예담 2009)는 '1987년'의 가까운 전사(前史)가 중요한 배경으로 등장한다. "애매한 시기"라는 표현에 주목해 볼 것.
5 황정아 「'이미 와 있는 미래'의 소설적 주체들」, 『창작과비평』 2012년 겨울호 17면.

지금, 어떻게 귀환하고 있는가? 그리고 그것은 어디까지 와 있는가?

3. '현실의 귀환' 너머의 것:『실수하는 인간』과『나쁜 피』

빈곤이라는 현상이 물질적 결핍이나 신체적 고통에 머물지 않고 사회적인 동시에 심리적인 조건이 되기도 한다는 견해(바우만)에 가장 잘 부합하는 문학적 사례로 정소현(鄭昭峴)의 첫 소설집『실수하는 인간』(문학과지성사 2012)을 꼽지 않을 수 없을 것이다.[6] 이 소설집은 방향을 달리하는 두 개의 충동이 상쟁하는 각축장이다. 그 한 축은 은폐 충동이고 다른 한 축은 폭로를 목적으로 하는 사실 충동이다. 그것은 가령 다음과 같은 문장들로 나타난다. "그녀는 자신에 대해 아무것도 말하지 않기 위해 수많은 이야기를 지어냈다."(「폐쇄되는 도시」 120면) "기록을 시작한다. 어차피 모든 것은 사라지고 잊혀질 테지만 기억할 것이다. 아무것도 아닌 하찮은 지금이 시간을 기록한다."(「빛나는 상처」 280면) 그런데 이 자기은폐/폭로의 복합 심리가 일종의 죄의식과 연루되어 있다는 점이 흥미롭다. 이 죄의식의 심리적이고 사회적인 메커니즘을 밝히는 작업이 관건이다.

표제작「실수하는 인간」에는 실수를 가장한 고의로 아버지를 살해한 주인공이 등장하는데 이상하게도 그는 지속적으로 무언가를 쓴다. "그는 2년이 넘도록 같은 문장을 반복해 써 내려갔다. '아버지를 죽였다. 실수였다, 아니다 실수가 아니었다, 아니다 실수였다……' 문장을 쓰다 보면 자신이 저지른 일이 실제로 일어난 일이 아니라 문장으로만 존재하는 일인 것처럼 느껴졌다."(48면) 죄의식의 진원지는 역시 "자신이 저지른 일", 그

---

6 이 절에서 정소현의 작품에 대한 견해는 졸고「정신분석이 말해주지 않는 것들」(『기획회의』 342호, 2013.4.17.)을 기초로 보완, 확장한 것임을 밝혀둔다.

러니까 부친 살해다. 그런데 '실수하는 인간'들의 '실수'에는 제각각 그럴 만한 사연이 부여돼 있어 작품 말미로 갈수록 이 죄의식은 무의식의 지층 아래로 잠적해버리고 만다. 「양장 제본서 전기」의 화자는 엄마를 버리고 나서 "화장실에 들어앉은 것처럼 편안"(38면)해졌다고 말하길 서슴지 않으며, 「너를 닮은 사람」의 주인공은 자신의 과거를 밝히려 드는 지인을 자동차 사고로 가장해 치어죽인 뒤 섬뜩하게 묻는다. "정말 이게 당신들 눈에 보이나요?"(113면) 이쯤 되면 「실수하는 인간」의 화자가 연쇄살인범이었다는 사실이 결말에 가서 밝혀진들 그리 놀랄 일도 아니다.

이들의 반사회적 실수는 대개 그들이 버려진 존재(아이들)였다는 사실로부터 유래한다. 물론 모든 버림받은 존재들이 반사회적 일탈자가 되는 것은 아닐 테니 그 도식적 일면을 문제 삼을 수도 있겠다. 그러나 이 인물들이 버림받게 된 배경에 사회적 빈곤 즉 소비미학 시대의 문화적 소외가 있다는 점을 놓치지 않고 있으며 또 그로부터 유래한 병리 현상을 잘 짜인 플롯에 담아 설득력 있게 제시하고 있다는 측면에서 이 소설집은 일단 성공적이다. 해설자인 김형중(金亨中)도 비슷한 평가를 내리고 있는데 그는 여기서 한발 더 나아가 예의 죄의식의 출처에 관해 중요한 실마리를 던진다.[7] 그는 프로이트(Sigmund Freud), 라깡(Jacques Lacan), 지젝(Slavoj Žižek)의 정신분석 이론에 기대어 정소현의 작품이 "'전도된' 형태의 가족 로망스"(283면)임을 명석한 필치로 해명하고 있다. 계속해서 그가 말한다. "실수하는 인간들의 기원에는 실은 너무도 철저해서 실수라고는 모르는 초자아의 비난이 있었던 것이다."(287면) 그에 따르면 작가에게 이 실수를 모르는 초자아는 마치 히치콕(Alfred Hitchcock)의 영화 「사이코」(1960)에서처럼 모성이다. 그리고 이는 "IMF 이후의(실은 지젝이 말한 후기 자본주의 시기 전체의) 점증하는 폭력과 광기의 분출에 대한 심리학

---

7 김형중 「실수하는 사회, 실수하지 않는 인간」, 정소현 『실수하는 인간』 해설.

적 설명을 제공한다."(297면) 과연 정소현의 소설에는 어머니 또는 할머니로 상징되는 모성적 초자아의 비난 때문에 죄의식에 사로잡혔다가 그들의 죽음에 의해 상징적 질서가 붕괴되고 나면 정신증 속으로 도피하는 인물들이 상당수다. 그러나 '후기자본주의 시대'의 점증하는 폭력과 광기의 분출에 대한 심리학적 설명을 듣기 위해서라면 우리는 소설집 『실수하는 인간』보다 더 명료하고 깊이 있는 책을 얼마든지 찾을 수 있지 않을까.

'전도된 가족로맨스'란 분리불안으로부터 심리적 보상을 얻기 위해 자신에게는 고귀한 신분의 친부모가 따로 존재할지도 모른다고 상상하는 일반적인 가족로맨스를 뒤집은 것이다. "그들은, 오로지 자신들이 '항상 이미 유기된 존재'임을 확인하기 위해서만 출생의 비밀을 찾아 떠나는 자들처럼 보인다."(283면) 이는 『실수하는 인간』의 수록작 여덟편에 두루 해당하여 그것이 애초부터 작가의 의도였음을 짐작게 한다. 그런 면에서 해설자의 분석은 작가나 작품의 무의식을 분석한 게 아니라 의도를 해명한 것에 가깝다. 만약 정신분석비평이라면 여기서 한번 더 물었을 것이다. '전도된 가족로맨스'는 무엇을 억압하고 있는가?

작가의 등단작이기도 한 「양장 제본서 전기」에는 정신증에 시달리던 엄마가 딸에게 버림받은 뒤 '집'으로 변해버리는 장면이 나온다. "얼마 후 창문이 슬그머니 닫히더니 집이 조금씩 흐느끼듯 진동하는 것 같았다. 집 안에서는 아무 기척이 없었지만 나는 엄마가 이미 집이 되었으리라 짐작했다."(36면) 아버지가 모자로 변하는 일[8]도 있는 법이니 엄마가 집으로 변한들 받아들이기 어려울 것은 없겠다. 그런데 엄마는 왜 흐느끼는가? 그것은 혹 버림받은 자의 슬픔이 아니라 버린 자의 죄의식이 아닐까?

엄마가 이야기꾼의 이미지를 덧입고 있다는 사실은 중요한 단서다. "엄마는 밤이면 편지를 읽어주거나 아빠가 주인공으로 활약하는 아라비안나

---

8 황정은 「모자」, 『일곱시 삼십이분 코끼리열차』, 문학동네 2008.

이트를 들려주었다."(30면) 「실수하는 인간」의 화자는 왜 글쓰기에 매달렸던 걸까? 작품집 뒤에 실린 '작가의 말'에도 "만성적인 불안"이나 "다정한 것들이 모두 내 곁에 있어줘 안심"이라는 작가 자신의 고백이 인상적으로 등장하거니와 이는 고질적 분리불안을 앓고 있는 '실수하는 인간'형이 실은 '소설가'의 페르소나임을 나타내는 증좌일 것이다. 아이를 유기하고 싶은 충동과 그래서는 안 된다는 초자아의 명령 사이에서 갈등하는 자의 무의식이 정신분석학에 대한 관심을 낳고, 전도된 가족로망스라는 서사전략 뒤에 자신의 충동을 은폐하게 하는 동인(動因)이 되는 것이다. 즉, '전도된 가족로망스'란 자녀를 유기하고 싶은 엄마의 충동을 은폐하기 위해 자녀 스스로 엄마를 삭제할 수밖에 없도록 꾸며낸 엄마-소설가의 서사다.

따라서 소설집 『실수하는 인간』은 '모성적 초자아'의 비난에 상처받은 '아이들'의 그럴듯한 복수담에 그치지 않는다. 부도덕한 모성을 비난하고 버려진 아이들을 동정하는 일보다 중요한 것은 엄마나 할머니로 등장하는 그녀들의 자학적 슬픔, 그 사회적 기원을 탐사하는 작업이다. 그게 아니라면 작가는 아마도 이 소설집의 수록작 중 가장 뛰어난 작품일 「돌아오다」의 주인공으로 하여금 이렇게 말하도록 내버려두지는 않았을 것이다.

집은 할머니가 세상에서 떨어져 나가지 않도록 붙잡아준 구심점 같은 것이었다. 나는 할머니가 어느 밤 돌아온 가족들과 함께 먼 길을 떠난 그날까지 어떤 마음으로 집을 지켰는지, 수를 놓으며 무엇을 견뎌왔는지 어렴풋이 알 것 같다. 나도 이 집과 함께 늙어갈 것이다. 한없이 삐걱거리다가 언젠가는 부서질 것이다. (183면)

이 "할머니가 남겨준 오래된 집"(182면)은 그녀의 부유했던 출신 계급과 성장기, 불운했던 가족사뿐 아니라 "30년 경력의 동양자수가로 (…) 순탄치 않은 삶을 극복한 훌륭한 어머니이자 살림꾼이면서 동시에 직업적으로도 성공한 슈퍼우먼"(151면)으로서의 삶 전체를 포괄하는 압축상징이다. 따라서 이 집의 몰락은 할머니의 삶이 대변하는 자수성가의 시대, 그러니까 앞에서 바우만을 인용해 말한 생산자사회, 노동윤리 시대의 몰락이다. 그리고 보면 남편을 '코리안드림'의 상징이었을 사우디아라비아에 보낸 뒤 홀로 딸을 키워낸 「양장 제본서 전기」의 엄마나 전쟁을 겪고 고리대금업으로 가계를 일으킨 「지나간 미래」의 억척어멈도 하나같이 노동윤리에 입각한 자수성가와 고도성장 시대를 표상하는 인물이다. 따라서 「돌아오다」의 화자가 "나도 이 집과 함께 늙어갈 것"이라고 말하는 대목은 노동윤리 시대의 마지막 계승자로 남을 것임을 천명하는 선언으로 우선 읽힌다. 그러나 좀더 자세히 들여다보면 그것은 과거에 대한 계승보다는 현재와 미래에 대한 부정에 가까운 무엇이다. 할머니의 죽음과 '집'의 쇠락이 기정사실화되고 있듯이 과거는 이미 소멸한 것이어서 계승할 수 있는 대상이 아니기 때문이다. 그렇다면 정소현의 '실수하는 인간'들은 소비미학 시대에 맞선 저항주체일까? 혹시 이 '실수하는 인간'들의 존재는 전락의 공포와 불안을 조장함으로써 거꾸로 소비미학 시대의 문화이념을 재생산하는 데 이바지하고 있는 것은 아닐까? 이런 점에서 정소현 소설의 장처로 거론되곤 하는 '잘 짜인 플롯'은 양날의 칼이다. 그것은 현재의 파국에 충분한 개연성을 부여함으로써 미학적 완성도에 기여하지만, 한편으로는 현실의 그럴듯함을 '그럴 수밖에 없음'으로 하향평준화함으로써 이 '실수하는 인간'들을 가두어 길들이는 울타리로 전락할 수도 있기 때문이다. 특히나 반전 형식으로 패턴화한 정소현의 플롯은 소비미학의 집단서식지로 안성맞춤이 아닌가.

　그런데 노동윤리 시대의 몰락과 가족의 해체를 마주 보는 거울처럼 묘사하거나 이를 (할머니에서 손녀로의) 격세유전의 틀로 관찰함으로써 '현실의 귀환'을 유도하고 있는 작가는 정소현 혼자만이 아니다. "기발한 발상이나 차별화된 수식으로 완화 혹은 전환되지 않는 바로 그대로의 억압과 고통을 직시하는 방식"(황정아)으로 치자면 아마 김이설(金異設)만큼 잘 맞아떨어지는 경우도 없을 것인데, 김영찬(金永贊)의 다음과 같은 발언도 이를 뒷받침한다. "특정 형식이나 기법 같은 모종의 미학적 필터의 가공을 거치지 않은 현실의 재현이 '문학적인 것'과 거리가 먼 낡은 수법(그럴 리 있겠는가!)이라 생각하는 오해가 그것인데, 김이설의 『환영』(자음과모음 2011)은 바로 이 오해의 지점을 단신으로 돌파해나간 중요한 성취다."[9]

한 노숙 소녀의 생태를 냉정한 필치로 그린 단편 「열세 살」(2006)로 데뷔한 이래 그는 '신(新)프롤레타리아 문학'이라는 수사적 명명을 불러들일 만큼 우리 시대의 밑바닥 삶에 유난히 몰두하고 있는 작가다. 그의 장편 『나쁜 피』(민음사 2009)는 제목부터 가계유전에 관계되어 있거니와 거두절미하고 이렇게 시작한다. "죽었어? 나는 할머니의 옆구리를 툭, 찼다. 할머니가 꿈틀댔다. 왔냐. 할머니가 느리게 일어나 불을 켰다. 푸두둑, 바퀴벌레 두어 마리가 어두운 구석으로 도망쳤다."(9면) 이 짧은 문단 하나로 인물들의 성격과 관계, 배경을 압축 제시하는 작가의 기량은 사실 "미학적 필터의 가공을 거치지 않은 현실의 재현"이라는 판단을 무색하게 하는 면이 있지만 그의 관심사가 대체로 미학보다는 현실에 기울어 있는 것만은 분명한 듯 보인다.

그런데 정소현의 「돌아오다」에서와 마찬가지로 이 작품 또한 할머니와 손녀를 등장시킬 뿐 엄마의 현실적 지위가 현저히 약화되어 있다. 전자의 엄마가 유령이라면 후자의 경우는 간질을 앓는 지적장애인이다. 정소현 소설의 엄마나 할머니가 이따금 모성적 초자아로 군림하며 히스테

---

9 김영찬 「공감과 연대: 21세기, 소설의 운명」, 『창작과비평』 2011년 겨울호 307면 주석 참조. 그러나 장편 『환영』은 그보다 앞서 발표된 단편들이나 첫 장편 『나쁜 피』의 세계를 극복함으로써 전에 없던 면모를 보인 작품이라 하긴 어렵다.

릭한 폭력을 일삼곤 하는 데 비해 『나쁜 피』의 할머니나 엄마는 나약하기 그지없다. 이 불행한 엄마는 자신의 친오빠에게 맞아 세상을 떠난다. 게다가 그녀의 살아생전은 죽음보다 더한 참상 그 자체였다. "할머니마저 고물상에서 작업을 했던 탓에 누구든지 예사로 들락거릴 수 있는 집이었다. 사내들은 내가 잠잠해져야 기어 나왔다. 나는 담벼락에 기대 그들의 면상을 똑바로 쳐다보았다. 이웃 고물상 김 씨, 박 씨 아저씨들이 바지춤을 추스르며 나왔다. (…) 얼굴도 모르는 남자들도 심심치 않게 들락거렸다. 내 아비도 저런 놈들 중에 하나였을 것이었다."(47면) 무능한 남편 대신 생계를 위해 몸을 파는 『환영』의 주인공은 그나마 나은 경우인지도 모르겠다. 이쯤 되면 제목의 '나쁜 피'가 무엇을 뜻하는지는 구구한 설명이 필요치 않을 것이다.

엄마는 왜 이토록 고통스러운 삶을 감내할 수밖에 없는 존재로 그려져야 했을까? 이러한 설정들이 불편하게 느껴지는 것은 현실에 눈감고 싶은 우리의 집합적 위선 때문일까? 폭력은 돌고 돈다. 엄마가 외삼촌에게 폭행을 당하면 화자는 그 외삼촌의 딸이자 자신의 외사촌인 수연에게 복수한다. 이 순환하는 폭력의 생태계가 어느 도시의 천변 어귀 고물상 밀집 지역을 배경으로 펼쳐지는 것이 이 작품의 외연이다. 이 폭력의 정점에는 외삼촌이 있고, 패륜의 가족사와 윤리의 통제를 받지 않는 타락한 노동이 있다. 이곳의 이름은 '부흥 고물상'이다.

"외삼촌의 부흥 고물상은 천변을 낀 고물상 동네에서 가장 큰 규모였다."(22면) '부흥'이라는 간판명이 이미 암시하듯이 외삼촌 또한 고도성장기를 배경으로 자수성가한 인물이라는 점에서 이곳은 정소현의 「돌아오다」에 등장하는 할머니의 집과 동일한 의미의 장소다. 따라서 늙어가는 외삼촌이나 술로 세월을 보내는 할머니, 자살한 수연의 사연 들은 생산자 사회의 소멸을 고지하는 삽화이기도 하다. 이 직계유전의 실패는 단지 어느 한 가족사의 몰락을 의미하는 데 머무는 것이 아니라 생산자사회가 노동의 재생산을 위해 유포한 가족이데올로기 일반의 동요를 함축하기 때문이다. 게다가 천변 반대편에는 "완전히 다른 세상"(52면)이 펼쳐져 있어 천변 이쪽을 더욱 비루한 시대착오의 장소로 만든다. 천변 건너의 "알록달록한 불빛"(같은 면)은 천변 이쪽의 삶이 비참할수록 강한 유혹이 되어 인물들의 삶을 지배하지만 반대로 그 유혹의 크기가 커지면 커질수록 천변 이쪽의 삶을 더 비참하게 만드는 악순환의 중심고리다. 그런 의미에서 이 악순환의 회로가 표상하는 세계는 계층이동의 기회가 막힌 유사 신분제 사회에 가깝다. 이곳에서 나쁜 피는 나쁜 피로 성장하여 겨우, 나쁜 피를 낳는다.

> 못생기고 살집 많던 여고생은 뚱뚱하고 키 작은 노처녀가 되었다. (…) 그렇게 나이를 먹었는데도 부자가 되지 못했다. 집으로 돌아오는 길, 천변 둑에 서서 휘황찬란한 건너편을 바라보다 보면 내가 저기로 갈 수 있는 방법은 처음부터 없었다는 생각에 서글퍼졌다. 아등바등 살 필요가 없었다는 절망감을 버릴 수가 없었다. 그래도 다음 날이면 다시 새벽같이 일어나 밤 늦게까지, 하루 종일 동동거리며 일을 했다. 내가 할 줄 아는 건 그것밖에 없었다. (53면)

이 "뚱뚱하고 키 작은 노처녀"에게 저 "휘황찬란한 건너편"은 평균적 삶에 대한 가상의 기준으로 작동했을 것이다. 그러므로 그 기준에 미치지 못하는 자신이나 그런 자신을 낳은 가족사는 분노와 자기모멸의 원인이 된다. 할 줄 아는 게 하루 종일 일하는 것밖에 없다는 고백은 언뜻 체념으로 보일 수도 있지만 이는 사실 자학을 통한 적의의 표출에 가깝다. 그러므로 작품에 편재한 주인공의 위악은 실상 자기실현의 가능성을 가로막고 있는 계층장벽을 향한 것이라고 할 수 있다.
그런데 이 작품에서 주인공의 의식을 휘감고 있는 것은 정작 그 장벽에 도전하려는 욕망이나 성공에 대한 기대, 혹은 실패에 대한 두려움이 아니라 엄마를 닮을지도 모른다는 두려움, 말하자면 전락의 공포다. 그는 상승을 위해서가 아니라 현상유지를 위해서만 투쟁한다. 이는『환영』의 주인공이 현실체험의 여정 끝에 '왕백숙집'으로 돌아가고 마는 결말과도 통한다. 이러한 전제 아래『나쁜 피』의 엄마가 왜 그토록 고통스러운 삶을 감내할 수밖에 없는 존재로 그려져야 했는지, 그리고 그것이 왜 얼마간의 불편함을 낳을 수밖에 없는지를 다시 묻는다면 대답은 조금 달라질 것이다. 엄마의 삶에 대한 묘사들은 있는 그대로의 현실이라기보다 주인공의 (추락에 대한 공포와 짝을 이루는) 현상유지 욕망을 '그럴 수밖에 없음'으로 합리화하기 위한 작가의 작위, 과잉투사의 소산이 아닐까. 이 작품에 임리(淋漓)한 '현실주의'는 따라서 주관적이다. 천변 건너편을 막연한 동경의 대상으로 괄호 치는 순간 천변 이쪽의 살풍경조차 일정한 추상화를 면키 어려워지는데, 이러한 이중의 추상화 뒤에 남는 것은 주인공의 불안으로부터 초래된 위악과 분노의 전경화 그 자체다. 김이설이 그리고 있는 '불행의 세계'가 어딘지 모르게 알레고리적인 느낌을 주는 것도 이 때문인데, 그래서인지 나와 어린 조카, 그리고 조카의 의붓어미가 된 이웃의 친구 진순이 결말에서 만들어낸 대안가족도 새로운 파국의 음울한 전조처럼 보인다.

4. 따로 하는 이야기, 함께 부르는 노래: 결론으로서의『百의 그림자』

다시 배수아의 글「예비적 서문 ── 슬픈 빈곤의 사회」로 돌아가 마지막으로 두 문장만 빌려오기로 하자. "10대의 시절에 빈곤을 경험한 예민한 인간은 역작용으로 극도로 반정치적이고 몽환적인 인물이 되기도 하는 것이었다."(262면) 그리고 "30년을 넘게 살아오면서 나는 스스로를 공부하였다."(263면) 이들은 우선 작가 자신이 수행해온 내면 편력의 여정을 압축한 문장임에 틀림없다. 그러나 이 문장의 주어를 황정은으로 바꾼다고 해도 의미가 크게 달라지진 않을 것이다. 특히 그의 첫 장편이자 대표작이되다시피 한 『百의 그림자』(2010)는 마치 현실의 중력으로부터 약간은 동떨어진 듯한 인물들이 차차 세계의 불행과 대면하면서 그 어두운 핵심에 다가서는 모험을 기꺼이 받아들이게 되는 과정을 그리고 있다. 최근에 발표된 주목할 만한 그의 단편 「上行」(『문학과사회』 2012년 봄호) 또한 이와 유사한 문제의식과 구성을 보이고 있다. 어느 외딴 시골 마을에 다녀오는 중인 젊은 남녀의 짧은 여정을 통해 그가 보여주고자 한 것은 뜻밖에 한 '세계의 밤'이다. "톨게이트 불빛이 보일 때쯤이었다. 오늘밤에 월식이 있을 예정이라고 오제가 쉰 목소리로 말했다." 작품의 마지막 두 문장은 『百의 그림자』의 마지막 대목과 공명한다. "불빛의 조그만 언저리 바깥은 대부분 어둠에 잠겨서, 공중에 떠 있는 길을 둥실둥실 가는 듯했다. 귀신일까요, 우리는, 귀신일지도 모르죠, 이 밤에, 또다른 귀신을 만나고자 하는 귀신, 하고 말을 나누며 탁하게 번진 달의 밑을 걸었다."(168면) 그들은 모두 '사람들이 사는 곳'을 향해 간다.

무재 씨.

걸어갈까요?

라고 말하자 이쪽을 바라보았다.

……어디로?

나루터로.

……이렇게 어두운데 누굴 만날 줄 알고요.

만나면 좋죠. 그러려고 가는 거잖아요.

만나더라도 무재 씨, 그쪽도 놀라지 않을까요, 우리도 누구라서,라고 말하자 무재 씨가 고개를 기울이고 나를 바라보았다.

배가 없을 텐데요.

배가 없더라도 나루터 부근엔 사람들이 살잖아요. (167면)

높은 밀도로 정제된 그 문체가 이미 말해주듯이 『百의 그림자』에는 죄의식에 지핀 정소현의 자학이나 계층장벽에 대한 김이설식의 적의가 거의 소거되어 있다. 그것은 앞의 두 작가들처럼 사회적 빈곤의 문제와 대결하되 그로부터 파생하는 자학과 적의에는 거리를 두겠다는 태도로 읽힌다. 제목이 이미 '백(百)의 그림자'다. '百'은 만인만상의 다른 이름일 것이고 그림자는 정소현, 김이설의 자기경멸과 분노를 포함한 개별적 고통들의 표지일 것이다. 그림자라는 탁월한 의장으로 그것을 외화, 격리한 덕분에 우리는 고통의 표면에 호도되지 않은 채 그 근원에 직핍하는 시야를 확보하게 된다. 그러지 않았다면 작가는 이 시적 함축들의 여백에 더 많은 고통의 표정을 그려넣어야 했을지도 모른다. 이를 통해 작품은 『실수하는 인간』이나 『나쁜 피』가 애써 이룩한 성취를 전혀 다른 경지로 호흡하면서 예의 '현실의 귀환'에 참여하고 있는 것이다.

부채로 몰락한 무재 일가의 내력(17~19면)이라든가 지적장애인으로 등장하는 유곤의 트라우마적 회고 속에 아버지의 불행한 죽음과 '명령하는 어머니'(69면)가 있었다는 사실, 그리고 요정 호스티스 출신의 가출한 어머니를 둔 은교의 가족사(81면)가 펼쳐질 때 작가는 늘 그들 스스로 입을 열게 한다. 전달자의 개입을 막음으로써 그는 "'불행의 평범화'에 맞서서 '불행의 단독성'을 지켜"[10]낸다. 개별자들의 체험에 접근하는 작가의 이러한 태도야말로 이 작품의 미학적 성취를 구성하는 핵심이 된다. 존중받지 못한 만인만상으로 하여금 스스로 말하게 하는 것, 이 고도의 민주주

---

10 신형철 「『百의 그림자』에 부치는 다섯 개의 주석」, 황정은 『百의 그림자』 해설 179면.

의는 그것을 내면화하는 고통스런 절차 없이는 이루어지기 어려운 것이다. 이런 맥락에서 황정은 소설의 특징이자 장점으로 거론되곤 하는 시적인 대사에 대해 재론해볼 필요가 있다. 그것은 단지 압축적 형식미나 대안적 공동체론으로 곧장 비약하게 마련인 "윤리적 거리"(신형철)와 관계된 것이라기보다는 오히려 공동체의 존립기반을 흔드는 불안, 앞에서 말한 고통의 표정들이 소거된 '현실의 본질'과 연결되어 있다. 그리고 이는 소비미학 시대의 사회적 빈곤이 야기하는 관계 또는 유대의 (불)가능성과 맥락을 함께한다. 대화를 나누는 두 사람의 목소리는 상대의 목소리를 반복해 확인하거나 그것이 진심인지, 진짜인지를 반문하는 방식, 또는 딴청으로 전개된다. 어떤 의미에서 이 작품은 무재와 은교의 불안한 만남으로부터 시작해 만상의 고통을 편력하는 이행기를 지나 사랑의 유대에 이르는 축소판 오디세이아다. 무재는 무재의 이야기를 하고 은교는 은교의 이야기를 하지만 결국 노래는 함께 부른다. "노래할까요."(169면) 이 작품의 마지막 문장이다. 만약 노래에서 시를 연상할 수 있다면 이 작품의 시적 문체라는 것도 내용화된 형식이자 형식화된 내용의 일부가 아닐까.

이 불안 또는 불안의 극복을 향한 서사적 여정은 어느 퇴락한 전자상가를 배경으로 하고 있다. 이곳이 김이설의 천변 고물상 밀집지역이나 정소현의 "할머니가 남겨준 오래된 집"에 상응하는, 노동윤리 시대의 황혼을 상징하는 장소임은 물론이다. 그러나 전구를 파는 오래된 상점 '오무사'를 찾아가는 경로 묘사를 통해 작가는 이 전자상가의 시대가 이룬 것과 이루지 못한 것, 그 버려진 꿈의 잔해들을 마치 성소에 드는 수행자처럼 경건하게 섭수한다. "천구백칠십 년대 이후로 손을 본 적이 없는 듯 낡고 어두컴컴한"(102면) 이곳으로 무재와 은교가 구불구불 복잡한 골목을 거슬러 들어가는 과정은 우리 시대의 현실, 그 그림자의 시대를 산출한 기원의 탐사 절차 바로 그것이다. 이를 통해 작가는 무엇을 하려고 했던 걸까? "노래"에 답이 있을 것이다. 그는 이 빈곤과 불안의 시간대를 대체하는 대안공동체를 제시하거나, 현실의 폭력성을 히스테리와 분노와 적의로 '가공의 필터' 없이 극화함으로써 이 불행한 세계를 증언하는 길을 택하지 않는다. 이 세계가 이러저러해야 한다고 주장하거나 명령하지 않는다. 단지 말을 걸고 노래를 청한다.

그러나 침묵하는 만상의 현실 위로 하강하는 이 노래를 듣기 위해 우리는 당분간 더 많은 고통의 절차들을 밟을 수밖에 없을 것이다. '이미 와 있는 미래'라 하더라도 그것을 널리 퍼뜨리는 일은 이제부터가 시작 아닌가. 이 절묘한 민주주의의 공감 주술에 응하느냐 마느냐는 전적으로 우리의 선택이다.

그 시린 진리를 찬물처럼

◆

은희경, 권여선의 장편을 통해 본 87년체제의 감정구조

1. 결여의 감정교착: 불안과 죄의식

미학적으로 평범하지만 사회적 반향만큼은 특별했던[1] 영화 「변호인」
(2013)은 1987년 봄의 법정 장면에서 끝난다. 이 영화의 주인공은 노무현
(盧武鉉) 전 대통령의 변호사 시절을 모델로 한 가공의 인물 송우석이다.
부림사건(1981) 변론에 뛰어들면서 인권변호사의 길을 걷기 시작한 그는
6년 뒤 박종철(朴鍾哲) 고문치사에 항의하는 시위를 주도하다 수인(囚人)
의 몸이 된다. 그럼에도 이 결말은 주인공의 패배를 뜻하지 않는다. 81년
의 그는 혼자였지만 87년의 그는 무려 99명의 변호인과 함께이기 때문이
다. 그들이 판사의 호명에 따라 차례로 기립하는 마지막 장면에서 '함께'
라는 감각은 최고조에 이른다. 그날의 법정으로 천만 관객을 불러모으고
전율하게 만든 힘이다. 그렇다면 그것은 '함께'인 우리의 궁극적 승리를
뜻하는 걸까? 이 역시 그렇지 않다. 서서히 클로즈업되는 송우석의 얼굴

---

1 허문영 「그를 전설의 서사로 추어올리지 마라」, 『씨네21』 942호, 2014.2.8~15, 90면 참조.

에는 시대의 소명에 온전히 귀의한 자의 비장한 평온이 어려 있지만 관객들은 그가 모델로 삼고 있는 실존 인물이 훗날 어떤 영광과 모욕 속에서 살다 갔는지를 오롯이 기억하고 있기 때문이다. 그래서 수의를 입은 그의 모습에 좌절할 수 없는 것과 마찬가지로 승리의 희열에 안주할 수도 없게 된다. 이 감정의 교착상태 가운데서 정작 마주치게 되는 것은 무엇일까? 그것과 대면하는 괴로움을 감수하고서라도 우리가 한시바삐 떨쳐내고 싶었던 것은 무엇이었을까?

"거리는 어수선했다. 저물어 오는 거리에 웅성거리는 사람들이 광화문 쪽으로 향해 가고 있었다. 노무현 대통령의 장례식이 오늘 낮에 광화문에서 있었던 것이다. 대한문 앞에 설치했던 시민분향소를 경찰이 해체하려 한다는 누군가의 외침에 사람들이 부산하게 달려가고 있었다. 전직 대통령의 죽음이 불러일으킨 슬픔은 일종의 무서움인지도 몰랐다. 경위야 어떻든 간에, 전직 대통령으로 하여금 스스로 목숨을 버릴 수밖에 없게 한 지금 이곳의 현실이 무서워서 사람들은 지금 저렇듯 황막한 눈빛으로 광화문을 향해 달려가고 있는 것이리라." 공선옥(孔善玉)의 장편 『영란』(뿔 2010)의 전반부 한 대목(45면)이다. 불의의 사고로 아이와 남편을 연달아 잃은 주인공, 불륜으로 가족과 이별한 운동권 출신 소설가 정섭, 외환위기 시절을 버텨내고도 결국 구조조정의 희생양이 되어 죽음을 맞은 호영 등 저마다의 상실감으로 번민하는 인물들이 그날의 광화문을 배경으로 만나고 헤어진다. 왜 이런 배경이 필요했던 걸까?

주인공은 말한다. "사람들이 많은 곳에 있고 싶었다. 혼자 있다는 것은 춥다는 것과 같다는 것을 나는 너무나 잘 알고 있었다. 나는 추워서, 그날 그곳에 나갔다."(19면) 여기서 말하는 "그날 그곳"이 대한문의 시민분향소였든 「변호인」이 걸린 영화관이었든 우리는 너 나 할 것 없이 "이런 무정하고도 매정한 세상"에서 추웠던 게 아닐까. "그날 그곳"에서 사람들이 "하염없는 줄을 만들고" 있었던 이유는 정작 그곳이 분향소나 영화관이었기 때문이 아니라 "사람들이 많은 곳"이었기 때문인지도 모른다 (18~19면 참조). "이런 무정하고도 매정한 세상"에서라면 아무도 함께해주지 않을 것이라는 두려움, 불안과 "무정하고도 매정한 세상"이기 때문에 끝까지 함께해주지 못했고 못할 것이라는 미안함, 죄의식을 공유한 사람들이 그 자리에 더 있기를 바라면서 말이다.

그러나 이 감정의 교착상태가 그것만으로 완전히 해소될 리 없다. 어쩌면 우리는 자신의 무력함을 책망하는 동시에 속수무책의 세상을 원망함으로써 스스로를 정당화하고 "그날 그곳"에서 우리가 함께였음을 확인함으로써 불안과 죄의식으로부터 서둘러 빠져나오려 했던 건지도 모른다. 대체 무엇이 어디서부터 잘못된 걸까? 「변호인」의 결말이자 이 모든 복합감정의 출처이고 심지어 "이런 무정하고도 매정한 세상"의 기원인지도 모를 저 1987년으로 돌아가지 않을 수 없다.

1987년은 "우리 사회의 궤적을 해명하고 현재에서 새롭게 출발하려 할 때 지침으로 삼아야 할 것을 정돈하는" 유력한 "인식론적 관제고지(管制高地)"다.[2] 87년체제라는 개념으로 6월항쟁 이후 우리 사회의 구조변동을 이론화한 김종엽(金鍾曄)은 권위주의 정치체제와 박정희식 발전국가체제의 해체로 그 의미를 요약하면서 다음과 같이 덧붙이는 것을 잊지 않았다. "우리의 경우 그것(제도적 민주화 ― 인용자)은 권위주의적 발전국가체제 이후를 어떻게 설계할지가 정치적 과정에 맡겨졌음을 뜻한다. 하지만 그렇다고 해서 이 정치적 과정이라는 테이블 위에 모든 카드가 올라올 수 있는 것은 아니다. 사회세력의 포진상태와 확립된 가치정향에 따라 어떤 카드가 올라올지는 미리 규정되기 마련이다. 하지만 87년체제는 이런 선택범위를 좁히지 못했다. 타협적 민주화였기 때문에 사회세력의 재편이 취약했고, 권위주의체제를 무너뜨리는 정치혁명이었지만 구체제의 가치

<hr />

2 김종엽 「87년체제의 궤적과 진보논쟁」, 『창작과비평』 2007년 여름호 359면.

와 문화적 에토스로부터의 방향전환을 이룩하는 문화혁명적 성격이 매우 빈약했기 때문이다."[3]

왜 아니겠는가. 아래로부터의 6월항쟁과 위로부터의 6·29선언의 '타협'으로 만들어진 87년체제는 바로 그 타협이라는 태생적 한계로 말미암아 권위주의체제의 정치적·문화적 유산을 말끔히 청산하지 못했을 뿐 아니라 그 옹호세력에조차 활동공간을 보장해줄 수밖에 없었던 결여태(缺如態)였기 때문이다. 이 결여가 나쁜 정치주의의 온상이 되었다. 구체제 옹호세력의 기득권을 인정해줌으로써 거의 모든 국가적 사안을 선거라는 블랙홀이 흡수해버리도록 방조한 것이 87년체제인지도 모른다. 모든 결정은 유권자인 국민 전체의 책임으로 고루 배분되었고 87년체제의 '플러스' 요인들이 새로운 체제에 대한 상상력과 긴밀한 결합을 시도할 때마다 그 '마이너스' 요인들에 기반을 둔 구체제의 망령이 되살아난다. 이 민주주의의 상시적 비상상태는 나쁜 정치주의의 확산 가운데 정치 자체에 대한 환멸을 부추기고 선택에 따르는 책임과 부담을 유권자들에게 전가함으로써 오히려 책임정치의 실종을 초래했다. 그 결과 신자유주의 세계체제의 압력에 맞설 수 있는 사회적 역량은 결집하지 못한 채 정파적 이해관계의 소용돌이 속에서 이합집산을 거듭하게 되었다. '민주화세력'의 실력부족을 타매하는 것으로는 부족하고 그 실력배양의 공간이 충분치 않았음을 새기는 것만으로는 다음이 없다. 비정한 세리(稅吏)의 눈으로 87년체제가 낳은 이 결여의 감정교착을 해부하는 일이 우선임은 물론이다.

---

3 같은 글 361~62면.

2. 복류(伏流)하는 공화: 두 얼굴의 '최소주의'

사회정책에서 개혁과 진보를, 경제정책에서 신자유주의를 채택했던 참여정부는 잇따른 정책 혼선으로 지지층 이탈을 자초했다. 때맞춰 총공세를 펼친 수구세력의 도전 앞에 참여정부는 표류하는 것처럼 보였다. 발전국가체제를 종식시켰으되 이를 대체할 새로운 경제비전을 준비하지는 못했던 87년체제는 신자유주의적 세계체제에 순응함으로써 그 공백을 메울 수밖에 없었는데, 참여정부의 위기 또한 여기서 유래한다. 국민의정부 시절 전방위 구조조정으로 IMF관리체제를 벗어나는 동안 신자유주의적 가치는 한국사회에 뿌리 깊이 내면화하였고, 뒤이어 들어선 참여정부는 다른 카드를 준비해놓고 있지 않았기 때문이다. 87년체제론의 인식은 이 두 번째 민주정부의 위기 국면에서 그 면모를 뚜렷이 했다. 그런데 이와 비슷한 시기에 작가 배수아는 교양소설(Bildungsroman)의 희귀한 사례라 할 만한 장편 『독학자』(열림원 2004)를 발표한다. 대통령 탄핵사건(2004)이 위헌판결로 마무리된 직후였다. 6월항쟁의 세속화에 대한 주인공의 사색은 다시 읽어도 의미심장하다.

어느 누구도 정치적 진보에 투입되는 열정에 비해 사회 자체의 진보에 대해서는 놀랄 만큼 관심이 없었으며, 혹은 정치적 진보가 그대로 사회의 진보라고 믿고 있는 것처럼 보이기도 했다. 어느 누구를 탄핵해야 하는 부담도 없고 이익을 나누어 가지기 위해 머리 터지게 싸워야 하는 것도 아니고 당장 오늘 저녁 내 밥상이 줄어드는 것도 아니건만, 혹은 오히려 바로 그러한 이유 때문인지는 모르겠으나, 아무도 진보된 정치에 어울릴 만한, 그것을 포용할 만한 혹은 그것에 포용될 만한 진보된 사회에 대해서는 관심을 전혀 기울이지 않는 것이다. 전반적으로 진보된 개인과 문화를 위해서, 그들을 위한 사회를 만들기 위해 진보된 정치가 필요한 것이 아니었던가? 그러나 지금은 모두 정반대인 것처럼 보인다. 정치적인 자유 이외의 모든 지적인 자유, 정치적인 의미 이외의 사상의 자유, 예술의 자유, 그리고 가장 잔인하고 억압적인 관습으로부터의 자유, 해머처럼 가차없이 머리 위로 떨어지는 다수의 결정으로부터의 자유, 군중으로부터의 자유, 잔인한 본성으로부터의 자유, 무기와 육식으로부터의 자유, 폐쇄적인 성 정체성과 전통적 가족으로부터의 자유. 그런 것들을 원하는 목소리는 어디에서도 들려오지 않았다. (125~26면)

제도적 민주화란 원칙적으로 수단 이상은 아니다. 중요한 것은 역시 그 수단으로 무엇을 이룰 것인가이다. '호헌철폐, 독재타도'라는 절묘한 '최소주의'의 슬로건 아래 양심적 자유주의 세력과 재야운동권을 비롯한 노동세력·민중 부문은 서로에게서 '낮은 단계의 공통점'을 발견하고 광범위한 계급연합을 구축했다. 그러나 7·8월 노동자대투쟁의 열기가 채 식기도 전인 그해 12월 대통령선거는 예의 최소주의의 한계를 여실히 드러냈다. 6·29선언의 '예방 혁명' 기획이 6월항쟁의 획기성에 제동을 걸었던 셈인데, 익히 알려진 바대로 양김 분열은 결정적이었다. 후보자들의 권력욕이나 정부의 여론조사 조작, KAL기 폭파사건 여파는 사태의 본질이 아니다. 핵심은 연합정치를 가능하게 하는 합의의 문화와 경험, 제도적 역량의 부족에 있었던 게 아닐까. 최소주의의 이같은 한계에도 불구하고, 탄핵에서 복귀한 참여정부의 난맥상은 '87년식' 최소주의의 부활을 자극했다. 이 최소주의에 대한 향수가 2004년 봄의 광장을 메운 탄핵반대 촛불시위로 가시화되었다 해도 과장은 아닐 것이다. 그런 의미에서 어느 고독한 6월항쟁 세대의 예외적 성장서사를 골격으로 한 배수아의『독학자』는 "구체제의 가치와 문화적 에토스로부터의 방향전환을 이룩하는 문화혁명적 성격"의 빈곤(김종엽)을 짚은 87년체제론의 성찰적 면모와 내용적으로 공명하면서, 최소주의의 불길한 복귀에 매서운 질문을 던진 작품이라

할 수 있다. "해머처럼 가차없이 머리 위로 떨어지는 다수의 결정으로부터" 우리는 얼마나 자유로워진 것일까.

　한편으로 남북기본합의서 채택(1991)과 기업·노동 부문의 일정한 자유화 조치 등 그 성과적 측면 또한 무시하기 어려운 '87년식' 최소주의는 무엇보다 일진일퇴를 거듭하는 한국사회 민주주의의 험난한 전진 가운데서도 최후방어선의 역할을 충실히 담당해왔다. 「변호인」에 나오는 송우석의 인상적인 대사 "이런 게 어디 있어요. 이러면 안 되는 거잖아요"가 환기하는 최후방어선의 감각은 간과해서는 안 될 그 소중한 자산임에 틀림없다. 그것은 분단체제 수구세력의 온존에도 불구하고 6·15공동선언(2000)을 낳은 토대이며 고비마다 거리로 쏟아져나오는 촛불행렬의 요람이 되었다. 민주주의와 자본주의의 경험적 토대가 취약한 한국에서 대규모 유혈사태나 군사쿠데타 없이 민주화를 이룰 수 있게 해준 밑바탕도 이 '타협'의 최소주의였다. 아무리 낮춰 평가한다 해도 이제 민주화의 시간은 불가역적이다.

　87년체제의 한계에 대한 비판적 강조가 지나쳐 오히려 그 극복의 실마리조차 잃어버리곤 하는 오류를 우리는 97년체제론에서 마주치곤 한다. 97년체제론은 우리 사회의 자본주의가 외환위기 이후 신자유주의 국면에 접어들었으므로 진보진영의 핵심 의제를 반신자유주의 전선으로 재편해야 한다는 논리라고 할 수 있다. 따라서 97년체제론의 입장에 설 때 87년체제론은 반신자유주의 투쟁의 중요성을 희석하는 오류를 범하는 셈이다. 그러나 그것은 신자유주의의 세계화라는 외재적 요인에 관점을 종속시킴으로써 분단현실을 비롯한 한국사회의 내적 역동성을 시야에 담지 못하고 87년 이후를 '민주화의 시간'으로 과잉 평면화할 뿐 아니라 더 심각하게는 97년체제 자신의 발생 토대를 스스로 설명하지 못하는 한계 또한 지니고 있다는 점에서 많은 비판을 받아온 것도 사실이다.[4]

───────────

4 여기에 대해서는 김종엽의 「87년체제론에 부쳐」와 「분단체제와 87년체제」, 유철규의

포스트모더니즘과 어정쩡하게 제휴한 근대문학 종언론이야말로 97년 체제론의 문학적 버전일 것이다. 97년체제론이 신자유주의를 자본주의 세계체제가 낳은 난공불락의 철옹성처럼 묘사함으로써 암암리에 그 인공적 본질을 은폐하는 데 기여하곤 하는 것처럼, 근대문학 종언론은 당대문학의 정치적 무력감을 극복 불가능의 막다른 골목인 듯 과잉 규정함으로써 불안과 죄의식에 들린 사회심리에 편승해 자신의 무력함을 기정사실화 또는 합리화한다. 반신자유주의적 표면에도 불구하고 그것은 결국 신자유주의에 종속적일 수밖에 없지 않을까. 모든 죄과를 신자유주의가 떠안는 순간은 역설적이게도 신자유주의가 절대화하는 순간인지도 모르기 때문이다. 아무리 발버둥쳐도 이 철옹성을 벗어날 수 없다는 무력감, 그 멜랑콜리한 감각의 그림자가 동시대 한국문학을 넓게 감싸고 있다는 사실은 아무래도 부인하기 어렵다.

그러나 다른 한편으로는 외환위기 이후 신자유주의 국면의 본격적 대두가 87년체제론 같은 한국사회의 방향감각 회복 노력에 역설적 자극이 되었다는 점도 간과하기 어렵다. 같은 맥락에서 그것은 1990년대 이후 급격히 확장된 한국문학의 탈사회화 경향을 늦추는 브레이크 역할을 수행하기도 했다. 2000년대 들어 빈곤과 불안의 사회적 의미를 묻는 작품들이 김숨, 김애란, 김미월 등 젊은 작가들에 의해 꾸준히 발표된 사실은 자주 언급된 바와 같다. 이들의 등장과 함께 윤리나 공공선의 문제에 대한 관심의 증대로 작가들의 직접적인 현실참여가 눈에 띄게 늘어났던 점도 주목할 만하다. 2000년대 문학의 이러한 일부 경향은 작가 자신에게서는 시민적 덕성(civic virtue)을 재발견하고 창작에서는 윤리나 공공선의 가능

「80년대 후반 이후 경제구조 변화의 의미」를 참조할 것. 이 글들은 모두 창비담론총서 2권으로 출간된 『87년체제론: 민주화 이후 한국사회의 인식과 새 전망』(창비 2009)에 수록되어 있다. 특히 유철규의 글은 한국에서의 신자유주의 도입 문제를 87년체제와의 관련 속에 해명함으로써 87년체제론의 신자유주의 인식을 비판적으로 검토한다.

성을 탐사하는 형태로 진화하면서, 우리 사회가 공화(共和)의 감각을 회복하는 데 이바지했다. 그 높이와 넓이를 정확히 측량하고 평가하기엔 아직 이른 감이 있지만 적어도 그것은 87년체제의 성찰적 국면과 조응하고 있는 것처럼 보인다.

신경숙(申京淑)의 『엄마를 부탁해』(창비 2008)는 이런 맥락에서 풍부한 암시를 주는 작품이다. 이른바 가족주의 이데올로기의 부활과 모성의 신화화 등은 사실 이 작품의 진정한 핵심이 아니다. 혼령이 된 엄마는 6월항쟁의 거리를 다음과 같이 회상한다. "네가 내 손을 잡고 걸으며 부르는 노래를, 그 수많은 인파가 약속이나 한 듯 한목소리로 외치는 소리를, 나는 알아들을 수도 따라하지도 못했다만 내가 광장이란 곳엘 나가본 건 그게 처음이었어. (…) 엄마는 네가 다른 사람들과는 다른 삶을 살 거라고 생각했고나. 니 형제들 중에서 가난으로부터 자유로운 애가 너여서 뭐든 자유롭게 두자고 했을 뿐인데 그 자유로 내게 자주 딴세상을 엿보게 한 너여서 나는 네가 더 맘껏 자유로워지기를 바랐고나. 더 양껏 자유로워져 누구보다도 많이 다른 사람들을 위해 살기를 바랬네."(220~21면)

엄마가 6월항쟁의 거리에서 발견한 자유가 복합적이라는 사실은 지금껏 충분히 주목받지 못했다. 그것은 우선 "다른 사람들과는 다른 삶"으로서의 자유이거나 "가난"이라는 속박으로부터의 자유여서 사적인 성격을 지니지만, 이어지는 문장에서 알 수 있듯 어떤 고양과 심화의 단계를 거쳐 "누구보다도 많이 다른 사람들을 위해" 사는 자유, 즉 공화적 자유로 상승할 전망을 지닌 것이기도 하다. 그러나 "바랐고나" "바랐네"의 종결어미들이 쓸쓸히 암시하고 있듯 이 전망은 배반되었다. 시민적 덕성에 기초한 규율의 자기결정성이 공화주의의 진정한 본질이라고 할 때 6월항쟁의 거리에 나타났던 공화주의의 혼은, 최소주의와 호응하며 세속화한 자유의 범람에 억압되어 이후 긴 잠행에 나섰던 것이다.[5] 하지만 그럼에도 불구하고 엄마의 혼령은 1997년의 차가운 거리가 아니라 1987년 6월의 광장으로 돌아갔다. 왜 하필 "그날 그곳"이냐를 묻는 것은 우문이다. "그날 그곳"에는 "딴세상"이 펼쳐져 있었고 지금 우리가 잃어버린 것이 바로 그 "딴세상"의 기억이기 때문이다.

3. 고독의 시간: 은희경의 『태연한 인생』

누군가의 말마따나 '자유'는 자유롭지 않다. 진정한 자유는 스스로를 다스리는 규율을 결정할 자유이지 무정부적 욕망의 자유가 아니기 때문이다. 시민적 덕성에 기초한 규율의 자기결정성을 '욕망의 자유'에 헌납함으로써 우리 시대는 정체 모를 상실감과 죄의식에 끊임없이 노출되곤 했다. 87년체제가 낳은 독특한 감정구조의 양상이다. 은희경(殷熙耕)의 장편『태연한 인생』(창비 2012)은 바로 이 욕망의 자유에 갇힌 인간과 그 구원의 가능성을 탐문한 작품이라고 할 수 있다.

이 작품의 주인공은 40대 후반의 중견 소설가 김요섭이다. "패턴화"(207면)되어버린 결혼생활에 염증을 느낀 탓에 아내와는 별거 중이며 어쩐지 소설이 잘 써지지 않아 고통스러워하고 있다. 그에게는 무능하고 고지식할 뿐 아니라 자신의 출세욕을 순수한 정의감으로 가장하곤 하는 제자 이안이 있다. 스승에게 당한 모욕 때문에 소설 쓰기를 포기한 그는 '위기의 작가들'이라는 이름의 단편영화를 만듦으로써 김요섭의 위선을 폭로하려 한다. 이 영화에 김요섭을 출연시키려는 이안의 음모가 성공하느냐 마느냐는 꽤 흥미로운 서사의 축이지만 작품 분량의 대부분을 차지하

---

5 '골방의 모더니즘'으로 요약되곤 하는 90년대 문학의 탈사회화 경향이 이 흐름을 대변한 것임은 물론이다. 그러나 87년체제의 복합성에 대한 앞서의 언급에서도 알 수 있듯 이 '복류하는 공화주의'는 '세속화한 자유'의 헤게모니 가운데서도 꾸준히 성장해왔고 6·15공동선언이나 촛불시위의 얼굴을 한 채 그 존재감을 뚜렷이 입증하기도 했다.

는 김요섭의 망념이나 글쓰기에 대한 고민, 문단과 주변 인물들의 속물성에 대한 비판 등은 끊임없이 그것을 방해한다. 왜 이런 구성이 필요했던 걸까?

김요섭의 삶이 마치 의미 없는 잡담처럼 건조하게 '패턴화'되어버린 것은 10년 전 그를 떠난 '류'와의 짧지만 격렬했던 사랑의 기억 때문이다. 따라서 『태연한 인생』이 분절된 삽화들의 파노라마로 구성된 이유는 류라는 가치의 공백을 파고드는 속악하고 분열적이며 무의미한 욕망의 세계를 드러내기 위해서라고 할 수 있다. 그것은 「류의 서사」라는 장으로 시작해 「류의 노래」라는 장으로 끝나는 이 작품의 순금 부분이 김요섭의 삽화들이 아니라 류의 이야기 속에 내장되어 있음을 뜻한다.

류의 아버지는 의무나 책임이라는 이름으로 '패턴화'되곤 하는 운명을 거부함으로써 바람 같은 삶을 살았다. 이 때문에 류의 어머니는 고통스러웠고 고독했다. 이를 통해 고통과 고독의 세계를 일찍 눈치채버린 류는 자살한 아버지의 장례식장에서 만난 김요섭과 매혹의 탈주를 감행하지만 그 매혹이 또다른 패턴으로 식어버리기 전에 과감히 그 자리를 떠난다. "살아오는 동안 류를 고통스럽게 했던 수많은 증오와 경멸과 피로와 욕망 속을 통과한 것은 어머니의 흐름에 몸을 실어서였지만 류가 고독을 견디도록 도와준 것은 아버지로부터 물려받은 삶에 남아 있는 매혹이었다." (265면) 아버지가 죽은 자리에 나타난 김요섭은 류에게 아버지의 대리자였을지도 모른다. 류는 아버지의 대리자를 버림으로써 "어머니의 흐름" 밖으로 나와 자신의 고독 앞에 진정으로 마주 설 수 있었던 것이다. 따라서 이 작품의 핵심은 고독의 자리를 회복함으로써 '패턴화된 자유'로부터 벗어나는 것을 뜻하는 '개인의 개인됨', 그 가능성에 대한 물음에 있는지도 모른다.

작가는 소설 속 허구의 인물인 K선생의 입을 빌려 이렇게 말한다. "예술은 말야, 개인에게 자기 자신을 되돌려주는 거야. 쉬운 건데, 그거 아는 놈들이 왜 이렇게 없어."(152면) 비로소 류는 고독 속에서 류 자신이 되었다. "고독은 그것을 받아들이는 사람에게 적요로운 평화를 주었다. 애써 고독하지 않으려고 할 때의 고립감이 견디기 힘들 뿐이었다. 타인이란 영원히 오해하게 돼 있는 존재이지만 서로의 오해를 존중하는 순간 연민 안에서 연대할 수 있었다. 고독끼리의 친근과 오해의 연대 속에 류의 삶은 흘러갔다. 류는 어둠 속에서도 노래할 수 있었다."(265면) 수수께끼처럼 얽힌 욕망의 악다구니와 운명의 패턴들 속에서 진짜 소설은 '류의 서사'뿐이고 김요셉과 나머지 인물들의 이야기는 의미 없는 삽화에 불과한 것인지도 모르겠다. 그렇다면 이 삽화들의 운명은 어떻게 되는 걸까?

김요셉이라는 인물은 여러 측면에서 은희경이 10여년 전에 발표한 장편 『마이너리그』(창작과비평사 2001)의 주인공을 연상시킨다. 『마이너리그』는 '만수산 4인방'으로 불리는 '58년 개띠' 고교 동창생들의 삶을 관찰함으로써 베이비붐세대의 일원들이 속물적 소시민계층으로 성장해가는 경로를 풍자와 연민의 눈으로 추적한 세태소설이다. 이 작품의 주인공 김형준은 『태연한 인생』의 김요셉과 같은 세대이며 글 쓰는 계열의 직업에 종사하고 있다는 외적인 측면뿐 아니라 콤플렉스가 많고 냉소적이며 개인주의 혹은 자유주의 성향이라는 내적인 측면까지 닮은꼴이다. 그러나 이들이 사랑의 실패에서 오는 결핍과 죄의식을 앓고 있는 인물들이라는 사실만큼 중요한 공통분모는 없다. 어떤 의미에서 『태연한 인생』은 『마이너리그』의 10년 후 에필로그처럼 보일 정도다. '욕망의 자유'에 갇힌 수인들의 현재를 다음과 같이 전율적으로 그려내기는 쉽지 않을 것이다. 요셉과 도경은 비 내리는 S시의 해안도로를 달리는 중이다.

좀 천천히 달려요. 도경이 소리쳤다. 우리 지금 어디로 가는 거예요? 그러나 요셉은 아무 대꾸 없이 앞을 바라보며 가속페달을 밟을 뿐이었다. 열어놓은 창으로 바람이 미친 듯이 따라왔다. (…) 도경은 다시 한번 중얼거

리는가 싶더니 다음 순간 갑자기 깔깔대고 웃기 시작했다. 음주운전으로
잡았는데 불륜이면 웃길 것 같아요. 차의 속도와 취기 탓에 도경의 목소리
는 선풍기 앞에서 지르는 소리처럼 웅웅거렸다. 그리고 경찰서 잡혀갔는데
대학교수다 그건 더 웃겨요. 교수 아니니까 걱정 마. 왜요? 강사거든. 그게
더 웃겨요. 도경의 웃음소리가 다시 높아졌다. 제가 수영강사 운전강사하
고도 안 잤는데 왜 소설 가르치는 강사하고 자요? 다른 것도 가르칠 수 있
거든. 뭔데요? 도저히 웃음을 그칠 수 없는지 도경의 입에서는 꺽꺽 소리가
새어나왔다. 너무 웃겨요. 선생님도 웃기고 자는 것도 강사도 다 웃겨요. 웃
겨서 죽겠어요. 요셉은 다시 차창을 완전히 내려놓고 차의 속도를 높였다.
바람이 맹렬하게 달려들어 도경의 머리카락을 흩뜨리고 블라우스를 부풀
렸다. (…) 도경과 요셉은 둘 다 숨이 넘어갈 듯이 웃고 있었다. 차는 먹구
름이 하늘을 완전히 덮을 때까지 계속 그렇게 달려갈 기세였다. (133~35면)

중소기업인 단체의 워크숍에 한 사람은 강사로, 다른 한 사람은 회원
가족으로 참가했다가 둘은 처음 만나게 된다. 이 만남은 곧장 술자리와
불륜행각으로 이어진다. "가늘고 길게 사는 게 뭐 어때. 그리고 완결이 안
돼야 그 아쉬움 때문에 세상에 대한 흥미를 유지할 수 있지"라고 말하는
요셉과 "다른 사람하고 자면 더 좋을까. 글쎄요, 다른 사람하고 자면 조금
이야 다르겠죠. 하지만 엄청난 차이 같은 건 없어요. 김치라면하고 소고기
라면 정도예요."(132면)라고 말하는 도경의 대사에는 이들이 앓고 있는 결
핍과 상실감이 짙게 깔려 있다. 한배를 탄 그들의 질주 속으로 광기와 자
학, 분노로 일그러진 웃음소리가 빗줄기처럼 들이치는 앞의 장면은 마치
김요셉들의 불길한 운명을 암시하는 듯하다. 그들은 과연 이 차에서 내릴
수 있을까. 아니, 그들은 자신이 어디로 가고 있는지도 모르지 않는가. 도
경이 요셉에게 묻는다. "우리 지금 어디로 가는 거예요?"

4. 비로소 시작되는 우애의 시간: 권여선의 『레가토』

권여선(權汝宣)의 『레가토』(창비 2012)에 등장하는 주요인물들이 『마이 너리그』의 '만수산 4인방'이나 『태연한 인생』의 김요섭과 같은 또래라는 사실은 우연만은 아닐 것이다. 유신 말기와 광주항쟁 시기를 대학에서 보 낸 이 베이비붐세대의 분파는 군사독재 치하의 고도경제성장과 부동산 활황, 고학력을 기반으로 우리 사회의 소시민·중산층을 형성했다. 은희경 의 '58년 개띠'들이 비주류 성향인 데 비해 "카타콤"[6]에서 만나게 되는 권 여선의 인물들은 대개 주류사회의 일원으로 성장했다는 차이가 있지만 6월항쟁 당시 이른바 넥타이부대에 참여한 이들의 출신성분이 대체로 이 와 같았음을 고려할 때 주목할 만한 공통점이다. '1987년'이 우리의 현재 를 해명하고 미래를 가늠하는 사회과학의 인식론적 관제고지라면 동시대 중간계층의 성장사는 문학의 인식론적 관제고지일 수 있다. 두번의 "민주 정부를 구성한 세력을 우리 사회에 존재하는 자유주의 분파라고 이해"[7]하 는 경우 이 계층이야말로 자유주의 분파의 요람이었기 때문이다. 우리 시 대의 탁월한 작가들이 특히 장편소설 분야에서 이들의 삶에 주목한 것은 어찌 보면 자연스러운 일이 아닐까.

『레가토』는 유신 말기 서울 어느 대학의 운동권 서클인 '전통연구회' 출신 구성원들의 삶을 통해 우리 시대의 상처와 부채의식을 가차 없는 시 선으로 써내려간 적나라한 보고이자, 그럼에도 끝까지 포기할 수 없는 희 망의 탐사 일지라고 할 수 있다. 8개 장으로 구성된 중심서사의 앞과 뒤에 각각 프롤로그와 에필로그를 덧붙인 이 작품은 1979년 봄부터 1980년 봄

---

6 초기 기독교인들의 지하 묘지를 뜻하는 단어로 『레가토』에 등장하는 지하 연합서클룸 의 별칭이다. 과거의 상처와 기억을 고고학적 발굴대상처럼 더듬어 들어가는 작품의 구조적 특징을 함축하고 있다.
7 김종엽 「87년체제론에 부쳐」, 앞의 책 20면.

까지의 1년에 걸친 과거 이야기와 그로부터 30년이 지난 어느 해 늦여름부터 이듬해 봄까지의 현재 이야기를 번갈아 배치함으로써 과거와 현재를 정확히 대칭시켜놓고 있다. 이는 현재의 자리에서 과거의 상처와 죄의식을 응시하는 작품의 내용적 측면을 구성상으로 은유한 것이기도 하다. 제목인 '레가토'(legato)가 앞선 음의 파동이 끝나지 않은 상태에서 다음 음을 전개하는 연주기법을 뜻한다는 사실도 시사적이다. 해소되지 않은 채 억압된 과거의 상처와 죄의식이 현재의 혼돈 사이로 스며드는 레가토의 시간은 거의 모든 등장인물의 삶을 감싸고 있기 때문이다. 그 상처와 죄의식의 기원으로 들어가볼 차례다.

전향한 빨치산을 아비로 둔 시골 처녀 오정연은 전통연구회에 가담한 79학번 신입생이다. 그녀는 첫번째 '피쎄일'을 두려움 속에 마친 이튿날, 모두가 선망하는 선배이자 전통연구회의 리더인 박인하에게 능욕을 당한다. 권여선이 가학과 피학의 심리를 묘사하는 데 뛰어나다는 사실은 꽤 알려져 있지만 "모욕을 감내하는 자의 얼굴은 모욕을 가한 자에게 견딜 수 없이 냉혹한 거울"인 동시에 "누군가를 지독히 모욕한 자기 악의 심연을 들여다보는 일"(30면)임을 섬뜩하게 묘사한 2장의 4절(66~82면)은 발군이다. 이 사건은 작품의 전개 경로를 따라 반복적으로 환기되며 한 시대의 축도로 승화한다. 서툴러서 두렵고 그렇기 때문에 더욱 그악스러워지는 현실의 폭력성은 그러나 특정 시대의 역사적 환부에 그치는 것이 아니라 인간적 근원과 관계된 무엇처럼 진술된다. 오정연의 꿈에 죽은 아비가 나타나 말한다. "누구나 제 가슴속 우리에 아우성치는 짐승 하나씩은 가둬두고 산다. 살다보면 언젠가는 그 짐승이 서럽게 울부짖는 소리를 듣게 된다. 그 소리를 들으면 더는 예전처럼 살 수 없고 더는 이 삶을 견딜 수가 없게 된다."(66면)

내면의 반란을 다스리지 못한 자는 오히려 그 반란의 포로가 되어 다시는 자유를 회복하지 못한다. 욕망은 보편적이고 폭력은 평범한 것이다. 오정연의 딸 유하연을 겨울 숲에 뒹굴게 한 내면의 불기운도, '링'이라는 이름의 까페에 모인 중년의 전통연구회 회원들이 엉망으로 취해 서로를 물어뜯을 수밖에 없었던 까닭도 여기서 멀지 않다. 30년 전 첫번째 '피쎄일'이 있던 날 밤의 "풍년집"에서 벌어진 폭행 난동(62~66면)이 까페 링에서의 악다구니와 대칭을 이루는 점도 놓칠 수 없다. 어쩌면 이들의 삶은 30년 세월을 건너는 동안 아무것도 달라지지 않았는지 모른다. 오정연이 사복경찰의 눈을 피해 숨어든 여학생 휴게실에서 마치 다른 세상의 음악처럼 들려온 「보헤미안 랩소디」(1975)의 가사는 이렇다. "이게 진짜 삶인가?/그저 환상인 건 아닌가?/흙더미에 파묻혀/벗어날 길이 없네……"(147면) 박인하를 만나기로 약속했으나 홀로 자리를 지킬 수밖에 없었던 어느 변두리 다방에서, 그녀가 삶과 죽음의 경계를 넘나들던 5월 광주의 어느 성당에서 이 노래는 다시 등장한다. 서사의 길목마다 나타나 점차로 비극적 고양감을 강화하는 아름다운 의장이자 작품의 핵심으로 통하는 이정표가 아닐 수 없다.

사건 이후 오정연은 캠퍼스를 떠나 고향에서 아이(유하연)를 낳고 친구를 만나러 간 광주에서 5·18의 참상을 목격한다. 그녀가 광주항쟁의 격랑 가운데 실종되면서 전통연구회 사람들이 지워지지 않는 빈칸을 공유한 채 살아가게 됨은 물론이다. 그사이 누군가는 국회의원이 되고 누군가는 대학교수가 되었으며 누군가는 사업에 실패하고 또다른 누군가는 결혼생활에 실패한다. 삶이란 어떤 의미에서 그만큼 보잘것없는 것인지도 모른다. 여기서 오정연이 광주항쟁에 휩쓸려 들어가는 과정의 작위성을 짚고 넘어가는 것은 어찌 보면 쉬운 일이다. 또 프랑스인 에르베의 손에 구사일생으로 구출된 그녀가 기억상실증에 걸린 채 아델이라는 이름으로 빠리에서 살아가게 된다거나 유학 중이던 석빈(유하연의 남자친구)을 포함해 광고촬영차 빠리를 방문한 전통연구회 선배 윤상일 등과 우연히 해후하게 된다는 결말의 통속성을 지적하는 일도 그리 어렵지 않다. 그러나 그

쉬운 비판에 집착하는 순간 우리는 이 작품의 진정한 목소리를 듣지 못할 위험을 감수해야 할지도 모른다.

> "(…) 아델(오정연 — 인용자)은 이 얘기를 자신에게 일어난 일로 생각하지 않고 마치 전생처럼, 전설처럼 여기는 것 같아요. 그럼 본격적으로 얘기를 시작할까요? 제가 아델을 어떻게 만나게 되었는지, 어떻게 그녀를 빠리까지 데려오게 되었는지, 그녀가 모든 고통과 장애에도 불구하고 지금 어떤 꿈을 꾸고 있는지, 희망은 불가능하기 때문에 더욱더 품을 가치가 있다는 진실을, 저 부서지기 쉬운 그녀의 육체가 얼마나 아슬아슬하게 입증해왔는지에 대해서 말이지요." (428면)

에르베의 목소리로 전해지는 이 작품의 마지막 문단이다. 그가 지금부터 하려는 이야기는 지금까지 이 작품이 들려준 이야기와는 아마도 다른 방식으로 펼쳐질 것이다. 『레가토』에는 1980년 이후 30년의 시간이 비어 있다. 부재의 시간은 그해 5월의 광주에서 시작되었다. 공수부대의 무자비한 살육과 폐허가 된 금남로, 지옥을 방불케 하는 임시병원과 그 가운데 기적처럼 일어난 시민들의 자치공동체가 익숙한 그림처럼 묘사된다. 그럼에도 이 장면들이 주는 감동의 현재성은 생생하다.

1980년 5월 당시 에르베의 통역 겸 가이드였던 최는 이 점에서 중요한 인물이다. 그에겐 이름이 없다. 그는 작품 안에서 인하, 정연, 진태와 같은 이름으로 불리지 않는 유일한 인물이다. 왜 그에겐 이름이 없을까? 그에 겐 '나'가 없었기 때문이 아닐까? 에르베와 함께 오정연을 구출한 뒤 그는 말한다. "에르베, 고만하랑께. (…) 아이 윌 고 백 광주. 나넌 말이제, 위대한 광주 시민이랑께. 그레이트 광주 씨티즌. 유 노? 언더스탠?" 그러므로 이 작품에 지워진 30년은 "위대한 광주 시민"이 무엇을 의미하는지를 이해하는 데 필요했던 고투의 세월이다. 무엇이 그를 "위대한 광주 시민"으로 만들어주는가? 다시 최가 답한다. "오케, 에르베. 테이크 케어 오브 허. 이 처니는 나으 누이여. 쉬즈 마이 씨스터. 유 노? 나으 딸이여. 쉬즈 마이 도터. 오케, 플리즈. 아나, 굿바이. 씨 유 어겐. 굿바이."(355~56면) 사투리와 외국어가 뒤섞인 그 빛나는 우애(fraternité)의 언어가 그를 "위대한 광주 시민"으로 만들어준 게 아닐까.

광주항쟁에서 시작해 6월항쟁으로 일단락된 민주화의 여정은 바로 이 보잘것없는 동시에 위대한 우애의 감정 안에서 가능했을 것이다. "위대한 광주 시민" 최는 돌아오지 못했지만 오정연은 아델이라는 낯선 이름이 되어 돌아왔다. 그리고 『레가토』의 마지막 장면은 강변 파티다. 전통연구회의 옛 동지들은 비로소 그들 각자의 삶을 이야기하게 될 것이다. 아마도 그 이야기들은 보잘것없는 것일 테다. 그 보잘것없음의 연대 안에서 새롭게 피어날 우애가 "불가능하기 때문에 더욱더 품을 가치가 있"는 희망의 다른 이름 아닐까. "그녀는 오지 않고 나는 사랑을 믿지 않는다. (…) 사랑이 보잘것없다면 위로도 보잘것없어야 마땅하다. 그 보잘것없음이 우리를 바꾼다. 그 시린 진리를 찬물처럼 받아들이면 됐다."[8] 우리 시대의 불안과 죄의식을 통과하는 길이 여기에 있고, 자유와 공화의 교착상태를 풀 열쇠가 또한 여기에 있다.

---

8 권여선 「사랑을 믿다」, 『내 정원의 붉은 열매』, 문학동네 2010, 80면.

모더니즘의 잔해

◆

정지돈과 이인휘 겹쳐 읽기

1. '이미'와 '아직'의 동시성

이른바 정보조합형 소설로 성가를 올리기 시작한 정지돈(鄭智敦)에 대해서라면 어느정도 알 만한 요즘 독자들에게 이인휘라는 이름은 조금 낯설지도 모르겠다. 그래서인지 장편『내 생의 적들』(2004)과『날개 달린 물고기』(2005) 이후 오랫동안 침묵했던 그가 중·단편 작업에 복귀해 전에 없이 의욕적인 활동을 보여주고 있음에도 충분한 관심의 대상이 되지는 못하는 듯하다.[1] 1987년에 데뷔해 태백 광산노동자들의 투쟁과정을 추적한 장편『활화산』(1990)으로 자신을 알린 그는 30년 가까이 '노동문학'의 자리를 지키고 있는 보기 드문 현역 노동자 출신 작가다.

그에 비해 영화를 전공한 뒤 출판사 마케터를 거쳐 작가로 데뷔(2013)한 정지돈은 평단의 비상한 조명을 받고 있는 편이지만[2] '이미' 아무도 들지

---

[1] 이인휘가 근래 발표한 중·단편 목록은 다음과 같다. 「알 수 없어요」(『황해문화』 2014년 가을호), 「공장의 불빛」(『실천문학』 2015년 봄호), 중편 「시인, 강이산」(『자음과모음』 2015년 여름호).

않는 깃발처럼 되어버린 노동소설[3]이나 '아직' 가능성의 기로에 서 있는 정보조합형 소설이나 한국소설의 현재 지형에서 비주류이긴 마찬가지다. 그러나 이 옹색한 공통점을 제외하면 기법과 스타일뿐 아니라 작품의 미적 본질에 연루된 세계관 내지 문학관의 차이가 거의 극과 극으로 갈려서 오히려 이들 두 계열이 어떻게 같은 시공간에서 동거할 수 있는지 의아할 정도이다.

이중 어느 한편을 선택하고 거기에 모종의 시대착오가 개재하고 있음을 고발하는 일은 쉽지만 엄연히 현전하는 복수의 현상들 중 일부를 선택하고 묘사하는 방식에는 수많은 그늘들이 만들어지기 마련이어서 좀더 생산적인 논의로 가려면 우선 그 동시성 자체를 사유할 필요가 있다. 여기서 다루려는 두 작가의 최근 성취들은 나름대로 ─ 그리고 어느정도는 불가피하게 ─ 세계와의 실존적 대결의 산물이며 각자의 방식으로 우리 시대의 어떤 '새로운 현실'에 접속해 있다. 이러한 전제가 동시성에 대한 사유를 가능하게 만들어주는 발판이다.

문학은 언제나 지금 이곳의 현실에서 생산되고 또 거꾸로 그것을 창안해내는 일이기도 했다. 이 사실은 종종 간과되곤 하는데, 그런 의미에서 정지돈의 최근 인터뷰 중 한 대목을 환기해보는 것도 나쁘지 않을 것이다. "사실 모든 소설가들이 현실에서 소재를 가져온다고 생각한다. 현실에 없는 것에서 소재가 나오는 경우는 없다. 일반 사람들이 잘 모르는 현실을 가져와서 쓴 소설은 비현실적으로 느껴질 수는 있겠지만 거의 모

---

2 이에 대한 총괄적인 정리를 겸해 그 의의를 분석한 글로는 서희원 「헤테로토피아의 설계자들 혹은 희망적 괴물: 오한기와 정지돈의 단편소설에 대하여」, 『문학동네』 2015년 여름호 참조.

3 소설 부문의 동향을 다루는 자리인 만큼 여력은 없지만 이러한 상황과 연속/불연속을 이루는 노동시 부문의 상대적 활력에 대해서는 별도의 검토가 필요하다. 특히 잇달아 출간된 황규관의 『정오가 온다』(삶창 2015)와 김해자의 『집에 가자』(삶창 2015)는 이 맥락에서 많은 시사점을 제공하고 있다.

든 소설들이 현실에서 가져온 소재들을 변형해서 쓰여진다."(『출판저널』 2015년 8월호) 여기까지라면 이인휘라고 해서 생각이 다르지 않겠거니와 그것이 어떤 '새로운 현실'인지가 이 글의 화두이자 결론이 될 것이다.

한가지 분명히 해둘 것은 여기서 말하는 '새로운 현실'이 글쓰기와 글 읽기를 통해 변증법적으로 산출되는 구성적 개념이지 미리 확보된 규범 은 아니라는 점이다. "소설은 작가가 알고 있는 것을 쓰는 것이 아니라 알 고자 하는 과정을 보여주는 것"[4]이기 때문이다. 정지돈이 같은 글에서 인 용한 볼라뇨(Roberto Bolaño)는 의미심장하게도 소설 쓰기에 대해 이 런 말을 남겼다. "어둠 속에 머리를 처박은 채 허공으로 뛰어내릴 줄 아는 것". 오랜 침묵에서 돌아온 이인휘의 복귀작 「알 수 없어요」가 서술자를 엄습하는 깨달음의 전율과 공포 속에서 새로운 실존적 기투를 예감케 하 는 제목을 달고 있는 배경도 그로부터 아주 멀진 않을 것이다.

2. 과거완료들의 세계

서사적 질서를 추구하기보다 여러 사실 또는 허구의 텍스트에서 수집 한 지식이나 정보를 조립하는 방식으로 씌어진 소설들이 꾸준히 늘어나 고 있다. 김희선(金希鮮)과 손보미(孫寶渼), 그리고 여기서 주목하려는 정 지돈의 작품이 대표적인 사례들일 것이다. 이러한 현상을 지칭하고 묘사 하기 위해 고안된 개념으로 '지식조합형 소설'이 일반화된 편이다. 그러 나 지식이 정보에 대한 해석적·비평적 실천을 수반하는 개념이라 할 때 이들 작품군에는 지식보다는 정보에 가까운 요소 ─ 그것이 사실이든 허

---

4 정지돈 「새로운 문학은 가능한가: 금정연 씨와 함께 문학을 말하다」, 『작가세계』 2015년 여름호 269면.

구적으로 조직된 것이든 ─ 들의 비중이 훨씬 큰 것처럼 보인다. 어떤 의미에서는 각각의 고유한 체계와 맥락을 지닌 기성의 지식을 탈신비화하고 그것의 물성 자체를 드러냄으로써 '지식의 정보화'를 도모하는 것이 이들 작품군의 핵심 전략처럼 여겨지기도 한다. 글머리에서 굳이 정보조합형 소설이라는 용어를 채택했던 이유도 여기에 있다.

그러나 어떻게 보면 정보조합형 소설조차 기능주의적인 명명에 지나지 않는다. 이를 하나의 독자적 장르 개념으로 발전시킬 수 있을까? 가령 노동소설의 '노동'이 소재와 내용을 지시할 뿐 아니라 미학적·이념적 가치 지향까지 내포하는 개념인 점과 비교해보면 선명한 차이가 있음을 알 수 있다. 여기서의 '정보'는 축자적 의미 이상을 거의 개시하지 않는다. 물론 그럼에도 불구하고 이 개념의 일정한 유용성까지 부정하기는 어려운데 그것은 정보조합의 문학적 의의와 가능성에 대한 우리의 사유가 아직은 시작 단계에 불과하기 때문일 것이다.

정지돈의 단편 「건축이냐 혁명이냐」는 지식의 물성을 텍스트의 표면에 전경화하는 정보조합형 소설의 한 표본이라 할 수 있다.[5] 이 작품에 와서야 비로소 작가의 소설적 지향이 좀더 분명하게 드러날 뿐 아니라 유사 계열에 속하는 동시대의 다른 작가들과도 뚜렷한 차별성을 지니게 되었다고 보기 때문이다. 예컨대 「교육의 탄생」이나 「페르시아 양탄자 흥망사」[6]를 쓴 김희선이 사실과 허구를 넘나드는 정보들의 조합을 통해 이야기 세계의 유희적이고 자폐적인 내연운동을 보여줌으로써 우발적으로 일어나는 정서적 파동을 겨냥한다면, 손보미는 첫 소설집 『그들에게 린디합을』(문학동네 2013)의 수록작 「폭우」나 「육 인용 식탁」에서부터 근래 발표

---

5 이 작품은 『문학들』 2014년 겨울호에 처음 발표되었고 올해 '제6회 젊은작가상' 대상을 수상함으로써 해당 수상작품집(문학동네 2015)에 재수록되었다. 인용 면수 표기는 후자를 따른다.
6 두 작품 모두 김희선의 첫 창작집 『라면의 황제』(자음과모음 2014)에 수록되어 있다.

한 「임시교사」에 이르기까지 중간계급의 심리적 현실을 개입시킨다. 그런 의미에서 정보 조합의 위상이나 목적이 정지돈을 포함한 세 작가에게 고른 것은 아니다. 이를 부연하는 동시에 「건축이냐 혁명이냐」가 지닌 변별적 자질을 설명하기 위해서는 정보 조합보다 상위범주라 할 '재현의 재현'에 대한 설명이 필요하다.

이는 흔히 말하는 현실의 재현이 아니라 인공 재현물로서의 선행 텍스트들을 다시 재현의 대상으로 삼는 것을 말한다. 이 경우에는 선행 텍스트들이 우리가 자연이나 현실이라고 불러온 것들을 대체한다. 따라서 정보 조합은 고의적인 번역체 수용이나 가공의 텍스트에 대한 글쓰기 또는 실제 텍스트에 대한 가공의 글쓰기와 마찬가지로 '재현의 재현'에 속하는 하위범주의 하나가 된다. 앞에서 예로 든 작가들은 모두가 바로 이 '재현의 재현'을 창작원리로 수용한 경우들이라고 할 수 있는데 차이가 있다면 이러한 '재현의 재현'을 통해 이들이 궁극적으로 무엇을 하려는가에 있을 것이다. 요컨대 김희선이 텍스트로 만들어진 소우주에 기꺼이 스스로를 유폐하는 탈재현 또는 반재현을 추구한다고 할 때 손보미는 계급 현실 또는 심리에 대한 일종의 '다른 재현'에 다다른 경우라고 할 수 있다.

그와 달리 '재현의 재현' 전략 가운데서도 정보 조합에 대해 유난한 자의식을 드러내고 있는 정지돈의 「건축이냐 혁명이냐」는 재현 신앙에 대해 해체적인 한편으로 반재현의 강박에 관해서도 회의적인 태도를 보인다. '건축이냐 혁명이냐'와 같은 양자택일의 물음을 던져놓고 끝까지 아무런 해답을 제공하지 않는 이 작품은 제목부터 암시적이다. 건축이 재현이라면 혁명은 반재현의 은유라고 할 수 있지 않을까. 이 작품은 재현적 질서에서 이탈하는 동시에 반재현의 아노미상태에서도 비켜서려는 의지의 산물이다. 어느 편으로도 손을 들어주지 않음으로써 애초의 질문 자체를 무력화하는 정보들의 연쇄반응, 그것을 무연히 지켜보고 서 있는 작품의 진짜 주인공은 목적 없는 노동으로서의 수집벽 그 자체인지도 모른다. 어떤 목적의 내러티브로도 승화하기 이전인 수집가의 '우표책'이 소설일 수 있을까? 그러나 이 작품은 그런 물음을 허락하지 않은 채 자신이 모은 재료들의 물성을 거의 있는 그대로 외화함으로써 일종의 소설적 노출콘크리트 건축술을 차갑고 건조하게 보여준다.

한 공동체의 미래를 전대미문의 비전 속에 빈틈없이 실현하려는 것이 건설의 꿈이라면 "우리를 감싸고 침투하고 압도하는 혼돈과 엔트로피"[7]에 스스로를 내던짐으로써 어떤 희망의 약속에도 투항하지 않으려는 것은 파괴의 몽상이다. 아마도 작가 정지돈과 그의 작품이 서고자 하는 무대는 건설과 파괴의 미망이 얽히고설킨 발전주의로서의 모더니즘, 그것이 종말을 고한 폐허 위인 것 같다. 그가 건설의 꿈과 파괴의 몽상을 함께 여읜 채 그 잔해 위에서 수집가를 자처할 수 있었던 배경에는 발전주의로서의 모더니즘 시대가 현재적 의의를 상실한 과거완료형의 세계라는 인식이 자리하고 있다. 사라져버린 건축물과 주거지역, 지금은 기록으로만 남은 예술적 실험과 도전의 사례들, 그리고 세상을 떠난 건축가의 이름들이 이 작품에 빼곡히 담긴 이유도 그래서일 것이다. 그러므로 무너져버린 대한제국의 마지막 황족이었던 건축가 이구의 인생유전이 왜 이 작품의 주선율로 선택되었는지를 묻는 것은 불필요하거나 어리석은 일이다. 대한제국의 몰락 이후 태어나 발전주의 시대의 종언을 통과하며 삶을 마무리한 이구야말로 가장 완벽한 과거완료의 형상이기 때문이다. 그는 어쩌면 거의 모든 방향으로부터 리비도를 회수해버린, 그래서 순수 기록의 멜랑콜리한 향유만으로 이 황폐한 세계를 살아가고 있는 작가 자신의 페르소나일지도 모른다.

나는 그 이야기를 들으며 박찬경이 한 이야기, 자신은 이상하게도 육십년

---

7 정지돈 「새로운 문학은 가능한가」 258면.

대에 찍힌 다큐멘터리 사진, 전혀 결정적인 순간이라고 할 수 없는 사진을 보며 매력을 느끼는데 이는 소위 말하는 미술품보다 이런 기록물이 더 미학적이기 때문에, 빈티지한 취향이나 사회적 요인 때문이 아니라 아름다움 그 자체로서 그런 기록물이 앞서기 때문에 그런 기록물을 수집하는 행위로 작품을 만들어왔다고 한 말을 떠올렸다. 나는 그가 말한 아름다움은 어떤 종류의 아름다움이며 그런 아름다움은 어디서 시작해 어디에 이르게 되는가에 대해 생각했고 그러던 중 문득 〈김중업〉에 대한 생각이 떠올라 동기에게 그 영화에 대해 물었지만 그는 〈김중업〉에 대해 알지 못했다. (20면)

그러나 그런 아름다움은 어떻게 보면 신기루 같은 것이다. 기록이라는 행위 자체의 순수성을 유지하기엔 그것은 너무 가까운 과거이거나 실은 아직 현재이기 때문이다. 이인휘의 근작을 경유하기로 한다.

3. 이 황폐한 세상의 시간

「건축이냐 혁명이냐」 같은 작품은 줄거리 요약도 어렵거니와 요약하려 한들 무한히 확장되어나가는 연상의 파문들을 일일이 갈무리할 수도 없는, 그야말로 풍요로운 겹텍스트이다. 하지만 이런 작품일수록 한번의 등장이면 족하고 두번이면 벌써 지루해질 위험을 감수해야 하기 마련이다. 그것은 작품이 생성해내는 의미의 파문이 대개 우발성에 의존하고 있기 때문일 것이다.

새롭고 신선한 재료를 찾아 끊임없이 떠도는 아키비스트로서의 정보조합형 소설가가 존재하는 한편으로 자신의 실존을 내습해온 개인적·역사적 체험에 기대어 미학적 가공을 거의 거치지 않은, 혹은 그런 것으로 간주되는 있는 그대로의 '현실'을 탐구하려는 작가들도 여전히 많다. 때로는 새로움을 수반하지 않는 그 '많음'이 문제가 되기도 하지만 그 '많음'을 대하는 시각의 상투성도 이미 하나의 수렁이 된 지 오래다. 노동소설의 건재를 증명하는 이인휘의 근작 「공장의 불빛」(『실천문학』 2015년 봄호. 이하 인용은 면수만 표기)에 주목하는 이유다.

　이 작품은 거의 모든 면에서 「건축이냐 혁명이냐」와 대조를 이룬다. 우선 서사적 골격의 파악이 기본이다. 작품은 남한강변에 위치한 어느 소규모 합판공장에서 인근 주민들이 술추렴을 하곤 한다는 오복전방까지의 경로를 퍼즐 맞추듯 빠짐없이 클로즈업하며 시작된다. 오복전방에는 합판공장에 다니는 최성태 과장이 술잔을 앞에 두고 앉아 있다. 최는 많이 운 듯한 얼굴이었고 화자인 '나'는 여기서 「공장의 불빛」이라는 노래를 떠올리며 쓸쓸한 회상에 접어든다. 이후의 내용은 주로 노동자 출신의 소설가였던 초로의 '나'가 합판공장에 들어와 일하게 된 경위와 이곳에서 일어난 강집사의 죽음에 얽힌 사연으로 채워져 있다.

　강집사는 젊은 사장과 같은 교회를 다닌 인연으로 합판공장에서 일하게 된 일흔 목전의 숙련노동자다. 나이가 많고 오갈 데가 없는 강집사는 낮고 불평등한 처우와 사장의 횡포에도 불구하고 8년째 이 공장을 다니고 있다. 그는 새로 들어온 직원들에게 일 가르치기를 꺼리고 괴팍하게 굴기 일쑤다. 그나마 있는 일자리에서조차 밀려날지 모르기 때문인데, 어느 날 신입 직원 하나가 그의 괴팍한 성미를 이겨내지 못하고 퇴사해버리자 사장은 그 책임을 물어 결국 강집사를 공장에서 내쫓는다. 사장은 그전에도 이미 그를 해고한 적이 있었지만 숙련공의 부재로 생산 차질에 시달리게 되자 결정을 번복할 수밖에 없었다. 그러나 '나'와 최가 얼마든지 그 자리를 대체할 수 있게 된 이번 경우는 달랐다. 며칠을 공장 인근에서 배회하던 강집사는 결국 작업대 난간에 매달린 주검으로 발견된다. 삶의 막다른 골목에 내몰린 강집사에게 "벌이가 끊기는 건 목숨줄을 조이는 일"(237면)이었기 때문일 것이다.

「공장의 불빛」은 이 늙은 해고 노동자의 자살 직후 가눌 길 없는 헛헛함과 죄책감에 빠진 최와 '나'가 서로를 달래기 위해 마주 앉은 오복전방 장면에서 시작해 회상을 거쳐 다시 오복전방으로 돌아와 마무리된다. 언뜻 보면 단순하고 밋밋한 전개일 수 있지만 서술자의 날래고 야무진 손길이 전하는 합판공장의 생리와 분위기는 눈앞인 듯 생생하고 오로지 생존을 위해 어떤 불평등도 감내할 수밖에 없는 열악한 노동현실은 착잡하기 이를 데 없다. 그러나 이 작품의 의의가 그저 소박한 휴머니즘의 환기나 노동현실의 고발에 머물고 말았다면, 그래서 왕년의 노동소설에도 미치지 못하는 안쓰러운 복각판에 그치고 말았다면 공들여 읽어야 할 이유가 없는지도 모른다.

앞서 논의한 정지돈의 소설이 과거완료의 세계를 다룬다면 이 작품「공장의 불빛」을 위시한 이인휘의 소설들은 현재진행형의 세계를 다룬다. 발전주의로서의 모더니즘 시대가 종언을 고했는지는 모르지만 적어도 그것이 남겨놓은 이른바 산업화의 유제(遺制)들은 아직 과거형으로 말끔히 방부처리되지 못했기 때문이다. 그것은 아직 살아 있는 현재다. 화자는 말한다. "오래전 노조운동을 하던 사람들이 얼마나 다양하게 사장으로부터 폭행을 당하고 회유를 당했는지 많이 봤습니다. 하물며 이 조그만 공장에서 교묘한 부당 해고를 당한 것이 뭐 대수롭겠나 싶었습니다. 천박한 자본주의든 세련된 자본주의든 자본주의사회에서 권력은 자본인데, 자본의 소모품인 노동자가 별 볼 일 있나 싶었습니다."(239면) 심지어 그 유제들은 발전주의가 몰락해갈수록 더욱 기승을 부리기 마련이며 때로는 오늘날의 한국사회가 경험하고 있듯 그 청산 과정에서조차 수많은 반동에 부딪히기 십상인 지루한 장기 프로젝트가 되곤 한다. 그것이 노동소설의 귀환을 가능하게 만드는 기본 토대일 것이다.

그러나 무엇보다도 세태와 시속의 흐름에 따른 '노동문화'의 변화상을 이만큼 날카롭게 포착한 경우는 또 없을 것이다. 대공장의 조직노동자 대신 소규모 공장의 늙고 불안정한 사실상의 임시직들을, 투쟁을 조직하고 폭발시키는 힘찬 결의 대신 속수무책의 슬픔을 공유하는 결말을 택한 이 작품은 숙련노동자의 위상 변화에 대해 예각적이며 그 함의는 생각보다 깊고 넓다. 가령 젊은 최성태 과장에게 일을 배우면서 화자는 이렇게 말한다. "이상하게도 마음을 잡아끄는 그의 미소와 말투가 긴 여운으로 남았습니다. 공장에서 기술자들이 자신의 경험을 낮춰서 말하는 걸 들은 적이 없기 때문입니다. 항상 기술자들은 권위를 앞세워 위압감을 주는데 그의 말투는 정겹기까지 했습니다. 묘한 친구다 싶었습니다."(208면)

이 대목은 단순히 최과장이라는 인물의 선한 성품을 설명해주기 위한 것이 아니다. 특히 그와는 정반대로 기술자의 권위를 내세워 위압하거나 괴팍한 태도를 보이는 강집사의 대조적 위치를 염두에 두면 그 의미는 더욱 단순치 않다. 요컨대 화자인 '나'는 남한강변의 어느 조그만 합판공장에서 강집사라는 한 숙련노동자의 죽음과 함께 '우리가 알고 있던 노동'의 종언을 애도하는 중인지도 모른다. 젊은 기술자 최과장의 친절, 그리고 그 예외성이 실은 예외적이지 않음을 날카롭게 포착한 이 작품은 어떤 면에서는 초로의 노동소설가(화자)가 숙련노동의 종언 이후를 사는 새로운 세대의 젊은 노동자와 나누는 쓸쓸한 대화록이다. 그런 의미에서 이 소설을 이끌어가는 서술자의 '~습니다'체는 편안하게 다가오는 한편으로 운명을 관조하는 고양된 냉정함을 잃지 않는다. 때로 도덕주의적 통속에 떨어지기도 하지만 기성의 노동소설을 일정하게 해체함으로써 노동의 새로운 현실을 간취해낸 드물고 중요한 사례가 아닐 수 없다.

이쯤에서 정지돈의 「건축이냐 혁명이냐」를 다시 불러낼 필요가 있을 것이다. 그가 정보들의 재구축을 방법으로 삼는다면 이인휘의 「공장의 불빛」은 기억의 재구축이 유일한 수단이다. 전자가 우발성의 꼴라주를 시도한다면 후자는 원근법적 총체성에 발을 딛고 있다. 그러나 무엇보다도 이들은 '지나간 세계' 혹은 '지나가고 있는 중인 세계'에 대한 소설들이다.

한 사람이 어느 한 세계에 종언을 고하고 그 이후의 진공 속을 유영하고 있다면 다른 한 사람은 지나가고 있는 중인 세계의 낡은 유제들과 나날을 힘겹게 싸우며 살아간다. 말하자면 발전주의로서의 모더니즘 시대의 이 길고 지루한 파산절차, 그 어느 각각의 요목들에 둥지를 튼 이들 사이의 거리는 생각보다 가까운지도 모른다. 정지돈이 위로부터의 시선을 보여준다면 이인휘는 아래로부터의 시야를 대변할 것인데, 이들의 간단없는 상호진화가 모종의 결절점에 이르는 순간을 기다리는 사람은 뜻밖에 많다.

완전한 타인

◆

이주혜 소설 『자두』

1

작가 이주혜(李柱惠)는 얼마 전 출간된 『우리 죽은 자들이 깨어날 때』(바다출판사 2020)의 번역자다. 미국의 페미니스트 시인 에이드리언 리치(Adrienne Rich)의 날카로운 비평 에세이들을 『다락방의 미친 여자』(1979)로 널리 알려진 샌드라 길버트(Sandra Gilbert)가 가려 엮고 서문을 붙인 책이다. 입센(Henrik Ibsen)의 드라마 제목을 딴 이 앤솔러지는 이 글에서 다룰 작품인 『자두』의 입구이기도 하다. 일인칭 주인공이 리치의 번역자로 설정되었다는 단순한 이유 때문만은 아니다. 기본적으로 『자두』는 시부의 간병 문제를 계기로 결혼의 '환상'에서 깨어나는 파경(破鏡) 서사인데 얼핏 본이야기와 관련이 흐릿한 듯 보이는 화소들로 서두를 장식하고 있어 궁금증을 불러일으킨다. 일종의 프롤로그에 해당하는 작품의 도입부는 "오역에 대한 공포"(12면)에 시달리는 번역가의 내면 서술이다.

"텍스트를 너무 사랑해서 번역이 갈팡질팡하는 역자"인 화자는 "너무 잘하고 싶어서 자꾸만 꼬이는 해석"(9면) 때문에 고통스러워하지만 가까스로 마감을 하고 "모월 모일까지 몇장 분량의 역자 후기 원고를 보내달라는"(10면) 출판사의 후속 요청을 받아든다. "역자 후기를 쓰든지, 그것을 쓸 수 없는 이유를 쓰든지, 아무튼 뭐라도 써야"(12면) 하는 상황에서도 번역 텍스트 가운데 자신을 매혹했던 한 장면인 엘리자베스 비숍과 에이드리언 리치가 "단둘이 보낸 거의 유일한 시간"(13면)을 상상하는 데 몰두한다. 생각의 줄기는 "리치가 말한 '레즈비언 연속체'는 정확히 무슨 뜻일까"(14면)와 같은 실무적 고민에서 "애초에 타인의 생각을 정확히 이해하는 게 가능한가 하는 철학적 질문"에 다다르기도 하지만 실은 내내 "두 사람(비숍과 리치 — 인용자)이 어떤 식으로 대화를 나누고 어떤 식으로 서로 '이해받고' 있다고 느꼈는지, 미치도록 알고"(15면) 싶다는 욕망에서 벗어나지 못한다. 그 끝에서 화자는 결국 자신의 이야기, 그러니까 "사랑하는 사람에게 제 마음을 이해받고 싶었지만 끝내 실패했던 어느 여름" 혹은 "처절하게 오해받았던 어느 겨울밤"(20면)의 시간을 고백함으로써 역자 후기를 대신하기로 마음먹는다. '후기'에서 연상되듯 작품의 중심서사는 여름부터 겨울까지를 회상하는 '나'의 후일담이다.

프롤로그가 예고하는 작품의 주제는 타인에 대한 이해는 어떻게 가능한가, 그것은 왜 그리고 어떻게 실패하는가와 같은 고전적 범주에 속해 있다. 물론 리치의 핵심 개념인 레즈비언 연속체(lesbian continuum)의 의미나 '번역'이라는 화소가 어떻게 관련을 맺는지도 아울러 생각해볼 필요가 있다. 결론부터 말하자면 이 작품의 프롤로그와 본이야기는 서로를 비추면서 각자의 의미를 구성하고 교환하는 일종의 대화적 관계다. 후자를 경유해 이 자리에 돌아오기로 한다.

2

본서사의 초입에서 '나'는 대뜸 1994년 여름의 무더위를 소환한다. '나'
의 기억 속 1994년은 무엇보다 북의 김일성(金日成) 주석이 세상을 떠난
해다. 열네살의 중학생이던 '나'는 학원 방학 특강을 들으러 가는 좌석버
스 안에서 이 소식을 접한다.

그때 기사 아저씨가 혼잣말이라기엔 지나치게 큰 소리로 말했습니다. 허
허, 김일성이도 사람이었구먼? 세상에, 김일성이가 죽었어! 아저씨는 어쩐
지 조금 신이 난 것 같았고, 조금 놀란 것도 같았습니다. 순전히 기쁘거나
후련한 것 같지는 않았습니다. 중학생이었지만 그 정도의 감정은 알아챌
수 있었습니다.
  그런데 제가 앉은 자리의 통로 건너편에 대학생처럼 보이는 어떤 여자
가 보였습니다. 창가 좌석에 웅크리고 앉은 여자의 어깨가 흔들렸어요. 여
자는 킥킥대는 듯했는데 금방이라도 큰 소리로 웃음을 터뜨릴 것처럼 아
슬아슬해 보였어요. 저는 왠지 조마조마해져서 자꾸 여자와 기사 아저씨를
번갈아 흘끔거렸습니다. (…) 뉴스 소리가 너무 커서 여자 쪽에서는 어떤
소리도 들려오지 않았어요. 여자는 정말로 웃고 있었을까요? 설마, 어깨를
떨 만큼 흐느끼고 있었을까요? 김일성이 죽었다는 속보가 연달아 흘러나
오는 좌석버스 안은 열네살 여자아이에겐 도무지 해석할 길 없는 어리둥절
한 세계였습니다. (24~25면)

9년간의 결혼생활을 청산하고 갓 마흔이 된 화자는 왜 "시아버지가
담도암으로 세번째 입원 중"(26면)이던 지난해 여름을 회상하며 거기에
1994년 여름을 겹쳐놓았을까? "그해 여름도 94년 못지않게 더웠"(25면)다
는 단순한 이유라면 앞의 인용문은 거의 불필요한 외삽이다. 그것은 아마

도 화자의 의식 속에서 역사적 기호로서의 '김일성'이 점차 부계세습의 대문자 상징처럼 의미화되었기 때문일 것이다. 이후의 이야기가 가부장제 내에서 영원한 타자로 박제되어버릴 위기에 처했던 '나'의 각성을 따라 전개된다는 사실이 하나의 실마리가 될 수 있다. 물론 '김일성'이 대문자 가부장의 비근한 전형일 수 있는가, 혹은 그러한 의미화는 사건 자체의 복합성을 지나치게 축소하는 것은 아닌가라는 의문이 제기될 법하지만 우선은 논외다. 이 작품이 정작 관심을 기울이고 있는 주제 중 하나는 대문자 가부장의 상징적 죽음 이후에도 여전히 온존하는 소문자 가부장들의 존재방식과 그 구체적 생리에 있기 때문이다.

김일성의 죽음은 어쩌면 냉전/독재/가부장제의 이데올로기 동일체에 찾아온 역사적 균열을 상징하는 사건이었고 적어도 문민시대의 개혁열과 세계화 바람을 막 통과 중이던 남한사회에서만큼은 그러한 이데올로기 동일체를 낡은 과거의 유산으로 감각하는 집합적 계기가 되었을 것이다. 그러나 어떤 역사에서도 한 시대의 죽음이 아무런 간격 없이 새 시대의 확인으로 이어지진 않는다. 그것은 늘 얼떨떨하고 혼란스러운, 그래서 때로는 고통스럽기까지 한 점이(漸移)지대를 형성하기 마련인데, "순전히 기쁘거나 후련한 것 같지는" 않은 "기사 아저씨"의 반응이나 웃음인지 눈물인지 "아슬아슬해" 보이는 "대학생처럼 보이는 어떤 여자"의 모습은 그러한 전환기의 시대감각을 드러내는 표정들이라 할 수 있다. "도무지 해석할 길 없는 어리둥절한 세계"는 아마도 "열네살 여자아이"에게만 해당하진 않았을 것이다.

한편 앞서 말한 이데올로기 동일체에 균열이 찾아온다 하더라도 각각의 요소인 냉전적 사고나 독재시대에 대한 도착적 향수, 가부장제의 재생산 메커니즘이 역사의 무대에서 한꺼번에 퇴장하는 것은 아니다. 오히려 그것들은 지속적으로 이합집산한다. 가부장제만 하더라도 탈냉전에서 비롯한 '자유화' '민주화'와의 새로운 결합을 통해 항상성을 유지하려는 경향을 보였다고 할 수 있다. 굳이 자녀를 두어야 한다고 생각하지 않는 전문직 부부나 자식에게 노후를 의탁하지 않고 "혼자서도 살림을 잘 꾸려"가는 "로맨스그레이의 현신"(28면)이 소설에 등장한다고 해서 놀라거나 낯설어할 사람은 이제 아무도 없을 것이다. 누구나 이미 그렇게 살아가고 있기 때문이 아니라, 여전히 예외적일지언정 그러한 삶의 형태들이 더이상 새로운 것일 수는 없으며 이미 '성평등'을 공지(共知)의 가치로 받아들인 사회와 표면적으로 갈등을 일으키지도 않기 때문이다. 소설 『자두』가 겨냥하고 있는 소문자 가부장제란 바로 그런 '버전업'의 산물인 것이다. 겉으로만 보면 출산과 육아, 부양의 책임을 여성에게 전가하곤 하는 젠더 불평등의 현실은 『자두』의 화자와 무관해 보인다. 남편 안세진과 시부 안병일은 화자인 은아(부계 기호인 성은 끝내 제시되지 않는다)의 자기실현을 가로막는 존재들이 아니며 오히려 한때나마 "오늘이 어제보다 더 행복한 나날"(31면)임을 확인시켜주는 존재들이기도 했다. 하지만 내막을 뜯어보면 그것은 '선한' 가부장들이 화자에게서 출산이나 육아, 시부의 부양 같은 '의무'를 잠정적으로 면제해준 시혜의 결과에 지나지 않는다. 그를 결정하는 권한은 여전히 가부장들에게 독점적으로 부여되어 있으며 따라서 양자 간의 위계는 해소되지 않는다. 작품에서 반복적으로 환기되는 "죄도 짓지 않았는데 용서를 받는 더러운 기분"(91면)이란 화자의 '열외 상태'가 처음엔 스스로 원한 것이었음에도 불구하고 사실상 비자발적인 것으로 수렴되고 마는 현실의 구조를 요약적으로 드러낸다. 결혼제도 안에서 여성의 자기실현이 가부장의 '선의' 여부에 달린 것인 한, 여성은 영원히 타자다.

3

　'민주화 이후'에 적절히 순치되거나 타협한 소문자 가부장제 아래에서 이 "모든 게 어설프고 유치한 촌극"(93면)이었음이 드러나는 계기는 시부의 섬망(譫妄) 증세가 악화일로를 걸으면서다. 그런데 예의 타협은 가부장적 남성들 사이에서만 일어나지 않는다. 그것은 여성 자신의 자기기만을 통한 의식적·무의식적 공모를 일정하게 강제하고 또 필요로 하거니와 그러지 않고서는 그 타협의 아슬아슬한 균형이 유지되기 어렵기 때문이다. 그런 의미에서 "따뜻한 아이스아메리카노"는 의미심장한 역설이다.

　영어를 잘 모르는 시아버지의 어휘 영역에 어쩌다가 카페라테가 '따뜻한 아이스아메리카노'로 각인되었는지는 모르겠습니다. 아이스아메리카노가 가장 많이 들어본 커피의 종류여서 그랬을 수도 있고 발음이 더 쉬워서 그랬을 수도 있겠지요. 시아버지의 오해는 중요하지 않았습니다. 제가 제대로 해석하고 이해했으니까요. 저만 오역하지 않으면 되었습니다. (55~56면)

　"시아버지의 오해"를 바로잡는 대신 자신이 그것을 "제대로 해석하고" "오역하지 않으면" 된다고 믿는 순간 타인과 자신에 대한 기만이 이미 시작된다고 말할 수 있지만, 이 소설은 그에 대해 자각적이면서도 순진한 반성과 비판에 안주하기보다 그것을 이해하고 관용할 만한 무엇으로 만드는 편에 다가간다. 모든 진술이 과거완료형 문맥으로 제시되고 있다는 점이 그런 해석에 이바지하며 이는 통상의 자기합리화와도 구별된다. 이 소설의 갈등 메커니즘은 가부장적 '선의'와 기혼여성의 이해할 만한 자기기만 사이의 상호작용이 어떤 임계에서 파열하는가를 실감으로 보여줄 뿐 모순에 대한 적대 그 자체를 전경화하지는 않는다. 프롤로그에 등장하는 "오역에 대한 공포" 또한 삶의 총체적 진실을 납작하게 억누르는 온갖

'섬망'들에 대한 전면적 거부이자 그러한 작가윤리의 간접적 표명인 것이다. "이해해서 사랑하는 게 아니라 사랑하니까 무작정 이해할 수 있다고 믿었던"(29면) 과거는 그것이 일정한 기만이었음이 폭로된 뒤에도 완전히 부정되진 않는다. 소설의 마지막을 장식한 북해도 여행 장면이 차분하게 보여주듯 "사랑이 영원할 거라는 확신"(같은 면)이 산산이 깨져나간 뒤에도 "사랑"의 가치는 거의 훼손되지 않는 것이다. 그러한 기만과 "확신"의 오류조차 명백한 진실의 일부라는 각성이야말로 판에 박힌 가부장제 비판에서 작품을 구원하는,『자두』의 소설적 성취를 대변한다.

암시적으로만 제시되기는 하지만 시부 안병일은 스스로 죽음을 택한다. 간신히 치료를 마치고 퇴원했지만 병이 재발했고 마지막 자존을 대가로 요구하는 고통스러운 투병생활을 더이상 지속할 수 없었던 것이다. 제목의 '자두'는 시부 안병일의 일대기를 관류하는 상징이다. 그저 "한입 베어 물면 입가로 주르륵 붉은 물이 흐르는 기순네 자두"(82면)였던 그것은 "수십년 전 경북 산골의 어느 개울가에서 처음" 맡았던 "인공비누 향기"이자 그 자신이 "서울행 완행열차"(33면)로 훔쳐 달아났다고 고백한 첫사랑 숙이기도 했을 것이다. "무학에 맨손으로 상경해 갖은 고생 끝에 가정을"(28면) 일구었으나 아내와 일찍 사별하고 아들을 뒷바라지한 이 무명의 생애와 미완의 열망을 소설은 깊은 존중 속에 애도한다. 어쩌면 그것은 1994년 여름에 이은 다른 한 시대의 운명을 암시하는 것인지도 모르겠다.

4

프롤로그와 본이야기 사이의 대화로 돌아올 차례지만 중요한 등장인물 한 사람을 빠뜨렸다. 시부의 간병인으로 등장하는 황영옥은 '나'와 여러 면에서 대조적인 이력을 지녔다. '나'가 교육받은 중간계급 인텔리라면 황영옥은 불우한 환경에서 자란 가난한 비정규 서비스 노동자다. 첫 대면에서부터 '나'는 황영옥에 대한 의심을 떨치지 못하는데, 이와 함께 시부 안병일이 고향을 떠나 도시에서 자수성가하는 고도성장기 보편서사의 대변자라는 점을 고려한다면 작품의 성격은 한결 뚜렷해진다. 안병일의 시대에서 '나'와 황영옥의 시대로 이어지는 종축과 '나'와 황영옥 사이의 횡축을 한 시야에 넣을 때, 『자두』의 골간은 계층 간 차이나 이동, 탈락에 관련된 계급서사이지만 다른 한편으론 가부장제적 재생산의 종축을 젠더연대('나'와 황영옥)의 횡축으로 가로지른 소설이라고 하는 편이 더 정확할 수도 있겠다. 섬망에 빠진 안병일이 황영옥을 "도둑년"으로 몰아 폭행하는 장면에서 그를 밀어내고 황영옥을 구한 것은 '나'였다. 그러나 졸지에 "힘없고 병든 노인에게 폭력을 가한 젊은 사람"(103면)이 되어버렸고 "처음부터 그들(안병일 가족—인용자)은 한통속"(104면)이었으니 '우리' 바깥의 타인인 '나'는 결국 혼자 남게 되었던 것이다. 그런데 이번에는 황영옥이 울고 있는 '나'를 두려움 속에서 건져 옥상으로 데리고 간다.

> 우리는 잠시 아무 말도 없이 담배 한대를 피웠습니다. 어느 순간 서로 눈이 마주쳤고 우리 두 사람은 동시에 풋 하고 웃음을 터뜨렸습니다. 저는 아직 눈물이 마르지 않은 얼굴로 웃었습니다. 절대로 웃고 싶지 않은 기분이었지만 그렇게 웃고 나니 조금 힘이 나는 것도 같았습니다. 그날 우리는 옥상에서 단 한마디도 나누지 않았습니다. 말 한마디 없이 담배를 두대씩 피우고 잠시 숨을 고르고 병실로 돌아왔을 뿐입니다. 어떤 말도 나누지 않았지만 모든 것을 말해버린 기분이었습니다. 영옥씨도 그랬는지는 모르겠습니다. (105~06면)

여기서 계급차를 넘어선 젠더연대의 정치학으로 곧장 비약할 수도 있겠지만 다른 한편으론 계급과 젠더의 교차성에 대한 탐구가 더 필요했던 것은 아닌지 의문을 가져볼 수도 있을 것이다. 그러나 그보다는 "어떤 말도 나누지 않았지만 모든 것을 말해버린 기분"을 이들 두 사람이 공유했다는 사실에 조금 더 머무를 필요가 있다. 그에 대한 가장 적절한 해명은 물론 이 소설의 프롤로그에 이미 등장한 바 있다. 실재하는 번역 텍스트 『우리 죽은 자들이 깨어날 때』의 인용을 통해서였다. "1970년대 초반이 되었을 때 뉴욕에서 비숍을 만나 당시 우리 둘 다 살고 있던 보스턴까지 내 차를 함께 타고 온 적이 있다. 우리는 어느새 각자 삶에서 최근 겪은 자살에 대해, 자기 이야기가 이해받고 있다고 느끼는 사람들처럼 '어쩌다 그런 일이 일어났는가'를 말하고 있었다. 그러다 하트퍼드 분기점으로 들어서야 하는 걸 깜박 잊고, 그 사실을 알아채지도 못하고, 스프링필드까지 계속 차를 몰았다."(13면 재인용) 이 문장들은 에이드리언 리치의 것이자 화자인 '나'와 작가 이주혜의 목소리이기도 할 것이다. 이렇듯 구분선이 모호해진 지점들에서 일어나는, 성애적인 구심력에서 자유로운 여성연대/유대의 광범위한 동심원들을 에이드리언 리치는 '레즈비언 연속체'라고 불렀거니와 『자두』의 '나'와 황영옥 사이의 말없는 대화야말로 그 동심원들의 가장 외곽이면서 동시에 구경(究竟)일 것이다.

만인의 입술 위에 노래가

◆

김남주 시의 현재성

아아, 이 아무도 못말리는 꼴통이여, 통큰 강도여, 혁혁한 전사여, 혁명가여,
그러나 끝끝내는 시인이여, 이 저주받은 대지를 노래한 시인이여
— 황지우 「그대, 뇌성 번개 치는 사랑의 이 적막한 뒤끝」

1. 한장의 사진

김남주(金南柱, 1945~94) 시인이 세상을 떠나고 『불씨 하나가 광야를 태
우리라』(시와사회사 1994)라는 책이 출간되었다. 시인이 남긴 산문과 인터
뷰, 강연록 들을 서둘러 모은 것이었다. 지금은 절판된 이 책은 8면의 화
보로 시작하는데 그중에는 "1992년 4월 25일, 민족문학작가회의 민족문
학연구소장 재직시 경기도 대성리 남사당에서 제7회 민족문학교실 수강
생들과의 즐거운 한때"라는 설명이 붙은 사진이 한장 포함되어 있다. 모
닥불 앞의 김남주를 중심으로 10여명의 젊은이들이 도열한 모습이다. 시
인은 웃는 얼굴로 젊은 수강생들과 함께 술잔을 높이 들고 있다. 사진에
포착된 넉넉한 일체감에도 불구하고 그것은 새 시대를 여는 첫 잔이 아니

라 지나간 한 시대를 마감하는 마지막 잔처럼 되고 말았다. 이해 말 대선에서 오랜 군부정권 시대가 막을 내림으로써 문민정부가 탄생(1993)했고 이른바 서태지 현상(1992~96)으로 상징되는 대중문화산업의 폭발이 시작되었으며 격렬했던 반체제운동은 후일담의 커튼 뒤로 물러서는 중이었기 때문이다. 소련의 해체와 분신정국으로 어수선했던 1991년부터 IMF외환위기 사태로 사회 각 부문이 신자유주의적 속물성의 파고에 덮이기 시작한 1997년 말까지의 짧은 이행기를 한마디로 요약하기는 쉽지 않다. 특히 수구냉전세력에 역전의 계기를 헌납하고 말았던 한총련사건(1996)은 뼈아프다. 그러나 이 시기에 출간된 이영미(李英美)의 저서 『서태지와 꽃다지』(한울 1995)가 상징적으로 보여주듯 우리의 문화적 전통에 연면했던 평등주의의 에토스(ethos)가 민주화 이후의 새로운 대중주의와 만나 결정적 분기를 이룬 이 기간을 '문화의 시대'라고 부른다고 해서 크게 어긋나지는 않을 것이다.

이 문화의 시대를 관통하는 키워드 중 하나가 '저항'이었다. 당시 주류 음악계에서 새롭게 각광받기 시작한 음악 장르가 록, 힙합, 레게 등 서구 저항문화의 표상들이었던 사실도 그렇지만 비로소 합법화된 꽃다지의 첫 앨범(1994)이 공전의 히트를 기록했던 데서도 알 수 있듯 문화산업 영역과 민중문화운동 진영을 막론하고 그 저류에는 기성 질서에 대한 저항이라는 코드가 지배적 위치를 점하고 있었다. 그럴 수 있었던 토대가 무엇이었는지는 여러가지로 생각해볼 수 있겠지만 우선은 저항문화의 주된 생산층/소비층이었던 2차 베이비붐세대(대체로 1968~74년 출생자)에 주목해볼 필요가 있다. 80년대 운동권 세대의 막내 그룹부터 본격적인 소비문화 향유층일 'X세대'의 맏이들을 포괄하는 베이비부머들은 억압적인 사회 분위기 가운데 치열한 경쟁을 강요당하며 성장한 세대이자 80년대의 호황에 힘입어 급부상한 소비대중문화의 첫 자식들이었다. 따라서 대략 1987년 민주화 이후부터 문민정부 시기(1993~97)에 성인이 된 이들이 민중문화운동의 유산과 새롭게 등장한 저항적 대중문화의 산물들을 탈권위주의의 사회 분위기 가운데 미분화 상태로 수용하게 되었던 것은 어떤 의미에선 자연스러운 귀결이었다.

이 '문화의 시대'로 70~80년대 김남주 문학의 가치를 이월시킨 일등공신은 아마도 안치환(安致煥)의 노래들일 것이다. 1989년에 첫 앨범을 공개한 안치환은 2000년 김남주 시인을 추모하는 단독 헌정앨범을 내기까지 그의 시에 곡을 붙여 대중화에 앞장섰다. 「저 창살에 햇살이」「자유」「함께 가자 우리 이 길을」「노래」(일명 「죽창가」) 등이 대표적이다. 이 노래들은 서태지의 「시대유감」과 「교실 이데아」, 패닉(Panic)의 「왼손잡이」, 크라잉넛(Crying Nut)의 「말달리자」와 전혀 다른 질감이었고 그 뿌리도 달랐지만 억압적 현실에 대한 반란의 노래라는 성격을 공유하고 있었다. 그런 의미에서 안치환의 노래들은 김남주의 반체제문학을 저항적 대중문화의 감수성에 잇대는 교량 역할을 수행했다고도 볼 수 있다. 그리고 이는 반체제운동에서 차지하는 문학의 압도적 지위가 '문화'라는 더 큰 틀 속으로 수렴, 해소되어간 시대적 흐름을 그대로 반영한다.

2. 불의 얼룩

이 흐름 가운데 영웅적 반체제 지식인의 상징으로서 김남주라는 이름은 하나의 신화가 되었다. 『불씨 하나가 광야를 태우리라』의 편집자 서문은 그 일면을 뚜렷이 보여준다. "'시인'이라기보다 '전사(戰士)'를 자처한 광야의 선지자, 분단시대 철조망을 걷어차며 민족의 숨통을 거머쥔 무리들에게 사자후를 토하던 선봉대장, 인간성을 억압하는 온갖 비인간적 이데올로기를 혁명의 순결성으로 맞받아친 민족주의자, 가장 탁월한 혁명전사……. 김남주!" 9년간의 감옥생활(1979~88) 가운데서도 360여편의 옥중시를 전함으로써 그는 이미 80년대 전투적 시인의 한 전형으로 높이 추앙받고 있었지만 이른바 문화의 시대는 그의 자리를 얼마간 다른 차원으로 옮겨놓았다. 김남주의 죽음은 혁명적 지식인사회 자체의 분해와 시기적으로 맞물려 있었던 것이다. 요컨대 죽음과 함께 도래한 김남주 또는 김남주 문학의 신화화는 역설적으로 영웅적 반체제 지식인 시대의 종언을 고지하는 징후였는지도 모른다.

> 밤이 깊다 날이 새기 전에
> 지금 이곳에서 우리가 할 수 있는 일은
> 그들의 혼을 가슴 깊이 들이켜고
> 우리의 입과 팔다리로 육화시키는 일이다
> 어제의 그들이 꿈꾸었던 사상의 세계를
> 오늘의 우리가 꽃으로 피우는 일이다
> 그들이 못다 부른 노래를 우리의 입으로 부르며
> 그들이 남기고 간 무기를 우리의 손으로 들고서
>
> ——「역사에 부치는 노래」 부분[1]

유작시집 『나와 함께 모든 노래가 사라진다면』(창작과비평사 1994)에 수록된 이 시에서 "그들"은 "빛이 빛을 잃고 어둠 속에서/세상이 갈 길 몰라 헤매고 있을 때/섬광처럼 빛나는 사람들"이다. 시인이 이 시의 3연에 구체적으로 열거하고 있는 그 이름들은 김시습, 정여립, 정인홍, 최봉주, 김수정, 허균, 이필제, 김옥균, 김개남, 전봉준 등이다. 일찌감치 근대를 선취했던 이 논란 많은 혁명적 지식인, 운동가 들은 그들의 계승자로 스스

---

1 염무웅·임홍배 엮음 『김남주 시전집』, 창비 2014, 937면. 이하 김남주 시의 인용은 모두 그의 20주기를 기념해 출간된 이 전집의 판본을 따른다.

로를 위치시키려 했던 시인 김남주의 대리자들일 것이다. 그러나 이 시는 "어제의 그들이 꿈꾸었던 사상의 세계를/오늘의 우리가 꽃으로 피우는 일"을 새 시대의 여명 가운데 파종하는 힘찬 결의로 나아가는 대신 황혼녘의 쓸쓸하고 긴 여운 속으로 수렴시키고 있다. 무엇보다도 이 시가 "그들이 남기고 간 무기를 우리의 손으로 들고서"와 같은 미완의 문장으로 비감하게 마무리된다는 사실은 시사적이다. 지난 시대가 못다 이룬 것에 대한 회한이 새로운 결의와 다짐을 은연중 압도하고 있는 것이다. 의식적 차원에서는 영웅적 반체제 지식인을 전위로 하는 혁명운동의 복원을 꿈꿨으면서도 무의식 또는 감각의 영역에서는 그 불가능성을 일찌감치 예감했던 한 시인의 내면 풍경이 거기 놓여 있던 것인지도 모를 일이다.

선거제도가 민주주의 자체를 대신하는 모순 가운데 대중의 지지로부터 멀어진 운동권 지식인들은 제도권의 전문가나 관료로 급속히 흩어져감으로써 운동의 해체를 촉진했다. 군사독재의 권위주의체제가 무너지면서 그 항체 역할을 자임했던 직업혁명가들의 시대도 쇠락의 길로 접어들었던 것이다. 민중운동의 해체 혹은 시민운동으로의 재편과정에서 반체제 저항담론에 깃든 모종의 영웅주의, 엘리트주의 또한 청산대상이 되었다. 예의 문화의 시대란 물적 토대의 축적을 바탕으로 성장한 대중, 얼굴 없는 군중의 시대이기도 했기 때문이다.

체제와 불화하는 혁명적 지식인의 전통은 유구한 것이었다. 특히 1930년대 "천황제 파시즘의 발호 아래 합법적 비합법적 공간에서 소극적 또는 적극적으로 활동하던 인텔리겐치아들이 해방이라는 조건과 함께 대분출하면서 한국사회는 장기간에 걸친 혁명적 인텔리겐치아의 시대로 진입"[2]하였다는 최원식의 통찰은 주목할 만하다. 해방 이후 한국전쟁을 거치면서 남한사회의 헤게모니를 거머쥔 수구냉전세력이 반공을 국시로 비

---

2 최원식 「지식인 사회의 복원을 위한 단상」, 『문학과사회』 1998년 봄호 121면.

판적 지식인사회를 억압했던 내력은 익히 알려진 대로지만 이는 민중 부문과 연대한 혁명적 지식인운동의 사회적 수요를 보전하는 역설적 토대가 되기도 했다. 대학은 그 최후의 진지였다. "모든 사회계층, 특히 농민층으로부터 충원된 학생들이 대거 도시의 대학으로 몰려들면서 대학은 잡계급적 인텔리겐치아 출현의 온상으로 변모"[3]했던 것이다. 혁명시인 김남주야말로 그 전형이었다. 그는 해방되던 해인 1945년 10월 전라남도 해남에서 빈농의 아들로 태어났다. 그런 그가 전남대 영문과에 재학 중이던 1973년, 반유신투쟁을 목적으로 제작, 배포한 지하신문 『고발』을 빌미로 8개월간의 감옥생활을 한 사실은 잘 알려져 있다. 이 첫번째 투옥 체험은 그가 불의에 항거하는 농촌 출신의 순수한 청년학도에서 혁명사상으로 무장한 전사시인으로 거듭나는 결정적 전기가 되었다. 그의 데뷔작 여덟 편 중 하나이자 옥중 출간된 첫 시집(1984)의 표제작이기도 했던 「진혼가」(1974)는 그 분명한 증거다.

참기로 했다
어설픈 나의 신념 서투른 나의 싸움은 참기로 했다
신념이 피를 닮고
싸움이 불을 닮고
자유가 피 같은 불 같은 꽃을 닮고 있다는 것을 알 때까지는
온몸으로 온몸으로 죽음을 포옹할 수 있을 때까지는
칼자루를 잡는 행복으로 자유를 잡을 수 있을 때까지는
참기로 했다

어설픈 나의 신념

---

3 같은 면.

서투른 나의 싸움

신념아 싸움아 너는 참아라

신념이 바위의 얼굴을 닮을 때까지는

싸움이 철의 무기로 달구어질 때까지는

──「진혼가」3절

　이 시는 반유신투쟁으로 점화된 70년대의 민중운동이 사상적·조직적으로 단련되는 과정을 한 수인(囚人)의 내면에서 일어나고 있는 심리적 전회를 통해 압축 제시하고 있다. 광주민중항쟁을 계기로 급진화하는 80년대의 운동노선은 이미 70년대의 혁명적 지식인사회 내부에서 예비되고 있었던 것이다. 작품의 언어형식적 요소들이 김수영 계열의 리듬에 의지하고 있다는 사실 또한 의미심장하다. 자기성찰에 기반을 둔 관념적 진술의 반복과 점층적 도약을 통해 분위기를 고조시키다 마침내 의식의 결정(結晶) 상태에서 단호한 명령문에 도달하는 이 시의 리듬은 특히 김수영의 후기작 「사랑의 변주곡」(1967)을 연상시킨다.[4] 물론 그런 가운데서도 김남주의 시는 김수영의 세계에 대해 독자적이다. 그것은 "바위의 얼굴" "철의 무기"와 같은 표현에서 보듯 지식인적 한계와 완전히 결별하겠다는 강인한 의지의 표현들이었기 때문이다. 이는 4월혁명(1960)과 70년대의 민중운동이 뚜렷한 단층에도 불구하고 연속적이었다는 사실과 밀접하게 연루되어 있다. 요컨대 김남주는 4월혁명의 유산과 불가분의 관계

4　두 작품의 관련성에 대해서는 염무웅 「역사에 바쳐진 시혼」, 염무웅·임홍배 엮음 『김남주 문학의 세계』, 창비 2014, 90면 참조. 3절로 구성된 이 시의 2절은 오히려 김지하의 「타는 목마름으로」(1975)를 예비하고 있어 주목을 요하지만 본문 전개를 위해 본격적인 논의는 다음 기회로 미룬다. 김수영과 김남주의 계승관계에 대한 해명으로는 다음 글이 자상하다. 임동확 「정직성과 죽음의 시학: 김수영과 김남주의 문학적 유산」, 같은 책.

를 맺고 있는 김수영의 비판적 계승자이자 70년대의 민중운동 가운데서 80년대적 급진주의를 예비한 가교적 존재였던 것이다.

3. 시와 혁명

그러나 전사의 시대는 그의 죽음과 함께 90년대적 전환을 고비로 저물었다. 그 불의 얼룩으로부터 우리는 무엇을 읽고 배울 것인가?

> 내가 왜 시라는 것을 쓰게 되었는가에 대해서 말하겠습니다. 해방투쟁을 이데올로기적으로 준비하기 위해서 그랬어요. 다른 의도는 없었어요. 나의 시는 해방투쟁의 부산물에 다름아녀요. 나의 시는 해방에, 혁명에 종속되어야 하는 거예요.(윗점은 인용자) 혁명에 문학이 종속된다고 해서 문학의 독자성이 훼손된다고는 생각하지 않습니다. 혁명에 봉사함으로써 문학은 보다 풍부해지고 깊어질 것입니다.[5]

이 발언에 나타난 문학과 혁명 사이의 주종관계는 그리 단순치 않다. 다른 자리에서 그는 이렇게 말하기도 했다. "시는 혁명을 이데올로기적으로 준비하는 문학적 수단입니다. 시가 혁명의 목적에 봉사하는 문학적 수단임에는 틀림없겠으나 그렇다고 해서 혁명에 종속되는 것은 아닙니다. 시는 그 자체의 독자적인 형식과 내용을 가지고 혁명에 봉사하는 것이지 기계적으로 혁명의 종속적인 도구가 되는 것은 아닙니다. 한마디로 말해서 시와 혁명의 관계는 서로 자기의 독자성을 유지하면서도 밀접하게 상

---

5 김남주 「나는 왜 남민전에 참가했는가」, 시와사회사 편집위원회 엮음 『불씨 하나가 광야를 태우리라』 123면.

호 보완하는 선상에 있다고 말할 수 있겠습니다."[6] 이러한 설명은 앞의 인용문과 내용적으로 얼핏 모순을 일으키는 듯 보인다. 앞에서는 혁명에 대한 문학의 종속성을, 뒤에서는 그 상대적 독자성을 강조하고 있기 때문이다. 어느 쪽이 시인 자신의 진의에 가까운가?

우선은 두개의 인용문에서 '종속'이라는 단어가 쓰인 맥락의 차이를 섬세하게 가려볼 필요가 있을 것이다. 전자에서 "나의 시는 해방에, 혁명에 종속되어야 하는 거예요"라는 문장 뒤에 나오는 "혁명에 문학이 종속된다고 해서 문학의 독자성이 훼손된다고는 생각하지 않습니다"라는 진술에 실마리가 있다. 요컨대 그것은 혁명에 대한 종속이되 단순히 축자적인 의미의 종속은 아닌, 다시 말해 종속을 통해서야 비로소 자율성(독자성)을 획득하는 문학의 본질에 대한 통찰과 관련되어 있다. 이는 만해의 시 「복종」(1926)이 간취한 "복종하고 싶은데 복종하는 것은 아름다운 자유보다도 달콤"하다는 발상을 연상시킨다. 이때의 '복종'은 진정한 자유를 획득하는 유력한 방편의 하나일 수 있기 때문이다. "시는 그 자체의 독자적인 형식과 내용을 가지고 혁명에 봉사하는 것이지 기계적으로 혁명의 종속적인 도구가 되는 것은" 아니라는 후자의 진술을 염두에 두건대 혁명의 독자성 또한 글자 그대로 이미 주어진 독자성은 아니라는 논리 또한 성립 가능하다. 따라서 기술적으로 불친절한 종속 개념의 사용이 문제가 될지언정 문학과 혁명에 관한 시인의 사유는 일관적이다. 시와 혁명, 더 나아가 문학과 정치는 축자적 의미의 자율성과 기계적 종속성의 양 축을 동시에 놓아버림으로써 상호 길항하는 가운데 진정한 의미의 독자성을 서로에게 부여할 수 있게 된다는 것이다. 다만 두번째 인용문에 뒤이어 나오는 "시의 내용이 혁명의 내용을 규정하는 것이 아니고 혁명의 내용이 시의 내용을 규정한다는"[7] 단서조항에서 알 수 있듯 문학에 대한 혁명의 위

6 김남주 「시와 혁명」, 같은 책 338면.

상학적 우위는 분명하다. 혁명 또는 정치를 여읜 문학은 문학으로서 자립할 수 없지만 문학을 괄호 친다고 해서 혁명 자체가 봉쇄되는 것은 아니기 때문이다. 이러한 문학관은 혁명적 지식인 또는 지사적 전통과 결부된 것이며 심지어 문학과 정치에 관한 가장 최근의 논의들까지 일정하게 선취하고 있는 것이기도 하다. "실상 정치적 예술은 세계의 상태에 대한 '자각'으로 이끄는 의미 있는 스펙터클이라는 단순한 형태로 작용할 수는 없다. 적절한 정치적 예술은 단번에 이중의 효과 — 정치적 의미작용의 가독성(혁명의 내용 — 인용자), 그리고 반대로 기괴함(uncanny), 즉 의미작용에 저항하는 것에 의해 야기된 감성적 지각적 충격(≒독자적 형식 — 인용자) — 의 생산을 보장한다."[8] 혁명정치의 행방이 묘연해지자 문학의 위기가 장기간에 걸쳐 거론될 수밖에 없었던 것은 따라서 당연한 일이었는지도 모른다.

문학의 독자성에 대한 인식의 깊이로 미루건대 김남주의 시가 정치적 프로파간다나 생경한 구호의 나열에 그치고 있다는 일부의 시각은 선입견일 가능성이 높다. 그런 뜻에서 김남주의 시가 보여준 언어형식적 고려의 치열성을 선구적으로 간파한 김사인(金思寅)의 견해는 괄목할 만한 것이었다. 그는 "계산된 어순의 도치, 동일 구조의 구문의 점층적 반복을 통한 정서의 고양과 반전, 이른바 '소외효과'를 겨냥한 냉정한 보여주기 등이" 김남주의 "옥중시들에서는 목적 달성을 위한 시적 장치로 빈번히 구사되고" 있다는 사실을 전제하면서 "적들에 대한 치열한 적의를 풍자에 싣거나 혁명의 대의를 드높이 외칠 때, 그의 눌변인 듯도 하고 번역투이기도 한 것으로 느껴지던 산문적 어법은 오히려 그의 격정과 어사의 격렬함을 적절히 통어하면서 작품에 어떤 객관성을 부여하는 미적 장치로 작

---

7 같은 면.
8 자크 랑시에르, 오윤성 옮김 『감성의 분할: 미학과 정치』, 도서출판b 2008, 90면 참조.

용"[9]하고 있음을 날카롭게 지적한 바 있다.

김사인이 브레히트의 소외효과(alienation effect)를 적절히 언급한 데서도 짐작할 수 있듯이 김남주의 시적 자산에서 진보적 모더니즘의 비중은 결코 작지 않다. 그것은 마야꼽스끼(Vladimir Mayakovsky)와 아라공(Louis Aragon), 브레히트(Bertolt Brecht)와 네루다(Pablo Neruda) 등 그가 열성적으로 번역한 외국 시인들의 명단만 보더라도 분명해진다. 70년대의 광주에 사회과학서점 '카프카'를 열었던 그가 「어떤 관료」 등의 작품에서 소시민적 입신출세주의와 관료주의의 병폐를 통렬히 풍자했던 사실도 암시적이다.[10] 농민층에서 이탈해 성장한 비판적 인텔리겐치아가 모더니즘 문학에 접속하면서 마침내 전투적 리얼리스트로 솟아오른 희귀한 사례로서도 김남주의 시세계는 깊이 음미할 만하다. "리얼리스트가 아닌 시인은 죽은 시인이다. 그러나 리얼리스트에 불과한 시인도 죽은 시인"이라고 말한 사람은 네루다였다. 혼신의 힘을 다해 민중 속으로 투신하고자 했던 불굴의 의지, 자기 안의 비겁을 절(切)하는 매순간의 결단 자체가 삶이었던 김남주야말로 네루다가 말하는 리얼리스트 시인에 가깝지 않을까. 초기시 「잿더미」(1974)는 그 구체적 물증이다.

아는가 그대는
봄을 잉태한 겨울밤의
진통이 얼마나 끈질긴가를
그대는 아는가
육신이 어떻게 피를 흘리고
영혼이 어떻게 꽃을 키우고

---

9 김사인 「김남주 시에 대한 몇가지 생각」, 『창작과비평』 1993년 봄호. 여기서는 염무웅·임홍배 엮음, 앞의 책 120~25면 참조.
10 관료사회 속에서 사물화하는 인간 실존의 문제는 카프카의 중요한 문학적 주제였다.

육신과 영혼이 어떻게 만나
꽃과 함께 피와 함께 합창하는가를

꽃이여 피여
피여 꽃이여
꽃 속에 피가 흐른다
핏속에 꽃이 보인다
꽃 속에 육신이 보인다
핏속에 영혼이 흐른다
꽃이다 피다
피다 꽃이다
그것이다!

—「잿더미」마지막 두 연

　전체 8연으로 구성된 이 시는 명료한 진술문들의 반복과 전도를 통해 작품의 관념적 기초에 정서적으로 고양된 육체를 부여하고 있다. 각 연을 8행, 12행, 8행, 11행, 23행, 22행, 8행, 9행으로 드라마틱하게 배분함으로써 시적 구조 전체에 리듬을 부여하는 치밀함도 놀랍다. 8행(A)을 기본 템포로 삼고 있는 이 시의 구조를 도식화하면 ABABCCAA'와 같다. 긴장과 이완을 주고받다 가파른 호흡으로 치닫는 이 작품은 마지막 두 연에서 냉정을 회복한다. 특히 주목할 것은 기본 템포에 한 행을 더 얹어 9행으로 조성된 마지막 연(A')의 마지막 행("그것이다!")이다. 이는 모든 종류의 분별을 일시에 무화하는 비언어적 깨달음의 선포이며, 피와 꽃, 육신과 영혼, 형식과 내용의 간단없는 일치 속에서 시와 혁명은 하나가 된다. 모든 것이 무너지고 불타버린 폐허("잿더미") 위로 단숨에 도착한 이 선언은 한 위대한 혁명시인의 탄생을 알리는 출사표로 의연하다.

4. 리부팅 인텔리겐치아

물론 투옥기간 중의 방대한 시편들 가운데는 시와 사상, 혁명적 실천 사이의 긴장이 무너진 경우도 없지 않다. 나날의 실천과 생활에서 유리될 수밖에 없었던 열악한 조건 때문이었을 것이다. 그러다보니 90년대 이후 80년대 문학운동에 대한 대대적인 반성의 분위기가 고조되면서 그가 남긴 일부 서정시들만을 들어올리는 방식으로 김남주 문학의 이월가치를 평가하려는 시도들이 꾸준히 있어왔다. 그러나 주관적 선의에도 불구하고 그것은 김남주의 이름으로 '김남주적인 것'의 폐기를 촉진하는 결과를 낳을 수밖에 없을 것이다. 서정시인으로서 김남주가 남긴 작품들 가운데는 「옛 마을을 지나며」와 같이 널리 알려졌지만 소품에 불과한 시편도 적지 않을 뿐더러 소외효과에 기초한 전투적 격문시에 비할 때 단조로운 감상 토로에 그친 작품 또한 심심치 않기 때문이다. 물론 개중에는 지금껏 충분히 주목받지는 못했을지라도 「선반공의 방」 같은 발군의 작품이 없는 것은 아니다. 선반공인 고향 후배의 달동네 집을 찾아가는 "돌계단 삼백일흔여섯개"의 숨 가쁜 여정을 도망 중인 수배자의 시선으로 답사한 이 작품은 수식과 묘사를 생략한 사실 진술만으로도 얼마든지 뛰어난 서정시가 탄생할 수 있음을 증명해내고 있다.

> 그래도 집이라고 그 집에는
> 방이란 게 있었다 세개나 있었다
> 그 집 아낙네들은 하나같이 사투리를 썼는데
> 함경도 사투리도 있었고 충청도 사투리도 있었고 경상도 사투리도 있었다
> 전라도 순창이 고향인 선반공의 방은
> 감옥의 먹방과도 같이 어둡고 비좁았다

나는 굴속을 들어가듯 그 방으로 들어갔다
방에는 한쪽 구석에 지퍼가 고장난 비닐옷장이 있었고
다른 한쪽 구석에는 책상 겸 밥상으로 씀직한 앉은뱅이상이 있었는데
그 위에는 메모로 접은 쪽지가 놓여 있었다

(…)

방 한켠에는 반되들이 쌀 한봉지가 입을 벌리고 있었고
책 몇권이 벽에 기댄 채 나란히 누워 있었다
거기에는 고리끼의 『어머니』가 있었고
거기에는 하인리히 만의 『독일 노동자의 길』이 있었고
체 게바라가 쓴 『제3세계 민중에게 보내는 편지』가 있었다

그날 밤 선반공의 친구는 돌아오지 않았다
다음 날 아침에도 저녁에도 들어오지 않았다
그를 내가 만난 것은 감옥에서였다
선반공의 방처럼 어둡고 비좁은 먹방에서였다

—「선반공의 방」부분

    금기의 언어에 감전된 혁명시인과 비참한 현실에 눈뜬 노동자가 해후할 곳은 어둡고 누추한 감옥뿐이었는지 모른다. 둘 사이에 일어난 간발의 엇갈림이 새삼 의미심장한 파국의 역사적 복선처럼 다가온다. 하지만 우선은 시적 대상의 사회적 본질을 집요하게 파고드는 냉엄한 리얼리즘적 추보(追步)가 이 작품의 서정적 기초다. 그가 전투적 혁명시인이었을 뿐 아니라 서정시인이기도 했음을 애써 강조하는 경우에도 작품의 저변에

일관되게 흐르는 현실인식과의 팽팽한 긴장을 놓쳐서는 곤란한 것이다. 그는 그저 "밤 별이 곱다고 노래"하는 흔한 서정시인은 아니었기 때문이다. "뿌리가 다르고 지향하는 바가 다른/가난한 시대의 가엾은 리얼리스트/나는 어쩔 수 없는 놈인가 구차한 삶을 떠나/밤 별이 곱다고 노래할 수 없는 놈인가"(「가엾은 리얼리스트」). 김남주 시의 진정한 요람은 전투적 정열과 문학 사이의 치열한 긴장에 있을 것이다. 그는 가차 없이 선언한다. "나는 책상머리에 앉아 시라는 것을 억지로 써본 적이 없다고/내 시의 요람은 안락의자가 아니고 투쟁이라고 그 속이라고/안락의자야말로 내 시의 무덤이라고"(「시의 요람 시의 무덤」).

그가 시와 혁명의 통일을 지탱하는 정신의 법열 상태를 죽음 직전까지 유지할 수 있었던 비결은 아마도 "참된 삶은 소유에 있는 것이 아니고 존재로 향한 끊임없는 모험 속에 있다는/투쟁 속에서만이 인간은 순간마다 새롭게 태어난다는/혁명은 실천 속에서만이 제 갈 길을 바로 간다는"(「벗에게」) 투철한 신념과 "수천수만의 팔과 다리 입술과 눈동자가/살아 숨 쉬고 살아 꿈틀거리며 빛나는/존재의 거대한 율동"(「사상의 거처」)에 대한 가없는 신뢰에 있었을 것이다. 그리고 그것은 민중 속에서 자라나 끊임없이 민중 속으로 스스로를 기투하려 했던 실천 가운데서 단련되었다. 만약 90년대 이후 문화의 시대의 도래와 함께 그러한 신념의 토대가 사라져버린 것처럼 보인다면, 그리고 마치 때를 맞추기라도 한 듯 시인 김남주에게 죽음이 찾아온 것이라면, 그 나쁜 변곡점에 혁명적 지식인사회의 해리와 대중적 삶으로부터의 급격한 이탈이 자리하고 있음은 분명하다.

「선반공의 방」의 인용부 첫 연이 명징하게 보여주듯 70년대의 산업화로 농촌사회는 본격적인 해체기에 접어들었다. 이렇게 도시로 밀려든 농민층 또는 그 후예들이 한국사회 계층구조의 다변화를 초래했다. 그리고 이 과정에서 농민층으로부터 이탈한 도시의 지식청년들이 혁명적 지식인사회를 형성했다. 이미 말했듯 시인 김남주는 그 전형의 하나다. 급격한 도시화와 고도성장경제를 배경으로 시민계층은 나날이 성장을 거듭했지만 분단체제에 편승한 군부독재 아래에서 그 내용은 제한적일 수밖에 없었고 더군다나 사회 전반의 부정의와 불평등을 종식시키기에는 역량이 모자랐다. 따라서 70~80년대 운동의 주도권은 이제 겨우 복원되기 시작한 혁명적 지식인사회에 일임될 수밖에 없었던 것이다. 인민대중의 삶 속에서 자기조회를 거듭하며 성장했던 혁명적 지식인사회가 90년대 이후 소비자본주의의 대분출 아래 길을 잃고 해체기로 접어든 혼돈의 상황을 시인은 어떻게 받아들였을까?

> 나는 지금 어디에 있는가
> 입만 살아서 중구난방인 참새떼에게 물어본다
>
> 나는 지금 어디로 가고 있는가
> 다리만 살아서 갈팡질팡인 책상다리에게 물어본다
>
> 천갈래 만갈래로 갈라져
> 난마처럼 어지러운 이 거리에서
> 나는 무엇이고
> 마침내 이르러야 할 길은 어디인가
>
> ─「사상의 거처」 도입부

그리고 어느 이름 모를 집회현장에서 그는 알게 되었다. "사상의 거처는/(⋯)/한두 놈이 머리 자랑하며 먹물로 그리는 현학의 미로가 아니라는 것을/그곳은 노동의 대지이고 거리와 광장의 인파 속이고/지상의 별처럼 빛나는 반딧불의 풀밭이라는 것을"(같은 시). 그러나 그의 죽음을 막을 수 없었던 것처럼 혁명의 쇠퇴도 돌이킬 수 없었다. 운동권 지식인들이 제도

안으로 대거 흡수되면서 인민대중의 삶과 유리된 것이 원인의 전부일까? 80년대의 소비대중문화 속에서 성장한 후속 세대 지식청년들이 바로 그 대중의 일원으로 스스로의 위상을 하향평준화해버린 데도 작지 않은 책임이 있을 것이다. 혁명적 지식인사회의 시간과 시민대중의 시간이 서로 다른 시간표 위에서 흐르고 있었던 셈이다. 흔히 말하는 '87년체제'란 그 둘 사이에 벌어진 괴리의 긴 조정 국면을 뜻하는지도 모른다. 민중문화 운동의 유산과 저항적 대중문화의 코드를 호흡했던 2차 베이비붐세대 즉 80년대 운동권 후속 세대의 지식청년들이 현실에서 혁명적 지식인사회보다 제도권의 전문가 서클을 선망하게 된 사정도 그 괴리에 연원을 두고 있을 것이다.

그런데 이와는 모순되게도 그 괴리 가운데서 새로운 형태의 저항의 실험들이 내연(內燃)하고 있다. 그 이름이 무엇이든 문학과 정치의 관계를 재설정하려는 움직임은 제도의 안팎에서, 혹은 거리와 광장에서, 조금씩 눈뜨고 있다. 우리가 서 있는 이곳은 언제 끝날지 모를 파국의 들머리인가, 아니면 다른 세상으로 들어서는 '어두운' 입구인가. 혁명시인 김남주가 살아 있었다면 아마도 "미래는 아름답고/그것은 우리의 것"(「벗에게」)이라고 답하지 않았을까. 그러나 그가 남긴 유산이 "만인의 입술 위에서 노래"(「부르다가 내가 죽을 이름이여」)가 될 날은 언제 오는가.

시인의 경제, 시민의 정치

◆

진은영 시집『훔쳐가는 노래』

한 사람의 시인이 시사(詩史)의 한 시기를 통째 견인하는 상징으로 떠오르는 때가 있다. 1960년대의 김수영과 70년대의 김지하, 80년대의 박노해가 그런 존재들일 것이다. 그리고 '죽음 이후의' 기형도(奇亨度)가 혁명의 황혼 뒤로 긴 그림자를 드리웠다. 평지돌출처럼 등장한 최영미(崔泳美)마저도 새로운 시대의 신호탄이라기보다 지난 시대의 화려한 마침표에 가까웠다. 갖가지 종언론, 위기설 들이 패션처럼 거리를 활보했고 영웅적 시인들은 자주 자리를 비웠으며 완결된 작품(work)은 징후적 텍스트, 혹은 지리멸렬한 이행기의 알리바이로 강등되었다. 그런 맥락에서 카라따니 코오진(柄谷行人)의「근대문학의 종언」(초역 2004)이 몰고 온 '활기'는 반어적인 것이었다. 쟁점은 혁명정치의 실종에 있었다.「근대문학의 종언」은 주로 정치와의 긴장을 괄호 친 근대소설의 운명을 탐문한 것이었지만 그에 대한 창작 측의 응답은 조금 뒤늦게, 그리고 뜻밖에 어떤 젊은 시인에게 와서야 들을 수 있게 되었다.『일곱 개의 단어로 된 사전』(2003)과『우리는 매일매일』(2008)이라는 두권의 시집으로 한국시의 미학적 갱신을 표상하는 전위의 한 사람이 된 진은영(陳恩英)은「감각적인 것의 분배」

(『창작과비평』 2008년 겨울호)라는 평문을 통해 한동안 피로와 상실감의 늪에 잠겨 있던 미학과 정치의 재결합 문제를 과감하게, 그러면서도 새롭게 제출했던 것이다.[1] 평단은 마치 긴 잠에서 깨어나기라도 한 것처럼 소란스러워졌고 시인은 창작과 사회적 실천을 통해 그 '새로움'의 진의가 무엇이었는지를 증명하는 중이다. 세번째 시집 『훔쳐가는 노래』를 우리 앞에 내놓은 시인은 왕년의 영웅들과 다르다. 그는 시적으로나 정치적으로나 영웅이 되고자 한 바 없으며 오히려 그 반대 방향으로 진화하고 있다. 그 진화의 표정을 독해하는 일이 독자인 우리에게 주어졌다.

기이한 경제: 소유에서 공유로

우선은 시집 제호가 흥미롭다. 노래는 노래인데 '훔쳐가는' 노래이니 일단 '훔치다'부터 알아보는 게 순서일 것이다. 시집 맨 뒤에 놓인 '시인의 말'이 간명하다. "문학은 나에게 친구와 연인과 동지 몇몇을 훔쳐다주었고 이내 빼앗아버렸다. 훔쳐온 물건으로 베푸는 향응이란 본래 그런 것이지, 지혜로운 스승은 말씀하실 테지만 나는 듣는 둥 마는 둥." 그런데 시인은 "훔쳐온 물건으로 베푸는 향응"이 "친구와 연인과 동지"를 다 빼앗아가도 전혀 괘념치 않겠다는 투다. "훔쳐온 물건"이란 본래부터 내 것이 아니었기 때문에 빼앗긴다 한들 아까울 게 없다는 뜻이겠지만 이것만으론 충분치 않다. '빼앗김'이 부정적 뉘앙스의 '상실'만을 초래하는 것도 아니고 '훔침'이 도덕적 비난이나 법적 심판의 표적이 되지도 않는, 어떤 '기이한 경제'의 장에서 거래가 이뤄지고 있다는 점에 주목해야 한다. "소

---

1 진은영의 '등장' 이후 촉발된 시와 정치 논의의 전개과정에 대해서는 신형철의 「가능한 불가능: 최근 '시와 정치' 논의에 부쳐」(『창작과비평』 2010년 봄호)를 참조할 것.

중한 것을 전부 팔아서 하찮은 것을 마련하는 어리석은 습관"(같은 글)은 그러므로 반어다. 사고파는 일이 훔치고 빼앗기는 일과 등가관계를 이루는가 하면 "소중한 것"과 "하찮은 것" 사이에서도 가치의 우열을 지운 이 '기이한 경제'는 글자 그대로의 어리석음과는 아무런 관계가 없기 때문이다. 이는 "어리석은" 게 아니라 단지 '다른' 것이다. 그렇다면 무엇이 어떻게 다른가?

시집 제호의 출처가 된 시 「훔쳐가는 노래」가 또 하나의 참조점이다. "우리는 둘이서 밤새 만든/좁은 장소를 치우고/사랑의 기계를 지치도록 돌리고/급료를 전부 두 손의 슬픔으로 받은 여자 가정부처럼"이라는 긴 직유 절은 "고개 숙이고 새해 첫 장례행렬을 따라가는 여인들의/경건하게 긴 목덜미에 내리는//눈의 흰 입술들처럼"과 함께 이 시의 마지막 행인 "그때 우리는 살아 있었다"를 수식한다. 다시 말해 "사랑의 기계를 지치도록" 돌린 노동의 대가로 "우리"가 받은 것은 양손 가득한 "슬픔"뿐이었지만 그럼에도 불구하고 "그때 우리는 살아 있었다"는 것. 그러므로 우리는 정당한 보상도 없이 노동력을 빼앗기거나 '착취'를 당한 것이 아니라, 일종의 "공정한 물물교환"(2부의 제목이기도 한)을 이룬 것이다. 시인은 선포한다. "우리는 별과 죽음을 교환할 것이다"(「방법적 회의」). 그리고 시인은 토로한다. "면식 있는 소매치기가 다가와/그의 슬픔을 내 지갑과 바꿔치기해간다, 번번이"(「오월의 별」).

"사랑의 기계를 지치도록" 돌리는 것은 살아 있기 위해서이지만 동시에 우리는 살아 있기 때문에 "사랑의 기계를 지치도록" 돌릴 수밖에 없는 존재이기도 하다. 이 두 문장 중에서 어느 것이 먼저인지는 명확히 확인할 방법이 없을뿐더러 중요하지도 않다. 다만 한가지 사실만은 분명한 듯보인다. 우리가 스스로 살아 있음을 확인하거나 '인식'하려면 "슬픔", 그러니까 감정의 매개가 필요하다는 것. 살기 위해서 혹은 살아 있기 때문에 지속할 수밖에 없는 "심장의 모래 속으로/푹푹 빠지는"(「훔쳐가는 노래」)

'목숨의 노동'을 우리는 "슬픔" 또는 슬픔 속에 가뭇없이 융해되어버릴 어떤 느낌과 맞바꾸는 것이다. 마치 "눈의 흰 입술들처럼" 말이다.

　여기서는 당연하게도 소유에 대한 고정관념이 폐기된다. 훔치고 빼앗기는 일이 '교환'의 한 방식으로 아무렇지도 않게 통용되는 이곳은 공유(commons)의 세계다.[2] 이곳은 어디일까? 바로 앞에서 인용한 시「공정한 물물교환」의 1연부터 3연은 이런 문장들로 시작한다. "그는 그것을 바꿀 수 있다" "그는 그것을 판다" "그는 그것을 산다". "그것"은 무엇인가? 조금 맥 빠지는 듯한 느낌에도 불구하고 4연이 곧바로 답한다. "이상한 물건/상점 주인이 종종 문학이라고 부르는". 저 '기이한 경제'의 장은 그러므로 문학의 영역이 아닌가.

붉은 칠 마르지 않은 벽: '문학'의 경계를 넘어가는 노래

　누군가는 "평생 동안의 월급과 술병 더미들/단 하나의 녹색 태양, 연애의 비밀들과 양쪽 폐를 팔아서"(「공정한 물물교환」) 거래하기도 하는 '문학'은 그야말로 "이상한 물건"이다. "훔쳐가는 노래"라는 표현이 그 위상을 절묘하게 드러내준다. 여기서 '노래'는 '훔치다'라는 동사를 술어로 거느린 주어이자 목적어이다. '노래가 (목적어 생략) 훔쳐가다'와 '(주어 생략) 노래를 훔쳐가다'가 동시에 성립 가능하다. 그러나 이것이 문학의 '자율성'을 지시하는 데 그치는 것이라면 많은 아쉬움이 남을지도 모르겠다. "지나가던 사람이/붉은 칠 마르지 않은 벽에 등을 기대어본다"라는 「공정한 물물교환」의 마지막 연은 의미심장하다. 이는 바로 앞 연 "이상한 물건/

---

2 이는 작품의 사적소유자로서의 '저자' 개념을 폐기('저자의 죽음')하는 대신 공동체의 공유재(작품) 생산을 담당하는 주체로서의 '저자' 개념을 새롭게 제시하는 비전과 연결되어 있다.

상점 주인이 종종 문학이라고 부르는"의 의도된 도치에 덕분에 이 시를 새로운 경계로 들어서게 한다. "상점 주인이 종종 문학이라고 부르는"은 "붉은 칠 마르지 않은 벽에 등을 기대어본다"에도 수사적으로 간여하기 때문이다. "붉은 칠 마르지 않은 벽"은 "상점 주인이 종종 문학이라고 부르는" 무엇이 된다. 그것은 거기에 등을 기댄 "지나가던 사람"에게 부지불식간 붉은 흔적을 남길 것이고 노래는 스스로가 주어이자 목적어임에도 불구하고 자족의 경계 밖으로 번질 것이다. 여기서 문학의 경계는 단단한 벽이되 번지는 벽이기 때문이다. 이 핏빛 비유의 깊이와 넓이 속에서 벽으로 구분되어 있던 "그"와 "지나가던 사람"은 만나고 또 서로에게로 번져, 한때 '문학'이었던 것은 드디어 너와 나의, 어떤 공동체의 노래가 된다.

이는 "심장의 모래 속으로/푹푹 빠지는" 목숨의 노동으로부터 비롯하지만 반드시 뜨거운 형벌의 이미지로만 받아들여질 필요는 없다. 그것은 문학을 문학이라는 이름의 천형을 짊어진 예외적 존재, 가령 예언자와 같은 존재의 전유물로 만드는 결과를 낳을 수 있기 때문이다. 물론 "붉은 칠 마르지 않은 벽"은 예언자의 거처로도 손색이 없다. 이는 한 세계에서 다른 세계로 건너가는 경계이고 모든 예언자는 그곳에 서 있기 마련이기 때문이다. 시 「예언자」는 그것을 일종의 아이러니로 포용하고 있다. "옛날의 방식과 똑같다/그 핵심에 있어서는"(5연 도입). 그리고 "옛날의 방식과 다르다/그 핵심에 있어서는"(7연 도입). 이 아이러니를 해명하기 위해서는 한편의 다른 시로부터 도움을 구해야 할 것이다.

가령 시 「세상의 절반」의 4연과 6연은 이렇다. "세상의 절반은 삶/나머지는 노래" 그리고 "세상의 절반은 노래/나머지는 안 들리는 노래". 두 연을 논리적으로 가능하게 하려면 "삶"은 "안 들리는 노래"가 되어야 한다. 두 시를 종합해보면 예언자는 노래를 부른다는 "그 핵심에 있어서는" "옛날의 방식과 똑같다"고 할 수 있고 삶이라는 "안 들리는 노래"를 부른다는 "그 핵심에 있어서는" "옛날의 방식과 다르다". 삶이라는 "안 들리는 노래"를 들리게 하는 '방식'의 차이가 "그"를 예언자로 만들거나 그와 다른 누군가로 만든다. 그는 예언자와 같은 전위이긴 하되 "옛날의 방식"과는 다른 전위, 말하자면 자신이 예언자인 줄 모르는 예언자, 전위인 줄 모르는 전위다. "붉은 칠 마르지 않은 벽"에 등을 기대어본 "지나가는 사람"은 자신의 등 뒤에 남은 "붉은 칠"의 흔적을 의식하지 못할 테니까.

따라서 그는 "전나무들의 날카로운 꼭대기를 껴안는/매끄러운 검은 살의 하늘"(「아케이드」) 혹은 "죽은 가지 위에 밤새 우는 것들"(「있다」)처럼 노래의 경계 또는 시가 나아갈 수 있는 첨단에 서 있길 바라면서도, 다른 한편으론 "이 낡은 의자에서……언제쯤 일어나게 될는지/몰라요 나의 둘레를 돌며 어슬렁거리는 녹색 버터의 호랑이들/대체 뭘 바라는 거죠? 몰라요/이 시를 몰라요 너를 몰라요 좋아요"(「인식론」)에서 보듯 혼돈과 무지의 악무한 뒤에 남겨져 자족하길 원하는 자이기도 하다.[3] 앞장서서 나아가는 것과 물러서서 남겨지는 것 사이의 양자택일은 애초부터 그의 관심사가 아니었다. 그는 이 선택지들의 경계선에 위태롭게, 그러나 완강히 버티고 서서 자신의 흔들림과 괴로움을, 그 밀도를 가늠할 뿐이다. 그는 스스로에게 묻는다. "얼마나 더/여윈 가지 위에 올라야/집요하게 흔들릴까//얼마나 더/높은 가지 위에 올라야/집요하게 괴로울까"(「단식하는 광대」).

---

3 "녹색 버터의 호랑이"는 스코틀랜드 출신의 동화작가 헬렌 배너먼(Helen Bannerman)의 "Little Black Sambo"(1899)를 인용한 것이다. 정글에 놀러 갔던 흑인 꼬마 삼보가 호랑이들에게 쫓겨 갖고 있던 물건들을 다 빼앗긴 뒤 나무 위로 피신하자 쫓아오던 호랑이들은 자기들끼리 싸우며 나무 밑을 뱅뱅 돌다가 녹아서 버터가 된다는 이야기인데, 동화임을 감안하더라도 매우 비합리적인 스토리다. 그러나 위기에서 벗어나기 위해 나무 위로 올라간 소년과 비합리의 악무한인 지상의 대비는 이 시를 이해하는 중요한 단서다.

빨간 올빼미: 예언자도 영웅도 아닌

"빨간 올빼미처럼 그가 지껄인다"는 「예언자」의 7연은 더 흥미롭다. 이 난데없는 직유는 무엇을 뜻하는 걸까? 미리 말해두자면 이 7연 뒷부분은 사변적이기 이를 데 없던 「예언자」를 시적으로 입체화하는 역할을 맡는다. 앞서 다룬 시 「공정한 물물교환」과 우선 연관지어 볼 수 있을 것이다. "빨간 올빼미"는 "붉은 칠 마르지 않은 벽"에 "등을 기대어본" "지나가는 사람"의 변주일 가능성이 있다. 이 때문에 이 시는 "기묘하고 집요하고 당황스럽고 참 이상"한 "인유가 심한 시"(「아름답게 시작되는 시」)처럼 보이게 된다.

깊은 밤 나뭇가지 위에 앉아 우는 "빨간 올빼미"는 김수영의 「서시」 (1957)와도 맞물린다. "나는/아직도 명령의 과잉을 용서할 수 없는 시대이지만/이 시대는 아직도 명령의 과잉을 요구하는 밤이다/나는 그러한 밤에는 부엉이의 노래를 부를 줄도 안다". 두 시는 "아직도 명령의 과잉을 요구하는 밤" 말하자면 「예언자」의 한 대목인 "그는 체포된다 사자들이 어슬렁거리지 않는 최신형 감옥에/아니,/숨어버렸나? 혹시 고래 뱃속의 요나처럼"이 환기하고 있는 '치안(police)의 밤'을 공통의 배경으로 두고 있다.[4] 따라서 "옛날의 방식"에 해당하는 '예언자-시인'의 전형은 김수영과 같은 경우라고 할 수 있을지 모르겠다. 그의 「사랑의 변주곡」을 떠올려 보는 것만으로도 충분하지 않은가. "복사씨와 살구씨가/한번은 이렇게/사랑에 미쳐 날뛸 날이 올 거다!/그리고 그것은 아버지 같은 잘못된 시간의/그릇된 명상이 아닐 거다".

그런데 "빨간 올빼미"는 김수영의 "부엉이"를 차용하는 동시에 그것과

---

4 구약에 등장하는 요나는 니네베로 가서 심판을 예언하라는 하나님의 명령을 어기고 반대 방향으로 도주했다가 고래 뱃속에 3일간 갇히는 처벌을 받는다. 명령과 위반과 처벌의 모티프는 이 고사를 치안의 알레고리로 만든다.

싸운다. 따라서 그것은 인유이면서 패러디에 가까운 무엇이 된다. 왜 그런가? 그것은 "그가 지껄인다"의 '지껄임' 때문이다. 김수영의 "부엉이"에게 '지껄임'은 어울리지 않는다. 그는 숭고한 예언자가 아니던가. 그는 심지어 "인류의 종언의 날"(「사랑의 변주곡」)까지를 염두에 둔다. 반면 진은영의 "빨간 올뺴미"는 "지껄인다". 화제도 목적도 뚜렷하지 않은, 고지나 선포가 아닌, 그래서 어떤 결과가 초래될지 어떤 효과를 가져올지 모르는 발화. 그것은 「단식하는 광대」의 '흔들림'과 '괴로움' 또는 「훔쳐가는 노래」의 "슬픔"과 연동되어 있는 한편, 김수영식의 숭고한 예언을 껴안으면서 풍자하는 "기묘하고 집요하고 당황스럽고 참 이상"한 무엇으로 작동한다. 그럼으로써 그것은 김수영적인 어떤 것과 연대해 이 '치안의 밤'을 균열시키는 데 참여하지만 그와 동시에 '김수영적인 어떤 것'조차 해체하는 이중효과를 발휘한다. 그것은 치안의 밤을 목격하고 증언하는 '비애'와 '설움'의 정치[5]로부터 '집요한' 지껄임으로 어둠과 침묵에 균열을 내는, 좀더 가볍고 발랄한 정치로의 이행을 보여주고 있다.

우리는 "빨간 올뺴미"로부터 또다른 한 사람의 예술가를 떠올려볼 수도 있을 것이다. 예컨대 삐까소(Pablo Picasso)라면 어떤가. 올뺴미는 삐까소가 자신의 아이덴티티를 드러내기 위해 애용했던 소재다. 붉은 물감의 올뺴미 드로잉 위에 자신의 두 눈을 사진으로 덧대어놓은 그의 평면 작업은 꽤 알려져 있다. 삐까소의 번득이는 두 눈이 이미 말하고 있듯, 그는 세계의 어둠을 목격하고 기성 세계의 감각적 현실 저 너머를 증언하는 존재였다. 삐까소 자신은 어디선가 이런 말을 남기기도 했다. "많은 경우 예술은 단지 관찰에 지나지 않는다." 이 겸사의 내부에는 날카로운 응시가 도

---

5 김수영의 「비」(1958)가 좋은 예다. 이 시의 2연은 가령 이렇다. "명령하고 결의하고/〈평범하게 되려는 일〉 가운데에/해초처럼 움직이는/바람에 나부껴서 밤을 모르고/언제나 새벽만을 향하고 있는/투명한 움직임의 비애를 알고 있느냐/여보/움직이는 비애를 알고 있느냐".

사리고 있다. 그리고 이 응시는 발터 베냐민(Walter Benjamin)이 "역사의 천사"(「역사철학테제」)라고 불렀던 파울 클레(Paul Klee)의 「새로운 천사」(1920)와도 연결된다. "두 눈 속에 갇힌 사시(斜視)의 맑은 눈빛으로/다른 쪽의 눈동자를 그립게 흘겨보는 고독한 천사처럼"(「멸치의 아이러니」). 그러나 이 시집이 '삐까소-빨간 올빼미'를 환기하는 가장 큰 이유는 이 시집의 시들이 마치 입체파의 눈과 마음으로 경험한 듯이 구성되었다는 점이다. 진은영의 시는 "세계에 대한 시가 아니라 세계의 조각들을 재조합하여 구성한 세계에 대한 시"(권혁웅 「멜랑콜리 펜타곤」, 『우리는 매일매일』 해설)이니 말이다.

유리의 거미줄
나와 네게서 달아나 맞잡은 손바닥이 하늘하늘
날아갔다

내 혀는 도착한다
오늘에
청양고추의 플랫폼에
"괜찮아, 문제없어!" 하는 나를
양치질 후 흰 거품처럼 뱉어버리고

토성의 자줏빛 흔들리는 하늘가에서
출발한 두 다리가
첫 봄날을 지나, 무질서한 이야기를 지나
수요일의 분주한 상점과
여름 과일의 시들어가는 나날을 지나서 간다
―「아케이드」 부분

이 작품이야말로 "몰라요/이 시를 몰라요 너를 몰라요 좋아요"의 세계일 것이다. 헝클어진 시공간, 분절된 육체, 깨어진 내러티브는 투시법의 소산이 아니라 서로 다른 수많은 초점들의 분산, 화면의 분절에 의한 것이다. 그는 지금 "빨간 올빼미처럼" '지껄이고' 있다. 그러나 '지껄임'이 어떤 인유나 패러디를 의도하고 있는지보다 더 중요한 것은 앞서 말한 '가볍고 발랄한 정치'의 심부로 들어가보는 일이다. 앞에서 말한 것처럼 "빨간 올빼미"의 지껄임은 김수영적인 것, 심지어 삐까소적인 것과 연대해 예의 '치안의 밤'을 균열시키는 데 참여한다. 또한 그와 동시에 김수영적이고 삐까소적인 것조차 해체한다. 그것은 목격과 증언, 비애와 설움의 정치가 끝끝내 두 손을 놓고 마는 어둠에 직접적으로 개입한다. "빨간 올빼미"의 또다른, 탁월한 변주인 "빨간 손전등 두개의 빛"을 보라.

> 빨간 손전등 두개의 빛이
> 가위처럼 회청색 하늘을 자르고 있다
>
> (…)
>
> 확인할 수 없는 존재가 있다
> 깨진 나팔의 비명처럼
> 물결 위를 떠도는 낙하산처럼
> 투신한 여자의 얼굴 위로 펼쳐진 넓은 치마처럼
> 집 둘레에 노래가 있다
>
> ──「있다」 부분

그러므로 "빨간 올빼미"는 '치안의 밤'을 목격하고 증언하며 이곳과는 전혀 다른 세계의 필연적 출현을 고지하는 존재가 아니라 '치안의 밤'에 갇혀 "확인할 수 없는 존재", 그러니까 예의 "안 들리는 노래"들을 발굴하는 존재이다. "빨간 손전등 두개의 빛"은 치안의 밤을 해체하는("가위처럼 회청색 하늘을 자르고") 동시에 "확인할 수 없는 존재"들을 비춘다.

'민주주의'의 민주화

소유의 세계에서 공유의 세계로 건너온 문학은 자율성의 벽을 넘어서 "확인할 수 없는 존재"들 모두의 "안 들리는 노래"를, 보이지 않았던 삶을 들리고 보이게 만들 것이다. 시인은 이 예언자도 영웅도 아닌 새로운 전위들의 급진적 민주주의와 언제, 어디서, 어떻게 만나게 된 것일까? 이 시집에는 시인 자신의 기억과 체험에 대한 직정적 토로가 이전보다 두드러진다. 예컨대 "식당에 딸린 방 한 칸을 노래한 시인에 대한 지울 수 없는 연대감"(「그런 날에는」)이나 "김 뿌린 센베이 과자보다 노란 마카롱이 좋았다/더 멀리 있으니까/가족에게서, 어린 날 저녁 매질에서"(「그 머나먼」)와 같은 대목은 시인의 삶에 대한 많은 유추를 가능하게 한다. 전자는 김중식(金重植)의 「食堂에 딸린 房 한 칸」(『황금빛 모서리』, 1993)을 머금고 있다. "나를 닮아 있거나 내가 닮아 있는 힘 약한 사물을 나는/사랑한다 철로의 무덤 너머엔 사랑하는 西海가 있고/더 멀리 가면 中國이 있고 더더 멀리 가면 印度와/유럽과 태평양과 속초가 있어 더더더 멀리 가면/우리집으로 돌아오게 된다 세상의 끝에 있는 집/내가 무수히 떠났으되 결국은 돌아오게 된, 눈물겨운."으로 마무리 된 이 시에 대해 진은영은 왜 "지울 수 없는 연대감"을 느꼈던 것일까? 그리고 그것은 시와 정치에 관한 그 자신의 비전인 "치안질서 내에서는 설명되지 않는 자들, 보이지 않고 들리지 않는 자들과 직접 조우하는 것, 의회민주주의의 형식으로부터 무질서하게 삐져나오는 정치적 열정의 공간에서 함께 어울리며 엉뚱하고 다채로운 상상력을 발동시켜 보는 것"(『감각적인 것의 분배』 84면)과 어떻게 연결되는 것일까?

궁핍했던 성장기의 삶과 생활에 대한 염오가 "그 머나먼" 혁명과 철학으로 그를 이끌었으나 무수히 집을 떠나 멀리 갈수록 그는 김중식의 경우처럼 "세상의 끝에 있는 집"에 되돌아오게 되었을 것이다. 그런데 이 돌아옴은 후퇴나 단순한 복귀가 아니다. 김중식의 그것이 불가항력의 운명에 대한 비애에 찬 긍정이라면 진은영의 그것은 해체 이후의 재구축을 위한 현실의 재발견에 가깝다. 그것은 과거를 말하되 미래로 던져져 있다. 이 역설이 최상의 표현을 만나 등장한 시가 「멸치의 아이러니」다.

> 멸치가 싫다
> 그것은 작고 비리고 시시하게 반짝인다
>
> (…)
>
> 왜 멸치는 숭고한 맛이 아닌가
> 왜 멸치볶음은 죽어서도 살아 있는가
> 이론상으로는, 가닿을 수 없다는 반찬 칸을 뛰어넘어 언제나 내 밥알을 물들이는가
> 왜 흔들리면서 뒤섞이는가

"나의 책상에서/분노에게서/나에게서"(「그 머나먼」) 더 멀리 있는 곳으로의 '출가'는 "총체적으로 폼을 잡을 수 없다는 것/그 머나먼 폼"(「멸치의 아이러니」)이라는 일종의 자기확인으로 돌아오는 결과를 낳는데 이때의 "멸치의 아이러니"란 "시인의 순결한 양식/그 흰 쌀밥"과 "시민의 순결

한 양식/그 붉은 쌀밥" 사이의 아이러니다.(이는 앞 절에서 설명한 "붉은 칠 마르지 않은 벽"이나 "빨간 올빼미"와 은연중 연결되는 이미지이기도 하다.) 그리고 그것은 서로 일치하는 동시에 불일치하는 '시인'적인 것과 '시민'적인 것의 '야릇한 동시성'[6]에서 비롯한다. 시인적인 것(미학)은 시민적인 것의 배제를 불가피하게 요구하고 시민적인 것(정치 또는 삶)은 시인적인 것의 부차화를 종용한다는 고정관념의 매트릭스를 그것은 가볍게 넘어간다. 이 둘은 "흔들리면서 뒤섞이는" 무엇이다. 그러나 시인은 이 오묘한 수동태를 발견하고 확인하는 데 머무르지 않고 그것을 능동태로 뒤집는다. 그의 시는 "흔들리면서 뒤섞이는" 모종의 우발적 효과를 고대하는 데서 스스로 '흔들고 뒤섞는' 데로 나아가고 있다. 시를 흔들고 행동을 흔들어서 시와 행동의 새로운 만남을 가능하게 만드는 힘이 거기에 있고, "숭고한 맛이 아닌" 멸치를 "숭고한 생선"으로 전화시키는 시인의 능동적 의지가 또한 거기에 있다. 그곳엔 소유가 없고 영웅이 없으며 '시'도 없고 '정치'도 없다. "시의 뉴프론티어는 시가 필요없는 세상"(김수영)이라고 하지 않았던가. 이 "의회민주주의의 형식으로부터 무질서하게 삐져나오는" 급진적 민주주의는 '민주주의'를 민주화함으로써 "정치적 열정의 공간"을 여는 민주주의일 것이다. 그러므로 시와 정치의 이 절묘한 재결합과 그것이 낳은 비전의 역동성을 축복하는 한편으로 이 시집을 '공유'한 우리는 스스로에게 더 물어야 한다. 시인의 몸짓과 목소리 말고 우리의 눈과 귀에 보이고 들리는 다른 무엇이 있는가? 이토록 많은 절차 없이 삶이라는 안 들리는 노래를 들을 수 있는 방법은 없는가? 왜 '치안'의 밤은 이토록 견고한가?

---

6 이에 대해서는 진은영 「한 진지한 시인의 고뇌에 대하여」(『창작과비평』 2010년 여름호)의 4절 참조.

'세상에서 가장 작은 나라'에 관한 수상

신경숙의 『엄마를 부탁해』와 가족서사

> 어머니,
> 당신은 그 먼 나라를 알으십니까?
> —신석정 「그 먼 나라를 알으십니까」(1939)

미국의 서브프라임 모기지 사태(2007)로 촉발된 세계경제의 위기 아래 출판시장만 거꾸로 호황이라는 기사가 일간지 문화면에 심심치 않게 등장하고 있다. 삶의 출구를 찾아 헤매는 사람들이 책에서 위로를 구하고 있다는 분석인데, 특히 문학시장의 부활이 이 흐름을 선도하고 있다고 한다. 이러한 진단과 분석이 현실과 얼마나 부합하는지는 가늠하기 어렵지만 상당수의 사람들에게 설득력을 발휘하고 있는 것만은 분명하다. 이 가운데서도 '가족서사의 귀환'은 사회적으로나 문학적으로나 특별한 관심사가 되고 있다. 이른바 IMF관리체제 아래의 아버지 신드롬이 미국발 금융위기 아래의 '엄마' 신드롬으로 재귀하고 있다는 것이다. 일리가 없지 않지만 과연 그렇기만 할까? 공지영(孔枝泳)의 『즐거운 나의 집』과 신경숙의 『엄마를 부탁해』 같은 경우만 보더라도 ── 양자가 공히 '엄마'의 삶을 문제 삼고 있긴 하지만 —— 한 테이블에 올려놓고 견주기는 곤란한 점이 적지 않다. 여기에 김애란의 「칼자국」과 하성란(河成蘭)의 「알파의 시간」 같은 단편소설들까지 묶어보면 개별 작가·작품이 다루고 있는 가족문제는 더욱 비균질적이다. 가족서사의 '수상쩍은' 귀환을 문학적 보수화의 징후로 읽는 시선도 적지 않은데¹ 그러한 주장들이 소재로 묶어놓고 소재 때문에 비판하는 식의 무딘 칼날은 아니었는지도 살펴야 한다. 그러고 보면 요즘은 '가족'뿐만 아니라 그것의 확장형일 국가나 민족에 대해서조차 덮어놓고 알레르기 반응을 보이는 사례가 흔하다. 그러나 어떤 입장이 더욱 근본적인 문학적 보수주의인지는 사례별로 하나하나 따져볼 일이거니와 여기서는 신경숙의 『엄마를 부탁해』에 집중해보기로 한다.

1

『엄마를 부탁해』는 서울역에서 엄마를 잃어버린 한 가족의 9개월여에 걸친 이야기다. 각각 '너(큰딸)' '그(큰아들)' '당신(아버지)' '나(엄마)'를 주인공으로 한 4개의 장이 분량상으로 비교적 고르게 안배되어 있고 여기에 다시 '너'를 주인공으로 삼은 짧은 에필로그가 첨부된 구성인데, 이 작품은 근래 보기 드물 정도로 사실적 시간에 의식적이다. 가령 호적상 1938년 생(13면)인 엄마를 잃어버린 시점이 베이징올림픽 한해 전(2007)이라든가(19면) 작은딸의 대학시절에 1987년 6월항쟁을 암시하는 장면을 배치한다든가(219~21면) 하는 경우다. 휴전협정이 있던 해(1953) 10월에 당시 스무살이던 아버지와 혼인한(156~57면) 열일곱살의 엄마가 이태 동안 아이

---

1 고봉준의 「감동의 문학과 영감의 문학」(『문학수첩』 2009년 봄호)과 강유정의 「돌아온 탕아, 수상한 귀환」(『세계의문학』 2009년 봄호) 참조.

를 낳지 못하다(178면) 스물에 큰아들 형철을 낳았고(93면) 그가 스물넷일 때 열다섯의 큰딸이 중학교를 졸업하고 상경한 것으로 되어 있으니(109면) 이 가족은 1934년생 아버지와 실제론 1937년생(아버지의 기억에는 1936년생)인 엄마 슬하에 1956년생인 큰오빠와 출생 시기를 비정하기 어려운 작은오빠, 1965년생인 큰딸과 1967~69년 사이에 태어났을 둘째딸, 그 아래 역시 출생 시기를 짐작하기 어려운 막내아들로 이뤄진 7인 구성이다. 그런데 이 5남매 중에서 작은오빠와 남동생, 특히 후자는 등장하는 이유가 궁금해질 만큼 존재감이 미약한 반면 2장의 주인공인 큰오빠 형철과 4장에 집중적으로 등장하는 여동생의 비중은 상대적으로 높다.

농촌 가부장사회에서 나고 자란 전통사회 여성의 평균적 삶을 염두에 둘 때 장남에 대한 유난한 선호가 부자연스러울 것은 없고 아직 결혼을 하지 않은 큰딸에 대해서보다는 아이를 셋씩이나 낳고 기르면서 또다른 '엄마'의 삶을 살고 있는 둘째딸에게 엄마의 혼령이 연민을 느끼는(4장 참조) 이치 또한 쉽게 공감할 수 있다. 그러나 작품의 시작과 끝을 주도하면서 큰오빠와 아버지, 엄마 자신을 각각의 주인공으로 하는 2, 3, 4장에서조차 비중이 현저한 이 집안의 큰딸 '너'야말로 작가의 진정한 분신이다. 이는 비단 '너'의 작중 직업이 작가로 설정되어 있다는 사실 때문만은 아니다. '너'라는 인칭은 독자로 하여금 이 작품에 등장하는 엄마의 개별성을 보편적 모성으로 유추하게 만드는 효과를 누리면서 "엄마를, 엄마를 부탁해――"(282면)라는 마지막 대사의 간절함에 접속해 작품의 주제를 견인하는 기능을 하고 있다. 말하자면 모두의 삶을 대지처럼 떠받치고 있되 일상생활 속에서는 문득 소외되어 있는 엄마의 존재를 '나'뿐만 아니라 '너'를 포함한 공동체의 지평에서 해방하자는 게 이 작품의 메시지인 셈이다. 물론 이러한 주제가 작품의 성취를 그대로 보장하지는 않는다. 『엄마를 부탁해』의 문학적 성취는 주제 자체가 아니라 이 주제에 이르는 과정의 밀도와 긴장으로부터 온다. 엄마의 침묵과 부재 안쪽에서 가족구성원 각자의 고삐 풀린 기억들은 죄의식에 점화되어 연쇄반응을 일으키는데, 엄마의 삶과 가족사의 일단이 이러한 집합적 기억의 상호부조를 통해 비로소 복원되는 과정은 보기 드문 실감으로 우리 앞에 현전한다.

말하자면 엄마의 부재와 기억의 현전은 이 작품의 구조적 기초다. 앞서 이 작품이 사실적 시간에 의식적이라는 점을 강조하기 위해 등장인물들의 출생기록부를 작성한 바 있거니와, 여러 등장인물들의 진술이나 회고 중에서 정황상 신뢰할 만한 정보들을 취해 임의로 조합해본 것일 뿐 이 자체가 큰 의미를 지니는 것은 아니다. 기억이란 원래가 있는 그대로 신뢰하기 어려운 속성을 지니고 있는데다 이 기억의 주체들 내면에서 엄마의 실종에 대한 죄의식과 자기합리화가 착종하는 상황에서라면 등장인물들의 회고가 부정확하거나 상충할 가능성은 더욱 높아질 수밖에 없다.

엄마의 실종을 어떻게 풀어나가야 할지 상의하러 모였다가 너의 가족들은 예기치 않게 지난날 서로가 엄마에게 잘못한 행동들을 들춰내었다. 순간순간 모면하듯 봉합해온 일들이 툭툭 불거지고 결국은 소리를 지르고 담배를 피우고 문을 박차고 나갔다. (15~16면)

한 인간에 대한 기억은 어디까지일까. 엄마에 대한 기억은?

엄마가 곁에 있을 땐 까마득히 잊고 있던 일들이 아무데서나 불쑥불쑥 튀어나오는 통에 너는 엄마 소식을 들은 뒤 지금까지 어떤 생각에도 일분 이상 집중할 수가 없었다. 기억 끝에 어김없이 찾아드는 후회들. (17면)

예컨대 "1938년 7월 24일생이라고 엄마의 생년월일을 적는데 아버지가 엄마는 1936년생이라고"(11면) '너'에게 말하는 대목만 해도, 큰아들의 회상(2장) 속에서 "열일곱에 시집"(93면)왔다는 엄마의 진술과 휴전협정이 있던 해 10월에 혼인했다는(156~57면) 아버지의 회고(3장)를 조합하면 엄마의 진짜 출생년도는 1937년일 수도 있는 것이다. 그뿐 아니라 엄마의 혼령이 일인칭 주인공 '나'로 등장하는 4장에 오면 6월항쟁 당시 최루탄을 맞고 사망한 이한열(물론 직접적으로 제시된 것은 아니지만)의 장례식을 7월이 아니라 6월로 잘못 회고하기도 한다. 그러나 이는 앞서도 설명했듯 기억의 속성을 고려할 때 오히려 작품의 실감을 높여주는 요소들이라고 할 수도 있다. 파장이 불규칙한 기억의 주파수를 사실적 계산으로부터 멀리 벗어나게 하거나 완전히 일치하게 만들지 않음으로써 작품 전반의 분위기를 '가능한 혼돈'으로 몰아나가는 작가의 집중력이 오히려 놀랍다. 다만 등장인물들의 진술을 종합해볼 때 엄마를 잃어버린 2007년 현재의 '너'의 나이가 마흔 이상일 수밖에 없음에도 불구하고 큰오빠인 '그'를 주인공으로 삼은 2장을 통해 "삼십대 중반을 넘겨서도 아직 미혼인 여동생"(85면)이라고 적시한 것은 착오랄 수밖에 없다.

왜 이런 착오가 일어났을까? 작가의 조그만 실수에 공연히 집착하는 것처럼 보일 수도 있지만 이는 '의미 있는' 착오다. 그것이 작품을 이해하는 또다른 단서를 제공하고 있기 때문이다. 이는 작가가 무의식적으로 선택한 내포 독자 '너'들의 위치일 수도, 실제 연령과 상관없는 특정 심리상황의 우연한 대변일 수도 있다. 이는 어디까지나 사실적 개연성이 아닌 감각의 무의식에 속하는 것이다. 실종된 엄마를 찾아, 그리고 망각의 늪에 버려진 '엄마의 의미'를 찾아 '가능한 혼돈' 속을 배회하던 '너'는 과연 에필로그에 이르러 "너를 도시에 데려다주고 다시 시골집으로 돌아가는 밤기차를 탔던 그때의 엄마의 나이가 지금의 네 나이와 같다는 것을 (…) 아프게"(275면) 깨닫는다. 따라서 이 '잘못된 정보'는 오히려 이 작품의 구성원리가 사실적 개연성과 감각적 무의식 사이의 긴장관계라는 점을 역설적으로 부각하고 있다.

2

현전하는 기억들은 사실의 중력에 완전히 예속되어 있지도, 완전히 자유롭지도 않다. 여기서는 '사실'(fact)의 존재 자체가 위태로울 수밖에 없다. 엄마는 어디에 있는가? 사실을 추구하는 이 물음은 불행히도 사실의 지평 안에선 해답에 이르지 못한다. 결국은 아무도 엄마를 찾지 못하는 것이다. 그뿐 아니라 등장인물들 중 어느 누구도 엄마가 실제로 어떻게 되었는지를 확신할 수 없는 상태에서 ― 물론 '나'(엄마의 혼령)가 직접 등장해 자신의 죽음을 암시하고 있긴 하지만 ― 소설은 끝난다. 오히려 이 작품은 절묘하게도 엄마의 실종사건을 미해결로 남겨놓은 채 질문을 바꾸는 길을 택한다. 엄마의 존재/부재는 어떤 의미인가? 이것은 보편적 진실을 추구하는 물음의 형식이다. 이 두 물음 사이를 위태롭게 건너는 과정에서 추리소설에 방불하는 이 작품의 서사적 긴장이 만들어지는데, 전반부인 1~2장이 사실의 추구에 상대적으로 충실하다면 후반부인 3~4장은 의미의 복원에 기울어 있다고도 말할 수 있다. 바티칸의 성 베드로 성당에 있는 피에타상 앞에서야 엄마의 존재/부재 의미가 비로소 완성된다는 설정이 어떤 결과를 초래하는지는 따로 논할 수밖에 없겠지만 '엄마의 의미'를 찾는 기억의 모험이 등장인물 개개의 '가능한 혼돈'과 종교 차원의 보편적 원리가 만나는 지점에서 해소된다는 결말은, 비록 작위적이라는 느낌을 말끔히 가셔주지는 못하더라도 충분히 의미심장하다. '너'는 왜 바티칸에 갔는가? 언젠가 엄마는 어떤 나라에 대해 물은 적이 있다.

― 괜찮다…… 이러다가 괜찮어. 한의원도 다니고 있고…… 물리치료도 받고.

엄마를 설득할 수가 없었다. 엄마는 한사코 나중에 가겠다고 했다. 엄마는 너를 물끄러미 보더니 이 세상에서 가장 작은 나라가 어디냐고 물었다.

─ 작은 나라?

느닷없이 세상에서 가장 작은 나라가 어디냐고 묻는 엄마가 낯설어서 이번엔 네가 물끄러미 엄마를 보았다. 세상에서 가장 작은 나라가 어디지? 생각하면서. (57면)

"세상에서 가장 작은 나라"는 물론 바티칸이다. 그러나 엄마는 "세상에서 가장 작은 나라가 어디냐고" 물었지 바티칸을 알거나 가봤느냐고 물은 것이 아니다. 사실 추구의 지평에서는 현실의 바티칸이 이 물음에 대한 답일 수 있지만 보편적 진실의 차원에선 얼마든지 다른 답이 가능하다. "너는 가족 누구에게도 알리지 않고 로마에서 열리는 세미나에 참석하기 위해 떠나는 그('너'의 약혼자 ─ 인용자)를 따라"(274면) 바티칸 땅을 밟지만 "세상에서 가장 작은 나라"가 바티칸 자체를 지칭하는 데 머물지는 않을 것이다. 그 나라는 아마도 "꿈을 펼쳐볼 기회도 없이 시대가 엄마 손에 쥐어준 가난하고 슬프고 혼자서 모든 것과 맞서고, 그리고 꼭 이겨날밖에 다른 길이 없는 아주 나쁜 패를 들고서도 어떻게든 최선을 다해서 몸과 마음을 바친 일생"(261면)의 거처와는 전혀 다른, 그보다 한결 자유롭고 해방된 나라임에 틀림없다. 이 '작은 나라'는 "광장"에서 문득 얼굴을 드러내곤 하던 "딴세상"의 다른 이름이 아닐까?

네가 내 손을 잡고 걸으며 부르는 노래를, 그 수많은 인파가 약속이나 한 듯 한목소리로 외치는 소리를, 나는 알아들을 수도 따라하지도 못했다만 내가 광장이란 곳엘 나가본 건 그게 처음이었어. (…) 엄마는 네가 다른 사람들과는 다른 삶을 살 거라고 생각했고나. 니 형제들 중에서 가난으로부터 자유로운 애가 너여서 뭐든 자유롭게 두자고 했을 뿐인데 그 자유로 내게 자주 딴세상을 엿보게 한 너여서 나는 네가 맘껏 자유로워지기를 바랬고나. 더 양껏 자유로워져 누구보다도 많이 다른 사람들을 위해 살기를 바랬네.

　…… 나는 이제 갈란다. (220~21면)

　6월항쟁(1987)을 암시하고 있는 이 대목은 엄마의 혼이 둘째딸에게 남
기는 전언의 일부다. 그런데 여기에 묘사한 광장의 모습은, 자유로운 미래
에 대한 가없는 신뢰에도 불구하고 그 자체로 새로운 것은 아니다. 중요
한 것은 그다음 대목이다. 엄마는 깊은 회한과 안타까움이 배어 있는 목
소리로 이렇게 말한다. "그래도 얘야, 에미는 말이지, 네가 이렇게 새끼를
셋이나 품고서 살게 될 줄은 짐작도 못했고나."(222면) 자신에게 "딴세상"
의 존재를 엿보게 했던 둘째딸조차도 "꼭 이겨나갈밖에 다른 길이 없는
아주 나쁜 패를"(261면) 쥔 또다른 '엄마'의 삶을 살 수밖에 없었던 것이다.
그러나 회한의 농도가 짙으면 짙을수록 "딴세상"에 대한 바람은 커지게
마련이니, 자신의 병이 가망 없이 깊어가는 가운데 엄마는 이 "딴세상"의
다른 이름일 "세상에서 가장 작은 나라"를 (아직 엄마가 되지 않은) 큰딸
인 '너'의 가슴에 묻어두고 떠난다. 여기서 말하는 '작은 나라'가 '함께 자
유로운' 꼬뮌(commune)적 세계임을 추측하기란 어렵지 않지만 "더 양껏
자유로워져 누구보다도 많이 다른 사람들을 위해 살기를" 바랐던 작은딸
의 삶이 한편으론 '엄마'가 지나온 길의 속절없는 반복일 수밖에 없다는
사실에서 알 수 있듯, 아직은 이 꼬뮌적 소국(小國) 또한 실현을 기약할 수
없는 상상의 차원에 머물러 있다.

　그날의 광장에 문득 현현했던 "딴세상"은 왜 "가난하고 슬프고 혼자서
모든 것과 맞서고, 그리고 꼭 이겨나갈밖에 다른 길이 없는" 가혹한 세상
즉 ('작은 나라'의 반대편이라는 의미에서) '큰 나라'로 되돌아가고 말았
을까? 이 물음에 답하기 위해서는 아마도 폭넓은 사회과학적 지식의 도움
을 받아야 할지 모르지만 『엄마를 부탁해』는 그러는 대신 지금 여기 '큰

나라'의 삶을 차분히 보여주는 방식을 택한다. 어떻게 보면 작품은 마치 그날의 광장에 잠시 나타났던 '작은 나라' 또한 사실은 '큰 나라'의 한 변주에 불과했다고 항의하는 듯하다. 엥겔스(Friedrich Engels)가 재치 있게 비유한 바 있듯 "남편이 부르주아라면 아내는 프롤레타리아다." 봉건군주로부터의 해방이 차별 없는 자유세상의 실현을 앞당기기는커녕 생산수단의 소유 여부에 따른 부르주아와 프롤레타리아의 계급적 차별을 구축하는 데로 나아갔듯 그해 6월의 광장에 꽃피었던 민주적 상상력 속에서도 가족관계 내의 여성(특히 엄마)의 몫은 고려되지 않았던 것이다. 여기에 동의하든 안 하든 뭇 생명들을 낳고 기르고 거두는 나날의 싸움은 깊은 소외의 그늘 아래 여전히 절박하지 않은가.

> 한디 그놈의 부엌일은 시작도 없고 끝도 없어야. (…) 반찬이라도 뭐 다른 것을 만들 여유가 있음 덜했겠는디 밭에 심은 것이 똑같으니 맨 그 나물에 그 반찬. 그걸 끝도 없이 해대고 있으니 화딱증이 날 때가 있었지. 부엌이 감옥 같을 때는 장독대에 나가 못생긴 독 뚜껑을 하나 골라서 담벼락을 향해 힘껏 내던졌단다. (74면)

> 자신까지 다섯 식구의 밥상 차리는 일이 여동생의 손에 달려 있었다. 여동생은 한달 동안에 조기 이백 마리를 먹은 적도 있다고 했다. (…) 배달되어 온 조기를 씻으며 세어보니 이백 마리였어 (…) 개수대 앞에서 조기를 씻다가 조기를 집어던져버리고 싶었어, 여동생이 담담히 말했다. (67면)

인용문들은 각각 1970년대의 가난한 농촌 가정과 2000년대의 도시 중산층 가정을 배경으로 하고 있지만 한 세대에 가까운 시차에도 불구하고 '홀로 고투하는 여성(또는 모성)'의 형상을 강조하고 있다는 점에선 크게 다르지 않다. '엄마'의 자리에 서면 세상은, 혹은 그 축소판일 수도 있는

'부엌'은 여전히 '작은 나라'들에 자리를 내주지 않는 '큰 나라'의 모서리일 뿐이다. 그런데 이 점을 강조하기 위해서인지는 몰라도 "J시"의 이 농촌 가정은 어떤 면에서 도시 핵가족의 이미지를 많이 닮아 있다. 1970년대가 독재적 중앙집권화와 고도성장 정책의 전일적 추진을 통해 지방의 전통적 자치촌락들을 빠르게 해체해나간 시기였음은 잘 알려져 있다. 이로써 농촌은 도시를, 지방은 서울을 해바라기하는 자발적 종속 현상이 심화되었던 것도 사실이다. 하지만 그럼에도 불구하고 농촌사회는 농업생산 자체의 상호부조적 본질에 의해 도시생활에서와는 달리 촌락공동체 내의 이웃들에게 개방적일 수밖에 없다. 그런데 J시의 이 가족서사에는 이상하게도 이웃의 자리가 마련되어 있지 않거나 흐릿하다. 망망대해에 떠 있는 한척의 배에 이 일곱 식구만 올라타기라도 한 것처럼 '너'의 가족은 고립되어 있는데, 이는 평균적인 농촌 가정이라기보다 도시의 핵가족에 가까운 면모가 아닐까? 물론 도시와 농촌에 대한 이분법적 고정관념에서 비롯된 의문일 수도 있지만 이 작품은 온통 도시에 감전되어 있다. 서울의 용산, 종로, 역촌이 자신의 본래 이름을 구체적으로 유지하는 데 비해 고향은 J라는 이니셜로 희끄무레하다. 서울에서는 장소의 구체성이 살지만 고향 J는 모든 '고향'의 산술평균에 가깝다. 그리고 엄마가 자신을 헐어 만들어준 교량을 타고 모든 형제자매들이 거대도시 서울에 안착한다. 이것이 도시의 눈으로 농촌을 대상화한 사례인지 농촌적 삶에 대한 과도한 이상화를 성공적으로 경계한 경우인지는 좀더 생각해볼 문제다. 그러나 엄마의 자리에서 바라본 세상은 농촌이나 도시나 "가난하고 슬프고 혼자서 모든 것과 맞서고, 그리고 꼭 이겨나갈밖에 다른 길이 없는" '큰 나라'일 뿐이다.

엄마는 이 시골딱지에서 가진 것도 없으면서 여자애를 학교까지 보내지 않으면 저애가 앞으로 이 세상을 무슨 힘으로 살아가느냐,고 병석의 아버지에게 고함을 질렀다. 아버지는 몸을 일으켜 대문 밖으로 나가버렸고, 엄마는 마루의 밥상을 들어 마당에 내던졌다. 자식새끼 학교도 보낼 수 없는 살림 살면 뭐 하느냐, 다 부숴버릴란다, 했다. (50면)

이런 곳에서라면 '여성(또는 엄마)의 입장'은 농촌과 도시의 구분에 선행한다. 이러한 구분 자체가 '큰 나라'의 전유물이 아닌가.

3

기억의 복원을 중심으로 하는 작품의 과거지향성은 '엄마의 실종'이라는 현재진행형의 문제를 해결하는 데 있어서만큼은 장애가 될지 모른다. 엄마가 어디에 있는지, 살았는지 죽었는지도 확인되지 않은 혼란 가운데서는 엄마의 존재/부재의 의미를 묻고 답하는 데까지 나아갈 수가 없는 것이다. 이 때문에 작가는 작품의 마지막 장에 엄마의 혼령인 일인칭 '나'를 마치 '기계를 타고 온 신'(deus ex machina)처럼 등장시킬 수밖에 없지 않았을까? 이로써 사실과 기억 사이의 혼돈은 종식되고 파편적 정보들의 집합체는 비로소 의미를 띤 결론에 수렴된다. 그것이 4장의 결론인 "(엄마인 —인용자) 나에게도 일평생 엄마가 필요했다는"(254면) 사실의 발견인 셈이다. 따라서 혼의 독백으로 제공된 "딴세상"의 목격담이 '기계신'의 대사처럼 맥없이 들릴 가능성은 충분하다. 그러나 "세상에서 가장 작은 나라"에 대한 이 막연한 기대의 포지(抱持)야말로 화룡점정이라 할 수 있을지 모른다. 왜 그런가? 작은딸에게 걸렸던 엄마의 기대는 남달랐다. 그는 엄마에게 "자주 딴세상을 엿보게" 한 존재였기 때문이다. 장남 형철은 사법고시에 실패함으로써 "엄마의 꿈을 좌절"(137면)시켰다.(여기서 그 꿈이 지닌 세속성을 따지는 것은 어리석은 일이다.) 다시 말해 '큰 나라'의 질곡을 또다른 '큰 나라'의 힘으로 극복하려던 엄마의 촌부다운 꿈은 일단 무위로 돌아갔던 것이다. 그 대신 엄마는 가난으로부터 자유로웠던, "엄마로서 버젓한 기분이 들었던"(218면) 첫번째 자식(둘째딸)만은 "더 양껏 자유로워져 누구보다도 많이 다른 사람들을 위해 살기를"(221면) 바랐다. 그것은 엄마의 새로운 꿈이었다. 그런데 그로부터 20년쯤 세월이 지난 뒤, 혼백이 된 엄마의 눈에 비친 둘째딸의 모습은 어떠한가.

내 새끼가 새끼를 품고 자고 있네. 겨울인데 무슨 땀을 이리 흘린다냐. 사랑하는 내 딸. 얼굴을 좀 펴봐라아. 이렇게 고단한 얼굴을 하고 잠을 자면 주름이 진다. 동안이던 네 얼굴은 사라지고 없구나. 초생달 같던 작은 네 눈이 더 작아졌어. 이젠 웃어도 어릴 때같이 귀여운 맛은 다 사라졌구나. (221~22면)

이제 깃들 곳을 잃어버린 엄마의 꿈은 자신이 태어났던 집으로 돌아가 엄마의 엄마 품에 잠든다. 그런데 그 시점이 공교롭다. 때마침 6월항쟁 스무돌을 맞은 2007년에 엄마의 실종사건이 일어나는 것도 그렇지만 장남 형철의 첫아이인 진이가 태어난 것도 1987년 6월 어름이다. 엄마가 7월생이고 "아버지의 생일이 엄마의 생일 한달 전"(11면)이어서 노부부가 함께 생일을 치르러 서울에 올라왔다가 예의 실종사건이 터진 것이니 이 또한 예사로 넘기기 어렵다. 모두가 우연일까? 장남 형철의 첫아이는 딸이다. "할머니를 잃어버렸다는데도 얼굴도 안 비치는"(135면) 이 엄마의 큰손녀에 대해서는 아쉽게도 주어진 정보가 거의 없다. 하지만 엄마가 처음으로 "딴세상"을 목격한 시점에 태어나 엄마가 실종될 무렵 스무살 성인에 진입한, 가난으로부터 자유로울 뿐만 아니라 가족의 굴레나 가족에 대한 원죄의식으로부터도 자유로운 이 큰손녀 진이야말로 엄마(할머니)와 작은딸(고모)의 계승적 위치에 있다. 이 작품에서 진정으로 "세상에서 가장 작은 나라", 그러니까 지금 이 세상이 아닌 "딴세상"을 누리고 살 수 있는 기회는 이제 그녀에게밖에 남아 있지 않은 듯하다. 그런데 그녀의 모습은 왜 이토록 어슴푸레한가? 그것은 작품의 한계라기보다 아직도 많은 '작은 나라'들이 '큰 나라'의 세상에 균열을 낼 만큼 성숙해 있지 못한 역사적 제한성 때문일 것이다. 이 '작은 나라'는 겨우 스무살, 홍안의 청년에 불과하지 않은가. 엄마가 서울역에서 길을 잃었을 때 '너'는 "온 도시가 공사중"(19면)인 중국의 베이징에 가 있었고 엄마가 이 세상에 없다는 사실을 인정할 수 있을 즈음엔 바티칸을 찾았다. 그리고 이는 각각 작품의 시작과 끝을 이룬다. 이 또한 우연만은 아닐 것이다. 소위 대국굴기(大國崛起)하는 중국이야말로 '큰 나라'의 세상을 압축 표상하기에 안성맞춤이었을 터, 그 심장부인 베이징 한복판을 배회하는 '너'와 이곳 서울의 지하도에서 헤매는 엄마의 모습을 교차편집(montage)한 작품 도입부의 한 장면은 '큰 나라'들의 폭주에 떠밀려 길을 잃은 '작은 나라'의 곤경을 서늘하게 증언한다.

네가 천안문광장으로 건너가려던 그때에 너의 엄마는 어깨를 치고 지나가는 인파 속에 우두커니 서 있었을까. (…) 네가 천안문광장 하늘에 떠 있는 연들을 보고 있을 때, 너의 엄마는 지하도에서 체념한 듯 주저앉으며 네 이름을 불렀을지도 모른다. 천안문의 철문이 열리고 일개분대는 될 듯한 공안원들이 다리를 높이 들며 행진해서 오성홍기를 내리는 걸 구경하고 있을 때, 너의 엄마는 지하철 서울역 구내의 미로를 헤매고 (19면)

장남 형철의 큰딸 진이가 엄마(할머니)와 작은딸(고모)의 계승적 위치에 있음에도 불구하고 작품 내에서 나름의 발언권을 부여받지 못한 것은 그녀가 아직은 전망의 담지자로 성숙하지 못했기 때문이기도 하지만, 앞에서 인용한 장면이 상징적으로 증언하고 있듯 그녀가 속해 있는 이 '큰 나라'의 혼돈이 '작은 나라'들의 도래를 가로막고 있는 탓이기도 하다. 바로 이 지점에서 이 불행한 가족사의 중계자이자 기록자인 '너'는 문득 현실의 작은 나라, 바티칸으로 비약한다.

> 그러나 막상 투명한 유리 저편 대좌에 앉아 창세기 이래 인류의 모든 슬픔을 연약한 두팔로 끌어안고 있는 여인상(피에타 — 인용자)을 보고 아무런 말을 할 수가 없었는지도. 너는 넋을 잃고 성모의 입술을 바라보았다. 눈물이 한방울 너의 감은 눈 아래로 흘러내렸다. (282면)

엄마를 잃은 슬픔을 "창세기 이래 인류의 모든 슬픔"으로 들어올려 해소하는 이 장면은 슬프고 감동적인 동시에 문제적이다. 기억의 협동을 통해 엄마의 참모습을 성실하게 복원하여 슬픔과 죄의식을 사심 없이 나누어 감당하는 것이 이 가족의 공동책임으로 남겨져 있거니와 구성원 각자의 고유한 영혼의 빛깔에 따라 각자성불(各自成佛)에 나서는 입체적 결말이었다면 어땠을까. 그것이 어쩌면 엄마 자신도 몰랐던, 엄마의 '작은 나라'로 통하는 진정한 길이지 않았을까. 바티칸은 "세상에서 가장 작은 나라"가 아니다. 사람들 모두가 각자의 자리에서 자신의 혼이 인도하는 길을 따라 사는 세상, 그것이 '작은 나라'다. 예민한 정신의 소유자인 '너'를 통해 엄마를 일방적으로 성화(聖化)한 것은 어쩌면 성화를 통한 괄호치기인지도 모른다. 초월은 그토록 위험천만한 것이다. 물론 이 또한 작가의 예술적 나태에서 발생한 결과라기보다 시대가 허락한 지혜의 범위가 아직은 한정적이기 때문일 것이다. 이 교착상태에서 어떻게 벗어날 것인가? 아마도 해답은 우리 각자의 '엄마'에게 이미 수천수만갈래로 깃들어 있었을 것이다. 『엄마를 부탁해』가 전하는 진정한 메시지가 바로 여기에 있다. 이 작품은 우리 모두를 '너'라고 말하지 않는가.

『바리데기』와 흔들리는 세계체제

◆

'2000년대 작가' 황석영

동아시아 3부작

황석영(黃皙暎)의 『바리데기』(창비 2007)에서 주목할 점은 세가지다. 촬영용 스크립트(script)를 연상시키는 과감한 생략과 스토리 중심의 서술, 현실과 허구를 무시로 교차편집하는 이야기 운산, 그리고 드물게 한국어로 조형된 세계사적 전환의 실감이 그것이다. 한 탈북 소녀의 구도적 성장기록을 무조설화(巫祖說話)에 마주 세운 『바리데기』는 근대소설의 서구지향을 이완하되 해체의 늪에 빠지지 않고, '제3세계' 민중을 상대로 한 신자유주의적 차별과 폭력의 현장을 고발하되 고발에 머무르지 않는다. 이 작품의 진면목은 어디까지나 서구적인 것과 비서구적인 것의 단순 대립을 넘어선 저 '선악의 피안'에 있기 때문이다.

1970~80년대의 대표적 리얼리스트 황석영은 출옥(1998) 이후 활발한 장편 창작성과들을 통해 2000년대 작가로 거듭나는 데 성공했다. 그중 작가 스스로 동아시아 3부작이라 이름 붙인 『손님』(2001) 『심청』(2003, 개정판 『심청, 연꽃의 길』2007) 『바리데기』는 그 결함마저도 토론에 부칠 만한 문제

작들이다. 그러나 이러한 문학적 갱신의 여정은 2000년대를 열었던 『오래된 정원』에서 이미 시작되었다.[1] 아상(我相)의 흔적이 채 걷히지 않은 아쉬움에도 불구하고 베를린장벽 붕괴사건(1989)에 감전된 역사적 개인들의 내면세계를 이만한 핍진성으로 보여준 사례는 많지 않다. 갈뫼라는 이름의 에덴동산에서 추방당한 이후 운명의 평행선을 달릴 수밖에 없었던 주인공들의 삶은 오현우의 회상과 한윤희가 남긴 글들이 교차하면서 서서히 재구성된다. 이 작품은 서로를 상실함으로써 '나'의 결핍을 앓을 수밖에 없었던 그들의 자기회복 서사다. 이는 다시 기독교와 맑스주의에 들려 상쟁한 황해도 신천의 원혼들에게로 옮아간다. 그들이 잃은 것은 '우리'다. 『손님』은 이들의 해원(解冤)을 지노귀굿 열두마당으로 엮은 문학적 천도재라 할 수 있을 것이다. '나'의 회복에서 '우리'의 회복으로 넘어간 작가가 드디어 '세상'의 회복에 눈을 돌리는 것은 당연한 이치다. 『심청』과 『바리데기』가 각각 19세기 말 동아시아와 21세기 세계정세를 배경에 포괄하고 있는 것은 우연이 아니다.

그러고 보면 『오래된 정원』도 그저 잃어버린 과거에 대한 회한만으로 이뤄진 작품은 아니다. 오현우와 그의 딸 은결이 만나는 마지막 장면에는 다음 세대와 역사의 지속에 대한 작가의 커다란 긍정이 깔려 있다. 오히려 이것이야말로 황석영의 진정한 주제가 아니었을까.

그애는 내가 자기의 아비라는 사실을 이미 알아채고 있다.

---

1 여기에 관해서는 임홍배 「주체의 위기와 서사의 회귀」, 『창작과비평』 2002년 가을호 참조. 이 글은 『오래된 정원』을 두고 "이야기 방식의 특징적 변화가 80년대를 반추하는 작가의 문제의식과 어떤 관련을 맺고 있는가"(366면)를 깊이 있게 분석하고 있다. 그런데 이후의 달라진 국내외 상황을 참고한다면, 당시의 독법이 2000년대를 예감하는 방식이라기보다 90년대와 어정쩡하게 타협한 속류 후일담문학으로부터 이 작품을 구분해내려는 의도가 승했던 게 아닌가 싶다. 그래서인지 주인공 오현우와 그의 딸 은결이 만나는 결말 부분을 따로 주의 깊게 분석한 평문을 찾기 어렵다.

어렸을 때, 아버지가 저렇게 나하구 놀아주었으면 했어요.

엄마하군 친하지 않았어?

마음은 그렇지 않았는데 뭐랄까, 서로…… 타이밍이 안 맞았어요.

(…)

왜 그랬을까……?

서로 섭섭하게 생각하구 있는 거예요. 그러다가 미안해져서 지나치게 잘해주려고 하고, 둘 다 알아채고, 그 반복이에요.

은결이가 전화를 받는다. 그러고는 엉거주춤 일어난다.

저 이제 가야 해요. 아버지, 자주 만나요. (『오래된 정원』 하 313~14면)

오현우와 그의 딸 은결의 담담한 첫 대면 속에는 서로의 삶을 감싸는 신뢰가 전제되어 있어 감상주의의 개입을 저지한다. 이들 두 세대 간의 격절은 그저 "타이밍이 안 맞았"던 것에 지나지 않는다. 은결과 헤어지고 난 뒤 오현우의 눈에 들어온 고속버스 차창 밖 풍경을 두고 "새잎이 돋아나고 있는지 대지가 연두색으로 물들어"(같은 면) 있었다고 한 데에는 그만한 이유가 있는 것이다. 이 장면에서 통일시대를 감당해나갈 새 세대의 출현을 예감한다 해도 지나치지만은 않을 것이다. 그러나 아버지로부터 딸에게로 이어지는 이 예사롭지 않은 세대이양이 무엇을 의미하는지는 『심청』을 거쳐 『바리데기』에 와서야 좀더 구체화된다. 은결은 어떻게 바리가 되는가? 이 물음이야말로 '2000년대 작가' 황석영을 이해하는 핵심 열쇠다.

은결은 어떻게 바리가 되는가

『바리데기』는 작가가 무엇을 썼는지보다 무엇을 쓰지 않으려 했는지를 먼저 읽어야 하는 작품이다. 리얼리스트 황석영의 대표적 장기라 할 수 있는 빈틈없는 세부 묘사, 작품의 주제를 장악하는 고밀도 구성 등은 『바리데기』에서 거의 찾아보기 어렵다. 그래서 때로는 구전설화의 현대판 받아쓰기 같은 느낌을 주는 것도 사실인데, 마치 영화 촬영을 위해 간략히 준비한 스크립트처럼 그것은 많은 생략들로 이뤄져 있다. 우선 작품의 분량에 비해 지나치게 큰 서사적 스케일이 원인이다. 본문 285면에 불과한 이 경장편을 스케치해보면 다음과 같다.

주인공 바리는 80년대 초반 북의 청진에서 어느 지방관료의 일곱 딸 중 막내로 태어난다. 갓 태어난 바리는 남아를 선호하는 집안 분위기 때문에 숲에 버려지지만 풍산개 흰둥이에 의해 살아 돌아오고 이후 할머니의 보호 아래 바리공주 이야기를 들으며 자라난다. 할머니의 영적 능력은 바리에게로 대물림된다. 머지않아 소련이 해체되고 김일성이 사망하면서 북은 심각한 식량난에 허덕인다. 장사를 하던 외삼촌의 탈북과 남행으로 아버지가 고초를 겪게 되자 식구들은 뿔뿔이 흩어진다. 할머니의 죽음, 아버지의 행방불명이 잇따르면서 바리는 혼자가 된다. 그는 중국에서 발마사지사가 되어 옌지(延吉)와 다롄(大蓮)을 전전하지만 계속되는 불운으로 밀항선에 실려 런던까지 팔려가게 된다. 지옥을 방불케 하는 밀항선을 타고 런던에 도착한 바리는 이주민들이 모여 사는 빈민가에 정착한다.

그런데 그가 파키스탄 출신의 알리와 런던에서 신혼살림을 차릴 무렵 9·11테러사건이 터진다. 알리의 동생 우스만이 참전을 위해 파키스탄으로 떠나자 알리는 그를 찾아 전쟁터로 향하고 바리가 홀로 낳은 딸은 사고로 죽고 만다. 극도의 절망 가운데 그는 설화 속 바리공주처럼 생명수를 찾는 환상의 모험길에 오른다. 서천 끝 무쇠성에서 마왕을 이겨냈지만 생명수 같은 것은 없었다. 그것은 그저 밥 짓고 빨래하는 평범한 샘물에 지나지 않았던 것이다. 돌아오는 길에 그는 수많은 원혼들을 만나 그들의 천도를 돕는다. 환상에서 현실로 돌아온 바리는 관따나모 포로수용소에서 온갖 고초를 겪고 살아 돌아온 알리와 해후하고 둘째아이를 가진 상황에서 런던 지하철 테러사건을 마주하게 된다.

바리의 여정은 북의 청진, 무산, 중국의 옌지, 다롄, 영국의 런던에 이르고 관련된 실제 사건만 보더라도 소련 해체에서 김일성 사망, 북의 '고난의 행군', 9·11테러, 아프간전쟁, 런던 지하철 테러에 이른다. 글감의 냉정한 선별 없이 한 작품에 모든 이야기를 아우른 것은 전형적인 아마추어리즘의 소산일 테지만 40년 넘게 소설을 써온 황석영에게 해당되는 얘기는 아닐 것이다. 그렇다면 이 작품은 왜 이렇게 만들어졌을까? 그 핵심에는 바리라는 형상의 특수성이 자리 잡고 있다. 바리는 현실적으로 있음직한 구체적인 누군가라기보다 설화나 민담의 주인공 같은 상징적이고 포괄적인 형상이다. 작품 속에 등장하는 온갖 간난신고가 바리의 행로에 치명적 위협으로 기능하기는커녕 바리의 성숙을 위해 임시로 동원된 스파링 상대처럼 보이는 이유가 여기에 있다. 이 대목에서 인물의 리얼리티 문제를 비좁게 들먹이는 것은 올바른 접근법이 아니며 오히려 작품이 리얼리티의 경계 확장을 요구한다는 점이 중요하다. 이 말의 의미를 해명하자면 전작 『심청』의 한 장면을 우선 참고할 필요가 있다.

그때 심청은 어깨 높이의 가리개 너머로 사람의 얼굴을 얼핏 보고는 소스라쳤다.

넌 누구야?

넌 누구야, 라고 바로 면전의 얼굴이 되물었다. (…) 청이는 양거울을 처음 보았다. (…) 청이는 두 손으로 볼을 감싸안았다. 맞은편의 렌화도 볼을 감싸안는다. (…)

그네는 태어나서 처음으로 자신의 벌거벗은 몸을 남의 것처럼 바라보았다. 거울 속의 렌화가 말했다.

너는 내가 아니야. (『심청』 상 35~36면)

중국으로 팔려가는 배 안에서 심청은 렌화(蓮花, 롄화)라는 새 이름을 얻는다. 인용한 대목은 거울 앞의 심청이 '심청'으로서의 자아를 이탈해 렌화로 다시 태어나는 장면이다. 주인공 심청은 타율적 강제에 의해 운명의 전락을 경험하면서도 자기연민에 빠지지 않는다. 그는 오히려 자기 운명의 타율성을 놀라운 자발성으로 살아낸다. 이는 전쟁과 패권경쟁으로 얼룩진 19세기 근대 세계체제의 전환기 내부로 들어가 역으로 그 세계의 허구적 본질을 폭로하는 상대화의 전략, 일종의 해체 전략이라고 할 수 있다. 이는 단지 폭로를 위한 폭로에 머물지 않고 모계적 재구축으로 나아간다. '남성적' 죽임의 세계에서 '여성적' 살림의 세계로 옮아가는 구원의 여정이 이 작품의 중심축이라고 할 수 있을 것이다. 주인공 심청이 "지옥의 관음보살님"(상권 224면)으로 반복 표상되는 것 또한 이를 뒷받침한다.

『오래된 정원』에서 『손님』에 이르는 길을 '나'의 회복에서 '우리'의 회복으로 가는 과정이라 요약할 수 있다면 '세상'의 회복을 향한 『심청』과 『바리데기』의 길은 '나' 또는 '우리'의 폐기를 전제로 하고 있는 것처럼 보인다. 그러나 그것이 자발성에 기초하고 있다는 점을 상기하면 이는 폐기가 아니라 잠정적 유보라고 보는 편이 공정하다. 그것은 '잠정적'이라는 한정사에도 불구하고 근대소설의 형식에 혁명적 변화를 요청하는 일이기도 하다. '개인의 발견'과 함께 태어난 근대소설은 무엇보다도 '나'의 예술형식이었기 때문이다. 그렇다면 작가 황석영이 수행한 소설적 실험의 향방 또한 명확해진다. 지금까지의 '나'와 '우리'를 상대화함으로써 진실로 살아 있는 '나'와 '우리'를 회복하고 미래로 기투하는 길이 그것이다. 작가가 전통서사의 틀을 빌려 서구적 의미의 개성으로 충전된 근대소설을 혁신하고자 한 이유 또한 여기에 있을 것이다.

『오래된 정원』의 오현우가 모더니즘적으로 조형된 서구 근대소설의 전형적 주인공 형상에 가깝다면 『손님』의 류요섭은 지노귀굿이라는 전통서사의 교란작용 앞에서 가까스로 오현우를 이어받은 인물이다. 그에 비해 심청은 이행기적 형상인데 그가 심청, 렌화, 로터스, 렌카, 그리고 다시 심청으로 끊임없이 유전할 수밖에 없었던 이유 또한 소설과 설화의 어정쩡한 타협에서 비롯된다. 『바리데기』의 중요성은 무엇보다도 황석영의 꾸준한 서사실험이 도달한 하나의 귀결점을 보여준다는 데에 있을 것이다. 여기에 오면 '나'의 잠정적 유보와 회복의 길항관계가 비로소 자유롭고 유연한 형태로 되면서 형식과 내용 사이에 일정한 통일성이 획득되기 때문이다. 우선은 바리가 영매로 등장한다는 데에 주목해야 한다. 영매는 신과 인간을 연결하는 매개자이고 그러한 능력을 통해 세속의 고통을 치유해주는 존재다. 바리는 그러므로 고립된 '나'가 아니라 세계체제의 불평등구조 아래 신음하는 주변부 민중의 대리자이자 그들이 드나드는 공동의 회랑이다. 그것은 작품 속에서 자신의 육신을 무시로 벗어날 수 있는 능력으로 표상되는데, 이는 거울 앞의 심청이 렌화라는 연극적 자아에 자신을 가탁한 것보다 한층 더 분방해진 설정이라고 할 수 있다.

나는 긴 어둠의 나날 속에서 껍데기인 내 몸을 벗어나곤 했다. 칠성이가 인도하는 대로 달빛처럼 하얀 길을 따라 할머니를 만나러 갔는데 나중에 잠깐 넋이 돌아와 살피면 저승이 이곳과 똑같은 장소였다는 것을 알 수 있었다. 나는 배를 타고 여러 겹의 저승을 통과해갔다.

요란한 기계소리와 함께 끊임없이 파도에 오르내리는 배의 바닥에 등을 대고 누워서 나는 눈을 감고 넋을 허공에 띄웠다. 그건 꼭 옷을 벗어버리거나 껍질을 벗는 것과도 같았다. 소리는 나지 않았지만 무엇인가 부드러운 천이 찢어지는 느낌으로 내가 몸에서 벗어나 어둠속에 떠오르곤 했다. (『바리데기』 129면)

죽임과 살림, 환상과 현실 사이에서 천상으로의 초월도 세속으로의 안

주도 자유롭지 못한 이 영매의 형상은 현실의 인물을 넘나든다는 바로 그 이유로 인해 주변부 민중의 현실을 다채롭게 드러내주는 존재다. 모두인 동시에 하나인 바리는 본래부터 천의 얼굴을 지닌 신화 속 인물이기도 했다.

흔들리는 세계체제, 설화와 현실 사이에서

그런데 "현실주의적 서사를 우리 형식에 담는"[2] 일, 다시 말해 "(서양에 —인용자) 저항함으로써 거듭난 동양"과 "반성한 서양"을 만나게 하는 일[3]이 순조로울 수만은 없다. 독자와의 새로운 소통 또한 문제다. 번역소설 열풍의 꾸준함[4]이 가리키듯 독서대중의 감수성이 이미 '서구적 읽기' 체제에 거의 포획되어 있기 때문이다. 게다가 예의 동도서기(東道西器)식 슬로건들은 자기 바깥을 지나치게 일반화하는 경향이 있다. 서구 모델의 해체나 폐기가 몇몇의 담론적 선포만으로 가능한 일인지 혹은 현시점에서 얼마나 필요한 일인지도 근본에서 되짚어야 한다. 그러나 그간의 한국문학이 모조리 서구 따라잡기였던 것은 아니다. 판소리의 호흡을 빌려 70년대 문학을 연 김지하의 『오적』(五賊, 1970)이 대표적이다. 심청 설화를 다시 쓴 경우만 찾아보더라도 일제 말의 채만식(蔡萬植), 70년대의 최인훈(崔仁勳)이 의연하다.

---

2 도전인터뷰 심진경·황석영 「한국문학은 살아 있다: 소설가 황석영과의 대화」, 『창작과 비평』 2007년 가을호 243면.

3 최원식·황석영 대담 「황석영의 삶과 문학」, 『황석영 문학의 세계』, 창비 2003, 60~61면 참조.

4 무라까미 하루끼(村上春樹)와 그 후속 세대로 대표되는 일본소설 열풍을 논거로 반론을 제기할 수 있겠지만 그 또한 '일본적인 것'이라기보다 서구적 감수성의 중계에 의한 것이기 쉽다.

채만식은 동명의 「심봉사」를 세번 썼다. 1936년과 1947년에는 희곡, 1944~45년에는 소설이었다. 소설 「심봉사」는 작품 자체가 미완으로 남아 있고 희곡의 경우에도 제목에서 보듯 초점이 심봉사에게 맞춰져 있어 황석영과의 연결 통로가 좁다. 그러나 최인훈의 극시 「달아 달아 밝은 달아」(1978)는 심청이 용왕의 제물이 아니라 중국에 매춘부로 팔려간 것이라는 세속화 설정 자체부터 『심청』과 통한다. 특히 늙고 눈먼 미치광이 심청이 거울을 놓고 "갈보처럼" "교태를 지으며/환하게 웃는" 마지막 장면은 최고 수준의 알레고리다. 최인훈은 유신정권의 공포정치로 인해 수많은 '심청들'의 내면이 어떻게 황폐화되었는지를 이 장면을 통해 섬뜩하게 그려내고 있다. 이에 비한다면 황석영판 심청의 달관 어린 '미소'는 어딘지 추상적이고 뜻이 앞선 느낌을 주는 게 사실이다. 그러나 임진왜란과 심청 설화를 조합해 유신 치하 지식인의 착잡한 내면을 우회적으로 기록한 최인훈과 세계체제의 역동적 재편기였던 19세기를 21세기에 마주 세운 황석영의 불립문자(不立文字)적 낙관이 같은 조건하에 있는 것은 아니다. 『장길산』의 봉산탈춤 유래담이 역사적으로는 앞서 나간 것이었듯 심청의 달관도 19세기의 역사적 현실을 가정한 것이라기보다 21세기에 대한 신뢰를 앞당겨놓은 설정이라고 보는 편이 옳을 것이다. 그리고 그의 낙관은 이 세상 가장 낮은 곳으로 흘러들어온 가장 낮은 사람들의 지혜로 통한다. 둘째아들을 아프가니스탄전쟁에 빼앗긴 파키스탄 사람 압둘은 말한다. "지금 벌어지고 있는 전쟁은 힘센 자의 교만과 힘없는 자의 절망이 이루어낸 지옥이다. 우리가 약하고 가진 것도 없지만 저들을 도와줄 수 있다는 믿음을 가져야 한다. 세상은 좀더 나아질 거다. 주께서 이르시기를, 타오르는 분노의 불꽃을 경고하나니 가장 불행한 자들만이 그곳에 이르리라."(『바리데기』 290면)

19세기 말과 오늘날은 여러 면에서 닮아 있다. 『심청』 이후 황석영이 『바리데기』를 쓴 것도 이와 무관치 않을 것이다. 맑스(Karl Marx)는 역사가 두번 반복된다고 썼다. 그런 뜻에서 오늘날의 신자유주의 세계화는 '보이지 않는 손'이 활개 치던 저 19세기 세계체제의 희극적 복사판처럼 보이기도 한다. 이는 어쩌면 순환장애에 걸린 자본주의 세계체제의 한시적 처방전에 지나지 않는지도 모른다.

> 나는 사람이 살아간다는 건 시간을 기다리고 견디는 일이라는 것을 깨달게 되었다. 늘 기대보다는 못 미치지만 어쨌든 살아 있는 한 시간은 흐르고 모든 것은 지나간다. (『바리데기』 223면)

『바리데기』는 어느 모로 보나 『심청』의 업그레이드 버전이다. 바리는 왜 기근에 시달리는 최후의 사회주의 공화국에서 늙은 제국의 심장부 런던으로 건너갔던가? 거기서 그가 본 것은 무엇인가? 단 한 사람의 백인도 등장하지 않는 런던 빈민가를 무대로 작가가 하고 싶었던 말은 무엇이었으며 왜 작품의 결말은 런던 지하철 테러사건인가?

설화적 내러티브와 현실적 내러티브의 대응관계를 살펴보면 매우 흥미로운 사실을 발견하게 된다. 바리의 현실적 여정이 런던에서 정지되었다면 그녀의 설화적 여정은 서천의 끝자락 무쇠성에서 멈춘다. 고생 끝에 생명수를 찾아 무쇠성으로 간 바리는 이 무쇠성을 지키는 마왕이 한낱 힘없는 늙은이에 불과하다는 사실을 알아차리게 된다. 그렇다면 이 탈북 이주 여성 노동자의 눈앞에 펼쳐진 런던이란 붕괴의 위기를 안으로 감춘 자본주의 세계체제의 '무쇠성'이었던 게 아닐까? 세계화라는 '보이지 않는 손'의 귀환은 토머스 프리드먼(Thomas L. Friedman)의 재치 있는 표현처럼 패권국의 "보이지 않는 주먹"[5] 없이는 불가능했다. 그것은 겉으로는 '경계를 넘고 간극을 메우는' 악수의 손길처럼 보이지만 안으로는 미국과

---

5 아룬다티 로이, 박혜영 옮김 『9월이여, 오라』, 녹색평론사 2007, 82면에서 재인용.

영국의 국경을 지키는 폭력에 지나지 않는다는 것이다. 손과 주먹의 분열은 이미 시작되었다. 바리의 탈향과 9·11테러사건 또한 이 "보이지 않는 주먹" 때문이었지만 그 주먹은 서천 끝 낡은 무쇠성에 사는 허약한 마왕의 것이다. 그리고 "세상은 좀더 나아질 거다."(290면) 이제 보니 『바리데기』는 짧은 분량에 너무 많은 이야기를 담은 게 아니라 우리를 둘러싼 많은 이야기들이 실은 단 하나의 역사적·현실적 맥락 속에 연결되어 있다는 사실을 입증하는 작품이다. 마치 '나' 바깥을 한꺼번에 살 수 있는 바리의 생애처럼.

제3부

비평의
임무

우리들의 일그러진 '리버럴'

비평이 하는 일에 관한 단상

1

문학은 세계를 반영하는 '동시에' 형성한다.

2

일단 세계를 반영한다고 했으니 누구나 원본으로서의 '세계'라는 실체와 그것을 투명하게 되비추는 거울로서의 문학이라는 존재를 가정해볼 수 있을 것이다. 지금은 거론하는 사람이 드물지만 내가 학부생이던 90년대만 해도 시뮬라크르(simulacre)라는 개념이 널리 회자되었다. 그 무렵 번역된 보드리야르(Jean Baudrillard)의 책에 나오는 얘기다. 개념 설명을 위해 보르헤스(Jorge Luis Borges)의 소품 「과학에 대한 열정」이 중요하게 언급되었다. 어떤 가상의 제국에서 지도를 제작했는데 그것이 너무나 상세한 나머지 영토와 꼭 같은 크기가 되었다는 일종의 알레고리였다. 그런데 보드리야르는 이를 뒤집어 "영토는 더이상 지도를 선행하거나, 지도가 소멸된 이후까지 존속하지 않는다"고 말함으로써 원본을 떠나 새로운 현실이 되어버린 복제 이미지로서의 시뮬라크르를 '포스트모더니티'로 불리곤 했던 현대사회의 특수한 성격을 해명하는 주요 단서로 취급했다.

복제물이 현실을 대체할 수 있다면 문학이 세계를 반영한다는 진술은 안정적으로 성립하기 어려워진다. 실제로 원본으로서의 '세계'를 대신해 문화적 체험이나 다른 텍스트들을 반영의 대상 혹은 재료로 삼는 문학 내외의 사례는 열거하기 어려울 정도로 많고 이제는 나름대로 짧지 않은 역사를 지니게 되었다. 김연수와 백민석, 배수아의 90년대 소설이나 왕 자웨이(王家衛)의 「중경삼림」(1994), 타란티노(Quentin Tarantino)의 「펄프 픽션」(1994) 같은 영화들이 화제가 되곤 했다. 게다가 시뮬라크르 개념이 등장하기 훨씬 오래전부터 반영이라는 행위의 자명함은 이미 심각한 도전에 직면해 있었다. 보르헤스만 해도 19세기의 막바지에 태어난 사람이다.

실제로 제국의 영토를 남김없이 담아내는 일대일 축척의 지도를 만드는 일은 가능하지 않을 테니 모든 반영은 이미 모종의 생략과 압축을 거친 굴절일 수밖에 없다. 그런 생략과 압축의 절차를 뚜렷하게 자각한 '재현'(representation)이 '반영'(reflection)의 자리를 대신하게 되었다. 또한 주체가 세계를 총체적으로 재현하는 것이 아니라 원근법 같은 허구의 인식틀이 거꾸로 주체와 총체성이라는 '가상'을 만들어낸다는 인식론적 전도가 그와 함께 그 못지않은 비중으로 번성했다. 이 계열의 담론들은 그 논지를 입증해주는 문화적 객관 상관물들의 꾸준한 재생산으로 설득력을 인정받고 강화해왔다. 반드시 보드리야르의 직접적 영향 아래 놓여 있지는 않더라도 나는 이러한 부류의 논리와 '포스트주의'적 사유방식이 오늘날 한국 문학계와 지식계, 최소한 비평계의 저변에서 양적 주류를 구성하고 있다고 느낀다. 심지어 포스트주의의 언어적 전회를 재반전시키려는 이른바 신유물론조차도 포스트주의의 건재를 새삼 인증하는 역설에 빠지곤 한다. 주체, 총체성, 반영/재현 같은 개념들은 90년대 이래 오로지 회의의 대상으로서만 소환되곤 할 뿐이었다.

3

　그들의 유행과 수용, 정착을 가능하게 해준 바탕에는 물론 90년대 이전에 만들어진 지적 풍토, 가령 운동권 문화와 '팸플릿 사회주의' 학습을 통해 전수된 민중, 민족, 노동자, 혁명이라는 가치지향적 개념들의 중압 또는 피로감이 있었다. 1987년 이후 민주화와 동구권 현실사회주의의 붕괴, 소비자본주의의 본격 부상에 힘입어 '나'에 대한 자신감을 충전한 세대에게 시뮬라크르 담론이 제공해준 것은 우선 그 중압감으로부터의 해방이었을 것이다. 엄숙주의라는 말도 자주 쓰였던 것으로 기억한다. 뒤집어 말하면 엄숙주의에서 해방되고자 하는 집합 정서에 포스트주의들이 논리적 근거를 부여해주었다고도 할 수 있다.
　군부독재가 종식되고 그와 함께 관치경제가 빠른 속도로 이완되면서 세계화의 기치 아래 조금 더 '자본주의다운' 자본주의가 생활세계 전반을 통어하기 시작했다. '자본주의＝노동착취＝사물화'라는 공식이 상식처럼 통용되지만 사실 자본주의의 표준적 면모 안에는 그러한 억압적 측면 말고도 '해방적' 잠재력 — 설령 이데올로기에 불과한 것일지라도 — 이 다분히 포함되어 있다. 90년대의 소비대중문화 폭발에는 '국가독점자본' 아래 유예되었던 자본주의의 해방적 분출이 개재해 있었던 것이다. 이른바 신세대의 '리버럴'(liberal)[1]은 그러나 당대 한국사회에서 혁명정치의 전통과 적어도 완전히 분리될 성질의 것은 아니었다. 재래의 혁명정치로

---

[1] 1987년 이전의 자유주의 '들'과 구분하려는 임시방편으로 '리버럴'을 쓴다.

부터 이탈하려는 반란적 성격을 보이기는 했지만 그렇다고 개발독재의 향수를 기반으로 하는 수구나 보수로 돌아가자는 것은 아니었기 때문에 양자 사이에는 어느정도의 친연성이 불가피하게 작동하고 있었다.[2] 소위 87년체제 30여년간 각축을 거듭해온 진보 대 보수, 민주 대 반민주의 대결에서 수구보수 또는 반민주의 득세가 경고음을 울릴 때마다 '거리의 정치' 또는 자유주의/진보 연합정치의 시도들이 부활해왔던 사정도 이와 무관하지 않을 것이다. 그럼에도 불구하고 이 흐름이 종국에는 자본에 대한 투항으로 귀결될 수밖에 없으리라는 우려와 비판도 드물지 않았다. 그런 가운데 80년대식 정치주의와 90년대식 탈정치를 대별시키는 구도는 불식되지 않는 통념으로 굳어졌다.

4

문예학과 비평담론에서 현실반영의 중심적 지위가 흔들린 배경은 요컨대 세가지다. 첫째는 물론 반영 개념 자체의 소박함과 이론적 취약성이다. 부연을 위해 이 글의 앞머리를 반복할 필요는 없을 것이다. 둘째는 현실사회주의 모델의 붕괴가 자본주의 세계체제 극복을 목표로 공유하는 혁명정치 일반의 기능부전을 초래한 것이다. 셋째도 그와 무관하지 않은데, 사회주의리얼리즘의 퇴각이 리얼리즘 일반의 담론적 위상 약화를 과잉 견인함으로써 단순 반영론과 리얼리즘의 등식이 고정관념화되었다. 첫번째와 두번째 배경은 문학의 '지속 가능한' 현실설명력을 약화시키는 결과로 이어졌고 세번째는 서구 문예사조와는 다른 맥락에서 출현한 리얼리

---

2 자유주의적 신세대와 진보적 구세대 모두가 높은 수용력을 보인 '서태지 현상'은 가장 좋은 예시의 하나다. 그것은 자본주의 문화산업 메커니즘의 산물임에도 종종 '혁명적인' 무엇으로 받아들여지곤 했다.

즘의 독자적 재구성 작업들을 비가시화하는 왜곡에 참여했다. 혁명 개념이 프랑스혁명이나 러시아혁명 같은 '특수' 사례를 근거로 단순화되었던 만큼 리얼리즘의 담론적 발전 가능성 또한 서구적 '사실주의'로서의 리얼리즘으로 지나치게 제약되어버렸던 것이다.

리얼리즘의 확장과 심화, 재구성을 위한 실천들, 그리고 역사 속에서 사회주의적 급진혁명이 아닌 비사회주의적(반사회주의가 아니라) 점진혁명의 사상적 자원을 발굴하려는 노력들은 찾아보기 어렵거나 경시되었다. 그 가운데 혁명적 사유의 전통에서 기인할 수도 있었을 '유쾌한 반란'의 해방정치,[3] 말하자면 80년대 급진노선들의 엄숙주의를 탈각하려는 흐름은 앞서 말한 조금 더 자본주의다운 자본주의의 정착으로부터 오히려 더 많은 조력을 얻었다. 다른 한편으로, 제때에 주체적으로 자본주의 세계체제에 적응하는 데 실패한 90년대 한국 사회경제가 외환위기를 통해 강제재편(혹은 '세계 표준'에 강제편입)됨으로써 기쁨, 웃음, 가벼움 같은 해방적 외연들은 현저히 위축되었다. 우울과 멜랑콜리, 정치적 무력감이 대량실업과 도산으로 얼룩진 불황의 거리를 채운 것은 명백히 시뮬라크르 건너편의 현실에 대한 재발견 또는 재소환을 요청하는 사태였음에도 불구하고 90년대 이전과 같은 성격의 혁명정치로 곧장 돌아갈 수는 없다고 여겨졌는데, 그러한 제동장치 역할을 한 것이 바로 저류에 숨은 90년대산 '리버럴'의 존재였던 것이다.

그런 가운데 문학이 정치를 재충전할 필요는 있으되 '단순히' 정치적이기만 할 것이 아니라 동시에 미학적이어야 한다는, 어쩌면 반박이 거의 불가능한 '올바른' 생각이 다양하게 얼굴을 바꿔온 서구 이론들에 힘입어 폭넓은 지지를 받았다. 그러나 그것은 어디까지나 미학의 헤게모니 아래에서였으며 정치가 아직 알려지지 않은 미학적 가능성을 열어주고 미학

---

3 '발칙한' '도발적인' '신랄한' '통쾌한' 같은 수사들이 이때만큼 번성한 적이 있을까.

우리들의 일그러진 '리버럴' 245

이 전에 없던 정치적 가능성을 확장해주는 상호진화적 차원을 형성했다기보다 서로를 제약하는 강박으로 작용한 면이 없지 않았다. 2000년대 중반 이후 현실정치 차원의 수구보수적 역진 현상에 반응해 재활성화된 '문학의 정치'가 담론의 수준에서 지속적인 진전을 보지 못하고 정치와 미학의 오랜 불화를 타협하는 단계에서 어정쩡한 답보상태에 머물게 된 이유도 거기에 있을지 모른다. 그리고 그러한 타협을 매개하고 이끈 것이 바로 윤리감각이었다는 점도 기억해둘 필요가 있다. 윤리적 엄숙주의로부터 이탈한 90년대산 '리버럴'은 결국 윤리로 되돌아온 것이다.

5

  그런 의미에서 최근 들어 종종 관찰되는 '정치적 올바름'에 대한 지향과 그에 대한 비판 사이의 갈등은 그리 근본적인 것은 아닌지도 모른다. 그것은 '리버럴'이 맞닥뜨린 (탈윤리에서 윤리로의) 자가당착에 대한 논리적 반발이라기보다 '리버럴'이 본래부터 지니고 있던 양가적 속성이 자연스럽게 분화한 결과라고 할 수 있기 때문이다. 여기서 90년대산 '리버럴'이 80년대식 혁명정치와 함께 반란적 속성을 공유한다는 앞서의 진술을 환기해볼 필요가 있는데, 이들 둘 사이에는 외관상의 유사성뿐 아니라 한국사회에서 오랫동안 기득권으로 군림해온 개발독재형 수구세력에 대해 비판적 거리를 유지한다는 내용상의 공통점도 있다. 그런데 90년대산 '리버럴'은 그에 못지않게, 어쩌면 그보다 더욱 열성적으로 혁명정치적 엄숙주의에 대해서도 비판적인 모종의 중립지대에 스스로를 위치시켜왔다. 소위 '산업화와 민주화를 넘어'라는 판에 박힌 현실정치적 구호는 이들에 의해 선취된 측면이 있다.
  그러나 '리버럴' 측의 문화혁명적 미학의 강조는 그 주관적 선의에도 불구하고 스스로를 과신하거나 수구기득권세력의 힘을 과소평가한 나머지 비판의 과녁을 필요 이상으로 혁명정치에 집중함으로써 반민주적 역진 현상이라고 불린 2000년대 중반 이후의 이른바 '점진 쿠데타' 시도들 앞에서 설명력을 상실하고 당혹감에 빠질 수밖에 없었다. 그러한 방향 설정의 오류를 조장한 원인은 아마도 민주화 이후 분출한 개혁열을 역진 불가능한 것으로 과대평가한 현실진단의 안이함이나 90년대 이후의 문화적 헤게모니 투쟁에서 사실상의 승리를 거둠으로써[4] 시야 확대의 계기를 상실한 데 있을 것이다.

사회적 대전환을 요청하는 목소리들이 어느 때보다 높아진 지금 '문학의 정치'라는 소중한 계기를 새로운 차원에서 업그레이드하려면 최소한 다음 두가지 과업의 활성화가 필수적으로 요청된다. 첫째는 80년대와 90년대를 단절적으로 대타화하는 시각을 상대화함으로써 90년대 이전의 정치미학을 비판적으로 자기화하는 역사적 수렴 작업이고, 둘째는 그를 바탕으로 문학비평 담론의 '지속 가능한' 현실설명력을 회복하고 강화하는 집합적 실천이다. '항상 역사화하라'라는 금언은 역사적 상대화를 통한 우상 철폐에만 이바지하는 것이 아니라 우리가 지금 어디에 서 있는지를 파악함으로써 과거로부터 구체적으로 무엇을 상속받고 폐기할 것인지를 매순간 새롭게 결정하는 데도 소중한 지침이 된다. 제시된 두 과제는 그런 한에서만 의의를 지닐 수 있는데, 문학담론 차원에서 여기에 핵심적으로 결부된 개념의 하나가 지금까지 거론한 '반영'이라고 할 수 있다.

---

4 '좌파'가 문화예술계를 장악했다는 수구세력의 진단은 그 분석의 조야함과 부실에도 불구하고 한편으로는 타당성을 지녔다고 할 수 있는지도 모른다. '좌파'라는 성격 규정부터가 오류인데 이를 근거로 이른바 블랙리스트 사태까지 일어나고 말았으니 이 또한 아이러니가 아닐 수 없다.

6

그러나 이제 와서 반영 개념을 글자 그대로 고수하는 것은 가능하지도 필요하지도 않은 일이다. 중요한 것은 현실을 반영한다는 행위의 함의를 어떻게 재구축하느냐인데 이때도 '항상 역사화하라'라는 금언이 참고가 된다. 역사화한다는 말은 이 금언의 출처 ─ 물론 최초는 아니지만 ─ 인 프레드릭 제임슨(Fredric Jameson)을 따라 변증법적으로 사유한다는 뜻으로 받아들일 수도 있지만 그보다는 불가의 제행무상(諸行無常)에 가까운 의미로 수용하는 편이 한층 효과적일 것 같다. 한번 생겨난 것은 언젠가 반드시 소멸하며 영원한 것은 어디에도 없다는 이러한 통찰은 알다시피 허무주의와 무관하다. 만상은 끊임없이 움직이며 변화하기 때문에 고정된 상이 없다는 뜻으로, 이에 따르면 '없음'에 대한 확신으로부터 산출되는 '허무'조차도 끝내 소멸하기 때문이다. 반영의 대상인 세계나 현실에 고정된 상이 있을 수 없는 것과 마찬가지로 반영의 주체인 '나'에게도 고정된 상은 없다. 그것은 아무것도 존재하지 않는다거나 그것이 무엇이어도 상관없다는 말과 다르다. 이러한 사유방식의 강점은 실체의 있음/없음 같은 존재론의 형이상학적 쳇바퀴로부터 자유로워지는 동시에 그 자리를 파고들어오는 시뮬라크르의 공허함이나 이데올로기적 은폐술에 거리를 두면서도 엄연히 존재하는 '세계'에 대해 사유할 수 있게 해준다는 데 있다.

이러한 인식 가운데서 반영은 고정된 실체로서의 세계를 비추는 수동적 행위가 아니라 형성 중인 움직임으로서의 현실 또는 세계에 대한 적극적 '조명'으로서 광의의 비평행위와 유사한 함의를 지니게 된다. 그러고 보면 모방, 반영, 재현 등으로 불린 역사적으로 오랜 예술적 실천들의 진면목이 실제로 이와 크게 다르지 않았다. 모든 예술행위는 매순간 새롭게 태어나고 멸하는 운동으로서의 현실을 대상으로 할 뿐 아니라 그렇게 하고 있는 자기 자신 또한 매순간 새롭고 고유하게 발명하는 운동이다. 요컨대 세계 반영과 세계 형성은 둘이 아니라 하나다. 그것이 이 글 첫 문장에 나오는 '동시에'의 의미이며 이러한 '동시에'야말로 비평다운 비평의 거처다. 따라서 그것은 구체적 현실, 개별적인 작품을 떠나 자족적으로 존재하기 어려운 차원의 것이다. 어떤 의미에서는 리얼리즘이나 총체성 같은 문예비평 개념들도 주체나 세계, 현실이라는 개념이 고정된 실체가 아니란 사실이 폭로되었기 때문에 부정되어야 할 것이 아니라 바로 그렇기 때문에 새롭게 발명되어야 할 무엇이었던 것이다. 실재나 실체를 우상숭배하지 않으면서 '무'의 나락으로도 떨어지지 않기. '항상 역사화하라'라는 금언의 진의는 그런 점에서 문학 자체의 본질과 통하고 '위대한 작품이야말로 진정으로 위대한 비평'이라는 문맥에서의 비평 개념과도 연결된다. '동시에'를 성립시켜주는 반영과 형성의 매개로서 비평의 필요성은 비평[5]을 둘러싼 사회문화적 조건들이 악화되면 악화될수록 절실해진다. "별이 총총한 하늘이 갈 수 있고 또 가야만 하는 길들의 지도인 시대, 별빛이 그 길들을 훤히 밝혀주는 시대는 복되"(루카치)다고 말할 수 있었던 때가 그나마 행복했던 시절처럼 여겨지는 지금이라면 더욱 그렇다.

---

5 비평은 구체적이고 개별적인 작품에 대한 가치평가다. 그것이 가치의 문제를 다루는 한 궁극적으로 '나는 어떤 세계를 살고 싶은가'란 문제와 마주칠 수밖에 없다. 그 또한 끊임없이 변화하고 움직이지만, '갈 수 있고 가야만 하는 길들의 지도였던' 하늘의 별들 또한 본래 그러했다.

비평의 로도스

◆

'근대문학 종언론'에서 '장편소설 논쟁'까지

1. '다른 세상'

세월호참사가 일어나고 1년여 시간이 흐르는 동안 우리 사회 어느 부면에서나 참사 이전처럼 살기는 어려워졌다는 실감이 뚜렷해지고 있다. '가만히 있지 않겠다'는 선언이 줄을 잇는 가운데 사람들은 익숙한 세계를 잠시 뒤로 물리고 '다른 세상'을 찾아 거리와 광장으로 쏟아져나오고 있다. 그러나 누구라도 느끼듯이 전환의 요구가 나날이 커가는 데 비해 온갖 모습의 사회적 원(怨)들을 풀어줄 만한 '다른 세상'의 준비는 턱없이 미흡한 실정이다. 이대로 가다간 가까스로 떠오르기 시작한 '다른 세상'의 잠재력마저도 익숙한 세계의 중력에 붙들려 좌초할지 모른다. 참사 자체가 제때 사회적 전환을 이루지 못해 빚어진 것이기도 한 만큼 지체할 시간이 넉넉지 않다.

'다른 세상'에 대한 상상은 궁극적으로 인간해방을 지향하는 모든 인문적 활동의 본질이었고 지금이라고 해서 달라질 이유도 없다. 그러나 여기서 차지하는 문학의 역할과 비중은 이미 오래전부터 지루한 하향조정 국면에 진입해 있었다. 조금 길게 보면 그것은 1987년 6월항쟁과 7·8월노동 자대투쟁을 기점으로 하는 이른바 민주화 이후와 궤적을 같이하고 있으며 짧게 보면 지금으로부터 대략 10년 전인 2000년대 중반쯤부터 가속화되었다고 할 수 있다. 이렇게 가정해볼 수 있을 것이다. 문학의 대(對)사회적 역할 축소과정의 제일 하부에 민주화 이후 소비자본주의문화의 대두와 자본주의 대안이념의 붕괴라는 장기지속 층위가 놓여 있고 바로 그 위를 사회구조의 신자유주의적 강제재편 국면을 뜻하는 IMF외환위기 사태 이래의 중기지속 층위가 차지하고 있다. 그보다 가까운 단기지속 층위를 참여정부 집권 후반기인 2000년대 중반부터로 보는 데에는 약간의 부연이 따를 수밖에 없겠다. 이 글의 주된 관심사도 바로 이 시기다.[1]

거의 모든 사회적 의제들이 국가부도 사태에 잠식당해버린 김대중(金大中) 정부(1998~2002) 시기에는 보수와 진보를 비롯한 여하한 입장들도 제 목소리를 낼 충분한 공간을 확보하기 어려웠지만 IMF관리체제를 벗어나는 것과 거의 동시에 들어선 참여정부(2003~07) 시기에는 보수와 진보뿐 아니라 넓은 의미의 중도세력까지 제가끔 '영토분쟁'에 나설 여지가 마련되었다. 이러한 배경 아래 참여정부는 사회정책 면에서 개혁적 의제들을 꺼내든 데 비해 경제정책 면에서는 보수적 입장을 취함으로써 보수와 진보 양측의 협공 가운데 집권 후반기로 갈수록 고전을 면치 못하게 되었던 것이다. 그것은 참여정부의 정치적 지반이 약했던 때문이기도 하지만 문민정부(1993~97) 출범 이래 분출한 개혁의 에너지가 다양한 수준의 국내외 정세와 맞물려 분산되어버린 탓도 크다. 수구보수세력의 막강한 힘을 과소평가한 것이 패착의 핵심이었다.

결과적으로 2000년대 중반은 IMF관리체제를 벗어남으로써 지표상으

---

1 물론 여기서 단기·중기·장기 구분은 상대적인 범주에 불과하며 각각의 시기는 상호 독립적인 계기들을 품고 있되 근본적으로는 87년체제라는 장기지속 층위의 하위범주들이란 시각이 이 글의 기본 입장이다.

로 우리 사회가 선진국 문턱에 접근한 시기이기도 했지만 기본적으로는 정세가 보수반동으로 회귀하는 반환점이 되었다. 그래서 이 시기에는 사회담론 차원에서도 87년체제론이나 97년체제론 등 우리 사회의 기본성격에 대한 거시적 성찰의 요구가 비등했던 것이다. '근대문학의 종언론'(이하 종언론)이 이와 거의 때를 같이하여 쟁점으로 부상했던 것은 그러므로 우연만은 아닐 것이다. 실체가 있든 없든 종언론 파동의 수행적 효과는 적지 않았다. 2015년 현재 지난 10년의 한국문학 비평담론을 되돌아보는 작업이 10년이라는 단순 계기적 차원 너머를 개시하는 일일 수밖에 없는 이유다.

2. '근대문학 종언론'의 행방

요컨대 지난 10년의 한국문학 비평담론은 이 종언론의 도전에 대한 응전의 기록들이었는지도 모른다. 알다시피 그 최초 제보자는 일본 비평가 카라따니 코오진이었다. 계간 『문학동네』 2004년 겨울호를 통해 처음 번역, 소개된 그의 발언의 핵심은 다음과 같았다. "나는 왜 문학을 그만두었는가를 (김종철에게―인용자) 물었습니다. 그는 자신이 문학을 했던 것은 문학이 정치적 문제에서 개인적 문제까지 온갖 것을 떠맡는다, 그리고 현실적으로 해결할 수 없을 것 같은 모순조차도 떠맡는다고 생각했기 때문인데, 언제부터인가 문학이 협소한 범위로 한정되어 버렸다, 그런 것이 문학이라면 내게는 필요가 없었다, 때문에 그만두었다는 것입니다. 나는 동감을 표했습니다."[2] 혁명정치를 여읜 한국문학이 그 사회적 영향력을 급격히 상실해간 사정을 문학평론가에서 생태주의운동가로 전신한 김종철(金

---

2 가라타니 고진, 조영일 옮김 『근대문학의 종언』, 도서출판b 2006, 49면.

鍾哲)을 통해 전해듣고 카라따니는 드디어 일본에서와 마찬가지로 한국에서도 근대문학이 종언을 고했다고 진단했던 것이다. 여기에 호응하는 논의도 없지 않았지만 비판은 거세었다.

최원식에 의하면 "일본의 변혁 가능성에 대한 절망 또는 체념에 기초한 그의 근대문학 종언론이란 의상을 갈아입고 다시 나타난 프로문학해소론"[3]이다. 변혁 가능성의 쇠퇴라는 사실판단의 문제를 변혁 자체의 근본적 불가능성이라는 가치판단의 영역으로 슬쩍 돌려놓는 논리적 비약도 문제지만 이를 70년대 이후 한국문학의 중심축으로 발전해온 민족문학운동의 해체를 촉진하는 기회로 삼으려는 평단 일각의 숨은 의도야말로 더 문제라는 시각이었다. 무엇보다도 근대문학은 끝났는데 근대는 아직 끝나지 않았다고 말하는 듯한 종언론은 그 자체로 이미 모순이었다. "근대문학이 끝났다고 해도 우리를 움직이고 있는 자본주의와 국가의 운동은 끝난 것이 아닙니다."[4]

그런 맥락에서라면 종언론이 "문학의 현장, 일본을 이탈한 가라따니가 자신의 알리바이를 위해 한국을 동원"[5]한 것일지 모른다는 심증도 무리는 아니다. 종언론 자체의 옳고 그름은 어쩌면 처음부터 핵심이 아니었다. "가라따니가 자신의 알리바이를 위해 한국을 동원"한 것과 마찬가지로 한국문학계에 내연하던 어떤 교착 국면이 종언론을 과잉 호출한 측면을 무시할 수 없기 때문이다. 최원식의 논평이 이미 암시하듯이 종언론은 하나의 가설무대일 뿐 링 위에서 진짜 싸움을 벌이고 있는 것은 민족문학운동 진영이라는 왕년의 챔피언과 그 폐기를 주장하는 도전자들이었다. 사정이 그렇지 않았다면 90년대에 이미 온갖 '포스트' 담론들을 선행학습한 한국문학계가 현해탄 저쪽의 강연문 한편 때문에 불에 덴 듯 우왕좌왕하

---

3 최원식 「근대문학 종언론은 상상 혹은 소동일 뿐」, 『한겨레』 2007.10.26.
4 가라따니 고진, 앞의 책 86면.
5 최원식, 앞의 글.

지는 않았을 것이다.

그러나 이 내전(內戰)의 구도는 실상 그리 단순치 않았고 겉보기처럼 유야무야 해소되어버리고 만 것도 아니었다. 곧이어 등장한 미래파 또는 뉴웨이브 시 논쟁이나 이후의 '시와 정치' 논의도 종언론의 파장과 무관한 것은 아니었기 때문이다. 흔히 문학적 탈정치화의 예거로 논의되곤 하는 미래파 또는 뉴웨이브 시학은 종언론을 승인하는 측면 못지않게 반종언론적인 잠재력도 다분히 갖추고 있었다. 종언론의 핵심이 네이션(nation, 민족 또는 국가)의 형성과 그 극복 과정에 연루된 넓은 의미의 '정치'로부터 이탈하려는 문학(특히 소설 양식)의 오락화 경향을 의미한다고 할 때, 미래파 시학은 마치 초현실주의자들이 그렇게 생각했던 것처럼 미학적 전위가 그 내적 동기에 의해 정치적으로도 전위일 수 있을 가능성에 신뢰를 보냄으로써 '문학의 정치'를 보전하려 했던 것이다.

그렇게 함으로써 미래파 시학은 민족문학운동 진영과 그 폐기론자들 사이에서 문학을 좀더 직접적인 정치적 개입의 함정으로부터 구해내는 동시에 종언론의 탈정치적 압력으로부터도 벗어날 인식론적 거점을 확보할 수 있었다. 그러나 그것은 여전히 문학적 정치의 입지를 축소하거나 나아가서는 '문학'의 공간 자체를 협소하게 만드는 결과를 낳고 말았다. 미학적 의식혁명에 치중된 전위시학은 사회적 공통감각의 재배치라는 정치 본연의 가능성을 상대적으로 불신함으로써 더 체험적인 수준의 사회적 모순에 대해서는 무력할 수밖에 없었기 때문이다. 가령 미래파 시인의 한 사람으로 호출되곤 했던 진은영의 다음과 같은 항변은 그런 맥락에서 주목할 만하다. "우린 너무 쉽다. 결코 난해하지 않다. 몇몇 인디밴드 음악이나 일본 만화, 퀴어문화 등등 특정한 문화적 코드에 지나치게 의존하기 때문에, 사실은 누군가를 감염시키는 데 실패했다. 그 문화적 코드를 이미 아는 이들에게는 (가끔 신나기도 하지만) 너무 쉽거나 지겹고, 전혀 모르는 이들에게는 (간혹 감탄을 자아내기도 하지만) 너무 어렵고 고통스럽

다. 그래서 우리는 아직(!) 아무 일도 저지르지 못했다."⁶

그런데 이 '무력감'의 지속에 안주할 수 없게 만드는 정치적·사회적 계기들의 잇따른 등장 — 민주주의의 퇴행과 촛불항쟁(2008) 등 — 으로 좀더 직접적인 현실참여의 필요성이 문학의 전면에 부상했다. 일종의 통치술로서의 치안(police)과 '감각적인 것의 재분배'로서의 정치(politic)를 구분한 랑시에르(Jacques Rancière)의 견해를 빌려 '문학과 정치'라는 해묵은 테마를 새로운 차원의 화두로 들어올린 이도 진은영이었다. 그가 소개한 랑시에르는 미래파 논쟁의 피로감에 젖은 '문학의 정치'에 새 활로를 열어주었다. "실상 정치적 예술은 세계의 상태에 대한 '자각'으로 이끄는 의미 있는 스펙터클이라는 단순한 형태로 작용할 수는 없다. 적절한 정치적 예술은 단번에 이중의 효과 — 정치적 의미작용의 가독성, 그리고 반대로 기괴함(uncanny), 즉 의미작용에 저항하는 것에 의해 야기된 감성적 지각적 충격 — 의 생산을 보장한다."⁷

"의미작용의 가독성"과 "의미작용에 저항하는 (…) 감성적 지각적 충격"을 동시에 생산하는 "정치적 예술"의 상을 제시함으로써 종언론과 미래파 논의의 한계를 이론적으로 돌파하려 했던 진은영의 시도에 대해 평단은 열렬히 반응했다.⁸ 그리고 용산참사(2009)가 일어났다. 재개발 반대

---

6 진은영 「소통을 넘어서, 정동(affect)의 문학을 향하여」, 『문학판』 2006년 겨울호 83면. 다만, 이러한 선언을 '미래파'로 불린 시적 실험들의 총체적 파산선고로 읽어서는 곤란하다. 미래파라는 용어를 처음 쓴 권혁웅의 글 「미래파, 2005년의 젊은 시인들」(『문예중앙』 2005년 봄호)에서 언급된 70년대생 시인들의 시세계가 여전히 진화하는 중인 만큼 각자의 성취에 대해서도 섬세한 개별 평가가 필요할 것이다.

7 자크 랑시에르, 오윤성 옮김 『감성의 분할: 미학과 정치』, 도서출판b 2008, 90면 참조. 여기서는 진은영 「감각적인 것의 분배」, 『문학의 아토포스』, 그린비 2014, 32면에서 재인용. 진은영의 이 글 「감각적인 것의 분배: 2000년대의 시에 대하여」가 처음 발표된 것은 『창작과비평』 2008년 겨울호였다.

8 여기에 대해서는 시와 정치 논의를 탁월하게 중간결산한 신형철의 「가능한 불가능: 최근 '시와 정치' 논의에 부쳐」, 『창작과비평』 2010년 봄호 참조.

시위에 대한 공권력의 과잉진압으로 30여명의 사상자를 낸 이 참사는 수구기득권층의 정권 재탈환이 가져온 민주주의의 퇴행을 기화로 남한사회의 오랜 환부가 터져버린 충격적 사건이었다. 산업화와 재개발의 순환투자를 통해 몸집을 불려온 발전경제체제가 국가폭력의 비호 아래 유지되었다는 사실은 누구나 알지만 민주화 이후 20여년 세월이 경과한 시점에서 그 망령이 되살아날 것을 예견한 사람은 별로 없었다. 새롭게 떠오른 '문학의 정치'는 여기에 공명하며 증폭되었다. "직접적으로 정치적이면서 동시에 첨예하게 미학적이고 싶다는, 결코 흔치 않은 이중의 욕망"[9]이 비등하는 가운데 수많은 시인·작가들이 거리로 쏟아져나왔다. 불길은 평택의 쌍용자동차와 부산의 한진중공업, 제주 강정마을의 해군기지 예정지까지 번져나갔다. 비좁은 문학제도 바깥에서 많은 작품들이 생산되었다. 문학에 잠재된 정치적 가능성을 불신함으로써 제출될 수 있었던 종언론은 설 자리를 거의 잃어버린 듯했다. "'문학'이 윤리적·지적인 과제를 짊어지기 때문에 영향력을 갖는 시대"[10]는 아직 끝난 게 아니었다. 그것은 거리와 광장에 현전했다. 다음과 같은 신형철의 통렬한 전언이야말로 그 자신감의 발로가 아니었을까.

> 나는 '가능한 불가능성'을 추구하는 태도를 작년 여름(「6·9작가선언」이 있었던 2009년 6월 9일 — 인용자) 서울 한복판에서 외쳐진 다음 문장들에서 보았다. "우리의 갈비뼈 하나를 뽑아 진실을 만드세요, 하느님. 그녀와 손잡고 거리로 나가겠습니다."(진은영) "공기 속에서 온통 비린내가 납니다. 없는 문이라면 그려서라도 열어 젖혀야겠습니다."(신해욱) 탄생하지 않은 그것과 손잡고 걷겠다는 것, 없는 문을 그려서 그것을 열겠다는 것. 이것들이 바로

---

9 같은 글 371면.
10 가라타니 고진, 앞의 책 65면.

'가능한 불가능'들이다. 모두가 할 수 있지만 문학은 할 수 없는 것이 있다는 게 문학이 모르는 정치의 착각이고 모두가 못하는 것을 문학은 할 수 있다는 것이 정치가 모르는 문학의 비밀이다.[11]

시와 정치의 제휴에 관한 두갈래의 시각을 '불가능한 가능성'과 '가능한 불가능성'으로 대별하면서 "그 제휴가 논리적으로는 가능하다고 말하면서도 사실상 거기에 희망과 의지를 품는 데 인색한" 전자 대신 "그것이 체험적으로는 거의 불가능하다는 것을 인정하면서도 될 때까지 해보겠다는 태도"[12]를 지닌 후자의 손을 들어줌으로써 그는 이 해묵은 논쟁에 종지부를 찍고자 했다. 그러나 문제는 어쩌면 여기부터였다.

3. '동물화'하는 비평

국가폭력이라는 치안의 망령에 맞서 재가동된 문학의 정치 또는 '감각적인 것의 재분배' 실험이 어떤 '다른 세상'에 접속하고 있는지는 아직 충분히 밝혀지지 않았다. 따라서 그것이 장기적으로 탈정치의 회로에 포박되고 말 위험은 여전히 남아 있는지도 모르겠다. 더구나 "가능한 불가능성"을 신뢰하는 문학적 태도란 비평가들의 의지와 열정을 반영한 것일 뿐 창작 일선의 실상과는 일정한 거리가 있는 것임을 증언하는 목소리도 일찍이 만만치 않았다. 그중에서도 미래파 시인과 이를 지지하는 비평가들의 등장을 중요한 사회학적 사건으로 간주한 김홍중(金洪中), 심보선(沈甫宣)의 공동작업은 시사적이다.

---

11 신형철, 앞의 글 386면.
12 같은 면.

시인들은 이미 오타쿠-동물이 되었지만, 비평가들은 인텔리겐챠의 형상을 품고 있다. 미래파 시학은 만화적인 데 반하여, 미래파 비평론은 중후하고 고전적이다. 이 간극은 우리에게 97년 외환위기 이후 분열된 대중과 지식인의 간극을 연상시킨다. 대중은 변화된 삶의 조건들에 적응하면서, 그것들과 싸우면서 혹은 타협하면서, 때로는 위험하게 때로는 창조적으로, 시대의 가능성들을 탐색하고, 실현하고, 탈주한다. 그들은 이제 더 이상 계몽이 필요 없는, 계몽을 요구하지 않는, 그리고 자신들의 취향과 에토스를 지적 정당성에 의해서 보장받을 필요가 없는 그런 삶의 상태에 이른 듯이 보인다. 그들은 코제브적 의미의 스놉이거나 동물이다. 그런데 문제는 이제 지식인들의 '정신적 삶'인 것이다. 그들은 대중처럼 시대의 흐름에 완전히 스스로를 방기하지 못하고, 나름의 정신적 지표를 설정해야 하는 존재이다. 여기에 포스트 IMF 체제를 사는 지식인들의 궁지가 존재한다. 해답은 매우 모호한 것이다. 실재의 열정에 대한 열정이 그 가능성이 될 수 있는 것일까? 이에 대한 또 다른 논의와 고민이 요구된다. 미래파 현상은, 한국 사회의 바로 이런 정신적 흐름과 지형을 가장 극명하게 보여주는 징후라 할 수 있다.[13]

그들은 미래파의 시세계를 아즈마 히로끼(東浩紀)의 용어를 빌려 '시의 동물화'로 요약했다.[14] "시작(詩作)의 실천이 '문학'이라는 규범적 거대서사와 분리되는 것을 의미"(129면)하는 그것은 "'혁명과 사랑'이 자신의

---

13 김홍중·심보선 「실재에의 열정에 대한 열정: 미래파의 시와 시학」, 『문화와 사회』 2008년 봄호 141면. 이하 이 글 인용은 본문에 면수만 표기.

14 꼬제브(Alexandre Kojève)는 '동물화'에 대해 이렇게 설명했다. "이때 '동물'은 타인과의 투쟁 속에서 변증법적으로 자신의 주체성을 설립해야 하는 헤겔적 의미의 '인간'과 달리, 세계와 존재론적으로 화해한 상태를 가리킨다." 김홍중·심보선, 129면 각주에서 재인용.

삶에 구현되지 않아도, 데이터베이스가 제공하는 무수한 무의미한 정보들의 교류, 조합, 소유, 집적 속에서 자족할 수 있는 색다른 능력을 구비"(128면)한 오따꾸(お宅)적 존재들의 시세계를 일컫는다. 그들의 말마따나 "이제 더 이상 시인은 '혁명가'나 '선동자' 혹은 '견자'나 '각자(覺者)'가"(129면) 아닌 듯하다. 심지어 소설 분야에서도 "무수한 무의미한 정보들의 교류, 조합, 소유, 집적 속에서 자족"하는 경향은 점차 확대되고 있다. 이 흐름은 이미 무중력 공간의 서사(이광호) 또는 탈내면적 상상력(김영찬)으로 명명된 바 있거니와 인용문의 저자들은 김형중의 진단에 기대어 다음과 같이 덧붙이는 것을 잊지 않았다. "(2000년대의 작가들은 ― 인용자) 막강한 현실로부터 리비도를 철회하여 이를 자신들의 편집증적 공간 속에서 자유로이 풀어 놓는다"(130면 각주8). '시의 동물화'는 사실 '문학의 동물화' 경향의 일부였던 것이다.

"의미작용의 가독성"과 "의미작용에 저항하는 (…) 감성적 지각적 충격"을 동시에 생산하는 "정치적 예술" 또는 그것을 뒷받침하는 윤리로서 "가능한 불가능성"이 제안되었음에도 불구하고 '문학의 동물화' 경향이 대세로 굳어져가는 듯한 징후는 도처에 나타나고 있다. "직접적으로 정치적이면서 동시에 첨예하게 미학적이고 싶다는, 결코 흔치 않은 이중의 욕망"은 단지 "첨예하게 미학적이고 싶다"는 편집증적 욕망에 자리를 내어주고 있는 형국인 셈이다.

바로 이러한 문학적 현상 앞에 마주선 비평의 애매하고 옹색한 처지를 인용문의 저자들은 "실재에의 열정에 대한 열정"이라고 부른다. 이를 이해하기 위해서는 먼저 프랑스 철학자 바디우(Alain Badiou)에게서 온 '실재에 대한 열정'(passion du réel)이란 개념부터 파악할 필요가 있다. 그것은 우선 러시아혁명(1917)을 전후한 시기부터 동구 현실사회주의권의 붕괴(1989) 무렵까지를 의미하는 "지난 '세기'의 시대정신"(134면)을 지칭하는 것으로 여기서 실재(réel)란 기성 질서의 권능에 예속된 현실(réalité)

이 아닌, 그 너머의 아직 언어화되지 않은 미답지를 가리킨다. '지난 세기'에 정치적 혁명과 예술적 아방가르드를 동시에 가능하게 한 원동력이 바로 그 '실재에 대한 열정'이었다는 것이다. 그렇다면 "실재에의 열정에 대한 열정"은 "실재의 열정으로 견인되던 세기가 종언"(135면)을 고함으로써 "실재의 열정이 더 이상 유효한 미학적, 정치적 전략이 되기 힘든 시대에, 실재의 열정을 읽고 구성하고 활성화하려는"(138면) 지식인들의 정신적 곤경을 의미하게 된다. 그것은 "실재 그 자체를 열망하는 것이 아니라 '실재의 열정'을 열망하는 것이며, 실재의 열정이 아직 존재함을 그리고 실재의 열정이 아직 유효함을 끊임없이 확인하고자 하는 의지이다."(138면)

시인 또는 소설가가 "막강한 현실로부터 리비도를 철회하여 이를 자신들의 편집증적 공간 속에서 자유로이 풀어"놓음으로써 '실재의 열정'을 폐기하고 '동물화'의 길을 가는 것과는 대조적으로 "대중처럼 시대의 흐름에 완전히 스스로를 방기하지 못하고, 나름의 정신적 지표를 설정해야 하는 존재"로서 지식인-비평가는 '지난 세기'의 폐허 위에서 '실재의 열정'이 남기고 간 흔적을 강박적으로 뒤쫓고 있다는 설명이다. 그러나 이는 사실 종언론의 재탕이나 마찬가지가 아닐까. 이 자리에서는 민주주의의 퇴행과 그로 인해 벌어지는 갖가지 새로운 사회적 참상들에 맞서려는 어떠한 종류의 '가능한 불가능'의 시도들도 이미 증발한 '실재의 열정'을 되살리려는 가망 없는 노력 즉 '불가능한 가능'의 일환으로 흡수되어 버리고 말 것이기 때문이다. 창작 방면에서 발견되는 '동물화' 경향과 비평 부문에 나타난 '실재의 열정에 대한 열정'이란 도식도 신선한 한편으로 위험스럽다. "무수한 무의미한 정보들의 교류, 조합, 소유, 집적 속에서 자족"하는 듯 보이는 시인·작가들 상당수가 현실정치에 대해서는 진보적 성향을 지닌다는 사실에 대해 그것은 어떤 설명을 내놓을 수 있을까? 예컨대 미래파 시인의 전형으로 호출되곤 했으면서도 동시에 그에 저항하며 '문학의 정치'를 재건하려 했던 진은영 같은 경우는 '동물화한 시인'과 '실재의 열정에 대한 열정에 빠진 비평가' 중 어디에 속하는가?

"실재의 열정은 모든 것을 소비상품으로 전환시키는 신자유주의 질서 속에서 이제 하나의 코드, 또는 코드들의 네트워크로 객체화되어" "그것들을 '소비'하는 취향집단의 내부에서 보자면 지극히 익숙한 코드의 배열에 불과한 것"(135면)이 사실이라면, 모두는 아닐지언정 진정으로 동물화의 길을 가고 있는 것은 어쩌면 우리 시대의 비평인지도 모르겠다. 라깡과 지젝, 바디우와 랑시에르, 그리고 카라따니 코오진이 만들어놓은 개념의 울타리 안에서 무수한 지적 코드들의 교류, 조합, 소유, 집적에 자족하고 있는 중이라면 말이다. "외국이론들은 이제 국내 비평에서 부동의 자리를 차지한 인상이다. 이론가들의 배경도 다양해졌고 주목받다가 사라지는 주기도 빨라졌다. (⋯) 특정 이론을 모르면 논의에 끼지 못하는 사태가 지적 나태함에서 비롯한 것일 수도 있지만 해당 논의 자체가 이론의 단순 반복인 탓도 있을 것"[15]이라는 관찰은 비단 황정아(黃靜雅) 혼자만의 것은 아니지 않을까.

해답이 간단히 주어질 리 없지만 왜 이렇게 되었을까를 묻지 않을 순 없다. 이 글의 첫 장에서 언급한 바 있듯이 그것은 문학의 대사회적 역할 축소과정의 제일 하부에 놓인 장기지속 층위와 가장 깊숙이 관련될 것이다. 민주화 이후 소비자본주의문화의 대두와 탈자본주의 대안이념의 붕괴라는 시간표 위에서 기성의 혁명적 지식인 그룹이 각 영역의 제도권 전문가사회로 빠르게 흡수되었던 사정은 익히 알려진 대로다. 대략 1987년 '민주화' 전후부터 문민정부 시기(1993~97)에 성인이 된, 80년대에 부흥한 소비대중문화의 첫 자식들은 정치적 대의의 빈자리를 문화적 자유로

---

15 황정아 「묻혀버린 질문: '윤리'에 관한 비평과 외국이론 수용의 문제」, 『창작과비평』 2009년 여름호 100면.

대체했다. 이들은 민중문화운동의 유산과 새롭게 등장한 저항적 대중문화의 산물들을 탈권위주의의 사회 분위기 속에서 미분화 상태로 수용할 수밖에 없었는데, 그 문화적 자유의 내용은 기본적으로 진보적인 것이되 '문화적'이라는 경계 밖으로 흘러넘쳐 '현실' 또는 현실정치와 접속해야 할 절박한 필요성을 갖춘 것은 아니었다. 미래파의 시 또는 '탈내면적 상상력'으로 무장한 소설들에서 정치적 계기들을 발견하기 어려운 데 비해 해당 작품들을 생산하고 있는 시인·작가들의 정치적 성향이 대체로 진보적이라면 그 간극은 아마도 이러한 세대적 특성에서 말미암은 것일 가능성이 높다. 그들이 '문화적'이라는 울타리 안에 머무를 수 있었던 것은 민주화의 진전에 대한 자신감 때문이 아니었을까. 이 자신감은 외환위기를 극복한 직후 참여정부의 극적 탄생에서 정점을 이루었고 역설적으로 문학의 정치성은 소비자본주의의 심화에 힘입어 급속도로 공간을 넓힌 '문화적 자유' 가운데로 해소되었다. 따라서 예의 '문학의 동물화' 혹은 '비평의 동물화' 경향은 '문화적 자유'라는 틀로부터 그 한 축을 차지했던 문화적 진보주의가 해리되는 국면을 반영하는 현상인지도 모른다.

4. 세상이라는 학교

다시 이 글의 서두에서 언급한 문학의 사회적 위상 하락의 단기지속 층위, 그러니까 참여정부 시기 대통령 탄핵사건(2004)으로 가시화된 수구보수세력의 대반격 이후를 압축해보자. 신자유주의의 물결을 등에 업은 사회 전반의 보수화 경향을 문학적 차원에서 주어진 그대로 수리하는 종언론이 긴장과 대결을 포기한 사실상의 순응주의라면 87년체제가 제공한 문화적 진보주의의 토양 가운데서 자라났으나 그 '문화적인 것'의 자족적 소비를 끝내 포기하지 못한 채 의식혁명의 좁은 문으로 들어간 넓은 의미의 미래파, 뉴웨이브는 일종의 중간파라고 할 수 있다. 물론 민주주의의 퇴행에 맞서 감각적인 것의 재분배로서 정치의 귀환을 인도하려는 새로운 저항의 흐름에는 별도의 자리가 필요할 것이다. 그리고 이 모든 것의 가까운 전사(前史)에는 혁명의 붕괴로 대중과의 접점을 잃어버린 지식인사회의 수척한 초상이 걸려 있다.

그러므로 「실재에의 열정에 대한 열정」의 저자들이 말하는 "대중과 지식인의 간극"은 "포스트 IMF 체제"가 아니라 혁명적 지식인사회가 제도권으로 흡수되고 그 후속 세대마저 문화적 진보주의로 후퇴하기 시작한 87년체제의 부산물일 것이다. 과연 "대중은 변화된 삶의 조건들에 적응하면서, 그것들과 싸우면서 혹은 타협하면서, 때로는 위험하게 때로는 창조적으로, 시대의 가능성들을 탐색하고, 실현하고, 탈주한다."(141면) 그러나 "그들은 이제 더 이상 계몽이 필요 없는, 계몽을 요구하지 않는, 그리고 자신들의 취향과 에토스를 지적 정당성에 의해서 보장받을 필요가 없는 그런 삶의 상태에 이른 듯이 보인다. 그들은 코제브적 의미의 스놉이거나 동물"(같은 면)이라는 결론은 논리적으론 가능한지 몰라도 현실적으로는 과도하다. 세월호참사 이후 더욱 뚜렷해진 것이지만, 기성의 문화적·종교적 제도들이 너 나 할 것 없이 무력감에 빠진 가운데서도 가장 깊이 상처받은 자들을 치유자(wounded healer)로 일으켜세우는 대중의 노고는 간단없이 지속되고 있다. 거리와 광장으로 쏟아져나온 그들은 더이상 '얼굴 없는 군중'이 아니다. '나'의 상처를 치유함으로써 다른 무수한 '나'들을 고통으로부터 해방하는 것은 본래부터 문학이 하던 일이었지만 지금은 오히려 정반대 현상이 일어나고 있는 것인지도 모른다. 우리 시대의 비평이 새롭게 뛰어야 할 로도스(Rhodos)가 있다면 바로 여기일 것이다. 문제는 전문성의 폐쇄회로에 갇힌 문학계와 지식인사회의 맹목이지 대중의 삶 그 자체는 아니다.

비교적 근래에 벌어진 '장편소설 대망론' 논쟁도 최대한의 선의를 발휘한다면 대서사양식의 활성화를 통해 우리 사회가 당면한 핵심적 문제들을 대중의 삶 속에서 재발견함으로써 '다른 세상'의 가능성을 탐사해보려는 집합적 노력의 일환으로 볼 수 있을 것이다. 문학의 사회적 영향력을 제고하려는 무망한 시도나 출판상업주의의 노골적 발호를 부추기는 음모로 받아들여지기도 했고 경우에 따라서는 실제로 그 위험한 줄타기를 자처한 측면도 없지 않았겠지만, 대중의 사회적 삶 속에서 문학적 현실의 의미를 다시 묻고 답하는 일의 중요성을 일깨운 점만으로도 의의는 적지 않을 것이다.[16]

그런 의미에서 세월호참사 이후 우리 시대의 젊은 시인·작가들이 광장의 대중과 접속하는 경우가 늘어나고 있는 현상은 각별한 주목을 필요로 한다. 문학을 가르치는 학교는 처음부터 제도가 아니라 시속의 악다구니가 갈마드는 세상이었기 때문이다. 벌써부터 회의적인 시선이 적지 않다는 사실을 모르지 않는다. 문학을 둘러싼 거의 모든 조건들이 악화일로를 걷고 있는 것도 사실이다. 이 역시 '가능한 불가능'에 가까스로 외발을 딛고 선 '실재의 열정에 대한 열정'에 머무는 일일 수도 있다. 그러나 누가 말했던가. 우리의 사유가 작아지기 시작한 바로 그 시점에 역사는 더 거대하게 움직이기 시작한다.

---

16 여기에 대해서는 다른 글(「'가능한 현실'과 장편소설」)에서 이미 상세히 언급한 바 있으므로 논의를 생략한다. 장편소설 논쟁과 관련해서는 『문학과사회』 2013년 가을호 특집 '문제는 '장편소설'이 아니다: '장편 대망론' 재고'에 실린 강동호, 김태환, 조연정의 글들과 김형중의 「장편소설의 적」(『살아 있는 시체들의 밤』, 문학과지성사 2013) 그리고 이들에 대한 반론 형식으로 제출된 한기욱의 「장편소설 해체론과 비평의 미래: 『문학과사회』 2013년 가을호 특집에 대하여」(『문학과사회』 2013년 겨울호)가 일목요연하다.

'가능한 현실'과 장편소설

◆

가능한 현실

'오늘의 비평'에 대한 논의에 앞서 창작 측의 최근 발언들로부터 아이디어를 구해보는 것도 나쁘지 않을 것이다. 문학과 현실의 관계를 화제로 삼은 한 좌담[1]에서 함성호(咸成浩)는 미래파 시인들을 이렇게 평가했다. "제 결론은 그거였어요. '새롭다, 그러나 불온하지 않다.' 이게 문제였습니다. 문학이 원하는 세상이 있으면 문학이 반대하는 현실도 있을 텐데 반대하고자 하는 대상을 긴장하게 하거나 떨게 하지 못하는 문학이라면 좀 이상한 거 아니냐라는 생각을 했어요." 애써 분류하자면 현실보다 언어의 문제에 주로 천착해온 '모더니즘' 계열 시인의 발언인지라 뜻밖이라는 반응이 적지 않았을 법하다. 더구나 이어지는 발언은 한층 명쾌하고 신랄하다. "미래파라고 불린 2000년대 시들이 새롭지만 불온하지 않은 이

---

1 손홍규·정지아·함성호·정홍수 좌담 「작가들이 만난 현실」, 『창작과비평』 2013년 여름호. 이하 면수만 표기.

유는 그들이 문학적 현실을 잃어버렸기 때문이라는 진단입니다. 그런 현실을 잃어버린 채 자기 내면으로 침잠하면서 자기도 모르는 닿지 않는 어둠을 만졌고, 그걸 다른 사람들과 공유하는 데 실패한 거죠." 그렇다면 그 실패는 극복될 수 있는 걸까? 다시 함성호가 답한다. "이제 새로운 시인들은 미래파와 달리 (…) 아주 익숙한 것에서 낯섦을 만듭니다. 그런데 그 낯섦은 효과가 아니라는 것이 중요합니다. 그들의 삶인 것이죠. 그들은 현실자본주의를 겪고 있고, 거기서 싸우고, 거기서 희망합니다."(311~12면)

'미래파 이후'의 새로운 시인들로 황인찬(黃仁燦) 등을 예를 든 데 반해 '미래파'로 분류된 시인들을 구체적으로 거명하지 않음으로써 균형을 잃은 감이 있긴 하지만 좌담 진행자인 정홍수(鄭弘樹)가 말하듯 "최근 미학적인 것과 정치적인 것을 둘러싼 문학적 의제의 한 핵심을 관통하고 있다는 느낌"(312면)이 드는 것은 분명하다. 그런데 이 좌담에 동석한 작가 손홍규(孫洪奎)의 견해는 다른 쪽으로 한걸음 더 나아간다. 그는 코바야시 타끼지(小林多喜二)의 『게 가공선』(1929)에 대한 독후감을 빌려 당파성(partiality) 문제를 꺼내든다. 그가 말하는 당파성이란 "작가가 세상을 바라보고 자기가 느낀 세계를 표현하는 방식을 총체적으로 일컫는 말"(315면)이다. 『게 가공선』이 최근 일본에서 새 바람을 일으킨 것은 오늘날의 비정규직 노동자의 현실을 연상케 함으로써 일본 독자들이 공감할 수 있었기 때문인데 이때 뭔가에 공감한다는 것이 바로 당파성과 관련된다는 것이다. 창작자의 입장을 강조한 함성호에 비해 손홍규는 독자, 그러니까 『게 가공선』 신드롬을 예로 든 데서도 짐작할 수 있듯이 현실자본주의 속에서 나날이 싸우고 희망하는 존재로서의 대중의 삶을 사유대상으로 구체화하고 있다. 이때의 대중이 수동적 소비대중과 다르다는 것은 두말할 필요도 없다.

그런데 함성호의 "문학적 현실"과 손홍규의 "당파성" 사이는 생각보다 멀지 않다. 거기엔 이른바 객관세계의 자명한 현실이란 것이 상정 불가능하다는 모종의 합의가 전제되어 있기 때문이다. 함성호가 '현실'이라는 단어 앞에 '문학적'이라는 한정사를 붙임으로써 압축 제시하려고 했던 것을 손홍규가 다음과 같이 풀어 설명한 차이가 있을 뿐이다. "개인의 인식을 거치지 않는 현실은 없다는 거죠. 내가 생각한 현실은 이렇다고 말할 수는 있어도 순수한 형태의 현실이 과연 있을까 하는 의문이 들거든요." (같은 면) 하지만 이것만으론 그다지 새로울 게 없을는지도 모르겠다. 오히려 그들의 생각이 주목할 만하다면 그것은 객관현실의 자명성에 대한 회의 때문이 아니라 일종의 '가능한 현실'을 객관현실에 대한 대체재로 뚜렷이 의식하고 있기 때문이 아닐까. "내가 생각한 현실"을 '가능한 현실'로 만들어주는 매개체가 공유 또는 공감 가능성에 대한 신뢰임은 물론이다. 길이 길일 수 있는 것은 그것이 처음부터 길이었기 때문이 아니라 많은 사람들이 걸어갔기 때문일 수 있듯이 현실 또한 처음부터 객관적으로 자명하게 존재했던 게 아니라 많은 사람들이 그것을 현실로 공유하고 공감했기 때문에 현실이 될 수 있는 것이다. 현실은 그러니까 거기에 이미 있는 게 아니라 지금 여기에서 생성 중인 집합적 구성물이다.

요컨대 시인·작가는 자기 안의 명암을 조형해 문학적 또는 당파적 현실의 공간을 열고 공감의 길을 내어 거기로 독자대중을 초대하는 존재들이다. 그런데 이 초대가 말처럼 쉽지 않은 게 문제다. 창작자 스스로도 자신의 의도와 전략 아래 그 성패를 완벽히 통제할 수 없기 때문이다. 그렇지 않다면 자신이 말한 당파성을 두고 손홍규가 "다른 모든 미학적 가치와 마찬가지로 작품에서 추구한다고 해서 얻어지는 게 아니라 어떻게 보면 추구하지 않는데도 획득해야 하는 종류의 것"(같은 면)이라고 부연할 까닭은 없었을 것이다. 따라서 작가나 독자가 '가능한 현실'에 도달하려면 의식적으로든 아니든 의도나 이해(利害) 같은 자기 자신의 테두리를 넘어서는 것이 관건이다. 그때에야 비로소 문학은 "현실자본주의 속에서 나날이 싸우고 희망하는 존재로서의 대중의 삶"에 접속하고 마침내 '현실'의 변화 가능성을 타진하는 '사회적 상징행위'가 된다. 너무 낡은 생각일까? 확실히 요즘 평단에서는 세를 잃은 관점인 것도 같다. 그렇지만 이것이야 말로 창작자들은 아는데 어쩐지 비평가들만 모른 척 외면하고 있는 문학의 여전한 존재 이유인지도 모르겠다.

장편소설 논쟁과 '작품 이후'의 비평

장편소설의 가능성에 회의적인 최근의 비평적 발언들은 대개 현실의 총체적 조망이 더이상 불가능하다는 확신 위에 서 있다. 가령 대표적인 '장편소설' 회의론자인 김형중은 『창작과비평』(2007년 여름호)이 마련한 특집 '한국 장편소설의 미래를 열자'에 참여한 작가들의 발언을 일별한 뒤 "장편소설의 적들을 문학 제도나 교육 제도, 혹은 문학상의 관례나 작가들의 경제 사정에서 찾는 일은 솔직하고 정확했으나 발본적이지는 않았다"고 전제하고 다음과 같이 주장했다. "세계가 더 이상 유기적이고 인과적인 인지의 대상이 되지 못하고, 사회의 총체적 조망은 더 이상 불가능할 만큼 모호하고 파편적일 때, 장편소설을 쓰는 일은 불가능하거나, 브리콜라주가 되거나, 아니면 존재하지 않는 가상의 총체성을 세계에 투사하는 가망 없는 작업이 되고 만다."[2]

이를 뒷받침하기 위해 그는 레이먼드 카버(Raymond Carver)와 에리히 아우어바흐(Erich Auerbach), 발터 베냐민과 프랑꼬 모레띠(Franco Moretti) 사이를 종횡무진하는데, 이에 대해서는 한기욱(韓基煜)의 상세한 논평이 있었으므로 더이상의 부연은 거추장스러울 것이다.[3] 그런데 진

---

2 김형중 「장편소설의 적」, 『살아 있는 시체들의 밤』, 문학과지성사 2013, 166면. 이하 면수만 표기.
3 한기욱 「한국문학에 열린 미래를: 현단계 소설비평의 쟁점과 과제」, 『창작과비평』

정한 쟁점은 오히려 다른 데 있는 것 같다. 김형중은 "텍스트들의 생산 현장"을 강조하는 자신의 원칙론에 주석을 달고 다음과 같은 의구심을 피력한다. "실제 작품 분석에서는 많은 경우 논리적 아량은 사라지고, 총체적 조망 능력의 부족, 서사의 부재, 개연성의 결여 같은 비평적 잣대들이 다시 살아나는 경우가 허다하다. 결국 나는 장편소설 대망론이 모델로 삼고 있는 장편소설이, 19세기 사실주의 소설의 형식에서 크게 벗어나지 않고 있다는 심증을 포기할 생각이 없다."(166면)

주석으로 처리했음에도 불구하고 어쩌면 이 대목이야말로 「장편소설의 적」이라는 글의 핵심이다. 요컨대 장편소설 대망론은 리얼리즘론의 연장이자 근대적응과 근대극복의 이중과제론 뒤에 숨은 19세기 사실주의 모델의 재탕이라는 것이다. 스스로도 "심증"이라는 단서를 단 것처럼 뚜렷한 근거를 제시하지는 못하고 있지만 이러한 관점이 적잖은 수의 비평가들에게 암묵적 동의를 얻고 있는 듯한 현실을 감안하면 근거 불충분으로 간단히 넘길 문제만은 아니다. 한기욱도 그런 점을 염두에 둔 듯, 사실주의가 "투명하게 주어지는 객관세계를 충실히 재현하는 순진한 방식에 머물렀다고 생각하면 오산"이라고 전제한 뒤 "흔히 '19세기 사실주의'라는 딱지가 붙는 19세기 장편소설의 최상의 작품들은 이미 근대의 벼랑까지 간, 혹은 그 너머를 본 예술"(221면)이라고 반박하는 한편, 근래에 발표된 장편소설들 가운데 신경숙의 『엄마를 부탁해』와 박민규의 『죽은 왕녀를 위한 파반느』, 그리고 공선옥과 황정은, 김애란의 다양한 성취를 평가함으로써 '19세기 사실주의 모델'로부터 자신의 장편소설론을 구분해내고 있다.

그런데 김형중의 초점이 그가 장편소설 대망론의 논리적 배후로 지목하고 있는 리얼리즘·모더니즘 회통론이나 근대 이중과제론 등의 이론

2011년 여름호 219~23면 참조. 이하 면수만 표기.

적 정합성 여부보다——물론 여기에 대해서도 회의적인 입장으로 보이지만——텍스트 해석의 적실성과 타당성에 맞춰져 있다는 사실을 염두에 두면 이러한 논쟁은 소모적으로 공회전할 가능성도 적지 않다. 현재 생산되고 있는 작품들이 장편소설 대망론을 뒷받침할 만한 전거로 충분치 않다는 비판에 대해 몇몇 반대 사례로 응수하면 과연 그런 작품들이 "시대의 거대한 감수성 변화"(같은 면)를 보여주는 타당한 예시들인지를 되물으며 재반론에 나설 여지도 얼마든지 생기기 때문이다. 실제로 김형중의 논의를 이어받은 조연정(曺淵正)은 신경숙의 『엄마를 부탁해』와 김애란의 『두근두근 내 인생』이 이룩한 성취에 대해 회의적인 입장을 내비치며 한유주(韓裕周)와 박솔뫼를 통해 "불안한 유희를 지속함으로써 시스템에 편입되지 않는 방식을 고안"하는 "소수의 공동체"를 대안으로 조명하기도 했다.[4] 복수의 해석을 허용하는 문학 텍스트의 특성상 해석의 절차와 맥락, 결과들은 때로는 장편소설 대망론의 근거로, 때로는 회의론의 알리바이로 얼마든지 동원될 수 있을 것이다. 더구나 한기욱의 발언에서처럼 "'정답주의'를 허락하지 않는 최고의 문학형식"(227면)이 장편소설이라면 개별 작품이 제시하는 "근대세계의 핵심적 진실"만이 정답주의를 벗어나야 하는 게 아니라 그 해석의 정답주의도 기피되어야 할 것이기에 사태는 더욱 복잡해질 수밖에 없다.

어떻게 하면 상대주의에 빠지지 않으면서 이 난경을 벗어날 수 있을까? 우선은 양측의 공통점을 찾아보는 방안이 논의의 진전에 도움이 될지 모른다. "근대세계의 핵심적 진실을 포착하려는 장편소설의 노력"(226면)을 누차 강조하는 한기욱의 논조와 "(장편소설의 가능성을 묻는—인용자) 질문들에 대한 답을 항상 어떠한 문학론의 논리적 정합성 차원에서 찾는 것이

---

4 조연정 「왜 끝까지 읽는가: 최근 장편소설에 대한 단상들」, 『문학과사회』 2013년 가을호. 신경숙과 김애란의 두 장편을 높이 평가하는 비평적 입장은 작품의 상업적 성과와 무관치 않아 보인다는 게 이 대목의 초점이다.

아니라, 시대의 거대한 감수성 변화에 (어떤 경우 자신도 모르는 채로) 민감하게 반응하면서 그것을 몸소 드러내고 그 변화를 온몸으로 밀고 나가는 텍스트들의 생산 현장에서 찾아야 한다"(167면)고 역설하는 김형중의 원칙을 근본에서 대립적으로 파악할 필요가 없을 뿐 아니라 두 사람 모두 '정답주의'로서의 '총체적 조망'에 대한 경계 입장을 분명히 하고 있기 때문이다. 요컨대 양측 모두에게 비평의 위치는 대체로 '작품 이후'인 것이다.

비평이 '작품 이후'여야 한다는 관념은 오늘날 평단에 만연해 있다.[5] 90년대 이후 사회과학 위주의 80년대 비평담론을 반성하면서 '작품으로 돌아가자'는 선언이 줄을 이었던 사실은 잘 알려져 있다. 그런데 이 또한 하나의 편향을 불러와 거의 모든 비평이 지도비평이라는 낙인을 피해 '작품 이후'로 몸을 숨기다시피 한 것은 좁은 의미의 텍스트주의로, 말하자면 일종의 실제비평 일방주의가 아닐 수 없다. 최근의 장편소설 논쟁도 마찬가지다. 물론 대망론은 회통론이나 이중과제론 또는 리얼리즘론을, 회의론은 레이먼드 카버를 비롯한 베냐민과 모레띠 등을 이론적 배후로 삼고 있다. 하지만 그럼에도 불구하고 논쟁의 양자를 실제비평 일방주의로 묶어본 것은 각자가 발 딛고 있는 이론적 입장 자체는 분석대상에서 소홀히 다뤄지거나 숨겨져 있다는 공통점을 강조하기 위해서이다.

결론부터 말해, 장편소설 논쟁이 비판적 협동을 통해 호혜적이고 생산적인 대화에 도달하려면 '작품 이후'라는 일견 자명해 보이는 전제 밖으로 나오는 것이 필요하다. '지도비평'에 대한 과민반응들이 한편으로는

---

5 백지은도 최근 '비평의 위기'를 진단하면서 "비평은 아무래도 작품 이후의 작업"이라는 전제 아래 "오늘날 비평이 제 위치를 두는 곳은, 작품들의 배치를 부감할 수 있는 고도를 포기했거나 작품들의 방향을 선도할 수 있는 전망을 거부한 자리"라고 현황을 요약한 바 있다. 「누구나 하면서 산다: 초보 비평입문 혹은 비평원론」, 『문학동네』 2013년 가을호 497~500면 참조.

외국 문학이론 내지 탈근대철학에 대한 맹목적 추수를 불러들이는가 하면 다른 한편으로는 편협한 텍스트주의의 범람을 가져와 결국 "근대세계의 핵심적 진실을 포착하려는" 비평적 시도들 중 어떤 것이 정당하고 어떤 것이 그렇지 못한지에 대한 분별마저 생략하게 만듦으로써 '비평의 위기'를 말하는 목소리들이 끊이지 않게 되었다. 사실 어떤 의미에서는 오늘날의 과도한 텍스트 우선주의야말로 "텍스트들의 생산 현장"을 교란하는 '지도 없는 지도비평'인지 모른다. 물론 회의론자들로부터 지도비평이 아니냐는 의심을 받는 대망론의 입장에선 오히려 억울한 지적일 수 있다. 그러나 김형중, 김영찬 등의 장편소설론을 비판하거나 신형철과 들뢰즈(Gilles Deleuze)의 그것을 검토할 때[6] 나타나는 한기욱의 예리함이 어쩐지 이중과제론 등 자신의 장편소설론이 기반하고 있는 논리를 발전시켜야 할 대목에서만큼은 충분히 발휘되지 않는다는 느낌이다. 장편소설의 가능성 여부도 중요하지만 그보다 더 중요한 것은 그것으로 무엇을 할 것인지, 그다음이 무엇인지가 아닐까.

창조적 대화의 복원

비평은 '작품 이후'에 있고 동시에 '작품 이전'에도 분명히 있다. 이는 양자택일이 아니라 일종의 변증법적 상호진화의 관계로 파악되어야 한다. 다시 논의의 맨 처음으로 돌아가 함성호, 손홍규 들이 객관현실의 대체재로 '가능한 현실'을 암시한 맥락을 환기할 필요가 있다. 적어도 장편소설론에서 객관세계에 대한 총체적 조망의 자명성을 유보한 비평가에게

---

6 한기욱 「기로에 선 장편소설: 장편소설과 비평의 과제」, 『창작과비평』 2012년 여름호 참조.

는 어떤 의미에서 창작자보다 더 많은 숙제가 주어질 수밖에 없다. 그에게는 작가가 작품을 통해 제시하는 '가능한 현실'과 '현실자본주의 속에서 나날이 싸우고 희망하는 대중'의 '가능한 현실', 그리고 마지막으로 자신이 인식하는 '가능한 현실', 이 세가지 층위의 '가능한 현실'들이 한꺼번에 문제적 대상으로 떠오르기 때문이다. 이 세개의 벡터가 하나의 정신 안에서 서로를 발전시키며 지양하는 변증법적 분투를 그는 홀로 감당해야만 한다. 복수의 '가능한 현실'들이 만나 이뤄지는 창조적 대화로서의 비평은 그런 의미에서 자명한 거의 모든 것을 유동화한다. 따라서 총체성이나 리얼리즘 개념을 신앙처럼 받드는 일도 불필요하지만 동시에 이들이 이미 극복되어 폐기된 것처럼 단정짓는 논리도 진지한 비평의 태도로 받아들이긴 어렵다. 어쩌면 이야말로 리얼리즘적 총체성 부정론자들이 소리 높여 비판하는 목적론적 발전사관의 도립상(倒立像)에 불과하지 않을까.

가령 오로지 부정당하기 위해서만 동원되곤 하는 듯한 루카치(György Lukács)의 소설론만 하더라도 언제 우리 비평담론에서 충분히 토론된 바 있었는지 의문이다.[7] 김형중이 베냐민을 경유해 거론하고 있는 보들레르(Charles Baudelaire)가 흔히 19세기 사실주의의 완성자로 평가받는 플로베르(Gustave Flaubert)와 동시대 인물이라는 점, 또 루카치가 예의 '악명 높은' 총체성 개념을 구사하며 『소설의 이론』(1916)을 집필하고 발표한 시기가 프루스뜨(Marcel Proust)의 『잃어버린 시간을 찾아서』(1913~27)로 모

---

7 독문학자 홍승용은 2000년대 들어 "루카치를 정략 수준이 아닌 이론 차원에서 본격적으로 수용하고 넘어설 인적 자원이 확보되고 그럴 만한 정치적 환경이 마련되는 80년대 후반에 이미 그는 진보그룹 내에서 한물간 존재로 되어갔다"라며 국내 루카치 수용에 대해 문제를 제기하고 IMF 이후 "변혁적 의식과 열정에 대한 비웃음이 지배구조에 대한 대항논리의 개발을 압도"한 지식사회의 풍토를 통렬히 꼬집은 바 있다. 「루카치의 생명력」, 『진보평론』 2001년 여름호. 루카치 소설론의 현재성에 대한 최신 논의로는 김경식 「루카치 장편소설론의 역사성과 현재성」, 『창작과비평』 2013년 여름호 참조.

더니즘 시대가 이미 출항한 시점이라는 사실을 주지할 필요가 있다. 대서사문학 장르로서 근대 장편소설에 요청된 총체적 조망의 필요성은 역설적으로 총체적 조망의 불가능성이 돌이킬 수 없는 사실로 받아들여지기 시작한 시기의 산물이다. 그러므로 그것은 처음부터 '가능한 현실'에 대한 '가능한' 총체적 조망이었던 셈이다. 작가, 작품, 독자(비평가를 포함한)가 개별적으로 인식한 복수의 '가능한 현실'들이 단자화의 벽을 넘어 간신히 이뤄내는 공감의 대화가 그 '가능함'의 매개임은 물론이다. 그런 의미에서 약간의 과장이 허락된다면, 근대적 체험과 인식의 파편화 또는 그 고도화를 근거 삼아 총체적 장르로서 장편소설의 불가능을 말하는 논리는 탈근대이론의 탈을 쓴 '자연주의'의 최신 버전에 불과한지도 모르겠다.[8]

멀리 갈 것도 없이 한국 근대소설사로 시선을 돌려봐도 사정은 크게 다르지 않다. 잘 알려져 있다시피 한국 근대장편소설론이 본격적으로 개화한 시기는 1930년대 후반이다. 출판 불황과 검열 등으로 시련을 맞이한 식민지조선의 문학계가 카프의 해산(1935)으로 전반적 위기의식에 빠져들었던 것은 주지의 사실인데, 30년대의 장편소설론은 바로 그 위기에 맞선 응전의 산물이었다. 임화(林和)와 김남천(金南天)을 필두로 이원조(李源朝), 백철(白鐵), 한설야(韓雪野), 최재서(崔載瑞) 등이 망라된 30년대 장편소설론이 프로문학의 퇴조와 모더니즘의 부상을 배경으로 하고 있었다는 사실을 환기할 필요가 있다. 총체적 장르로서 장편소설이 긴박하게 요청된 것은 우리의 경우에도 '총체적 조망' 가능성의 위기가 전면화된, 임화가 날카롭게 요약하고 있듯이 "작가들의 가슴속에 저미(低迷)하는 가장 깊은 구름이 페시미즘"[9]인 시기였다. 구체적으로 예거할 만한 여력은 없

---

8 일본문학 논의이긴 하지만 맥락의 유사성 면에서 참고해볼 수 있는 뛰어난 글로 김항 「탈정치화의 빈자리와 자연주의적 주술」, 『창작과비평』 2007년 여름호 참조. 이 글은 요시모또 바나나의 장편 『슬픈 예감』(민음사 2007)에 대한 서평으로 작성되었다.
9 임화 「세태소설론」(1938), 임화문학예술전집 편찬위원회 편 『임화문학예술전집 3: 문

지만 오늘날의 상황과 놀랄 만큼 비슷하지 않은가.

그런 점에서 '장편소설론에 대한 비판적 시론(試論)'이라는 부제를 단 강동호(康棟晧)의 글 「리얼리즘이라는 이데올로기의 숭고한 대상」(『문학과 사회』 2013년 가을호. 이하 면수만 표기)은 시사적이다. 이 글은 1930년대 후반의 장편소설론과 현재의 장편소설 대망론을 마주 세운다. 한국문학사의 과거를 당대의 문학지형과 견주는 작업이 그 중요성에 비해 소홀히 이루어지고 있는 현실을 감안하면 그 자체로 평가할 만한 접근이다. 오늘날 장편소설론의 인식구조가 30년대 후반의 분투들에서 크게 벗어나지 않는다는 지적도 예리하다. 그러나 시도 자체의 도전성만큼이나 보완될 점도 적지 않다. 필자 스스로도 시론이라는 단서를 붙인 만큼 앞으로의 심화와 확대를 기대하면서 한두가지 논평을 덧붙이기로 한다.

30년대 장편소설론을 임화와 김남천 중심으로 개관하면서 일일이 비판적 논평을 가하고 있는 이 글은 제목에서 보듯 기본적으로 오늘날의 장편소설론에 회의적인데, 주장의 급진성으로 치자면 재반론에 응했던 한기욱의 말마따나 '장편소설 해체론'이라 할 만하다.[10] 이 글의 핵심적인 논지는 간단하다. 30년대 후반의 장편소설론은 "목적론적인 역사철학적 의식 구조"의 산물로 그것은 "단선적인 역사발전론"에 근거한 "거대한 정치적 프로젝트"의 도구였다. 따라서 당시의 장편소설론은 "제국적 모더니티와 미묘한 협업 관계를" 맺고 있었는지도 모르는데, 오늘날 장편소설론이 새롭게 떠오른 것은 "1930년대 지식인들의 정치적 무의식과 오늘날의 그것 사이에 공명하는 바가 있기 때문이다."(255면)

이에 대해 우선 카프의 해체 이후 자기갱신의 고투를 거듭했던 임화, 김남천의 장편소설론이 "목적론적인 역사철학" "단선적인 역사발전론"

학의 논리』, 소명출판 2009, 276면.

10 한기욱 「장편소설 해체론과 비평의 미래: 『문학과사회』 2013년 가을호 특집에 대하여」, 『문학과사회』 2013년 겨울호.

으로 간단히 매도될 수 있는지 여부는 차치하고라도 "자본주의라는 하부 구조의 일방향적 반영 구도하에서 장편소설을 규정한 이상 이들의 논의는 불가피하게 유물론적인 결정론에서 자유로워질 수 없다"(260면)는 주장은 지나치다. "비평이 남의 작품을 가지고 어떤 세계를 창조하느냐는 비평가에게 허용된 진실한 자유의 천지(天地)나, 그 작품이 초래하지 않는 다른 재료를 가지고 제 자유를 행사할 수는 없는 것"[11]이라고 쓰거나 "그러나 시대가 명확한 주조에 의하여 움직이지 아니할 제 문학평론이나 비평이 명쾌한 판단에 종(從)해 있기는 곤란하다"[12]고 말한 것이 바로 임화였다. 오히려 당시의 임화나 김남천은 "유물론적인 결정론" 즉 카프 극좌노선의 공식주의에 대한 대표적 비판자였다. 속류 맑스주의에 입각한 재단비평의 해독을 비판적으로 성찰하는 입장이라면 자신의 시선이 포스트 담론에 입각한 새로운 버전의 재단비평이라는 오해를 받지 않기 위해서라도 실상에 대한 배려가 좀더 필요하지 않았을까.

우연성을 역사의 조건으로 상정하는 데서 출발해 개별 소설 텍스트들의 아카이브를 '자연화'하는 프랑꼬 모레띠의 논의로 마무리된 그의 논리는 그리 낯선 것이 아니다. 30년대 후반은 장편소설론뿐만이 아니라 지성론, 교양론, 모럴론, 세대론 등이 동시다발적으로 떠오른 백화제방(百花齊放)의 시기였다. 그 가운데 중일전쟁(1937)이 제국일본의 승리로 마무리된 좌절의 분위기 속에서 등장한 '사실수리론'에 주목할 필요가 있다. 1차대전 직후 뿔 발레리(Paul Valéry)가 남긴 '사실의 세기' 발언에서 유래한 그것은 "제국적 모더니티"를 부정할 수 없는 사실로 인정하고 받아들일 수밖에 없다는 수세적 현실인식의 표현이었다. 백철과 유진오(兪鎭午)의 다

---

11 임화 「의도와 작품의 낙차와 비평: 특히 비평의 기능을 중심으로 한 감상」(1938), 임화문학예술전집 편찬위원회 편, 앞의 책 568면.
12 임화 「최근 10년간 문예비평의 주조와 변천」(1939), 임화문학예술전집 편찬위원회 편 『임화문학예술전집 5: 평론 2』 129면.

음과 같은 발언은 오늘날 장편소설 해체론이 바탕에 두고 있는 파편적 세계상이나 역사적 우연성을 강조하는 논리와 매우 흡사하다.

이 우연은 역사적인 예상을 전연 무시하여 등장되는 예외다. 역사가와 철학자가 예정해 놓은 프로그람이 이 우연 때문에 혼란되고 예상되었던 역사의 그라프선은 일조에 브랭크를 짓고 중단된다. 중단된 그라프선이 미래에는 그대로 연락된다는 것은 이유가 안 된다. 문제는 곡간(谷間)에 떨어진 인간들의 문제다.[13]

기성 사실을 그대로 받아들인다는 것은 대단히 어폐가 있는 말이나, 이론보다 사실이 자꾸 앞서는 현대에 있어서는 피할 수 없는 일이다. (…)
기성 사실을 그대로 받아들인다는 것은 대단히 소극적인 태도임에 틀림 없다. 혹자는 이러한 소극적인 태도에 불만을 갖고, 사실을 사실로써 받아들일 뿐 아니라, 각개의 분산적인 사실과 사실 사이에 통일적인 연락을 붙이고, 그곳에서 어떠한 새로운 근본원리(三木씨〔미끼 키요시 ― 인용자〕의 소위 '신화')를 찾아내려 하지만, 통일적인 원리를 찾아내는 것이 원칙적으로 불가능한 현대에 있어서, 억지로 그것을 강행하려 하면 도리어 유해한 독단에 빠질 뿐이다. (…) 그러나, 이곳에서 본질적으로 구별해야 할 것은, 현대는 세기의 여명이 아니라 황혼이라는 점이다.[14]

이러한 논리가 결국 일제에 대한 종속으로 귀결되고 말았던 사정에 대해서는 더이상의 긴 설명이 필요치 않을 것이다. 그렇다고 해서 "세계가

---

13 백철 「시대적 우연의 수리」, 『조선일보』 1938.12.2~7. 김윤식 『백철 연구』, 소명출판 2008, 280면에서 재인용.

14 유진오 「조선문학에 주어진 새 길」, 『동아일보』 1939.1.10~13. 같은 책 283~84면에서 재인용.

더 이상 유기적이고 인과적인 인지의 대상이 되지 못하고, 사회의 총체적 조망은 더 이상 불가능할 만큼 모호하고 파편적일 때"를 강조하는 장편소설 회의론이나 해체론이 파시즘적이라는 뜻은 물론 아니다. 그것은 장편소설 해체론이 임화와 김남천에게서 "제국적 모더니티"에 대한 무의식적 종속을 발견하는 논리만큼이나 과장일 수밖에 없기 때문이다. 다만 여기서 재차 강조하고 싶은 것은 역사나 현실의 운동원리를 배타적이고 단일한 무엇으로 못 박는 만큼이나 그에 대한 모든 시도를 원천봉쇄하는 논리 또한 도그마이긴 마찬가지라는 사실이다. 그렇기 때문에 "'근대 문학은 끝났다''근대 문학은 끝나지 않았다' 혹은 '근대 문학을 극복해야 한다' 등과 같은 다분히 존재신학적인 테제들이 장편소설이라는 장르를 매개로 회전하는 것조차 결국 근대적 현상의 일부"[15]라고 하면서 겉으로는 근대문학 종언론에 거리를 두고 있는 듯 보이는 장편소설 해체론도 결국은 해체 자체의 탈역사화를 통해 종언론으로 되돌아가고 마는지 모른다. 장편소설 해체론은 근대문학인가, 근대문학 이후인가.

---

15 강동호, 앞의 글 274면.

제도 비판 이상의 것

◆

2018년의 평단

1. 지속되는 위기?

이대로는 안 된다는 목소리가 곳곳에서 들린다. 한국문학에 대한 얘기들이고 대개는 비평이 문제의 근원으로 지목되곤 한다. 어제오늘 얘기는 아니다. 물론 어제오늘 얘기가 아니라는 지적도 지루하게 반복되어왔다. 기성 문단, 특히 주류 문예지와 그를 운영하는 편집위원진에게 부여된 과도한 권위와 영향력을 문제 삼는 문단권력론부터 탈근대론에 이어 붙은 근대문학 종언론, 문학사 서술 차원의 젠더불균형 비판에 이르기까지 차원과 맥락을 달리하는 다양한 문제의식들이 비평을 중심으로 또는 대상으로 제기되어왔고 여전히 확대재생산되고 있다. 표절 논란과 '문단 내 성폭력' 해시태그 운동에 이어 '미투' 현상까지, 그렇지 않아도 한국문학의 위상이 예전 같지 않다는 주장들이 문학계 종사자들 사이에서만이 아니라 예비 문인들과 일반독자들에게까지 확산되어가는 가운데 터져나온 새로운 목소리들은 그 자체로 충분한 성찰의 기회를 얻기도 전에 비평 책임론이나 극단적으로는 비평 무용론이라는 확증편향의 알리바이로 무분별하게 동원되는 형국인 듯하다.

하지만 다양하게 제기되는 비평 위기론들이 대안 없는 비판에 머물고 있어 공허하다든가 따지고 보면 속물적이고 타산적인 인정투쟁에 불과하다든가 하는 식으로 평가절하해서는 생산적인 토론도 어려워질 뿐 아니라 그런 진단 자체가 사실에 맞지 않는 면도 있다. 그러한 반비판들이 진실의 일부를 구성하고 있는 크고 작은 요소와 맞아떨어질 순 있어도 전부일 수는 없으며 본질도 아니기 쉽기 때문이다. 이는 비평 책임론과 비평 무용론을 포함한 위기론들에도 거꾸로 적용될 수 있을지 모른다. 각자의 협소하고 주관적인 관찰 결과 몇몇을 근거로 성급하게 일반화하는 단순 논리들이야말로 비평의 수렁이다. 비평을 둘러싼 현재의 상황을 일종의 교착 국면으로 본다면 이럴 때일수록 사리를 첨예하게 분별하고 경중을 따지는 작업이 절실해진다.

더욱이 비평의 영향력이 예전 같지 않다. 물론 그것은 자연스러운 시대 변화의 일부이며 영향력이란 것의 의미 자체가 달라져버린 탓도 있다. 어쨌든 비평가들이 충분히 발언할 만한 지면은 줄어들고 있고 무엇보다도 비평의 독자들이 거의 실종상태다. 새로 창간된 잡지들은 공공연히 비평의 자리를 외면하고 있다. 상당수의 비평가들이 문학적 수련과 활동의 거점으로 삼고 있는 대학 또한 비평에 호의적이지 않다. 그렇다면 독자들에게 읽힐 만한 비평을 쓰면 영향력을 회복해 대학의 생리나 문단권력으로부터도 자유로워지고 비평의 새로운 전성시대가 열릴 것인가? 비교적 분명한 것처럼 보이는 이러한 관찰들이 과연 사실에 부합하는지부터 따져볼 일이지만 이런 식으로 제시된 대안이 그야말로 대안다운 대안일 수 있는지는 의문이 아닐 수 없다.

2. 제도 비판이 더 물어야 할 것: 김요섭과 한영인의 경우

때마침 나온 『내일을여는작가』 상반기호 기획 특집 주제는 '비평과 문학장'이다. 그중 등단제도와 문단권력의 상관관계에 대한 일각의 주장들을 최근 10년치 자료조사를 통해 실증적으로 검토한 김요섭(金曜燮)의 「등단제도는 누구를 비평가로 만들었는가?」(이하 「등단제도」)와 비평가들에게 사실상 문단보다 더 큰 존재구속성을 발휘하는 듯한 대학과 '비평' 사이의 관련을 성찰한 한영인(韓永仁)의 「비평은 대학을 벗어나는 꿈을 꾸는가?」(이하 「대학」)가 비교적 흥미롭게 다가온다. 두 글 모두 기존 논의의 타성을 일정하게 벗어나고 있다는 면에서 토론의 진전에 작으나마 이바지가 될 듯하다.

김요섭의 「등단제도」는 일부 비평 위기론의 확증편향이 사실에 입각해 있는지를 실증적으로 따져보되 "(비평의 — 인용자) 멸종을 향해 가는 긴 시간은 우리가 제대로 생각해볼 수 있는 시간도 함께 주고 있다"는 전제 아래 그러한 현재가 "그동안 비평을 가능하게 했던 조건이 무엇이고, 이제는 비평을 불가능하게 하는 조건이 무엇인지를 생각할 수 있는 시간. 비평의 무엇이 작동하지 않고 있으며, 비평이 해야 할 것이 무엇인지를 생각할 수 있는 시간, 그리고 다시 비평을 가능하게 할 일들을 준비할 시간"(73면)이기도 하다는 점을 역설함으로써 위기의 존재 자체를 부인하진 않지만 그것의 불가항력을 과장하는 극단론에도 선을 긋는다. 요컨대 그는 '멸종론자'가 아니다.

이 글의 미덕은 무엇보다도 성실한 '팩트 체크'에 있다. 적지 않은 시간과 노력을 투여해 완성된 그의 리포트는 주관적 체험에 근거한 기존의 진단들에 비해 한결 믿음직한 데가 있다. 그에 따르면 최근 10년간 등단한 비평가들의 평균적 초상은 "서울의 주요 4년제 대학의 국문과 박사과정생으로 한국 소설 작가론으로 신춘문예에서 21 대 1의 경쟁을 거쳐 선발된 33세의 남성"이다. 따라서 "신춘문예를 통해 전문 비평가가 되고자 하는 공모자의 수는 점차 줄고 있다"라는 잘못된 전제에서 출발해 "이 상황이 비평가가 실질적으로 출판사에 종속되어 호객행위에 나선 수동적 리뷰어라는 점을 보여주고 있다"(소영현)는 식으로 맺어진 진단 결과는 사실에 맞지 않는다는 것이다(63면). 그가 보기에 더 큰 문제는 비평의 대학 종속인 듯하다. 서울 소재 몇몇 대학이 배출해낸 비평가의 수가 압도적으로 많다는 통계적 사실에 근거해 "비평이 독립적인 장이 아니라 (서열화된—인용자) 대학의 확장된 영토라고 한다면 학계와 독립적인 비평가의 출현을 기대하기는 어렵다"(같은 면)라고 못 박는 데서 그것은 분명하게 드러난다.

그런데 그렇게 배출된 비평가들의 데뷔 평문이 다루고 있는 작품들을 일별한 뒤 그가 내린 결론은 앞의 주장과 논리적으로 모순되는 면도 있다. 해당 작품들 대다수는 소수의 대형 출판사 출간물들로 좁혀지는데 이는 "문학이라 부를 수 있는 것을 새롭게 발견하거나 문학장의 경계를 갱신하는 비평의 본연적 기능이 기능부전 상태임을 보여주는 주요한 증상"(70면)이라는 것이다. 그 까닭은 "문학적인 것의 오래된 경계 외부에 놓인 새로운 가능성이 문단 중심부에 의해서 이미 호명되고 그곳을 통해서 먼저 소개될 가능성은 거의"(71면) 없기 때문이다. 만약 그런 논리라면 그가 비판하고 있는 소영현의 진단 즉 비평가의 출판사 종속성 논의와 무엇이 다른가? '팩트 체크'의 성실성에 비해 분석과 해석은 좀 성글지 않았나 하는 아쉬움이 드는 대목인데, 우선은 그가 말하는 "문학적인 것의 오래된 경계 외부에 놓인 새로운 가능성"이 무엇을 가리키는지가 명료하지 않으며 그것이 소위 말하는 "문단 중심부에 의해서 이미 호명되고 그곳을 통해서 먼저 소개될 가능성"은 왜 없는 것인지가 충분히 설명되지 않았다. 따로 설명이 필요 없을 정도로 명약관화한 사실이기 때문일까? 만약 문단 중심부를 실체화하는 것이 가능하다면 소위 중심부는 여기서 말하는 중심성의 유지·존속을 위해서라도 새로운 가능성을 발굴하고 흡수하는 데 집착할 수밖에 없지 않을까? 차라리 이 자리에서 무엇이 새로운 가능성인지 구체적 사례를 제시했다면 더욱 생산적인 논의가 가능했을 성싶다.

김요섭이 제기하기도 한 비평의 대학 종속론은 한영인의 「대학」에서 비판의 중심 대상이 된다. 그 또한 김요섭이 참조했던 오창은(吳昶銀)과 소영현의 진단에 귀기울이며 그 핵심을 이렇게 요약한다. "현재 전문 비평가들의 절대다수가 국문학 전공자이며 이들끼리의 동종교배가 비평 주체의 획일성을 낳는다는 소영현의 진단은 오창은의 그것과 궤를 같이한다. 하지만 오창은이 비평의 위기를 대학 제도 내에서 산출되는 비평의 기능주의화에서 찾는 데 반해 소영현은 출판 시장과의 관계에서 찾는다. 다시 말해 현재 비평(주체)의 위기는 대학에서 배제된 비평이 출판 시장에 의해 상업적으로 활용(전유)되는 양상에 있다는 것이다. (…) 소영현은 '감흥도 영향력도 독자도 없는', 좀비화된 비평을 다시 살리기 위해 '아직 텍스트화되지 않은 현실에 대해'서도 발언할 수 있는 영역을 개척할 것을 주문한다. 그것이 곧 '공적 상상력'의 회복이며 '사회비평에의 요청'이다."(107면) 그런데 한영인이 보기에 소영현이 명확히 밝히지 않은 '사회비평의 발신처'는 결국 대학으로 귀결될 수밖에 없다. 따라서 그것은 암묵적으로 일종의 대학 진지론이 되는 셈이다. 오늘날의 비평은 "대학과 시장 사이에 기우뚱한 자세로 위태롭게 서 있다. 이미 대학에서 배제되었지만 마음껏 시장의 품에 안길 수도 없다. 이를 규탄하고 비난하는 목소리로부터 결코 자유롭지 않기 때문이다. 누가 시장에 안착하려는 비평을 비난하는가? 다시 대학이다. 예전에는 비평가들 사이에서도 문학의 상업화를 규탄하던 목소리들이 심심찮게 나왔다. 하지만 요새 '상업주의' 공격의 선봉에 선 사람들은 대부분 대학에 적을 둔 교수들이다."(110면)

오늘날의 비평이 처한 상황을 대학과 시장 사이의 기우뚱하고도 위태로운 줄타기로 요약한 그의 글은 명시적으로는 비평적 위기의 대학 책임론 쪽으로 기운 듯하다. 그러나 그렇다고 해서 대학보다는 더 상업주의에

물들었을지언정 "시장의 품"이 차라리 낫다고 그가 주장하는 것은 아니다. 얼핏 어쩌자는 것인지 모호해 보이는 그의 글에서 한가지 생각거리가 되는 것은 대학과 시장 사이에서의 아슬아슬한 균형잡기가 본래부터 비평의 자리가 아니었나 하는 것이고, 더 나아가 이상주의자나 원리주의자가 아닌 다음에야 그러한 상황 자체를 불가피하게 수긍할 수밖에 없지 않느냐는 것이다. 그런데 조금 더 따지고 들면 그가 비판하고 있는 대학도 결국은 시장화된 대학이라는 측면에서, 비평은 상품시장 안에서 상품시장 너머를 가늠하는 행위일지도 모른다. 이때 대학과 상품시장은 따로 떨어진 둘이 아니라 긴밀한 연관관계 속에서 거의 한몸이 된다. 하지만 그렇게만 말해도 되는 것일까?

"그들(대학에 적을 둔 교수들―인용자)은 현장의 비평가들이 시장의 떡고물을 얻기 위해 비평 정신을 망각하고 출판사의 홍보 사원으로 전락했다며 비난의 날을 세운다. 비평은 난감하다. 시장에서는 이미 비평의 자리를 지워가고 있기 때문이다. 이제 더는 동시대 작품들이 읽지 않는다는 ― 왜냐하면 오늘날 한국 문학은 보잘것없는 작품들이 영혼 없는 비평가들에 의해 과대포장된 것에 불과하므로 ― '교수님'들이 자신들은 마치 아무런 권력도 갖지 못했다는 듯 비장한 표정을 지으며 문학평론가들의 '문학권력'을 비판하는 장면을 지켜보는 것은 그래서 자못 심란한 일이다. '대학'은 오직 그런 식으로만 ― 그러니까 타락의 모범을 찾기 위해 상업주의를 들먹이며 당대의 비평을 소환함으로써 ― 여전히 비판의 준거와 비평의 본령이 자신들에게 있음을 주장"(110면)한다는 한영인의 비판은 통렬한 데가 있지만, 대학교수들을 싸잡아 비판하기보다는 현장비평가답게 누구의 어떤 발언이 왜 문제가 되며 상대적으로 귀담아들어야 할 발언과 그렇지 않은 발언은 어떤 것이 있는지를 구체적으로 짚는 편이 취지를 전달하는 데 훨씬 유리하지 않았을까? 현장비평과 출판상업주의가 한통속이라고 못 박고 싸잡아 매도하는 주장들이 부당하다면 그 반대도 마찬가지이기 때문이다. 누구 말마따나 이렇게 문제가 얽히고설킨 교착 국면일수록 구체적 상황에 즉한 구체적 분석이 요긴한 법이지 않은가.

3. 외연 확대와 내실 다지기: 손남훈과 김녕의 사례

따라서 "수용소의 군상처럼 옹기종기 모여 앉아 어딘가 무감한 표정을 지으며 나날이 사라지는 자신의 토대를 위태롭고 음울한 시선으로 바라보고 있는"(한영인) 비평의 처지를 개탄하는 데 머물지 않고 상품시장을 중심으로 한 자본주의체제의 현실 자체를 회피하지도 않으면서 "문학적인 것의 오래된 경계 외부에 놓인 새로운 가능성"(김요섭)을 찾아나서는 현장비평적 성취가 어느 때보다 소중해진 시점이 아닐 수 없다. 『오늘의 문예비평』 봄호에 실린 손남훈(孫南勳)의 평문 「웹소설, 우리 시대의 표정」(이하 「웹소설」)은 그런 의미에서 주목할 만하다. 과문한 탓인지는 몰라도 일반 문예지에서 웹소설을 다룬 평문을 만나기는 쉽지 않을 뿐 아니라 있더라도 이 글에서처럼 착실한 실제비평적 탐구를 수행하기보다 흔히 웹소설의 문학적 시민권을 추상적으로 주장하는 데 그치곤 하기 때문이다. 이 글은 무엇보다도 웹소설(판타지와 무협 소재 텍스트에 우선 한정한)에 대한 독서 경험이나 사전지식이 거의 없는 독자들도 무리 없이 따라 읽을 수 있을 만큼 명료하고 구체적일 뿐 아니라 이 분야의 주요 작품들을 시계열적으로 요령 있게 소개하면서 개개 작품에 대한 애정 어린 비판 또한 누락하지 않는다.

조금 단순화해서 말하자면 손남훈은 웹 기반 판타지·무협 장르의 주요 작품들에 대한 일종의 문학사회학적 탐구를 수행한다. 「웹소설」은 스마트기기 등이 가져온 매체환경의 변화가 이전의 종이책 장르물과 달리 "짧고, 간단하며, 단순한" 텍스트를 요청할 뿐만 아니라 "웹소설을 제공하고 있는 플랫폼에 따라 같은 웹소설이라 하더라도 다소 상이한 구성을 보여주고 있다는"(133면) 누구나 어느정도는 알 만한 사실에서 출발하지만, 이러한 작품들이 "현실 사회와 유리되어 있고 아무런 문학적 가치도 없으며, 단지 상업적인 용도를 위해 창작되고 말초신경을 자극하는 재미와 흥미를 위해 소비"되는 것이 아니라 "이들 작품 안에서 공유하고 있는 내적 특성"을 통해 "웹소설은 우리 시대의 한 단면을 드러내는 하나의 징후적 독법이 가능한 텍스트임을 주지할 필요"(135면)가 있다고 전제하면서 "대의보다 개인의 자족적 욕망에 더욱 충실한" "『묵향』 이후의 주인공들"(145면)이 외환위기 이후의 사회상과 관련된다면 "오직 '노력'(작중에는 '노가다'로 표현된다)을 통해 모든 것을"(146면) 이루는 "일찍 부모를 여의고 할머니, 여동생과 함께 살아가는 20세 청년"의 게임서사인 『달빛조각사』는 거꾸로 "부조리한 현실에 냉소하는 한국 상황의 알레고리"(146면)로도 얼마든지 읽을 수 있다는 것이다.

이러한 징후적 독법은 속류 문화연구들이 흔히 그러듯이 작품을 사회학적 묘사를 위한 도구로 타자화하는 한계도 지니게 마련이다. 손남훈 자신도 그러한 한계를 의식한 듯 "특정 유형의 작품이 당대 시대상과 의식적·무의식적 관련을 맺고 있다고 해서 일반적인 작품 읽기를 관성적으로 적용하여 현실과 작품의 이자적 관계로만 대치해서는 곤란"(15면)함을 피력하기도 한다. 이 글이 그러한 한계를 시원히 벗어난 것은 아닐지도 모르지만 그가 "장르 문학과 본격 문학의 경계, 그 이상으로 (웹소설의―인용자) 각각의 세부 장르들 안에서도 엄청난 경계가 존재한다"고 전제하면서 "차라리 로맨스나 BL을 주로 읽는 독자가 '본격 문학'을 읽기는 쉬워도, 이들 독자가 '정통' 판타지물이나 무협을 읽기는 어렵다"(136면)고 지적하거나 "(게임소설의―인용자) 주인공에게 게임 속 세계는 공장 노동자의 작업장과 다를 바 없다"(146면)고 진술할 때, 그리고 "게임소설에서 게임 속 세계"는 "경이의 공간이 아니라 (게임을 만든―인용자) 아키텍처와 플레이어의 서로 다른 의지가 맞붙는 투쟁과 욕망 실현의 공간"(147면)이라고 규정하는 대목에서만큼은 독자로서 귀를 기울일 수밖에 없는 것이다. 말로는 경계를 넘자고 하면서 문학적인 것의 안과 밖을 이분법적으로 단순화하는 데 거꾸로 봉사할 것이 아니라, 이렇게 그 '경계' 어딘가와 직접적으로 대결하는 작업이 더 소중한 게 아닐까?

한편 우리 비평이 놓인 제도적 기반을 토론하는 데 이바지하거나 이른바 본격문학으로 한정되곤 하는 비평의 외연을 확장하는 작업들도 소중하지만 그에 못지않게 비평이 그간 해왔던 일들을 그나마 '잘하는' 것이 무엇보다 기본이다. 요즘처럼 작품에 대한 꼼꼼한 읽기가 홀대받았던 시기가 또 있었나 싶은 때에는 더욱 그렇다. 실제비평의 부실을 감추는 대포소리가 여기저기서 너무나 요란하지 않은가. 그런 의미에서 역시 같은 호 『오늘의 문예비평』에 실린 신예 비평가 김녕(金寧)의 박솔뫼론 「산책하는 공동(空洞)」은 반가운 글이다. '주목할 만한 시선'이라는 기획의 일환인 만큼 비판적 접근보다는 분석과 조명 작업에 한정될 수밖에 없는 글이지만 마음에도 없는 찬탄을 늘어놓는 대신 지금까지의 박솔뫼론들이 보여준 세대론적 해석의 관행들을 날카롭게 뒤집으면서 박솔뫼 작품세계의 진면목을 새롭고 설득력 있게 그려내주고 있다.

「그럼 무얼 부르지?」 같은 박솔뫼의 작품들이 "미래 없음의 의미를 절실하게 느끼고 절망하는" "현장 없는 세대의 이야기이며, 동시에 현장 없음을 현장 삼아 살아가는 세대"(김홍중) 혹은 "'경험'이 부재하는 것을 스스로 재인식하는 세대"(강지희)의 이야기라는 비평적 통찰은 이제 그 최초의 신선함을 잃고 무비판적으로 답습되곤 하는데, 김녕은 바로 그 지점을 정면으로 문제 삼되 원론적인 차원에서 세대론 일반이 지닌 한계를 지적하기보다 박솔뫼의 작품 자체로부터 근거를 도출하는 방식을 취한다. 두 번째 소설집의 표제작 「겨울의 눈빛」의 한 대목 "나는 지금 일어나는 그 사건, 바로 그 일을 자신의 눈으로 본 사람이 되어야 한다고 생각하는 마음에 피로와 기만을 느꼈다"를 독해하면서 그는 "박솔뫼를 읽어내기 위하여 도입된 경험유무의 세대론이라는 틀 자체가 오히려 박솔뫼의 소설에 의하여 부정당하고 있는 것처럼 보인다"(185면)라고 쓴다.

그런데 이는 작품의 디테일에 대한 서로 다른 읽기의 공존 가능성 이상으로 나아가는 듯하다. 그의 말마따나 "여기에 깃든 박솔뫼의 의지는 자신이 경험 없는 세대라는 것이라기보다는, 없는 경험과 의미를 인위적으로 만들어내지 않겠다는 것"이고 "양자의 차이는 미묘하지만, 전혀 다른 종착지"(185면)를 향하기 때문이다. 전자가 박솔뫼 세대의 무력감과 패배주의, 더 나아가 우리 시대의 그것을 애써 증명하려 한다면 후자는 오히려 낡은 의미에 포박된 경험 그 자체의 실감을 해방하여 "언제나 자연과 의미 사이에서 길항할 수밖에 없는 인간의 조건을 이해하고 그것을 인정하자는"(194면) 냉정한 현실인식에 이르기 때문이다. 절망과 비관만을 말하기에는 무엇보다도 작가의 작품 속에서 "실제로 가까운 언어들이 살을 맞대듯, 리드미컬하게 이어지는 말들은 생각들은 때로 어떤 노래처럼 들려서 형용하기 어려운 감흥을 주곤"(186면) 한다는 것이다.

따라서 그의 논리대로라면 "우리는 언제부터인가 현상 그 자체보다는 그것에서 끌어낸 의미를 읽어야 한다는 강박에 사로잡혀 있는 것 같다"는 새삼스러운 지적도 이미 거추장스러워지고 "당장 이곳을 걷는 우리 자신 이외에, 정녕 우리가 지켜내거나 저항하기 위해 목매야 할 의미 따위는 없다"(196면)는 과도한 단정도 그 반대편 견해만큼이나 "피로와 기만"을 느끼게 할지 모른다. 다만 약간의 모순된 진술들 끝에 나온 "이제 우리는 우리가 무엇을 쥐고 있느냐가 아니라, 어떤 바람이 드나드는 공동인가로 말해진다. 그저 걸으면 된다. 오래오래 걸으면 된다"(196면)라는 결론은 수사 이상의 깨우침을 힘있게 동반하고 있어 오래 음미해볼 만할 것 같다.

4. 치유와 증상, 문학은 결국 무엇을 하는가?: 조강석에 부쳐

지난 한 계절 동안 발표된 평문들을 살피면서 미처 꺼내놓지 못한 토론 거리가 많다.『실천문학』봄호의 기획 산문 '잊힌 기억, 가버린 시대: 그림 자로 남은 문학(80년 5월)'에 수록된 선우은실(鮮于銀實), 이은지(李垠知), 정기석의 글들은 예의 김녕의 박솔뫼론과 함께 읽어보면 역사적 경험과 세대적 감수성의 문제에 관해 풍부한 시사점을 제공해주는 면이 있으며 이는 다시『21세기문학』봄호의 특집 '검은 문학: 질병의 문학, 문학의 정 신분석'에 실린 조강석(趙强石)의 글「치유로서의 문학, 증상으로서의 문 학」과 주제적으로, 적어도 '5월 광주'라는 기호 아래 상호참조를 가능케 한다. 여기서 길게 논할 여력은 없으므로 문학의 역능에 관한 조강석의 글에 대해서만 몇마디 덧붙이기로 한다. 이 글은 "치유로서가 아니라 증 상으로서의 문학이 세가지 겹침" 즉 "예술이 고통에 예민한 이를 구원하 고 삶 그 자신을 구원하는 것"일 뿐 아니라 "예술 스스로가 그 자신을 구 원하는 것"이라는 "세가지 겹침을 관통하는 고통과 매혹의 화살"(287면) 이었음을 논증하려는 깊이 있는 시도로, 라깡 정신분석학이 검토의 뼈대 를 이룬다. 서구 이론의 남용을 걱정하는 목소리도 심심치 않지만 자신의 주제와 관련하여 요령을 터득한 경우라면 다르다. 소략한 규모가 오히려 아쉽긴 해도 우리 시대 문학의 근본문제에 대해 제대로 생각해볼 수 있도 록 잘 맥락화되어 있기 때문이다. 여기에 한두가지 비판적 물음을 보태는 것으로 이 글의 마무리를 대신할까 한다.

가령 라깡이 "쾌락원칙 너머에 주이상스가 있다"(279면 재인용)고 말할 때의 주이상스(jouissance)는 적절한 번역어조차 찾기 힘든 문제적 개념 인데 그것을 어떻게 이해하고 비판적으로 활용하느냐에 따라 문학의 기 능에 관한 오랜 논의에도 기여할 바가 있다고 생각된다. 문학이 증상이냐 치유냐라는 익숙한 대립적 물음을 던져놓고 "증상은 발견되고 해석된 뒤에도 해소되지 않는다. 실은 주체가 바로 그 증상을 여전히 즐기고 있기 때문"이라고만 정리하면 ― 그것이 라깡 이론에 대한 적절한 소개일 수는 있어도 ― '치유'는 "소망의 반영이나 외상 자체의 소산(abreagieren, abreaction)"(281면)으로 한정되거나 구원과 같은 개념을 연상시키며 관념화되는 것 같다. 하지만 "발견되고 해석된 뒤"의 증상이 그 이전의 증상과 같은 것이라고 생각하기는 어렵다. 일단 한번 만들어진 고통과 상처의 원인이 아예 사라질 순 없다고 하더라도 그 고통과 상처의 고유함만큼이나 그것과 함께 살아가는 방법의 고유함도 다양한 양상으로 존재하기 마련이며, 그중 어떤 구체적 양상과 단계를 일컬어 치유라는 이름을 붙인다해도 크게 문제될 리는 없을 듯하다. 문학은 "사람들의 슬픔과 분노에 가하는 어떤 능동적 작용이 되기보다는 '함께 오래 앓는 것 이상이지' 않다"(283면)는 오래고 익숙한 문학관을 재확인하기 위해서라면 라깡의 주이상스 논의까지 경유할 필요는 없었을지도 모르는데 이때 '주체가 여전히 즐기고 있기 때문'이라는 대목에서의 '즐김'은 주이상스가 아니라 오히려 쾌락원칙의 '쾌락'으로 후퇴하는 듯한 감도 없지 않다. 아리스토텔레스와 니체로부터 라깡 정신분석학과 랑시에르를 아우르는 박학하고 요령 있는 섭렵이 옷깃을 여미게 하는 한편으로 필자 조강석이 정확히 현존하는 어떤 목소리들을 겨냥해 '문학'을 위한 '변명'에 임하고 있는지가 불투명한데서 이러한 의구심은 시작되는 것 같다. 물론 사색하듯 정갈한 호흡으로 흐르는 그의 문장과 지성이 라깡 비판에까지 미처 이르지 않는 것도 욕심 많은 독자에게는 또 하나의 불만일 수 있겠지만 말이다.

이름 너머의 사유

비평과 이론 사이에서

어떤 문답

가까운 후배에게 문학비평을 하려면 무슨 책을 읽어야 하냐는 질문을 받은 적이 있다. 고전을 많이 읽어야 한다고 대수롭지 않게 답했지만 질문이 되돌아왔다. 그가 원한 답은 작품을 읽고 분석, 평가하는 방법을 터득하기 위해 섭렵해야 할 필수 이론서들의 목록이었다. 필수 이론서? 핀잔을 주고 싶었지만 이내 망설이고 있는 스스로를 발견하게 되었다. 아무래도 그가 그렇게 생각하게 된 배경이 있을 터였다. 그런데 자신의 질문 취지를 보강하기 위해 그가 거명한 이론가들의 명단은 점입가경이었다. 들뢰즈와 푸꼬(Michel Foucault), 라깡, 지젝 같은 서구 사상가들의 이름이 포함되었다. 그들의 철학사상이나 이론은 정말 문학작품을 읽고 해석하는 데 없어서는 안 될 필수 커리큘럼일까?

문학비평이 이론 전시장으로 전락했다는 평단 내부의 자조와 외부의 비판이 이미 드물지 않았음에도 이제는 그것이 자연스런 관행처럼 혹은 고정관념처럼 굳어져버린 것은 아닌지, 심지어 그런 '비평관'이 대중화되어버린 것은 아닌지 착잡해졌다. 최근에 나온 문학 계간지들만 대강 훑어봐도 조르조 아감벤(Giorgio Agamben), 알랭 바디우, 자끄 랑시에르 같은 이름들이 도처에 나타난다. '기관 없는 신체'나 '언캐니'(uncanny) '타자'처럼 이미 상식이 되어버렸으므로 더이상의 부연은 새삼스럽다는 듯 쓰이는 개념들도 즐비하다. 조만간 '예외상태'나 '벌거벗은 생명' '메시아적 시간'도 그런 전철을 밟을지 모른다.

물론 이들을 인용 또는 원용한 비평문들 모두가 문제일 리는 없다. 문제는 이론의 등 뒤로 몸을 감추지 않은 채 작품과 직접 대면하는 목소리를 찾기가 쉽지 않다는 데 있다. 이론 무용론을 말하려는 게 아니다. 사실 작품과의 직접 대면이란 것도 실체가 모호할 뿐만 아니라 설령 그런 사례가 있다고 하더라도 이론을 활용한 경우에 비해 무조건 나은 결과만을 가져오진 않는다. "이론을 싫어하거나 이론 없이 더 잘해나갈 수 있다고 주장하는 경제학자들은 더 낡은 이론에 사로잡혀 있을 따름"이라고 했다던 경제학자 케인스(John Keynes)의 발언은 문학에도 유효할 것이기 때문이다.

그러나 앞에서 예로 든 초심자의 질문 속에 이미 거꾸로 비쳐 있듯이 몇몇 이론이 특권적 위치를 차지하면서 유행처럼 나타났다 사라지는 현상은 진지한 반성을 요구한다. 한 비평가의 다음과 같은 발언도 그런 의미에서 새겨들을 필요가 있다. "외국이론들은 이제 국내 비평에서 부동의 자리를 차지한 인상이다. 이론가들의 배경도 다양해졌고 주목받다가 사라지는 주기도 빨라졌다. 이런 경험이 쌓이면서 유행하는 이론에 대해 '이 또한 지나가리라' 하는 냉소도 생긴다. 냉소적 태도를 권장할 일은 아니지만 필경 지나가기 마련인 하나의 이론에 과도하게 몰입하는 경향에 대한 경고로 삼을 법은 하다. 특정 이론을 모르면 논의에 끼지 못하는 사태가 지적 나태함에서 비롯한 것일 수도 있지만 해당 논의 자체가 이론의 단순 반복인 탓도 있을 것이다."[1]

만약 "세상에서 알려지고 생각된 최상의 것을 배우고 퍼뜨리려는 사심 없는 노력으로서의 비평"이라는 매슈 아널드(Matthew Arnold)의 정의를 따른다면 앞서 거명한 이론가들의 업적이 "최상의 것"에 포함되지 말라는 법은 없을 것이고 따라서 이들을 적극적으로 활용하는 비평가들의 입장도 충분히 고려되어야 할 것이다. 그러나 이러한 정의를 존중하는 경우에도 그 핵심은 "최상의 것"에 있는 게 아니라 "사심 없는 노력"에 있다. "최상의 것"은 거의 언제나 "사심 없는 노력"과 함께 혹은 그다음에 오는 것이지 모든 역사적이고 인간적인 추구 저 너머에 홀로 존재하는 것은 아니기 때문이다. 그러므로 오늘의 비평이 예의 "사심 없는 노력"에 얼마나 부합하고 있는지를 성찰하는 일이 관건이다. 하지만 '사심 없음'은 또 어떻게 분별해낸단 말인가? 일단은 "사심 없는 노력"의 원문에 해당하는 'disinterested endeavor'로부터 물꼬를 터보는 편이 용이하겠다. 이 단어에서 부정을 뜻하는 접두사 'dis'를 떼어내면 'interested'가 남는데 이는 알다시피 관심, 흥미, 취미, 이해 따위를 의미하는 'interest'의 형용사형이다. 그러니 "사심 없는 노력"이란 우선은 사사로운 취미나 흥미, 이해관계에 이끌리거나 치우치지 않는, 혹은 치우치지 않으려는 노력을 뜻하게 된다. '노력'에 해당하는 영단어 'endeavor'가 새롭거나 힘든 일을 해내려는 분투를 뜻한다는 점도 암시적이다. 따라서 사리사욕(self-interest)의 미망에 무시로 갇히기 마련인 흥미나 이해를 극복하려는 싸움이 거기에 있느냐 없느냐가 '사심 없음'의 판별 기준이다. 그렇다면 우리는 다음과 같이 질문을 재구성해볼 수 있다. 오늘의 비평은 어떤 싸움을 하고 있는가? 혹시 어떤 종류의 싸움은 지레 포기하고 있지는 않는가?

---

1 황정아 「묻혀버린 질문: '윤리'에 관한 비평과 외국이론 수용의 문제」, 『창작과비평』 2009년 여름호 100면.

그리고 '1980년대적인 것'

문학 비평과 이론의 결합에 관해 문제를 제기하는 통상적인 방식은 그 이론이나 개념의 적용이 과연 정확했는지를 따져보는 것이다. 실제로 문학과 정치의 관계를 재탐색하는 최근 평단의 동향 속에서 윤리 개념이 문제적 범주로 부상하자 이를 중심에 둔 '외국 이론 수용의 문제'가 한차례 논쟁으로 비화하기도 했는데 여기서도 쟁점은 바디우나 아감벤의 개념들에 대한 이해의 정확도 여부로 치우친 면이 있다. "외국이론을 인용한 몇몇 '윤리' 비평이 상당히 급진적인 수사를 동반하는 데 비해 치밀한 점검을 생략하고 해당 이론가 스스로 강조한 주장을 덮어버리는 면이 있음"[2]을 지적한 황정아의 비판이나 그것이 "그들(바디우와 아감벤—인용자)의 텍스트에 실제 기록된 내용과 반대되는 잘못된"[3] 비판임을 밝히고자 한 서동욱(徐東煜)의 반론은 황정아의 재반론에 이미 피력된 바 있듯 "이론 비평을 문학적 상상력과 결부시키고 그런 상상력을 열어주는지 묻는 일"[4]에 대해서는 소홀했다는 인상을 지우기 어렵다. 그러나 그에 대해 충분한 성과를 길어올렸다 하더라도 이런 방식의 주석가적 논쟁들은 비평의 전문화 또는 제도화에 지나치게 몰두함으로써 비평의 입지를 오히려 축소하는 자충수가 될 가능성도 적지 않다. 따라서 이 글의 관심사는 아무래도 다른 데 있어야 할 것 같다.

"지금의 문학 텍스트들이 이론과 전에 없는 자의식적 관계를 맺기 시작"했거나 "문학뿐 아니라 문화의 여러 다른 분야를 다루는 비평들에서

---

2 같은 글 120면.

3 서동욱 「무엇이 외국이론 수용의 문제인가: 지난호 황정아의 비판에 대한 반론」, 『창작과비평』 2009년 가을호 333~34면.

4 황정아 「이방인, 법, 보편주의에 관한 물음: 윤리담론 점검의 후속논의」, 『창작과비평』 2009년 겨울호 79면.

이론이 중심적 역할을 담당하게 된 점은 누구라도 실감하는 사실"이라면, 더구나 "비평이 텍스트를 특정한 이론적 틀에 비추어보는 경향과 더불어, 이론적인 틀에 비추어볼 것을 요구하는 듯한 텍스트가 많아지는 현상 또한 엄연"한 것이 사실이라면 우리는 "이 현상의 이면에는 따지고 보면 철학도 아니고 특정분야의 비평도 아닌, 그러면서도 문학이나 문화 텍스트들을 자유로이 건드리는 '이론'이라는 영역 자체의 애매함과 느슨함이 작용하고"[5] 있음을 짚고 넘어가는 일과 함께 왜 이런 현상이 일어났는지, 그 기원이 어디에 있는지도 물어야 할 것이다.

여기서는 비평의 이론 과소비 현상의 기원에 '1980년대적인 것'에 대한 억압이 존재한다는 가설을 제시하고자 한다. 그리고 그 억압과 함께 또는 그 억압에 의해 비평의 제도화나 전문화가 가속되었으며 최근 문학과 정치의 새로운 관계를 모색하는 윤리비평의 경향 또한 '억압된 것의 귀환'이되 그것이 실은 정치의 이름으로 실행되는 탈정치적 절차의 하나일지 모른다는 의심도 얼마간은 포함하려고 한다. 이러한 가설 아래에서라면 동시대의 문학 텍스트들에 나타나는 '재현의 재현' 전략[6]이나 알레고리화 경향,[7] 그리고 비평의 이론 추수는 하나의 기원에서 파생한 여러개의 다른 표현들인지도 모른다.

먼저 '1980년대적인 것'에 대한 억압이 어떤 의미인지에 대한 부연이 따라야겠지만 이를 무슨 개념 규정하듯 정의하기보다는 구체적 사례를

---

5 같은 글 78~79면.
6 여기에 대해서는 최원식『문학』, 소화 2012, 5장 3절 '인공서사의 함의' 참조.
7 "수동적 자살을 위한 시설" "수용소"를 배경으로 채택한 배수아의『북쪽 거실』(2010)이나 전염병에 물든 "C국"을 배회하는 한 남자의 이야기인 편혜영의『재와 빨강』(2010), 슬럼가의 고양이를 서술자로 내세운 황정은의 「묘씨생」(『파씨의 입문』, 2012), 허공으로 떠오른 집 안에서 서서히 사라져가는 소년 소녀의 이야기를 다룬 김성중의 「허공의 아이들」(『개그맨』, 2011) 같은 장·단편들이 여기에 해당한다. 만공산(滿空山)이라는 부조리의 장소를 바탕으로 부패와 죽음, 재생과 구원이라는 테마를 전개한 백가흠의 근작『나프탈렌』(2012)도 예외는 아닐 것이다.

예시함으로써 이해를 구하는 편이 효율적일 듯싶다. 최근에 발표된 글 중에서는 2000년대 비평의 쟁점들을 포괄적으로 검토한 강동호의 「파괴된 꿈, 전망으로서의 비평」(『문학과사회』 2013년 봄호)이 우선 관심을 끈다. 그는 이 글에서 "꿈의 상실과 꿈의 실현의 상실을 혼동할 때, 패배주의는 그것을 예언적으로 실현할 동력을 얻을 뿐"(361면)이라는 인식 아래 "더 이상 협의의 문학주의가 문학의 존속을 가능케 하는 알리바이로 작동할 수 없다는 것을 의식하고, 오히려 문학주의적 전망 자체의 갱신을 도모해야 하며, 나아가서는 당대의 유의미한 의제들의 적극적인 발굴에 종사함으로써 시대적 메시지를 창출해야 한다"(365면)는 인상적인 주장을 펼치고 있다. 스케일이 큰 만큼이나 많은 영감을 주는 글인데 주장의 세목들보다는 구도가 중요한 글이므로 우리의 주제와 직접 관련된 부분에 우선 집중하기로 한다.

　여기서 강동호의 주제인 '문학주의적 전망의 갱신'은 결국 '시대적 메시지의 창출'을 목표로 한다. 그렇다면 시대적 메시지란 무엇일까? 그는 철학자 크라카우어(Siegfried Kracauer)를 인용한다. "그 시대들의 메시지는, 상충하는 대의들 가운데 어느 것도 최종적 쟁점의 최종적 결론이 아닐 가능성, 우리로 하여금 대의 없이 사유하고 생활할 수 있게 해줄 사유방식 및 생활방식이 있을 가능성과 관련되어 있다."(335면) 그러고 나서 이렇게 덧붙인다. "중요한 것은 논쟁 후대의 비평이 논쟁의 과정에서 벌어지는 그 틈새들의 가능성을 일종의 메시지로 복원해서 다시 지금 여기의 현실적 지평으로 이끌고 오는 것이다."(같은 면) 여기까지는 납득이 어렵지 않고 또 그의 주장에 대해서도 충분히 귀를 기울이게 된다. 그런데 의문이 드는 것은 바로 그다음이다. 가령 "(2000년대 문학에 관한 — 인용자) 논쟁은 비록 식민 권력이나, 독재 권력과의 투쟁처럼 충만한 대의에 의탁해 벌인 싸움이라고 할 수는 없으나, 좀더 근본적인 차원의 난감함을 선사하기도 했다. 2000년대는 절대악을 표상하는 존재가 문학적 가치와 의의의 대타적 보증인이 될 수 없는 사회에서, 오히려 문학이 손쉽게 구가하게 된 '문화적 자유가 거꾸로 문학의 존재론적 정당성의 덫일 수 있다'는 실존적 회의에 직면해야 했던 시기"(같은 면)와 같은 대목을 눈여겨볼 필요가 있다. 그렇다면 "절대악을 표상하는 존재가 문학적 가치와 의의의 대타적 보증인"이 될 수 있었던 사회는 언제, 어디에 있었던 걸까?

앞뒤 문맥으로 보면 식민권력이나 독재권력의 시대, 그러니까 문화적 자유가 상대적으로 제한되어 있던 시대를 가리키는 것임에는 틀림없다. 그런데 그것은 대체로 '1980년대적인 것'에 대한 자의식과 관련되어 있는 듯하다. "개인적으로 나는 '문학'이라는 이름과 어떤 현실적 변화를 직접적으로 일으키려는 텍스트 외적 실천적 행위가 매개 없이 등치될 수 있다는 믿음에 대해 다소 의구심을 갖고 있다."(357면) 그러나 요사이 누가 이런 주장을 하고 있는지 모르겠거니와 1980년대에도 문학과 텍스트 외적 실천이 "매개 없이 등치될 수 있다는 믿음"을 드러내놓고 주장한 사람들이 얼마나 있었는지, 설령 있었다 하더라도 그것이 '시대의 메시지'에 상응할 정도로 중요한 흐름이었는지는 의문이다.

사실 2000년대의 비평담론 가운데에서라면 특별히 재확인할 필요가 없을 텐데도 이런 진술이 반복되는 것을 보면 막연히 추상된 '1980년대적인 것'에 대한 어떤 억압의 존재를 가정하지 않을 수 없다. 더구나 특정한 역사 시기가 독재권력과 그에 대한 실천적 저항이라는 상충하는 대의들의 각축장이었다 하더라도 그 '시대의 메시지'란 그가 인용한 크라카우어의 말마따나 '대의들 사이에 숨어 있는 틈새'가 아닌가. "우리로 하여금 대의 없이 사유하고 생활할 수 있게 해줄 사유방식 및 생활방식이 있을 가능성"은 독재권력의 시대라고 해서 존재할 수 없었던 것은 아니지 않을까. "그 틈새들의 가능성을 일종의 메시지로 복원해서 다시 지금 여기의 현실적 지평으로 이끌고 오는 것"이 반드시 2000년대와 2010년대 사이에만 적용되어야 하는 게 아니라면 말이다.

그러나 '1980년대적인 것'을 억압하거나 과잉 단순화하는 것은 사실 강동호의 논의가 지닌 특별한 모순이라기보다는 1990년대 이후 곳곳에서 흔히 나타나는 일반적인 현상이다. 가령 2000년대 문학의 최전선에서 해박한 이론적 지식과 최근의 젊은 소설을 방불케 하는 날렵한 문체로 비평적 성과를 단단히 축적해온 김형중의 다음과 같은 발언은 좀더 직접적인 경우다.

"인간의 내면적 가치"라니! 그것이 도대체 무엇일까? 그런 게 있긴 있을까? 하긴 15년 전쯤만 해도 나 역시 그 시대의 많은 젊은이들이 그랬던 것처럼 인간의 내면이 지닌 가치를 믿었다. 그뿐이던가! 역사의 합법칙성에 대해, 민중들의 위대한 승리에 대해, 그리하여 인간성의 완전한 실현이 이루어질 어떤 날에 대해서도 믿었다. 그러나 지금은 그렇지가 않다. 그것에 대해 부정적이라는 의미가 아니다. 그런 날이 왔으면 싶고 또 그런 날이 오리라고 믿고 싶은 마음은 여전하다. 그러나 그리 되질 않는다. 믿고 싶지 않은 것이 아니라 믿을 수가 없는 것이다.[8]

1980년대 후반에 대학을 다녔던 한 비평가의 내면 풍경을 보여주는 고백으로 부족함이 없다. 그러나 1980년대를 "역사의 합법칙성에 대해, 민중들의 위대한 승리에 대해, 그리하여 인간성의 완전한 실현이 이루어질 어떤 날"에 대한 믿음의 시대로 요약하는 것은 우리의 당대를 "자본주의라는 거대한 창살(⋯)로부터 탈출할 수 있는 가능성은 '전혀' 없어"[9] 보인다고 못 박는 것만큼이나 단순하고 패배주의적인 게 아닐까. 물론 억지로 희망적 결론을 지어내는 쪽보다야 한결 사심 없고 솔직한 자기고백이

---

8 김형중 「기어라 비평!」, 『문예중앙』 2005년 겨울호 18면.
9 김형중 『변장한 유토피아』, 랜덤하우스중앙 2006, 서문 참조.

긴 하다. 하지만 이것이 정치적으로 과잉 결정된 비평적 전사(前史)들의 거품을 걷어내는 수사적 효과를 노린 것이라 할지라도 "꿈의 상실과 꿈의 실현의 상실을 혼동"(강동호, 앞의 글)한 경우가 아니기는 어려울 듯하다.

그런데 "인간성의 완전한 실현이 이루어질 어떤 날"에 대한 믿음은 누구의 꿈이었을까? 이것은 혹시 (비평가나 동시대인들의 꿈이라기보다) '이론'의 꿈이자 '대학'의 꿈이었던 건 아닐까? 1990년대 후일담문학이 한차례 지나가고 나자 수많은 하위자 서사들이 문학장의 수면 위로 분출했던 사실을 기억할 필요가 있다. 그것은 1980년대 이후 대중화한 대학문화와 그 체험자들의 경험이 해당 시대 일반의 경험으로 과잉 추상된 데 대한 반동일 것이다. 이제는 재론하기도 새삼스럽지만 1980년대는 정치적 억압과 저항의 이분법 속에만 있었던 게 아니라 백민석의 '칼라TV'나 박민규의 '삼미슈퍼스타즈'에도 분명하게 자리 잡고 있었던 것이다. 그것은 마치 2000년대의 전위적인 시들을 옹호하려는 노력들이 그 과정에서 "(대타항으로 호출된 ― 인용자) 서정시에 대한 탈역사화"(강동호, 앞의 글)를 초래하고 말았던 것처럼 '운동으로서의 문학'을 해체하는 과정에서 1980년대 또는 '1980년대적인 것' 전체의 탈역사화를 낳은 것은 아닐까. 오늘날 문학비평의 제도화 또는 전문화 경향도 이런 맥락으로 설명될 수 있을 것이다. '운동으로서의 문학'을 대체하는 '제도로서의 문학'이 오히려 전문성의 덫에 걸려듦으로써 운동성과 전문성(물론 양자는 대립적이지 않지만) 양자의 이완을 동시에 불러온 것은 아닌지 숙고해야 할 시점이다.

역사인식 또는 현실인식의 문제를 서구 이론에 아웃소싱함으로써 스스로의 입지를 축소하고 있는 듯 보이는 문학비평이 진정으로 회복해야 할 것은 그런 의미에서 전문성이 아니라 일종의 아마추어리즘[10]인지도 모

---

10 사이드는 이를 "전문성에 묶이는 것을 거부하고 직업적 제약을 극복하여 이념과 가치를 살피면서 여러 경계와 장벽을 가로지르는 연결점들을 만들어 더 큰 그림을 그리는 일에 대한 애정과 충족될 수 없는 관심에 의해 추동되는 욕구"로 요약하고 있는데

른다. 그렇지 않으면 "오늘날의 지식인은 안정된 소득을 보장받고 강의실 밖의 세계를 다루는 데에는 관심을 보이지 않는 폐쇄적인 문학 교수와도 같은 모습"으로 퇴행한 채 "지식인 개인은 사회적 변화와는 무관하면서 주로 학문적 진보와 관련해서만 의미가 있는 난해하고 야만적인 산문을"[11] 쓰게 될 뿐이라는 서구 지식계의 진단이 우리 문학비평의 얘기가 되지 말란 법도 없을 것이기 때문이다.[12]

이름들로 엮은 뗏목

1990년대 중반부터 2000년대 초반까지 대학을 다니며 비평가 지망생으로 우왕좌왕했던 기억을 갖고 있는 사람이라면, 물론 그 이후로도 크게 달라진 것은 없는 듯 보이지만, 아마도 정신분석학이나 해체주의의 지적 압력으로부터 완전히 자유롭지는 못했을 것이다. 무엇보다도 우리는 정치적 억압이 '사라진' 세계에서 누구보다도 많은 자유를, 자기 욕망의 긍정을 지상명령처럼 받아들인 세대였고 자신에게 할당된 자유(실은 강요된 자유이기도 했지만)가 어떤 의미인지를 가르쳐주는 또는 정당화해주는 그럴듯한 설명이 거기 있는 듯했기 때문이다. 지금도 잘 모르긴 마찬가지지만 프로이트나 라깡, 지젝을, 그리고 데리다의 번역서들을 두서없

이는 전통적 교양인의 개념과 유사할 뿐만 아니라 진정한 의미에서의 지식인, 전문가의 표상으로도 부족이 없는 만큼 오해를 불러일으키기 쉬운 '아마추어주의'란 용어가 굳이 필요했는지는 의문이다. 에드워드 사이드, 최유준 옮김 『지식인의 표상』, 마티 2012, 91면 참조.

11 같은 책 86면.

12 "전문가가 되기 위해서는 적절한 권위체제에 의해 승인을" 받아야 하는데 "이러한 권위체제"가 가르치는 "적절한 언어로 말하는 법, 출전을 적절하게 밝히는 법, 적절한 영역의 선을 넘지 않는 법"(같은 책 92면)을 넘어 이른바 '비평적인 것의 재분배'를 행하는 것이 아마도 앞에서 말한 "사심 없는 노력"에 해당할 것이다.

이 뜻도 모른 채 접했던 그 시절이 알게 모르게 자산이 되었을 거라 스스로를 위안하면서도 그런 절차들이 문학에 대한 왜곡된 사랑에 기초한 것일지 모른다는 반성을 이따금 하게 된다. 연애에도 기술이 필요할 수는 있지만 기술이 연애를 대체할 수는 없을 테니 나 또는 '우리'는 연애하지 않는 연애박사가 되려 했던 게 아닐까. 우리가 인생의 의미를 모르면서도 인생을 살듯이 문학에 대해서도 '모르고 하면서 깨닫는 일'의 미덕을 음미하거나 향유할 수 있었다면 그 시간들이 더욱 충만해졌을지 모른다.

그런데 그 시절에 읽은, 사실은 선배들에 의해 반강제적으로 읽힌 것이지만, 기억에 남는 책으로 황광우(黃光祐)의 『뗏목을 이고 가는 사람들』(거름 1991)이 있다. 좌절된 혁명의 분위기가 자욱했던 이 책의 내용은 지금 거의 다 잊어버렸지만 제목의 출전이 되기도 한 불가의 전승담 하나만큼은 깊이 각인되었다. 이미 널리 알려진 이야기의 대강은 이렇다. 한 여행자가 길을 가다 큰 강물을 만났다. 그런데 이 강을 건널 배나 다리가 없었다. 그래서 그는 스스로 뗏목을 엮어 강을 건넜는데 생각해보니 강을 건너게 해준, 애써 만든 뗏목을 버리고 갈 수가 없었다. 그래서 그는 뗏목을 머리에 이고 가기로 결심한다. 여기에 대해 붓다는 말한다. "내가 가르친 법(法) 또한 뗏목과 다르지 않다. 그러나 강을 건넌 뒤에는 법조차 버려야 하지 않는가." 이 삽화를 우리 동시대 비평과 이론에 대한 경계로 삼으면 어떤가. 서동욱의 다음과 같은 발언도 이 이야기를 닮았다. "갑작스레 찾아드는 문제들 때문에 당황하는 우리에게 이론이란 누군가 말했듯 필요한 도구들을 꺼낼 수 있는 기분 좋은 공구상자와 같다. (…) 그래서 학자와 비평가는 공부를 하고 있는 것이라고 생각한다."(앞의 글 345면) 그러나 도구는 소용을 다하고 나면 버려야 한다. 물론 이 버림은 그저 축자적인 의미만을 갖는 것은 아니다. 붓다의 법(뗏목)은 버려짐으로써 비로소 법으로 완성되는 종류의 것이다. 그래서 그는 예의 여행자가 머리에 이고 있는 뗏목을 일컬어 법이 아니라고 했다. 동시대의 비평이 수많은 서구 이론가들의 이름으로 엮은 뗏목을 타고 "갑작스레 찾아드는 문제들"을 건너가는 것은 '법'일 수 있지만 그 이름으로 엮은 뗏목을 끝내 이고 있는 것은 '법'이 아니다. 그것이 어떤 전사의 탈역사화를 대가로 지불하고서야 얻어지는 것이라면 더욱 그렇다. 우리가 이름을 필요로 하는 것은 이름을 버림으로써 이름을 완성하기 위함이다. 여기서 이름 너머의 사유에 이르는 길이 "사심 없는 노력"의 다른 이름임은 물론이다.

리얼리스트의 자유

◆

최원식 평론집 『문학과 진보』

1

최원식의 새 평론집 『문학과 진보』(2018)의 서평 청탁을 받고 솔직히 망설였다. 나는 그의 가르침 아래 문학을 공부한 제자일 뿐 아니라 이 책의 편집에도 조금 관여했던 터다. 비판적 독서를 중심으로 하는 서평 필자로는 애당초 신뢰받기 어려운 처지이니 잘해야 본전이라는 계산이 없었다면 거짓말이겠다. 그런데 한참 나중 일로 미뤄두긴 했어도 언젠가는 최원식론에 해당하는 글을 써보고 싶다는 막연한 바람이 있긴 했다. 그의 동아시아론을 집성한 『제국 이후의 동아시아』(2009)를 읽은 뒤부터니까 벌써 10년을 헤아린다. '대국주의와 소국주의의 상호진화'를 열쇳말로 하는 그의 중형국가론 또는 문화국가론은 기본적으로 탈냉전 이후 새롭게 요청된 사상적 출로의 모색과정에서 제출된 것이지만 다른 한편 문예이론적 자극도 풍부한 듯 여겨졌으므로 그 방면에 논리적 육체를 부여해보고 싶다는 것이 발심의 요체였다. 이참에 게으른 구상을 정리해보면 어떨까? 물론 갑자기 주어진 기회에 언감생심이다. 무엇보다 박람강기(博覽強記)

로 정평난 최원식 비평의 무지막지한 스케일이 서평자에게도 상당 수준의 '실력양성'을 요청하기 때문이었다. 그러나 비평의 대상 앞에서 자기를 낮추거나(自小) 높이는(自大) 일을 삼가라는 게 그의 지론이니만큼 점잖은 회피도 때로는 속된 자소와 한패다. 서평을 핑계 삼아 언젠가 쓰일 최원식론의 예비 노트를 짤막하게 마련해보기로 한다.

2

이번 평론집의 제호이자 들머리 글 제목이기도 한 '문학과 진보'에서 길을 잡아보자. 왜 '진보적 문학'이나 '문학의 진보'가 아니고 '문학과 진보'인가? 서문에서 밝히고 있듯 표제 평론 「문학과 진보」(2008)는 "민족문학작가회의가 치열한 토론 끝에 '민족문학'을 내리고 한국작가회의로 명칭을 변경한 사건에 촉발된" 글이다. 알다시피 "민족문학은 분단시대 우리 문학의 변혁적 계기를 한몸에 집약한 대문자"였다. 그는 민족문학이라는 '깃발'의 유보를 "소련의 해체와 문민정부의 출범이라는 나라 안팎의 변화 속에서 한국문학의 유구한 '정치성'이 시나브로 빠져나가는 추세를 최종적으로 확인한" 사건으로 파악하고 이어서 "한 시대가 저물고 있다는 더 깊은 실감 속에 민족문학 없는 진보의 틈을 궁리한 앨쓴 길찾기가 여기 모은 글들의 면목일 것"(이상 5면)이라는 말로 평론집 『문학과 진보』를 펴내는 의의를 요약한다. 다시 말해 '문학과 진보'는 두 열쇳말 사이의 필연적 연관을 잠정 해리시킴으로써 민주화 이후 탈중심화하고 있는 '진보적 문학'을 새로운 차원에서 재구축하려는 일종의 유연화 전략을 함의한다고 할 수 있다.

하지만 그에 앞서 저자가 사용하고 있는 진보적 문학의 대명사로서 민족문학의 개념 범주를 정돈할 필요가 있다. 그의 문맥 가운데서 민족문학은 상당히 포괄적인데 "민족문학 없는 진보의 틈을 궁리한 앨쓴 길찾기"를 내세우는 중에도 이를 온전히 내려놓은 적은 없는 듯하다. 긴 기간에 걸쳐 작성되었음에도 이번 평론집에 실린 거의 모든 글들이 민족문학론의 심화와 확대라는 비교적 일관된 테마를 직간접으로 의식하고 있어 예의 유보는 저자 자신의 내적 발로라기보다 역사적 조건의 변화를 반영한 관찰 사실의 '수리'에 가까워 보이기 때문이다.

3

서로 연속적이면서 비연속적인 복수의 민족문학 '들'이 비평가이자 문학사가, 동아시아론자인 그의 복합적 면모들을 따라 접속한다. 우선 문학사가로서 그는 임화의 민족문학론에 유의해왔다. 알다시피 임화의 민족문학론은 박헌영(朴憲永)의 8월테제(1945)에 호응한 것이었다. 해방 직후 조선사회를 부르주아민주주의혁명 단계로 파악하고 좌파헤게모니 아래의 통일전선을 촉구함으로써 자본주의를 건너뛴 해방 이전의 급진적 사회주의현대화 기획이 지닌 비현실성을 일정하게 해소한 그것은 비록 분단과 전쟁으로 인해 미완의 꿈으로 저류하게 되었지만 남한 민주화와 반독재투쟁의 무기고 역할을 자임해온 진보적 문학의 전통 가운데 면면히 살아 있었다. 두번째 차원은 통상의 낭만적 민족주의와 무관하지 않지만 그렇다고 완전히 일치한다고만은 볼 수 없는 4월혁명 이후 내재적 발전론의 이념형으로서의 민족문학이다. 임화의 민족문학이 좌우합작의 '기우뚱한 균형'에 방점을 찍은 것이라면 내재적 발전론의 그것은 역사발전의 주체로서의 민족, 요컨대 자주성을 중심에 둔다. 따라서 내재적 발전론의 주적은 서구문학을 원본으로 고정시키는 이식사관 또는 이식문학론이다. 최원식의 첫 평론집 『민족문학의 논리』(1982)에 수록된 「가사(歌辭)의 소설화 경향과 봉건주의의 해체」「은세계 연구」 등은 널리 알려진 대로 실증과학의 정신이 내재적 발전론의 주체사관과 행복하게 결합한 대표적 성취라고 할 수 있다.

이러한 민족문학은 조선신문학사를 이식문화의 역사로 냉정히 요약한 임화에 비판적일 수밖에 없었는데, 이인직(李人稙)에 대해 이해조(李海朝)를, 이광수에 대해 염상섭을 중심에 두는 최원식 문학사관은 말하자면 임화를 극복함으로써 오히려 임화 문학사의 이월가치를 복권시키는 과정이었다고 해도 좋을 것이다. 물론 이를 단순히 내재적 발전론에 의한 이식문학론의 극복으로 이해해서는 곤란하다. 임화가 이식문학론자로만 규정될 수 없듯이 최원식도 단순한 내재적 발전론자가 아니었음은 두말할 나위 없다. 후에 동아시아론으로 진전해나갈 '비교문학의 비판적 복권'이라는 그 특유의 문제의식은 그의 비평과 연구 활동 초기부터 단단히 자리잡고 있었다. 반유럽중심주의의 외피를 입은 유럽중심주의가 오히려 더 심각한 문제일 수 있듯이 내재적 발전론 또한 그에게는 극복대상이었기 때문이다. 내재적 발전론과 '비교문학론'처럼 상호 대립하는 듯 보이는 양자를 동시에 적용하거나 동시에 내려놓는 '모순의 긍정'이야말로 그의 독특한 사유방식을 해명하는 기초다. 가령 「문학과 진보」의 다음과 같은 대목은 그 전형이다.

역시 문학과 예술은 이데올로기의 유혹으로부터 가능한 한 최대의 자유를 추구할 때 근사한 것인데, 그 본원적인 자리에 설 때 문학이 꾸는 목숨의 꿈은 더욱 치열하게 순정(純正)하다. 이는 순수주의로의 퇴각나팔이 아니다. 오히려 문학의, 또는 문학을 둘러싼 환경의 근본적 불순성을 철저하게 의식하는 것이 순수로 가는 혈로를 뚫는 방편일지도 모른다는 데 무서운 희망을 두고 싶다. 불순 바깥에 순수가 있다고 몽상하지 말고 불순을 여의고는 순수도 없다는 역설을 사는 자세를 실험할 만하지 않을까? 불순한

순수의 모순적 장소에서 이 세계의 행로를 '나'를 거쳐서 골똘히 사유할 때
상상력의 정치에 입각한 또 하나의 정부를 안은 진보문학의 새로운 대지가
문득 열릴지도 모른다. (22~23면)

"불순" 그러니까 정치를 여의고는 "순수" 곧 문학도 없다는 역설은 자
력(自力)을 강조하는 내재적 발전론과 타력(他力)을 앞세우는 '비교문학
론'의 관계에도 거의 그대로 적용된다. 잘 알려진 그의 리얼리즘·모더니
즘 회통론이 그렇듯이 그럼에도 기계적 중립은 아니다. 타력에 대한 자력,
모더니즘에 대한 리얼리즘의 우위는 마치 통일전선론으로서의 임화의 민
족문학론이 어디까지나 좌파헤게모니에 입각한 중도론이었듯 언제나 기
우뚱한 것이었다.

4

시론을 엮은 3부의 「자력갱생의 시학」 같은 글은 이러한 배경 가운데서
야 제대로 읽힌다. 우리 (시)비평의 현주소를 요약하는 대목에서 그는 말
한다. "어느 틈에 한국 비평은, 서구문학을 오로지 부정함으로써 '반서구
중심적 서구중심주의'로 떨어진 내재적 발전론에 대한 전면적 반동 속에
한국문학을 서구문학의 식민지로 타자화하는 낡은 비교문학론으로 복귀
했다. 작품의 실상에 즉해서 우리 시 비평의 고투의 경험으로부터 우러난
감각으로 그 시인 또는 그 시집(들)의 본질로 귀환하는 시론이 아쉽다. 남
의 눈 뒤에 눈치꾸러기로 숨는 타력신앙에서 벗어나 작품들 사이를 가로
지르는 '혼의 모험' 도정에서 훈련된 직관에 기초한 자력갱생의 길을 찾
을 일이다."(245면) "자력갱생"의 자리에 민족문학을 대신 놓아도 문맥은
크게 달라지지 않을 것이다. 여기서 임화와 내재적 발전론에 이은 민족문

학의 세번째 줄기 즉 백낙청(白樂晴)의 그것과 만난다.

백낙청의 민족문학론은 70년대 이래의 지속적인 논쟁 가운데 점차로 복잡한 문맥과 두터운 의미망을 지니게 되었지만 때로는 역사적 축적의 하중 때문에 그 명료한 기초가 불필요하게 흐려져 이해되곤 한다. 이는 간간이 오해되어온 것처럼 단순한 '민족주의' 문학론이 아니다. 범박하게 정리하면 그것은 남한 국민문학으로서의 한국문학, 북한 인민문학으로서의 조선문학 같은 반쪽짜리 개념 대신 한반도 분단현실에 대한 참된 인식을 주문하는 동시에 분단현실의 극복에 이바지하는 가치지향적 개념으로 제시된 것이라 할 수 있다. 사실 이러한 입각점 아래에서라면 한반도 분단체제의 현실을 변혁하지 못하는 한 민족문학의 깃발을 거두니 마니 하는 논의는 애당초 불가능에 가깝다. 더구나 백낙청이 말하는 분단체제는 한반도의 지역적 경계 안에 갇혀 있는 무엇이 아니라 자본주의 세계체제의 하위체제의 하나로 연동되어 있는 만큼 예의 극복에 이바지하는 민족문학이란 남한 민주화와 같은 보다 국지적인 목표뿐 아니라 자본주의 세계체제라는 더 큰 상대를 변혁하는 데도 일익을 담당할 수밖에 없게 된다. 최원식은 이를 다음과 같이 요약한다.

시장의 자유가 환상이듯이 자율적 개인의 탄생 역시 공상에 가깝다. 개인을 세우면서 동시에 개인을 넘어서는 도덕의 계보를 어떻게 구축하느냐가 문제다. 이 점에서 이 문제도 한국 또는 한반도라는 텍스트 안에서 재문맥화해야 하지 않을까? 분단 한반도의 남쪽에서 살아가는 민중/시민이라는 자각 없이 이 문제에 접근할 때 우리는 서구주의의 매트릭스에 갇히기 쉽다. 민족주의는 근본에서 극복되어야 할 낡은 이념이지만 민족 또는 민족적인 것에 대한 궁리는 천하위공(天下爲公)의 대동세상이 도래하기 전까지, 아니 그 실현을 위하여 우리가 직면하지 않을 수 없는 선차적 고려 사항의 하나다. 민족문학은 아직도 부득이 유효하다. 남의 한국문학과 북의 조선문학을 아우를 용어로서 민족문학 이외의 선택지가 없다는 차원만이 아니다. 분단체제의 요동과 깊이 연동된 한반도 주변 4강의 움직임이 전에 없이 활동적인 작금의 정세를 살피건대, 이 난해한 매듭을 어떻게 풀어 통일시대로 평화적으로 이행할 것인가, 이것이 관건이다. (255~56면)

임화의 통일전선론적 민족문학론과 내재적 발전론의 자주적 민족문학론 그리고 나중에 분단체제론으로 확장되어나가는 백낙청의 민족문학론, 서로 겹치면서 갈라지는 이 세가지 벡터는 최원식의 비평적 사유 안에서 거의 언제나 살아 있는 현재라고 할 수 있다.

5

너른 교집합을 공유하지만 서로 간의 차이도 만만치 않은 개념들을 통합적으로 이해하려면 유연성은 필수이다. 앞서 '모순의 긍정'이란 말로 요약한 그 특유의 사유방식 또한 이와 무관치 않은데 비평적 사유의 대상을 마주하자마자 망원경부터 집어들고 그것이 태어난 기원으로 독자들을 데려가곤 하는 그의 글쓰기 스타일도 거기서 나온다. 듣기에 따라 이상하게 여겨질지도 모르지만 그의 사유방식은 포스트모던 담론이 유행하기 훨씬 전부터도 기본적으로 해체적이었다. 강점은 물론 통념이나 고정관념의 구심력 또는 이른바 정설이라는 이름의 나루터에 배를 묶어두지 않는 자유로운 사고에 있을 것이다. 더구나 그 자유가 진실이 무엇인가라는 질문을 한시도 놓치지 않는 리얼리스트의 자유일 때 그것이 발휘하는 설득력은 막강하다. 이번 평론집 가운데 본격적인 문학평론에 해당하지는 않지만 가령 「다시 찾아온 토론의 시대: 『해방전후사의 재인식』을 읽고」나 「친일문제에 접근하는 다른 길: 용서를 위하여」와 같은 글들은 이러한 강점이 잘 드러난 경우이다. 그러나 망원경적인 유연성이 현미경의 보조를 동반하지 않을 때 예의 자유는 '자유를 위한 자유'에 떨어질 위험이 있고 때로는 살아 있는 현재의 쟁점이나 갈등이 '태초의 어둠' 가운데 희석되어버릴 여지도 있다. 리얼리즘·모더니즘 회통론이 탈정치적 리얼리즘 해소론자들의 구실로 납작해져 유통되곤 하는 데는 최초 발신 이후의 심화과정에 소홀했던 그의 책임도 없지 않을 것이다. 서문에도 흔적으로 남아 있지만 그를 따라 우리 문학에 있어 정치주의와 탈정치주의가 갈라서는 기준선을 탈냉전이 본격적으로 가시화된 90년대 어름으로 놓는다면 — 물론 이러한 대별구도 또한 재고될 필요가 있지만 — 이후의 문학을 평가하는 데 유독 인색하다는 느낌도 지우기가 어렵다. 새롭게 출현하는 문학적 가능성들에 대한 현장적 탐구가 아쉽다.

동서고금의 고전들을 무시로 넘나들 뿐 아니라 동아시아의 역사를 자유로이 종횡하곤 하는 글쓰기 스타일에 가려지기 일쑤지만 사실 그는 현미경을 다루는 데 능통한 비평가다. 작고 촘촘한 학문적 실증이 전편에 두드러진 『한국계몽주의 문학사론』(2002)과 같은 문학사 연구업적은 말할 것도 없지만 이번 평론집에서도 이시영(李時英) 시집 『하동』(2017)의 해설로 쓰인 「농업적 상상력의 골독한 산책」이나 도종환(都鍾煥)론인 「시와 정치」 같은 글들은 마치 시인의 내부로 들어갔다 나온 듯 섬세하다. 김영하(金英夏)와 김훈(金薰), 홍석중(洪錫中)의 장편을 하위자들의 반란으로 주밀하게 파고든 「남과 북의 새로운 역사감각들」은 모범적 미시문화 연구 사례로 손색이 없으며 작가의 생애와 사상, 작품세계의 세부를 그물망처럼 엮은 「민주적 사회주의자의 길: 『김학철 전집』 발간에 부쳐」 같은 글은 그 말고는 쓸 사람이 없을지도 모른다는 느낌마저 들게 한다. 특히 딩링(丁玲)의 단편 「내가 안개마을에 있을 때」(1940)를 단독으로 분석한 「중국 여성 작가의 눈에 비친 위안부」는 그가 누구보다도 '작은 일'에 보람을 느끼는 비평가란 사실을 잘 보여준다. 물론 위안부 문제라는 동아시아 역사갈등의 뇌관 중 하나를 겨냥하고 있는데다 비교문학적 차원까지 거느리고 있어 분량에 비해 작지만은 않은 글이지만 어차피 '대문자'에 무지해서는 미시분석인들 제 모양을 갖추기 어렵다.(사실 이 글은 위안부 문제를 둘러싼 한일 간의 갈등을 에둘러 겨냥하고 있는 글이기도 하다.) 그런 점에서 나는 그가 좀더 작아져 나날의 문학이 생멸을 거듭하는 현장으로 이따금 귀환해주길 소망한다.

다시 서문으로 돌아가 한마디 덧붙이는 것으로 이 성긴 예비 노트를 마무리 짓기로 한다. "한 시대가 저물고 있다는 더 깊은 실감 속에 민족문학 없는 진보의 틈을 궁리한 앨쓴 길찾기"가 무엇인지 다시 생각한다. 어쩌면 그는 "한 시대가 저물고 있다는 더 깊은 실감"을 지나치게 사적으로 전유하고 있는 것은 아닌가, 그래서 "민족문학 없는 진보의 틈"에는 재구축을 향한 집합적 신생의 열정보다 지난 시대의 황혼 앞에 선 개인의 파토스가 더 짙게 배어들지 않았나 싶은 것이다. 나아가는 집념과 되돌아보는 골똘함 사이에도 진보적으로 기우뚱한 균형이 필요하다면 그는 지금 기계적 중립 또는 되돌아보는 자리 쪽으로 조금 더 기울어 있는 듯하다. "역시 비평은 젊어야 한다"(5면)라면서 앞으로 문학사 작업에 잠심하겠다고 그는 말하지만 그의 문학사 연구를 탁월하게 만들어준 본질이 누구보다 예민하게 벼려진 비평정신이었음을 감안할 때 그것은 불필요한 겸사거나 지나친 '자소'인지 모른다.

제4부

재현과 재현 사이의
진실

무저갱의 안과 밖

◆

최은미, 김이설, 정유정 소설에 나타난 악의 표상

　죽어 마땅할 만큼 사악한 존재를 그려 보인 뒤 예정된 수순에 따라 그를 단죄하거나 단죄 불능을 선언함으로써 소임을 마치는 이야기들은 예나 지금이나 흔하다. 고전 시대의 권선징악 서사에서 이른바 개화기의 공안소설(公案小說)을 거쳐 20세기 범죄소설과 호러 판타지 영화에 이르기까지 그 역사도 길고 스펙트럼도 다양하다. 주제로서의 악에 관한 한 할리우드나 충무로의 숱한 상업영화들이 오늘날 대중들에게 훨씬 친숙할지 모르지만 "문학은 악의 표현"이라는 바따유(Georges Bataille)의 본질론이 여전히 일리 있는 한편, 현상적 차원에서도 폭력과 악에 대한 묘사를 극단화하는 경향의 문학작품들이 꾸준히 생산되고 있어 그 변화하는 사회문화적 맥락을 탐구할 필요성은 좀처럼 고갈되지 않는 듯하다.

　이렇게 개별적 행위로서의 악과 그 사회적 해결로서 처벌의 의미를 묻는 일은 문학에서 거의 항구적인 주제처럼 보일 정도이지만 이 주제가 놓여 있는 역사적 지평은 시대마다 달라지기 마련이다. 가령 근대소설로 올수록 선악의 경계가 흐릿해진다는 문학사적 견해는 이제 상식이나 마찬가지인데, 근대 이전의 선악판단 기준이 외재적으로 절대화되어 있는 편이라면 근대 이후의 그것은 내재적으로 상대화되어 있다고 보는 것이 그 요체다. 도스또옙스끼(Fyodor M. Dostoevsky)의 『죄와 벌』(1866)은 이와 관련해 널리 알려진 사례다. 주인공 라스꼴니꼬프는 자기 나름의 '초인사상'에 심취해 악랄한 고리대금업자이자 전당포 주인인 알료나와 그녀의 무구한 백치 여동생 리자베따를 도끼로 참살한 살인범이지만 그를 '순수한' 악인으로 기억하는 사람은 많지 않을 것이다.[1] 인간 본성과 제정러시아의 사회적 모순에 대해 그가 던진 무수한 철학적 질문들을 괄호에 묶어둔 채 곧장 선악판단으로 넘어가는 것은 거의 불가능하거나 적어도 무의미하기 때문이다. 라스꼴니꼬프가 최후에 맞이하게 되는 유형(流刑)의 삶도 표면적으로는 악행에 대한 징벌이지만 심층에서는 진정한 해방과 구원의 의미를 함께 내포한다. 나중에 다시 거론할 수밖에 없겠지만 『죄와 벌』의 마지막 문장들은 주인공이 처해 있는 객관적 조건에 구애됨 없이 오히려 상승하는 비전으로 충만하다. "그러나 이제 새로운 이야기, 한 사람이 점차로 소생되어가는 이야기, 그가 새롭게 태어나는 이야기, 그가 한 세계에서 다른 세계로 옮겨가는 이야기, 이제까지는 전혀 몰랐던 새로운 현실을 알게 되는 이야기가 시작되고 있다. 어쩌면 이것은 새로운 이야기의 주제가 되기에 충분할지 모르겠지만, 지금 우리의 이야기는 이것으로 완결되었다."[2]

여기서 이 글이 감당해야 할 몫은 서구 근대문학의 정전이나 영화를 비롯한 대중문화 현상이 아니라 최근의 한국문학, 그중에서도 소설에 국한되어 있어 많은 사례를 열거하긴 어렵다. 그렇지만 우리의 관심사를 충족

---

1 어떤 면에서는 리자베따 살해의 성상 파괴적 성격이 더 중요할 수도 있다. 라스꼴니꼬프가 그 나름의 신념에 기대어 단죄한 것은 알료나의 '악덕'만이 아니라 리자베따의 '미덕'이기도 했으니, 그리고 보면 '선과 악'이라는 틀 자체가 하나의 구속이며 그로부터의 해방이 작품의 중심일 것이기 때문이다.

2 표도르 미하일로비치 도스또예프스끼, 홍대화 옮김 『죄와 벌』 하, 열린책들 2009, 810면.

해줄 뿐 아니라 그 이상의 '새로운 현실'을 개시하고 있는 작품들은 지속적으로 생산되고 있다. 최은미(崔銀美)의 두번째 소설집 『목련정전』(目連正傳, 문학과지성사 2015)의 표제작은 유용한 나침반이 되어줄 것이다.

1. 악의 토대: 최은미의 「목련정전」

악에 관한 문학적 성찰로서는 깊이를 갖추고 있지만 이 작품을 이번 소설집의 대표작으로 꼽긴 어려울지도 모르겠다. 작품 전반에 자욱한 설화적 색채가 일견 현실주의적이기도 한 서사 전개와 충분히 조화를 이루고 있는지 선뜻 판단하기 쉽지 않으며 생략의 긴장이 요청되는 자리에 장황한 주관적 감상이 들어앉았거나 반대로 명확한 설명이 필요한 부분을 생략하고 넘어가는 듯한 대목도 이따금 눈에 띄기 때문이다.[3] 무엇보다도 생명을 기르는 '나무'와 죽음의 시간을 유폐한 '다래덩굴'이라는 단순하고도 관념적인 대칭이 이야기를 처음부터 예측 가능한 데로 이끌고 만다. 그러나 이 작품을 표제작으로 채택할 만한 명분은 충분하다. 결말의 시적 열림에서라면 「어느 작은」이 빼어나고 서정적인 분위기에서라면 「백 일 동안」이 더 강렬하며 생략의 긴장과 비밀스러움의 매력이라는 측면에서는 「근린(近隣)」을 첫손에 꼽을 수 있겠지만 그 모든 요소들의 자취가 고르게 남아 있을 뿐 아니라 이러한 요소들 사이의 각축과 불협조차도 이 작품을 특이하고 문제적인 텍스트로 만드는 데 이바지하고 있기 때문이다.

이야기인즉 이렇다. '목아(木兒)'라는 아명을 지닌 소년이 있고 소년의 엄마가 있다. 어디서 어떻게 살아왔는지 모를 그녀는 낯선 마을의 어

---

3 가령 마을 언덕 위의 나무와 주인공 목련의 관계에 모종의 상징성을 부여하려는 대화와 정황 설명은 전체 분량에 비해 길거나 잦고, 목련의 엄마가 마을 사람들을 독살하기까지의 고통의 체험은 지나치게 암시적이다.

느 절에서 부엌일을 거들며 홀로 소년을 낳아 기른다. 그런데 아이가 다섯살 되던 해 백중날, 독이 든 잔치 음식을 나눠 먹은 어른들 일부와 마을의 모든 아이들이 참혹하게 죽는 사건이 발생한다. 음식에 독(비상)을 탄 사람은 다름 아닌 목아의 엄마였고 끔찍한 악행을 저지른 뒤 저수지에 몸을 던지려던 그녀는 마을 사람들에게 발각되어 언덕 위 다래덩굴에 유폐된 채 죽음보다 못한 삶을 고통 속에 살게 된다. 그런데 참사 이후 마을 사람들은 불가의 목련구모(目連救母) 설화에서 따온 목련이라는 새 이름을 지어주며 목아를 거두어 기른다. 열다섯살이 된 목련은 끝내 참사의 진상을 전해듣게 되고 다래덩굴 건너편 나무에 스스로 목을 매 숨진다. 이것이 엄마를 최악의 지옥으로 내모는 징벌적 행위임은 물론인데 그녀가 참척의 고통에 울부짖는 장면에서 작품은 마무리된다.

작가 스스로도 밝히고 있듯이 이 이야기는 『목련경(目蓮經)』의 변주다. 『목련경』은 죄를 짓고 지옥에 떨어진 어미를 아들 목련이 구제한다는 불교 전승에 바탕을 둔 것이니 소설 「목련정전」의 '정전(正傳)'에는 수많은 굴절을 통과해온 이 설화를 진면목대로 다시 쓰겠다는 취지가 담겨 있는 셈이다. 대강의 줄거리만으로도 예의 '다시 쓰기'의 의도가 구원의 서사를 파멸의 서사로 세속화하는 데 있다는 사실은 분명해지는데, 악의 문학적 탐구라는 주제와 관련해 『목련경』을 좀더 참조할 필요가 있다.

목련은 대목건련(大目犍連)의 약칭이다. 대목건련은 범어의 마하마우드갈랴야나를 한자의 뜻(maha, 大)과 소리(maudgalyayana, 目犍連)로 옮긴 것인데 그는 석가모니의 10대 제자 중 하나로 알려져 있다. 그를 주인공으로 한 『목련경』은 자식이 어미를 구제한다는 내용에 힘입어 효에 관한 경전으로 받아들여졌고 고려 이후 조선 시대까지 널리 유포되었지만 실은 원전이 전하지 않는 고대 인도의 『울람바나(Ullambana)경』[4]에 모태

---

4 4세기 초 돈황의 학승 축법호(竺法護)의 한역본 『불설 우란분경』이 남아 있는 것으로

를 둔 위경(僞經)이라는 설이 유력하다. 울람바나를 음차하면 우란분(盂蘭盆)이 되며 24절기의 하나인 백중날을 불가에서 우란분절이라 부르는 데서 알 수 있듯 이는 농경문화와 깊은 관련을 맺고 있다. 그러므로『울람바나경』에서 죄업을 지고 아귀지옥에 떨어져 극심한 기아에 신음하는 대목건련의 어미는 굶주린 대지의 상징에 가깝고 그의 제도가 이루어지는 우란분절은 온갖 열매들이 영글어 종자를 얻게 되는, 다시 말해 굶주림의 고통에서 벗어나 비로소 휴식과 번영에의 약속에 이르는 상징적 해방의 계기가 된다. 울람바나의 축자적 의미는 '거꾸로 매달린 듯한 극심한 고통'이다. 이는 끝이 보이지 않는 노동과 굶주림이라는 민중적 현실의 메타포에 다름 아닐 것이다. 따라서 목련구모 모티프의 핵심 함의는 효행의 고취에 있다기보다 보편적 인간고로부터의 벗어남, 그러니까 중생제도(衆生濟度)의 발원에 있다고 할 수 있다.

요컨대 최은미의「목련정전」은『울람바나경』의 유가적 굴절(『목련경』)을 본래 면목으로 바로잡되 그 배후에 자리한 농경문화적 토대를 해체함으로써 현재화에 도달한 경우다. 따라서 배경이야 어찌 되었든 '엄마'가 신음하는 중생 혹은 민중의 형상이라는 점은 달라지지 않는다. 그렇다면 그녀의 개별적 고통에 귀기울여보는 게 순서일 텐데 어쩐지 그녀에게는 목소리가 없다. 목격자의 증언을 통해 간접적으로 전해진 단 한마디가 남았을 뿐이다. "니 엄마가 그러더구나. 다 죽여버리고 싶었다고. 그 말 한마디만 했다."(120면) 이마저 제외하면 그녀의 목소리는 언어화 이전의 고통스런 신음이 전부다. 그런데 작품에 가까이 다가갈수록 그녀에게 자신의 고통을 해명할 목소리가 없었다기보다 누구도 그 목소리를 들어보려 하지 않았다는 사실이 분명해진다. 마을 사람들은 결국 그녀의 고통을 은폐하는 데 가담한 암묵적 공모자들이었던 셈이다. 이 작품을 통틀어 가장 강

전해진다.

렬한 실감으로 다가오는 동시에 작품 이해의 열쇠를 쥐고 있는 장면은 목련의 기억 속 "그해 동짓날 밤"(102면)에 있었던 일이다. 요사채에 모인 마을 여자들이 동지팥죽에 넣을 새알심을 빚고 있는데 그들은 "엄마한테 관심이 많다. 머리부터 발끝까지 엄마를 살펴보고, 엄마를 걱정하고, 엄마한테 질문한다".

애아빠하고는 일찌감치 헤어졌고? 엄마는 대꾸 없이 반죽에 힘을 쏟는다. 자네 애 낳던 날, 세상에, 어찌 그리 찢어져라 울부짖는지, 온 동네가 잠을 못 잤잖아. 우리도 다 애 낳아봤지만 그 소리는 어쩜 그렇게 귀를 후벼 그래? 엄마는 말없이 반죽에 물을 더 붓는다.

젊은데 어여 좋은 사람 만나 가야지. 우리 동네가 옛날부터 과부는 없어. 마을 여인들은 새알을 주거니 받거니 쟁반으로 무수하게 던져 넣는다. 남편 없는 젊은 여자가 혼자 돌아다니면 동네 수캐하고도 말이 나는데. 에이, 무슨 말을 그렇게 해. 우리 동네가 그런 동네는 아니지. 뭐가 안 그래, 분위기가 옛날하고는 뭔가 다른데.

쌀가루를 휘저으며 놀던 목련이 엄마 얼굴에 가루를 한 움큼 뿌린다. 얼굴에 하얀 가루를 뒤집어쓴 엄마가 동작을 멈춘다. 엄마는 반죽을 짓이기던 손으로 순식간에 목련의 목을 움켜잡는다. 목련은 비명도 못 지르고 버둥거린다. 엄마는 시뻘겋게 구겨진 얼굴로 목련을 패대기치듯 밀쳐버리고 다시 반죽으로 손을 가져간다. 방 안은 어색한 침묵으로 탁해진다.

장난한 걸 가지고, 왜 애한테 그래. 누군가 먼저 치마를 털며 일어선다.
(102~03면)

이 장면은 "뜨끈뜨끈한 방구들 위에 남은 것은 새알과 쌀가루와 기나긴 11월 밤. 그리고 목련과 엄마"(103면)라는 여백 짙은 문장들로 마무리되는데 이 이방인 모자를 엄습하는 저마다의 고립감이 잡힐 듯 생생하다. 마을 여자들이 떠보듯 던지는 물음들이 편견에 차 있고 그것이 그녀의 숨은 상처를 날카롭게 자극했음에는 의문의 여지가 없다. 그 자극과 폭력의 연쇄반응이 끝나는 지점에 어린 목련의 자리를 마련해둔 것 또한 정황상 자연스럽다. 하지만 이 장면은 한 단계 더 나아간 추측도 가능하게 한다. 그것은 비밀에 부쳐진 그녀의 상처가 남녀 간의 나쁜 소문이나 부정과 관련되어 있으며 목련의 존재 자체가 그녀 스스로 원한 적 없었을 폭력과 수치의 흔적일지도 모른다는 것이다. 단정하긴 어렵지만 이렇게 볼 때에야 목련과 마을 사람들을 향해 드러낸 그녀의 섬뜩한 적의가 비로소 납득 가능해지는 측면이 있다. 모종의 사회적 폭력에 상처 입었음에도 목소리를 빼앗김으로써 자기서사화의 계기를 박탈당한 존재가, 고통 속에 길을 잃은 채 자기 외부의 모든 이들을 가해자 또는 암묵적 공모자로 상정하고 무차별의 복수극을 펼치는 이야기라면 목련 엄마의 악행에도 충분한 현실적 근거가 부여되는 셈이다.

그러나 목련설화에서와 달리 「목련정전」의 그녀는 끝내 구원받지 못한다. 왜일까? 그것은 뜻밖에도 소설집 『목련정전』 전반에 나타나는 형식적 특질인 '소설의 설화화' 경향과 무관치 않은데, 최은미 소설의 모호한 듯 독특한 분위기도 현실의 파국을 운명론적으로 해소하는 그 특유의 작법에서 유래한다. 그의 소설에서 죄업과 악행은 피할 수 없는 삶의 근본 조건처럼 묘사된다. 그러한 조건을 인류 문명의 초역사적 토대로 상상하는 한 소설 형식이 설화적 차원으로 견인되는 현상은 일견 자연스럽기까지 한데, 그럼에도 불구하고 「목련정전」 같은 작품들이 소설적 실감을 끝내 잃지 않는다면 그것은 소설집의 해설자인 김형중이 "도무지 이해할 수 없는 이 미친 재난들의 시대"(335면)로 요약한 집합적 시대감각이 우리들 사이에 널리 퍼져 있기 때문일 것이다. 바로 이것이 '구원받지 못할 악'의 상상적 토대임은 물론이다.

2. 살아남은 자의 웃음: 김이설의 「미끼」

목련의 엄마는 지옥에 떨어졌을지언정 끝내 살아남았다. 죽음보다 못한 이 상시적 예외상태 가운데서 목숨을 이어간다는 것은 어떤 의미일까? 또다른 문제작 한편을 경유할 수밖에 없겠다. 최근 출간된 김이설의 소설집 『오늘처럼 고요히』(문학동네 2016)는 한 차원 더 높은 삶에 대한 기대나 소망은 고사하고 목숨을 부지하며 살아갈 최소한의 생존조건 자체가 늪에 빠져버린 아홉편의 악몽으로 채워져 있다. 그것은 소설집의 제호가 이미 말해주고 있듯이 '최저 생계'가 삶의 '최대 가치'로 군림하는 세계다. 부정과 폭행과 죽음으로 얼룩진 파멸의 가족사(「부고」)나 어린 두 자식을 죽음으로 내몬 엄마의 독백(「아름다운 것들」), 그리고 파산으로 인해 떨어져 지내던 남편이 어느 날 갑자기 들고 온 피비린내 나는 돈가방(「흉몽」) 외에도 그 아득한 밑바닥을 입증하는 전거들은 얼마든지 있다.

작가 김이설이 데뷔 이래 지난 10년간 해온 작업은 어쩌면 '불행의 표현주의'라 부를 만한 성격과 강도를 지닌 것이었다. 그의 소설은 대개 사실주의적 합리성의 규준을 따르는 듯 보이지만 그것이 불행의 감각을 극단적으로 증폭시켜 전달하려는 초과의 열정까지 통어하는 수준으로 작동하지는 않는 편이기 때문이다. 물론 주제의 보편적 승화보다 세분화된 감각의 강도나 첨예화에 더 많은 관심을 기울이는 작법이 그 자체로 결함일 이유는 없지만 안온한 현실의 기만성을 폭로하는 냉정한 사실주의에서 김이설 문학의 개성을 찾으려는 논리들은 재고될 필요가 있다. 그러한 관점들은 틀렸다기보다 충분하지 않다. 김이설의 소설은 거의 언제나 허용치 이상의 독성을 향해 손을 뻗는데 그러한 욕망을 지속하게 만드는 배경에는 물론 소설보다 더 끔찍한 현실이 자리 잡고 있을 것이다. "진짜 세상에는 소설보다 선한 사람과 더 아픈 사람과 더 나쁜 사람들도 훨씬 많지만, 이 세계는 소설 속보다도 더 어처구니없는 일들이 매일 벌어진다는 것. 말도 안 되는, 이치에 맞지 않는 일들이 아무렇지 않게 벌어지고 있다는 것"('작가의 말')이다. 요컨대 그의 소설은 현실보다 더 끔찍해짐으로써 현실의 끔찍함을 하강 초월하려는 '잔인한' 열정의 산물이라고 할 수 있다. 이번 소설집뿐 아니라 그간의 김이설 문학을 통틀어 불행의 임계점을 가장 멀리 넘어간 작품으로는 「미끼」가 있다. 그 월경의 도약대는 물론 이 글의 주제이기도 한 악의 극단적 형상화이며 이로써 불행에 빠진 삶이나 현실의 고통이라는 차원은 어느새 부차적인 것으로 밀려나고 만다.

최은미의 앞선 작품이 모자갈등을 축으로 한다면 김이설의 「미끼」는 부자갈등이 기본 골격을 이루고 있다. 이렇게 되면 아버지와 아들이 '엄마'를 사이에 두고 경쟁하는 부친 살해의 오이디푸스 드라마는 어느 면 불가피한 요소다. 그런데 어느 도시 근교의 강가에서 낚싯가게를 운영하며 생계를 유지하고 있는 이들 부자에겐 아내 또는 엄마의 자리가 비어 있다. 그를 대신하는 것은 아버지가 어디선가 '잡아온' 여자들이다. 그들은 대개 "정신이 아예 없는 여자들"이거나 말이 통하지 않는 "다른 나라 여자들"이다(19면). "잡혀온 여자들은 때로 부엌일을 하기도 했지만, 대부분은 창고에" 갇혔는데 그녀들을 기다리고 있는 것은 무자비한 폭행과 죽음뿐이다. "여자들은 언제나 감쪽같이 사라졌다."(15면)

이 종잡없는 악의 전경화가 던지는 메시지는 간명하다. "약해빠져서 이 세상 어떻게 살래. 약한 건 쓸모없다. 쓸모없는 건 죽어야지. 죽지 않고 버틴 놈만 사는 거야."(14면) 물리적 힘과 생존에 대한 맹목적 집착 외에 다른 어떠한 질서의 지배도 받지 않는 듯 보이는 이 아버지와 아들의 모습은 현실에서라면 이것이 과연 가능하기는 할까라는 물음을 반사적으로 불러일으킬 만큼 병리적이다. 아들을 폭행해 불구로 만들고 여자들을 감금한 뒤 폭행을 일삼으며 심지어 살해해 낚싯밥(미끼)을 만드는 아버지와 결국은 그를 닮다 못해 능가하기에 이르는 아들에 대해서라면 누구라도 그런 의문을 떠올리지 않을 수 없을 것이다. 그렇다면 이렇게 악의 형상을 극단화하는 이유는 무엇일까? 현실이 소설보다 더 끔찍하기 때문이라는 설명으론 어딘지 부족하다. 그것이 약육강식의 야만을 묘사하는 데 그치지 않고 심지어 향락적이기까지 하다는 사실은 무엇보다 중요하다.

> 그날 밤의 아버지처럼, 나는 송유영의 머리채를 붙잡고 흔들었다. 송유영을 이리저리 내던졌다. 정신을 잃으면 물을 부었다. 흠뻑 젖은 송유영이 놀라 퍼덕거렸다. 나는 송유영의 젖은 옷을 찢었다. 발로 송유영의 다리를 벌렸다. 검은 구멍이 선명하게 드러났다. 한번 잡은 건 다시 보내지 말아야 한다. 아버지가 창고 문 앞에서 내 뒷모습을 지켜봤다. 아버지 것도 딱딱하게 굳었을 것이었다. (42~43면)

힘의 대결에서 최종적으로 승리한 아들이 '전리품'을 유린하는 장면이거니와 여기에는 패자의 시선을 의식한 과시적 유희의 연출뿐 아니라 '전리품'을 상대로 하는 예민한 대결의식 또는 열등감이 개재해 있다. 화자가 송유영이라는 이름을 반복적으로 새기는 데는 심리적 근거가 없지 않은 것이다. 송유영은 어느 낚시 전문 방송의 진행자인데 촬영차 이들 부자에게 접근했다가 횡액을 당하게 된다. 아버지가 지금까지 잡아 가두고 폭행했던 여성들에겐 이름이나 내력이 없고 살려달라는 비명 외엔 언어도 없었지만 그녀는 다르다. 게다가 아버지와의 관계에 한정하면 그것은 일방적인 가학과 피학의 관계가 아니라 일종의 수평적 거래관계였으니 오갈 곳 없는 무명의 하위자들과 중간계급 여성 사이의 낙차는 꽤 커 보인다. 그녀는 화자의 폭행 앞에서도 주눅들지 않는다. "무식한 것들은 힘밖에 없지. 사는 꼴 보면 각 다 나와. 너나 네 아비나 다 똑같은 놈들이야! 이 거지 같은 것들!"(41면)

아버지와 아들의 갈등 꼭대기에는 이렇게 계급갈등의 지평이 암암리에 그늘을 드리우고 있다. 송유영을 살해해 낚싯밥을 만들려는 아들에게 아버지는 말한다. "저 여자는 내가 끌고 온 여자들과 달라. 다르다고. 멀쩡하잖아."(44면) 물론 끊임없이 '노동'하는 아버지와 그의 폭력을 피해다니며 유희에 탐닉하는 아들의 이미지도 대조적이긴 마찬가지일 것이다.[5] 그러나 먹이사슬의 수직적 서열구조를 승인하고 보전하는 데 이바지한다는 점에서 이들은 다르지 않다. "사람들이 나더러 다 아버지 닮았대요."(45면) 근거가 불명확해 보였던 극단적 폭력은 사회적으로 해소되거나 극복되지 못한 계급적대의 리비도에 의해 뒷받침되고 있었던 셈이다. 그렇다면 송유영과 아버지를 살해함으로써 기성의 서열구조에 균열을 낸 아들은 반란자일까? 아마도 그렇지는 않을 것이다. 따지고 보면 그는 모든 갈등을 극복해낸 최후의 승자가 아니라 파국이라는 마지막 미끼를 문 예비 희생자에 불과하기 때문이다.

일인칭소설에서 화자의 자리에 악인이나 병리적 인물을 배치하는 것은 소화가 쉽지 않을뿐더러 위험하기까지 하다. 일단 그러한 인물의 시선에 포착된 세계상 자체가 균형적이긴 어렵기 때문에 구성상의 많은 가능성이 제약될 수밖에 없고 작가와 화자 사이의 관계에 있어서도 동화와 이화의 길항이 용이할 리 없다. 이 작품 「미끼」 같은 경우에도 그 말하려는 바가 무엇이었든 작가의 합리가 화자의 비합리와 충돌할 가능성은 곳곳에 잠복해 있게 마련이다. 김이설이 이를 극복하기 위해 취한 방식은 아마도 철저한 동화, 그러니까 거리 지우기로써 '화자 되기'였던 듯하다. 배우들이 흔히 그러는 것처럼 자기 내면의 위악적 본능을 최대치로 끌어내 스스로 '악인'이 되어보려 시도하지 않고서는 이만한 에너지의 작품을 쓰기

---

5 이 작품에서 아버지는 끊임없이 미끼를 만들고 낚시를 하며 이따금은 인근지역에 일당벌이 허드렛일을 다녀오기도 하는 데 반해(그의 납치와 감금, 폭행 행각에조차 타락한 노동의 알레고리적 요소가 스며 있다) 화자인 아들은 아버지가 잡아온 여자들을 몰래 농락하거나 낚시꾼들의 물건을 훔치고 동네 매음녀의 몸을 탐하는 것이 일상의 거의 전부다.

어려웠을 것이다. 다만 작품의 저층에 자리 잡은 계급적대가 아직은 막연한 수준에 머물러 있어 얼마간의 아쉬움은 남을 수밖에 없을 듯하다.

그리고 보면 최은미의 「목련정전」과 이 작품 사이의 교집합은 뜻밖에 넓다. 거기에는 자신의 고통을 언어화할 기회를 박탈당한 여성들이 공통적으로 등장하며 그 근저에는 가부장제의 폭력이 마치 변경 불능의 조건처럼 도사리고 있다. 그리고 자신을 둘러싼 세계를 합리적 해석이 불가능한 재난상태로 인식하는 관점 또한 공유하는데, 이는 내용적으로 극단적 악의 형상화를 낳고 형식적으로는 소설의 사실주의적 기초를 원심 분해하려는 경향 ─ '소설의 설화화'나 '불행의 표현주의' 같은 징후들 ─ 을 낳는다. 다만 살아남은 악인의 표정에는 뚜렷한 차이가 있다. 「목련정전」의 엄마가 가혹한 슬픔 속에 울부짖고 있다면 「미끼」의 '나'는 잔인하게 웃고 있다. 이제 무표정으로 가볼 차례다.

3. 집 안의 악마: 정유정의 『종의 기원』

『7년의 밤』(은행나무 2011)의 작가 정유정에 대해서라면 이제 긴 소개가 필요치 않을 것이다. 특히 그의 최근작 『종의 기원』(은행나무 2016)은 '악의 문학적 탐구'라는 주제에 관한 한 주목을 요하는 작품이다. 김이설이 단편으로 보여준 바 있는 일인칭의 '악인 되기'를 그는 장편으로 소화해내는데 끝까지 집중력을 잃지 않는 소설적 체력이 인상적이다. 이들 두 작가가 그리고 있는 적자생존의 세계 또한 닮은 데가 있다. "웃기지 마. 살아남는 쪽이 이기는 거야"(374면)라는 『종의 기원』의 전언은 확실히 「미끼」의 "죽지 않고 버틴 놈만 사는 거야"를 연상시킨다.

그러나 이 작품의 주인공이 연쇄살인마가 되는 데는 계급적대의 감정구조(「미끼」) 같은 외부 요소가 끼어들 틈이 별로 없다. 그는 "인류의 2~3퍼센트가량" 된다는 사이코패스(psychopath) 중에서도 "상위 1퍼센트에 속하는, 정신의학자들 사이에선 '프레데터'라 부른다는 '순수 악인'"('작가의 말')이어서 타당한 사회학적 근거 없이도 얼마든지 끔찍한 악행을 저지를 수 있는 존재이기 때문이다. 따라서 작품은 '그는 왜 살인마가 될 수밖에 없었는가'라는 물음에서 벗어나 그가 살인을 저지르게 되는 메커니즘은 무엇이며 그것이 그를 둘러싼 환경과의 상호작용 속에서 어떠한 결과를 초래하는지를 탐사하는 길로 나아간다. 그것은 악의 병리학적 원인 분석이 아니라 생태학적 관찰 보고에 가깝다. 규모가 있는 작품이니만큼 보고서의 개요를 시간 순서에 따라 미리 정리해두는 편이 요긴하겠다.

수입가구 사업을 하는 아버지와 출판편집자였던 어머니, 그리고 그들의 두 아들이 있다. 둘째아들인 '나' 한유진은 열살 때 가족여행에서 아버지와 형을 잃는다. 실은 서바이벌 게임에서 진 '나'가 형을 벼랑으로 떠밀었고 그를 구하러 바다에 뛰어든 아버지가 함께 목숨을 잃은 것이었다. 촉망받는 수영선수로 자라나던 '나'는 정신과의사인 이모로부터 사이코패스라는 진단을 받고 모종의 약을 처방받는데 열여섯살이 되던 해에 약을 끊고 경기에 나갔다가 발작을 일으켜 선수생활을 접게 된다. 투약으로 인한 무기력과 어머니의 과도한 감시에 억눌린 채 스물여섯살의 로스쿨 준비생이 된 '나'는 이따금 약을 끊고 밤거리를 배회하는 일탈을 저지르곤 했는데 급기야 그 사실이 어머니에게 발각되어 추궁받던 끝에 그녀를 살해하기에 이른다. 살해 현장을 은폐하려는 '나'의 기도가 어머니의 행적에 의심을 품은 이모에 의해 실패하게 되자 이모마저 살해한다. "겁먹은 것에게 끌렸다"(188면)고 말하는 '나'는 "모든 것이 가능해지는 전능의 순간"(203면)에 지펴 이제 무차별의 살인을 저지른다. 죽은 친형을 대신해 어머니가 양자로 데려온 해진 또한 죽음을 피하지는 못한다. 기나긴 도주 끝에 살아남은 '나'가 이렇게 되뇌는 장면에서 작품은 끝난다. "세상으로 돌아오긴 했으나 다시 사람으로 살아갈 수 있을지는 잘 모르겠다. 사람들

속에서 살아갈 수 있을지도."(378면)

　치유 불능의 극단적 악을 형상화하고 있다는 점에서 오늘날의 세계를 해명 불능의 재난상태로 인식하기는 이 작품 또한 앞선 사례들과 다를 바 없을 것이다. 하지만 형식적 차원에서는 뚜렷한 차이를 보이는데 그것은 소설 형식의 사실주의적 기초를 원심 분해하는 대신 사실주의 그 자체의 강화를 채택하는 것으로 나타난다. 짤막한 프롤로그를 거친 이 작품의 1부는 친모 살해의 현장에서 시작된다.

　　한 발짝, 여자의 종아리 옆으로 다가섰다. 원피스 자락이 덮여 있는 허벅지 옆으로 다시 한 발짝. 팔꿈치 옆에 이르러 걸음을 멈췄다. 치켜든 여자의 목이 턱 밑을 따라 날렵하게 잘려나가 있었다. 왼쪽 귀밑에서 오른쪽 귀밑까지, 어느 힘센 손아귀가 예리한 칼로 한 동작에 그어버린 것처럼 보였다. 언월도 형상으로 벌어진 목의 속살은 아가미처럼 붉었다. 숨 쉬듯 펄떡거리는 착각마저 들었다. 흐트러진 머리칼 밑에선 새카만 눈동자가 시선을 맞대왔다. 내 눈을 쏜살같이 찔러오는 발톱 같은 눈이었다. 가까이 와, 라고 명령하는 눈이었다. 내 몸은 자동반사에 가깝게 명령을 받아들였다. 크레인처럼 뻣뻣해진 다리를 구부리고 여자 옆에 쪼그려 앉아 여자의 얼굴로 손을 뻗었다. 부들부들 떨면서, 저질러버리는 심정으로, 머리채를 홱 걷어냈다.

　　'유진아.'
　　다시 어머니의 음성이 들려왔다. 꿈속으로 들려오던 그 소리였다. (32~33면)

　사건의 실상이 점진적으로 드러나는 더딘 시간의 흐름 위로 시선의 움직임을 따르는 즉물적인 묘사가 전개된다. 그 가운데 주인공의 복합심리와 모자간의 특수한 관계, 사건의 원인에 대한 암시까지 응축되어 있어 이른바 세부의 핍진성에 대한 작가적 집념이 상당한 정도에 이른다는 사실을 체감하게 된다. 일인칭시점임에도 대부분 주어를 생략함으로써 삼인칭적 착시를 불러일으키며 거리를 유지하는 문체도 인상적이거니와 그 문체적 특징이 타인의 고통에 공감하지 못하는 일인칭 화자의 형상에 입체적 실감을 부여하여 정황 진술의 지연 자체가 이미 하나의 내용을 이루고 있다. 상대적으로 1부와 2부에서 지루한 느낌을 주기도 하는 이러한 요소는 작품의 후반부로 갈수록 예외적 몰입감을 불러일으키는 힘의 원천이 된다.

이 장편이 단순히 공포감을 유발하거나 범죄소설적 흥미를 끄는 데에 만족하지 않는다는 사실은 두말할 나위 없다. 범인이 '나'라는 사실은 처음부터 알려져 있는 셈이고 그가 최상급의 사이코패스인 이상 앞으로 일어날 끔찍한 사건들조차 어느정도는 예측 가능하기 때문이다. 사건소설적 측면에서 흥미로운 지점이 남아 있다면 '나'가 궁극적으로 단죄될 것인가, 단죄된다면 어떻게 단죄될 것인가 정도일 텐데 이 작품의 관심사는 특별히 거기에 기울어 있는 것도 아닌 듯하다(그러기엔 법이나 윤리의 상징적 대리자들의 자리가 비어 있거나 흐릿하다). 뜻밖에도 작품의 초점은 '나'로 상정된 그의 이야기를 가능한 한 자세히 듣는 데 있고 그것은 결국 어떻게 하면 그라는 절대적 타자를 이해할 수 있을까로 향한다.[6] 따라서 '나'의 구체적 행위와 내면에서 일어나는 동요를 집요하게 물고 늘어지는 작가의 집념은 한편으로 '절대악의 생태 보고서'라는 외피를 두르고 있지만 그 심층에서는 합리적 질서에 포획되지 않는 절대적 타자를 합리의 언어로 포착하려는 '가망 없는' 노력의 경주로 나타난다. 다시 말해 그 요체는 재현 욕망과 재현 대상 간의 추적과 도주의 드라마다. 세부의 핍진성에 쇄말적으로 몰두하는 서술 지연의 형식은, 그것이 일부에서 살육의 현

---

6 '나'의 회고나 자기분석이 작품의 상당한 분량을 차지하는 가운데 죽은 어머니의 관찰 일기가 요소요소에 삽입되면서 작품의 이러한 성격이 입체적으로 강화된다는 점에 주의를 기울일 필요가 있다.

장에 대한 관음증적 쾌락에 봉사한다 할지라도, 대체로 서사적 흥미를 유지하기 위한 방편이라기보다 이 세계를 합리적으로 이해하려는 의지의 산물인 것이다.

최상의 '포식자'가 끝내 살아남는다는 점에서, 그리고 그것이 아버지의 세계에 대한 '마이너스 극복'의 결과란 점에서 『종의 기원』은 다시 한번 「미끼」와 만난다. 필리핀 세부에 살고 있는 한유진의 할머니는 이따금 증언하곤 했다. "아이고, 불쌍한 내 새끼. 클수록 영락없이 제 애비네." (326면) 그리고 그의 범행 도구는 아버지가 유품처럼 남긴 면도칼이었고 거기에는 아버지의 이름이 영문 이니셜로 새겨져 있다. 그는 아버지의 이름으로 아버지의 세계를 파괴한 것이다. 한편 「미끼」와 달리 이 작품에서는 신도시의 교육받은 중산층적 삶이 배경으로 제시된다. 이름이 없고 목소리가 없는 자, 가난한 자는 이 작품에 등장하지 않고 등장한다 해도 이러한 세계에 흡수되고 만다(가난한 조부의 죽음 뒤에 해진은 유진 일가의 양자가 된다). 그들을 누락한 이 세계란 가령 이런 모습이다. "서해 간척지에 세워진 군도신시는 한때 '떴다방'과 '폭탄돌리기'의 본거지였다. 광활한 택지, 수도권인 데다 인천공항이 가깝다는 지리적 이점, 동진강이 시가지 중심으로 흐르고 바다와 산이 앞뒤로 놓인 천혜의 풍광을 갖췄다는 점, 복합 리조트 중심의 '휴양 도시'로 육성하겠다는 정부의 발표에 힘입어 분양 광풍이 불었다."(116면) 개발주의에 기반한 고도성장 시대의 세속적 이상을 대변하는 그것이 적자생존밖에 모르는 끔찍한 형상의 '새로운 인간'에 의해 파멸의 위기에 던져졌다면 이는 적자생존 이데올로기의 궁극적 승리가 아니라 오히려 그 지속의 위기를 증언하는 징후인지도 모른다. "세상으로 돌아오긴 했으나 다시 사람으로 살아갈 수 있을지는" 알 수 없게 된 사이코패스의 모습은 우리 자신의 초상에서 얼마나 멀리 떨어져 있는 것일까.

에필로그: 잔인한 웃음과 치명적인 무표정 사이에서

자기서사화의 실패와 해소되지 못한 계급적대의 리비도, 그리고 타고난 절대적 타자성 등이 악의 발생 경로 가까이 놓여 있지만 사실 악의 내용을 채우고 있는 것은 일종의 공허일 것이다. "원인과 합리성 부재, 사회적 조건화에 관한 거부, 불가해한 초월성을 향한 무한한 욕망, 무의미, 극단의 순수성, 공허함 등이다."[7] 이미 말한 것처럼 근대 이후의 선악판단 기준이 내재적으로 상대화될 수밖에 없는 것이라면 선이나 악이 그 자체로 항구적인 내용을 지닐 리는 없기 때문이다. 따라서 '악의 형상화'에 대한 근래의 관심들은 '구원의 불가능성이 새로운 항상성으로 자리 잡은 세계'(최은미의 경우)라는 시대인식을 반영하거나 '적자생존 이데올로기의 위기'(김이설, 정유정의 경우)를 지시하는 흐름이라고 할 수도 있겠다. 그러나 이는 사실 양날의 칼이어서 다른 한편에서는 현실에 대한 분석과 실천의 어려움을 그 근원적 불가능성으로 위장하는 유용한 도구가 되기도 한다. 어떤 사태를 악으로 규정하는 순간 사유는 정지될 수밖에 없기 때문이다. "특정 범행을 악이라고 호명하는 행위는 그 행동을 도저히 이해할 수 없는 행동으로 의미화하게 된다. 악이란 애초부터 이해할 수 없는 존재다. 악은 물자체(物自體)다."[8] 날로 더 끔찍해지는 현실을 의식하기라도 하듯 문학작품이 잔혹해지는 것은 그 최종적 의도가 무엇이었든 죄업과 악행은 인간 조건의 불가피한 일부이고 더 나은 삶에 대한 이상은 '최저 생계'의 수렁을 빠져나오지 못하며 지금까지 우리가 일궈온 세계는 적자생존의 잔혹극 이상이 아니라는 생각을 암암리에 유포하고 강화하는 데 이바지한다. 그것이 문제인 것은 물론 그 너머를 보지 못하게 만들기 때문이다.

---

7 테리 이글턴, 오수원 옮김 『악』, 이매진 2015, '옮긴이의 글' 200면.
8 같은 책 10면.

다시 『죄와 벌』의 '에필로그'로 돌아올 차례다. 이것은 선과 악이라는 도덕적 대립을 예속과 해방이라는 정치적·사회적 프로그램으로 전환함으로써 '새로운 현실'의 도래를 기쁨으로 증언하는 대목이다. 왜 그런 전환이 필요했는지를 묻는 것은 어리석은 일일지도 모른다. 라스꼴니꼬프를 악인으로 만드는 순간 『죄와 벌』이 당대 사회를 향해 던질 수 있는 물음의 목록은 현저하게 줄어들었을 것이기 때문이다. 20세기를 이끈 19세기 작가 도스또옙스끼는 환희에 찬 필치로 "지금 우리의 이야기는 이것으로 완결되었다"고 썼지만 지금 여기의 우리들에게 해당되는 얘기는 아직 아닌 것 같다. 다래덩굴의 고통스런 비명은, 낚시 의자 위의 잔인한 웃음은, 겨울 안개 속의 무표정한 얼굴은 과연 구원받을 수 있을까.

리듬의 사회성에 관한 스케치

◆

1

'시란 무엇인가'라는 물음에 분명한 답을 내놓기는 어렵다.[1] 그러면서도 우리는 오랫동안 '시'를 읽고 쓸 뿐 아니라 배우고 가르쳐왔다. 삶이라는 관념이 뚜렷이 서지 않은 채로도 '살아가는 중임'이 생생하게 감지될 수 있는 것처럼 시라는 관념이 있기 전부터 시적 실천은 존재해왔는지 모른다. 하지만 이렇게 뒤집어놓는 것으로 충분할까? 그래서 시적 실천의 역사가 먼저 있었고 시라는 관념의 역사가 그 뒤를 따랐던 것처럼 설명하기만 하면 되는 걸까? 물론 그렇지는 않을 것이다. 시적 실천과 시라는 관념 사이에 형성된 상호결정의 역사 또한 엄연하기 때문이다. 실천이 관념을 낳는 것처럼 관념도 실천을 낳는다. 따라서 양자는 차라리 동시에 발생한다고 보는 편이 타당할 듯하다. 이때의 시는 매순간 새롭게 실천되면

---

1 이 글의 목적은 시에서 말하는 리듬이 문언적 의미나 주제 차원과 분명히 구분되는 시의 한 국면이 아니라 오히려 의미, 나아가 시적 전체성의 지배인자임을 논증하려는 데 있다. 그러나 여기서는 본격적인 논의를 위한 예비 노트를 마련해보는 것으로 만족한다.

서 정의되고 정의되면서 실천되는 무엇인 셈이다. 그러므로 역사적으로 존재해온 무수한 시만큼이나 시에 관한 다양한 정의가 가능해진다. 물론 여기서 멈춘다면 처음부터 '시란 무엇인가'라는 물음에 답하기는 불가능해진다.

2

따라서 시에 관한 대개의 논의들은 수많은 개별 작품들 사이에서 귀납적으로 추출된 공통요소들에 주목해왔다. 마치 점, 선, 면 같은 개념들이 기하학의 기초가 되는 것처럼 심상(image)과 운율 같은 자질들을 탐색함으로써 시의 본질에 다가가려 했던 것이다. 그런데 심상은 시만의 고유한 요소가 아닌 좀더 일반적인 차원에 놓인다는 점에서, 운율은 현대 자유시로 올수록 가시적 자명성을 상실한다는 점에서 관심의 초점은 점차 일상어와 구분되는 '시적 언어'로 옮겨갔다. 특히 "시어란 일상어에 가해진 조직적 폭력"(빅또르 시끌롭스끼)이라는 러시아형식주의의 견해는 널리, 그리고 오랫동안 받아들여졌다. 그러나 이러한 관점은 그 발견의 중요성에도 불구하고 크게 두가지 측면에서 한계를 지닌다. 첫째, 시를 언어현상의 하나로 환원하고 있다. 거기에는 시를 구성하는 — 어쩌면 더욱 본질적일지도 모를 — 비언어적 요소들의 자리가 마련되어 있지 않다. 둘째, 반복되는 향수에도 불구하고 의미나 정서적 전달력이 소진되지 않는 작품들의 존재를 설명해주지 못한다. 고전적 작품이나 구술공동체에 의해 전승된 민요들이 어떻게 그 긴 시간을 견딜 수 있었는지를 괄호에 묶어둔 채 언어조직의 새로움을 특권화함으로써 뒤따르는 물음들을 봉합하고 말기 때문이다. 그런데 '낯설게하기'(defamiliarization)로 명명된 새로움이라는 자질은 20세기 이후 미학의 핵심 척도 중 하나가 되었다는 점에서, 그리고 여전히 막강한 영향력을 발휘하고 있다는 점에서 좀더 따져볼 필요가 있다.

3

새로움이라는 척도가 미학적 판단의 권좌에 오르는 과정과 시의 원천으로서의 개인 저자-시인의 위상이 확고해지는 경로는 상당 부분 겹치는 듯하다. 낭만주의에서 모더니즘 시대에 이르는 기간 동안 개인 저자로서의 시인은 구술공동체의 자리를 거의 완전히 대체해나갔으며 시인의 의도가 시를 통해 독자에게 전달된다는 발신자-생산자 모델은 자본주의와 인쇄문명의 발달을 배경으로 깊숙이 뿌리내렸다. 그것은 포스트모더니즘이 운위되는 오늘날에 이르기까지도 '뜻밖에' 건재한 편이다. 이는 작품의 진정한 의미가 소비자인 독자에게 와서야 완결된다는 수신자-소비자 모델에 의해 '의도의 오류'(intentional fallacy)라는 이름으로 비판되어왔다. 그럼에도 불구하고 시적 실천이 발생시키는 거의 모든 결과와 효과를 저자-시인에게 귀속시키곤 하는 사고의 관습은 여전히 불식되지 않고 있다. 왜냐하면 한 시인의 시적 인식, 의도, 표현에는 다른 누군가의 그것과는 다른 어떤 고유함이 개재해 있을 것이라는 전제가 거기 가로놓여 있고 수많은 사례를 통해 그것이 관찰 가능한 사실임이 지속적으로 입증되고 있(는 듯 보이)기 때문이다. 말하자면 하나의 고유함은 다른 고유함과 변별되는 새로움이다. 그런데 같은 듯 다른 이 새로움과 고유함 중 후자로 강조점을 옮기는 경우에는 앞서 지적한 러시아형식주의의 두번째 한계로부터 벗어날 길이 열린다. 반복되는 향수에도 불구하고 끝내 사그라지지 않는 '영원한 새로움'의 출처가 바로 이 고유함일 수 있기 때문이다. 따라서 서로 다른 고유함들 사이의 변별에 집착하기보다 예의 고유함 자체의 발생원리를 주목해볼 필요가 있다. 왜냐하면 새로움은 시적 실천의 목적이 아니라 고유함의 획득과정에서 발생하는 파생효과이기 때문이다. 요컨대 새로움은 고유함의 종속변수다. 그러나 그런 고유함이 개인 저자로서 시인에게 모두 귀속되는 것인지는 또다른 물음의 대상이 될 수 있다. 지금부터 해명할 부분이 바로 이 지점이다. 조금 길지만 다른 자리에서 했던 발언의 일부를 옮겨 적어본다.

살아 있는 모든 존재에게 호흡은 지문(指紋)과 같은 것이며 시의 리듬이라고 불리는 대체 불가능한 조화의 본질을 구성한다. 옥따비오 빠스(Octavio Paz)는 조금 다른 각도에서 이를 다음과 같이 요약한 바 있다. "우리가 생명의 흐름을 타고 우주를 마시는 것은 동시에 호흡 운동이며, 리듬이고, 이미지이며, 의미인 불가분의 통일된 행위이다. 호흡은 시 행위이다. 왜냐하면, 그것은 교감 행위이기 때문이다."(「시와 호흡」, 김홍근·김은중 옮김 『활과 리라』, 솔 2001)

이 교감행위로서 호흡의 고유함이 개별 시편들을 서로 구분해주며 그 고유함의 밀도 즉 고유하지 않은 것들과의 싸움의 폭과 깊이가 저마다의 성취를 가르는 척도이다. 언어, 기법, 형식의 새로움은 그 뒤에 혹은 그것과 함께 오는 것이며 이럴 때에야 비로소 한편의 시는 시적 자아의 비좁은 경계를 넘어 사회와 세계와 우주의 리듬에 동참하게 되는 것이다. 요컨대 시는 호흡이다.[2]

이렇게 볼 때 고유함의 거처는 세계와의 교감행위로서의 호흡이며, 그가 개인이든 공동체든 시인은 그 유일무이한 원천이 아니라 주체이면서

---

2 강경석 「침묵과 호흡」, 임선기 시집 『항구에 내리는 겨울 소식』(문학동네 2014)의 해설; 이 책 362~63면 참조.

동시에 매개체, 통로, 또는 고유함의 생성을 위한 장소가 된다. 무엇에도 침해당하지 않은 '순수한 호흡'을 가정하기에는 곤란한 점이 많다. 고유함은 유일무이한 하나의 호흡 속에 순수한 지문처럼 안착해 있는 것이 아니라 차라리 수많은 다른 호흡들의 씨줄과 날줄이 교차하는 그때그때의 특수한 관계와 교감의 내용 가운데서 가시화되는 무엇이기 때문이다. 그리고 그 '무엇'은 사물의 운동처럼 일정한 방향을 지니고 흐르거나 움직이는데 여기서는 그것을 '리듬'이라는 이름으로 부르고자 한다.

4

전통적으로 사용된 운율이라는 개념은 두운, 각운 따위의 반복되는 음성적 자질들을 지칭하는 운(韻)과 자수율이니 음보율이니 하는 언어 수행의 템포와 질서를 뜻하는 율(律)을 합친 것이다. 앞에서도 썼지만 이는 이른바 현대 자유시로 올수록 비가시화(내재율)하는데다 비언어적 생성의 영역을 포괄하지 못하는 기술적 개념이라는 한계를 지닌다. 리듬은 비가시적이고 비언어적인 활동과 그 힘의 작용을 함께 가리킨다. 심상과 운율과 의미가 불가분으로 관계 맺는 자리가 바로 리듬인 것이다. 다시 말해 리듬이란 운과 율이라는 부분적이고 가시적으로 관찰 가능한 요소에 그치는 것이 아니라 그것을 자신의 일부로 포함하는 '시적 의미의 전체성으로서의 음악적 성격'을 일컫는다. 이를테면 "존재의 거대한 율동" 같은 것.

집회장은 밤의 노천극장이었다
삼월의 끝인데도 눈보라가 쳤고
하얗게 야산을 뒤덮었다 그러나 그곳에는

추위를 이기는 뜨거운 가슴과 입김이 있었고
어둠을 밝히는 수만개의 눈빛이 반짝이고 있었고
한입으로 터지는 아우성과 함께
일제히 치켜든 수천수만개의 주먹이 있었다

나는 알았다 그날 밤 눈보라 속에서
수천수만의 팔과 다리 입술과 눈동자가
살아 숨 쉬고 살아 꿈틀거리며 빛나는
존재의 거대한 율동 속에서 나는 알았다
사상의 거처는
한두 놈이 얼굴 빛내며 밝히는 상아탑의 서재가 아니라는 것을
한두 놈이 머리 자랑하며 먹물로 그리는 현학의 미로가 아니라는 것을
그곳은 노동의 대지이고 거리와 광장의 인파 속이고
지상의 별처럼 빛나는 반딧불의 풀밭이라는 것을
— 김남주 「사상의 거처」(1991) 부분

"갈 길 몰라 네거리에 서 있는 나"가 한 노동자의 인도를 따라 어느 집
회에 참여하게 되면서 얻은 깨달음을 진술문 위주로 써내려간 작품이다.
인용문에 이어지는 작품의 후반부는 "사상의 닻은 그 뿌리를 인민의 바
다에 내려야" 하고 "사상의 나무는 그 가지를/노동의 팔에 감아야 힘차게
뻗어"나가며 "사상은 그 저울이 계급의 눈금을 가져야 적과/동지를 바르
게 식별한다"는 주의주의적 진술들로 매듭지어지지만 사실 이 작품의 진
정한 중심은 시인이 "존재의 거대한 율동"이라고 부르는 것의 정체가 무
엇이냐에 있다. 좀더 깊숙이 들여다보면 그 깨달음의 내용이라는 것은 예
의 참여에 의해 비로소 생성된 것이 아니라 이미 있어왔던 것들이 재확인
된 데에 지나지 않는다. "노동의 대지"에 뿌리내리지 않은 사상이 공중누

각일 수밖에 없다는 메시지는 시인 자신의 고유한 앎이 아니다. 이미 낯익어져버린 주제를 시적으로 고양하며 강한 전달력을 회복하게 해주는 자질이 바로 이 작품의 리듬이며 거기에 붙여진 이름이 바로 "존재의 거대한 율동"인 것이다. 내용적으로는 격문이나 선전물에 자주 가까워지곤 하는 김남주의 시가 프로파간다 이상일 수 있는 이유가 여기에 있다. 따라서 앞의 시에 "나는 그 집회가 어떤 집회냐고 묻지 않았다 그냥 따라갔다"는 진술이 등장하는 것은 전혀 어색하지 않다. 내용상 노동자 집회일 것이라는 짐작은 할 수 있지만 그곳이 어디이며 내용이 무엇인지보다 중요한 것은 거기에 "추위를 이기는 뜨거운 가슴과 입김이" 있고 "어둠을 밝히는 수만개의 눈빛이 반짝이고" 있으며 "일제히 치켜든 수천수만개의 주먹이" 있다는 바로 그 사실이다. 비유컨대 중요한 것은 물의 정체나 원리, 구성분자가 아니라 일렁임 자체인 것이다. "나는 알았다" 이후 도치된 목적어절들의 쇄도 가운데 점차 첨예해지는 정서적 고양감과 거꾸로 그것을 차갑게 붙들어 앉히는 정언적 원칙의 재확인 사이에서 만들어지는 요철, 그 일렁임이 바로 이 시의 고유한 리듬의 형상이다. 물론 이것이 저자 개인만의 것일 수 없음은 더 말할 나위 없다.

5

김수영의 말년작 「사랑의 변주곡」(1967)을 통해 좀더 들어가볼 수도 있을 것이다. 전문을 읽어보기로 한다.

> 욕망이여 입을 열어라 그 속에서
> 사랑을 발견하겠다 都市의 끝에
> 사그러져가는 라디오의 재갈거리는 소리가

사랑처럼 들리고 그 소리가 지워지는
강이 흐르고 그 강건너에 사랑하는
암흑이 있고 三월을 바라보는 마른나무들이
사랑의 봉오리를 준비하고 그 봉오리의
속삭임이 안개처럼 이는 저쪽에 쪽빛
산이

사랑의 기차가 지나갈 때마다 우리들의
슬픔처럼 자라나고 도야지우리의 밥찌끼
같은 서울의 등불을 무시한다
이제 가시밭, 덩쿨장미의 기나긴 가시가지
까지도 사랑이다

왜 이렇게 벅차게 사랑의 숲은 밀려닥치느냐
사랑의 음식이 사랑이라는 것을 알 때까지

난로 위에 끓어오르는 주전자의 물이 아슬
아슬하게 넘지 않는 것처럼 사랑의 節度는
열렬하다
間斷도 사랑
이 방에서 저 방으로 할머니가 계신 방에서
심부름하는 놈이 있는 방까지 죽음같은
암흑 속을 고양이의 반짝거리는 푸른 눈망울처럼
사랑이 이어져가는 밤을 안다
그리고 이 사랑을 만드는 기술을 안다
눈을 떴다 감는 기술 ── 불란서혁명의 기술

최근 우리들이 四‧一九에서 배운 기술
그러나 이제 우리들은 소리내어 외치지 않는다

복사씨와 살구씨와 곶감씨의 아름다운 단단함이여
고요함과 사랑이 이루어놓은 暴風의 간악한
信念이여
봄베이도 뉴욕도 서울도 마찬가지다
信念보다도 더 큰
내가 묻혀사는 사랑의 위대한 도시에 비하면
너는 개미이냐

아들아 너에게 狂信을 가르치기 위한 것이 아니다
사랑을 알 때까지 자라라
人類의 종언의 날에
너의 술을 다 마시고 난 날에
美大陸에서 石油가 고갈되는 날에
그렇게 먼 날까지 가기 전에 너의 가슴에
새겨둘 말을 너는 都市의 疲勞에서
배울 거다
이 단단한 고요함을 배울 거다
복사씨가 사랑으로 만들어진 것이 아닌가 하고
의심할 거다!
복사씨와 살구씨가
한번은 이렇게
사랑에 미쳐 날뛸 날이 올 거다!
그리고 그것은 아버지같은 잘못된 시간의

그릇된 瞑想이 아닐 거다

──「사랑의 변주곡」(1967)

　예감으로 들끓는 시다. 유토피아적 열망과 확신으로 무장한 정치적 격
문들처럼 이 시는 가쁘고 벅차다. 반복과 비약을 통해 감정을 고조시키고
있는 점이나 "복사씨와 살구씨가/한번은 이렇게/사랑에 미쳐 날뛸 날이
올 거다!"라는 선언 등은 종교적 예언을 연상시키고도 남음이 있다. 여기
서는 휴지(休止)마저도 격렬하다. 그렇다고 해서 이 시가 정치적 격문이
라는 말은 물론 아니다. 그것은 이 시가 리듬과 문면의 메시지 차원에서
겹으로 읽히기 때문이다. 종결어미의 출현을 지연시키며 분출하는 가파
른 호흡은 문법적 제약들과 긴장관계를 형성하면서 이 시의 독특한 연·
행 구분을 낳고 있다. "간단"인 듯 "절도"인 듯 끊기는 호흡은 숨이 넘어
갈 듯 열렬하다. 그러나 메시지 차원에서 읽을 때, 이 시는 순조롭게 읽히
지 않는다. 예지적 충동과 지적 절제의 부딪힘이 "끓어오르는 주전자의
물이 아슬/아슬하게 넘지 않는 것"과 같은 "절도"를 보여주듯, 시어들은
일상적 의미와 투쟁하면서 자신의 경계를 밀고 안간힘을 쓰며 간신히 나
아간다. 마치 "덩쿨장미의 기나긴 가시가지"처럼 자신의 온몸을 허공으
로 날카롭게 밀어낸다. 그것은 이지적이고 성찰적이다. 그래서 음악적 울
림은 앞에 오고 해석적 울림은 훨씬 뒤에야 따라온다. 사용된 시어들로
비유컨대 "미쳐 날"뛰는 "사랑"은 앞에 오고 "복사씨와 살구씨"의 "단단
한 고요함"은 나중에 오는 것이다. "사랑"과 "고요함"은 우리가 이 시에서
풀어야 할 두개의 숙제이며 이 두 항 사이의 긴장관계가 작품의 리듬을
조성한다.

6

"사랑의 변주곡"이라는 제목은 하나의 메타텍스트이다. "사랑"은 이 시에서 도합 18회나 반복되었으므로 제목에 쓰인 것 자체가 의문을 불러일으키지는 않는다. 그런데 "변주곡"이란 무엇인가? 주제의 동일성을 유지하면서도 다양한 변화들을 추구하는 이 음악의 양식은 왜 이 시의 제목에 도입되었는가? 이리로 드나드는 두개의 문이 있다. 우선 이 작품을 김수영이 1961년에 쓴 「사랑」이라는 작품의 후속작으로 놓고 접근해보자. 이를테면, 「사랑」의 변주곡으로.

어둠 속에서도 불빛 속에서도 변치않는
사랑을 배웠다 너로해서

그러나 너의 얼굴은
어둠에서 불빛으로 넘어가는
그 刹那에 꺼졌다 살아났다
너의 얼굴은 그만큼 불안하다

번개처럼
번개처럼
금이 간 너의 얼굴은

—「사랑」(1961) 전문

「사랑」과 「사랑의 변주곡」은 시의 형태적인 측면에서나 정조의 측면에서나 상당한 차이를 갖고 있다. 2연 4행과 3연의 도치 구문 "번개처럼/번개처럼/금이 간 너의 얼굴은//너의 얼굴은 그만큼 불안하다"에서 나타나

듯「사랑」은 짙은 비애와 불안의 시다. 4월혁명의 정신이 쿠데타로 꺾이는 고비에서 이 시가 씌어졌다는 사실을 염두에 두면 느낌의 폭은 훨씬 넓어질 것이다. 이에 비해「사랑의 변주곡」이 유발하는 정서는 비애와 불안을 포함하면서도 한층 긍정적이다. 그 긍정은 "아버지 같은 잘못된 시간의/그릇된 명상"이라는 구절에서 보이듯 자기 세대에 대한 자조를 등에 업은 것이긴 하지만 "복사씨와 살구씨가/한번은 이렇게/사랑에 미쳐 날뛸 날이 올 거다"라는 기대감 또한 "신념"에 가까운 듯 뚜렷해지기 때문이다. 그런데 이러한 차이에도 불구하고 두편의 시에 드러난 "사랑"의 거처는 일관되어 있다. 그것은 바로 "간단"(마디, 경계)이다.

① 그러나 너의 얼굴은/어둠에서 불빛으로 넘어가는/그 찰나에 꺼졌다 살아났다

② 번개처럼/번개처럼/금이 간 너의 얼굴은

③ 난로 위에 끓어오르는 주전자의 물이 아슬/아슬하게 넘지 않는 것처럼 사랑의 절도는/열렬하다

④ 그리고 이 사랑을 만드는 기술을 안다/눈을 떴다 감는 기술 ── 불란서혁명의 기술

①과 ②는「사랑」에서 ③과 ④는「사랑의 변주곡」에서 취한 것이다.「사랑의 변주곡」1연 1행의 "욕망이여 입을 열어라 그 속에서/사랑을 발견하겠다"에서 알 수 있는 것처럼, "사랑"은 아직 "욕망"의 침묵 속에 갇혀 있거나 "3월을 바라보는 마른나무들이" 준비한 봉오리 안에서 아직 개화하지 않았다. 그러나 그것은 부재하는 것이 아니라 감추어진 채로 '존재'한

다. 사랑의 존재를 우리가 믿을 수 있는 것은 끊김과 이어짐, 즉 어떤 경계가 만들어질 때마다 명멸하듯 "사랑"이 자신의 얼굴을 잠깐씩 드러내주기 때문이다. 바로 앞의 인용부에서 보듯 어둠과 밝음, 끓어넘침과 넘치지 않음, 눈감음과 눈뜸 사이에서 이 "사랑"은 얼굴을 드러낸다. 번개의 날카로운 섬광에 어두운 밤하늘의 저 뒤편이 찰나적으로 드러나는 것처럼 말이다. 요컨대 "사랑"의 존재는 "어둠 속에서도 불빛 속에서도 변치 않는" 영속적인 것이지만 "사랑"의 현현은 간헐적인 것이다. 이것이 「사랑」과 「사랑의 변주곡」의 공통분모를 이루며 후자를 전자의 맥락 속에서 읽을 수 있도록 하는 근거가 된다. 그런데 후자를 지금처럼 「사랑」의 변주곡'으로 읽을 경우 더 주목해야 할 지점은 바로 '변주'의 양상이다. 이것이 두번째 입구이다.

　「사랑의 변주곡」은 "사랑"의 양상을 기준으로 나누었을 때 크게 두 부분으로 가를 수 있다. "그리고 이 사랑을 만드는 기술을 안다"라고 진술되면서부터 "사랑"은 수동적 대상에서 능동적 주체로 변주되는 것이다. "사랑이 이어져가는 밤을 안다"에서 "이어져가는"이나 "이 사랑을 만드는 기술을 안다"라고 했을 때의 "만드는"이라는 수동/능동의 동사는 접속사 "그리고"로 연결되면서 대립이 아닌 공존의 길로 나아간다. "사랑"은 이미 주어져 있는 것이면서 '동시에' 만들어가야 하는 것이다. 소여이면서 동시에 의지인 "사랑", 그것은 형식논리로는 포착하기 힘든 모순이다. 사랑이 무엇인지 설명할 수 없으면서도 우리는 사랑을 하고 있기 때문이다. 그래서 언어를 통해 "사랑"에 접근하는 길은 근본적으로, 대상에 도달하지 못하는 점근선을 그린다. 이것은 "사랑"이라는 말의 비극적 운명이면서 동시에 시적 이상 혹은 사회적 이상 —— 4월혁명, 불란서혁명과 같은 역사적 "간단"에 의해 드러나는 —— 의 운명을 환기시킨다. 이들은 하나이면서 여럿이고, 여럿이면서 하나인 "사랑"의 면면들이다. 그러므로 "사랑"은 하나의 은유로 날카롭게 포착되는 대신 미끄러지듯 환유된다. "라디오의 재갈거리는 소리" "강" "기차" "가시가지" "음식" 등은 모두 "사랑"이 옮겨 디딜 징검다리들이다. 그러므로 "사랑"의 의미론을 '민주주의적 이상'이나 '정치적 자유'로 환원시키는 저간의 해석들은 충분한 것이 못 된다. '정치적 자유'는 "사랑"의 환유가 포함하고 있는 하나의 국면에 불과하기 때문이다. 그것은 끊임없는 미끄러짐을 감당해야 할 뿐 결코 중지되지 않는 시시포스의 투쟁을 닮았다.

시시포스의 형벌에 생의 비의가 담겨 있듯 "도시의 피로" 속에서 "사랑"은 언제나 함께 숨 쉬고 있다. "복사씨와 살구씨와 곶감씨의 아름다운 단단함"³ 안에는 사랑의 대폭발이 이미 장전되어 있는 것이다. 그러므로 "사랑"은 예견되는 것이 아니라 "발견"되고 만들어지는 것이다. "폭풍의 간악한/신념"("광신")에 들리지 않는 것과 동시에 "암흑" 속에서 "이어져가는" "사랑"을 아는 것, 이 앎은 문맥상 "그릇된 명상"의 반대편에 있는 "단단한 고요함" 즉 진정한 명상에 의해 가능해진다. "단단한 고요함"은 우리들에게 혹은 시인에게 "사랑이 이어져가는 밤을" 알 수 있도록 "고양이의 반짝거리는 푸른 눈망울"을 달아준다. 그리고 우리는 "이 사랑을 만드는 기술을 안다". 그 기술은 "눈을 떴다 감는 기술", 결절과 마디와 "절도"를 만드는 기술이다. "절도"를 만들며 줄기를 벗어나는 "덩쿨장미의 기나긴 가시가지"의 기술, '온몸으로 동시에 밀고 나아가는' 시 쓰기의 기술.

앞에서 우리는 이 시가 리듬과 주제 차원의 겹으로 읽힌다고 말했다. 텍스트가 구가하는 속도는 정치적 격문에 비유될 수 있을 정도로 격렬하지만 그것을 가능하게 하는 내부는 "단단한 고요함"으로 이루어져 있다.

---

3 "복사씨"와 "살구씨"가 반복적으로 등장하는 까닭에 대한 논의들이 적지 않다. 그러나 도화행화(桃花杏花)는 동아시아의 한문 전통에서 오랫동안 이상향을 상징하는 기호였다. 동요 「고향의 봄」에도 "복숭아꽃 살구꽃"이 등장한다. 그런데 김수영에게 그것은 꽃이 아니라 씨다. 잠재된 꽃으로서의 의미가 들어 있는 것이다. 그렇다면 곶감씨 또한 마찬가지 맥락에서 이해할 수 있다. 그것은 숙성의 의미를 포함한 도화행화의 환유일 테다.

「사랑의 변주곡」이 단순한 정치시로 떨어지지 않는 이유가 바로 여기에 있다. "사랑"을 "광신"으로 떨어뜨리지 않는 사유의 힘, "단단한 고요함" 이 중핵을 이루고 있기 때문이다. "사랑"의 원심력은 "단단한 고요함"의 구심력과 긴장을 이루면서 그들 나름의 질서를 확보하는 것이다. 그래서 이 시의 연·행 구분은 통상적 차원을 벗어날 수밖에 없었다. 벗어나려는 원심력과 붙들려는 구심력의 긴장, 김수영에게는 그 긴장 자체가 "사랑" 이자 이 시의 리듬이 지닌 본질이기 때문이다. "난로 위에 끓어오르는 주전자의 물이 아슬/아슬하게 넘지 않는 것처럼" 이 긴장이 이루는 궤도의 맨 가장자리에서 "사랑의 절도는/열렬하다". 그러니 "도시의 끝(절도─인용자)에/사그러져가는 라디오의 재갈거리는 소리가/사랑처럼 들리"지 않겠는가.

7

시적 의미의 전체성으로서의 음악적 성격을 일컫는 리듬은 이렇게 시적 주체와 세계 사이의 교감 속에 형성되는 무엇이어서 근원적으로 사회적 ─ 개인으로서의 저자의 범주를 넘어선다는 의미에서 ─ 이다. 이때 시인의 고유한 호흡은 그것을 매개하는 통로이자 고리가 되는 셈이다. 그런 의미에서 슬라보예 지젝의 흥미로운 발언을 상기하며 이 노트를 마무리하는 것도 나쁘지는 않겠다.

아도르노의 유명한 말에는 수정을 가해야 할 것 같다. 아우슈비츠 이후에 불가능해진 것은 시가 아니라 산문이다. 시를 통해서는 수용소의 견딜수 없는 분위기를 성공적으로 환기할 수 있으나, 사실주의적 산문은 그렇게 하지 못한다. 말하자면, 아도르노가 아우슈비츠 이후 시가 불가능하다고(혹은 정확히 말해 야만적이라고) 선언할 때, 이 불가능성은 가능한 불가능성이다. 시는 그 정의상 언제나, 직접 말할 수 없는 것, 오직 넌지시 암시될 수만 있는 어떤 것에 '대한' 것이기 때문이다. 한 걸음 더 나가면 이는 말이 닿지 못하는 곳에 음악은 가 닿을 수 있다는 오래된 경구와도 통한다. 쇤베르크의 음악이 일종의 역사적 예감처럼 아우슈비츠의 불안과 악몽을 그 일이 있기도 전에 분명히 표현해 냈다는 이야기가 있는데, 일리가 있는 말이다.[4]

그가 음악이라고 부른 것을 지금까지 다뤄온 리듬이라는 말로 대체해도 논지가 크게 손상되지는 않을 것이다. 시와 사회, 시와 정치 사이에는 끝내 건널 수 없는 간격이 있는지도 모른다. 그러나 시와 사회, 시와 정치는 간격을 둔 채로 같은 방향을 향할 수 있고 또 그렇게 동행해왔다.

---

4 슬라보예 지젝, 이현우·김희진·정일권 옮김 『폭력이란 무엇인가』, 난장이 2011, 27~28면.

교과서 여백에 쓴 시

◆

이기인의 「알쏭달쏭 소녀백과사전」 연작

사라진 교과서

시를 쓰거나 읽고자 하는 초심자들이 이따금 빠지곤 하는 맹목 가운데 하나가 이 방면에도 '교과서'가 있으리라는 믿음이다. 물론 이 말이 모든 초심자들에게 적용되지는 않을 것이다. 그러나 시를 이해하고 감상하는 데에 기초적인 독법 학습이 선행되어야 한다는 선입견을 우리는 심심치 않게 마주치곤 한다. 해설이 곁들여진 앤솔러지나 안내서, 작법류 단행본들이 시장에서 꾸준한 수요를 얻고 있는 것도 이러한 맹목과 알게 모르게 관련되어 있다. 그렇지만 또 한편으로는 이러한 생각을 맹목으로만 탓하는 일이 과연 옳은가 하는 의문도 생긴다. 말과 글을 익혔다고 해서 말과 글로 이루어진 문학작품까지 곧바로 소화할 수 있는 것은 아니므로 그 사이 일정한 고리 즉 2차 텍스트가 요구되는 것은 어쩌면 자연스러운 일일 수 있다. 게다가 시는 소설 같은 서사장르에 비해 제공되는 정보량이 적은 만큼 접근이 쉽지 않은 경우도 얼마든지 생긴다. 그러므로 중요한 것은 2차 텍스트 각각의 타당성 여부이지 그 존재 여부가 아니다. 그저 많이 읽어보라는 식의 상식적인 주문은 어쩐지 비현실적으로 들릴 때가 많다.

그런데 요즈음은 시에 관해 전문적 식견을 갖춘 사람들의 입에서조차 시가 어렵다는 원성이 나오고 있다. 이를 두고 시단과 평단에서는 대략 두가지 정도의 설명이 각축을 벌이고 있는 것처럼 보인다. 요즘 시인들이 요령부득의 미숙한 작품들을 양산하고 있는 탓이거나 기존 독법으로는 더이상 읽히지 않을 만큼 시적 감수성이 '새로운 시대'로 이월된 때문이라는 것이다.(물론 그 중간 입장도 있을 법하다.) 전자가 우세한 경우라면 문제의 심각성이 이만저만한 게 아니지만 어느 시대 어느 사회에서나 미숙한 작품과 훌륭한 작품이 공존했다는 사실에 동의한다면 작품의 난해함을 미숙의 소치로만 몰아붙이는 태도가 그리 공정하달 수는 없다. 필자는 후자를 지지한다. 기존 독법 전체가 파산선고를 맞은 것처럼 수선 떠는 것도 불필요하지만 옛날이 좋았다는 식의 회고주의야말로 '비문학적'이기 때문이다. 요컨대 젊은 시단의 수준이 하향평준화된 게 아니라 시의 개념(혹은 교과서) 자체에 얼마간 변화가 일어난 것이라는 설명이 훨씬 믿음직스럽다는 뜻이다. 다만 이러한 변화가 하나의 주류로 수렴되지 않은 채 많은 시인들의 각개전투로 분산되고 만 것이 요즘 시가 유독 어렵게 보이는 원인이 되었을 수 있다. 각개전투란 글자 그대로 개개 시인들이 각자의 자의식 속에서 의지하고 있는 전통이나 싸우는 대상이 제각각이라는 것을 의미한다. 비유적 의미에서건 축자적 의미에서건 시에 관한 '국정교과서'는 이미 사라졌다. 남은 것은 수많은 개별 사례들의 백화제방이다.

은유의 '알쏭달쏭한' 여백

다양한 사례들을 모두 아우르는 일은 쉽지도 않거니와 우리의 관심사에 비추어 그리 생산적이지도 않을 것이다. 우선은 논거가 될 만한 의미 있는 텍스트를 선택하는 것이 중요하다. 최근 『알쏭달쏭 소녀백과사전』(창비 2005. 이하 『백과사전』)을 상자한 이기인(李起仁)은 적임 중의 적임이라 할 수 있다. '알쏭달쏭'이라는 부사가 말해주듯 이 시집에 실린 「알쏭달쏭 소녀백과사전」 연작(이하 인용은 각 편의 부제로만 표기)을 따라 읽는 일은 꽤 까다롭다. 개념의 범주를 어떻게 잡느냐에 따라 다르긴 하지만 상징인 듯 상징이 아니고 은유인 듯 은유가 아닌 시어들의 존재가 주된 요인으로 작용한다. 이는 어쩌면 '외계인 시'나 '미래파' 같은 수사의 힘을 빌리지 않고는 비껴가기 어려운 곤경인지도 모른다. 그러나 진짜 곤경은 텍스트로부터가 아니라 텍스트를 대상으로 한 잘못된 질문 방식 때문에 생긴다. 가령 『백과사전』을 두고 작품이 무엇을 '의미'하는지를 묻는다면 우리는 만족스런 결과를 얻기 어렵다. 그 대신 이 작품들이 어떤 점에서 왜 까다로운지를 묻는다면 오히려 생산적일 수 있다는 게 필자의 생각이다. 이 시집은 어떤 점에서, 왜 까다로운가? 시집 말미에 붙은 '시인의 말'은 유용한 실마리를 제공한다.

눈물이 안 나온다는 말을 들은 적이 있다, 기억나지 않는다는 말을 들은 적이 있다, 보고 싶지 않다는 말을 들은 적이 있다, 배고프지 않다는 말을 들은 적이 있다, 글이 안 써진다는 말을 들은 적이 있다.

눈물이 나온다는 말을 들었다, 기억난다는 말을 들었다, 보고 싶다는 말을 들었다, 배고프다는 말을 들었다, 글이 써진다는 말을 들었다.

말(言)을 좇아가면 내게로 돌아오는 길이 멀어진다, 시를 좇아가면 내게로 돌아오는 길이 멀어진다.

내일은 詩가 뜬다.

― '시인의 말' 전문

한편의 시처럼 쓰인 이 글은 내용이 아니라 형식이 곧 주제다. 우선 1연과 2연의 대조가 선명하다. '말을 들었다'가 공통술어로 사용된 점 또한 눈에 띈다. "눈물이 안 나온다"와 "눈물이 나온다" 같은 대구는 발화자 입장에서는 정반대 의미지만 청자/화자 입장에서는 누군가에게 들은 말이라는 점에서 그리고 그것이 화자의 행동 변화를 요구하지 않는 발화라는 측면에서 비슷한 위상을 지닌다. 그런데 화자는 3연에서 대뜸 말 혹은 시를 좇아갈 때 자신에게 되돌아오는 길이 멀어진다고 쓴다. 3연의 "말(言)"은 분명히 앞의 두 연을 받고 있는데, 내가 오른손을 내밀면 거울 속의 그가 왼손을 내미는 것처럼 1연과 2연은 반대로 움직인다. 그러나 그것은 실상과 허상, 실물과 그림자처럼 떼려야 뗄 수 없는 짝패다. 영원히 합일하지 못할 평행선을 그리면서도 상대방 없이는 홀로 설 수 없는 존재들인 셈이다. 이들 짝패가 놓인 공간이 곧 말(기호)의 공간이라는 점은 시사적이다. 이는 언어의 어떤 실존적 국면을 암시하는 듯하다. 즉, 무엇인가를 언어적으로 의미하려 하면 자동적으로 그 바깥이 은폐되고 마는 말(기호)의 한계상황 말이다. 그러니 이것이냐 저것이냐가 중요한 게 아니다. 앞의 글이 정작 강조하는 바는, 말의 세계에 국한해볼 때, 그곳에는 이것과 저것 바깥이 존재하지 않는다는 점이다.

이는 언어의 은유적 속성을 겨냥한 발언이면서 더 작게는 전래 시문법의 은유적 형식을 겨냥한 발언이다. 러시아형식주의자들처럼 시의 언어를 일상언어에 가한 인위적 폭력의 산물로 정의할 때 그 인위적 폭력이란 넓은 의미의 은유를 뜻한다. 결국 그들이 말하는 낯설게하기는 의미가 고정된 듯 보이는 어떤 사물을 새로운 은유로 포획하는 작업에 다름 아니기 때문이다. 그리고 이것은 전래 시문법의 핵심 축이자 교과서적 모델로 여겨져왔다.(물론 전래의 시문법이 단선적이었다는 뜻은 아니다.) 그렇다면 앞의 글 3연의 의미는 자명하다. 은유를 좇아가다보면 자신에게로 돌아가는 길을 잃어버린 채 '언어의 감옥'에 갇혀버리고 만다는 것. 그것은 더이상 비유되는 사물과 비유하는 말 사이의 여백 없는 결합을 묵과할 수 없을 만큼 이 세계가 이미 근원적 수준의 유동성 안으로 던져져버렸다는 암시다. 그러므로 '시인의 말'에는 두개의 시가 존재한다. 은유로서의 시와 "내일은 詩가 뜬다"라고 말할 때의 시. 내일 새로 뜨는 시는 더이상 은유가 아닌 시이며 이기인은 바로 이러한 '내일의 시'를 추구하고 있는 것이다. '시인의 말'은 시인의 시론이다.

그러나 시인의 시론이 이렇다고 해서 『백과사전』의 의의가 곧바로 보장되는 것은 아닐 터이다. 사실 이런 정도의 시론이라면 유달리 새로울 것도 없는지 모른다. 일일이 열거하긴 어렵지만 문태준(文泰俊)이나 김기택(金基澤)의 어떤 작품들을 통해서도 은유로 장악되지 않는 사물 자체의 암시적 드러남을 추구한 사례는 충분히 발견할 수 있기 때문이다. 그렇다면 과연 어디가 새로운가? 이런 경향을 잠정적으로 비(非)은유라 지칭할 때 『백과사전』의 신선함은 그것이 비은유로 충만해 있기 때문이 아니라 은유와 비은유의 접경지대에 한사코 머물려 들기 때문에 생겨난다. 이기인은 은유의 끈을 놓지 않으면서 은유 바깥으로 나아간다. 그것은 은유에 정주하거나 비은유로 도주하는 일보다 훨씬 더 아슬아슬한 시적 곡예에 속한다. 은유도, 은유의 그림자인 비은유도 아닌 은유의 여백, 시인들의 노래가 아직 가닿지 않은 전인미답의 장소에 그는 자신만의 도시를 건설한다.

시인과 시적 화자와 소녀

그러나 그곳은 우리의 선망이 깃든 쾌적한 현대 도시의 중심부가 아니다. 그렇다고 가난과 소외로 얼룩진 슬럼도 아니다. 그곳은 버려진 꿈들의 집단 서식처, 시적 몽상 속 공장지대다.

나를 외면하지 말아요, 나를 외면하지 말아요, 나를 외면하지 않았으면 좋겠어요,
　'사원모집' 현수막은 공장 후문에도 걸려 있다

나를 외면하지 말아요, 비둘기는 다시 공장으로 들어온다
　작업복을 입은 소녀는 비둘기들의 한쪽 날개를 붙잡고 아슬아슬 지붕 위로 날아간다

날개를 꺾고 앉은 벤치에는, 똥이 몇 군데 겸손하게 앉아 있다
　똥을 자세히 본다

멀리 도망칠 줄도 모르면서 멀리 도망칠 것처럼 보였던 비둘기, 궁둥이를 턴다

공장 후문에 걸어놓은 현수막은 멀리 날아가고 싶어, 펄럭펄럭 철삿줄을 끊고 있다
　　　　　　　　　　　　　　　　　　　　　　　　—「비둘기」 전문

공장, 소녀, 사원 모집 현수막, 비둘기 등이 교차편집된 이 시는 「알쏭달쏭 소녀백과사전」 연작 중에서도 재미있는 작품에 속한다. 알다시피 이

시에 쓰인 소재들은 오랫동안 서정적 관행의 유혹으로부터 자유롭지 못했다. 이들은 소외의 상징에 머물면서 진작 닳을 대로 닳은 이미지들이라고도 할 수 있다. 그래서인지 『백과사전』은 때로 80년대 노동시의 21세기 버전으로 이해되기도 했다. 그러나 『백과사전』이 제시하는 세계는 『만국의 노동자여』(백무산)나 『취업공고판 앞에서』(박영근)의 그것과는 분명히 다르다. 그 세계는 우리의 의식 바깥에서 자명하게 존재하는 객관적 현실이 아니라 우리의 의식과 함께 뒹굴며 몸을 섞는 심리적이고 주관적인 세계다. 그렇다고 현실원칙을 무작정 벗어던진 환상세계인 것만도 아니다. 따라서 『백과사전』은 사물을 무반성적으로 대상화하거나 지시(은유)하지 못한다. 이 세계가 현실인 듯 환상인 듯 늘 "알쏭달쏭"하기만 한 것은 이 때문이다. "비둘기들의 한쪽 날개를 붙잡고 아슬아슬 지붕 위로 날아간" 소녀는 '환상'이나 '현실'이 아니라 그 경계에 있다.

이 작품의 주인공은 공장을 떠났다 돌아오려 했으나 결국 외면당하고만 소녀 노동자일 것이다. 소녀의 내면에서는 "나를 외면하지 말아요"란 목소리가 한편 체념적이면서도 간절하게 메아리치고 있다. 공장 후문을 나선 소녀의 눈에는 현수막의 사원 모집 공고가 새삼 아프게 다가온다. 그런데 감정 분출을 제어하며 "사원모집 현수막은 공장 후문에도 걸려 있다"라고 나직이 말하는 존재는 뜻밖에 시적 화자다. 언뜻 산문적 정보 제공에 불과할 수도 있는 이 진술이 시적 효력을 발휘하는 것은 왜일까? 그것은 화자가 소녀의 슬픔을 쉽사리 자기화하지도, 그렇다고 대상화하지도 않기 때문이다. 소녀의 간절한 목소리 뒤에 화자의 절제된 목소리가 배치됨으로써 화자의 그것은 이중의 울림을 자아낸다. 화자는 소녀에게 공감하면서도 공감을 망설이고 거리를 두려 하면서도 가까이 다가가고 있다. 화자의 목소리는 자기화와 대상화를 동시에 붙들거나 동시에 놓는다. 바꿔 말해 그는 은유와 비은유를 동시에 붙들거나 놓는다. 시인은 양자의 대치선에 절묘하게 둥지를 틀고 소녀가 오직 그 자신으로만 존재하도록 은유의 여백을 열어주고 있다.

『백과사전』에는 마침표가 없다. 개개의 문장들이 쉼표로만 연결된 이 시들은 몽따주 수법으로 이뤄진 구성에 힘입어 이미 서사적 통제로부터 자유롭다. 이곳에서 쉼표는 동시성의 지표다. 마침표는 아무래도 의미 단위들의 연쇄를 시간적으로 분절시키는 서사적 기능을 갖게 마련이다. 『백과사전』에 마침표가 사용되지 않은 것은 이기인의 시적 사유가 인과론적 연속보다 공간적 동시성에 집착하고 있다는 것을 보여준다. 가령 2연의 "나를 외면하지 말아요, 비둘기는 다시 공장으로 들어온다/작업복을 입은 소녀는 비둘기들의 한쪽 날개를 붙잡고 아슬아슬 지붕 위로 날아간다"에서 각각의 문장들은 시간 순서에 구애받지 않고 있다. 소녀의 착잡한 내면, 공장으로 돌아오는 비둘기, 지붕 위로 날아가는 소녀, 펄럭거리는 현수막. 이 네개로 분절된 이미지는 현실의 장애를 상상적으로밖에 해소할 수 없는, 소녀 혹은 시인의 몽상 속에서 동시적이다.

현실의 장애와 상상적 해소라는 짝은 전형적인 사춘기적 성장의 화소다. 다음 시는 『백과사전』의 소녀와 화자 그리고 시인의 관계가 왜 사춘기적 성장의 화소를 중심으로 이루어지는지를 말해준다.

숙제는 오래전에 떨어진 솔방울처럼 무시되었다
볼펜에서 쏟아져나온 것은 나의 최초, 일기보다 못한 낙서들

낙서는 처음부터 이상한 풍문을 피웠다
학생은 선생을 좋아하고 선생은 학생을 좋아하고 둘은 도망가서 냄비처럼 끓었다

탐독하던 연애소설의 끝은 가출했다, 돌아온 아이와 같았다
나는 책상 위에 엎드려 졸다, 꿈에 연인이 된 그들을 쫓아다녔다

일기엔 점점 기이한 기록만 쌓이고 온종일 거리를 헤매어도 좋았다
비참한 날들이 뻐끔뻐끔 타들어갔다

(…)

상처를 본……디자이너는 말한다.
(너의 상처는 세상에서 제일 이뻐, 조금만 더 벌려봐)
　　　　　　　　　　　　　　　　　　—「상처 디자이너」 부분

　낯익은 직유들로 긴장을 떨어뜨리는 감이 없지 않지만 여기에는 어른
의 세계를 동경하는 사춘기적 방황의 보편성이 무리 없이 녹아들어가 있
다. 작파한 공부, 흩어진 낙서들, 연애소설 탐독, 갓 배운 담배 등의 소재
는 정체 모를 상처에 지핀 사춘기적 일상의 세목들이다. 그런데 이 작품
은 '알쏭달쏭 소녀백과사전'이라는 제하에 있으면서도 소녀를 등장시키
지 않는다. 소녀는 어디에 있는가? 우선 이 시에 "나"와 "상처 디자이너"
라는 두 화자가 등장한다는 점에 주목해보자. 전자는 괄호 바깥, 후자는
괄호 안쪽의 화자다. '나'의 사춘기는 알 수 없는 상처 때문에 연애를 꿈
꾸고 거리를 배회한다. 그리고 상처 디자이너는 '나'의 상처를 이리저리
디자인하는 존재다. 반드시 그래야만 하는 것은 아니지만 소녀를 시적 화
자 '나'로 설정할 때 이 작품은 한결 흥미진진하게 읽힌다. 그럴 만한 빌
미도 충분하다. 시적 화자 '나'는 통상 시인 자신으로 간주되곤 하지만 그
것은 당위가 아니라 관행에 불과하다. '나'가 이 연작의 주인공 소녀일 때
상처 디자이너는 시인 자신이 된다. 시인은 상처 디자이너이고 시는 시인
에 의해 디자인된 상처다. 시는 상처지만 디자인이 가해진, 말하자면 인
위적 상처다. 이 '상처 디자인'이라는 인위적 행위는 자연스럽게 시 쓰기

의 이미지를 연상시킨다. 예를 들어 "볼펜에서 쏟아져나온 것은 나의 최초, 일기보다 못한 낙서들"(같은 시)이라든가 "흰 문짝은 오랫동안 페인트를 벗으면서, 깨알 같은 글씨를 토해내고야 말았다"(「흰 벽」) 같은 대목의 낙서 이미지들이 그런 짐작을 가능하게 한다. 자기 자신조차 미지의 대상이 되어버린 열일곱 소녀에게 이 "낙서"란 그저 심심풀이가 아니다. 그것은 세계의 참상을 일찍 깨달아버린 한 소녀의 절박한 자기방어술이다. 그러므로 여기서 시와 낙서는 본질적으로 다르지 않다. 이들은 소녀 혹은 시인이 존재의 위기를 건너는 나름의 방략이었던 것이다. 궁극적으로『백과사전』의 소녀와 화자와 시인은 마치 시가 낙서와 구분되지 않는 것처럼 명확히 구분되지 않는다. 그것은 앞에서 이미 지적한 바와 같이 이기인의 시들이 은유와 비은유의 접경지대의 산물이기 때문이다. 그 접경지대란 아이와 어른의 접경지대이기도 하다. 「상처 디자이너」는 그것을 명확하게 보여준다.

교과서의 바깥

'상처 디자이너' 이기인이 그리는 소녀들의 세상은 아슬아슬한 모호함으로 가득하다. 그러나 이 '알쏭달쏭' 혹은 모호함은 시적 미숙의 결과가 아니라 시인이 자기 앞의 시적 전통과 어떤 식으로 관계 맺을지를 스스로에게 묻는 과정에서 나온 의미심장한 도전의 산물에 가깝다. 시의 시적인 본질에 대한 집단적 물음이 제기되는 시기에 시는 어려워지게 마련이다. 그렇기에 시는 그것이 환상이든 현실이든 한쪽 세계에 자신을 의탁하지 못하고 ── 이는 흔히 환상성에의 경도 때문이라고 오해되기도 한다 ── 환상과 현실 사이를 떠돈다. 이기인의『백과사전』은 그 전형적 사례인 것이다. 환상과 현실의 접경지대에 대한 시적 탐구, 이 줄타기가 어디까지 나아갈 것인지를 지켜보는 일은 아슬아슬하면서도 흥미로운 과정일 것이다. 그는 시사의 유력한 방법론이라 할 은유의 문제를 궁구함으로써 독특한 시세계를 개진해가고 있다. 교과서적 시 개념에 균열을 내는 그의 전략은 그러나 서정적 전통에 대한 안락한 투항을 거부할 뿐 아니라 무조건적 해체 전략도 구사하지 않는다. 우리는 그의 존재야말로 시사적 전환의 한 지표가 아닌지 조심스럽게 예견해볼 수 있을 것이다. 교과서에 붙은 또 한개의 주석으로서가 아닌, 그 여백에 새로 쓴 시를 만남으로써 말이다.

침묵과 호흡

◆

임선기 시집 『항구에 내리는 겨울 소식』

1

마법을 믿는 사람이 드물게 된 건 아주 오래된 일이다. 모자란 대로 그 빈자리를 채워준 것이 마술이다. 겉보기엔 마법적이지만 그 내막은 기술에 불과한 그것은 기술의 힘을 빌려 마법에 대한 그리움을 보전하는 문화적 양식이었다. 배후의 기술이 남김없이 폭로된 뒤에도 마술은 마술로 남는다. 마법에 대한 그리움이 완전히 사라지지 않는 한에서는 말이다. 어떤 의미에서 시의 운명은 마술을 닮았다. 무엇으로 정의하든 시가 인공의 산물이고 언어를 질료로 삼는 제작품이란 사실은 감춰지지 않지만 거기에 쓰인 언어의 조직이 낱낱이 밝혀진다 하더라도 시를 시로 만들어주는 비밀은 마치 마술에 깃든 마법의 흔적처럼 완전히 소진되진 않기 때문이다.

언어의 기예 안팎에서 영원한 그리움을 낳는 시의 본질에 대해서는 이른바 시학이라는 이름으로 행해진 일련의 탐구들이 꾸준히 있어왔다. 그 중 가장 널리 알려지고 받아들여진 것으로 "시어란 일상어에 가해진 조직적 폭력"이라는 견해가 있다. 러시아형식주의의 '낯설게하기' 개념을 명료하게 정리한 이 정의는 시가 일상의 언어적 관습을 깨뜨림으로써 그것이 다루고 있는 말과 사물이 기성 질서나 자동화된 의식으로부터 해방될 수 있으며 거기에서 시의 심미적 자율성이 발생한다는 논리라고 할 수 있다. 이는 20세기 언어실험의 든든한 논리적 배후가 되어주었다. 거시적 차원에서 단순화할 때 그것은 혁명 이후의 러시아를 무대로 '당문학'의 공식주의와 내용주의에 일정하게 제동을 걸면서 영미 신비평과 유럽 구조주의 시학 발전에 토대를 제공했고 그럼으로써 20세기 자유주의 진영의 주류 미학이 되었다. 넓은 의미에서 형식주의적인 것, 전위주의적인 것은 1980년대식 공식주의에 저항해온 1990년대 이후의 우리 현대시에서도, 특히 2000년대 들어와서는 더욱 전면적이고 다양한 수준에서 관철되고 있는 듯 보인다.

그러나 낯섦과 새로움에 대한 경배가 지나치면 언어실험이라는 수단이 시적인 것의 추구라는 목적 전체를 압도해버리는 모순을 초래하기도 한다. 새것에 탐닉하는 문화가 소비자본주의의 융성과 밀접하게 연루되어 있다는 사회학적 진단에 동의하든 안 하든 그것은 김소월(金素月)과 한용운, 김수영과 김종삼(金宗三)의 시가, 혹은 셰익스피어의 소네트와 이백(李白), 두보(杜甫)의 당시들이 왜 시간의 벽을 넘어 여전한 울림을 줄 수 있는지를 충분히 설명하지 못한다. 심지어 그것은 성공적인 전위시가 지닌 풍부한 암시들조차 새로움이라는 일면적 가치로 단순화해버릴지 모른다. 시의 육체는 보이는 언어와 보이지 않는 침묵의 잠재적 조화의 산물이다. 따라서 시의 참된 새로움은 가시화된 언어적 새로움에 있다기보다 이러한 비가시적 조화의 대체 불가능한 '고유함'으로부터 비롯되는 것일 테다. 그것은 금세 낡은 것으로 전락하고 말 일시적 새로움이 아니라 일종의 '영원한 새로움'과 관계 맺고 있는 무엇이다. 형식주의라는 비칭(卑稱) 너머에서 진짜 전위주의자들이 드러내려 했던 바도 이와 다르지 않을 것임은 물론이다.

반복되는 향수에도 불구하고 끝내 사그라지지 않는 이 '영원한 새로움'의 출처를 고유함에서 찾을 때, 이 고유함은 어디에서 오는 것이며 또 어떻게 식별해낼 수 있는지 묻지 않을 수 없다. 모든 사물이 외부 조건의 개입에 의해 타락하기 이전인 자기 자신으로 돌아가 본래의 빛과 목소리를 따라 존재함을 뜻하는 그것은, 그러나 고유함 자체로서가 아니라 고유하지 않은 것들을 비우고 물리쳐내려는 싸움 속에서, 그러니까 부정의 방식으로만 식별 가능한 무엇인지도 모른다. 말과 사물의 고유한 본성은 그 말과 사물 자체에 이미 불변의 실체로 잠복해 있는 것이 아니라 모종의 정진 가운데 암시적으로 드러나며 부단히 생멸을 거듭하는 무상(無常)한 것이기 때문이다.

이 싸움은 어떤 의미에서 원시불교의 위빠사나(vipassanā) 수행을 닮았다. 분리를 뜻하는 '위'(vi)와 관찰한다는 뜻의 '빠사나'(passanā)의 합성어인 이 말은 팔리어로 '자아를 벗어나 사물을 있는 그대로 봄〔正見〕'을 의미하거니와 지금 이 순간도 쉼 없이 생멸하고 있는 가장 현재적인 사건으로서의 호흡에 몸과 마음을 온전히 집중하는 수행법은 위빠사나의 핵심 중 하나다. 오직 호흡만이 존재하는 무아(無我)의 경지에서 만상은 자신의 고유함을 회복한다는 것이다. 살아 있는 모든 존재에게 호흡은 지문과 같은 것이며 시의 리듬이라고 불리는 대체 불가능한 조화의 본질을 구성한다. 옥따비오 빠스는 조금 다른 각도에서 이를 다음과 같이 요약한 바 있다. "우리가 생명의 흐름을 타고 우주를 마시는 것은 동시에 호흡 운동이며, 리듬이고, 이미지이며, 의미인 불가분의 통일된 행위이다. 호흡은 시 행위이다. 왜냐하면, 그것은 교감 행위이기 때문이다."(「시와 호흡」, 김홍근·김은중 옮김『활과 리라』, 솔 2001)

이 교감행위로서 호흡의 고유함이 개별 시편들을 서로 구분해주며, 그 고유함의 밀도 즉 고유하지 않은 것들과의 싸움의 폭과 깊이가 저마다의 성취를 가르는 척도이다. 언어, 기법, 형식의 새로움은 그 뒤에 혹은 그것과 함께 오는 것이며 이럴 때에야 비로소 한편의 시는 시적 자아의 비좁은 경계를 넘어 사회와 세계와 우주의 리듬에 동참하게 되는 것이다. 요컨대 시는 호흡이다. 그리고 지금부터 만나볼 시인 임선기(林善起)의 『항구에 내리는 겨울 소식』만큼 이러한 시관에 잘 어울리는 시집은 드물 것이다. 언어와 사물, 관념과 주장의 소요 가운데서 그는 침묵과 호흡 속으로, 그 보이지 않는 조화의 본질로 돌아간다.

2

  처음 읽을 땐 낯선 암호문처럼 보이지만 두세번 반복해 읽을수록 뜻이 선명해지는 시집이 있는가 하면 아무런 걸림 없이 읽히다가도 다시 읽을 땐 비밀투성이가 되는 시집이 있다. 『항구에 내리는 겨울 소식』은 후자의 사례다. 예민하게 벼려진 이 시집의 1부에는 시에 대한 시인의 생각이 집중적으로 표현되어 있어 우선 눈길을 끈다.

    날숨이 몸을 떠날 때
    단어는 푸르게도 들린다

    나는 발음하며
    풀무 흉내를 내본다

    나의 가지들이 떨며
    나를 내보낸다

    魂의 이름

아픈 몸이 가서 길어오는 물

나는 길게 발음해본다
그러면 작은 불이 부풀어 오르며
겨울 동화를 읽는 밤이 된다

몇 번이나 그 동화를 읽었는지
그대는 어디 있는지
알 수가 없다

다만 산이 어둠 속에서 새끼들을 기르듯
숨을 고를 뿐이다

다만 멀리 갔다
돌아올 뿐이다.

—「숨」 전문

  1부의 수록작들 중에서 이 시만큼 시인 임선기의 세계를 잘 보여주는
작품이 또 있을 성싶지 않다. 화자는 들숨과 날숨을 엮어 어떤 말을 하고
있는 중이다. 그런데 여기서 중요한 것은 화자가 무슨 말을 하고 있느냐
가 아니라 '말을 하고 있음' 또는 숨 쉬는 행위 자체에 관한 투명한 관찰
이다. 작품의 첫 행이 '(내가—인용자) 날숨을 뱉을 때'가 아니라 "날숨이
몸을 떠날 때"인 점만 주목해 보더라도 어디까지나 주어는 날숨이며 숨을
쉬는 주체인 '나'는 비어 있는 채로 유보되어 있음을 알 수 있다. 그래서
'나'가 말을 '듣는' 게 아니라 말이 '비어 있는 나'에게로 들려온다. "단어
는 푸르게도 들린다"(윗점은 인용자).

그런데 왜 "푸르게도"일까. '푸르다(靑)'는 "들린다"를 시각화하는 공감각적 수사일 뿐 아니라 '푸 —' 하는 날숨소리의 닮은꼴(analogy)이기도 하다. 하지만 그것은 명확히 '푸르게' 들리는 것이라기보다 '푸르다'에 가깝게, 그러니까 조금은 모호하다는 뉘앙스를 더해 "푸르게도"(윗점은 인용자) 들린다. 모든 단어는 저마다 다른 소릿값을 지니지만 날숨을 토할 때만 각각의 고유한 소리형상을 갖추고 울려나올 수 있다는 의미에서 모든 단어의 소릿값에는 근원적으로 '푸 —' 하는 날숨소리의 원형이 잠복해 있는 셈이라고 할 수 있다. 하지만 발화된 모든 단어들의 소릿값에서 이 날숨소리의 원형이 간단히 식별되는 것은 아니어서 시인은 '푸르게 들린다'라고 하지 않고 "푸르게도 들린다"라고 쓸 수밖에 없었던 것이다. 소리와 뜻을 확정하지 않는 이 머뭇거림 혹은 모색과 성찰의 태도 덕분에 독자들은 시의 의미로 직행하기보다 작품에 내재된 호흡의 현재진행에 동참하게 된다. 저명한 아코디언 연주자에게 바쳐진 시 「심성락」의 마지막 연은 그 뚜렷한 의식의 흔적이 아닐 수 없다. "깊은 허파에서/흘러나오는 노래는/머뭇거림으로 가득하다".

작품 「숨」의 호흡은 이제 호흡 자체의 은유인 "풀무"를 향해 나아가는 한편 날숨의 음성 아날로지인 '푸 —'를 지나 시각이미지인 '푸르다'로 환유되어 번진다. 이 은유와 환유의 연쇄반응이 도달한 지점은 결국 나무 이미지다("나의 가지들이 떨며/나를 내보낸다"). 푸른 나무는 하나의 풀무이고 호흡이다. 나와 '나무'와 "날숨"이 그렇듯이 '푸르다'와 "풀무", 그리고 '부풀다'가 절묘한 운(韻)의 행렬을 지으며 하나의 조화를 이루고 있다. 이 나무 이미지는 연과 연 사이의 침묵 혹은 들숨이 놓인 자리를 하나씩 건널수록 더 많은 가지를 뻗어 흩어진 혼을 부르고 뿌리를 내려 물을 긷는다. 이 우주적 리듬이 바로 시의 형상임은 물론이다. "시여/오가는/천지 간/하늘과 땅의 시여"(「詩 2」).

말하자면 시는 하늘과 땅 사이의 나무 형상이며 따라서 하늘을 향해 직립한 사람의 모습을 연상시키기도 한다. 작품 「숨」에 노출된 유일한 한자 말인 "혼(魂)"은 발음기호 격인 '운(云)'과 뜻 부분인 '귀(鬼)'로 파자해볼 수 있는데 이 형성자(形聲字)의 중심은 역시 귀(鬼)다. 사람〔人〕 머리에 정수리〔囟〕를 얹어 산 사람과 구별한 이 글자에서 신(囟)은 알려져 있다시피 숨구멍이며 혼이 드나드는 문이다. 시적 발화는 하늘을 향해 혼을 토하는 날숨이자 호흡행위의 일부가 되는 것이다. 물론 "다만 멀리 갔다/돌아올 뿐"인 이 고요한 반복행위가 어째서 혼의 문제로까지 격상될 수 있는지를 파악하려면 약간의 우회로를 거칠 수밖에 없는데 "겨울 동화를 읽는 밤"이 그 이정표일지도 모른다. "겨울 동화"는 하이네(Heinrich Heine)의 『독일, 어느 겨울동화』(1844)에서 왔을 것이다. 이 서사시의 도입부에는 오랜 망명길에서 귀국한 시인의 벅찬 감격이 서려 있다.

국경에 도착하자 나는/가슴이 더 심하게 두근거리는 것을/느꼈다. 심지어 눈에서/눈물방울이 떨어지는 것 같기도 했다.

그리고 독일어를 들었을 땐/난 정말 묘한 기분을 느꼈다./마치 내 가슴이 아주 기쁘게/피를 흘리는 것 같은 느낌이었다.[1]

하이네의 감격은 조국의 "국경에 도착"했기 때문이 아니라 모국어공동체와 재회함으로써 비로소 격발된 것이다. 그러므로 추측건대 "겨울 동화를 읽는 밤"은 모국어와 재회한, 그 피 흘리는 기쁨의 순간으로 되돌아가는 밤이다. 어떤 의미에서 모든 시인은 이미 이 세계의 이방인이다. 이방인 시인의 '피 흘리는 기쁨'이야말로 시작(詩作)행위의 근본 이미지일 것이다. 하지만 반복되는 고통과 설렘의 밤에도 불구하고 여전히 시는 저

---

1 하인리히 하이네, 김수용 옮김 『독일, 어느 겨울동화』, 시공사 2011, 9~10면.

멀리 알 수 없는 "그대"이며 오로지 호흡의 생성과 소멸만이 고독한 그의 곁에 머문다. "몇 번이나 그 동화를 읽었는지/그대는 어디 있는지/알 수가 없다//다만 산이 어둠 속에서 새끼들을 기르듯/숨을 고를 뿐". 이러한 수동태의 세계가 현실도피적이라거나 나약하다고 말하는 것은 옳지 않다. 나무는 물을 길어올려 불을 키운다. 이방인 시인 임선기에게서도 이 점은 마찬가지다.

> 작은 의자에 앉아 있는
> 이국 사내
> 손바닥에 든 푸른 물
>
> 흔들리는 불.

—「꽃 2」 부분

나무나 꽃이 고요하다고 해서 그것을 나약하다고 말하는 사람은 없다. "푸른 물"과 "흔들리는 불"은 상반된 물성을 지니지만 나무 안에서 하나일 수 있듯이 "이국 사내"의 손바닥 위에서도 그것은 둘이 아니다. 시는 "보이지 않는 모순을/푸는 손"(「詩 1」)이기 때문이다. 여기서 능동과 수동은 거의 구분되지 않거나 구분 자체가 덧없다. 마지막 행의 마침표는 이 덧없는 시간을 조용히 흔들리며 타오르는 불꽃의 상형 같다.

3

그러므로 다음과 같은 '시인의 말'에는 이 시집 혹은 임선기 시세계의 요체가 드러나 있다. "시인으로 산다는 건 백지가 된다는 것, 백지를 대하는 것. 지금 백지에는 불이 온다./삶은 기다린다는 것. 나의 창이 가득 기다림이 될 때까지. 설렘이 가슴을 이룰 때까지./내가 기다린 건 의미가 아니었다. 나무가 새를 기다리듯 새가 나무를 기다리듯 하였다." 백지, 기다림, 설렘, 나무로 이루어진 이 문장들이 앞서 말한 능동과 수동의 경계 없음의 산물임은 분명하다. 이를 좀더 구체적으로 이해하기 위해 『논어』의 한 대목으로부터 도움을 받자. 제자인 자하가 스승인 공자에게 묻는다. "'아리따운 웃음에 볼우물이여!/아름다운 눈에 반짝이는 눈동자여!/하얀 얼굴에 채색하였도다!'(巧笑倩兮, 美目盼兮, 素以爲絢兮)라고 하였는데 무엇을 이릅니까?" 공자가 답한다. "그리는 일은 흰 바탕이 만들어진 뒤에 한다(繪事後素)." 제자가 다시 묻는다. "예(禮)는 나중이로군요." 스승은 감탄한다. "네가 나를 일으키는구나. 비로소 너와 더불어 시를 말할 수 있겠다."[2]

회사후소. 그림을 그리기에 앞서 흰 바탕을 마련하는 일이 우선이라는 공자의 『시경』 풀이에서 자하는 인(仁)이 예(禮)에 선행하는 것임을 감득해낸다. 인이 시를 쓰는 마음의 근본 자리라고 할 때 — 이 근본에 관해 공자는 생각에 삿됨이 없음(思無邪)이라고도 말한 바 있다 — 예 즉 형식은 부차적이라는 뜻이다. "시인으로 산다는 건 백지가 된다는 것, 백지를 대하는 것"이라는 문장이 의미하는 바도 이와 다르지 않다. 자신을 투명하게 갈고 닦아 진리에 이르고자 한 도학자들의 길과 시를 쓰는 본마음에 관한 시인의 탐사 작업이 또한 근본에서 다르지 않다. 그런 뜻에서 임선기의 시는 시(文)와 학(學)이 분리되기 이전의 어떤 원형과 깊이 소통하려는 시도라고 할 수 있다. 그가 호흡이라는 화두에 잠심했던 까닭도 여기에 있을 것이다.

---

2 『논어』 팔일(八佾)편. 인용한 시는 『시경』 위풍(衛風)편 「석인(碩人)」으로, 위나라 장공이 제나라 공주 장강을 신부로 맞았을 때 위나라 사람들이 그 아름다움을 칭송한 노래이다.

'흰 바탕' 혹은 투명한 비움에 대한 시적 탐구로 이뤄진『항구에 내리는 겨울 소식』이 절제된 언어와 풍부한 여백의 시편들로 채워진 건 그런 의미에서 자연스럽다. '흰 바탕'은 모든 말과 사물을 이방인의 눈에 비친 낯선 풍경처럼 아무 뜻에도 붙들리지 않은 본래 모습으로 현전시키는 기초다. 그것을 바라보는 눈은 아무 데도 그을리지 않은 맑은 감광지이거나 경건하게 펼쳐진 흰 종이와 같아야 할 것이다. 앞서 인용한 작품「숨」의 마지막 행에만 유일하게 찍힌 마침표도 그렇지만 2부의 수록작「섬」의 한 대목에 자리한 그것도 바로 투명한 눈의 상형 이미지다. "그 섬/내 어깨 두드리던,/사라진,/작은 섬//그러나/너와 나/막막하던 눈동자."

임선기만큼 구두점의 상형적 자질에 민감하게 반응하는 시인은 많지 않다. 그것은 단순히 기능적으로 배치되는 경우가 없으며 그 자체로 온전한 시어의 하나다. "돌 아래/저 아래/物質/아래 누워/바라보는 시간은/너 인가/나인가.//시여/오가는/천지간/하늘과 땅의 시여//나는 눕는다."(「詩 2」)에서 두번 쓰인 마침표는 천문(天文)과 지문(地文)을 새기기 위해 바닥에 펼쳐놓은("눕는다") 비어 있는 종이를 비유적으로 연상시키며 "바닷가 피아노//부서진 시간/쌓여 있던 해변 끝//그대 손에 묻어오는 시간을 본다."(「바닷가 피아노」)에 쓰인 그것은 부서지는 포말을 고독하게 지켜보는 먹먹한 눈빛에 다름 아닐 것이다. "百年 돌계단은 천천히 걸어 내려온다." (「풍수원」)의 마침표는 어두운 계단을 내려오는 사람의 손에 들린 등(燈)의 형상으로 보이는가 하면 "그 섬/기타처럼/조용히 울리던 겨울밤/너와 나 내려오던/작은 길//파도소리/바람소리/겨울비,"(「섬」)의 쉼표는 어느 길목에 비스듬히 기대선 채 추억에 잠긴 시인 자신의 자화상처럼 보이기도 한다. 그리고 이 모든 상형 부호들은 침묵하는 들숨의 자리에 놓여 있다. "나의 심장은 낙엽으로 가득 찼어/거꾸로 선 세상/거울을 탄 논/들어봐,/내가 만드는/이 침묵"(「석모도에서」).

이러한 침묵의 표현이 형식에 대한 자의식이나 언어의 절제 자체에 대한 잠심만으로 이뤄지는 것은 아니다. 스스로 흰 바탕이 되려는 고유한 호흡의 정진 가운데서 시인의 몸이 세상과 우주의 무늬를 자연스레 불러들이는 것일 테다. 발레리는 "화가는 신체를 지니고 있다"라고 말했는데, 같은 맥락에서 시인이야말로 몸을 지닌 존재다. 학인(學人)은 진리를 향해 자신의 이성을 밀고 나아가지만 시인은 그의 몸을 갈고 닦음으로써 진리의 방문을 인도한다. 교(敎)와 선(禪)이 근원에서 일치하듯 학인의 길과 시인의 그것은 본래 다르지 않다. 그러나 시 쓰는 몸의 수행이 지닌 결정적 중요성은 우리 현대시에서 거의 망각되어 시가 진리를 구현하는 하나의 방편일 수 있다는 엷은 가능성조차 이제는 폐기해버린 듯하다. 그 진리 가운데서 "세상에 주인 없는" 모든 말과 사물이 "해방과 자유" 그리고 "詩"(「구름의 글씨」)를 닮게 됨은 물론이려니와 자신의 몸에서 일어나는 고유한 호흡에 가까스로 도달한 때에야 그 경지는 스스로의 표정을 드러낼 것이다. 그러므로 말과 사물은 진리의 심연, 그 '부재하는 님'이 세상에 남겨놓은 증별(贈別)이며 시인은 그것을 손에 들고 묵상하는 존재다. "증별이 있었는가/들여다보는//내면/내면이 피어 있다"(「봄」) 또는 "나무가 새를 기다리듯 새가 나무를 기다리듯 하였다"('시인의 말')가 말해주고 있듯이.

진리의 심연 가운데로 '부재하는 님'을 배치한 2부의 연시들 중에서도 백호(白湖) 임제(林悌, 1549~87)의 오언절구에 호응한 「無語別」이 아름답다. 이 작품은 백호의 동명 작품[3]에 대한 일종의 시적 화답으로 쓰였다. 하나의 행이 한 연을 이루어 모두 14연 14행으로 구성된 이 작품의 핵심은

---

3 원문은 다음과 같다.
　十五越溪女 월나라 서시처럼 아리따운 열다섯살 아가씨
　羞人無語別 부끄러워 말 못 하고 헤어졌구나.
　歸來掩重門 돌아와 중문 닫아걸고는
　泣向梨花月 배꽃 비추는 달 향해 눈물 흘리네.

백호의 원작에 등장하는 어린 미인의 말 못 할 슬픔과 그에 대한 화자의
공명이다.

가시처럼 글썽이는

이별이었을까요

梨花 나무가 피었다지만

여기는 왜 이리 붉은 동백인가요

동백이 날개를 다는 시간

돌아오며 떠나는 길에

서 있습니다

기운 폐선 한 척

白雪처럼 하얗고

나는 새의 길은

섬광처럼 부서집니다

찌르는 듯한 이별의 슬픔이나 배꽃 핀 규원(閨園)의 정경은 기본적으로

원작에 등장하는 소녀의 것이지 이 시 화자의 것은 아니다. 아마도 화자는 동백꽃 떨어지는 봄날의 어느 바닷가 마을에서 백호의 주인공을 연상하는 중일 것이다. 그는 상실의 아픔이 얼마나 컸는지를 물은 다음 피어나는 배꽃 대신 왜 추락하는 동백뿐인지를 또 묻는다. 상실과 탄식과 항의와 의심이 구별되지 않는 이 연이은 두번의 물음은 동백이 날개를 달고 허공으로 몸을 던지는 이미지 앞에서야 문득 멈춘다. 그것은 '부재하는 님'의 공백을 메우려는 죽음 충동을 안으로 물고 있지만 무엇보다도 '님'의 귀환을 그리는 강렬한 에로스에 의해 추동된 것이다. 삶과 죽음의 순환으로 이루어진 고통의 수레바퀴를 벗어나는 길은 오직 삶과 죽음이라는 갈애(渴愛) 자체를 남김없이 소멸하는 것뿐일지도 모른다. 마지막 두 연에서 섬광처럼 부서져버린 하늘길의 이미지는 그러므로 무슨 죽음 충동의 탐미적 폭발이 아니라 갈애 자체를 소멸함으로써 세속의 번뇌를 여의는, 불교식으로 말하자면 일체의 집착을 내려놓는 멸성제(滅聖諦)의 시각화에 가깝다. 이 작품은 그래서 단순히 고시(古詩)를 차용한 한편의 연서에 머물지 않고 시적 초월의 눈부신 기록으로 나아간다. 태작이 눈에 띄지 않는 이 시집에서 수록작들 대부분은 쉽고 자연스럽게 읽히다가도 궁극에 가서는 거의 언제나 읽는 이들을 진리의 문제와 마주치게 만든다. 소월과 만해가 떠난 이후 우리 현대시가 점차로 망각해온 시의 '영원한 새로움'이 바로 이와 맞물려 있음은 물론이다. 진리야말로 영원히 새로운 것일 테니 말이다.

4

그렇다면 시인 임선기를 일컬어 시의 고고학자라고 부를 수도 있을지 모르겠다. 이 세번째 시집 『항구에 내리는 겨울 소식』과 함께 데뷔 20주년을 맞은 그의 시력은 시의 원형과 기원으로 돌아가기 위해 길을 떠난 고고학자의 발자국들로 채워져 있다. 동서고금의 많은 시인·예술가들이, 그리고 가깝고 먼 수많은 장소의 이름들이 그의 시 도처에서 발견되는 이유도, 눈 밝은 평자들이 그간 그의 시에서 낭만주의의 얼굴을 목격했던 까닭도 여기에 있을 것이다. 그는 온갖 혁신의 선언들에 단 한번도 가담한 적이 없지만 그렇다고 시적 전통이라 불리는 상상적 질서의 수호자를 선불리 자처하지도 않았다. 그는 혁신과 전통의 분주한 교체서사 가운데서 마치 사라져버린 마법의 흔적을 찾듯, 시적 진리의 비밀스러운 방문을 기다리듯 조용히 호흡을 골라온 시인이다. 어떤 시인은 시인들의 시인이 되기도 한다. 믿음직한 젊은 시인들 사이에서 그의 이름이 종종 불리는 것을 들을 때는 조용하기만 한 그의 자리가 어느새 깊고 넓어졌음을 깨닫게 된다.

"항구에 내리는 겨울 소식"이라는 표제는 이 시집의 4부에 수록된 「가을, 이즈미르」의 마지막 행에서 따온 것이다. 이즈미르(Izmir)는 에게해와 면한 튀르키예의 항구도시로 『오디세이아』의 저자인 호메로스의 고향으로도 알려져 있다. 이 '최초'의 시인이 태어났을지도 모르는 바닷가 도시, 먼 옛날 동서양이 만나 찬란한 헬레니즘 문명을 꽃피웠던 바로 그곳에서 시인은 아마 낙엽에 뒤덮인 시의 황혼("비탈에서 잠시 쉴 때 보는 나의 무덤")을 목격했는지도 모른다. 그런데 무슨 일일까. 그 위로 기다리던 소식처럼 흰 눈이 내린다. 눈의 방문을 시인은 맞이한다. 마법은 바로 그렇게 오는 것이다.

사실과 중립

◆

다시 읽는 김원일의 『겨울 골짜기』

분단의 상처나 이데올로기의 폭력에 대해 재론할 필요는 없을 것이다.
『겨울 골짜기』의 초간본(1987) 서문을 작가는 이렇게 썼다. "거창사건을
다루었지만 8할쯤은 픽션이고 2할쯤이 논픽션에 해당될 것이다. 그러므
로 이 소설은 그 진상을 파헤쳐 생생한 기록으로서 현장성을 살리자는 데
목적을 두지 않았다. 전쟁이 혹독한 굶주림으로 인간을 옥죄이고, 살아남
음에 따른 고통의 극한을 인간은 어느 한계까지 견디어내는가, 나는 그
두 문제에 초점을 두고 이 소설을 썼다. 읽는 이는, 글쓴이가 가능한 그 사
건 자체에서 멀어지기 위한 갈등의 흔적을 발견할 수 있을 것이다." 이 소
설은 출간 당시부터 지금까지 거창양민학살사건(1951)[1]과 '국제적 내전'
으로서 한국전쟁이라는 역사적 특수성의 지평 위에서 주로 논의된 편이
지만 적어도 작가의 의도만큼은 좀더 보편적인 주제의식을 향해 있었던
셈이다. 요컨대 『겨울 골짜기』는 '사건 자체'의 중력으로부터 가능한 한

---

1 1951년 2월, 빨치산 점령지구였던 경남 거창군 신원면에 국군이 재진주하면서 부락민
700여명을 통비(通匪)분자로 간주해 집단학살한 사건이다.

멀리 벗어나려는 작가의식의 원심력과 기어이 사건 자체로 복귀하려는 독자 반응의 구심력이 팽팽히 맞서는 가운데 쓰이고 읽힌 작품이라 할 수 있다.

이병주(李炳注)의 『지리산』(1985)이나 조정래(趙廷來)의 『태백산맥』(1989), 이태(李泰)의 『남부군』(1988) 등이 당시의 독서계에 불러온 파장을 환기해보는 것만으로도 짐작할 수 있듯이 감춰진 진실에 대한 '증언'의 요청은 압도적인 것이었다. 그것은 장편 『겨울 골짜기』를 빨치산의 실상과 거창사건의 내막에 대한 충실한 기록으로 좁혀 읽게 만드는 문화적 토대가 되었다. 그러나 6월항쟁(1987) 이래 길고 지난했던 민주화의 진전 속에서 증언과 기록의 소임은 상당 부분 '과거사 정리'라는 사회제도적 차원으로 이양되었다. 그 과정에서 이들 작품에 대한 관심이 차츰 줄어든 것은 일견 자연스런 수순처럼 보였고 분단문학은 마치 시효가 만료된 과거의 유산으로 남는 듯했다. 80년대의 이념 과잉에 대한 반동으로 등장한 90년대의 탈이념 편향도 균형 잡힌 독해를 가로막긴 마찬가지였다. 결핍도 과잉 못지않은 억압 기제다. 이러한 이중의 압력 속에서 작품은 마땅히 불하받았어야 할 자신의 몫을 충분히 확보하지 못했거니와 미국의 이라크 침공에 감응한 작가가 이 작품의 개작에 몰두할 수밖에 없었던 절실함이 비로소 납득된다. "2003년 4월, 미국과 영국의 일방적인 이라크 침공에 따른 결과가 뻔한 전쟁의 경과를 텔레비전으로 보았다. 전쟁이 난 지역에 살고 있다는 이유만으로 민간인들이 당한 참상, 특히 여성·노약자·어린이들이 감당해야 하는 고통스러운 삶과 죽음은 눈시울을 뜨겁게 했다."(개정판 서문, 2004) 작가 김원일(金源一)이 『겨울 골짜기』의 집필과 개작을 통해 감춰진 진실의 증언 이상으로 추구하고자 했던 바는 무엇이었으며 그것은 작품 속에서 어떻게 드러나는가? 이 물음들은 여전히 고갈되지 않은 광맥이다.

우리 앞에 놓인 『겨울 골짜기』는 원고지 2500매 분량의 초간본을 1800매정도로 대폭 압축한 판본으로 작가에 의해 확정된 정본이다. 개작은 대체로 부수적인 삽화들을 삭제하고 묘사나 감상적인 요소를 줄이는 방향에서 진행되었다. 풍부한 토속어 사용은 유지하되 형용사, 부사 등의 수식구를 최대한 제거함으로써 진술의 중립성을 두드러지게 하는 문체상의 일관성도 뚜렷해졌다. 이는 혹독한 겨울 추위를 배경으로 궁핍하기 이를 데 없는 전쟁 당시 신원면 일대의 시공간과 생활상을 부각시키는 효과를 발휘한다. 다시 말해 차고 메마른 숲을 눈앞에 형상화하는 대신 투명하고 냉정한 문장들로 겨울 숲의 삭막한 이미지를 환기하는 방식이라고 할 수 있을지도 모르겠다. '겨울 골짜기'라는 제목 자체가 이미 작품의 스타일과 불가분임은 물론이려니와 진술이 묘사의 기능을 대체하는 현상도 곳곳에서 나타난다.

그러나 작품의 이러한 외형적 특징은 '사건 자체'에서 멀어지려던 작가의 애초 의도에 비추면 오히려 모순처럼 보이기도 한다. 실기(實記)를 방불케 하는 중립적 진술문들은 작품 내부에 배치된 정보와 삽화들에 대한 신뢰감을 높여주기 마련이어서 그때 그곳에서 무슨 일이 있었는지에 독자들의 시선을 집중시키는 효과를 발휘한다. 말하자면 작가는 극한상황을 통해 인간성의 근원을 시험해보려 했지만 실제 작품은 "생생한 기록으로서 현장성"을 더욱 강화하는 방향으로 전개된 것이다. 가령 다음과 같은 대목은 그 핍진한 예의 하나다.

산막은 30미터 아래쪽, 큰 바위를 의지 삼아 삿갓골로 세워져 있었다. 산죽과 나뭇가지로 뼈대를 얽고 그 위에 왕억새로 지붕을 덮었는데, 돌과 이긴 흙으로 한 자쯤 지댓돌을 쌓아 집다운 꼴을 갖추고 있었다. 컴컴한 산막 안은 양쪽에서 마주 보고 눕는다면 스무 명쯤은 잠잘 수 있는 넓이였다. 가운데는 밭고랑 내듯 길게 홈을 파두었고, 홈에는 빨래판같이 반반한 돌을 덮어두었다. 산막 안을 반으로 쪼갠 긴 고랑이 이를테면 노천 온돌이었다. 그런 온돌 구조는 전쟁 전 지리산 일대를 근거로 활동했던 '남조선 인민유격대 제3병단'이 개발한 '빨치산식 온돌'이었다. (29~30면)

묘사와 진술을 섞어 빨치산의 산막(山幕)과 특유의 온돌구조를 설명하고 있는 장면이다. 그러나 여기서 묘사는 대상이 주는 느낌이나 감각을 절제하고 정보를 운반하는 데 치중하고 있어 전체적으로는 사실 진술을 뒷받침하는 보조적 역할에 머문다. 빨치산과 산 아래 마을 주민들의 생활상을 가까이서 보여주고 설명하는 장면들은 이밖에도 무수히 많은데, 특히 작품의 2장 '들피진 삶 ── 마을 1'이 재현하는 신원면 일대의 궁핍상은 손에 닿을 듯 생생하며, 대사가 아닌 지문에서 풍부하게 활용되고 있는 사투리와 토속어 또한 현장감을 보전하고 상승시키는 요소로 작동한다. 그러나 작가가 밝힌 의도와 작품의 실제 사이의 이러한 모순은 작가에 대해 작품(또는 증언의 요구)이 승리한 증거라기보다, 궁극적으로는 지양될 작품의 외형적 특징으로 간주하는 편이 합리적이다. 의도와 결과의 불일치를 단순히 모순으로만 파악하는 관점은 작품의 구성이나 초점인물의 채택 등에 대해 거의 아무것도 설명해주지 못할 뿐 아니라 자칫하면 소설과 르뽀르따주 사이의 장르적 차이를 무화시키는 결과를 초래할지도 모르기 때문이다. 사건 자체의 인력으로부터 멀어지려는 작가의 지향은 '산사람'들과 마을 사람들의 생활을 정확히 일대일로 교차시키며 근접촬영하고 있는 작품의 스타일과 얼핏 동떨어져 보이지만 그것은 결과적으로 투철한 산문정신에 의해 통합됨으로써 작품에 대한 역동적 해석을 가능케 한다.

작품의 전체적 윤곽을 파악하는 절차가 우선이다. 이 소설은 대략 1950년 11월부터 거창사건이 일어난 이듬해 2월까지 경남 산청군 일대의 산과 신원면 마을에서 일어난 사건들을 빨치산 315부대와 문한돌 일가의 생태를 통해 정밀히 추적하고 있다. 모두 6개의 장으로 구성된 작품의 1·3·5장은 빨치산의 산생활을, 2·4·6장은 마을에서 일어난 사건들을 그리고 있다. 산생활의 초점인물은 주로 문한득이다. 그는 한병·한돌·한득 형제의 막내로, 해방 직후 남로당계 리책(里責)으로 활동하다 보도연맹 예비검속으로 총살당한 큰형 문한병 대신 분주소(分駐所) 심부름꾼이 되었다가 입산한 18세 소년병이다. 비무장 초모병(招募兵)에 불과했던 그는 신원면 일대의 지리에 밝다는 이유로 팔로군(八路軍) 출신 정예들로 구성된 315부대 기포지대 1중대로 전출된다. 이 도입부의 긴장감은 작품의 백미 중 하나다. 가난한 소작농에 불과했던 그의 행로가 이념적 선택과 무관한 것임은 물론인데 이제 막 작품을 읽기 시작한 독자들 또한 "왜 자기만 뽑아 전출시키는지 이유를"(9면) 몰라 어리둥절해하는 문한득과 같은 입장이 되어 앞일을 예측할 수 없는 미지의 야행에 동참하게 되는 것이다. 작품은 순진한 소년병의 시선을 선택함으로써 이념 문제와 전황의 전모를 원경화하고 혹독한 산생활을 그린 1·3·5장에 폐쇄적 긴장감을 부여한다.

인공기와 태극기가 시시로 바뀌어 내걸리는 마을의 상황 또한 이 전쟁의 맥락과 이념에 무지한 인물들을 통해 전달된다. 큰아들 문한병의 죽음을 한사코 받아들이지 못하는 실매댁이나 출산을 앞둔 문한돌 내외의 나날은 위기의 연속이다. "국군이나 인민군이나 군인들 하는 짓거리는 어느 쪽도 믿을 수가"(229~30면) 없는 상황에서 그들이 의지할 만한 유일한 지혜는 "난세에는 좀 모자라고 병든 채로 운신함이 세월을 쉽게 넘기는 방편임을 알음알음 터득"(318면)한 정도에 불과하다. 첫 전투에서 어부지리로 공훈전사가 된 문한득과 대다수의 315부대원들, 신원면의 문한돌 일가를 비롯한 마을 사람들 모두가 그리는 꿈은 오직 하나다. 하루속히 전쟁이 끝나 고향의 가족과 함께 사는 소박한 바람이 그것인데 작품은 바로 그 인간적 삶의 최저 낙원을 무참히 압살하는 지옥의 심장부를 향해 서서히 진입하는 과정으로 채워져 있다.

여기서 한가지 주목할 점은 거창양민학살사건을 다룬 것으로 알려진

이 작품에서 정작 사건 자체를 기술한 대목은 결말의 일부분에 불과하다
는 점이다. 문한득의 315부대 전출로부터 학살사건이 일어나기까지의 석
달가량이 매우 상세하게 서술된 데 비하면 사건의 기술방식 또한 축약적
이다. 이는 사건의 도래를 최대한 지연함으로써 사건 바깥의 요소들과 사
건에 이르는 과정에 독자들의 시선이 머물도록 만드는 구성일 것이다. 따
라서 앞서 말한 중립적 진술문들 위주의 문체와 작품 전반에 임리한 "생
생한 기록으로서 현장성" 등은 바로 이 '지연'을 위한 장치들인 셈이다.
이 지연 장치들이 윤곽의 제시 정도로 처리된 결말의 참상을 더욱 섬뜩한
무엇으로 만들어주는 요소임에는 틀림없다. 그러나 이는 학살사건의 끔
찍함을 역설적으로 부각하는 동시에 예의 최저 낙원에 대한 보편적 이상
을 돋을새김하는 역할도 수행한다. 이 참상을 감싸고 있는 진정한 대립은
어쩌면 남북 간의 이념갈등이 아니라 전쟁이라는 '절대악'과 보편적 인간
이상 사이의 그것인 듯하다. 그래서 315부대의 사상교육 시간이나 남측
군경의 연설 장면, 멀리서 타전되어오는 전황 소식은 하나같이 알아듣기
힘든 외계의 언어처럼 공허하게 울리는 게 아닐까.

> 박 주임은 같은 내용을 되풀이해서 떠들었는데, 한동안은 부역꾼들이 귀
> 기울이고 들었으나, "끝으로 한 말씀만 더 드리자면……"하며, 이야기를
> 끝낼 듯하다 다시 계속하자 모두 진력을 냈다. (…)
>　　다른 부역꾼 마음과 한가지로 문한돌도 울력을 빨리 시작했으면 싶은
> 마음뿐이었다. 그는 더 참을 수 없을 만큼 발이 시리어, 발가락을 쇠집게로
> 뜯어내듯 아렸고 몸이 뻐등하게 굳어왔다. (123면)

생각하기에 따라서는 '절대악'으로서의 전쟁과 보편적 인간 이상이라
는 작품의 기본구도가 너무 단순하지 않은가 하는 불만이 제기될 법하지
만 그것은 어디까지나 문한득 형제와 신원면 농민들의 눈높이를 따랐기

때문일 뿐 한국전쟁의 실체를 해부하는 작품의 시야는 생각보다 중층적이다. 국제적 내전으로서의 한국전쟁에 대한 이 작품의 해석은 독특한 데가 있다. 신원면 상공을 지나 접전지역으로 날아가는 미군 폭격기의 모습이 무심히 포착되곤 하는 데서 알 수 있듯 작품에서 미국과 소련이라는 계기는 너무 멀리 배치되어 있어 실감이 거의 없는 존재들이다. 반면, 중국이라는 계기는 뜻밖에 가깝다. 315부대가 팔로군에서 활약한 조선의용대 출신인 점도 그렇고 결말의 학살사건을 주도한 국군 11사단이 "중국 황포군관학교를 졸업하고 중국 국민군 소좌까지 지낸"(128면) 최덕신(崔德新) 준장에 의해 통솔되었다는 사실을 의도적으로 짚은 점도 그렇다. 군과 농민이 물과 고기처럼 밀착해야만 승리할 수 있다는 마오 쩌둥(毛澤東)의 이른바 수어이론(水魚理論)이 빨치산 부대의 핵심 전략인 데(86면) 대해 "중국 국부군 백승희 장군이 항일전에 써먹어 큰 성과를 본"(472~73면) 견벽청야(堅壁淸野) 작전[2]이 공비 소탕 목적으로 창설된 11사단의 주요 책략이었다는 사실은 중요하다. 한국전쟁은 어떤 의미에서 중국에서 벌어진 2차 국공내전(國共內戰, 1946~49)의 한반도판 재연인 면도 있기 때문이다. 확대해석을 경계하는 경우에도 거창사건의 먼 기원에 국공내전의 영향이 있음은『겨울 골짜기』의 날카로운 발견이 아닐 수 없다.

　거창사건을 감싸고 있는 국내외의 역사적 층위들을 두껍게 쌓아나가면서도 작품의 초점을 문한돌 일가에 묶어둠으로써 얻어지는 효과는 비교적 자명하다. 그것은 이념분자 같은 거대서사의 체현자들이 아니라 이른바 억압된 하위자(subaltern)들의 역사를 기술함으로써 이념 바깥에서 이

---

2 어느 국군 사병들의 대화를 통해 설명되는 견벽청야의 의미는 이렇다. "지켜야 할 거점은 벽을 쌓듯이 확보하는 주의로 나가고, 부득이 적에게 내놓게 되는 지역은 인력과 물자를 이동시킨 후 집들은 불지르고, 깨끗이 청소해버린다는 것 아냐. 그러니 신원면 이 산골짜기는 청야 지역에 해당되는 셈이 맞잖아."(473면) 거창사건은 바로 이 견벽청야 작전의 일환이었던 것이다.

념의 세계를 상대화할 수 있게 해준다. 학살의 현장에서 유일하게 살아남은 인물이 문한돌 내외와 새로 태어난 아이라는 사실은 작품의 이러한 지향을 가장 명확히 보여주는 증좌일 것이다. 여기서 이 작품의 최초 발표 시기가 87년 6월항쟁을 불과 1년 남짓 앞둔 시점이었다는 사실을 환기할 필요가 있다. 어쩌면 90년대 이후 두드러진 한국문학의 탈이념적 흐름은 이미 80년대 중반에 시작되고 있었던 것인지도 모른다. 한편으로는 군사독재의 이념적 금제에 맞서 사상의 자유를 추구하되 다른 한편으로는 좌우 이념대립 자체를 해소하고 벗어나려 했던 당시의 시대 분위기가 이 작품에 고스란히 반영되어 있다. 그뿐 아니라 이 작품은 정치적으로 결정된 '민중'을 친체제담론과 저항담론의 경계지대에서 자라난 하위자들의 분출이 대체할 것임을 예고하고 있기도 하다. 대서사가 감당하지 못하는 필부들의 역사와 삶을 가시화하면서 인간 실존의 최저 경계를 묘파하려 했던 작가의 지향은 아직 살아 있는 현재다. "살아남음에 따른 고통의 극한을 인간은 어느 한계까지 견디어내는가"라는 물음은 80년대 중반 이후 본격화한 대중소비자본주의 사회 속에서 여전히, 게다가 외환위기(1997) 이후의 냉엄한 신자유주의 국면 아래서는 더욱이 유효한 물음일 것이기 때문이다.

그런 의미에서 새롭게 주목해볼 작중인물의 한 사람으로 315부대원 김익수를 든다면 어떨까? 서울 출신으로 사회 과목을 가르치는 중학교 교사였던 그는 전형적인 소시민적 인텔리다. 그는 일제 잔재를 청산하지 못하는 남한 정권에 염증을 느끼고 좌익운동에 투신했으나 자유주의 성향으로 인해 거기에서조차 종파주의자로 낙인찍힌 중간자적 인물이다. 오직이 광기의 전쟁을 끝내고 가족을 만나겠다는 일념으로 혹독한 빨치산 생활을 견뎌가지만 끝내 전사하고 만다. 이 김익수라는 인물이야말로 오늘날의 우리들과 가장 가까운 인물이 아닐까. 그러고 보면 처음 발표된 때부터 지금까지 30년 가까운 세월이 지났음에도 이념에 완전히 귀의하지

도 벗어나지도 못한 채 여전히 그것을 앓고 있는 우리 시대의 집합적 초
상이 『겨울 골짜기』의 진면목인지도 모르겠다. 따라서 이 작품의 문면에
두드러진 중립성은 글자 그대로의 중립이 아니다. 그것은 대립하는 양극
단을 지양한 균형감각의 소산이 아니기 때문이다. 그것은 수많은 하위자
들, 이념적 중간파들을 배제하는 방식으로밖에 스스로를 세우지 못하는
모든 타락한 이념들에 대해 명백히, 그리고 급진적으로 맞선다.

고양이들은 밤의 감정을 노래한다[1]

◆

이설야 시집 『내 얼굴이 도착하지 않았다』

1

이설야(李雪夜)의 첫 시집 『우리는 좀더 어두워지기로 했네』(2016)에는 제호가 미리 주는 인상에 값하듯 도시 변두리에 버려진 낡고 오래된 것들의 이미지가 빈번하게 등장한다. 쇠락하는 인정물태(人情物態)에 대한 향수처럼 받아들여질 여지가 있지만 이설야의 시들이 내걸고 있는 어둠의 함의에 대해서는 아직 해야 할 말들이 많이 남아 있다. 이 어둠은 단순히 빛의 반대편에 놓인 소외와 비참, 슬픔과 상처만을 뜻하는 것은 아니기 때문이다. 따라서 어둠의 고유한 의미와 질감을 어떻게 요해할지가 관건이다. 이번에 펴내는 『내 얼굴이 도착하지 않았다』(2022)에도 죽음과 상실의 이미지가 도처에 그늘을 드리우고 있어 첫 시집의 연장선상에서 접근하게 되는데, 여기서 그것은 우선 저수지 같은 형상으로 포착된다.

---

1 시 「봄의 감정」 부분.

검은 숲과 새들이 몰려오고
별들이 지나가다 빠지고
바람은 축축하게 젖어 더러워졌다

내가 손을 놓친 그림자들
다 쓰지도 버리지도 못한 어제의 얼굴들
물풀처럼 서서히 떠오른다

　　　　　　　　　　　　　　　　　　　—「저수지」 부분

　이 저수지가 "어둠을 말아놓은 종이컵처럼/쉽게 구겨지는 마음/찢어지기 싫은 마음"(같은 시)과 같이 화자의 소란스런 내면에 관한 비유라는 것은 어렵지 않게 파악할 수 있거니와 여기서 "다 쓰지도 버리지도 못한 어제의 얼굴들"이 "물풀처럼 서서히 떠오"르곤 한다면 이를 무의식의 은유처럼 풀어볼 여지도 있을 것이다. 하지만 섣부른 개념화 대신 바닥으로 흐르는 물의 성질에 유의하면서 이와 연관된 다른 작품을 덧대어 보는 것이 좀더 생산적일 듯하다. 가령 「밑」이라는 시에서 '너'는 "더이상 내려갈 수도 없는/밑으로 내려가/밑의/밑이" 되었다고 진술된다. "응급차"나 쏟아져버린 "알약" 같은 시어들로 미루건대 '너'는 어떤 병을 얻어 "밑이 다 빠질 것"처럼 견디기 힘든 고통 속에 세상을 떠난 것으로 보이고 다른 한편의 시 「백색 그림자」에서 "옷을 맡긴 여자는 병원 뒤쪽으로 황급히 사라졌다. 동생이 잠시 갇혔던 곳."이라는 대목까지 참고하면 「밑」이 동생의 죽음에 관한 시라는 짐작도 가능하다. 그러므로 죽은 육신이 땅에 묻히면 영은 하늘로 떠난다는 오랜 믿음에 따라 "밑"이 곧 "하늘"이기도 하다는 이 시의 역설은 자연스러운 것이 된다.

　생의 밑이 다 빠져나가고

중력을 놓친 것들
물구나무서면 밑은 하늘이 되겠지
그 하늘에 줄줄 새는 것들 모두 돌려보내면
너는 쏟아지겠지
햇빛을 발로 툭툭 차던 내가 되겠지

—「밑」부분

　"네가 먹던 알약들이 쏟아지는" 하강 이미지의 "밤"을 햇빛 쏟아지는 대낮의 하늘로 들어올리는 상상은 앞선 「저수지」의 수면에 비친 숲과 새와 별들의 데칼코마니를 연상시킨다. '나'는 중력에 맞선 물구나무서기를 통해 저수지가 자연 가운데서 무심히 해내는 일을 애써 재연하고 있는 셈이니 이들 작품에서 낮과 밤, 상승과 하강의 통상적 구별은 그 역전 가능성으로 인해 유동화된다. 이 유동성이 만들어내는 모종의 깊이(밑)야말로 이설야 시가 탐구하고 있는 '어둠'의 진정한 출처다. 그것은 낮과 밤의 씨앗을 함께 품은 모순으로 가득 찬 삶 자체의 깊이와 다름없으며, 혼신의 힘을 다해 벗어나야 할 어떤 국면이 아니라 오히려 끈질기게 파고들어 그 세목을 낱낱이 들추고 저마다 얼굴을 찾아주어야 할 발밑의 유일한 현실이 된다. 어둠이 "거리를 떠도는" "입 없는 얼굴들"(「입 없는 얼굴들」)처럼 아직 말이 되지 못한 무언가들로 우글거리는 비밀의 대지이기도 하다면 하늘과 밑을 뒤바꾸는 물구나무서기가 시 쓰기의 닮은꼴처럼 보일 여지 또한 얼마든지 있을 것이다.

2

　그래서인지 이 시집에서는 길에 쓰러졌거나 바닥을 기어다니는 존재들이 자주 목격된다. "화물차에 치인 커다란 개의 몸"(「개미집」)이나 "아스팔트 위에서 오토바이와 함께 쓰러"진 "배달 가던 소년"(「배달 소년들」), 고양이(「봄의 감정」「빛」「상자」), 벌레(「개미 그림자」「유령 벌레들」) 등이 대표적이다. 시인은 시 쓰기를 통해 "눈물을 퍼 올리던/맨 밑바닥으로/천천히/밧줄을 던지는 중"(「입 없는 얼굴들」)인 것이다. 이때, "창밖은 깜깜한 허공/눈먼 나비 한마리 날아가는 걸 놓쳤다"(「목」)는 이 시집의 서시가 저 정지용의 「유리창 1」(1930)을 비튼 일종의 제망매가(祭亡妹歌)라는 점도 동시에 떠올릴 필요가 있다. 그래야만 바닥의 환유인 모든 낮은 존재들이 비로소 시인의 새로운 형제들로 거듭나게 되기 때문이다. 이 밑바닥 존재들에 대한 혈연의식이야말로 이설야 시의 요체다. 시인에게 저만치 물러선 타자가 아닌 밑바닥 동료로서 발언할 권리를 부여할 뿐 아니라 시인의 일상 또는 내면을 다룬 작품에서조차 민중시적 감각을 끝내 잃지 않게 해주는 것이 바로 시집 전반을 안개처럼 감싸고 있는 예의 혈연의식이다.

그러한 의식이 "용기를 내서 운명을 바꿨"(「이민자들 ─ 한국이민사박물관」)던 파독(派獨) 간호사들의 투쟁으로, "뛰어내린 열차에서 간신히 살아남아 달리고 또"(「난민들 ─ 흉몽」) 달려야 했던 카자흐스탄 여자의 삶으로 시인의 마음을 이끌고 때로는 "몇년째 도서관 열람실에서 자신의 생을 열람하고 있"(「열람」)는 세 사내의 가망 없는 꿈을 침통히 들여다보게 만들어준다. 그리하여 「설탕과 계절노동자」 같은 시에 다다를 즈음엔 고통스러운 제망매가로 문을 열었던 이 시집이 밑바닥 존재들의 사해형제(四海兄弟) 의식으로까지 상승하고 있음을 뚜렷이 목도하게 된다.

우리는 누대로 이민자들, 난민들
계절노동자들이 세상 곳곳에 눈물로 배달했던 설탕은
달콤하게 녹아내리는데

궤도를 잃고

헤매고 또 헤매는

발바닥이 타들어가는 우리는

재 묻은 얼굴을 서로 닦아주었다 굴뚝에 갇혀

글뤽 아우프! 글뤽 아우프!

안부를 묻는다

'글뤽 아우프'(Glück auf) 즉 '살아서 돌아오라'라는 말이 평범한 인사
를 대신하는 한계상황은 "우리는 길게 누운 그림자를 접는다/반을 접고/
반의반을 접고/다시 반을 접어 마침내/발 하나로 서로를 업고 있는 그림
자들"(「저편」)과 같은 위태로운 모습으로 시집 도처에 출몰하지만 이곳이
아닌 "저편"은 아직 "흐릿하게/안개등을 켠 세계"(같은 시)에 지나지 않는
다. "더이상 내려갈 수도 없는/밑"(「밑」)의 수많은 변주들은 적어도 이 시
집의 내적 논리상으로는 모두가 하늘이 될 잠재성을 지니지만 그러한 역
전이 아무 때나 쉽게 실현되는 것은 아니기 때문이다. 중력을 이겨내야
하는 물구나무서기의 속성이 그렇듯 그것은 한시적이고 아슬아슬한 것
이다.

다른 한편 예의 혈연의식이 지닌 양가성에도 주의할 필요가 있다. 그것
은 낮은 존재들에 대한 태생적 친밀감과 사랑에서 출발하지만 이 세계에
미만한 고통의 신음들을 남김없이 짊어지란 역부족이기 마련이므로 언제
고 무력감에 부딪힐 수밖에 없다("매일 다른 밤이/같은 내일을 데려온다", 「자세」).
이 무력감이 때로 방관자의 죄의식을 낳고("죄를 나누어 가진 밤의 길고 집요
한 혓바닥들", 「웅덩이, 여자」), 죄의식은 그것을 떨쳐내려는 위악을 부르며("죽
는 건 참을 수가 없으므로,/한때 붉었던 꽃잎들도 모두 으스러뜨렸다", 「목」), 위악은 다
시 부채가 되어 점증하는 것이다("네가 화구 속으로 완전히 사라지자, 내 안에서 너
의 인형들이 자라났다. 제1의 인형, 제2의 인형, 제3의 인형, 제4의 인형……", 「걱정 인형」).

하지만 이 악순환이 세계에 대한 도덕적 책임의식으로부터 비롯된다는 점이 중요하다. 그게 아니라면 도처에서 벌어지는 모순적 현실을 증언하는 작품들과 어떤 무게로부터 벗어나려 시도하지만 끊임없이 쫓기는 중인 자신을 형상화한 다음과 같은 시들의 동거를 이해할 길이 막연해지기 때문이다.

> 단 한번도 만난 적 없지
> 당신은 평생 내 뒤에서 나를 벌하는 자
> 거친 혓바닥으로 머리카락에
> 흐르는 죄를 받아먹는 자
> 발을 지운 당신은 경계를 침범하는 자
> 간유리처럼 늘 희미하게 끼어 있는 자
>
> (…)
>
> 꼭꼭 숨어 그림자를 다 파먹는
> 나의 나
> 나의 애인인 뒤통수들
>
> ──「하이드비하인드」 부분

밑바닥으로 내려갈수록 우심해지는 "생활이라는 불안"(「증상들」)은 그에 대한 혈연적 책임감을 키울수록 더 큰 무력감을 불러들인다. 그러므로 마스크로 가린 얼굴이나 입이 없는 인형 같은 침묵의 표상들과 이 시집에 유독 자주 등장하는 벽의 이미지는 사실상 같은 의미망에 속하게 된다. 따라서 『내 얼굴이 도착하지 않았다』가 제기하는 핵심적 질문은 '어떻게 이 벽을 넘을 것인가'일 수밖에 없다. 물론 명쾌한 해답으로의 직핍을 작품 안에서 기대하긴 어렵겠지만 힌트가 전혀 없는 것도 아니다.

　　우리는 벽을 조금씩 밀었다

　　한 손에는 꽃을 들고
　　한 손에는 죽은 물고기를 들고

　　반대편에서 던진 벽돌로 벽은 높이 올라가고 있었다
　　각자 던진 벽돌을 세면서

　　어차피, 벽엔 또다른 벽돌이 쌓이겠지
　　어차피, 넌 벽 속의 또다른 벽돌일 뿐이야

　　한 발과 또다른 한 발이, 벽 아래 그어진 금을 넘는다

　　그것은 벽 속에 낀 그림자를 꺼내는 일
　　우리가 우리를 넘는 일

　　조금씩 허물어지던 벽이 등을 돌려,
　　우리는 각자의 얼굴을 깨기 시작한다

　　　　　　　　　　　　　　　　　　　──「벽 속의 또다른 벽돌」 전문

　핑크 플로이드(Pink Floyd)의 명반 『더 월』(*The Wall*, 1979)에 수록된
「어나더 브릭 인 더 월」을 차용한 이 시는 벽의 상징을 구체적 정황에 매
어두지 않음으로써 추상화되는 측면이 있지만 그 못지않은 확장 가능성
또한 지닌다. 부수고 나아가야 할 벽이 바로 우리 자신의 얼굴이기도 하

고양이들은 밤의 감정을 노래한다　389

다는 문면의 메시지는 "우리"라는 인칭대명사의 도입으로 인해 어떤 정치적 맥락을 지니는 것처럼 보이는데, 그것은 이즈음의 우리 독자들과 시인이 함께 통과했거나 하는 중인 어떤 역사적 경험(이를테면 촛불광장의 경험 등)을 환기시키기 때문이다. 이 시의 정치적 알레고리가 알레고리 특유의 추상성을 벗고 예외적 실감으로 다가오는 근거도 다른 데 있는 것이 아니다. 우리 자신이 우리의 벽이라는 인식의 전환이 이루어진 뒤라면 시적 방법론의 변화가 따라붙는 것도 자연스럽다. 이 시집에서 예외적으로 발랄한 톤을 지닌 다음 시는 방법론적 전환의 정수를 담은 사례라고 할 수 있다.

> 큰 개
> 크고 검은 개
> 크고 검고 난폭한 개
> 물통 옆에 크고 검고 난폭한 개
> 물통에 담긴 물고기를 보는 크고 검은 개
> 물통 밖으로 나와 날아다니는 물고기를 보는 검은 개
> 돌문 위의 먹구름 속으로 날아가는 물고기를 보는 개
> 먹구름이 된 물고기를 보다가 낮잠에 빠진 검은 개
> 낮잠 속에서 먹구름을 먹다가 물고기가 된 큰 개
> 돌문 안에 돌문, 돌문 밖에 돌문, 물고기와 개
> 물고기가 된 개를 보는 돌문 위의 새
> 물통 안의 먹구름
> 물통 밖의 물고기
> 돌문을 두드리는 검은 개들
> ──「개를 수식하는 말들에 관한 메모」 부분

"물통 밖으로 나와 날아다니는 물고기"라는 일종의 판타지적 상상의 개입은 앞서 누적된 벽의 심상이 "돌문"으로 전환되는 계기가 된다. 벽을 문으로 바꾸는 상상은 "밑"을 하늘로 전도시키는 "물구나무"서기에 방불한 것이며 "개를 수식하는 말들"을 끊임없이 지우고 다시 쓰는 반복을 통해 '개'는 점점 더 있는 그대로의 '개'로 구체화되어간다. 그렇다면 그것을 마술이라고 부르지 못할 이유도 없을 것이다. "당신은 나에게 새로운 마술을 보여주려고/새와 먹구름을 기르던/검은 모자를 바꿔 썼다"(같은 시). 바닥의 환유일 이 '개'를 있는 그대로 시화하려는 간단없는 '모자 바꿔 쓰기'가 곧 벽을 문으로 바꾸는 상상이자 밑을 하늘로 바꾸는 물구나무서기이며 다름 아닌 이설야의 시 쓰기라고 할 수 있다. 이러한 시 쓰기 방법은 사실 이 시집의 무거운 외관에 가려 얼른 눈에 띄지 않지만 도시의 구석구석을 누비며 달을 찾는 「붉은 달」의 숨바꼭질 이미지 같은 예에서 보듯 어린아이의 놀이나 자유연상을 닮기도 했다. 그러한 상상적 도약은 심리적 부채에 대한 위악의 퇴행 심리와 동전의 양면을 이룬다.

3

그러나 이 시집에서 그러한 양면성의 적절한 균형을 기대하기는 어렵다. 그것은 시인의 한계가 아니라 이 시집이 놓여 있는 세계 자체의 중력 때문이라고 해야 온당할 터인데 죽음과 위기와 비참으로 얼룩진 수많은 '너'들의 "슬픔의 밑바닥을 천천히 답사하는 중"(「밑」)인 시집이니만큼 그것은 어느정도 불가피한 면모이기도 하다. 하지만 그것으로 끝은 아니다. 『내 얼굴이 도착하지 않았다』를 뒤덮고 있는 죽음의 공기는 그저 무겁고 고요하게 내려앉아 있기만 한 것이 아니라 어떤 임계점을 향해 팽창하는 중인 것처럼 보이기도 한다. "안개처럼 가슴에 차오르는 가스"인

듯 "입으로는 다 말 못" 할 그것들이 "불을 붙이면 터질지도"(「위험 고압가스」) 모른다는 예감이 어디서 비롯된 것이건 "박살이 난 지구본을/수리하러/돌아오고 있는 일요일"(「지구 위의 지구본」)은 이미 이 세계의 창조신화를 비틀고 있다. "뒤집어진 바다에선 누가 기도를 들어줄까"(같은 시)를 묻는 파국의 위기감이 자본주의 문명을 배경으로 한다는 것은 더 말할 나위 없다.

> 그래 지나간 것은 아름답지
> 아름답다고 믿어야 아름다워지는 우리는
> 문 열린 냉장고가 쇄빙선처럼 지나가는
> 플라스틱 섬과 섬 사이
> 검정 비닐봉지를 뒤집어쓴 채
> 매일 떠다닌다
>
> 동굴 속 인간을 꿈꾸던 곰의 얼굴
> 창을 열면 눈사람처럼 내려온다
> 어제의 눈송이들과 내일의 눈송이들 함께 흩날리고
>
> 너는 녹고 있었다
>
> 빙하처럼
>
> 검은 눈송이처럼
> ──「플라스틱 아일랜드」 부분

이 시에서 녹아내리고 있는 것은 당연히 북극의 빙하만이 아니다. 물신의 적나라한 껍데기일 뿐인 "검정 비닐봉지"의 세계에서 단단한 모든 것들은 가뭇없이 녹아 사라진다. "동굴 속 인간을 꿈꾸던 곰의 얼굴"이 가리키는 신화적 마법의 세계로부터 "빙하 조각에 간신히 매달린 앙상한 곰 한마리/북극 섬까지 간 오뚜기 마요네즈 통과 함께/내 손바닥으로 흘러내리는"(같은 시) 오늘에 이르기까지 그 과정에는 중단이 없다. 시인은 이제 "없는 평화를 복제"하는 "지구의 너무 많은 신들"(「증상들」)이 망가뜨린 "뒤틀린 질서의 계단"(「리셋」) 가운데서 문명의 전환을 묵상한다.

고장난 컴퓨터를 리셋했다
인터넷을 설치하지 않으니 바이러스가 저절로 차단되었다
악성 발톱들 뒷걸음으로 사라졌다

마음의 지진도 잠시 멈추었다
아스팔트도 고요해
지층 아래로
저 아래로
물방울이 한방울씩 천천히 떨어지는 소리까지 들렸다

—「리셋」 부분

여기서 자연의 형상이 흐릿한 대신 도시의 악다구니가 전경화되곤 하는 이설야의 시세계가 느닷없이 생태적 비전을 향해 비약하리라 단정할 필요까진 없을 것이다. 시인은 다만 어떤 전환의 예감 속에서 붕괴 직전의 긴장으로 팽팽한 이 도시 문명 위를 밤 고양이처럼 소리 없이, 한 걸음의 무게도 더하거나 누락하지 않는 신중함으로 천천히 답사할 뿐이다. "바닥의 바닥까지 내려가"(「입이 없는 얼굴들」) "고요한 눈으로/침묵하는 입술로/세상을 다 담아버린 귀로"(「상자」) '나'의 형제들인 바닥의 존재들과 함께 "길을 하나 더 내면서"(「빨간불」) 이 밤을 건너가야 하기 때문이다. 다른 어떤 선택이 가능할지 우리가 아는 것은 아직 많지 않지만 이 낮고 조용한 횡단에 동참하기를 주저할 이유는 아무것도 없다.

타원형 감옥의 외부

◆

백민석의 『목화밭 엽기전』과 그 맥락

1. 기율과 충동 사이

백민석은 활동 초기부터 비상한 주목을 받아왔다. 그러나 그런 만큼 오해와 풍문 속에 내버려져 있기도 했다. 그래서 그에 관한 논의들 대다수는 "긍정과 부정의 양극단에 서"[1] 있다. 그의 작품들은 일차적으로 소설적 기율에 대한 자의식과 하위문화(subculture)적 충동 간의 길항을 보여주고 있어 문제적이다. 이것이 그의 소설을 전위주의나 키치(kitsch)적 신세대론[2]으로 소급하게 되는 실마리이다. 그러나 이러한 분류는 일면적으로만 타당하다. 오히려 그의 소설들이 가지는 가시적 면모는 생각보다 덜 중요할 수도 있다. 그가 채택한 하위문화 요소들은 날것 그대로가 아니라 독특한 방식으로 전유된 것이기 때문이다. 백민석은 작위적이고도 빤한

---

1 하상일 「하위문화와 우리 소설의 미래」, 『실천문학』 2000년 겨울호 참조.
2 백지연 「허무주의와 싸우는 문학」, 『미로 속을 질주하는 문학』, 창작과비평사 2001 참조. 그러나 김영하를 묶어 논하면서 "허무주의로부터 싹터 허무주의와 대결해야 한다는 난관에 그들이 처해 있다"고 한 그의 결론은 경청할 필요가 있다.

상징들을 너무 많이 드러내는 바람에 독자의 상상력을 제한하고 있다는 비판을 받기도 했는데,[3] 때로는 숨기기 위해 수다스러워지기도 한다는 점도 고려할 필요가 있다. 더 중요한 것은 하위문화 요소들의 무잡한 전경화 뒤에 무엇이 숨어 있는가이다. 그는 누구보다도 자기 자신이 90년대적 공통감각에 의해 만들어진 존재 혹은 "억지로 깨워 불러들여"[4]진 존재라는 것을 잘 알고 있는 작가이다. 이들은 버려지고 배제된 것들(abjection), 말하자면 "병원 수술실에서 나온 적출물더미"(74면)의 잡종교배를 통해 태어났다. 하위문화적 기시감으로 얼룩진 이 "적출물더미"가 작중현실을 대신하면서 이를 현실의 상징이나 알레고리로 보이게끔 만들지만 그는 실제 현실과 그 비유 사이의 구분에 대체로 무심하다. 백민석의 서사전략이 진정으로 추구하는 바는 비유적 세계 너머에 있다.

『헤이, 우리 소풍 간다』(1995, 이하『헤이』)로부터 본격화된 백민석의 소설 작업은 자못 활력적이었다. 그 도정의 가운데 매듭을 이루는 작품이 바로 『엽기전』이며 이후에 출간된 소설집『장원의 심부름꾼 소년』(2001)이나 장편『러셔』(2003)도 이 작품이 펼쳐놓은 영역 바깥은 아니다.『엽기전』에 이르면 그의 글쓰기를 관통하는 미학적 원리가 구체화되며 그 경계까지도 비교적 선명해진다.

2. 기생(寄生)과 형질변이의 공간들

베냐민은 카프카의 작품을 분석하면서 그것을 "멀리 떨어진 두개의 초점이 있는 타원과 같다"[5]고 썼다.『엽기전』또한 두개의 초점을 지닌 타원

---

3 김근수「문명의 변증법과 문학」,『작가세계』2002년 여름호 참조.
4 백민석『목화밭 엽기전』, 문학동네 2000, 261면. 이하『엽기전』, 면수만 표기.
5 발터 벤야민「좌절한 자의 순수성과 아름다움」, 반성완 편역『발터 벤야민의 문예이

구조를 지니고 있다. 그러나 카프카의 작품이 현대사회의 알레고리적 재현이라면 『엽기전』은 그 재현의 재현이다. 이 텍스트의 내재적 형식을 개연성의 지평 위로 불러내기 어려운 이유가 여기에 있다. 그것은 굴절의 굴절에 의해 매개되었기 때문이다. 은폐된 두개의 초점을 설명하기 위해 우리는 적절한 축척의 개략도 한장을 준비하기로 한다.

주인공 한창림은 대학 강사이다. 그에게는 수학 과외교사인 아내 박태자가 있다. 이들은 과천에 살고 있는데, 이들이 사는 집은 "서울랜드와 동물원이 지어질 때 고립되어"(18면)버렸다. 비교적 분명한 사회적 신원을 갖고 있음에도 불구하고 이들은 기괴한 작업에 몰두한다. 그것은 미소년들을 자신들의 집 지하실로 납치해 스너프필름(snuff film)을 찍는 일이다. 이는 일견 자발적인 행위인 듯도 보이지만 근본적으로는 비자발적 계약에 의한 것이다. "펫숍 삼촌"의 사주가 뒤에 도사리고 있기 때문이다. 그는 시종 "흰 연기"(281면)에 비유되는 유령 같은 인물이며 뚜렷한 이유도 없이 그저 공포스럽기만 한 존재로 묘사된다. "펫숍의 영어표기 pet에"는 "성애의 개념도 포함되어" 있으며 거기에서는 "도착적인 냄새"(128면)가 난다고 설명되듯 그가 한창림 부부에게 돈을 지불한 뒤 얻는 것은 관음증적 쾌락이다. 이야기의 뼈대는 박태자의 제자이기도 했던 어느 소년(윤수영)이 이들 부부에게 납치·살해되는 일련의 과정을 한 축으로, 한창림이 우발적으로 저지른 폭행 때문에 모든 게 탄로나서 체포되는 과정을 나머지 한 축으로 삼아 전개된다. 그런데 한창림이 생면부지의 회계사를 폭행한 까닭은 단지 그가 양담배를 피우고 있었기 때문이다. 회계사의 고발로 오장근 형사의 끈덕진 추적이 시작되고 일이 "질서에서 어긋나"(188면)자 펫숍 삼촌은 박태자를 살해한다. 홀로 남은 한창림은 오장근과 펫숍 삼촌에 대해 복수를 꿈꾸지만 계획은 수포로 돌아가고 자신은 체포

론』, 민음사 1983, 97면.

된다. 이 파국의 막바지를 가파르게 추락하면서 그는 "모자이크 처리가" (280면) 된 "목화밭"을 목격한다.

이상과 같은 개략도만으로는 우리의 목적지가 금세 드러나지 않을 것이다. 그러나 도착적 화소들을 일단 괄호 치고 나면 텍스트는 의외로 쉽다. 그것은 실존의 공간에 틈입한 우발적 폭력이 파국의 빌미로 된다는 매우 익숙한 플롯을 배면서사로 삼고 있기 때문이다. "햇빛 때문에" 어떤 아랍인을 살해한다는 『이방인』의 뫼르소 이야기를 참고할 수 있을 것이다. 한창림과 뫼르소가 행사한 폭력은 부조리한 충동에서 비롯된 것이다. 요컨대 『엽기전』은 지식인 주인공(대학 강사·수학 교사)의 지리멸렬한 일상이 폭력적 충동 앞에 느닷없이 노출된 상황과 이질적이고 도착적인 수사들의 짜깁기(bricolage)로 이루어져 있다. 도착적 화소들이 배면서사에 기생하며 천천히 숙주의 형질을 변화시킴으로써 텍스트는 최종적으로 하나의 돌연변이가 되는 것이다. 이 기생 생물들의 서식지는 하위문화 텍스트나 체험들이다. 이는 『엽기전』 텍스트의 공간적 특성을 해명하는 필수 전제다.

우선 '전(傳)'이라는 형식 표지부터 주목할 필요가 있다. 이는 한 인물의 인생유전을 시간의 흐름에 입각해 서술하는 동아시아 고전문학의 대표적 형식 중 하나이며 다양한 방식으로 현대적 변용과 굴절을 거듭해왔다. 인물의 궤적을 다룬다는 측면에서 그것은 『박씨부인전』 『홍길동전』 혹은 「라울전」(최인훈) 「유자약전」(이제하)과 같이 주인공의 이름을 앞세우기 마련이다. '전' 형식을 새롭게 전유하면서 그 스타일이 고안되었을 「한씨연대기」(황석영)도 사례에 포함시킬 만하다. 그러나 '엽기'는 인물이 아니라 어떤 사태를 지시하는 말이다. 그로테스크(grotesque)의 일본식 번역어일 가능성이 높은 이것은 하나의 문화적 코드가 되기도 했다. 따라서 '엽기전'은 '엽기'라는 문화적 표상들의 탄생과 성쇠를 기록한 형식이다. 그러나 텍스트에 파종된 엽기들은 발생·성장·소멸이라는 시간적 체험과는 무관하게 비선형적으로 뒤엉켜 있다. 이런 측면은 자연스레 공간적 상상력을 유도한다. 문면에 등장하는 모티프들이 "동물원" "펫숍 건물" "지하작업실" "서울랜드" "목화밭" "과천" 등의 공간 표상들임은 시사적이다. 지하 분묘(grotta)의 벽에 표현된 반인반수의 기괴한 신체들로부터 파생, 매스미디어적 운반을 거치면서 그로테스크는 엽기로 굴절되었거니와 먼 기원에서부터 엽기는 이미 공간 자질(지하 분묘·일그러진 신체)을 보유했던 것이다. 그런 면에서 『엽기전』의 '전'은 하나의 교란 부호이다. 그것은 '엽기'가 '전'이라는 선형적 시간에 뿌리내리면서 빚어진 형질변이의 결과이다. 이것의 대표적 작중 용례는 평온해 보이는 일상 아래 숨겨진 한창림 부부의 "지하작업실"일 것이다. 여기서는 마치 무의식 속에서나 벌어질 법한 일들이 아무렇지도 않게 벌어진다.

> 설정 자체는 나체의 주술사가, 흰 피부의 사내애와 벌이는, 섹스의 향연이다. 신께 제를 올리는 것이다. 제물은 섹스이고, 체액이고, 신체이다. (212면)

재갈과 가죽끈으로 포박당한 희생자는 끊임없는 린치의 반복 앞에 저항할 힘조차 잃고 있다. 한창림 부부는 카메라를 설치하고 상황을 연출하면서 마치 마계(魔界)의 제사장처럼 행동한다. 이러한 악마 숭배의 제의적 모티프는 하위문화의 단골 레퍼토리이기도 하다. 성스러운 신의 전당이 지상으로부터 영원을 향한 상승의 이미지를 갖는다면 엽기전의 공간은 지하로 숨어든 하강 모티프이며 그것은 더 나아가 환상물들—그 전범으로는 고딕소설들—이 흔히 설정하곤 하는 외딴 성, 깊은 숲속의 저택 같은 형상의 폐쇄·하강 화소와도 통한다. 한창림의 지하 작업실이 "서울랜드와 동물원이 지어질 때 고립"되었다고 진술되면서 예의 하위문화 종들과 일정한 상호텍스트성을 획득하기 때문이다. 실제로 고딕소설의 선구 『오트란토 성』(1764)[6]과 비교해보면 '지하실' '비밀통로' '폭력적인 남성' 등 많은 모티프들이 텍스트 전반에서 겹치는 것을 알 수 있다. 그러나 그렇다고 해서 『엽기전』을 공포물이나 고딕 환상물로 분류하는 것은 비약이다. 더군다나 이들이 대중문화의 소재로 채용되면서부터는 기술복제의 자기증식을 거치며 오히려 현실의 구성인자로 자리 잡는다. 가상의 우위를 과장할 필요는 없지만 우리의 당대적 감각이 현실과 가상의 상호작용으로 만들어졌다는 사실은 좀처럼 부정하기 어렵다. 베냐민의 카프카론과 비교하면서 우리는 백민석이 재현(혹은 가상)을 '재현'한다고 말했는데, 그 이유는 현실과 가상이 이렇듯 중층결정의 소산으로 제시되기 때문이다.

  고딕소설이 고전주의 프로그램의 악마적 이면에서 솟아올랐다는 사실은 각별하게 취급되어야 한다.[7] 앞에서 예로 든 월폴(Horace Walpole)의 작품이 '성이라는 중세적 공간'의 '유령 기사'들을 내세워 (고전주의적 조화와는 정반대의 방식으로—인용자) 봉건 이념의 종식을 고하고 있다면[8] 백민석이 축조한 '한창림의 집'은 자본주의근대의 세포 단위인 부르주아 핵가족의 내파를 보여주고 있다는 점에서 차이를 보인다. 그렇다고 텍스트에 드러난 고딕적 요소를 일방적으로 부정할 수만은 없다. 그것은 '신체 상해'의 문학적 상관물들이 동시대의 한국문학에서 적지 않은 분량을 차지하고 있기 때문이기도 하다. 이것이 도시 체험의 축적에서 유래하는 일탈의 감각과 깊이 연루된 것이고 보면 우리 사회 일각에서 나타나는 포스트모던 징후의 하나로 볼 여지도 있다. 한편 테리 이글턴은 여기서 더 나아가 포스트모던 자체를 오히려 "고딕의 뒤늦은 부흥"이라 설명하기도 한다. 그에 따르면 고딕이란 "편파적 시선에 의해 내던져진 괴기스러움의 그림

---

6 국역본 호레이스 월폴, 하태환 옮김, 황금가지 1998.
7 로즈메리 잭슨, 서강여성문학연구회 옮김 『환상성』, 민음사 2001, 2부 1절 참조.
8 월터 스콧 「생동감 넘치는 봉건 시대의 그림자」 참조. 이 글은 국역본 『오트란토 성』의 부록으로 실려 있다.

자이며, 허구 속에 안전하게 봉인된 판타지이자 분노이기도 한, 중간계급의 정치적 무의식"[9]이다. 그러나 정작 중요한 것은 한국사회의 포스트모더니티를 과장하거나 서구적 맥락에서 고딕을 규정하는 일이 아니다. 고딕 환상물들이나 하위문화 양식들이 다양한 방향의 역사적 분절과 매체 전이를 경험하면서도 "중간계급의 정치적 무의식"이라는 동질성을 공유한다면 앞에서 말한 '재현(가상)의 재현'이란 무엇이 될 수밖에 없고 또 무엇이어야 하는가라는 물음이 더 중요하다. "무의식"이라는 표현에서 예상되는 것처럼 하위문화적 충동의 일차적 재현이란 이미 "안전하게 봉인된" 저항에 불과할지도 모르기 때문이다.

백민석이 수행하고 있는 '재현의 재현' 전략은 바로 이 지점에서 시작된 것이다. 버려지고 배제된 "적출물더미" 혹은 "쫓겨난 나쁜 냄새들의 익스트랙트들"(166면)은 "지하작업실"이나 "펫숍 건물"에서 벌어지는 린치행위들(악마적 희생제의)과 함께 표면적으로는 위반의 정치학을 구사하면서도 실제로는 "사회 체계"의 안전망 안에서 자기재생산의 자격을 인정받은 것들이다. 그것은 또한 하위문화 기제들의 비교(秘敎)적 무대공간과도 맥락을 같이하는데 『엽기전』은 이 점을 분명히 자각하고 있다. 따라서 텍스트는 반항의 에너지를 통제하는 봉인, "과천의 위생 처리된 맨홀 뚜껑"을 해체하는 일대 모험을 감행한다. 이때부터 서사 전개의 중심축은 지하 작업실의 은폐된 사실들이 표층으로 흘러넘치면서 발생하는 파국을 향해 옮겨간다. 형사 오장근의 개입으로 모든 것이 탄로나자 한창림이 지하 작업실에 불을 지른다(234면). 이 상상적 봉인해체 작업을 통해 백민석은 중간계급의 이상(理想)이 얼마나 불안한 기초 위에 축조된 것인가를 묻는다. 한창림은 이를 "몰락"(232면)이라고 말한다.

---

9 Terry Eagleton, "The Nature of Gothic," *Figures of Dissent*, Verso 2003, 18-19면.

사람들이 얼마나 세상의 위협적인 눈들로부터 폭넓게 노출되어 있는지 깨닫곤 놀랐다. 사람들은 다만 망상증에 걸리지 않기 위해, 자기가 안전하다고 스스로를 속이고 있는 것 같았다. (68면)

첫 장편 『헤이』의 "퐁텐블로"나 『엽기전』의 "좋은 냄새가 나쁜 냄새들을 죄다 몰아낸 과천"(165면)은 중간계급의 이상을 외화시킨 일종의 인공 낙원이다. 그리고 이 공간들의 질서를 교란하는 작업은 그 전제에서부터 "사회 체계"의 기초를 탐색하는 작업과 함께 갈 수밖에 없는 것처럼 보인다. 그 작업은 늘 집 또는 가족의 문제와 관계 맺는다. 근대문학의 전통이 끊임없이 물어왔고 동시대의 문학적 상상력들이 여전히 집중하고 있듯 백민석 또한 가족이라는 공간에 대해 묻는다. 그곳은 "우리의 지옥"(『헤이』 244면)이다.

3. 집의 포자(胞子)들과 두갈래의 초월

백민석은 출산과 배설을 오버랩시키는 실존주의 모티프를 통해 가족 이념의 내파를 보여준다. 임신 중인 박태자가 "가족 없이도 (…) 그럭저럭 결혼까지 하며 제법 꾸려져왔"(142면)던 자신을 변호하며 아버지의 방문을 거절하고 화장실에서 사산(死産)하는 두 장면의 연속 배치는 결정적이다. 자신의 기원을 부정하면서 재생산의 고리마저 끊어낸 집(또는 가족)이란 그 자체로 전복적인 하위문화 공간이자 "지옥"이다. 이는 매우 급진적인 강렬도에 의해 지탱되고 있다. 주인공들뿐 아니라 "뷰티풀 피플의 부부" 같은 주변 인물들조차 마찬가지다. 그곳에는 어떤 기억이나 회상도 비집고 들어올 틈이 없다. 기억은 기껏해야 한창림이 자기 어머니를 떠올릴 때처럼 단편적 이미지로 던져지거나(154면), 박태자의 경우처럼 현실인지 꿈인지 모를 "암페타민의 환각"(99면)에 불과한 것이다.

그러나 충동의 무정부적 방출을 일삼는 주인공이란 텍스트의 출발점일 뿐 도착점은 아니다. 이들을 다루는 작가의 서술 태도는 마치 스크린 속에서 만난 괴기사건을 독자들에게 전달 — '재현의 재현'이란 가령 이런 것이다 — 하는 듯 담담하다. "목화밭"으로 가는 길 끝에서 한창림 부부가 몰락한다는 점 또한 이와 무관하지 않다. 그것은 기원 혹은 자신의 존재 근거('집')를 스스로 거부하면서부터 이미 예정된 것이었다. 그러나 한창림 부부의 몰락이 단지 기성 질서나 사회체계의 견고함을 재확인하는 절차에 지나지 않는다고 말할 수는 없다. 한창림의 파멸은 가상의 식민지 위로 흘러넘친 무정부적 충동의 패배 이상은 아니다. 여기서 '하위-충동'의 공간으로 전락한 '집〔獵奇傳〕'은 단순한 상징이기를 멈추고 마치 포자 식물처럼 증식한다. 이 "지하작업실의 깜깜한 자궁"(91면)에서 길러져 나온 포자들이란 '비정상적' 과정을 통해 탄생한 '비정상적' 존재들이며 체계의 관리망 안에서 "도착적"으로 왜곡된 인공 "수컷성"의 담지자들이기도 하다. "학교 안의 새끼 수컷들"(69면)이나 "동물원의 독방에 갇힌 만드릴 육식원숭이"(175면) "정신병원의 조울증 환자들"(138면)은 그 사례들이다. 지하 작업실의 포자들은 훈육시설 즉 사회의 관리체계에 기생한다.

이는 프랑켄슈타인 박사의 어두컴컴한 실험실이 괴물을 탄생시키는 하나의 자궁으로 기능한다는 지적[10]을 연상시킨다. 그러나 메리 셸리(Mary Shelley)의 『프랑켄슈타인』(1818)이 여행(모험)의 구조를 통해 비정상적 존재(괴물)의 정신적 성숙과정에 집중하고 있다면 『엽기전』에는 성숙 혹은 교양(Bildung)의 과정이 삭제되어 있다. 프랑켄슈타인의 괴물이 조화로운 가족서사에 대한 강렬한 향수(괴물은 빅터에게 아버지의 역할을 요구하지만 거

---

10 Gayatri C. Spivak, "Three Women's Texts and a Critique of Imperialism," *Critical Inquiry* 12 (Autumn 1985) 255면.

부당하다)를 지닌 반면 후자는 가족서사 자체를 히스테리에 부쳐버린다는 사실과 무관하지 않을 것이다. 이는 '전'이라는 시간적 형식이 왜 '엽기'라는 그로테스크의 변종과 만나면서 공간화되는지를 부연한다. 텍스트는 전통적인 소설의 중심축이라 할 성숙의 문제를 배제함으로써 시간성의 장력으로부터 이탈하려 한다. 이는 한창림이 야수적 본능을 폭발시키는 장면에서 "수컷성의 나쁜 냄새" 즉 "이미 수천 세대 전에 잠들어버린, 그런 비활성 유전 물질들"(61면)을 작중 현재로 불러들이거나 박태자가 "영혼을 미래로 떠나보낸 예언가처럼 (…) 의식의 확장상태"(99면)에 이른다고 하면서 과거·현재·미래의 경계를 교란하는 대목과도 연결된다. 이러한 공시적 사유방식은 근대적 가족제도가 학교, 군대 같은 훈육시설과 함께 자본주의에 의해 수행되는 상징조작의 결과물이라는 성찰과 맞닿아 있다. 90년대에 등장한 이른바 신세대 작가들은 가족의 문제를 자신들의 중심 의제로 삼았거니와,[11] 이 집단적 주제로부터 『엽기전』은 조금 더 나아가 있거나 비켜서 있다.

약간의 비약이 허락된다면 분단 이후의 한국소설사는 가족의 균열을 중요한 축으로 설정해왔다고도 할 수 있다. 그것은 주로 결손가정의 문제와 연루되어 있었으며 그중에서도 특히 이데올로기 갈등과 불가분의 관계에 놓이는 '아비 부재'에 집중되어 있었다. 이러한 흐름은 근원적 실향의식과 친족관계를 맺으면서 고유한 스펙트럼을 형성해왔다. 이 과정에서 90년대의 풍속 주체들은 그것을 냉소와 조롱의 대상으로 만들어버리는데, 가장 급진적인 작가로는 배수아를 들 수 있을 것이다. 그는 동요하는 가부장제 이데올로기에 이미 파산선고를 내린 듯이 "어머니"를 새로운 해체대상으로 설정한다. 그러므로 결손의 모티프를 구사하는 경우에도 그것은 '아비 부재'가 아니라 '어미 부재'로 나타난다. 그러나 "어머니,

---

11 특집 '지금, 가족이란 무엇인가', 『포에티카』 1997년 여름호 참조.

나는 이제 죽을 때까지 어머니의 아이가 아니겠어요"(『부주의한 사랑』)라고 외치는 배수아의 "아이들"마저도 '기원에 대한 향수'를 드러낸다. 강렬한 향수야말로 이 도저한 거부의 진짜 추동력인 셈이다. 그는 이를 "어떤 따뜻하고도 영원한 것이 그립다"(「검은 저녁 하얀 버스」)라고 쓰기도 했다. 동시대의 유사한 징후들 속에서도 『엽기전』을 분별하게 하는 지점이 바로 여기에 있다. 텍스트는 가족서사의 부정적 연혁을 작성하면서도 '기원에 대한 향수'를 음각하고 마는 평균적 해체 작업에 만족하지 못한다. 그는 가족서사에 대해 "너무나 흔해서 얘깃거리조차 안"(48면) 된다고 말하기를 서슴지 않는다. 이는 잠정적으로 '오이디푸스적 환원'이라 부를 만한 근대적 가족제도의 구체적 질곡을 겨냥하는 것으로 보인다.

외피의 다양성에도 불구하고 오이디푸스적 환원이란 심층에서 '남성적 지배질서'를 영속화하려는 "사회 체계"의 작동방식을 함축한다. '아버지와 아들의 경쟁'으로 상징되는 오이디푸스의 세계 안에서 성숙이란 결국 '남성적 성숙'에 다름 아니며, 이는 근대적 가족제도를 경쟁 이데올로기의 기초로 삼는 자본의 요구이자 동력이기도 하다. 텍스트 전반에 걸쳐 반복되는 "수컷성"이란 "영역 싸움" "패권주의" "위계질서" 등으로 예시되는데 이들은 경쟁구조의 재생산 양식을 말하는 것 외에 아무것도 아니다. 이 질서에 붙들린 존재들은 윤리적 판단대상이 되기 어렵다. 여기서는 선악의 분별 따위가 처음부터 허락되지 않기 때문이다. 이는 『불쌍한 꼬마 한스』(1998)에서 '오이디푸스적 성숙'의 발생학을 탐사했던 백민석의 자연스러운 귀결이다. 잘 알려져 있다시피 '꼬마 한스'는 프로이트의 주력 개념인 오이디푸스 콤플렉스의 전형적 사례이다. 어머니에 대한 사랑이 아버지에 대한 공포를 낳고, 그것이 다시 말에 대한 공포로 전이되어 꼬마 한스는 실어증을 앓는다. 백민석의 주인공들도 공포의 기척 앞에서 실어증을 경험하곤 한다. 한창림은 공포에 전율할 때마다 "누군가 그의 입 속에 비닐 빵봉지를 쑤셔넣은 것"(280면) 같다고 느낀다. 이 공포감은 "사회 체계"로부터 주어지는 것이다. 이는 백민석의 끈질긴 문제의식 중 하나로 어느새 역사적 환기력마저 지니게 된 듯하다. 작가는 후기에서 다음과 같이 말한 바 있다.

이 소설을 구상한 건 이곳 안양 평촌으로 이사오고 나서, 얼마 지나지 않아서였다. 그게 94년이니까 벌써, 칠 년 전의 일이다. (…) '뭔가 된' 것은 그로부터 수년이 지난 97년의 일이다. 그저 엮어 놓는 것만으로는 아무래도 부족함이 컸던 것이다.

1997년은 국내 경제를 준공황시대로 내몰았던 IMF외환위기 사태 혹은 신자유주의가 궤도에 오른 시점이다. 의식적으로든 아니든 『엽기전』은 자본주의 사회체계의 가공할 위력에 대한 충격적 확인을 '내면화'한 우리들의 보고서다. 한창림 부부와 그 혈육들이 하나같이 실업자이거나 비정규직이라는 것과 "뷰티풀 피플"의 남편이 파산한 사업가로 등장하는 것은 흥미로운 예증이 된다. "퐁텐블로"나 "과천"이 보여주는 위장된 혹은 상상적 안온함은 생산자본이 투기자본에 압도된 거품경제만큼이나 "텅 빈", 그리고 아슬아슬한 것이다. 그가 작중현실로 설정하고 있는 하위문화적 충동의 세계가 그러한 것처럼 그것은 파국의 예감을 이기지 못한다. 작품 구상 단계의 모호함이 명료한 의지를 얻게 된 것도, 무정부적 충동의 발산에 기울어 있던 작품세계가 일정한 전환점을 획득한 것도 모두 동시대 감각의 소산이라고 할 수 있을 것이다. 『엽기전』은 우리 시대의 집단 신경증(부조리한 충동)이 자본주의의 세계적 관철 혹은 "수컷성"의 일방통행으로부터 비롯된다는 것을 이면에서 보여주고 있다. 이는 백민석이 의도적으로 '성숙'의 문제를 배제한 결과이다. 동시대의 "사회 체계" 속에서 성숙이란 남성적 성숙 혹은 "수컷성"(경쟁체제)의 확대재생산에서 더 나아가지 않기 때문이다.

그런데 성숙의 문제를 괄호 치는 것은 근본적으로 가능한 일일까? 성숙의 저 끝 간 곳은 초월의 영역일 것이며 이것은 텍스트 내부에서 두갈래의 길을 연다. 하나는 수컷성의 최상층을 차지하는 펫숍 삼촌을 제거함으로써 '빅 브라더'에 필적하는 질서의 지배자 혹은 신적인 관람자(펫숍은 모든 것을 알고, 또 본다)가 되는 길이며, 다른 하나는 무정부적 충동을 끝까지 밀고 나가 죽음에 이르는 길이다. 편의상 앞의 것을 '상승 초월', 뒤의 것을 '하강 초월'이라고 이름 붙여본다면, 텍스트는 이 두개의 극점을 지닌 일종의 타원구조이다. 텍스트의 등장인물들은 모두 두개의 극점이 발산하는 인력 사이에서 진동하는 존재들이다. 이는 일반적인 성숙의 서사와 그 음각인 『프랑켄슈타인』류의 '하위-충동' 서사를 양 극점으로 삼는 구조이기도 하다. 앞에서 베냐민의 카프카론을 거론했던 것도 이 때문이다.

하위문화적 충동의 포자들은 소설적 기율(또는 성숙의 플롯)에 기생하면서 『엽기전』이라는 변종을 만들어낸다. 이들의 거처는 "제2정부종합청사" "서울랜드" "동물원"이 있는 공간 과천으로 설정되어 있다. 이곳은 "수도권에서 가장 살기 좋은 시로 뽑힌" 곳이며 그 이유는 "좋은 냄새가 나쁜 냄새들을 죄다 몰아"(165면)냈기 때문이다. 이곳은 그러므로 '엄연한 실재'이기를 그치고 『헤이』의 "퐁텐블로"처럼 중간계급의 이상을 가시화한 하나의 가상이 된다. 여기서 "나쁜 냄새"란 "수컷성"의 기화작용 혹은 증식의 결과일 것이다. 이데올로기의 상징조작(근대적 가족서사)이 최고의 효율성을 발휘할 때 "살기 좋은" 계획도시 과천의 지하에서는 배제의 프로그램이 가동 중이었던 셈이다. 이 배제의 희생물이 되지 않으려면 가장 강한 수컷이 되는 수밖에 없다. 실제로 펫숍 삼촌의 수컷성은 배제 프로그램(사회체계)을 넘어서 있다. "세상의 눈은 그걸 볼 수가 없"(125면)는 상승 초월의 영역에 놓이는 것이다. "어디에도 없으면서 어디에나 있는"(117면) 펫숍 공간은 '삼촌'이라는 이름의 친숙성과 결탁하면서 체계로부터 자유로워진다. 그에 반해 한창림의 공간은 "뷰티풀 피플"(사업 실패로 와 해된 가족 형상)과 함께 프로그램의 희생물로 전락할 위기에 놓여 있다. 영역 싸움과 경쟁에서 밀려난, 다시 말하면 패배한 수컷들인 셈이다. 『엽기전』은 "흰 연기"(281면)로 표상되는 펫숍 삼촌의 신적인 수컷성과 결국은 거름이 되고 말 야수의 수컷성 사이에서 전율하는 텍스트다.

4. 타원형 감옥에서 목화밭으로

'야수적 하강'과 '비교(秘敎)적 초월'의 두갈래 길은 서로 다른 방향을 갖고 뻗어나가는 듯 보이지만 결국 동일한 '의미의 표면'에서 다시 만난다. 그것은 타원구조의 양 극점이 자신의 몸을 뒤틀어 다시 만나는 뫼비우스의 띠이다. 거기에서는 감시와 처벌 혹은 임의적인 폭력이 끊임없이 미끄러진다. 등장인물들의 모든 탈출 기도가 수포로 돌아가는 이유는 텍스트의 세계가 뫼비우스의 띠처럼 벗어날 수 없는 순환의 세계이기 때문이다. 마치 버튼만 누르면 언제라도 반복 재생되는 스크린처럼 그들을 둘러싼 세계는 거대한 하나의 감옥이자 무너지지 않는 벽이다.

작중 공간에서 가장 높은 위치인 펫숍은 가까이 다가가 "정체를 머릿속으로 짜맞춰보다가는, 금세 덩치나 안전문이 떠올라 스스로 사고를 정지해버리"(123면)도록 만들어져 있다. 이는 감시의 내면화라고 부를 만한 것이다. "태어나기 전의 공간"(122면)인 펫숍에 구체적 형상을 부여하는 것은 오로지 "시멘트벽"이다. 텍스트 내에서 하강의 경험적 한계인 한창림의 지하 작업실 또한 피범벅의 벽이다. 거기서는 린치의 흔적이 끊임없이 번지고 미끄러지지만 벽면들에 '안전'하게 둘러싸인 채이다. "사회 체계"의 어두운 핵심으로 직핍하는 길은 아무 데도 없다. 저항도 발악도 체계의 '허가 범위' 안에서 이루어질 뿐이라고 텍스트는 말한다. 이것은 하위 문화 충동이 갖는 한계이기도 하다. 이 출구 없음은 그들이 중심 혹은 주체가 아니라 '만들어진 존재' 즉 "사회 체계"로부터 호출받은 타자들이기 때문이다. 그들은 한갓 게임 속의 평면 캐릭터에 불과한 자신의 존재를 증언한다.

> 그도 아내도 이 사회에서, 날 때부터 운명지어진 존재들이었다. (…) 괴물스런 위력이 얼마나 막강하든, 바깥에 존재(타자성 — 인용자)하는 한 아무런 영향도 미칠 수가 없다……그래서 괴물은 장난감 수준으로 전락하고 마는 것이다. 잠들어 있던 괴물을 억지로 깨워 불러들여놓곤, 재미로 쫓아다니며 괴롭히고, 종국엔 괴물이 왔던 곳, 사회 체계의 바깥으로 다시 쫓아보내는 악취미의 희생물로 전락하는 것이다. (261면)

그들이 줄곧 "내면 없는" 존재로 진술되는 이유가 이것이다. 그들은 오직 표면만을 가질 뿐이며 마치 "뷰티풀 피플" 공간에 진열된 "웃는 플라스틱"(인형)들처럼 속이 텅 빈 존재들이다. 신체는 하나의 표면이고 그 내부는 또다른 해부학적 표면에 지나지 않는다는 참혹한 인식이 텍스트를 무심히 곁눈질하고 있을 뿐인 것이다. "이 피비린내 나는 일상 어디에도, 사색이란 물건은 없다."(134면) 이는 상승 초월과 하강 초월이 '막힘' 혹은 "육중한 안전문"이나 "지표면" 같은 일종의 한계에 연루되는 것과 무관하지 않다. 이것들은 끊임없는 표면들의 연속체로 구성되어 있다. "펫숍의 공간 구조는 자연스레, 네번째 공간, 다섯번째 공간, 여섯번째 (…) 갈수록 안전문은 육중해지고 접근 불가능해"지며 "꼬리에 꼬리를 물면서 바닥 없는 심연으로 사라"(123면)진다. 그것은 그들이 스크린의 격자에 갇힌 디지털 화소조합에 불과하기 때문이다.

이 견고한 감옥의 구조 안에서 표면은 다른 표면(수컷성의 신체)을 훈육한다. 한창림은 윤수영을 린치하고, 펫숍 삼촌은 한창림을 공포로 길들인다. 여기서 초월의 전망은 성숙한 깨달음을 통해 생성되는 것도 아니고 절망적 추락을 통해 이루어지는 것도 아니다. 그것은 차라리 두 극단의 장력이 이루어내는 벡터운동의 산물이다. 실제의 과천을 주무대로 배치하면서 그 실제성을 마음껏 왜곡하고 있는 『엽기전』에서 현실은 고정된 무엇이 아니라, 벡터운동이라고 말했듯 생성 중인 무엇이다. 그것은 근대적 가족 이념의 이데올로기적 침윤 혹은 '수컷성의 영역 분쟁'으로 요약할 만한 자본주의 사회체계의 작동방식을 기괴하게 드러낸다. 따라서 텍스트는 현실을 괄호 안에 묶는 판타지도 아니고 은연중에 독단적 현실을 들이대고 마는 낡은 사실주의도 아니다. 텍스트는 생성 중인 현실 자체이며 끊임없이 증식하는 표면들의 연쇄이다. 균열을 낼 수 없을 것 같은 "육중한 안전문"으로서의 표면들은 박태자가 늘 바라보는 "텔레비전 화면"이기도 하다. 이 표면들의 연쇄는 단지 화소조합에 불과했던 한창림이 스스로를 해방하려 들면서 금이 가기 시작한다. 이때 자신의 근원적 종속성을 깨달은 한창림의 두 눈 앞에 "목화밭"이 출현한다. 한창림은 파국의 절정을 가파르게 추락하면서 마치 우연인 듯, 이 거대한 감옥의 바깥을 본다. 그것은 초월이 불가능한 것처럼 보이는 표면들의 완강함 앞에서 마치 자유의 계시처럼 나타난다. 그것은 설명하거나 해석할 수 있는 대상이 아니다. 텍스트는 그것을 "목화밭"이라고 부르지만 사실 통상적 기호로는 지시할 수 없는 대상이다. 어쩌면 그것은 우연히 "목화밭"이라고 발음된 것뿐인지도 모른다. 그것은 숭고한 대상이다. 체계에 붙들린 어떤 의미도 허락하지 않은 채 그저 "거기 목화밭이 있었다."

거기 목화밭이 있었다. (…) 그는 알 수 없었다. 어째서 여기가 목화밭인가? 씨는 아직 뿌리지도 않았는데, 언제부터 목화밭인가? 그는 볼 수도 없었다. 둔덕 전체에 모자이크 처리가 돼 있었다. (…) 그는 목화밭이 어떻게 생겼는지 몰랐다. 그는 삽을 놓고, 두 손을 들어 눈을 가린 다음 울기 시작했다. 누군가 그의 입 속에 비닐 빵봉지를 쑤셔넣은 것 같았다. 커다란 쇠뭉

치를 그의 입에 처넣은 것 같았다. (280면)

 이것은 장편 『러셔』의 마지막에도 시도되었다. 주인공 모비는 모든 것
이 실패로 돌아간 뒤에야 어떤 "나무"를 목격한다. "가지들은, 광휘의 잎
을 잔뜩 매달고는 나무 자체가 그런 것처럼 그저 공중에 떠 있었다." 파멸
의 순간에만 우발적으로, 그리고 모호하게 던져지는 '그것'은 그러나 『엽
기전』을 허무주의로부터 구원하면서 동시에 미래로 운반해간다. 이것은
획기적이다. 백민석은 언어로 무언가를 지시하려 하지 않고, 바로 그 언
어적 사유의 태생적 한계를 밀고 나가 스스로 자족적인 하나의 사물이 되
려 한다. 그는 텍스트 위에 어쩌면 자기 자신과도 전혀 무관한 자유를 창
조하려 한 것이다. 그러나 이는 어느 누구의 승리도 견인하지 않는다. 작
가도, 독자도, 또 그 사이의 주인공들도 이 무시무시한 자유의 숭고한 출
현을 그저 흔적의 형태로 감지할 수 있을 뿐이다. 그것은 모자이크 너머
의 현실, 있는 그대로의 현실이다. 존재의 근본적 종속성을 깨닫는 순간
"아주 작은 한 구멍"으로, 그것도 "모자이크"에 가려진 채로 그것은 나타
났다. 부서진 몸을 이끌고 나타난 베냐민의 "역사의 천사"[12]처럼 자신의
가난함을 최대치로 드러내면서, 이 타원형 감옥의 외부로부터 '자유의 기
억'이 도래하는 것이다. 그것은 사르트르의 말마따나 '자유라는 이름의
형벌'일지도 모르지만, 그 형벌은 해방의 약속과 함께하는 형벌이다.
 이 스크린을 바라보는 우리와 스크린 속의 괴물들은 서로를 되비추는
거울에 불과하다. 어쩌면 우리들 관객조차도 스크린의 표면에 붙들린 디
지털 화소조합에 불과할지 모른다. 우리는 어쩌면 하나이면서도 여럿인,
전지구적 자본주의와 수컷성의 경쟁 이념, 가족로망스와 안전처리된 저

---

12 '역사의 천사'는 발터 베냐민이 파울 클레의 회화 「새로운 천사」에 대해 붙인 이름이
 다. 「역사철학테제」, 반성완 편역, 앞의 책 참조.

항의 초월적 가상에 중독된 채로 우리 자신의 근본적 존재구속성을 망각한 것이다. 『엽기전』은 바로 이 가상의 세계에서 가상을 껴안으며, 동시에 가상의 근본적 존재구속성을 뛰어넘으려는 모험의 기록이다. 이 거대한 감옥에 길들지 않은 '고통스런 자유의 감각'을 회복하는 것, 이것이 『엽기전』이 '재현의 재현'을 전략적 준거로 삼으면서 얻은 결론이며 투쟁의 결실이다.

백민석은 알레고리적 재현 전략이 갖고 있는 근본적 허무와 형이상학적 환원주의를 힘들게 벗어나면서 90년대의 평균적 서사를 딛고 새로운 미학적 가능성 중 하나를 열었다. 그러나 우리는 그가 출발한 전제들에 동의하지 않은 채로는 텍스트를 거의 읽을 수 없을 만큼 부자유스럽기도 하다. 특히 그의 유난한 반인간주의가 그렇거니와 그가 그려내는 인간의 모습은 모두 알 수 없는 장력에 조종당하는 꼭두각시들이다. 이는 주체를 구조의 효과로 납작하게 만드는 구조주의적 사유 패턴 때문인데, 계몽이성을 독단주의로 몰아붙이면서 그 자리에 광기와 착란을 대신 들어앉히는 것은 아닌지 점검할 필요도 있다. 이는 물론 작가 백민석에게만 해당하는 문제는 아니며, 지금 이 자리에서 숨 쉬고 있는 복수의 미래들을 하나하나 일으키는 가운데 서서히 불식될 수 있을 것이다.

1부

진실의 습격: 민주주의와 문학 그리고 자본주의　『창작과비평』 2021년 겨울호

혁명의 재배치: 황정은, 윤이형, 김성중의 눈　『창작과비평』 2020년 여름호

민족문학의 정전 형성과 3·1운동: 미당이라는 퍼즐　이기훈 기획·백영서 엮음 『촛불의 눈으로 3·1운동을 보다』, 창비 2019

묵시록과 계급: 백민석의 '폭민'과 최진영의 여자들　『창작과비평』 2017년 가을호

단지 조금 다르게: 김현의 시와 시대전환　『포지션』 2017년 여름호

리얼리티 재장전: 다른 민중, 새로운 현실 그리고 '한국문학'　『창작과비평』 2016년 여름호

2부

모든 것의 석양 앞에서: 지금, 한국소설과 '현실의 귀환'　『창작과비평』 2013년 여름호

그 시린 진리를 찬물처럼: 은희경, 권여선의 장편을 통해 본 87년체제의 감정구조　『창작과비평』 2014년 여름호

모더니즘의 잔해: 정지돈과 이인휘 겹쳐 읽기　『문학과사회』 2015년 가을호

완전한 타인: 이주혜 소설 『자두』　창비 2020 해설

만인의 입술 위에 노래가: 김남주 시의 현재성　원종찬 엮음 『동아시아 한국문학을 찾아서』, 소명출판 2015

시인의 경제, 시민의 정치: 진은영 시집 『훔쳐가는 노래』　『현대시』 2012년 12월호

'세상에서 가장 작은 나라'에 관한 수상: 신경숙의 『엄마를 부탁해』와 가족서사　『작가와 비평』 제9권, 2009년 상반기호

『바리데기』와 흔들리는 세계체제: '2000년대 작가' 황석영　『기획회의』 210호, 2007.10.20.

사항

리얼리티 재장전

문학과 현실이 가리키는 새로운 미래

초판 1쇄 발행 / 2022년 10월 7일

지은이 / 강경석
펴낸이 / 강일우
책임편집 / 정편집실 · 김가희
조판 / 박아경
펴낸곳 / (주)창비
등록 / 1986년 8월 5일 제85호
주소 / 10881 경기도 파주시 회동길 184
전화 / 031-955-3333
팩시밀리 / 영업 031-955-3399 편집 031-955-3400
홈페이지 / www.changbi.com
전자우편 / lit@changbi.com

ⓒ 강경석 2022
ISBN 978-89-364-6361-8 03810